U0126550

文獻與詮釋研究論叢 2

語文、經典與東亞儒學

鄭吉雄 主編

臺灣 學生書局 印行

導　言

鄭吉雄*

2000 年我參加「東亞近世儒學中的經典詮釋傳統研究計畫」(教育部大學學術卓越計畫)，2002 年底協助臺灣大學推動成立「東亞文明研究中心」(2002-2005)。其後中心計畫主持人黃俊傑老師專注推廣「東亞儒學」；我則集中研究「經典詮釋」，並開始推動「經典詮釋中的語文分析研究計畫」。我邀請了語言學、文字學、思想史等不同領域的學者相聚一堂，做一些實驗，試圖藉由抉發經典文獻中的語文結構，探討詮釋理論的意義，一窺東亞思想文明發展的特殊性。

我的構想，是希望在近百年來「語言學」和「思想史」兩大領域的學術積累與發展之基礎上，探討二者之間錯綜複雜的內在關係。當然我們了解到這種工作的困難所在，因為語言學和思想史的內在關係，並不能單從某一領域的知識架構中抽繹而得，而必須透過多方面互聯整合的研究，進行探討。扼要言之，「語言」是哲學的問題，也是考據的問題。單就哲學或考據一端去看待「語言」，都會有陷於一偏的危險。關鍵在於：「語言」源出於心性思維的發抒，最終則體現為經典文獻，相互之間恆常存在互相依存的關係。質言之，人文學是以「人」為中

* 現任國立臺灣大學中國文學系教授。

心的學問，「語言」既與形神合一的生命密不可分，經典文獻意義的問題，自然不可能是技術層面的音韻分析、字形研究等可以完全解決；但反過來說，經典文獻的語言與當代漢語之間千百年相懸絕，如果說可以完全捨棄語言分析（或稱「訓詁」）的辦法，即能懷著「此心同，此理同」的自信以意逆志、暢通無阻，那也是緣木求魚，做不到的。

對我來說，將「語言學」和「思想史」放在一起做實驗性的研究，每一步都充滿著挑戰與冒險，無論是語言學、文字學、詮釋理論都是成熟而獨立的學科，如果沒有專門的知識訓練，一般研究思想理論的學者即使在經典之中遇到重大的語言問題，恐怕也會輕輕滑過，很難警覺到其中的奧祕；相反地，經典詮釋理論涉及義理與思想的問題至為複雜，專治語言文字的學者也很少貿然涉足此一領域。因此，我必須提出非常充分的理由，才能說服這兩方面的專家跨足於自身專門領域之外，參與我主持的研究工作。但我很幸運，多年來得到兩方面專家的支持，完成了不少工作。本書就是主要成果之一。

至於「東亞儒學」在本書，則是作為「語文」與「經典」背後的一個學術文化大背景而提出的。儒家思想尤其在倫理制度與禮俗文化兩方面，對東亞地區產生過悠久而深遠的影響，這是很難否認的歷史事實。不過我也承認，「東亞儒學」這個概念，多少也曾讓我反覆思考。學術界對於「東亞」和「儒學」兩個概念頗有熱烈的討論，不但儒學的精神與定義，存在著宗教與非宗教、漢學與宋學的爭端，「東亞」一詞究竟是具體實存抑或出於文化想像，也成為被討論的問題。前一個問題我在近年頗有討論，後一個問題其實永遠無解，因為爭議的一端很容易舉出數十百條證據證明沒有一個具有共同性的「東亞」，另一端要舉出另外數十百條反證證明「東亞」文明文化的共同存在部分也一點不困難。這個問題我們只能暫置不論。

本書共收錄論文十五篇，都是發表於臺大東亞文明研究中心 2004 年 11 月 19、20 日主辦之「東亞語文學與經典詮釋國際學術研討會」和 2005 年 8 月 26、27 日主辦之「觀念字解讀與思想史探索國際學術研討會」的會議論文。我大概將這十五篇論文區分為語言文字、經典文獻，和東亞儒學等共三個類別。

語言文字類的論文計有七篇，分別為蔣紹愚〈語言中的文化資訊〉、楊秀芳〈從「鄂不韡韡」看「蓮房」與「蓮蓬」〉、劉承慧〈返還文本意義之途——語言分析與先秦文本解讀的關係〉、魏岫明〈《世說新語》中「偏指相字」的語用探討〉、朱歧祥〈阿丁考——由語詞系聯論花東甲骨的丁即武丁〉、季旭昇〈談古文字考釋的「集體歸納法」〉，以及徐興慶〈《日本一鑑》的歷史意義及其漢日對音詞彙之價值〉。蔣先生是國際語言學界耆宿。2004 年他適值於臺大講學，承他鼎力支持，給予我們計畫多方面的指導。他的論文藉由廣博的文獻材料與生活用語，討論了語言所反映各種文化同異的現象，其實提醒了我們語言與文化相印證的重要性，推擴而言，經典所反映的何嘗不也是古代的文化現象？楊秀芳以吳閩方言、古音材料與《詩經・小雅・常棣》首句「常棣之華，鄂不韡韡」相印證，確定了「不」為萼足義的本字，為《詩經》研究和方言研究各開了一扇重要的窗戶，並在二者之間架起了重要的橋樑。劉承慧的論文舉了三十三個例子，說明古籍中的常見實詞很容易讓後人望文生義，從而提出建立「解讀先秦文本之語言分析條例」，即先由經典研究的學者提出重要而難解的文句或段落，再由語言學者從語言分析的角度尋求解讀之道，並將各種案例根據語言上的道理分門別類。這個提議非常有價值，我們應予嚴肅考慮。魏岫明的論文專注探討《世說新語》中「偏指相字」的語用現象，並進一步反思這種現象可以靈活調節當時社會階級僵固情形。以上四篇論文充分反映這幾位專業語言學者在嚴謹的論證中，展現古典與今情相融合的情懷。接著兩篇古文字學的論文，朱歧祥以「絕對證據」和「相對證據」區分材料，並以語詞對比和系聯的方式確認「丁」為「武丁」，突顯了方法運用的重要性。季旭昇則提出「集體歸納法」，認為學術界已有的古文字考釋研究，只要考釋方法正確，即使結論容或有誤，也不失其「導夫先路」的貢獻，學界應廣蒐博取，增強古文字學的科學基礎，此即所謂「集體歸納法」。這兩篇論文突出了研究方法的重要性，具有極高的參考價值。徐興慶的論文以中日文化交流的歷史為背景，以《日本一鑑》為範例，透過討論該書的漢日對意（熟語）詞彙和漢日對音詞彙，解析該書作者鄭舜功如何汲取室町時代日本社會資訊，並探討語言轉換與中日交流對東亞思想傳播的重要性。徐教授的論文提醒我們「語言的跨文化研究」的重要性。

經典文獻類的論文計有四篇，分別為彭林〈禮、禮制與禮學——殷周之禮的演變序列〉、彭美玲〈〈檀弓〉別解試詮——禮學詮釋的個案討論〉、李隆獻〈復仇觀的省察與詮釋——以《春秋》三傳為重心〉，以及吳智雄〈試論《穀梁》「專之去，合乎春秋」所隱含的《春秋》之義〉。彭林的論文將殷周兩代綿延千餘年的「禮」劃分成殷、周、春秋戰國三個階段，考析每一階段的特質，釐清了當代學者對於三代之「禮」理解上的多重含混，也討論了先秦儒家禮樂與心性之間的關係。作者提醒我們注意三代之禮的歷史發展，不能籠統而言。彭美玲的論文透過歸納前賢對於《禮記・檀弓》別解的若干案例，說明禮學詮釋的多樣性。作者據此認為解讀古文獻，應力求返本歸真，還原其著作動機和敘述策略。就《禮記》而言，不但宜予分題、分篇、分類研究，以切合其書多元的內容，也應以鄭玄的詮釋為基點，以突破鄭學、力求創新為目標。李隆獻的論文援用文化史、文化觀念、社會史等不同學科的角度，重新省思儒家經典所記載和詮釋之「復仇」觀的意義。他首先發現「復仇」並非單純出自生物本能，而是源於人類保家護族、血緣親屬的社群意識，是理性思維而非感情的衝動。其後復仇觀在漫長的歷史洪流中受到儒家倫理傳統和禮儀、習俗規範的制約，又產生種種新的社會價值觀念。吳智雄的論文主旨在於探討《穀梁傳》對《春秋》魯襄公二十七年衛公子專出奔晉一事，斷以「合乎《春秋》」的價值評判的原因以及相關問題。作者發現「專之去，合乎春秋」的評語涉及政治、君德、節操、尊親等多層而複雜的問題。參照《論語》所反映孔子的處世哲學，「合乎春秋」這樣的評語，應該是對於公子專在無道的時代、無道的國家，採取「出奔晉」的決定，符合孔子「天下有道則見，無道則隱」的精神。大體而言，上述四篇論文都成功運用了以經釋經之法，兼顧古典今情，取得成果。

東亞儒學類的論文共四篇，分別為顧歆藝〈細讀經典：孔孟人性論及朱子詮釋再認識〉、河田悌一〈清代學術之一側面——朱筠、邵晉涵、洪亮吉與章學誠〉、吳偉明〈十九世紀日本《易》學與西學東漸〉、王晴佳〈考據學的興衰與東亞學術的近代化——以近代日本和中國史學為中心〉。顧歆藝的論文分別從春秋時期、孔子、孟子、朱子等四個代表性階段和人物，描繪儒家人性論發展的歷史圖象。作者認為從春秋下迄孔子，人性論從最初始的原始朦朧的狀態，經由「仁」的詮解而朝向「善」的解釋方向移動，經由孟子「性善」及「仁義禮智」的闡揚，最後由南宋大儒朱子總其成。朱子雖發明了孔孟的人性論，但其嚴密之哲學邏輯體系，時又不免過度詮釋。作者特別強調對待經典詮釋應有之實事求是的態度，不但要同情地理解儒家人性論發展性的過程，也要客觀地認取後儒詮釋的得與失。河田悌一的論文以乾隆三十六至三十八年朱筠赴安徽省擔任學政期間、與其傑出的弟子們於太平使院活動的時地為討論中心，分析了以朱筠為首的學者文士薈萃鼎盛時期的交流狀況，描繪出清代乾嘉時期學術界著名人物交流與討論的情狀，並釐清了邵晉涵、章學誠、洪亮吉的學術性格。作者成功地透過詩文酬唱、書信往復等第一手材料，揭露了學人的個性、交往、學術興趣等相互間錯綜複雜的影響關係。這篇文章謙遜地題為「側面」，其實自有「正面」的價值。吳偉明的論文主要討論十九世紀日本在西學東漸的風潮中，《易》學研究的風貌與轉變。其時日本《易》學在純學術研究上雖已無復德川初期的高度，但由於學者接引西方文明時認為西學源出中國，復以宋明理學取代神學以作為西方科學的基礎，成功的融合，再加上《易》理的可塑性，讓日本《易》學的實用性大放異彩，提供了日本學者利用《易經》去尋找解決當時政治、經濟及文化困局的良方。王晴佳的論文主要討論中日史學從傳統到近代的轉型期中，考據學及其興衰所施加的不同影響，並進而探討中日近代學術發展的不同軌跡及其原因。作者認為考據學在中日兩地的興盛存在著時間差。十九世紀日本的考據學滲透到史學運動中，考證史學遂成日本近代學院史學的主流。日本史學也又吸收西學，強調革新，與歐美史學的近代化幾乎為同步發生。在中國則考據學進入十九世紀後衰象已呈，而史學的近代化則遲至二十世紀初才逐漸開展。這篇論文同時提供了中日儒學和史學學者一個非常有意義的反思點。

以上十五篇論文宗旨各異，但彼此之間又有多向性的交集，語言文字研究之中包含了東亞儒家經典與文化的成分，經典研究中也貫串了語言考覈的內容，東亞儒學的研究也作為一個大背景支撐起前兩個部分的論述，十五篇論文共同構成了一個頗具整體性的研究成果。我有幸得到本書各篇作者的誠摯參與，以及毫無保留的支持，謹藉此序的最後一段，表達最深的感謝之意。任何學術論著，一旦刊佈以後，其終將驚天動地抑或寂天寞地？其究竟發生何種影響？都不是主編者所能預知的；但我深信，本書各篇論文的學術精粹和論文作者的精神創發，在歷史洪流的某一個時間點上，一定會有知音人能從這些真誠的研究成果中，獲得某些啟示，而引發出更新的觀念與闡發。我謹於本篇篇末，向所有在精神上與本書發生交流聯繫的學界同仁，致上最深的敬意。東亞文明研究中心支持了本書各篇論文所發表的學術活動，我也要在此表達深切的謝意。

鄭吉雄謹序於國立臺灣大學中國文學系二十九研究室

2008 年 2 月 23 日

語文、經典與東亞儒學

目　次

經典文獻編

東亞儒學編

語言中的文化資訊

蔣紹愚*

語言與文化有密切的關係。早在二十世紀五十年代，羅常培先生《語言和文化》一書就開始了兩者關係的研究，八十年代以來，又發表了不少研究語言與文化的論著。通過語言來研究文化，有兩種做法。一是通過一些專業性的詞語來研究文化，如：通過我國古代和紡織、印染有關的詞語來研究古代的紡織和印染技術，通過我國古代有關穀物和農具的詞語來研究古代農業的發展。這樣做當然是不錯的，但是這樣的研究方法實際上就是通常文化史的研究法（只不過文化史的研究除了依據典籍資料外還要依據實物的考察），而和語言與文化的研究關係不大。本文則是通過另一種途徑：通過一些日常生活中的常用詞語和常見的語言現象，來發現其中的文化資訊。下面分幾個方面進行討論。

* 現任北京大學中國語言文學系教授。

一、語言反映習俗和禮儀

（一）古人吃什麼糧食？

這是農藝學的一個問題，可以通過文獻和考古發現的實物來研究。這裡不作這種研究，只是試圖從古代習用的一些詞語來進行分析。

「粟」是一種穀物，但又可以泛指穀物或糧食，可見是一種最常見、最普通的穀物。如《孟子・梁惠王上》：

> 河內凶，則移其民於河東，移其粟於河內；河東凶，亦然。

《論語・顏淵》：

> 信如君不君、臣不臣、父不父、子不子，雖有粟，吾得而食諸？

「稷」不能泛指穀物或糧食。但古代的祭祀的穀神叫「稷」，周的祖先棄也被尊為「后稷」，可見「稷」是先民相當重視的一種穀物。《左傳・昭公二十五年》：

> 稷，田正也，有烈山氏之子曰柱為稷，自夏以上祀之。周棄亦為稷，自商以來祀之。

古人認為美味的穀物是「粱」，這可以從「膏粱」、「粱肉」等詞語中看出來。《孟子・告子上》：

> 言飽乎仁義也，所以不願人之膏粱之味也。

《禮記・喪大記》：

不辟粱肉，若有酒醴則辭。

「稻」也是一種古人認為是美味的糧食，但在典籍中不很常見，而且不像「粱」那樣形成一些固定的詞語，大概不是常吃的穀物，通常是用來做酒的。《論語・陽貨》：

食夫稻，衣夫錦，於女安乎？

（二）古代的一些方位詞也給我們透露一些文化資訊

「左遷」是古代常用的詞語，指的是降職。如《史記・淮陰侯列傳》：

項王王諸將近地，而王獨遠居此，此左遷也。

但人們又常說「虛左以待」，「左」是尊位。如《史記・魏公子列傳》：

公子從車騎，虛左，自迎夷門侯生。

尚左和尚右，是一個複雜的問題，歷代情況不同。趙翼《陔餘叢考》卷二十一「尚左尚右」條：春秋時尚左，但凶事尚右；戰國時尚右，至於信陵君的「虛左」，趙翼說：「此則車中之制，與他處不同。《禮記》：『乘君之乘車，不敢曠左。』《注》：『謂車上御者在右，所以便行事，而君則在左。』故乘車尊左也。」秦漢皆相沿尚右。他引《漢書・諸侯王表》「武有衡山、淮南之謀，作左官之律」顏師古注：「漢時依上古法，朝廷之列以右為尊，故謂降秩為左遷，仕諸侯為左官也。」後代尚左尚右屢有改變。趙翼說的是歷代的禮制。而漢代出現的「左遷」一詞，其意義已固定下來，雖然唐宋時已變為尚左，但「左遷」

仍作為「降職」之義使用。「虛左以待」作為一個慣用語，其使用範圍也從車乘擴大到居室的座次了。

古代還以「左」、「右」表示東、西。「江左」即江東，「隴右」即隴西。如《世說新語．方正》：

王丞相初在江左，欲結援吳人。

《三國志．魏書．夏侯淵傳》：

河西諸羌盡降，隴右平。

本來，「左」、「右」是一種相對的方位，和東、西沒有必然關係。之所以用「左」、「右」表示東、西，這反映古代以黃河流域為政治中心，以及天子坐北朝南的禮儀。在黃河流域坐北朝南而坐，當然其左面是東，其右面是西。

（三）人稱代詞是任何語言都有的，但古代人稱代詞的用法，反映古代的一些稱謂習慣

《孟子．盡心下》：

人能充無受「爾」、「汝」之實，無所往而不為義也。

這說明，古人認為當面稱人為「爾」、「汝」是對人不尊重的表現。如果尊重對方，則應該稱「子」、「先生」，或者稱「將軍」、「王」。由此也可以知道，對《孟子》中一句話的「若」應該如何解釋，《孟子．梁惠王上》：

以若所為，求若所欲，猶緣木而求魚也。

這句話裡的「若」只能是指示代詞（此），不可能是人稱代詞，因為這是孟子對梁惠王說話，如果稱之為「若」是大不敬的。

但如果兩個人親密無間則可以稱「爾」、「汝」。如杜甫〈醉時歌〉：

忘形到爾汝，痛飲真我師。

韓愈〈聽穎師彈琴〉：

昵昵兒女語，恩怨相爾汝。

二、語言反映古代的觀念

有一些古代常見的詞語是受古代的某種觀念的影響而形成的，通過這些詞語，可以追尋到古代的一些觀念。比如：

（一）古代可以用「金」、「素」來指秋天，如「金風」即秋風，「素秋」即秋天

張協〈雜詩〉：

金風扇素節，丹霞啓陰期。

杜甫〈秋興〉之六：

瞿塘峽口曲江頭，萬里風煙接素秋。

這是受五行觀念影響。五行說以五行和五色、五音、四季、四方相配，秋季於五行為金，於五色為白，所以在語言中可以用「金」、「素」來表示秋天。

（二）「姻緣」、「業債」等詞語是受佛教思想影響

敦煌曲子詞〈送征衣〉：

今世共你如魚水，是前世因緣。

范成大〈藻侄比課五言詩〉：

事疑償業債，形類窘拘囚。

佛教以親生為「因」，疏助為「緣」，認為世間萬物均為因緣和合而成，以宿世因緣解釋今生的關係。受這種思想影響，人們也把命定的夫妻緣分稱為「因緣」。最初字就寫作「因」，後來才寫作「姻」。

「業」也是佛教用語，是梵文 karman 的意譯，指身、口、意三方面的善或惡的活動，會引起樂或苦的果報。但後來人們在使用中多指惡業。如沈約〈均聖論〉：

佛戒殺人，業最重也。

另有「業障」一詞，是梵文 karmāvarana 的意譯，指所造的惡業能蔽障正道，包括害父害母等。如慧皎《高僧傳・曇無讖》：

但是我業障未消耳。

再進一步發展，就去掉了因果報應這一層意思，把「業」等同於「罪惡」，而且和漢語固有的「孽」混同起來。漢語中原有「孽」表示「災難、罪惡」之義。如《詩經・小雅・十月之交》：

下民之孽，匪降自天。

《尚書・太甲中》：

天作孽，猶可違；自作孽，不可逭。（《孟子》引〈太甲〉作「天作孽，猶可違；自作孽，不可活」。）

「業」和「孽」都是疑母字，「業」為業韻，「孽」為薛韻，都是入聲韻，但韻尾不同。到後來入聲韻尾合併為ʔ以至消失，兩個字的讀音相近，原來寫作「業」的一些詞語，後來也寫作「孽」。比如：

業海（范成大）——孽海（《鏡花緣》）

業種（《董西廂》）——孽種（阮大鋮）

業畜（《宣和遺事》）——孽畜（《西遊記》）

業障（《金瓶梅》）——孽障（《儒林外史》）（「業障」、「孽障」均指兒女，含不滿之意。）

（三）有一些詞在某個時期有特定的意義，這是受了當時某種思想觀念的影響

如「悲」，六朝是用來形容樂曲時，不是表示悲傷，而是表示優美動聽。如陸機〈文賦〉：

猶弦么而徽急，故雖和而不悲。

這和六朝時的美學觀念有關。六朝時認為悲音是最美的，所以在語言中可以用「悲」來表示優美動聽。

又如「玄」。「玄」的本義是黑中帶赤的顏色，又可以指黑色。《老子》經常把「玄」用為玄妙、深奧之義，魏晉時把老莊思想成為「玄學」。當時很多士大夫喜歡「清談」，談的內容就是「玄學」，因此「玄」又有了「清高」、「不涉世務」的意義。例如《世說新語．規箴》：

王夷甫雅尚玄遠，常嫉其婦貪濁，口未嘗言錢字。婦欲試之，令婢以錢繞床，不得行。夷甫晨起，見錢閡行，呼婢曰：舉卻阿堵物。

「玄遠」和「貪鄙」相反，其具體表現是口不言錢字，甚至必須要說「錢」的時候也只說「阿堵物」。「玄」的這種意義是受當時六朝思想觀念影響而產生的。

三、語言反映觀念的改變

人們的觀念不是一成不變的。有些觀念在歷史上發生過變化，而且在一些常見的詞語中反映出來。我們生活在現代，不瞭解歷史上曾有過的觀念，有時讀到一些古代的文獻，就會感到奇怪。或者雖然看到了觀念的變化，卻沒有進一步探究其變化的原因。其實，這些常見的詞語所反映的觀念的變化，是值得深入研究的。本文只是提出這種現象，進一步的研究有待於文化史的專家去做。

（一）烏鴉：從吉兆到凶兆

根據現代的習俗，烏鴉叫無疑是一種凶兆，是人們討厭的。所以，當人們讀到唐代的這些詩句時會感到疑惑不解。杜甫〈得弟消息〉之二：

> 汝懦歸無計，吾衰往未期。浪傳烏鵲喜，深負鶺鴒詩。

白居易〈答元郎中楊員外喜烏見寄〉：

> 南宮鴛鴦地，何忽烏來止？故人錦帳郎，聞烏笑相視。
> 疑烏報消息，望我歸故里。

張籍〈烏啼行〉：

> 少婦起聽夜啼烏，知是官家有赦書。

唐朝人聽到了烏啼感到高興，我們會覺得不好理解。其實，在宋代以前，人們對烏鴉並不討厭，而是相當喜歡。《說文》：「烏，孝鳥也。」因為烏鴉會「反哺」。晉代的成公綏寫過一篇〈烏賦〉，對烏鴉大加讚美。所以，唐人以為烏啼是喜訊，沒有什麼可以奇怪。只不過後來觀念變了，覺得烏啼是凶兆。這種觀念的變化大致發生在宋代。陸佃《埤雅》：

> 今人聞鵲噪則喜，聞烏噪則唾，以烏見異則噪，唾其凶也。

（二）太陽：從「白日」到「紅日」

從古到今人們看到的是同一個太陽。「太陽」這個名稱是後起的，古代只叫「日」，這是概念改變了名稱，概念本身沒有變化。反映人們觀念變化的是從「白日」到「紅日」的變化。

「日」是什麼顏色？古代文獻裡沒有對這個問題的正面回答。但有一個現象很值得注意：在唐代以前，只有「白日」的說法；直到初唐詩人王之渙，還說「白日」。屈原《九章．思美人》：

> 開春發歲兮，白日出之悠悠。

《漢書．景十三王傳》：

> 白日曬光，幽隱皆照；明月曜夜，蚊虻宵見。

王之渙〈登鸛雀樓〉：

> 白日依山盡，黃河入海流。

到盛唐以後，才出現「紅日」的說法（見陳白夜 1981），李白〈望黃鶴樓〉：

四面生白雲，中峯倚紅日。

王建〈宮詞一〉：

蓬萊正殿壓金鼇，紅日初生碧海濤。

李煜〈浣溪紗〉：

紅日已高三丈透，金鑪次第添香獸。

那麼日究竟是白的還是紅的？大概朝陽和夕陽是紅的，而中天之日是白的。人們稱之為「白日」或「紅日」，都有道理。仔細考察，最初出現的「紅日」都是指夕陽（李白）和朝陽（王建詩），到後來才把升高了的日也稱為「紅日」（李煜）。這種語言變化的背後反映出人們觀念的變化。

四、語言反映文化交流

文化交流自古就有。一種不同文化的傳入，必然會帶來許多不同的事物和觀念，在開始時，本民族的語言無法給這些新的事物和觀念一個適合的名稱，就只好先借用一些相近的名稱來稱呼它們。這種現象，正好是歷史上文化交流的反映。

（一）「道士」和「魔」

東漢時佛教傳入中國。佛教中一些特有的人物和觀念，是當時的中國人不熟悉的，它們在漢語中是如何表達呢？

佛教徒，他們的信仰和外形都是中土所沒有的。最初無以名之，就借用當時中土已有的名稱「道士」或「道人」來稱呼他們。其實「道士」或「道人」是道教的信奉者，和佛教徒是很不一樣的。但是要用中土固有的名稱來稱呼本來中土所無的佛教徒，就只好找一個大致相近的「對等物」。如下面例句中的「道士」或「道人」實際上不是指道教的信奉者，而是指佛教徒，也就是後來所說的「和尚」。牟融〈理惑論〉：

僕嘗遊于闐，與沙門道士相見。

《世說新語．言語》：

支道林常養數匹馬，或言道人畜馬不韻。

慧皎《高僧傳．竺道潛》：

道士何以遊朱門？

給外來事物和觀念命名的最直接的方法是音譯。但有些音譯詞的內涵會逐漸發生改變。這也是文化交流中常見的現象。如梵文 māra，意思是一切擾亂身心破壞行善事之人和一切妨礙修行的心理活動，如煩惱、疑惑、迷戀等。原譯作「磨」，梁武帝改為「魔」。白居易詩中的「詩魔」一詞還保留這意思。梁武帝〈斷酒肉文〉：

酒是惡本，酒是魔事。

白居易〈裴侍中晉公以集賢林亭即事詩三十六韻見贈〉：

客有詩魔者，吟哦不知疲。

但從南北朝起，「魔」的意思就逐漸改變，成為一種有形體的鬼怪。這從梁武帝就肇其端。《南史．梁紀中．武帝紀》：

同泰寺災，……帝曰：「斯魔鬼也。」

到敦煌變文和《西遊記》中的「魔」，就和梵文 māra 相去甚遠了。

(二)「格致」和「民主」

到十八、九世紀，西方的科技和觀念傳入中國。這些觀念要用漢語表達，這又經歷了和佛教詞語的表達同樣的過程。如，西方的物理化學等，最初稱為「格致」或「格物」，這也是為外來的事物勉強找一個中國古代固有的「對等物」。薛福成《出使四國日記》：

> 天算、地理、格物、醫學等書。

鄭觀應《盛世危言・教養》：

> 故西人廣求格致，以為教養之方。

「民主」是對西方觀念的另一種表達法。西方的政治制度和思想觀念 democracy，是中國所沒有的。為了表達這個概念，人們新造了一個詞「民主」。鄭觀應《盛世危言・議院》：

> 君主者，權偏於上；民主者，權偏於下。

「民主」是和「君主」相對的，「民主」是「民作主」，「君主」是「君作主」。這兩個詞和漢語中固有的「民主」、「君主」表面上一樣，但構詞法大不相同。「君主」不必說，是古代常見的詞，「君」和「主」是並列的語素。「民主」也早已出現，《尚書・多方》：「天惟時求民主，乃大降顯休命與成湯。」但意思是「民之主」。「民主」從「民之主（即君王）」到「民作主」，可以反映中國從古代到近代觀念和制度發生的變化。

（三）「宅急便」

在文化交流過程中，會出現「輸出　輸入」的現象，即某個詞語，本來是從中國傳到鄰邦的，但後來這個詞語在中國反而消失了，又從鄰邦傳回來。

「宅急便」是一個很好的例子。現在人們看到「宅急便」，或者是不解其意，或者會認為這是日語，日語把「郵政」稱為「郵便」。當然，「宅急便」這個詞語中國古代是沒有的，是日本的名稱。但「郵便」這個詞，以及「便」的「托人交付的信件」的意義，中國古代就有；日語把「郵政」稱為「郵便」，把郵件稱為「便」，其實是受漢語的影響。蘇軾〈菩薩蠻・回文〉：

郵便問人羞，羞人問便郵。

歐陽修〈與薛少卿書〉：

又少便人作書入京。

陳確〈與張考夫書〉：

但未知後會之期，便羽更望一及之。

王世貞《鳴鳳記》：

聊奉鴻便之箋，慚無拜使之敬。

不過「郵便」一詞，後來在漢語中不用了，「便」的「郵件」之義，現在也很少人知道，所以一看見「宅急便」，就不會想到這其實是源於漢語的了。

五、漢語辭彙反映概念的變化：從「綜合」到「分析」

漢語辭彙的歷史發展，有一種從「綜合」到「分析」的趨勢。這個問題在拙作《古漢語辭彙綱要》中已經講過，這裡不細說，只舉一些例子。

（一）古代用一個詞表示「性狀＋事物」，後來「性狀」和「事物」用不同的詞分開表示

騮，《說文》：「赤馬黑毛尾也。」

騂，《詩經．魯頌．駉》：「有騂有騏。」孔穎達《疏》：「騂為純赤色。」

驃，《說文》：「黃馬發白色。」

驄，《說文》：「馬青白雜毛也。」

驪，《說文》：「馬深黑色。」

今用「紅馬」、「黃馬」、「白馬」、「黑馬」等。

（二）古代用一個詞表示「動作＋物件」，後來「動作」和「物件」用不同的詞分開表示

沐，《說文》：「沐，濯髮也。」

沬（頮），《說文》：「頮，灑面也。」

盥，《說文》：「盥，澡手也。」

洗，《說文》：「洗，灑足也。」

澣（浣），《說文》：「澣，濯衣垢也。」

今用「洗頭」、「洗臉」、「洗手」、「洗腳」、「洗衣服」等。

（三）古代用一個詞表示「方式＋動作」，後來「方式」和「動作」用不同的詞分開表示

瞻，《說文》：「瞻，臨視也。」段《注》：「今人謂仰視曰瞻。」

顧，《說文》：「顧，還視也。」

睨，《說文》：「睨，衺視也。」

睇，《說文》：「睇，小衺視也。」

窺，《說文》：「窺，小視也。」

今用「仰看」、「回頭看」、「斜看」、「偷看」等。

（四）古代用一個詞表示「程度＋性狀」，後來「程度」和「性狀」用不同的詞分開表示

縓，《爾雅・釋器》：「一染謂之縓。」

赬，《爾雅・釋器》：「二染謂之赬。」

纁，《爾雅・釋器》：「三染謂之纁。」

朱，《詩經・豳風・七月》：「我朱孔陽。」毛《傳》：「朱，深纁也。」

赤，《易・說卦》：「困於赤紱。」鄭玄《注》：「朱深曰赤。」

絳，《說文》：「大赤也。」

今用「淺紅」、「粉紅」、「大紅」、「深紅」等。

（五）古代用一個詞表示「動作＋結果」，後來「動作」和「結果」用不同的詞分開表示

先秦用「破＋N」（100 多例），「V＋破＋N」少見（僅 4 例）。「破」兼表動作和性狀。《孫子兵法．謀攻》：

孫子曰：凡用兵之法，全國為上，破國次之。

漢代「V＋破＋N」增多，但「破」仍兼表動作和性狀。《史記．陳涉世家》：

章邯擊，大破之。

《史記．陳涉世家》：

章邯擊破之。

魏晉南北朝出現「V＋N＋破」，「破」表性狀，和動作分離。《百喻經．以梨打頭破喻》：

見我頭上無有髮毛，謂為是石，以梨打我頭破乃爾。

《賢愚經》：

左捉破器，右持折杖，卑言求哀，從人乞丐。

《齊民要術．造神麴並酒》：

貯汁於盆中，搦黍令破，瀉著甕中。

從「綜合」到「分析」，不僅是語言結構的變化，而且反映了思想概念的變化。最初，人們看到黑馬，就稱之為「驪」，看到黑犬，就稱之為「獹」，看到黑虎，就稱之為「虪」；到後來，人們把性狀和事物分開，用「黑馬」、「黑狗」、「黑虎」來稱呼它們，這不有點類似「離堅白」嗎？戰國時期名家提出「離堅

白」，是認識論的一大發展。同樣，辭彙從「綜合」到「分析」，也反映了人們分析和抽象能力的提高。

當然，這個問題不能說過頭，不能說用「綜合」式的辭彙就表示當時的人沒有分析和抽象的能力。事實上，「黑」這個抽象概念早就有了，可以用「黑」、「黎（黧）」、「盧」、「緇」等詞表示；也早就有了「黑首」、「玈（盧）弓」、「緇衣」等「分析」式的表示法。而且，從「獹」、「壚」（黑土）、「瀘」（黑水）、「鸕」（黑鳥）、「矑」（瞳人）這些同源詞看，古人也早知道這些不同的事物都有同一性狀「盧（黑）」。同時，「綜合」式的詞語也有它的用處，可以簡便清楚地稱述某種常見的事物或動作，所以，黑金為「鐵」，至今沒有改用「分析」式的稱述，而且在現代漢語中，一些新產生的詞，仍是「綜合」式的，如「拽」、「踹」、「甏」等。思想和語言都是複雜的，我們在注意到從「綜合」到「分析」的這樣一種發展的主要趨勢時，不能把問題簡單化。

六、語言與認知

人們生活在同一個世界上，但人們對世界的認識有同有異。這種對世界的認識，有的是文化層面的，有的是認知層面的。認知的差異，有的也反映在語言中。

（一）語言反映多角度的認知方式

人們對同一事物可以從不同角度認知並命名，這是很常見的現象。比如 tomato 這種從美洲傳來的水果，南方人稱為「番茄」，北方人稱為「西紅柿」，四川貴州稱為「毛辣角」，就是一個例子。古代有一些同物異名，也是人們從不同角度認知的結果。如：

《說文》：「楣，秦名屋櫋聯也。齊謂之户（簷），楚謂之梠。」

《說文》：「櫋，屋櫋聯也。」

《說文》：「槐，屋梠也。」

《說文》：「户，屋梠也。」段注：「簷之言廉也。」

《說文》：「槐，屋梠也。」段注：「槐之言比敘也。」

《釋名‧釋宮室》：「梠，連旅之也（據《御覽》改）。或謂之櫋。櫋，緜也。緜連榱頭使齊平也。」

《釋名‧釋宮室》：「楣，眉也，近前各兩，若面之有楣也。」

古代屋檐口椽端的横木，有不同的名稱。這些名稱之所以不同，是因為方言的區別，但歸根到底是認知的區別。不同方言區的人，有的著眼於其相對於牆的位置，稱之為「楣」，有的著眼於其處於屋頂的邊緣，稱之為「簷」，有的著眼於其連接椽子的作用，稱之為「櫋」、「梠」，有的著眼於其使椽子排列整齊的作用，稱之為「槐」。事物有多方面的特性，這些不同的認知各自注意到事物的某一方面的特性，都是正確的。

對事物的認知是如此，對事件的認知也是如此。比如做一件事出了錯，人們既可以把錯誤歸結於動作，也可以把錯誤歸結為物件。漢語和英語都是如此。比如：

寫錯了字。——寫了錯字。

We have mistaken the house. ——We came to the wrong house.

兩種表述法的意思基本上是一樣的。

有的學者認為，漢語和英語的表述不一樣。如：

她嫁錯了人。——She has married the wrong guy.

漢語把錯誤歸於「她」，英語把錯誤歸於對方（guy）。僅就這個例子也許可以這樣說，因為漢語沒有「她嫁了錯誤的人」這樣的說法。但是，僅就這一個例句而得出一種普遍性的結論，說「漢語把錯誤歸於自己，英語把錯誤歸於對方」，這種看法實際上不全面。因為漢語也可以說「她嫁了一個不合適的人」，或者說「所適非人」，這同樣是把婚姻的不美滿歸於對方。而上面說過，英語既可以說 "We came to the wrong house"，把錯誤歸於物件；也可以說 "We have mistaken the house"，把錯誤歸於動作。

確實，英語的"wrong"和漢語「錯」不完全對等，很多英語中用 "wrong" 修飾賓語的句子，漢語中不能直譯，通常要用「動詞＋錯」來翻譯。如：

He arrested the wrong man. ——他抓錯了人。

但這是因為英語的“wrong”有“not required, suitable or the most desirable”的意思，漢語的「錯」沒有這個意思。所以“wrong guy”、“wrong man”不能直譯為「錯誤的人」。但如果不用「錯」，而改用和“not required, suitable or the most desirable”相應的詞語，還是可以翻譯的，比如，可以譯成「不合適的人」、「不該抓的人」，仍然是把意願的差錯歸於物件。可見，這是漢英兩種語言辭彙的差異，而不是認知的差異。

不過，也應該看到，在漢語中表達這種意思時用「動詞＋錯」比較多，用「錯（或不合適）＋賓語」的比較少。相反，英語中用“wrong”修飾賓語比較多，而用「動作＋結果」的比較少。如果通過英漢兩種語言的大量句子的對比，得出結論說，「『動作——結果』基模雖然在漢、英語都存在，但是在漢語中占主導地位，而在英語中占次要甚至邊緣地位」，這才抓住了問題的實質。

（二）語言反映認知角度的差異

但不同語言確實也有反映出認知角度的差異的。這裡只舉一個例子：對時間的兩種認知方式。

對時間的認知，實際上是人們對空間認知的投射。人們對自己在空間的位移有兩種認知方式：一種是人在動，處所不動（人在向前進），一種是人不動，處所在動（周圍的東西在後退）。相應的，對時間的認知也有兩種方式：1.從時間隧道穿越而過，2.時間列車迎面而來。

漢民族主要是後一種。漢語所反映的這種對時間的認識，在古代詩文中可以找到很多例證，如：《詩經・唐風・蟋蟀》：

今我不樂，日月其除。……今我不樂，日月其邁。……今我不樂，日月其慆。

毛《傳》：

除，去也，邁，行也。慆，過也。

《論語・子罕》：

子在川上曰：「逝者如斯夫！不舍晝夜。」

《論語・微子》：

往者不可諫，來者猶可追。

在唐詩中，也可以看到。李白〈行路難〉：

棄我去者，昨日之日不可留。

白居易〈琵琶行〉：

弟走從軍阿姨死，暮去朝來顏色故。

直到現在，我們還常說「光陰似箭」，「新年將至」，「迎來新的一年」。顯然我們的祖先和我們都是這樣的時間觀念：時間列車迎面而來，又離我而去。

正因為這樣，我們把迎面而來（但還沒有到來）的一年稱為「來年」，把棄我而去（已經過去）的一年稱為「去年」。如果一列時間列車正在我們身邊馳過，我們站在列車的中間，那麼，列車的前部就是「前年」（已經過去），列車的後部就是「後年」（尚未到來）。

相比之下，說英語的民族對時間主要是另一種認知：穿越時間隧道。去年是"last year"，明年是"next year"。這就和乘坐汽車火車往前走一樣；過去的一站是"last station"，前面的一站是"next station"。

當然，這個問題也不能絕對化。英語也可以說"Time is flying by"，"coming year"，這又是時間向我們馳來。而在漢語中，如果主體意識很強烈時，也可以說「我們帶著新的期待，邁向新的一年」。但是，兩種語言對時間認知的主要傾向不同，這是很明顯的。

語言和文化的關係是一個很值得研究的課題。以上都是一些不成熟的看法，請諸位指教。

參考文獻

羅常培 1950 《文化語言學》，北京：語文出版社（1989年版）。

邢福義主編 1990 《文化語言學》，武漢：湖北教育出版社。

游汝傑 1993 《中國文化語言學引論》，北京：高等教育出版社。

蔣紹愚 1989 《古漢語辭彙綱要》，北京：商務印書館。

蔣紹愚 1998 《古漢語辭彙和漢民族文化》，《語言學論叢》第20輯。

陳白夜 1981 《「白日」與「紅日」》，《中國語文》第4期。

趙　翼 《陔餘叢考》，《續修四庫全書》，上海古籍出版社，1995年。

《佛光大辭典》，高雄：佛光出版社，1988年。

從「鄂不韡韡」看「蓮房」與「蓮蓬」[**]

楊秀芳[*]

一、前言

《詩・小雅・常棣》首句「常棣之華，鄂不韡韡」的「不」字解法不一。王肅述毛《傳》之意曰「不韡韡，言韡韡也。」孔《疏》述毛《傳》之意曰「毛以為常棣之木，華鄂鄂然外發之時，豈不韡韡而光明乎？以衆華俱發，實韡韡而光明。」鄭《箋》不從毛《傳》，主張「不」當作「柎」，[1]表示「鄂足也」。[2]本文根據語言文字的證據，修正鄭《箋》之說，並探討這個

---

[*] 現任國立臺灣大學中國文學系教授。

[**] 本文寫作期間曾請教許進雄、徐富昌兩位教授有關甲骨文字形問題，並利用中研院漢籍電子文獻資料庫，獲得許多協助。本文於 2004 年 11 月在「東亞語文學與經典詮釋學術研討會」上宣讀，承蔣紹愚教授講評，並獲張寶三教授惠賜修改建議，受益良多。謹此一併申謝。會後作者曾以本文為龔煌城教授祝壽，收在《漢藏語研究：龔煌城先生七秩壽慶論文集》（臺北：中央研究院語言所，2004 年）中。其後續有修訂，重刊於此。特此說明。

[1] 《毛詩正義》嘉慶二十年阮元刻本作「拊」，《說文解字注》嘉慶十三年經韻樓藏刻本引鄭箋作「柎」。按：《說文解字》「拊」義「揗也」，與「花萼之足」語義無關；「柎」義「闌足」，段注謂即「花萼之足」。《經典釋文》又曰「拊亦作跗」。此處據段注所引作「柎」。「柎」、「拊」、「跗」字形不一，當是因聲造字，故義符不一。又有「趺」字，亦因「夫」、「付」聲符音近而同於「跗」字。

[2] 《說文解字》無「鄂」字。「韡」下曰：「盛也。從華，韋聲。詩曰咢不韡韡。」段注曰「咢，各本作蕚，俗字也。今正。今詩作鄂，亦非也。毛云咢猶咢咢然，言外發也。鄭云承華者曰咢。皆取咢布之意。」據鄭《箋》

「不」演變到後代的寫法及相關用法。

本文主要探討以下三方面的問題：（一）甲骨文「不」字正象萼足之形，[3]我們懷疑萼足正是「不」的本義，音與「柎」同。《說文解字》依據「不」之假借義的否定用法，定「不」的本義為「鳥飛上翔不下來也」，另一方面又以從木的形聲字「柎」定為萼足一語的本字，「不」的「柎」音一讀後遂隱而不見，「不」的萼足本義也被假借義遮蓋。鄭玄之時，「不」還保存「柎」音一讀，所以鄭玄纔能認為「不」是「柎」的假借寫法，而看出「鄂不韡韡」的「不」不必解為否定詞。從甲骨文來看，鄭《箋》之說還可以再修正，「不」表示萼足恐怕正是本字本義，「柎」則為後起的形聲字。（二）從音義各方面證據來看，吳閩方言蓮蓬一語本字為「蓮不音柎」，「不」並且循著形體特徵而一路發展出多種用法。這些語料說明了「不」的萼足義在方言間有具體的例證。（三）《禮記．明堂位》稱跗俎為「房俎」，而荷實在東晉稱為「蓮房」，中古之後稱「蓮蓬」。我們懷疑因「不音柎」與「房」古有音轉關係，「不」遂轉稱為「房」。後來輕重脣二分，「房」字變讀為輕脣，而口語中「蓮房」一語仍為重脣，與「蓮蓬」音近，古人不識，遂又改寫「蓮房」為「蓮蓬」。

以下第二節根據文字初形和古漢語假借用字現象，提出我

之意，「鄂」指花萼。字形古作「咢」、「鄂」，今作「萼」。

3 萼足指花萼的底座，用來托住花萼，因此萼足相當於花托，上托花萼、子房、花柱、花瓣，下接花莖。

們對「鄂不韡韡」毛《傳》鄭《箋》異說的看法。第三節論證吳閩方言蓮蓬一語本字為「蓮不」。第四節討論「蓮房」、「蓮蓬」二語的來源問題。第五節結論。

二、論「鄂不韡韡」毛《傳》鄭《箋》之說

《詩・小雅・常棣》首章曰：

> 常棣之華，鄂不韡韡。凡今之人，莫如兄弟。

毛《傳》曰：

> 興也。常棣，棣也。鄂猶鄂鄂然，言外發也。韡韡，光明也。

鄭《箋》云：

> 承華者曰鄂，不當作柎。[4]柎，鄂足也。鄂足得華之光明，則韡韡然盛。興者，喻弟以敬事兄，兄以榮覆弟，恩義之顯亦韡韡然。古聲不、柎同。

《經典釋文》曰：

> 鄂，五各反。不，毛如字。鄭改作柎，方于反。

《經典釋文》又在鄭《箋》「古聲不、柎同」下曰：

> 不音如字，又芳浮反，二聲相近也。柎亦作跗，前注同。一云不亦方于反。

[4] 參見註 1。

對於毛《傳》之意，孔穎達《毛詩正義》曰：

> 毛以為常棣之木，華鄂鄂然外發之時，豈不韡韡而光明乎？以眾華俱發，實韡韡而光明，以興兄弟眾多而相和睦，豈不強盛而有光暉乎？言兄弟和睦，實強盛而有光暉也。兄弟和睦則強盛如是，然則凡今時天下之人，欲致此韡韡之盛，莫如兄弟之相親，言兄弟相親則致榮顯也。

對於鄭《箋》之意，《疏》曰：

> 鄭以為華下有鄂，鄂下有柎，言常棣之華與鄂柎韡韡然甚光明也。由華以覆鄂，鄂以承華，華鄂相承覆，故得韡韡然而光明也。華鄂相覆而光明，猶兄弟相順而榮顯。然則凡今時之人，恩親無如兄弟之最厚也。

又曰：

> 以鄂文承華下，故為承華曰鄂也。又古聲不、柎同。不在鄂下，宜為鄂足，故知當作柎，柎為鄂足也。以鄂足比於弟，華比於兄，鄂既承華，文與柎連，則鄂柎同比弟也。言鄂足得華之光明，是弟得兄榮也。又曰恩義之顯亦韡韡然，則兄亦得弟之助。兄弟之相佐，猶華鄂之相承覆也。《易傳》者，以華之外發取眾多為義，未若取相承覆為喻辭理切近，故不從毛也。

鄭《箋》不從毛說，是因為取華鄂相承覆為喻，辭理更為切近。而古「不」、「柎」本有同音之實，可互相假借；「柎」是「鄂足也」，因此鄭《箋》以「不」表示萼足之說似更具說服力。

「鄂足」之義，上引文寫為「拊」，《說文解字》寫為「柎」，《經典釋文》又說「拊亦作跗」。同一個語詞而可以寫為不同的字形，往往表示這個語詞的本字已經不為人所知；而各種字形當中，除了「不」是象形字之外，都是根據聲符配上各種義符的形聲字。從造字用字的觀點來看，這些形聲字應該是後起的形式，它們表達的是同一個語詞，因此基本上是同一個語音，但是不同的人為這個語音搭配了不同的偏旁，結果寫成不同的形聲字。「不」作為象形字，筆畫既像萼足，從造字的觀點來說，它比起上面所舉的形聲字更有可能是文字的初形。

「不」、「柎」、「拊」、「跗」四種字形當中，「跗」未見於《說文解字》。至於「拊」，《說文解字》曰「拊，揗也。」段注「揗者，摩也。」從義符來看，造字之初應該是用來表示動作，而與萼足之義無關。

關於「不」，《說文解字》曰「不，鳥飛上翔不下來也。從一，一猶天也。」段注曰：

> 凡云不然者，皆於此義引申，假借其音。古在一部，讀如德韻之北。音轉入尤有韻，讀甫鳩、甫九切，與弗字音義皆殊。……又《詩》鄂不韡韡，《箋》云不當作柎。柎，鄂足也。古聲不、柎同。

段氏指出否定詞的「不」係引申自「鳥飛上翔不下來」，否定詞「不」的讀音也來自此，讀為入聲，或音轉入尤有韻。《說文通訓定聲》就許慎本義再予解釋，說「象高飛但見翅尾」，「許意以為至之反」，因此有「鳥飛上翔不下來」之義；又引周伯琦《說文字原》「不，鄂足也。象形。」與許慎說法並列。

根據《甲骨文編》頁 461-462 收錄的甲骨文字來看，「不」大別有三類字形：一類如（甲 1565），一類如（甲 2382），一類如（存 1485）。字形的差異在於有無倒三角形的部分，以及有無頂上一橫。三類字形所佔數量的比例，第一類約佔百分之五十，後面兩類合佔百分之五十。甲骨文字形有繁簡之異，推測書寫的一般習慣，由本來的繁文省簡為省文的做法可能比較多。換言之，「不」的甲骨文初形可能含有倒三角形的部分，象萼足之形。倒三角形的部分表現的是花托向下隆起的部分，這個部分在書寫時常被省略。根據《金文編》收錄的字來看，金文幾乎全含有倒三角形的部分；小篆也有倒三角形的部分。金文和小篆都帶倒三角形，這說明倒三角形是重要的部位；甲骨文固然有省簡的寫法，但不是正規完整的形式。

許慎根據小篆字形解釋「不」字本義的說法恐怕有些牽強。牽強之處在於否定的語法概念其實不容易藉形體表現，而且何以鳥飛上翔一定表示不下來的否定之義，也難以說清楚。如果允許我們重新思考關於「不」的本義，我們不妨根據甲骨文字形和《詩經》「鄂不韡韡」來探討。

鄭《箋》認為「鄂不韡韡」的「不」其實是「柎」的假借寫法。關於「柎」的萼足之義，《說文解字》曰「柎，闌足也。從木，付聲。」段注曰：

> 柎蒙上文木虡言之，闌字恐有誤。韻會本闌作鄂。柎、跗，正俗字也。凡器之足皆曰柎。〈小雅〉鄂不韡韡，《傳》云鄂猶鄂鄂然，言外發也。《箋》云承華者曰鄂，

不當作柎。柎，鄂足也。鄂足得華之光明，則韡韡然盛。古聲不柎同。《箋》意鄂承華者也，柎又在鄂之下，以華與鄂喻兄弟相依。郭璞云江東呼草木子房為柎。草木子房如石榴房、蓮房之類，與花下鄂一理也。甫無切，四部。

段注所謂「蒙上文木虡言之」，指的是《說文解字》中「柎」之前一字「樂」的字形分析。《說文解字》曰「樂，五聲八音總名。象鼓鞞。木、虡也。」段注：

鞞，當作鼙，俗人所改也。象鼓鼙，……。鼓大鼙小，中象鼓，兩旁象鼙也。……「木」謂從木。「虡」，鐘鼓之柎也。

《說文通訓定聲》「柎」下亦曰：

謂鐘鼓虡之足。按凡器物之足皆得曰柎。俗字作跗。

段氏引郭璞之說，指出東晉之時江東稱草木子房為「柎」，並謂此義「與花下萼一理也」。按：子房是植物育生種子的地方。子房有花柱伸出，受粉後，花粉通過花柱而達子房，使子房成熟肥大而成果實。子房與萼足相連，此段氏所以謂「與花下萼一理也」。蓮房又稱蓮蓬，正是荷花子房成熟後的果實。[5]

段、朱二氏又皆指出萼足引申可表器物之足，例如用以支撐鐘鼓的木架底座。萼足是花莖頂端承花萼的底座，呈向下隆起的圓錐形特徵；作為支撐鐘鼓的木架底座也有相似的形體特

[5] 關於蓮房與蓮蓬取義的問題，參見第四節內容。

徵，向上隆起以連接木架，支撐重量。「柎」用來表示鐘鼓的木架底座，正因為形體特徵相似；其語義引申的脈絡可說是清晰而合理。

綜合上述資料，我們可以推測：許慎之時，原本象萼足之形的「不」的否定詞假借義已經大行其道，小篆字形也已頗為抽象，因此受「不」的假借義否定用法影響，定「不」的本義為「鳥飛上翔不下來」。對於萼足一詞，則取經籍中從木的形聲字「柎」為本字。

就經籍所見，從木的「柎」字或表萼足之義，或假借為「坿」，或為「拊」，或為「弣」。假借之例如《儀禮・士冠禮》：「素積白屨，以魁柎之。」鄭《注》：「魁，蜃蛤。柎，注者。」賈公彥《疏》曰：「云柎注者，以蛤灰塗注於上，使色白也。」《說文通訓定聲》謂此「柎」，「假借為坿」。「坿」字即「附」，附著增益之義。

「柎」字以萼足之義見於經籍者，如《山海經・西山經》「有木焉，員葉而白柎，赤華而黑理。」郭璞《注》曰：「今江東人呼草木子房為柎。一曰：柎，花下鄂。」《山海經》「白柎」之說當是《說文解字》「柎」字本義的根據。

稍晚於許慎的鄭玄《箋》注「鄂不韡韡」，曰「不當作拊」。這個萼足義或寫為「拊」，或寫為「柎」，或寫為「跗」，[6]顯示當時這個語詞已經本字不明，而假借之法多端，《說文解字》

---

6 參見註 1。

所規範的字形又尚未定於一尊，因此有多種寫法。例如《管子・地員》「朱跗黃實」便將萼足義寫為「跗」。

以上所說的是：表示萼足的這個語詞，兩漢以前文獻多寫為不同的字形。事實上，由萼足義引申的語詞亦然；由這個相同的聲符加上適當的義符，便可以表示種種和萼足義相關的概念。例如《說文通訓定聲》「柎」下曰：[7]

> 俗字作跗。左成十六傳有韎韋之跗注。注謂足跗。字亦作蚹。《莊子・齊物論》吾待蛇蚹蜩翼耶。司馬《注》：謂蛇腹下齟齬可以行者也。

杜預注《左傳》曰「跗注，戎服，若袴而屬於跗，與袴連。」孔《疏》曰：「跗注，兵戎之服，自要以下而注於腳跗。謂屬袴於下，與跗相連。」《儀禮・士喪禮》也有「乃屨，綦結于跗，連絇。」「跗」指腳背。

以「跗」表腳背雖見於兩漢以前文獻，但《說文解字》並未收「跗」字，朱駿聲則附在「柎」字下，認為「跗」是俗字。這是因兩漢之前已經有由萼足義引申出腳背義的用法，並且為區別腳背和萼足的不同，為腳背義造了形聲字「跗」。由於腳背義從萼足義引申而來，因此許慎以表萼足的「柎」為正字，收進《說文解字》；「跗」因後起，遂不見錄。

《莊子》一例，「蛇蚹」指蛇的腹部底下用來摩擦土地以前進的横鱗，[8]這和萼足一樣，都是用來承托的底座。基於上

---

[7] 「跗」字不見於《說文解字》。

[8] 成玄英《疏》：「蚹者，蛇蛻皮也。」本文以為「蛇蚹」、「蜩翼」並列，「蚹」

述同樣的道理，《說文解字》也沒有收錄「蚹」字。這些表示足部或底座的語詞，既具有共同的核心語義，音讀上又有相近的特徵（詳見第三節），應是屬同一個詞族（word family）的成員。

語詞發生的先後次序和造字次序並無必然的關係。從甲骨文「不」象花萼之形來看，表萼足的「不」可能是最早設計的字，不過這並不表示語言中也一定是萼足義造語在先。人的腳背是人身的部位，萼足是花萼的底座，古人似乎應該先為人的腳背造詞。不過腳背只是腳的局部，古人原來也可能不作細部區別，而只有泛稱的用法。萼足作為花萼的底座，古人如果需要明確指稱，便可能專為萼足義造語；有了萼足之稱後，後來擴大用來表示相關的概念，成為這個詞族的不同成員。在漢語文發展史中，由於這些和底座有關的概念在語義上各有特點，古人便以此萼足義的聲音為聲符，依其語義特點設計義符，造了「柎」、「跗」、「蚹」等各種形聲字。

鄭《箋》未從毛《傳》之說，而認為「不」本為「柎」字，假借表萼足之義。本文根據文字初形以及古漢語假借用字的特質和現象，懷疑「不」其實正是萼足義的本字。

解為蛇身體的某部位器官似較合理，故從司馬之說。

三、論吳閩方言的「不音柎」

閩方言中，閩東福州稱蓮蓬為「蓮蓬」lɛiŋ2 phuŋ2[9]（馮愛珍 1998），閩北建甌稱蓮蓬為「蓮鈸」laiŋ2 puɛ8（李如龍等 1998），閩南廈門稱蓮蓬為 lian2 pɔ2（Douglas 1873）。「蓮鈸」之稱大約因蓮蓬形狀與鈸相似而得名。「蓮蓬」是通行各地的稱呼，因「蓮房」之名而來。lian2 pɔ2 之稱也見於浙南吳語。[10]本節將根據閩南語與浙南吳語的語音規則對應和語義特徵，說明 lian2 pɔ2 一語來自萼足之義，本字為「蓮不音柎」。

陸德明《經典釋文》為鄭《箋》提出的「不當作拊」作音注，指出「拊」讀「方于反」。又在鄭《箋》提出的「古聲不拊同」下注音，說：

> 不音如字，又芳浮反，二聲相近也。拊亦作跗，前注同。一云不亦方于反。

這段話與上文所引《說文解字注》「不」字下的注文可以互相發明，為求清楚，再引《說文解字注》如下：

> 凡云不然者，皆於此義引申，假借其音。古在一部，讀如德韻之北。音轉入尤有韻，讀甫鳩、甫九切，與弗字

---

[9] 本文以 1、2、3、4、5、6、7、8 分別代表陰平、陽平、陰上、陽上、陰去、陽去、陰入、陽入調類，置音節尾。有時以調值表示，亦置於音節尾。調值一般均為兩位數或三位數，與調類當不至於混淆；若有混淆之虞，將特別說明。在閩語的聲調系統中，陽上與陽去兩調，廈門、漳州方言合流為一，泉州、潮州方言能分。本文據廈門方言調類系統標記，陽上均標為第六調。

[10] 北部吳語一般稱「蓮蓬」，如寧波話稱「蓮蓬」li2 boŋ2。

音義皆殊。……又《詩》鄂不韡韡，《箋》云不當作柎。柎，鄂足也。古聲不、柎同。

段氏提出否定詞的「不」來自第一（之）部，讀如德韻的「北」，又有尤有韻的讀法。另外「不」在「鄂不韡韡」中則與「柎」同音。[11]按：「柎」於古音在第四（侯）部，之侯兩部合韻的現象不多，但也不是沒有，例如侯部的「侮」從之部的「每」得聲。之部「音轉入尤有韻」的「不甫鳩、甫九切」音，和侯部進入中古虞韻的「不音柎」音，兩者可能因脣音聲母的關係，使韻母的差異變得不明顯，因此侯部的「不音柎」便和之部的「不甫鳩、甫九切」「古聲不拊同」了。

陸氏的「不音如字，又芳浮反，二聲相近也」，是就「不」字一般的否定詞用法立說。「如字」之說，相當於段氏的「凡云不然者，讀如德韻之北」；「又芳浮反」則相當於段氏所謂的「音轉入尤有韻」。[12]兩者同來自古音之部，因此說「二聲相近也」。

陸氏的「拊亦作跗，前注同」是指出文字上「拊」、「跗」可通。「一云不亦方于反」則是為「鄂不韡韡」的「不」注音，指出它和「拊」一樣讀「方于反」。段氏所引「柎」字「甫無切，四部」，音也同於「方于反」。

綜合陸、段二氏音注，及上文第二節周伯琦《說文字原》之說，以及甲骨文字給我們的啟發等，我們得到以下認識：「鄂

11 段氏引鄭箋作「柎」。參見註1。

12 「芳浮反」和「甫鳩切」韻同而聲有次清、全清之異。

不韡韡」的「不」為萼足義本字，韻讀屬上古第四（侯）部，中古讀為虞韻非母。

萼足義在方言間其實不只虞韻非母一讀，還有虞韻奉母的讀法。《玉篇》、《廣韻》收錄相關的音義如下：

《玉篇》：

（一）樤「附俱切。江東人呼草木子房為樤。」

（二）柎「方無切。花萼足也。說文曰闌足也。」

（三）跗「方俱切。儀禮曰綦結于跗。跗，足上也。」

《廣韻》：

（一）虞韻防無切 「樤，草木子房。」

（二）虞韻甫無切 「柎，欄足。」

（三）虞韻甫無切 「跗，足上也。」

《玉篇》的三種音義，分別相當於《廣韻》的三種紀錄。與陸氏音注比較，除了多出奉母讀，也造了新的形聲字。根據第二節的討論，可知這裡的（一）、（二）語義密切相關。第三種「足上也」則是由萼足義引申的用法，音讀也和（二）一樣。

晚出的《集韻》廣收異體字，音義相同之字有不同的字形並列一處：

（一）虞韻馮無切 「樤柎，艸木花房。」

（二）虞韻風無切 「柎樤不柎，艸木房為柎，一曰華下萼。」

（三）虞韻風無切 「跗趺胕趺，足也。」

（四）虞韻芳無切 「柎柭，華萼也。」

《集韻》的前三組音義分別相當於《廣韻》的三種紀錄，第四組只是增收的音，語義與前兩組無異。《集韻》在第二組收了「不」字，這有可能是因為《集韻》編者認為「不」是萼足義的本字，也有可能只是因為收錄鄭《箋》假借義的緣故。

綜合以上韻書資料，我們知道與萼足義有關的語詞都讀虞韻脣音。方言間或讀非母，或奉母，或敷母。

閩南語虞韻文讀層韻讀-u，白話層韻讀-ɔ，如「夫扶斧傅雨芋」的白話層韻讀都是-ɔ。非敷奉輕脣母字在閩南文讀層讀h-，白話層讀為雙脣塞音。此外，全濁塞音聲母清化後有送氣不送氣兩種讀法。綜合這些古今對應規則來看，如果閩南語保留了「不音柎」這個語詞，並且讀的是奉母一讀，而非非母或敷母，那麼「蓮蓬」的 pɔ2 正符合為虞韻奉母字的規則讀法。

就語義詞彙來看，閩南除「蓮不音柎」lian2 pɔ2（蓮蓬）來自萼足義，還有「蜜不音柎」bit8 pɔ2（蜂巢）形似蓮蓬，也取義於此。另外，「骹不音柎」kha1 pɔ2（腳背）、「手不音柎」tshiu3 pɔ2（手背）也來自萼足義。kha1 pɔ2（腳背）、tshiu3 pɔ2（手背）因為有隆起的部分，形體上就像是木架底座，具有「器物之足」底端膨大厚實的形體特徵，因此取義於萼足而有此構詞。這個膨大厚實的語義特徵，可能在語言實際應用上逐漸模糊，因此後來 kha1 pɔ2 只表示腳，或表示腳的輪廓。閩南稱大腳丫為 tua6 kha1 pɔ2，在這個複合詞中，只說其大，似乎已看不到腳背膨大厚實的語義特徵了。

kha1 pɔ2、tshiu3 pɔ2 語音又有濁化現象，也稱 kha1 bɔ2、tshiu3 bɔ2。語音濁化在高頻語詞中常見，如「椅條」i3 tiau2（長條椅）又稱 i3 liau2；「錦」kim3 稱 gim3；「夾」kiap7 又稱 giap7 等。kha1 pɔ2、tshiu3 pɔ2 濁化為 kha1 bɔ2、tshiu3 bɔ2，可能也還因為 pɔ2 語義不明，又受到「模」bɔ2 的牽引，因此在認知上產生變化，轉而表示腳的形狀，因此改讀為 bɔ2。

tua6 kha1 pɔ2 在發音上也有人作 tua6 kha1 po2。這可能因為人們不了解 pɔ2 的語義，又受到音近的「婆」po2 牽引，語音和認知上遂改從「婆」po2。tua6 kha1 po2 於理不合甚明，因為男女老少都可以有大腳丫。

kha1 pɔ2 這類用法老早見於古代，這可以從古人造「跗」字看出。《玉篇》、《廣韻》都說「跗，足上也。」足上即腳背。到了《集韻》，只說是「足也」。語義由萼足引申到同樣隆起的腳背，再泛稱指腳，其語義變化的痕跡宛然可見，而這些不同的語義在閩南語用法中都還保留。

閩南還有「豆豉不」tau6 si6 pɔ2（豆豉）、「豆不」tau6 pɔ2（豆豉）之語，是黑豆經過處理而發酵隆起成團之物，我們認為這裡的 pɔ2 也是「不音柎」。「豆豉不音柎」tau6 si6 pɔ2 成團而內含多數豆子，形狀和草木子房相似，應是取義於此而有此構詞。tau6 si6 pɔ2 本來指隆起成團的豆豉團，到後來也用來稱呼一顆一顆的豆豉，原來的語義特徵顯然模糊不再了。閩南與此相似的構詞還有 lin1 pɔ2（乳房），應該也是取義於隆起的形體特徵，而 lin1 pɔ2 又稱 lin1 bɔ2，則是濁化的結果。

本文還懷疑 au3 pɔ2（裁製衣服時，將袖口或下襬的布褶入一段收邊）的 pɔ2 也來自萼足義。將袖口或下襬的布褶入一段收邊，所作成的邊有厚實的特徵，像是可以支撐的「器物之足」，所以用述賓結構「拗不音柎」au3 pɔ2 稱之。

就語義條件來看，閩南這些語詞都在形體上和草木子房有相似之處，可以看出它們是循著形體特徵而在語義上引申發展的結果，和萼足義密切相關。

合以上音義兩方面的證據來看，閩南語 pɔ2 和「不音柎」應該具有同源的關係。

浙南吳語有一些語詞，其取義與萼足有關，其語音與「不音柎」也有規則對應。例如：（曹志耘等 2000）

開化：花 bu2（花蕊）

常山：蓮子 bu2（蓮蓬）

玉山：大蒜 bu2（蒜頭）

雲和：bu2（朵）

慶元：蓮 pu2（蓮蓬）、一 pu2 花（一朵花）

蓮蓬與萼足相關，在《說文解字注》中已經為段氏指出。以萼足之名來稱花朵（如開化），是以部分來代全稱，這在語言中是常見的做法。慶元進一步以之作為花朵的單位詞，這也是漢語常見的語言現象。至於蒜頭，可能因為軀體膨大有若子房，所以用萼足之名稱之。

就聲母來看，根據古今語音對應規則，開化、常山、玉山、雲和的全濁聲母都是帶音的讀法，而慶元則全濁聲母已清化。上列諸例的聲母表現，說明了這些語詞來自古全濁脣音字。

古輕脣母在浙南吳語有齒脣音和雙脣音兩種文白層次表現，上列語料讀雙脣音，顯示它們可能來自古並母字，也可能來自奉母字的白話層次。

以韻母的表現來看，虞韻脣音字在浙南吳語不論文白都有 -u 韻母的讀法。舉例來說，奉母字「扶」在開化、常山、玉山都讀 bu2，在雲和讀 vu2，在慶元讀 pu2。雲和 vu2 讀齒脣聲母，應是文讀層次的表現，其餘各地讀雙脣音則都是白話層的表現。

由上述音義證據來看，我們可以確定開化等地的這些讀法和閩南語 pɔ2 一樣，都和蕚足義的「不音柎」有同源關係。

四、從「不音柎」看「蓮房」與「蓮蓬」

「不音柎」作為蕚足，本是通稱，指所有花蕚之足，並由此引申指器物之足。閩南語除有上述種種語義的引申外，在蕚足一義上專用指荷花的果實，即蓮蓬，稱為 lian2 pɔ2。

根據今天植物學的認識，荷屬睡蓮科，一名蓮。花托上部延長成倒圓錐形，為蓮房，又名蓮蓬。有二三十小孔，各孔分隔如房，每孔內結果實一，為蓮子。

蓮與荷今混用無別，古則專稱荷實為蓮。荷見於古文獻紀錄最早的大約是《詩・陳風・澤陂》：

> 彼澤之陂，有蒲與荷。有美一人，傷如之何。寤寐無為，涕泗滂沱。
>
> 彼澤之陂，有蒲與蕑。有美一人，碩大且卷。寤寐無為，中心悁悁。
>
> 彼澤之陂，有蒲菡萏。有美一人，碩大且儼。寤寐無為，輾轉伏枕。

毛《傳》曰「荷，芙蕖也。蕑，蘭也。菡萏，荷華也。」《箋》云「蒲，柔滑之物。蕑當作蓮。[13]蓮，芙蕖實也。」《爾雅．釋草》亦曰：

> 荷，芙渠。[14]其莖茄，其葉蕸，[15]其本蔤，其華菡萏，其實蓮，其根藕，其中的，的中薏。

據此，芙蕖是荷的總名，各部位各有專稱，果實稱為蓮。

郭璞為《爾雅》作注曰「蓮，謂房也。的，蓮中子也。」郭《注》單稱「房」即指荷實。稍晚的陶淵明《雜詩十二首》「昔為三春蕖，今作秋蓮房」，首見「蓮」與「房」相連出現，後來「蓮房」發展成為複合詞。從郭璞《注》來看，當時「蓮」

---

13 《正義》曰：「以上下皆言蒲荷，則此章亦當為荷，不宜別據他草。且蘭是陸草，非澤中之物，故知蘭當作蓮。蓮是荷實，故喻女言信實。」

14 據阮元《爾雅注疏校勘記》，「芙渠」又作「芙蕖」。「芙」為俗字，古作「扶渠」。郭璞《注》曰：「別名芙蓉，江東呼荷。」邢昺《疏》引李巡曰：「芙渠，其總名也。」

15 《說文解字》曰：「荷，扶渠葉。」段注引《爾雅音義》及高誘注《淮南》，以為《爾雅》無「其葉蕸」三字為是。蓋大葉駭人，故謂之荷；《爾雅》以葉名其通體，故分別莖華實根各名，而冠以「荷夫渠」三字，則不必更言其葉也。

與「房」原為同義詞；準此來看，「蓮房」開始複合為一詞時，應為同義並列複合詞。

就我們所知，稱荷實為「房」最早在東晉之時。這種稱呼如何而來，我們認為可以從《禮記．明堂位》的「房俎」一詞看出端倪。下文將說明《禮記．明堂位》鄭《注》認為「房俎」取義於房舍，而我們懷疑這是因為古「跗」、「房」有音轉關係，遂稱「跗俎」為「房俎」。

《禮記．明堂位》曰：

> 俎，有虞氏以梡，夏后氏以嶡，殷以椇，周以房俎。

鄭《注》云：

> 房，謂足下跗也。上下兩間，有似于堂房。魯頌曰「籩豆大房」。

孔《疏》云：

> 按《詩注》云「其制足間有橫，下有跗，似乎堂後有房然。」如鄭此言，則俎頭各有兩足，足下各別為跗。足間橫者，似堂之壁橫。下二跗，似堂之東西頭各有房也。但古制難識，不可委知。南北諸儒亦無委曲解之，今依鄭《注》，略為此意，未知是否。

以上所引《禮記．明堂位》在說明魯國使用四代不同形制的俎。四代的不同在於四足的形制有別，周代用的是「房俎」。孔《疏》申說鄭玄之意，推測所以稱為「房俎」，是因為俎下有腳，腳的底部厚實膨大，四個足跗像是堂屋東西頭各有房間相護。這是說，鄭玄認為「房俎」用「房」字，是因為房舍有膨大的外觀，足跗膨大像是堂後有房舍相護，因此叫做「房俎」。

鄭《注》以「房俎」取義於足跗膨大有似堂房，似乎有些牽強，孔《疏》對此便持保留態度。鄭《注》之外，我們想提出另一種可能的解釋：「房俎」形制上指的是有四個足跗的俎，而「房」在古陽部，「跗」在古侯部，侯東陰陽對轉是常見的現象，東陽兩部也有旁轉的關係。到了西漢時期，因侯魚兩部合流，原屬古侯部的「跗」併入魚部，於是與陽部「房」便有了直接的陰陽對轉關係（丁邦新 1975：239-245）。李方桂先生便說：

> 關於東部，江有誥說「東每與陽通，冬每與蒸侵合，此東冬之界限也。」……這個大概是個古代方言現象。《詩經》裡東陽互押的例子很少見，《老子》裡漸多起來，到了漢朝的韻文裡就更多起來，尤其《淮南子》、《陸賈新語》等書，因此有人以為這是楚語的特點。（李方桂《上古音研究》：73）

換言之，因為方言中「跗」與「房」有音轉關係，因此「跗俎」又稱「房俎」。後來「房」取代了「跗」，成為通行的說法。《禮記．明堂位》便將「跗俎」寫成「房俎」，因此鄭玄必須想辦法說明何以跗俎和房舍有關。

《魯頌．閟宮》：「毛炰胾羹，籩豆大房」，毛《傳》曰：「大房，半體之俎也。」鄭《箋》曰：「大房，玉飾俎也。」毛亨、鄭玄對「大」的解釋不同，但都以「房」為俎名；換言之，「房」即「房俎」簡稱。根據鄭玄對「房俎」形制的了解，這是帶有膨大足跗的俎。

據屈萬里先生《詩經釋義》的看法，《小雅》所見多半是西周中葉以後的詩，有少數作於東周初年。如此，〈常棣〉約作於西周、東周之際，[16]而《魯頌・閟宮》作於東周中葉以後。[17]據此來看，西周、東周之際還稱萼足為「不音柎」，到了東周中葉以後，因方言有音轉現象而通稱跗俎為「房俎」，又簡稱為「房」。到了漢代，毛亨、鄭玄也相沿稱跗俎為「房俎」，因此將《魯頌・閟宮》「房」解為俎名。

稱荷實為「房」也是同樣的道理。因「房」、「不音柎」有音轉關係，因此表荷實的「不音柎」也就寫成「房」；後人因此不再知道荷實原來是「不音柎」。清人郝懿行《爾雅義疏》曰「郭云蓮謂房者，房即其殼，比戶相連。蓮之言猶連也。」郝氏的意見是由後起的名稱「蓮房」出發，在語義上勉強索解的結果，可以代表後代對「蓮房」一語的一般了解。

萼足義改稱為「房」，前人認為取義房舍，本文則持音轉互通之說。無論何者為是，事實是後來「房」取代了「不音柎」，表萼足及各種引申之義，在構詞上有種種表現。例如《淮南・氾論》有「蜂房不容鵠卵」，《注》曰「巢也」，這是因蜂巢外形與蓮蓬相似而構造的詞。又如《黃帝內經》有「乳房」一語，它應該是因為具有膨大呈圓錐形的特徵，和萼足之形相似，因此名之為「房」。

---

16 《國語・周語》中以〈常棣〉為周公之詩，《左傳・僖公二十四年》則以為召穆公所作，屈萬里先生《詩經釋義》以為均難確信。

17 《魯頌・閟宮》為頌美魯僖公之詩。

蓮房又稱「蓮蓬」，「蓮蓬」一語似乎未見於唐以前文獻。我們在《全宋詩》卷988黃庭堅〈情人怨戲效徐庾慢體三首〉中看到「莫藏春筍手，且（或作聊）為剝蓮蓬」，明李時珍《本草綱目》則常「蓮房」、「蓮蓬」互用，指稱同一物。

蓮房又稱「蓮蓬」，據清周春《爾雅補注》曰「按今呼蓮蓬。蓬乃房字轉音。」從漢語音韻史來看，這個說法是正確的。

按：「蓬」的本義，《說文解字》曰「蒿也」。蓬蒿與蓮房本非一物，蓮蓬取義應與蓬蒿無關。從「房」和「蓬」的聲韻調特徵來看，兩者調同韻近，聲母有輕重脣的差異。根據目前所見資料來看，「蓮蓬」一語起於唐代以後，它是受到非系字由重脣改讀輕脣的規律影響而產生的寫法。換言之，「房」字本讀重脣，到唐代以後變讀為輕脣，而口語所說的「蓮房」一語還維持為重脣音。這樣的口語發音和「蓮蓬」相似，而人們又不知道口語的「蓮房重脣音」其實就是「蓮房」；音字脫節的結果，便為口語的「蓮房重脣音」寫為音近的「蓮蓬」了。

五、結論

本文探討「鄂不韡韡」的「不」與「蓮蓬」一語的關係。草木子房原本稱「不音柎」，後音轉稱「房」。東晉以後稱荷實為「蓮房」，唐以後稱「蓮蓬」。這「不音柎」、「房」、「蓬」三種名稱來源相同，不過由於「不音柎」本字本義不明，在不同的時代，因音取字，寫為不同的文字。

本文內容重點如下：

（一）檢討「鄂不韡韡」毛《傳》、鄭《箋》異說，以鄭《箋》定「不」為萼足義為是，並根據甲骨文字形及語文假借現象，修改鄭《箋》之說，判斷「不」為萼足義的本字。

（二）論證吳閩方言「蓮蓬」等相關語詞與「不音柎」同源，藉以說明「不音柎」作為萼足義不是孤例，有吳閩方言為證。

（三）推斷《禮記‧明堂位》「房俎」原本即「跗俎」。鄭玄認為「房俎」一詞取義房舍，本文懷疑是古音「房」、「跗」音轉的結果，使「跗俎」改稱「房俎」。後來「房」取代了「不音柎」、「跗」，表萼足及各種引申之義，在構詞上有種種表現。「蓮房」之稱便是其一。

（四）唐代以後「房」字改讀輕脣音，而「蓮房」的「房」由於固結在口語詞彙中，並未輕脣化，音近於「蓮蓬」。人們不知道口語的「蓮房重脣音」其實就是「蓮房」，因此將「蓮房重脣音」寫為「蓮蓬」。

參考文獻

丁邦新 1975 《魏晉音韻研究》,《中研院史語所專刊》65，臺北：中央研究院出版。

中國社會科學院考古所編 1965 《甲骨文編》，考古學專刊乙種第 14 號，北京：中華書局（2004 年版）。

李方桂 1980 《上古音研究》，北京：商務印書館，其中〈上古音研究〉一文 1971 年刊登於《清華學報》新 9 卷 12 期合刊：1-61。

李如龍、潘渭水 1998 《建甌方言詞典》，南京：江蘇教育出版社。

周長楫 1993 《廈門方言詞典》，南京：江蘇教育出版社。

容　庚編 1985 《金文編》，北京：中華書局（1992 年版）。

曹志耘等 2000 《吳語處衢方言研究》，東京：好文出版社。

馮愛珍 1998 《福州方言詞典》，南京：江蘇教育出版社。

董同龢 1965 《漢語音韻學》，臺北：文史哲出版社（1983 年版）。

羅常培、周祖謨 1958 《漢魏晉南北朝韻部演變研究》，北京：科學出版社。

Douglas Carstairs, 1873 *Chinese-English Dictionary of the Vernacular or Spoken Language of Amoy, with the Principal Variations of the Chang-chew and Chin-chew Dialects.* London.

返還文本意義之途
——語言分析與先秦文本解讀的關係[**]

劉承慧[*]

一、前言

先秦傳世典籍是古典文獻的源頭，是歷代文人學者一再廣泛徵引的經典資料。語言以及時代變遷造成的隔閡，使先秦典籍成為註釋的對象；在後世反覆徵引之中，先秦文本被賦予各種解釋意義。

現代人閱讀先秦文本，不得不藉助於各時代的註釋，也不免會受到特定流派見解的影響。如果閱讀古籍是為了借鑑前人生命經驗，其實無可厚非。若是為了古典學術研究，則明辨文本意義即為必要，因為未盡詳實的理解可能導致無謂的爭執。「返還文本意義」是經典研究的基本要求。

也許有人質疑：現代距離先秦如此遙遠，不知經過多少的語言變化，更不論方言變異問題牽涉其中，如何輕言返還文本

---

[*] 現任清華大學中國文學系教授。

[**] 梅廣教授在〈語言科學與經典詮釋〉一文中，提議語言學者加入古代經典的研究，協助「經典意義的復原工作」。是這個提議引發了本文寫作的動機。本文發表於臺灣大學東亞文明研究中心主辦「東亞語文學與經典詮釋學術研討會」，承蒙梅廣教授賜正，謹此致謝。本文作者專事歷史語言分析，對先秦文本認識有限，固陋之處，尚祈各方指教。本文引用之先秦原典資料均檢索自中央研究院古漢語語料庫。

意義？也許有人質疑：是不是漢代人比現代人更有資格判定先秦文本的意義——或者說，是不是漢代註釋家所言最為貼近先秦文本意義？

設使能夠廓清先秦文本的面貌，不難得知漢代人對先秦文本的解說，有多少繼承又有多少創新。根本的問題在於，究竟有沒有可靠的門徑或方法，讓現代讀者能夠較直接的切入先秦典籍的本義？

說得更精確些，任何文本都不存在絕對的意義，「返還文本意義」不過是一種相對之辭。就以閱讀現代文本為例。我們閱讀一篇有關時局的政論，至少牽涉到語言、事實、評價三個理解的層次：在語言沒有隔閡的情況下，明瞭事實的讀者和不清楚事實的讀者之間，必然存在理解差異；又事實已經明確的情況下，贊同該文論點的讀者與不贊同的讀者，理解也會有所不同；縱使略有參差，嫻熟現代書面語的讀者必然具備共同的理解基礎，因為語言有系統性，現代語言使用者對於現代語言系統自有共識。所謂「返還文本意義」，主要在語言的共識上實現。

現代讀者對古代語言系統是陌生的。不過因為語言有系統性，從道理上說，只要能夠憑藉相對客觀的分析途徑，掌握先秦書面語系統的大要，就有可能在一定程度上廓清先秦文本的面貌，掌握其旨意。

二、先秦文本的語言分析

本文中「先秦文本」僅限以隸定漢字傳世的先秦歷史與哲理散文，而「語言分析」的任務是補充傳統注釋的空缺。

傳統章句之學，在訓詁、音韻、文字、考據各方面都取得豐厚的成果，始終是研讀先秦文本最重要的指引。不過，傳統章句之學大都聚焦在古奧生冷的字詞詮釋上，經常忽略一個關於語言演變的重大實情，那就是古今共用字形所代表的語言單位，隨著時間的推移，不斷地引申變化。[1]

先秦傳世文獻使用的隸定字形，有許多到現代依然通行；這些字形所代表的語言單位經過長時期的演變，內涵限定有所轉移，或者指涉範圍有所改易，不過要是變化幅度有限，我們仍可藉助字形的意義暗示，略知文獻的內容。

通過現代詞義理解古代文本，也許有時不失為權宜，不過多半是妨礙。具體妨礙之處，將留待第三節到第五節的個案分析中說明。第二節討論先秦書面語跟同時期口語的關係，並先行提示個案分析的要點。

[1] 這裡「語言單位」涵蓋「詞」和「連用語素」。從漢代起，漢語正式進入複音化過程，古代的單音詞逐漸走向複音形式，因此古代單音詞現代大都對應複音詞；古代代表單音詞的字形，現代大都代表複音詞裡的連用語素。這是長期演變的結果。「連用語素」也是表義成份，但是卻不能抽離複音詞而獨立表義。能否獨立表義，意味引申彈性的大小。獨立表義的單音詞在自由詞組中有很大的引申空間，反之，連用語素在僵化的複合環境中，引申空間是被極度壓縮的。

（一）先秦書面語的構成基礎

先秦書面語以口語為基礎，應該是可以肯定；至於兩者的差距，學界或許還有不同的意見。目前比較流行的看法是先秦書面語緊密聯繫著口語，文言分道是漢代以後的發展。至於先秦書面語是不是全面反映同時期口語的規律？有沒有形成書面語專屬的風格特色？尚待日後觀察。

有些對先秦書面語和口語彼此關聯性的質疑，起於「漢字部分表義」的特性。部分表義使得漢字寫成的書面記錄不全然仰仗語音辨義，字形也提供意義上的暗示。因此漢字記錄的文獻並不像拼音的文獻那樣，一旦口語形式沒落，同時也就失去判讀的依據。

以漢字為媒介的書面語有可能外於口語而獨立運用，最有力的證明是文言文在失去口語支撐之後仍舊維持了兩千年的榮景；若非晚近西潮的衝擊，或許持續得更長久。文言文所承襲的是先秦古文，然則先秦古文的來源呢？這一點不妨就已知人類文字起源和發展的普遍現象進行簡短的討論。

當代語言學家認為，口語是語言的第一形式，文字是第二形式。文字系統的發生是源自書寫符號跟口語建立起穩固的對應關係。在漢語來說，這種對應建立在「詞」和「字」上面——單音詞對應方塊字。對應雖然不是絕對的整齊，但是早自甲骨文，對應關係就已經建立。甲骨文正是基於這種對應關係被視為真正的文字。[2]

---

[2] 關於字與詞的對應，參見呂叔湘（1982）。

文字是語言的附屬形式，它的附屬性同時體現在兩方面，即文字單位對應著語言單位、文字排序對應著詞語排序。特定語言的文字系統發展成熟，即意味該語言的使用者已經掌握從口頭形式轉化為書面形式的要領；此後字形筆劃的改易僅涉及字形系統變化，不影響文字跟語言的對應關係。

最早的甲骨文主要用於占卜，其後金文主要用於註記大事，兩個時期的文字用途還很有限。到了春秋戰國文獻，無論是史實記載或是哲理論述，內容都廣泛而深入的涉及社會、文化、思想、行為等層面；要說如此複雜的書面形式是直接繼承甲古文、金文傳統，與同時期口語沒有淵源，幾乎不可能。此外，今文《尚書》語言和春秋戰國文獻語言的差距也說明「文言」傳統在西周尚未形成。

先秦書面語有幾項特出之處：首先，詞彙中單音詞佔絕對優勢；其次，句子大都很簡短；第三，排比修辭很常見。

既然先秦詞彙以單音為主，比起雙音化之後，句子自然較為簡短。排比修辭或許讓人覺得「不口語」。然而先秦文獻裡句子大多呈現散行排列，多層修飾的詞組結構相對少見——這是傳統漢語的特點，直到晚近積極引入印歐語的修飾結構之後才發生較徹底的改變——排比是散行句式的自然表現，要當作先秦文獻語言有別於口語的理由，證據力似嫌薄弱。

先秦文獻裡成份省略的現象很常見。省略不利於信息傳遞，通常在交際條件足以充分顯現被省略之信息內容的情況下才會發生，而最典型的情況即是面對面的言說。《左傳》裡的對話，省略比比皆是，說明確實為口語記錄；有些外交或官式場合的對話甚至是大量使用排比，說明排比修辭同樣見於較文雅的口頭形式，並非書面語的專利。

我們贊同先秦書面語是以同時期的官話（或稱雅言）為基礎，按照當時口語語法，使用口語詞彙寫成；個別文獻裡容或摻雜方言詞彙，詞的組合方式大抵仍遵循官話的語法規律。

確認先秦文獻語言和同時期口語的聯繫，也就確認了詞義引申的連貫性和語法規範的強制性。基於引申的連貫性，我們可以從同時期文本擬構相關概念的抽象聯想過程，從動態角度掌握詞義，同時也藉以了解古人的思想脈絡。再者，語法規範具有強制性，因此詞組和句式的結構意義就是我們解讀文本的依據。

（二）解讀先秦文獻之語言分析概說

語言單位以及組合語言單位的規則，是構成語言系統的兩大要件。從事文獻語言分析，首先要分辨能夠獨立運用的基本單位「詞」，其次是詞組規則，然後是詞組在各種使用環境的確切指涉。

大抵書面上的「字」代表口語裡的「詞」，但並非整齊的一一對應。有時候因為同音假借的緣故，同一個字形代表兩個甚至多個詞；有時候因為寫法出入，一個詞對應兩個甚至多個字形。古典文獻裡字與詞對應不整齊之處，傳統研究已經作過許許多多的辨析，或許還不是解讀文本最主要的障礙。真正的障礙大半出在我們輕易認定沒有理解障礙的地方。

之所以如此，是漢字媒介和漢語之間錯縱複雜的關係使然。隸定先秦文獻採用的字形，和現代字形屬於同一套系統。現代人通過字形可以粗窺古代原典的內容，這是古今共用字形系統之於文化傳承的正面價值。不過，這也讓人誤以為古今語言變化不大，以為許多古代詞彙固定不動的保留到現代。影響所及，常使我們忽略了推敲詞義的重要性，而這樣的疏忽卻很可能會引起理解失誤。

例如「善」先秦代表單音詞，現代「善」代表連用語素，最常見於複合詞「善良」，同時「善」與「好」意思接近。因為字形相同，我們可能不經意的就以「良好」理解先秦的單音詞「善」。但是，李佐豐（2004）全面分析先秦文本，確認當時跟「善」高度重疊的是「美」，不是「良」。亦即先秦「善」和現代「善」是字形相同，所指參差。漢語漫長的演變過程中產生了無數的像「善」一樣的「同字異詞」，因此我們必須審慎從事詞義辨析。

詞與詞的組合關係是辨析詞義的主要途徑之一。例如《孟子・離婁下》「舜明於庶務，察於人倫，由仁義行，非行仁義也」之語，強調「行仁義」和「由仁義行」的區別，兩者間的異同若非根據先秦文獻裡「行」的組合關係，實難釐清（詳見第三、四節討論）。

再者，無論詞或詞組，都是在語言表達實況裡的動態意義成份，它們的使用條件是探求文本意義必須察考的環節。先秦書面語常有「承上」或「探下」的省略，通常就取決於成份在文脈裡的使用條件。此外，非必要（可省略）成份在句中出現與否的問題，過去較少被留意。這種成份雖然不是構句的必要成份，有時卻是理解句義的關鍵，它們在句中出現與否，大都取決於使用條件。

且以孔子自道「三十而立」（《論語・為政》）為例：這句話之中有沒有隱含任何確切的相當於處所或位置的概念？如果根據現代語感，很可能會認定這其中即便有所隱含，也是很籠統的；如果不經深究，現代讀者很可能就把「立」當作是「卓然成立」之類的意思。但是回到《論語》文本仔細觀察，將會發現孔子對於君子立身的依據始終有定見，「立於禮」（《論語・泰伯》）是他一貫的主張。如果說「三十而立」和「立於禮」的「立」是同一個動詞，那麼「禮」就應該是「三十而立」之中隱含的成份，這個成份是遠離春秋社會文化情境的現代讀者理解孔子求學歷程的關鍵（詳見第五節討論）。

或許有人質疑，為什麼不明白說出「三十而立於禮」？為什麼言語如此簡略？然而或許在春秋戰國時期「立身」之「立」一向都隱含著明確的所在——「禮」；若不是為了某種宣示的理由，如告誡兒子「不學禮，無以立」（《論語・季氏》），則「禮」實為冗餘，不需要註明。[3]

總之，我們面對著古今共用的字形系統，必須時刻留意到同一個字形古今所代表的詞義區別。除了傳統注釋之外，詞組搭配關係乃至於詞或詞組的使用條件，都是判別古代詞義的重要證據。這方面的分析，可以稍微彌補傳統章句之學在整體文義解釋上的空缺。

---

[3] 這其中的語言證據，詳見第五節討論。又「冗餘」或稱「羨餘」、「冗贅」。

三、詞義分析

詞是語言中獨立運用的最小單位。通常我們都傾向把「詞」當作孤立的靜態單位，也傾向沿襲字典編輯的慣例，把「詞義」當作是一群互有關聯的意義項目。然而這就忽略了「詞」也是使用單位，它的生命必須在不斷的使用中才得以延續；「詞義」是使用的產物，詞兼表多個意義，是出於使用中的繁衍。

就解讀古代原典來說，這種認識格外重要。我們閱讀現代文本時，高度仰賴語感所賦予對詞的動態意義的識別能力；若是以同樣的能力解讀古代原典，即是「以今律古」——而漢字系統又提供了極大的便利——這個問題必須審慎的因應，否則無法免除偏誤。在這樣的情況下，確實有必要由語言分析取得較客觀的解讀依據。

我們首先討論如何看待詞的問題。每個詞都有兩種地位：它既是儲存在詞彙庫的備用單位，也是詞組中的使用單位。一般所謂「詞」多是指前者，所謂的「詞性」或「詞類」，在沒有特別註明的情況下，是指前者的語法性質或類別。本文把備用的詞稱作「詞項」，使用中的詞稱作「語境詞」。[4]

語境詞的語法表現，大致反映出同形詞項的詞性／詞類特徵，但也有例外。語法修辭學者常提到的「詞類活用」，即是針對語境詞的語法表現與同形詞項的詞性／詞類特徵不相符所給定的分析名目。無論相符與否，同樣都是語言使用者基於表達要求作出的選擇。

---

[4] 關於「詞項」和「語境詞」的分辨，參見劉承慧（1999）。

組詞造句時，必定優先擇取最合乎表達意圖的詞項，基本考量包括一個詞項所指概念及其所屬語法特徵。通常我們自然會選用概念上和語法特徵上同時契合表達意圖的詞項；如遇有無法兼顧的情況，則概念的優先性較高，這時候就會出現詞類活用。試看先秦非常著名的活用實例：

1. 公南為馬正，使公若為郈宰。武叔既定，使郈馬正侯犯殺公若，弗能。其圉人曰：「吾以劍過朝，公若必曰『誰之劍也』，吾稱子以告，必觀之。吾偽固而授之末，則可殺也。」使如之。公若曰：「爾欲吳王我乎？」遂殺公若。（《左傳・定公十年》）

其中「吳王」專指「吳王僚」，原本是最典型的名詞，卻有如動詞充當謂語中心語。「吳王我」意即「像對待吳王僚一樣的對待我」。「吳王」是句子所要表達的核心概念，「公若」在情急之下緊抓住這個核心概念，以一個最直接的句子形式來表述，無暇顧及「吳王」固有的詞類屬性。

更進一步來說，「爾欲吳王我乎」中的「吳王」除了指稱之外，還兼具表述意義，即「當作……對待」——它無寧是個動詞。「吳王」從名詞到動詞，關鍵是引申，這個特定的引申發生在詞項「吳王」用為語境詞的過程裡，引申的效力僅止於語境之內；一旦失去語境，這個動詞不復存在。

引申可以看作一種「概念的歧出」，在詞項用為語境詞的過程之中，只要表達上有需要，就有引申的空間。自然語言裡常用詞大都是多義詞，多義現象反映出詞義引申的普遍性；當多個引申義都內化為同一詞項的詞彙意義時，該詞項就成為多義詞。

引申是自然語言的通則，大都只涉及小幅度的概念歧出；像例 1 之類的極端案例實不多見，因此我們一般不容易察覺到引申的存在，也無需從「演變」角度辨識多義現象的由來。然而這種警覺心卻是解讀古籍必備的要求。

且看古今基本詞彙「天」。自古至今「天」指稱的對象沒有改變，始終都指在上的方位或相對於「地」的處所。不過古代「天」概括的涵義就發生了歧出。試比較：

2. 天下無道也久矣，天將以夫子為木鐸。（《論語．八佾》）

3. 天行有常，不為堯存，不為桀亡。（《荀子．天論》）

例 2 中「天將以夫子為木鐸」的「天」指稱具有處置能力的主宰，例 3 中「天行有常」的「天」指稱恆常運行、規律變化的天象。[5]兩者所指形象不同，但都和方位／處所義有關，都是引申的產物。

時隔久遠，先秦詞項「天」的演變已無從全面考訂。不過從文獻裡保留的零星線索，可大略得知引申的梗概。以「主宰者」這個義項的發展狀況為例，《尚書》中〈大誥〉、〈康誥〉、

---

[5] 按下文所述，「天行」應有兩解：參照「天不能貧」、「天不能病」、「天不能禍」等，「天行」屬於主謂式，「天」為主語，「行」是謂語；參照「水旱不能使之飢〔渴〕」、「寒暑不能使之疾」、「祆怪不能使之凶」等，「天行」指稱「天之行」，亦即「水旱」、「寒暑」、「祆怪」之類的現象。後者的指稱義未必直接來自偏正式「天行」（天之行），從主謂式「天行」的表述義轉化為指稱義的可能性很高。

〈召誥〉、〈洛誥〉、〈多士〉裡言說「天」的肯定語氣，顯示周代統治者對這個主宰者的信仰。《左傳》裡開始出現以不確定的口吻揣度「天之賞罰」的記載：

4. 臣聞天之所啟，人弗及也。晉公子有三焉，天其或者將建諸，君其禮焉！（《左傳・僖公二十三年》）

5. 善人富謂之賞，淫人富謂之殃。天其殃之也，其將聚而殲旃。（《左傳・襄公二十八年》）

6. 彼，君之讎也。天或者將棄彼矣。彼實亂家，子何病焉？（《左傳・襄公二十七年》）

例4中「其或者」、例5中「其」、例6中「或者」都是不確定之辭。這顯示春秋時人對「天」的信仰已經鬆動。

《戰國策》出現「天幸」，如例 7-8 所示，應是「天」的概念長時期發展的結果。「天幸」的「幸」意指「僥倖」，可見戰國時期已經有人把天降禍福視為一種機運，「天」的形象明顯分化了。

7. 夫戰勝睪子，而割八縣，此非兵力之精，非計之工也，天幸為多矣。今又走芒卯，入北地，以攻大梁，是以天幸自為常也。（《戰國策・魏三》）

8. 日者齊不勝於晉下，此非兵之過，齊不幸而燕有天幸也。今燕又攻陽城及狸，是以天幸自為功也。（《戰國策・燕二》）

此外，哲理散文用語也多源於日常詞彙的引申。試看例9-10的「天」。「天象」既是一種本然現象，則「天」自當可用以指稱物種的本然特性，例 9 中「唯蟲能天」的「天」即「處於本然狀態」。再者，「人」既是自然的產物，「天」就是人與生俱來的稟賦，例 10 中「人之不能有天」的「有天」即「保有稟賦」的意思。

9. 唯蟲能蟲，唯蟲能天。（《莊子．庚桑楚》）

10. 有人，天也；有天，亦天也。人之不能有天，性也，聖人晏然體逝而終矣。（《莊子．山木》）

再回到第二節說的「由仁義行，非行仁義也」。究竟「行仁義」和「由仁義行」有什麼區別？這種用例對現代讀者來說相當隱晦，更需要通過語言分析尋求解答。

古今「行」都有「步行」、「實行」之意，只不過古代單音詞「行」演變到現代，分化出「行走」、「實行」等複合詞。「由仁義行」和「行仁義」的「行」如果翻譯成現代的複合詞「實行」，則「由仁義行」應譯為「根據仁義的道理去實行」，「行仁義」應譯為「實行仁義」。從這樣的翻譯完全看不出兩者的差異所在。

孟子的分辨旨意，需要回歸先秦單音詞「行」的詞組表現加以推察。現有的資料顯示，「行」最初指「道路／行走」，[6]由此衍生「實行」義；更繁衍出「旅途」、「行軍」、「行伍」、「巡行」、「離開」、「運行」、「通行」、「實踐」、「施行」、「現象」、「德行」、「行為」等眾多義項。

---

[6] 至於「道路」和「行走」孰先孰後，目前似乎沒有一定的判準，而這也無關本文討論的重點，因此從略。

就「行」的引申脈絡及各義項的詞組關係來推想，釐清孟子分辨旨意的關鍵，應在「實踐」、「施行」兩個義項。「實踐」和「施行」看似接近，實有區別，試比較：

11. 身不行道，不行於妻子。（《孟子・盡心下》）

12. 故案其功而行賞，案其罪而行罰。（《管子・明法解》）

例 11 中「行道」的「行」意指「實踐」，因為「道」的理路是既定的，不容任意變更或調整，所以「實踐」活動的主體必須順隨道理而行。例 12 中「行」意指「施行」，「賞」和「罰」是手段；這些手段的內容沒有具體限定，因此「施行」活動的主體賦有高度的自主性。

據此推想，「由仁義行」的「行」相當於「實踐」，而「行仁義」的「行」則相當於「施行」。換句話說，孟子明指「由仁義行」和「行仁義」的區別，大約是要強調「仁義」的內涵不容隨個人而變更。

四、語法成份搭配分析

如何區別「實踐」和「施行」？

這兩個義項的異同，單從少數或局部用例不易解說，需要整體考量引申路徑，再由引申的道理加以分辨。「行」是多義詞，引申過程中涉及多種概念的聯想與歧出，若要完整重構引申路徑，難度很高；若僅只是察究「實踐」和「施行」之間的異同，情況並不複雜。

目前所知「行」的本義應是「道路／行走」。由於「實踐」跟「施行」都指涉動態義涵，就以「行走」為觀察起點。它在句子裡必須搭配一個表示「行為者」的主語；有時候還搭配著一個表示「處所」的成份，充當賓語。句中成份搭配的情況如下所示：

主語行為者＋**行**（＋**賓語**處所）[7]

例 13-15 都是「行走」義之例。例 13-14 單只搭配行為者主語。[8]例 15 中「行」搭配行為者主語「莊子」和處所賓語「山中」，「於」的作用在引介處所。[9]

13. 賓少進，主人以賓三揖，皆行。（《儀禮・鄉射禮》）

14. 老婦恃輦而行。（《戰國策・趙四》）

15. 莊子行於山中，見木甚美，長大，枝葉盛茂，伐木者止其旁而不取也。（《莊子・山木》）

我們根據成份語義角色的變化，假設「行走」義衍生出「實踐」義：設想「抽象事理」被比喻作「具體道路」，因此賓語所指不再是真正的處所，而是被類比為處所的「準處所」。這其中牽涉的變化路徑是：

主語行為者＋**行**＋**賓語**處所＞**主語**行為者＋**行**＋**賓語**準處所

用「具體道路」比喻「抽象事理」，是基於常見的由實到虛的

---

7 圓括弧內的成份為非必要成份，可以出現，也可以不出現。

8 例 13 中主語已見於前文，因此字面上「行」並不直接和主語共現，但我們不會錯把其他指稱成份認作主語，也必須承認主語省略，否則句義就說不通。

9 引介處所的「於」可有可無，並非處所賓語的必要標記。

聯想。引申之前，處所賓語是非必要成份；引申之後賓語指稱比喻的本體，就變成必要成份。

表示「實踐」的用例如16-17所示：

16. 君子行此四德者，故曰乾元亨利貞。（《周易・乾・文言傳》）

17. 身不行道，不行於妻子。（《孟子・盡心下》）[10]

例16中「此四德」之於「行」猶如「道路」之於「行」，「在德行上實踐」猶如「在道路上行走」。這是「行走」到「實踐」引申的依據。例17中抽象的「道」被比作「道路」，「實踐道理」就像是「行走於道路」。

又「施行」義可能是從「實踐」義衍生出來的。從「實踐」義引申出「施行」義，應是基於事理的比況，也就是把「從……道理上行事」類比為「用……手段行事」。演變路徑是：

主語行為者＋**行**＋**賓語**準處所＞**主語**行為者＋**行**＋**賓語**手段／方式

行為者和「行」的語義關係，隨著引申而出現了新發展：就「實踐」而言，行為者遵循既定的道理行事，道理本身不受行為者操控；就「施行」而言，行為的手段或方式都受行為者操控。

可見「行仁義」在先秦有歧義，「行」容許兩種解釋。若比照《孟子・滕文公下》「居天下之廣居，立天下之正位，行天下之大道」的「行天下之大道」，「行」指「實踐」，則「行仁義」等於「由仁義行」。如果比照《論語・衛靈公》「群居終日，言不及義，好行小慧，難矣哉」的「行小慧」，「行」指「施

[10] 本例已見於例11，這裡為了便於說明起見，重行列舉。

行」，則「行仁義」跟「由仁義行」意思不同。[11]

由此推想，孟子應是通過「由仁義行」與「行仁義」的對比，彰顯出「行仁義」所隱含的「施行」、「操弄」之意。[12]

非但從詞的搭配關係上，從結構規範上也可以解析句子的意義。試觀察先秦表示「可能性／可行性」的「可」。[13]「可」是相當於動詞的表述單位，但結構方式有特出之處：

18. 子謂公冶長，「可妻也，雖在縲絏之中，非其罪也。」以其子妻之。（《論語・公冶長》）

19. 夫槩王曰：「所謂『臣義而行，不待命』者，其此之謂也。今日我死，楚可入也。」……庚辰，吳入郢，以班楚宮。（《左傳・定公四年》）

---

11 類似情況如「行政」。《孟子・梁惠王上》「為民父母，行政不免於率獸而食人」之語，「行」意指「施行」；〈公孫丑上〉「當今之時，萬乘之國行仁政，民之悅之，猶解倒懸也。故事半古之人，功必倍之，惟此時為然」之語，「行仁政」的「行」則容許「實行」、「施行」兩解。後解可與〈梁惠王上〉「王如施仁政於民」之「施仁政」相互對照。

12 另有一種可能的設想，是把「行仁義」分析為「為動」，即「為仁義行」。這個設想背後的基礎是上古漢語有「為動」引申的規則。然而上古是不是真的存在「為動」規則，或許還需要深入研究。根據我們的觀察，「為動」跟「使動」、「意動」不完全相同。從歷史演變來說，東漢以後語言發生變化，三種用法都趨於式微，是三者共同之處。不過「使動」、「意動」是上古的引申規則，而「為動」似乎只是某些動詞和賓語的語義聯繫關係，不是引申規則。固然有極少數的例證透露出「為動」作為引申途徑的可能性，如「死」兼具使動、意動和為動三種用法，「死君」是「為君死」，畢竟數量太有限，尚不足以說明「為動」在上古語言中的能產力。又近年有關「為動」的研究，如宋玉珂（1982）、孫良明（1993）、高小方（2000），都沒有舉出「行」作「為動」的例證，從《孟子》「行」的用例也看不出「行」有引申作「為動」的傾向。因此本文對這個設想有所保留。

13 以下關於「可」、「能」的討論，重新整理自劉承慧（1997；1999）。

動詞所指行為的對象或行為發生的處所，一般出現在動詞後的賓語位置上：例 18「妻之」的「之」指代「公冶長」，是行為對象充當賓語；例 19「吳入郢」的「郢」指「吳軍進入的處所」，也是賓語。但例 18「可妻」之「妻」的行為對象「公冶長」卻在主語位置，例 19「楚可入也」之「入」的處所「楚」也在主語位置。

這是因為「可＋動詞」是先秦一種表示「可能性」的固定格式，其中動詞所指行為對象經常出現在主語位置，作為整個詞組表述的題旨。當代語法研究把這種題旨通稱為「話題」。

例 20-21 底線部分都是這種詞組。例 20 中「天」既是「逃避」的對象，也是「可逃」的話題。例 21 中「齊威」是「可立」的話題，「秦國」是「可亡」的話題。先秦「立」兼表「『立』之狀態」和「致使……進入『立』之狀態」，而「可立」通常取其「致使」義；「齊威可立」意為「可使齊威興立」，亦即「可讓齊國建立威望」。同樣地，先秦「亡」也兼有狀態和致使兩解，「可亡」一般也取「致使」義，「秦國可亡」意為「可使秦國滅亡」。

20. 君，天也，天可逃乎？（《左傳・宣公四年》）

21. 如此，則齊威可立，秦國可亡。（《戰國策・齊六》）

先秦「可＋動詞」的用例大都把表示對象／範圍／處所的成份放在主語位置，不過也有少數在賓語位置。例如：

22. 是故豪傑皆可變業。（《商君書・農戰》）

23. 始，吾不知水之可亡人之國也，今乃知之。（《戰國策・秦四》）

例 22 中「業」是「變」的賓語，表示「改變的範圍」，「可變業」的話題則是主語位置上的「豪傑」。例 23 中「人之國」是「亡」的賓語，表示「使滅亡的對象」，話題則為表示「工具」的主語「水」。

換句話說，「可＋動詞」中動詞的行為對象／範圍／處所一般都在主語位置上充當話題，但若另有話題，這些成份就會出現在賓語位置。據此分析例 24：

24. 夫詩書禮樂之分，固非庸人之所知也。故曰：一之而可再也，有之而可久也，廣之而可通也，慮之而可安也，反鉛察之而俞可好也。（《荀子・榮辱》）

「一之」、「有之」、「廣之」、「慮之」、「反鉛察之」的賓語「之」都指代上文裡的主語「詩書禮樂之分」，它們後續由連詞「而」銜接的詞組「可再」、「可久」、「可通」、「可安」、「俞可好」都不帶賓語。對照例 18-21，這些「可」字詞組中動詞所指行為對象應當在主語位置，只不過因順承上文話題之故而省略；儘管被省略，仍須確認「詩書禮樂之分」既是「可再」、「可久」、「可通」、「可安」、「俞可好」的話題，也是「再」、「久」、「通」、「安」、「好」所指行為的對象或範圍。

再比較現代兩則白話翻譯：

25. 按照詩書禮樂的根本原則去實行一次，就可以繼續實行下去；掌握了詩書禮樂的根本原則，就可以使國家長久；把詩書禮樂的根本原則推廣運用，就可以通曉其他一切的道理；按照詩書禮樂的根本原則去謀劃，就可以使國家安固；反覆沿著詩書禮樂的根本原則去考察，就可以把各種事情辦得更好。[14]

26. 詩書禮樂之道，研究了又可再研究，把握了而可以久遠不廢，推廣之而可舉事通利，思慮之而可理安心得，反復沿循而審察之，就感覺它愈可愛好。[15]

讓我們把重點放在譯文內容，暫且忽略文字風格以及特定細節差異，比方「一之而可再也」，例 25 譯為「實行一次，就可以繼續實行下去」，例 26 譯為「研究了又可再研究」，到底「一」和「再」是「實行」還是「研究」，當然需要商榷，但卻不是目前關注的重點。

我們注意到兩則譯文對於「可＋動詞」的詮釋不同。例 26 把「詩書禮樂之分」視為「再」、「久」、「通」、「安」、「好」共同的陳述對象，就和我們上面的分析一致。例 25 把「詩書禮樂之分」當作「再」的行為對象，其餘「久」、「安」的對象是「國家」，「通」的對象是「其他一切的道理」，「好」的對象是「各種事情」。

例 25 添加語境外的事物，作為「久」、「通」、「安」、「好」的活動對象，不符合先秦「可＋動詞」的慣例。這種詮釋或許是混淆了「可＋動詞」和「能＋動詞」兩種詞組。試看：

---

[14] 參見北京大學《荀子》注釋組：《荀子新注》（北京：中華書局，1979 年），頁 48。

[15] 引自李滌生：《荀子集釋》（臺北：臺灣學生書局，1979 年），頁 71。

27. 富貴不能淫，貧賤不能移，威武不能屈，此之謂大丈夫。（《孟子‧滕文公下》）

例 27《孟子譯注》翻譯成「富貴不能亂我之心，貧賤不能移我之志，威武不能屈我之節，這樣才叫做大丈夫」。[16]其中「我之心」、「我之志」、「我之節」這三個致使對象也是外加的，卻不違反「能＋動詞」的格式規範。

先秦「能＋動詞」也是表示「可能性」的詞組。它跟「可」字詞組最大的不同，在整個詞組和主語成份的語義聯繫：「能＋動詞」的主語不是動詞所指行為活動的對象。如例 27 中「富貴」是主語，但非「淫」行為影響的對象，而是「使淫亂」的肇始者；[17]與「富貴不能淫」相對的肯定陳述是「富貴能使之淫」或者「富貴能淫之」，從肯定形式更容易看出主語的語義角色。

進一步來說，「富貴不能淫」中表示使動概念的「淫」原是需要搭配行為對象才能完足自身語義的動詞，行為對象沒有出現，是因為否定詞「不」共現之故。肯定式中的「能＋動詞」通常把表示動詞所指行為對象的成份直接放在賓語位置上，如例 28 所示：

28. 子夏曰：「賢賢易色，事父母能竭其力，事君能致其身，與朋友交言而有信，雖曰未學，吾必謂之學矣。」（《論語‧學而》）

---

16 參見楊伯峻：《孟子譯注》（香港：中華書局，1984 年），頁 141。

17 如果誤把「富貴」當作「淫」的對象，就變成「淫富貴」了。

總之，「可＋動詞」和「能＋動詞」是先秦兩種表示「可能性」的固定格式，兩種格式對成份搭配有不同的規範。這種規範是穩固的語言證據，讓現代讀者免除不必要的臆測。

五、單一文本內部分析和跨文本的比較分析

第二節裡指出，有些語法上可有可無的非必要成份，出現或不出現，視使用條件而定；「三十而立」、「立於禮」的「立」是同一個動詞，孔子不說「三十而立於禮」，應該是「禮」本即為立身基礎的緣故。這個意見並不是單憑著「立於禮」就斷然提出的，如此設想的背後，有文本證據支持。

討論文本證據之前，不妨先比較古今字形「立」所代表的單位。先秦「立」代表獨用動詞，現代「立」是連用語素，構成「站立」、「起立」、「自立」之類的複合詞。先秦「立」同時指「繼立」，亦即「繼承世襲職位」；現代則否。現代最接近「三十而立」之「立」的複合詞應是「自立」或「獨立」，這兩個複合詞都意味著「經濟上不仰賴他人」；先秦「立」則否。

經濟條件是現代人「自立」或「獨立」的基礎，那什麼是孔子立身的基礎？除了「立於禮」，《論語》另有兩則表明「學禮」、「知禮」和「立」之間相互關係的記錄：

> 29.陳亢問於伯魚曰：「子亦有異聞乎？」對曰：「未也。嘗獨立，鯉趨而過庭。曰：『學詩乎？』對曰：『未也。』『不學詩，無以言。』鯉退而學詩。他日又獨立，鯉趨而過庭。曰：『學禮乎？』對曰：

『未也。』『不學禮，無以立。』鯉退而學禮。聞斯二者。」（《論語・季氏》）

30. 子曰：「不知命，無以為君子也。不知禮，無以立也。不知言，無以知人也。」（《論語・堯曰》）

例 29-30 都是「禮」和「立」關聯性的直接證據。至於「禮」在孔子心目中份量輕重，不妨參見以下兩則記錄：

31. 子張問：「十世可知也？」子曰：「殷因於夏禮，所損益，可知也；周因於殷禮，所損益，可知也；其或繼周者，雖百世，可知也。」（《論語・為政》）

32. 顏淵問仁。子曰：「克己復禮為仁。一日克己復禮，天下歸仁焉。為仁由己，而由人乎哉？」（《論語・顏淵》）

例 31 指出，通曉「禮」的損益變遷，即可預知百世後的天下事。例 32 說明孔子把「禮」視為最高德行標準「仁」的實踐途徑。

那麼春秋時人又是如何看待「禮」？什麼是「禮」的內涵呢？《左傳》記載鄭國游吉對晉國趙鞅的一番話，應是最好的說明：

33. 子大叔見趙簡子，簡子問揖讓、周旋之禮焉。對曰：「是儀也，非禮也。」簡子曰：「敢問何謂禮？」對曰：「吉也聞諸先大夫子產曰：『夫禮，天之經也，地之義也，民之行也。』天地之經，而民實則之。則天之明，因地之性，生其六氣，用其五行。氣為五味，發為五色，章為五聲。淫則昏亂，民失

> 其性。是故為禮以奉之。為六畜、五牲、三犧，以奉五味；為九文、六采、五章，以奉五色；為九歌、八風、七音、六律，以奉五聲。為君臣上下，以則地義；為夫婦外內，以經二物；為父子、兄弟、姑姊、甥舅、昏媾、姻亞，以象天明；為政事、庸力、行務，以從四時；為刑罰威獄，使民畏忌，以類其震曜殺戮；為溫和慈惠，以效天之生殖長育。民有好惡、喜怒、哀樂，生于六氣，是故審則宜類，以制六志。哀有哭泣，樂有歌舞，喜有施舍，怒有戰鬬；喜生於好，怒生於惡。是故審行信令，禍福賞罰，以制生死。生，好物也；死，惡物也。好物，樂也；惡物，哀也。哀樂不失，乃能協于天地之性，是以長久。」簡子曰：「甚哉，禮之大也！」對曰：「禮，上下之紀、天地之經緯也，民之所以生也，是以先王尚之。故人之能自曲直以赴禮者，謂之成人。大，不亦宜乎！」（《左傳・昭公二十五年》）

這段話指出，「禮」是為了要讓人的行為合乎天地之間的條理秩序所制定的規範，其中「自曲直以赴禮」的說法幾無異於「克己復禮」。可見「立於禮」並非孔子個人的思想見解，而是某些春秋士大夫的共識。

我們根據《論語》裡的「立」，假設「禮」為孔子立身的基礎，再對照《左傳》的記載，佐證此一假設的適切性。這個案例或許可以作為語言分析幫助現代讀者超越字面限制而深入文本內涵的一個示範。

六、結語

梅廣教授（2003）指出，訓詁學不擅於處理複雜的語法問題，語法功能成份，也就是一般所謂「虛字」，往往被忽略；忽略虛字在句中的作用，會導致句義被錯解，藉助當代語法學從事虛字研究，應列入經典意義復原工作的重點項目。

本文提出的分析案例顯示，先秦原典裡文辭淺白的片段，字面上看起來沒有理解障礙，很可能只是古今共用字形造成的假象；如果因為字形相同，就直接由現代詞義尋求理解，將會導致偏誤或疏漏。我們面對古籍，即便是常見實詞，都有審慎分辨的必要。

語言分析之於復原經典意義的有效性，已無庸贅言。不過囿於學科訓練的限制，專事經典研究的學者，通常對語言分析方法感到陌生，專事語言分析的學者，多半又欠缺經典研究的問題意識，不妨嘗試分工合作。現階段可行的應是建立「解讀先秦文本之語言分析條例」：先由經典研究的學者提出重要而難解的文句或段落，再由語言學者從語言分析的角度尋求解讀之道，並將各種案例根據語言上的道理分門別類。若是能將古籍裡的「虛字」和「古今同字異詞」注釋方法系統化，或者可以為訓詁學研究開創一片新的格局。

參考文獻

北京大學《荀子》注釋組 1979 《荀子新注》，北京：中華書局。

高小方 2000 〈論古代漢語中「非支配關係的動賓結構」——兼評「動詞的為動用法」說〉，《古漢語研究》47：63-65。

蔣紹愚 1989 《古漢語詞匯綱要》，北京：北京大學出版社。

李滌生 1979 《荀子集釋》，臺北：學生書局。

李佐豐 2004 〈從「善」談先秦的句法與詞義〉，《第五屆國際古漢語語法研討會暨第四屆海峽兩岸語法史研討會論文集》，頁177-190，台北：中央研究院語言學研究所。

劉承慧 1997 〈從幾個實例談語料庫在訓詁學上的應用〉，《第一屆國際訓詁學研討會論文集》，頁 715-733，高雄：中山大學中國文學系。

劉承慧 1999 〈先秦漢語的結構機制〉，《中國境內語言暨語言學》5：565-591。

劉承慧 2004 〈語言分析與古代文本的解讀——以《吾十有五而志于學》章為例〉，未刊稿。

呂叔湘 1982 《語文常談》，香港：三聯書店。

梅　廣 2003 〈語言科學與經典詮釋〉，《文獻及語言知識與經典詮釋的關係》，頁 53-83，臺北：臺灣大學東亞文明研究中心。

宋玉珂 1982 〈古漢語動詞的為動用法〉，《河北大學學報》1982.1：188-190。

孫良明 1993 〈關於古漢語 V-N 語義關係問題——兼談近年來的「特殊動賓意義關係」研究〉，《語文研究》49：8-15。

楊伯峻 1984 《孟子譯注》，香港：中華書局。

《世說新語》中「偏指相字」的語用探討[**]

魏岫明[*]

一、前言

古代漢語裡作副詞的「相」字從「互相」的雙方互指意義轉變到僅帶有一方的偏指意義，在《馬氏文通》將之歸入代詞後，就引起不少學者討論，如劉復（1974）、王力（1957：329），而呂叔湘的〈相字偏指釋例〉（1942）一文更是提出不少意見。多數研究文章著重於「相」的語法特性，並爭論偏指的「相」是代詞抑或副詞。呂叔湘雖稱之為代詞性副詞，但也以為可以「逕視為一種代詞」，然更值得注意的是他在解釋偏指「相」字的產生時，已經涉及語用的觀點：「竊疑相字之此種發展與古人應用三身代詞之習慣不無關係」。魏培泉（1990：189）也提出「『相』用為偏指也有縮短彼此距離的社會功能」。因此本文在討論「相」字特性時，即嘗試從語用的角度探討其使用的意義。在語料上本文選擇《世說新語》為探討對象有兩個原因：第一，因為《世說新語》中記載了魏晉名士的清談，其中包含了許多當時人的對話、批評和議論，同時也反映了當時人的好惡和態度，這對於探討語用方面，是比較理想的語料；第二，

---

[*] 現任國立臺灣大學中國文學系副教授。

[**] 本文於 2004 年 11 月在「東亞語文學與經典詮釋學術研討會」上宣讀，修訂後發表於《臺大中文學報》22 期（2005 年 6 月），頁 181-222。

在先秦經典中，偏指「相」字出現使用的較少，到魏晉時期則相當盛行，選擇此一時期的代表經典《世說新語》為研究對象自然較為恰當。

由於呂叔湘〈相字偏指釋例〉一文在「相」字研究上極具重要性和影響性，本文將就語料對他的說法作一驗證，因此在內容的安排上，首先就《世說新語》中「偏指相字」的類型加以分類，分類即是依據呂叔湘的標準；接著再從語法形式上分析此類特殊的「偏指相字」究竟是否為呂氏主張的代詞；第四節中則進一步討論此類相字的語用現象。在最後的結論中，本文提出對呂氏說法的三點修正：第一，本文主張此類特殊的「相」字在語法上應為動詞詞頭而非代詞；第二，其語法功能雖如呂氏指出的為省略賓語的作用，但本文以為「相」字省略賓語的現象遍及第一、第二與第三人稱代詞，並非如呂氏所說的是「獨勝於賓語為第二身或第一身之句」；第三，本文擴大呂氏之說，主張「偏指相字」並非僅是禮貌敬語而已，而是一種包含更廣的語用策略。

此處必須要說明的是，由於從《馬氏文通》到呂叔湘、周法高以至現今學者，儘管意見不一致，歷來這些討論「相」字的研究者大都是慣用「互指相字」和「偏指相字」的稱呼；尤其呂氏一文的說法影響深遠，因此雖然本文對所謂的「偏指相字」有不同看法，但在文中討論時，仍沿用「偏指相字」的名稱用法，以便於討論。[1]

---

[1] 「相」字以意義或用法區分可分為兩類：交互作用的「相」和偏於一方作

二、《世說新語》中「偏指相字」的類型

「相」字作副詞時，原意是交互、互相之意，出現在動詞前面，形成「相＋V」結構，在「相＋V」之前的是主語，在「相＋V」之後通常不帶賓語，如「輔車相依」(《左傳．僖公五年》)。這種互指「相＋V」結構，其相互的關係出現在作主語的 AB 兩辭之間，如上例中的 A 為「輔」，B 為「車」。依據呂叔湘的說法，就是 AB 兩辭互為施受。換言之，A 與 B 互相為動詞的施事者及受事者。

至於作為偏指的「相」字結構，形式上仍是「相＋V」，但意義上已失去相互之意，作主語的 A 詞施而不受，作賓語的 B 詞受而不施，而且通常是省略不出現。例如：

1. 使吾與公為刎頸交；今王與耳旦暮且死，而公擁兵數萬，不肯相救。(《史記．張耳陳餘列傳》)
2. 若望僕不相師，而用流俗人之言。(司馬遷〈報任安書〉)
3. 穆居家數年，在朝諸公多有相推薦者。(《後漢書．朱穆傳》)

若依據呂叔湘（1999：104）的分析，將施事者及受事者按照其人稱類型加以分類，則例 1 的「相救」屬於〔2-1〕型，例 2 的「相師」則為〔1-2〕型；而例 3 則為〔3-3〕型。

用的「相」字，本文雖然不同意此類「相」字具有指代作用，然為了討論方便，仍襲用固有「偏指相字」之名稱，但在「偏指相字」上加引號以示區別，表示本文使用此一稱呼，有其特殊意義，並非自相矛盾。

根據本篇的分析，《世說新語》一書中「偏指相字」的用法一共出現了83次。以下就依照呂氏的分類列出一些例句。

2.1〔1-2〕型「相」字句

4. 荀巨伯遠看友人疾，值胡賊攻郡，友人語巨伯曰：「吾今死矣，子可去！」巨伯曰：「遠來相視，子令吾去；敗義以求生，豈荀巨伯所行邪？」（〈德行第一〉，9）

5. 元方曰：「足下言何其謬也！故不相答。」（〈言語第二〉，6）

6. 王、劉與林公共看何驃騎，驃騎看文書不顧之。王謂何曰：「我今故與林公來相看，望卿擺撥常務，應對玄言，那得方低頭看此邪？」（〈政事第三〉，18）

7. 羊孚弟娶王永言女。及王家見婿，孚送弟俱往。時永言父東陽尚在，殷仲堪是東陽女婿，亦在坐。孚雅善理義，乃與仲堪道齊物。殷難之，羊云：「君四番後，當得見同。」殷笑曰：「乃可得盡，何必相同？」乃至四番後一通。殷咨嗟曰：「僕便無以相異。」歎為新拔者久之。（〈文學第四〉，62）

8. 曹公少時見喬玄，玄謂曰：「天下方亂，群雄虎爭，撥而理之，非君乎？然君實亂世之英雄，治世之姦賊。恨吾老矣，不見君富貴，當以子孫相累。」（〈識鑒第七〉，1）

9. 王大將軍始下，楊朗苦諫不從，遂為王致力，乘「中鳴雲露車」逕前曰：「聽下官鼓音，一進而捷。」王

先把其手曰:「事克,當相用為荊州。」(〈識鑒第七〉,13)

10. 元皇帝時,廷尉張闓在小市居,私作都門,早閉晚開。群小患之,詣州府訴,不得理,遂至檛登聞鼓,猶不被判。聞賀司空出,至破岡,連名詣賀訴。賀曰:「身被徵作禮官,不關此事。」群小叩頭曰:「若府君復不見治,便無所訴。」賀未語,令且去,見張廷尉當為及之。張聞,即毀門,自至方山迎賀。賀出見辭之曰:「此不必見關,但與君門情,相為惜之。」(〈規箴第十〉,13)

11. (范)逵曰:「卿可去矣!至洛陽,當相為美談。」(陶)侃迺返。逵及洛,遂稱之於羊晫、顧榮諸人,大獲美譽。(〈賢媛第十九〉,19)

12. 劉道真少時,常漁草澤,善歌嘯,聞者莫不留連。有一老嫗,識其非常人,甚樂其歌嘯,乃殺豚進之。道真食豚盡,了不謝。嫗見不飽,又進一豚,食半餘半,迺還之。後為吏部郎,嫗兒為小令史,道真超用之。不知所由,問母;母告之。於是齎牛酒詣道真,道真曰:「去!去!無可復用相報。」(〈任誕第二十三〉,17)

13. 桓宣武作徐州,時謝奕為晉陵,……俄而引奕為司馬,……遂因酒,轉無朝夕禮。桓舍入內,奕輒復隨去。後至奕醉,溫往主許避之。主曰:「君無狂司馬,我何由得相見?」(〈簡傲第二十四〉,8)

14.魏武常言：「人欲危己，己輒心動。」因語所親小人曰：「汝懷刃密來我側，我必說心動。執汝使行刑，汝但勿言其使，無他，當厚相報！」（〈假譎第二十七〉，3）

15.女乃呼婢云：「喚江郎覺！」江於是躍來就之曰：「我自是天下男子，厭，何預卿事而見喚邪？既爾相關，不得不與人語。」女默然而慚，情義遂篤。（〈假譎第二十七〉，10）

2.2〔2-1〕型「相」字句

16.荀慈明與汝南袁閬相見，問潁川人士，慈明先及諸兄。閬笑曰：「士但可因親舊而已乎？」慈明曰：「足下相難，依據者何經？」（〈言語第二〉，7）

17.煮豆持作羹，漉菽以為汁。萁在釜下然，豆在釜中泣。本自同根生，相煎何太急？（〈文學第四〉，66）

18.王大將軍既反，至石頭，周伯仁往見之。謂周曰：「卿何以相負？」（〈方正第五〉，33）

19.王子猷作桓車騎參軍。桓謂王曰：「卿在府久，比當相料理。」（〈簡傲第二十四〉，13）

2.3〔3-3〕型「相」字句

20.羊秉為撫軍參軍，少亡，有令譽。夏侯孝若為之敘，極相讚悼。（〈言語第二〉，65）

21.鄭玄在馬融門下，三年不得相見，高足弟子傳授而

已。（〈文學第四〉，1）

22.許掾嘗詣簡文，爾夜風恬月朗，乃共作曲室中語。襟懷之詠，偏是許之所長。辭寄清婉，有逾平日。簡文雖契素，此遇尤相咨嗟。不覺造膝，共叉手語，達于將旦。（〈賞譽第八〉，144）

23.司空顧和與時賢共清言，張玄之、顧敷是中外孫，年並七歲，在床邊戲。于時聞語，神情如不相屬。（〈夙惠第十二〉，4）

24.庾長仁與諸弟入吳，欲住亭中宿。諸弟先上，見群小滿屋，都無相避意。（〈容止第十四〉，38）

25.阮步兵嘯，聞數百步。蘇門山中，忽有真人，樵伐者咸共傳說。阮籍往觀，見其人擁膝巖側。籍登嶺就之，箕踞相對。（〈棲逸第十八〉，1）

26.賀司空入洛赴命，為太孫舍人。經吳閶門，在船中彈琴。張季鷹本不相識，先在金閶亭，聞絃甚清，下船就賀，因共語。便大相知說。問賀：「卿欲何之？」（〈任誕第二十三〉，22）

27.溫公喜慢語，卞令禮法自居。至庾公許，大相剖擊。溫發口鄙穢，庾公徐曰：「太真終日無鄙言。」（〈任誕第二十三〉，27）

28.蘇峻之亂，庾太尉奔見陶公。陶公雅相賞重。（〈儉吝第二十九〉，8）

2.4〔2-3〕型「相」字句

29.許謂支法師曰:「弟子向語何似?」支從容曰:「君語佳則佳矣,何至相苦邪?豈是求理中之談哉!」(〈文學第四〉,38)

30.袁宏始作東征賦,都不道陶公。胡奴誘之狹室中,臨以白刃,曰:「先公勳業如是!君作東征賦,云何相忽略?」(〈文學第四〉,97)

31.妻曰:「君才致殊不如,正當以識度相友耳。」公曰:「伊輩亦常以我度為勝。」(〈賢媛第十九〉,11)

32.王太尉問眉子:「汝叔名士,何以不相推重?」(〈輕詆第二十六〉,7)

2.5〔3-1〕型「相」字句

33.或問顧長康:「君箏賦何如嵇康琴賦?」顧曰:「不賞者,作後出相遺。深識者,亦以高奇見貴。」(〈文學第四〉,98)

34.客問元方:「尊君在不?」答曰:「待君久不至,已去。」友人便怒曰:「非人哉!與人期行,相委而去。」(〈方正第五〉,1)

35.張玄與王建武先不相識,後遇於范豫章許,范令二人共語。張因正坐斂衽,王孰視良久,不對。張大失望,便去。范苦譬留之,遂不肯住。范是王之舅,乃讓王曰:「張玄,吳士之秀,亦見遇於時,而使至於此,

深不可解。」王笑曰：「張祖希若欲相識，自應見詣。」（〈方正第五〉，66）

2.6〔1-3〕型「相」字句

36.後賊追至，王欲舍所攜人。歆曰：「本所以疑，正為此耳。既已納其自託，寧可以急相棄邪？」（〈德行第一〉，13）

37.羅君章曾在人家，主人令與坐上客共語。答曰：「相識已多，不煩復爾。」（〈方正第五〉，56）

2.7〔3-2〕型「相」字句

38.褚太傅南下，孫長樂於船中視之。言次，及劉真長死，孫流涕，因諷詠曰：「人之云亡，邦國殄瘁。」褚大怒曰：「真長平生，何嘗相比數，而卿今日作此面向人！」（〈輕詆第二十六〉，9）

《世說新語》的「偏指相字句」類型共有83例句，其中以〔3-3〕類型佔最大多數，[2]有57例，其次為〔1-2〕型有12例，〔2-1〕型有4例，〔2-3〕型也有4例，〔3-1〕型有3例，〔1-3〕型有2例，〔3-2〕型有1例。關於此點，呂叔湘的觀察是：

> 三類之中，以受事為第二身者為較多，第一身次之；第三身又次之。而以型別言之，則以〔1-2〕，〔2-1〕，〔3-3〕三型為最著。（呂叔湘 1999：108）

---

[2] 根據本文的分析，〔3-3〕類型例句最多，故於文中無法一一列出，至於其他類型例句因為數量較少，故分別一一列出。

> 偏指之相之所以獨盛於賓語為第二身或第一身之句，不為偶然也。（1999：112）

若將本文與呂叔湘之觀察相較，我們可得知：《世說新語》中的「偏指相字句」類型，的確是以〔1-2〕，〔2-1〕，〔3-3〕三型最多。但不同於呂氏的說法是，〔3-3〕型在《世說新語》書中佔絕大多數，受事者為第三人稱的 63 句佔最多，第二人稱者 13 句居第二，受事者為第一人稱的則有 7 句，居第三名。因此我們並不能同意「偏指之相之所以獨盛於賓語為第二身或第一身之句」的看法。至於本書中何以以第三人稱受事者或〔3-3〕型最多，本文以為《世說新語》一書的內容雖有不少對話，但仍以敘事、記載為主，所以書中第三人稱的使用仍是大多數，至於必須出現在對話或信件之中的第一和第二人稱也相對的較少數。

「偏指相字」在《世說新語》中絕大多數都是「相＋V」結構，但也有少數是「相＋介詞」結構，如「相與」、「相為」。相與有二例，相為有三例。此外，如果以「對話」和「敘事」兩類來區分，《世說新語》中的「偏指相字句」出現在對話中的有 32 例句，出現在敘事類的則有 51 例句。

三、「相」字非代詞亦非副詞

歷來學者不斷爭論的是偏指「相」字的詞性究竟為副詞還是代詞，然以呂叔湘的偏向代詞說影響力尤為深遠，不少學者皆主張「相」字應為代詞。以下就先歸納兩派說法，再以《世說新語》的語料來驗證。

3.1「相」字代詞說

> 自形式方面言之，……偏指之相亦不能至於動詞之後，則仍應列於副詞。然自意義方面言之，則偏指之相內涵實至空洞：互指之相表交施而互受，偏指之相僅表施受之非一。……然此相字自有其句法上之作用：用此相字則賓語可以從略，且非從略不可。由此點觀之，此相字不得不謂具有一種指代作用，而此種指代作用則尋常皆以代詞行之者也。……苟以此相字列為副詞，則應訂為代詞性副詞（pronominal adverb），若不拘動詞前後之形式限制，則亦得徑視為一種代詞也。（呂叔湘 1999：113）

> 「相」原解做「互相」做副語用，修飾他後面的述語。後來有的轉為偏指，不表示交互。所以就「相」字所指而論，可以分作「互指」（代詞）和「偏指」（代詞）兩大類。（周法高 1972：237）

> 說「相」字是偏指代詞，還可以說得過去，因為「相」本是互相之意，但有時「相」字加在動詞之上，動詞下省去止詞，這個止詞是「我」或「你」或「他」。由於它不再是互相，也就不是雙方面，而是單方面，於是稱它為「偏指代詞」是可以的。（許世瑛 1962：303）

> 相字無論是表互指還是表偏指，它都是代詞。我稱它作泛指代詞，既可以兼指（即所謂互指）也可以單指（即所謂

偏指），在相V結構中，它是賓語。（杜桂林 1987：23）

一般認為表偏指的「相」是副詞，具有稱代作用。本文認為表偏指的「相」應為代詞。因為判斷一個詞的詞性應該根據語法形式與語法意義結合的原則，表偏指的「相」的語法意義是起指代作用，可以指代第一人稱、第二人稱和第三人稱。根據語言學中的遞差理論，表偏指之「相」在很大程度上完成了由副詞向代詞的過渡，因此把表偏指之「相」看做代詞，比看做副詞更為合適。（洪麗娣 1997：56）

3.2「相」字副詞說

「相」「交」二字的確相當於英語中的“each other”或“one another”但“each other”可拆成“each”與“other”兩個代詞，“one another”也可以拆成“one”與“another”兩個代詞，「相」與「交」既然都不能如此分拆，決不能因為意義相同的緣故，就定為代詞；不如認為副詞，略與英語中“mutually”一字相當。（劉復 1974：172）

《馬氏文通》把「相」字歸入代詞，劉復以為應該歸入副詞。我們認為後一說是比較正確的。但是，我們還得承認它是帶有指代性的副詞。……「相」字所修飾的動詞僅指單方面行為的時候，它本身已經失去了「交互」的意義，但是它的指代性仍然存在。這樣，它在意義上就近似倒裝的「我」倒裝的「爾」等。（王力 1957：329-330）

此類「相」字句為「V」下不省略賓語，既不省略賓語，

則「相」字何來指代作用，「相」字既無指代作用，當非為「代詞」，其為副詞，更為確定。（張文彬 1992，90）

「相」在句中總是修飾動詞（或動詞性）謂語，充當狀語成分，所以它是副詞；但它又不同於一般副詞，而具有指代作用，所以我們稱它為指代性副詞。（解惠全 1984：124）

比較以上兩種意見，我們可以看出，主張「相」字代詞說者較主張「相」字副詞說者佔較多數；而兩說皆同意「相」字出現在動詞前副詞的位置，但問題癥結在於兩派學者大都認為「相」字具有指代性，因此主張「相」字代詞說者便強調了此一特性而認為「相」字當為代詞；至於主張「相」字副詞說者，則多半強調「相」字的副詞性質，但又不能不顧慮到它的指代作用，故而稱其為指代性副詞。

若以《世說新語》的「偏指相字句」來看，本文則主張「相」字非代詞。如此看法的理由有二：（1）「相」字其實不具指代作用。（2）「相」字主要語法功能在於省略賓語。

3.3「相」字不具指代作用

一般反對「相」字具指代作用的一個主要理由是：並非所有「相」字後都不帶賓語，有些「相」字句的動詞之後可以出現賓語。既然有「相＋V＋O」的形式，顯然無法再把「相」解釋為指代賓語的結構。類似的例子如：

39.誓不相隔卿，且暫還家去，吾今且報府。（〈孔雀東南飛〉）

40.賊以陵還范，范謝曰：「諸君相還兒，厚矣！」（《三國志・魏書・張范傳》）

我們檢查《世說新語》裡的「偏指相字句」，並無帶賓語的例子，因此此點並不能作為證明。但是根據《世說新語》裡的語料，受事賓語為第三人稱的有 63 句，賓語為第二人稱的有 13 句，受事賓語為第一人稱的有 7 句。我們不禁要提出一些疑問，如果「相」字是賓語代詞，究竟它是哪一人稱的代詞？何以它所代稱的並不固定呢？其次，「相」字作動詞時有「省視」、「助」之義，作名詞時有「丞相、宰相」之義，作互指副詞時也有「互相」、「遞相」之義，何以作偏指時其原有實質語意完全消失不見？為何「相」字會從互相之意轉變到意義較虛化的代詞呢？第三點，若說「相」是代稱賓語的人稱代詞，其實它所稱代的賓語根本不必然是代詞，而可以就是名詞本身。甚或是動詞組。比方說，我們試以下列例句來看：

27.溫公喜慢語，卞令禮法自居。至庾公許，大相剖擊。溫發口鄙穢，庾公徐曰：「太真終日無鄙言。」（〈任誕第二十三〉，27）

41.庾太尉與蘇峻戰，敗，率左右十餘人，乘小船西奔。亂兵相剝掠，射誤中柂工，應弦而倒。舉船上咸失色分散。亮不動容，徐曰：「此手那可使箸賊！」迺安。（〈雅量第六，23〉

42.孫秀既恨石崇不與綠珠，又憾潘岳昔遇之不以禮。後秀為中書令，岳省內見之，因喚曰：「孫令，憶疇昔周旋不？」秀曰：「中心藏之，何日忘之？」岳於是始知必不免。後收石崇、歐陽堅石，同日收岳。石先送市，亦不相知。潘後至，石謂潘曰：「安仁，卿亦復爾邪？」（〈仇隙第三十六〉，11）

例句 27「大相剖擊」若不用「相」字，可以還原成「大加剖擊『卞令』、『卞公』或『卞壼』」。例句 41 不用「相」字也可代以「亂兵剝掠『眾人』或『庾太尉等人』」的說法。至於例句 42 中，「亦不相知」一句的主語承前句「石先送市」亦為石崇，意思是說石崇先被送往刑場，並不知道潘岳等人也被抓了。「亦不相知」一句若不用「相」字，可以還原成「亦不知岳亦被收」或「亦不知岳亦將送市」等子句。換言之，在這些「偏指相字句」中動詞之後所省略的是賓語，它可以是人稱代詞，但卻並非一定要是人稱代詞不可，它還可以是名詞、甚至是子句。既是如此，「相」字其實並非真正具有指代作用，更無法逕稱之為代詞。

3.4 省略賓語為「相」字主要語法功能

如果「相」字句並不具指代作用，那麼其主要語法功能究竟為何？據《世說新語》裡的「偏指相字句」語料分析看來，「相」字的主要作用應是省略賓語。本文的理由有二：第一，《世說新語》裡的「偏指相字句」全都是省略賓語的情形，「相」字之後並無任何賓語出現的例子。意見不同者或許要說這只是《世說新語》的特殊現象而已，然而從以往的研究看來，「偏指相字句」中帶賓語的情形還是少數，省略賓語的才是常態。

第二，《世說新語》裡的「偏指相字句」不僅是在「相＋動詞」之後省略賓語，在「相＋介詞＋動詞」結構之後也有省略賓語的現象。

3.5「相＋P＋V」結構

10. 元皇帝時，廷尉張闓在小市居，私作都門，早閉晚開。群小患之，詣州府訴，不得理，遂至檛登聞鼓，猶不被判。聞賀司空出，至破岡，連名詣賀訴。賀曰：「身被徵作禮官，不關此事。」群小叩頭曰：「若府君復不見治，便無所訴。」賀未語，令且去，見張廷尉當為及之。張聞，即毀門，自至方山迎賀。賀出見辭之曰：「此不必見關，但與君門情，相為惜之。」（〈規箴第十〉，13）

11. （范）逵曰：「卿可去矣！至洛陽，當相為美談。」（陶）侃迺返。（〈賢媛第十九〉，19）

43. 謝公嘗與謝萬共出西，過吳郡。阿萬欲相與共萃王恬許，太傅云：「恐伊不必酬汝，意不足爾！」萬猶苦要，太傅堅不回，萬乃獨往。（〈簡傲第二十四〉，12）

44. 王長豫幼便和令，丞相愛恣甚篤。每共圍棋，丞相欲舉行，長豫按指不聽。丞相笑曰：「詎得爾？相與似有瓜葛。」（〈排調第二十五〉，16）

以上例 10、例 11 兩句皆為「相為」之例，「為」是介詞，例 10「相為惜之」從文意判斷是說「我為你感到可惜」之意，主語「我」承前兩句而省略，介詞「為」的賓語是前一句所指的

「君」，所以應當是第二人稱「你」，只是在此句中省略不出現。例 11 也是相同的結構，「相為美談」是范逵對陶侃應允「到了洛陽，我當為你大加美言」之意，介詞「為」的賓語是前兩句「卿可去矣」裡的「卿」，所以也應是第二人稱「你」，同樣的在句中被省略不出現。例 43 和例 44 則都是「相與」之例，「與」在此處也是介詞。從例句 43 中，我們可判讀出來，是謝萬自己想要和謝安共同去見王恬，謝安堅持不去，謝萬只好一個人獨行。所以「相與」在此處並非表示「與謝安互相」之意；而「相與」於此也並非表「共同、一起」之意，[3]因為緊接在「相與」之後已有「共」字來表示「共同」之意。此句「相與」應解作「與謝安」之意，也是偏指的用法。例句 44 裡，身為父親的王導因寵愛自己的幼子，所以孩子下棋耍賴按住父親的手不讓他下棋時，王導幽默的對孩子笑說：「你豈可以這樣子？你與我之間好像有些關係啊！」「相與似有瓜葛」是王導調侃兒子的話，因為主語、賓語皆被省略，字面上似乎也可解為「我與你」，但從前一句「詎得爾」判斷，前一句主語是你，後一句承前句的主語「你」在文意上應當比較順暢。例 43 和例 44 兩句都是「相與＋（省略賓語）＋動詞」的形式，和例 10、例 11 的「相為＋（省略賓語）＋動詞」形式，在結構上都屬於「相

---

[3] 周法高（1972：241）認為「相與」一詞本有互指和偏指二義。許世瑛（1995：264）提及：「相與」固然可以作「互相」講，但有時也不是「互相」，而是「與」上加了個「相」字，「與」下卻省去了一個交與補詞。例如：「王君，小人也，眾人皆惡之。見其入，無相與言者」裡的「相與」不是「互相」的意思，而是「和他」的意思。此外，楊伯峻、何樂士（1992：300）則主張「相與」除了「互相」還有「共同」的意義。

＋P＋V」結構，因為有介詞的存在說明了其必有介詞賓語，只是在句子表面結構上省略不出現，然而賓語的省略，也應該是受到介詞前面「偏指相字」影響所造成的。

我們可以發現上述「相與」或「相為」的句子，只要是偏指意義的情形，受事的賓語 B 辭都被省略不出現。換言之，「相＋P＋V」結構與「偏指相字句」都有相同的賓語省略現象。如果以呂叔湘的分類來說，《世說新語》裡的「A 相 V」和「A 與（B）相 V」都是賓語省略，除此之外，《世說新語》還有呂並未提及的「相＋P＋V」結構，也同樣有賓語省略。動詞之後沒有賓語，我們或許還不能斷言有賓語省略，因為有可能是不及物動詞，但是介詞就不同了，介詞後一定是要有賓語名詞的，尤其是這些介詞「與」、「為」的出現，更有助於證明《世說新語》中的「偏指相字詞」的確省略了賓語。

3.6「相」字為動詞詞頭（前綴詞）

「相」字既然不具指代作用，我們就無法將其歸為代詞一類，那麼它是否可歸為副詞呢？劉復、王力雖都將其視為副詞，但兩人的看法仍有不同，劉復把「相」字當作一般副詞；王力則稱之為「指代性副詞」。

我們首先檢驗「相」字的副詞性質，副詞在語法上的作用主要是修飾動詞或形容詞，以說明動作行為或狀態性質的範圍、時間、程度、頻率等情況。以此定義而言，互指的「相」字的確是屬於表狀態的副詞。試看《世說新語》中的互指「相」字句的例子：

16.荀慈明與汝南袁閬相見，問潁川人士，慈明先及諸兄。閬笑曰：「士但可因親舊而已乎？」慈明曰：「足下相難，依據何經？」（〈言語第二〉，7）

45.桓南郡與殷荊州共談，每相攻難。年餘後，但一兩番。桓自歎才思轉退。殷云：「此乃是君轉解。」（〈文學第四〉，65）

不論是「相見」或是「相攻難」，「相」字表互相之意，也都具有修飾其後動詞的作用。然而「偏指相字」的「相」字則不然，例句 16 中「足下相難」的「相」字已不具實際「互相、交相」的語意，而是「足下來責難（省略第一人稱賓語「我」）」之意。這類所謂「偏指相字」意義已經虛化，在語法上也很難說還具有修飾其後動詞的作用，因此應該也不能視為副詞。我們在上一節裡說到此類「相」字的主要語法功能是省略賓語，即省略「相」字後動詞的賓語，像這樣不具語意只具語法功能的特性似乎應被歸類為動詞的詞頭，換言之，此類「相」字在語法上應為具省略賓語作用的動詞前綴詞。因為「相」字是動詞詞頭，所以它不具實際語意，只負擔省略賓語的語法功能。

我們可以看見另一個類似的例子是古漢語裡表示主動意義的「見」字，例如「慈父見背」及「母兄見驕」的「見」字用法。呂叔湘在另一篇文章〈見字之指代作用〉中，也同樣主張此類表主動意義的「見」字是代詞，他認為：「『見』字之用有類第一身之指代詞，或更審慎言之，『見』字表示第一身代詞作賓語之省略。」（呂 1999：118）然而近來不少學者皆對呂氏說法抱持不同意見，如董志翹（1986）、王暉（1986）、姚振武（1988）等人都不主張如此，魏岫明更明白指出此類主動「見」字「已不帶實際動詞語意……為語法功能標記，而非據實際語意的實詞，因此將其歸類為動詞詞頭。」（2001：70）

《世說新語》中具主動意義的「見」字很少，僅有數例而已。筆者找到一例，正好同樣具有主動「見」字和本文討論的「相」字兩種用法，可以讓我們一起作比較。

35.張玄與王建武先不相識，後遇於范豫章許，范令二人共語。張因正坐斂衽，王孰視良久，不對。張大失望，便去。范苦譬留之，遂不肯住。范是王之舅，乃讓王曰：「張玄，吳士之秀，亦見遇於時，而使至於此，深不可解。」王笑曰：「張祖希若欲相識，自應見詣。」（〈方正第五〉，66）

從文意上判斷，張玄欲結識王建武，兩人相遇於他處，但王並未顯出熱絡應對之狀，張玄失望而去。當王建武的舅舅責問他為何以此態度對待張玄時，王建武的回答是：如果張玄想認識我，那他自然應該來見我。「若欲相識」和「自應見詣」兩句，若照呂氏的分析，「相」為偏指代詞，「見」為第一人稱代詞，「相識」之後和「見詣」之後都同樣省略了第一人身代詞「我」。然而這樣的分析顯然是有問題的，我們很難想像在同一部書中，甚至就是上下文的兩句裡，不同的兩個字「相」和「見」竟然都是第一人稱「我」的代詞，而且在書中其他地方，還有的「相」字是互指，有的「見」字是被動意義，這樣讓讀者如何能分辨判斷？如果依據本文的分析，將「相」視為其後動詞「識」的詞頭，語法功能是省略動詞「識」後的賓語——在此處正好是第一人稱「我」；而「見」字代表的也是在它之後動詞「詣」的動詞前綴詞，功能同樣是省略「詣」的賓語「我」。至於此例句之所以要省略兩個第一人稱賓語代詞，應該是由於王建武自己就是說話者，提到自己時加以省略是很常見的情形。

綜合本節的討論，我們可以得知，「偏指相字句」其實是不具有指代作用的，它看起來像代詞，其實是因為「相」字句中的動詞之後原本都應該有一個賓語，但是卻往往被省略，所以導致大家以為「相」字是代詞的誤解。「偏指相字」的真正語法作用是省略賓語，不論是在動詞之前或介詞之前加了「相」字，都會造成其後的成分省略。既然「相」字句並無指代作用，其詞性當然不屬於代詞。從語法上來說，省略賓語是「相」字的主要功能；但探討何以省略賓語的原因，本文認為應可以歸諸於語用的因素。呂叔湘雖已稍涉及「相」字語用背景，但並未深入探討。本文就「相」字省略賓語的語用原因，提出兩點不同看法：一，省略賓語可以顯示雙方地位平等；二，被省略的賓語是上文已經出現過的「舊消息」，不論是在說話口語或寫作書面語的情境，都可以為了避免重複而省略。有關這兩點語用的現象，將於下文第四節中進一步討論。

四、世說新語「相」字句的語用現象

呂叔湘在〈相字偏指釋例〉一文中除了探討「相」字的語法現象外，已經注意到它的語用背景。在解釋「偏指相字」的產生原因時，他說道：

> 相字原來以互指為其本用，何以又演變為偏指？虛助字之用法往往因時而變，其動機有未可盡得明者；竊疑相字之此種發展與古人應用三身代詞之習慣不無關係。先秦文字不避爾我，詩書諸子皆然。秦漢以降，用君、公、臣、僕等字以相代者浸浸日甚，自非于其親密或卑幼，不得輕為爾汝之稱。相字之為偏指，有藉以省略賓語之用，當為甚有用之方式，是則偏指之相字所以獨盛於賓語為第二或第一身之句，不為偶然也。（呂 1999：112）

我們歸納呂氏以上的說法可以得出兩點看法：第一，秦漢以來，表示尊敬意味的第一或第二人稱代詞「君」、「公」、「臣」、「僕」等日漸盛行，直接稱呼對方的「爾」、「汝」代詞不能輕易使用。第二，「相」字省略賓語的形式可以避免對話中直接稱呼對方「爾」、「汝」等代詞，有語用上的方便性。第三，偏指的「相」字特別盛行於賓語為第二或第一人稱的類型。關於第三點，我們已在前面討論過，「相」字句其實並不獨盛於第一、第二人稱賓語，事實上第三人稱賓語的「相」字句為數更多。至於呂氏指出的第一點和第二點，引起一些學者進一步分析「相」字為禮貌敬語，例如李索討論〈偏指副詞「相」的修辭意義〉（1997：122）時就主張「相」字有表達自謙、敬人的作用。[4]然而，本文根據《世說新語》的語料，認為「相」字的使用其實並非表示禮貌的敬語。

4.1「相」字非禮貌敬語

古代漢語裡表示禮貌的謙敬詞，主要有人稱敬稱詞（例如：君、公、先生、足下等）及謙敬副詞（如：幸、敬、蒙、敢等）兩類，通常用於下級對上級，臣屬對皇帝，晚輩對長輩，或同輩之間表示尊敬的語言。在此首先要釐清的一點，本文所謂的禮貌敬語，採取的是嚴格的定義，指的是像上述敬稱詞、謙敬副詞這類顯示尊敬的禮貌用語。至於某些語言使用上會造成一些善意、親和的效果，則是屬於語用策略的問題，嚴格來說與顯示尊敬的禮貌敬語仍有差異，因此並不屬於本文所謂禮貌敬語的範圍。決定「相」字是否為禮貌敬語，可自使用者的社會地位、人際關係、年齡大小、親疏遠近等因素來考慮。《世說新語》中的「偏指相字」在使用語境上，可以分成以下七類，其中前五類是依據 A 辭對 B 辭的地位高低而分類的，最後 4.1.6 和 4.1.7 兩類則是以褒揚或貶抑的原則來區分。

4.1.1 上對下

9. 王大將軍始下，楊朗苦諫不從，遂為王致力，乘「中鳴雲露車」逕前曰：「聽下官鼓音，一進而捷。」王

---

[4] 張錦笙（1997：43）以為造成「相」字由互指轉為偏指，其中的原因之一就是漢民族的禮儀問題。中國為禮儀之邦，自古以來就以為用人稱代詞稱呼尊輩或平輩是一種不禮貌的舉止，而以「相」代「你、我、他」三身代詞就顯得語氣婉轉。

先把其手曰:「事克,當相用為荊州。」(〈識鑒第七〉,13)

14.魏武常言:「人欲危己,己輒心動。」因語所親小人曰:「汝懷刃密來我側,我必說心動。執汝使行刑,汝但勿言其使,無他,當厚相報!」(〈假譎第二十七〉,3)

22.許掾嘗詣簡文,爾夜風恬月朗,乃共作曲室中語。襟懷之詠,偏是許之所長。辭寄清婉,有逾平日。簡文雖契素,此遇尤相咨嗟。不覺造膝,共叉手語,達于將旦。(〈賞譽第八〉,144)

46.諸葛靚後入晉,除大司馬,召不起。以與晉室有讎,常背洛水而坐。與武帝有舊,帝欲見之而無由,乃請諸葛妃呼靚。既來,帝就太妃間相見。禮畢,酒酣,帝曰:「卿故復憶竹馬之好不?」靚曰:「臣不能呑炭漆身,今日復聖顏。」因涕泗百行。帝於是慚悔而出。(〈方正第五〉,10)

47.溫嶠初為劉琨使來過江。于時江左營建始爾,綱紀未舉。溫新至,深有諸慮。既詣王丞相,陳主上幽越,社稷焚滅,山陵夷毀之酷,有黍離之痛。溫忠慨深烈,言與泗俱,丞相亦與之對泣。敘情既畢,便深自陳結,丞相亦厚相酬納。(〈言語第二〉,36)

4.1.2 下對上

21.鄭玄在馬融門下，三年不得相見，高足弟子傳授而已。(〈文學第四〉，1)

48.諸葛宏年少不肯學問。始與王夷甫談，便已超詣。王歎曰：「卿天才卓出，若復小加研尋，一無所愧。」宏後看莊、老，更與王語，便足相抗衡。(〈文學第四〉，13)

49.郗太尉晚節好談，既雅非所經，而甚矜之。後朝覲，以王丞相末年多可恨，每見，必欲苦相規誡。(〈規箴第十〉，14)

4.1.3 朋友兄弟之間，平輩對平輩

4. 荀巨伯遠看友人疾，值胡賊攻郡，友人語巨伯曰：「吾今死矣，子可去！」巨伯曰：「遠來相視，子令吾去；敗義以求生，豈荀巨伯所行邪？」(〈德行第一〉，9)

17.文帝嘗令東阿王七步中作詩，不成者行大法。應聲便為詩曰：「煮豆持作羹，漉菽以為汁。萁在釜下然，豆在釜中泣。本自同根生，相煎何太急？」(〈文學第四〉，66)

42.孫秀既恨石崇不與綠珠，又憾潘岳昔遇之不以禮。後秀為中書令，岳省內見之，因喚曰：「孫令，憶疇昔周旋不？」秀曰：「中心藏之，何日忘之？」岳於是始知必不免。後收石崇、歐陽堅石，同日收岳。石先送市，亦不相知。(〈仇隙第三十六〉，11)

50.王恭始與王建武甚有情，後遇袁悅之間，遂致疑隙。然每至興會，故有相思。時恭嘗行散至京口謝堂，于時清露晨流，新桐初引，恭目之曰：「王大故自濯濯。（〈賞譽第八〉，153）

4.1.4 夫妻之間

4.1.4.1 夫對妻

15.女乃呼婢云：「喚江郎覺！」江於是躍來就之曰：「我自是天下男子，厭何預卿事而見喚邪？既爾相關，不得不與人語。」女默然而慚，情義遂篤。（〈假譎第二十七〉，10）

51.許因謂曰：「婦有四德，卿有其幾？」婦曰：「新婦所乏唯容爾。然士有百行，君有幾？」許云：「皆備。」婦曰：「夫百行以德為首，君好色不好德，何謂皆備？」允有慚色，遂相敬重。（〈賢媛第十九〉，6）

4.1.4.2 妻對夫

13.桓宣武作徐州，時謝奕為晉陵，……俄而引奕為司馬，……遂因酒，轉無朝夕禮。桓舍入內，奕輒復隨去。後至奕醉，溫往主許避之。主曰：「君無狂司馬，我何由得相見？」（〈簡傲第二十四〉，8）

4.1.5 對不相識之陌生人

25.阮步兵嘯，聞數百步。蘇門山中，忽有真人，樵伐者咸共傳說。阮籍往觀，見其人擁膝巖側。籍登嶺就之，箕踞相對。（〈棲逸第十八〉，1）

26.賀司空入洛赴命，為太孫舍人。經吳閶門，在船中彈琴。張季鷹本不相識，先在金閶亭，聞絃甚清，下船就賀，因共語。便大相知說。問賀：「卿欲何之？」（〈任誕第二十三〉，22）

35.後賊追至，王欲舍所攜人。歆曰：「本所以疑，正為此耳。既已納其自託，寧可以急相棄邪？」（〈德行第一〉，13）

52.王子猷出都，尚在渚下。舊聞桓子野善吹笛，而不相識。遇桓於岸上過，王在船中，客有識之者云：「是桓子野。」王便令人相與聞云：「聞君善吹笛，試為我一奏。」桓時已貴顯，素聞王名，即便回下車，踞胡床，為作三調。弄畢，便上車去。客主不交一言。（〈任誕第二十三〉，49）

4.1.5.1 士族豪門對平民百姓

53.褚太傅初渡江，嘗入東，至金昌亭。吳中豪右，燕集亭中。褚公雖素有重名，于時造次不相識別。敕左右多與茗汁，少箸粽，汁盡輒益，使終不得食。褚公飲訖，徐舉手共語云：「褚季野！」於是四座驚散，無不狼狽。（〈輕詆第二十六〉，7）

4.1.5.2 平民對士族

24.庾長仁與諸弟入吳，欲住亭中宿。諸弟先上，見群小滿屋，都無相避意。長仁曰：「我試觀之。」乃策杖將一小兒，始入門，諸客望其神姿，一時退匿。（〈容止第十四〉，38）

4.1.6 褒揚讚譽

11.（范）逵曰：「卿可去矣！至洛陽，當相為美談。」（陶）侃迺返。逵及洛，遂稱之於羊晫、顧榮諸人，大獲美譽。（〈賢媛第十九〉，19）

28.蘇峻之亂，庾太尉奔見陶公。陶公雅相賞重。（〈儉吝第二十九〉，8）

54.羊秉為撫軍參軍，少亡，有令譽。夏侯孝若為之敘，極相讚悼。（〈言語第二〉，65）

55.太傅東海王鎮許昌，以王安期為記室參軍，雅相知重。敕世子毗曰：「夫學之所益者淺，體之所安者深。閑習禮度，不如式瞻儀形。諷味遺言，不如親承音旨。王參軍人倫之表，汝其師之！（〈賞譽第八〉，34）

56.王藍田為人晚成，時人乃謂之癡。王丞相以其東海子，辟為掾。常集聚，王公每發言，人競贊之。述於末坐曰：「主非堯、舜，何得事事皆是？」丞相甚相歎賞。（〈賞譽第八〉，62）

4.1.7 貶抑責難

5. 元方曰：「足下言何其謬也！故不相答。」（〈言語第二〉，6）

16.荀慈明與汝南袁閬相見，問潁川人士，慈明先及諸兄。閬笑曰：「士但可因親舊而已乎？」慈明曰：「足下相難，依據者何經？」（〈言語第二〉，7）

27.溫公喜慢語，卞令禮法自居。至庾公許，大相剖擊。（〈任誕第二十三〉，27）

29.許掾年少時，人以比王苟子，許大不平。時諸人士及於法師並在會稽西寺講，王亦在焉。許意甚忿，便往西寺與王論理，共決優劣。苦相折挫，王遂大屈。許復執王理，王執許理，更相覆疏；王復屈。許謂支法師曰：「弟子向語何似？」支從容曰：「君語佳則佳矣，何至相苦邪？豈是求理中之談哉！」（〈文學第四〉，38）

34.客問元方：「尊君在不？」答曰：「待君久不至，已去。」友人便怒曰：「非人哉！與人期行，相委而去。」（〈方正第五〉，1）

38.褚太傅南下，孫長樂於船中視之。言次，及劉真長死，孫流涕，因諷詠曰：「人之云亡，邦國殄瘁。」褚大怒曰：「真長平生，何嘗相比數，而卿今日作此面向人！」（〈輕詆第二十六〉，9）

57.王東亭為桓宣武主簿，既承藉，有美譽，公甚欲其人地為一府之望。初，見謝失儀，而神色自若。坐上賓客即相貶笑。（〈雅量第六〉，39）

從以上這些語言使用場合看來，《世說新語》中的「偏指相字」使用範圍廣泛，並不侷限於某種場合，或某些固定階級。本文分析「相」字並非禮貌尊敬用語的原因有下列三項：第一，「相」字不但可以用在地位階層高的對地位低（上對下）的場合，也可用在地位低對地位高的（下對上）的場合。如果是顯示禮貌的敬語敬稱，理論上通常是著重在下對上的使用，但我們看 4.1.1 所列的不少上對下的例句也都使用「相」字，就知道「相」在《世說新語》中應該不是表示禮貌尊敬的用語。尤其是例句 22 及 46 當中，身為施事者的 A 辭分別是簡文帝和晉武帝，描述皇帝對臣下的言行是不必要使用禮貌敬語的。第二，說明「相」字使用與禮貌無關的最明顯證據是，《世說新語》中的「偏指相字」不僅用在褒揚讚譽的場合，更是大量用在貶抑責難的場合。4.1.7 的例句中顯示「相」字用在「相難」、「相剖擊」、「相折挫」、「相苦」、「相貶笑」等具貶抑責備意義動詞之前，可見其根本不是禮貌敬語。例句 34 裡，罵人罵到「非人哉」的嚴重語氣，接在後面描述這個「非人」所作所為的動詞「相委」，如何可能是禮貌用語呢？第三，屬於〔2-1〕型的「偏指相字」例句，是身為 B 辭的說話者對 A 辭的談話，在對話中提到第一人稱自己而加以省略，如例句 16「足下相難」（足下問難我）和例句 18「卿何以相負」（卿何以負我）兩例，都是對談話的對方採用敬語「足下」、「卿」之稱呼，但在「相難」與「相負」後省略了第一人稱代詞「我」。按照使用語言的禮節習慣，稱呼對方儘可以使用敬稱，但提到自己時實在不可能也不必要使用禮貌敬語的。我們因此可知，此處的「相」字應該是與禮貌敬語無關的。第四，例句 53 敘述東晉時期一般所謂豪門士族，對於不認識的平民百姓任意的輕視嘲侮，甚至故意惡作劇整人，不讓褚季野食粽。此故事反映出魏晉人士對階級門第的講究心態，這群吳郡豪門大族因為不認識褚季野，以為他是一般無名之輩，便加以嘲弄欺侮。由這樣的語境中，我們也可得知，「于時造次不相識別」一句中的「相」字絕對不會是帶有禮貌敬意的用法。第五、這種偏向一方的「相」字用法，一直到現今語言裡，我們仍然還在使用，例如「反唇相譏」、「不便相強」、「何必苦苦相逼」等說法，然而從「相譏」、「相強」、「相逼」這樣的用語看來，我們就當清楚的明白此類「相」字用法並不屬於客氣尊敬的禮貌敬語。

4.2「相」字的使用表現以說話者為中心，顯示與對方地位平等的語用策略

「相」字的使用既與禮貌敬語無關，則其在語用上是否有特殊之功能或意義？我們在前文討論過它在語法上有省略其後賓語的作用，由於被省略的賓語往往是代詞，而且是身為受事者的一方，以「相」字句出現在言談對話中的高度比例，我們可以推想它應有某種語言應用上的功能。再進一步考慮，由於其出現在對話中的形式又以省略第二人稱的情形最多，[5]依照中文對話、書信的傳統，往往是要對說話的對方採取尊敬禮貌的策略。這也是何以上述一些學者會認為「相」字是禮貌敬語的原因。但是我們已經發現禮貌敬稱不足以解釋「相」字涵蓋的語用現象，所以必須另求解釋。

魏培泉氏提及「相」字有縮短彼此距離的社會功能：

---

[5] 呂叔湘（1994：108）以為三類之中，以受事為第二身者為最多。本文反對此說，以為第三身者才是最多的。然而，此處所說省略第二人稱最多，指的是《世說新語》偏指相字句在對話中的情形。

> 偏指「相V」和主動「見V」，……二式都是禮貌式。「相V」式通常在該句所指涉的參與關係者較融洽的情況下使用，語氣上顯得較溫和親切，上下高低之別在此時可以說自然或刻意的消除了。所以在同一段話可以出現〔1-2〕及〔2-1〕型，因為對談雙方的地位被拉平了。（1990：201）

以《世說新語》的語料觀之，4.1節舉出其中有「上對下」、「下對上」、「平輩之間」、「夫妻之間」、「對陌生人」、「褒揚讚譽」和「貶抑責難」等語用場合。從上述「相」字句的貶抑責難與對陌生人的語用例句看來，我們不但無法稱之為禮貌式，恐怕也很難說「相」字句所指涉雙方關係較融洽，或是語氣較溫和親切。以例句 38 而言，褚太傅對孫長樂大怒，是因為孫綽本來和劉真長並無交情，卻於其死後在他人前流淚吟詩哀悼不已，顯得過分造作虛假，因而說出「真長平生，何嘗相比數，而卿今日作此面向人」的怒斥之言。「何嘗相比數」之語帶有很重的輕蔑語氣，是說劉真長在世時何嘗與你相提並論，亦即他何曾看得上你與你為友之意。例句 5 中陳元方對客人批評為難自己父親的問題，則以「足下言何其謬也！故不相答」之語表達自己不屑回答對方的語氣。例句 29 中許掾（許詢）因年輕氣盛，不甘別人將其與王苟子並論，一定要找王辯論一決高下，所以對王「苦相折挫」，贏了之後還沾沾自喜的請支道林評論，結果遭到支道林責備他「何至相苦耶」。不論是「苦相折挫」還是「相苦」，都是苦苦責難對方之意。我們可見這些例句中的「相」字皆非表達關係融洽的溫和語氣。

我們再檢視 4.1.1「上對下」的語用現象，可以發現例句 9「事克，當相用為荊州。」是王敦對為他效力的下屬楊朗表示獎勵慰勞的語氣；例句 14「無他，當厚相報」則是曹操詐誘身旁親信小人，事後會給予他報酬重賞的保證。例句 46 晉武帝為了要和昔時舊交見面，「帝就太妃間相見」不惜屈就自己到妃子住處去見諸葛靚一面。例句 47 則是丞相王導對深自陳結的屬下溫嶠厚相酬納，顯示對其重用。這幾則「上對下」的例句顯示的都是在上位者做了某些特殊的言行，以謙遜的態度對下位者展示親和力及表達重視下位者的心意。

4.1.2 下對上的例句中，例句 48 諸葛宏以年少英才之姿，竟然與年紀、聲望地位都比他高很多的王夷甫「足相抗衡」，是地位低的人可以縮短、接近與在上位者的距離甚至到足以相提並列之地步。例句 21 鄭玄在馬融門下求學，「三年不得相見」，是說身為弟子三年卻都無法親自見到老師，也是顯示地位低者無法縮短與地位高者之間距離的遺憾。4.1.3 同輩兄弟朋友間使用的「相」字句，看起來相當自然，例句 4 中的「相視」、例句 42「相知」和例句 50 的「相思」就是表達居於平等地位的同輩間的某種行為動作。由於是同輩對同輩的朋友、兄弟間的交往，地位上並無高低懸殊，更帶有一種親切溫和的語氣。比較特別的是例句 17，這首著名的七步詩，是曹植以弟弟的身份對既是皇帝又是兄長的曹丕發言，表面看起來像是下對上的例句，但「本自同根生，相煎何太急？」的「相」字用法，卻是以反問的語氣質疑其兄：我們本自同源同根而出，你何以如此急切的煎迫我？「相煎何太急」一句原本是上對下的情況，

「相煎」的施事者是曹丕，受事者是曹植，而作者將「上對下」轉變為「朋友兄弟平輩之間」的情況，所訴求的立場是，我們本是地位平等的骨肉兄弟，原應彼此親愛友善的，如今你何以如此對待我？由此可見，平輩之間使用的「相」字句的確是顯示雙方地位平等的語用狀況。4.1.4 夫妻之間使用的「相」字句反映出中國傳統裡夫權地位高於妻權。「夫對妻」的例句展現類似「上對下」相字句的語用狀況，如例句 15 是丈夫對妻子的哄騙，而例句 51 則是回心轉意的丈夫，對妻子改變態度，以「相敬重」拉近雙方的距離。至於 4.1.4 妻對夫的「相」字句，亦展現「下對上」的情形。例句 13 中桓溫之妻雖貴為公主，也仍然說出「君無狂司馬，我何由得相見？」一般微詞，意謂：如果你的屬下沒有這位狂妄司馬，我哪裡得以和你相見？這正是表達妻子期待縮短與丈夫的社會距離，以求能見到對方。

4.1.5 的「相」字句是都是以不認識的陌生人為受事對象的情況，阮籍、張季鷹、華歆或王子猷，在初次面對不相識者時，不論是在談話中或敘述中都是使用「相」字，而所顯示出來的語用意義，是像朋友平輩之間的相處情形，阮籍不因對方是真人高士而改變自己一向作風，仍然率性的與之「箕踞相對」；張季鷹則是不知對方是誰，聽見別人彈琴聲，就對賀司空「大相知悅」，甚至跟著對方上船同行前往北京；[6]華歆以平等地位

[6] 例句 26 在上文中並未引全文，原文後半段如下：「賀曰：『入洛赴命，正爾進路。』張曰：『吾亦有事北京。』因路寄載，便與賀同發。初不告家，家追問迺知。」

對待路人，所以急難時也不「相棄」對方；王子猷更是不顧桓子野為已有盛名人物，就「令人相與聞」，像要求老朋友一樣的要求桓子野為他吹笛。以上這些「相」字句的使用背後隱含的都是以平等的地位看待。4.1.5.2 當平民百姓面對不認識的人時，即使對方可能是士族，還是「群小滿屋，都無相避意」，「相」字於此仍是隱含雙方地位平等之意。相字句使用在 4.1.5.1 豪門士族對平民百姓的情形，是屬於「上對下」的情況，這些吳中豪右不認識有名的褚季野，在初次見到陌生人的狀況下，「于時造次不相識別」的句子顯現出是採取彼此平等地位的立場。

如果「相」字在「上對下」和「下對上」、「褒揚讚譽」和「貶抑責難」以及「夫對妻」和「妻對夫」等立場相反的語境都可以出現，那麼似乎顯示「相」字背後所隱含的立場應是居中或折衷的，而非極端的兩極。我們從上述例句的討論中，也可得出如此的結論，因此，本文即主張「相」字所隱含的就是一種彼此雙方地位平等的立場，所以施事者的 A 辭可以對受事者的 B 辭或褒揚或貶責；地位較高者可以對地位比自己低者用「相」字降低身段拉近彼此距離，以顯示親和謙遜。地位較低者則用「相」來縮短自己與上位者的的距離，有時可有所請求，有時又可批評規勸；丈夫可以對地位不如自己的妻子用「相」顯示親近，妻子也可以「相」提高自己地位，對丈夫評論或表達意見。同輩朋友之間使用此類相字句，更屬於一般的常態。換言之，「偏指相字」的使用表現以說話者為中心，顯示與對方地位平等的語用策略。對此，我們可以解釋，互指的相字是雙方互相的施受動作，其背後原本就隱含彼此立場平等的相互對待。當「相」字轉變虛化為偏向一方之意時，動作行為上雖轉變為施事的 A 辭單方的對受事 B 辭進行，但在背後仍然保留原有的彼此地位平等的意涵。

綜合而言，在本節裡我們討論了「相」字背後所隱含的彼此地位平等的語用原則。此點可以印證魏培泉氏主張的「相」字有縮短彼此距離及消除上下高低之別的社會功能；但本文看法不同的是，「相」字並非關係融洽、語氣溫和的禮貌式，它也可以表達關係緊張對立以及負面貶抑責備的語氣。當然，如果我們從語用策略的角度來說，「相」字可用在褒揚讚譽的場合，可以顯示雙方地位平等，似乎也是一種善意禮貌的表現。但本文認為這是屬於語用策略的範疇，是使用「相」字可以達到的平等、親和效果，然而這類「相」字並非在「形式上」就屬於具有尊敬意義的禮貌敬語。更何況褒揚讚譽只是「相」字許多語用情境其中的一種而已，我們實在無法將「偏指相字句」歸為禮貌敬語的一種形式。或許我們可以換個角度說，使用「相」字這種彼此地位平等的語用策略，所包含的範圍很廣，展現親和善意表示禮貌的情境也是其中一種，但並不是唯一的一種。因此本文並不主張「相」字是禮貌式。

然而有一點要指出的，就是上述這種歸類並非絕對的分法，有些語用現象可以歸屬不止一類，例如屬於「妻對夫」類的例句 13，桓溫之妻為南康長公主，在階級地位上原本是高過駙馬的，所以也可歸為「上對下」的類別。但在此處，我們考慮此一例句的內容情形，覺得將之歸入近似「下對上」的「妻對夫」一類，應當更為恰當。屬於兄弟平輩一類的例句 17，若考慮曹丕身為魏文帝的地位，原本亦可歸入「上對下」一類。此外，屬於「褒揚讚譽」之類的例句，在階級地位上大多屬於「上對下」一類。這些跨類的現象，說明了「偏指相字句」是一種在語言使用上非常靈活富彈性的表現方式。為了達到語用功能，在上位者可以用「相」字表示彼此地位平等，用以籠絡安撫下位者。然而在某些特殊場合，需要調整自己相對位階時，原先的上位者在轉變為下位者或朋友平輩時，也一樣可使用「相」字句來縮短距離，顯現平等。

4.3 相字句中省略的賓語為已知的舊消息

從前文的討論，我們已經知道「相」字句的主要語法功能是賓語省略，但究竟賓語省略的作用何在？從語用的角度上來說，語言結構的省略一定要以不會造成意義理解上的困難或誤解為先決條件。我們現在要釐清的就是相字句省略賓語會不會造成問題？接收訊息的聽者或讀者如何判斷賓語被省略以及被省略的賓語為何？以下列例句而言：

6. 王、劉與林公共看何驃騎，驃騎看文書不顧之。王謂何曰：「我今故與林公來相看，望卿擺撥常務，應對玄言，那得方低頭看此邪？」(〈政事第三〉，18)〔1-2〕

18. 王大將軍既反，至石頭，周伯仁往見之。謂周曰：「卿何以相負？」對曰：「公戎車犯正，下官忝率六軍，而王師不振，以此負公。」(〈方正第五〉，33)〔2-1〕

58. 盧志於眾坐問陸士衡：「陸遜、陸抗，是君何物？」答曰：「如卿於盧毓、盧珽。」士龍失色。既出戶，謂兄曰：「何至如此，彼容不相知也？」士衡正色曰：「我祖名播海內，甯有不知？鬼子敢爾！」議者疑二陸優劣，謝公以此定之。(〈方正第五〉，18)〔3-3〕

59.孔君平疾篤，庾司空為會稽，省之，相問訊甚至，為之流涕。庾既下床，孔慨然曰：「大丈夫將終，不問安國甯家之術，迺作兒女子相問！」庾聞，回謝之，請其話言。(〈方正第五〉，43)〔3-3〕、〔2-3〕

例句 6 中「我今故與林公來相看」一句出現在對話中，是王濛對何充說的話，何充如何知道「相看」的省略賓語是何充自己呢？因為在最前面第一句，就已經明白提到是王、劉、林公三位一起來看何驃騎，因此讀者一開始就很清楚主語是誰及賓語是誰。如果是談話的情形，談話的對象是何充，他當然更容易從當時語境判斷對方是來看自己。換言之，說話和敘述的語境已經充分提供了讀者、聽者足夠判斷的舊消息（old information）。以例句 18 而言，我們從前文也已得到足夠的訊息，是王敦反叛，周伯仁去見他，王敦質問周伯仁：「卿何以相負？」「卿」是當面稱呼對方的第二人稱代詞，也是主語，談話及敘述中都並無提及第三者，「相負」後的賓語自然是「我」，亦即王敦。例句 58 也是在「相」字句出現前面已經給予充分的舊消息：盧志問陸機有關陸遜、陸抗之事，所以陸士龍說的「彼容不相知也」，「相知」的賓語即使不出現，也自然應該是陸遜、陸抗。再看例句 59，前文已說明是庾司空來探孔君平之病，「相問訊」的主語承前一句是「庾司空」，而「相問訊」後的賓語自是孔君平。文中第二句相字句「迺作兒女子相問」雖然是主語、賓語都省略，但在語境中也可知道它的主語賓語都同於上一個相字句。由此可知，「偏指相字句」不論是出現在敘述或對話之中，都不致造成意義理解上的問題，因為前文已經提供了足夠的訊息，「相＋V」之後省略的賓語等於是已知的舊消息，所以即使被省略不出現，也不會影響語言使用的理解及語意的判斷。

如果和互指的「相」字句比較，我們就可以清楚發現兩者的差異。

16.荀慈明與汝南袁閬相見，問潁川人士，慈明先及諸兄。閬笑曰：「士但可因親舊而已乎？」慈明曰：「足下相難，依據者何經？」（〈言語第二〉，7）

60.王長史與劉真長別後相見，王謂劉曰：「卿更長進。」答曰：「此若天之自高耳。」（〈言語第二〉，66）

比較起來，《世說新語》裡的「偏指相字句」，在每一則記載故事中，永遠不會出現在第一句，而互指的「相」字句如 16 與 60 卻無此限制，可以出現在文章的開頭第一句。這背後的道理很簡單，因為「偏指相字句」所省略的賓語必須是已知的舊消息，它必須指涉到前文所提及的人物。所以在「相」字句出現之前一定要有一些前文提供的背景訊息，也因此「偏指相字句」不可能出現在文章的開端首句。

五、結語

從以上幾節的討論中我們可以得出幾點結論。第一，所謂的「偏指相字」在《世說新語》中運用得相當普遍。它和互指的「相」字可以同時並存在上下文中，兩者形式、意義不同，用法也相異，讀者可從語境中加以判別。互指的「相」字句中施事主語A辭和受事賓語B辭互為施受，在形式上為「AB相V」，AB 兩者皆出現，並無省略情形。「偏指相字句」則是施事主語為A辭，受事賓語為B辭，A辭施而不受，B辭受而不施，《世說新語》裡的「偏指相字句」在形式上都是「A相V」，賓語皆省略不出現。第二，「偏指相字」在《世說新語》中展現的語法特性並非代詞，「相」字其實並無指代作用，它之所以讓人誤解具有指代作用是由於「相＋V」之後一般皆有賓語省略現象，因此常讓人誤以為「相」字指代被省略的賓語。第三，「偏指相字」在《世說新語》中顯示的語法功能為省略賓語，不但省略「相＋V」後的賓語，在「相＋P＋V」結構後的賓語都有省略情形。換言之，只要有「偏指相字」存在，不論是在動詞之後或介詞之後都有賓語省略現象。第四，《世說新語》中的「偏指相字」主要語法功能是省略動詞後的賓語，「相」字本身意義已經虛化，不帶實質語意，因此本文主張不妨將之歸為動詞詞頭（或前綴詞）。第五，《世說新語》中「偏指相字」的類型，若以人稱代詞的類型區分，以〔3-3〕類型佔最大多數，其次為〔1-2〕型，〔2-1〕型和〔2-3〕型同居第三名，再來依次是〔3-1〕型、〔1-3〕型和〔3-2〕型。若以賓語的人稱代詞分類，則是第三人稱最多，第二人稱居次，第一人稱最少。若將《世說新語》中「偏指相字」的類型以對話類和敘事類區分，則是敘事類型較多，而對話類較少，兩者比例約為 5：3。第六，就語用層面而言，「偏指相字」在《世說新語》中並非禮貌敬語的使用，它所反映的是一種以施事者為中心，企圖顯示與對方地位平等的語用策略。因此隨著施事者與受事者相對地位的不同，可以靈活的調整自己與受事者之間的社會距離。是以，我們在《世說新語》中可以看到各種地位、立場不同的相字句使用類型，例如「上對下」、「下對上」、「平輩之間」、「夫妻之間」、「對陌生人」、「褒揚讚譽」和「貶抑責難」等各種立場不同的使用類型。第七，「偏指相字句」所省略的賓語是已知的舊訊息，由於所指涉的必須是前文裡已經提及過的人物，所以在語用上，「偏指相字句」不可能出現在《世說新語》裡每段敘述故事的首句。換言之，「偏指相字句」比互指相字句，在語言篇章的使用上更受限制。

就《世說新語》裡「偏指相字句」的語用現象看來，其並非如呂叔湘所言是秦漢以後為了避免直接使用第一和第二人稱代詞，因而所採用的一種賓語省略策略。在本文看來，我們認為「偏指相字句」是一種靈活調整當事人社會地位的語用策略。至於此點背後所反映出來的社會背景也很值得探討。我們都知道魏晉六朝是一個極其講究門第階級的社會，階級地位在當時是影響一個人的重要因素，然而何以在如此注重階級意識的社會裡，竟會採用「偏指相字」這種企圖縮短彼此社會距離以求雙方地位平等的語用策略呢？本文認為正是因為社會中階層劃分太明顯僵化，語言使用上更需要此種平等策略，才能有靈活調節的作用，以順利達成各種場合或各種目的之語言使用。探討「相」字的語用現象，還有一個方向可以參考的，就是和主動「見」字的語用情形作比較。[7]但是限於篇幅，本文並未就此點再加探討。

[7] 魏培泉（1990：195）就曾比較「相」與「見」的用法，並主張主動「見 V」式具有比偏指「相 V」式更謹敬的語調，它有拉長雙方距離的作用。「見 V」式通常是用在上對下的情況下，也就是說 A 通常社會地位比 B 高，或者意涵 B 在某方面不如 A，需以崇敬待 A。

參考文獻

王　力 1958 《漢語史稿》，北京科學出版社。

王　暉 1986 〈同形結構中的「見」字為施受同辭說〉，《漢中師院學報・社哲版》1986（1）：84-90，102。

余嘉錫撰 1984 《世說新語箋疏》，臺北華正書局。

李　索 1997 〈偏指副詞「相」的修辭意義〉，《河北師院學報（社會科學版）》1997（2）：122-125

杜桂林 1987 〈古代漢語「相」句式之研究〉，《寧夏大學學報（社會科學版）》1987（2）：21-28

呂叔湘 1999 〈相字偏指釋例〉，《漢語語法論文集增訂本》，頁 103-115，北京商務印書館，原載於 1942《金陵、齊魯、華西大學中國文化匯刊》第二卷。

1999 〈見字之指代作用〉，《漢語語法論文集增訂本》，頁 116-121，北京商務印書館。原載於 1943《金陵、齊魯、華西大學中國文化匯刊》第三卷。

呂叔湘、王海棻編 2001 《馬氏文通讀本》，頁 157-158，上海教育出版社。

周法高 1972 《中國古代語法・稱代編》，頁 237-246，中央研究院歷史語言研究所專刊之三十九。

洪麗娣 1997 〈關於古漢語中偏指之「相」的詞性問題〉，《遼寧大學學報》1997（2）：56-57。

姚振武 1988 〈古漢語「見」結構再研究〉,《中國語文》1988(2):134-142。

許世瑛 1995 《常用虛字用法淺釋》,頁 261-265,臺北復興書局。

張文彬 1992 〈關於「相」字的詞性〉,《國文天地》7 卷 8 期:89-90。

張錦笙 1997 〈「相」字考略〉,《鎮江師專學報(社會科學版)》1997(2):42-45。

楊伯峻、何樂士 1992 《古漢語語法及其發展》,北京語文出版社。

解惠全 1984 〈指代性副詞「相」的用法〉,《語言教學與研究》1984(3):124-133。

劉　復 1974 《中國文法講話》頁 172-173,臺北新文豐出版公司。

董志翹 1986 〈中世漢詞中的三類特殊句式〉,《中國語文》1986(6):453-459。

魏培泉 1990 《漢魏六朝稱代詞研究》,國立臺灣大學博士論文。

魏岫明 2001 〈古漢語主動意義之「見」字語法探討〉,《臺大文史哲學報》54 期,頁 69-94。

阿丁考
——由語詞系聯論花東甲骨的丁即武丁

朱歧祥*

一、前言

1991 年 10 月在距離殷墟博物館不遠的花園莊東地 H3 坑發現甲骨。[1]它是一批以子為主祭者的非王卜辭。根據地層關係、共出陶片和甲骨內容推斷，卜辭的上限在武丁前期，而不晚於武丁中期。[2]花東甲骨是繼小屯南地甲骨、周原甲骨後另一批重要的出土甲骨資料，提供我們對殷商字形、語彙、句型和殷商史料有進一步認識的機會。

花東甲骨的內容常牽涉著一個名叫「丁」的人。學界對此人的身分都持保留的態度。[3]2003 年 12 月花東全部有字的甲骨 561 版終於正式公佈，[4]始有機會通盤的披閱「丁」和「子」之

---

* 現任東海大學中文系教授兼系主任。

[1] 中國社會科學院考古所安陽工作隊：〈1991 年安陽花園莊東地、南地發掘簡報〉，《考古》1993 年 6 期。

[2] 劉一曼、曹定雲：〈論殷墟花園莊東地甲骨卜辭的「子」〉，《紀念殷墟甲骨文發現一百周年國際學術研討會論文集》（北京：社會科學文獻出版社，2003 年），頁 439-447。

[3] 同前註，頁 446。劉、曹兩位談到子與丁的關係，只說：「丁是武丁早期的又一個重要人物，他參與王朝的軍政大事。H3 卜辭中的子與丁之關係亦十分密切。」並沒有進一步討論丁為何人。

[4] 中國社會科學院考古所編：《殷墟花園莊東地甲骨》全 6 冊（昆明：雲南

間的關係。但《殷墟花園莊東地甲骨》的原釋文仍沒有確認丁是誰。[5]2004 年 8 月在參加安陽的殷商文明國際會議中的一個晚上，有幸與花東甲骨的整理者劉一曼、曹定雲兩位先生討論到子和丁的身分。兩位先生一致的認為花東甲骨中的丁有兩個人，主要原因是其中的一個丁是活人，另一個丁則是死人。當時我已完成了花東甲骨釋文初步核對的工作，[6]由丁和子、婦好的關係，我判斷丁可能是殷的時王武丁。但對於這些相當於武丁時期的甲骨中為何丁有用作死人的材料，仍是苦思不得其解。安陽會後我隨即赴鄭州考察殷中宗陵和鄭州商城遺址，沿途的幾個晚上我一直排比著隨身有關「丁」的花東材料，又有了一些新的體會。我認為花東卜辭既是在同一甲骨儲存坑出土，甲骨的上下時限並不長，其中習見的「丁」很難理解分屬二人。特別是同一塊甲骨中一個丁分別作生人和死人的用法，是很難想像的。它應該是同一人的稱謂。我嘗試將出現「丁」的甲骨分作絕對證據和相對證據兩堆。絕對證據的甲骨可以毫無疑問的確認「丁」是活人，而相對證據的甲骨則可以用對比、系聯的方式來判斷「丁」可理解為活人。「丁」的地位崇高無比，遠在子與婦好之上，且有資格直接號令子和婦好。它應是

人民出版社，2003 年）。

5 《殷墟花園莊東地甲骨》26 版原釋文只簡單地說：「丁，人名」，並無其他的說明。

6 拙文：〈殷墟花園莊東地甲骨釋文正補〉，《「第五屆國際古漢語語法研討會」暨「第四屆海峽兩岸語法史研討會」論文集》（臺北：中央研究院語言學研究所，2004 年），頁 45-110。文又修訂見《許錟輝教授七秩祝壽論文集》（臺北：萬卷樓圖書有限公司，2004 年）。

武丁當日的稱謂無疑。殷商時期以日為名的習慣，可用作生稱，亦應成為定論。以下是我這個想法的論證。

二、由絕對證據論丁為活人

我們考證古文字，最終極的目標是要通讀材料的上下文，從而還原史實和文化的真相。這是一種科學的驗證。我們由上下文的理解，可客觀的推尋出語言文字背後的深層意義。目前對花東阿丁的身分考量，可以嘗試由語詞系聯的方法來處理。董作賓先生早年提出的貞人說，[7]其實就是一個用人物系聯的方法。他認為同一版甲骨的貞人都應該是生存在同一時段，因此彼此可以系聯成一個集團來研究。「從同時的史官，定同一的時代，在斷代研究上，添了一個最確切有力的證據。」[8]科學地整理甲骨即由此開始。這是董先生斷代分期學說最主要的立足點。相對的，同一塊甲骨中的語詞，都應該反映同一時期的實質或書面語言。因此，同甲骨中的語詞系聯，在語法、語義上都能呈現是在同一特定時空的客觀現象。它可以作為斷代的標準。語詞系聯的模式，一是由同一條卜辭的上下文特殊語詞關連（包括語義、句型）來看，一是由同版甲骨的不同卜辭中的語詞來互參，一是由同坑不同甲骨中的語詞來系聯。花東甲骨中屬於「丁」的所謂絕對證據，都是可直接由語義描述判

---

7 董作賓：〈大龜四版考釋〉，《安陽發掘報告》第 3 期（1931 年）。

8 董作賓：〈甲骨文斷代研究例〉，《慶祝蔡元培先生六十五歲論文集》（南京：中央研究院歷史語言研究所，1933 年）。

定為丁的活動行為的用語。這些材料不但證明當時的丁是活人，且由丁的主祭、征伐、田狩、號令和賞賜等特別動作，更進一步反映他是居高位者，統領殷朝內外大事。以下，我們逐一檢視這些絕對的證據。

（一）丁聞

38 （3）王卜：其钔子疾骨妣庚，酉三豕？

（4）王卜：子其入廌、牛于丁？

（5）王卜：丁聞，子乎〔見〕戎，弗乍榩？

由花東 38 版的第（3）辭，卜問子的骨疾，可見這塊甲骨是為子問卜，可知子是甲骨的所有者。復由第（5）辭「丁聞」一詞，見「丁」為活人的用法，且是居高位者。聞，指附庸或部屬的來朝稟告。[9]聞的主語一般都是指王，聞的內容多是指外邦來犯。第（5）辭「丁聞」之後，緊接「子乎見戎」一句，「見戎」即「獻戎」。[10]此言子主持呼令某獻進戎俘的儀式，受戎的

---

[9] 卜辭習見「有聞」、「有來聞」。如：

〈集 1075〉 庚子卜，王貞：王固曰：其有來聞。其唯甲不☐。

〈集 6076〉 ☐辛貞：有聞，曰：舌☐？

〈集 6077〉 貞：舌方亡聞？

〈集 6744〉 ☐丑卜☐貞：方叀聞？

〈集 17078〉 癸巳卜，爭貞：旬☐？甲午有聞，曰：戎☐。

[10] 參《殷墟花園莊東地甲骨》7 版原釋文：「見，讀為獻」可從。但花東甲骨的見字形有二，作：[illegible]、[illegible]，一跪坐一站立。前者讀為獻，由「見玉」(149)、「見卺」(249)、「見晢以璧玉」(490)、「見于丁」(427)、「見于婦好」(37) 例看，並沒有問題。後者固定與附庸「貯」連用，應為部落名。二字形用法有別，宜區隔。

人自然是在高位的「丁」無疑。「子乎見戎（于丁）」一句，又與同版第（4）辭的「子其入鹰、牛于丁」相對。常見的「入于丁」句，入，讀如納，即言納貢牲口於丁。丁的用法自然是指活人。由此，亦概見丁和子為君上臣屬的關係。[11]

相關「入于丁」的記載，另有：

88 （2）乙卜：子入⍁丁？在⍁。

90 （5）乙卜：[illegible]丁以玉？

（6）玉[illegible]其入于丁，若？

113（10）乙卜：丁又鬼夢，亡𡆥？

（11）丁又鬼夢，[illegible]在田？

（16）五十牛入于丁？

（18）三十牛入？

（19）三十豕入？

223（5）戊卜：子其入黃[illegible]于丁，永？

229（2）壬卜：子其入⍁丁，永？

---

[11] 楊升南〈殷墟花東 H3 卜辭「子」的主人是武丁太子孝己〉一文，論 H3 坑卜辭的主人「子」即相當於文獻中武丁時賢而早死的長子孝己。楊文見《2004 年安陽殷商文明國際學術研討會論文集》（北京：社會科學文獻出版社，2004 年），頁 204-210。楊說在安陽會上首先提出，當時花東甲骨的整理者劉一曼、曹定雲兩位先生先後提出質疑。目前我的看法，是子即孝己否仍需待進一步的論證，但由花東甲骨可見子擁有強大的政治和經濟力量，而又與丁關係密切。他倆如果不是權力位置的關係，則必屬血親的關係。子為丁的子侄輩可能性甚高。因此，如果子確為孝己，丁又如我們所擬測的是武丁，丁與子則是父子的關係。花東甲骨罕見祭祀父某的材料，應該與子的父親（可能是丁）仍是活人可相互考慮。

269（8）乙亥卜：子其入白牛一于丁？

320（1）何于丁屰？

（2）于母帚？

（7）庚寅：子入四㸚于丁？在䖵。

花東甲骨的主人「子」對「丁」納貢辭例甚多，見二人活動的頻繁和親密。上引 113 版的（10）、（11）解「丁又鬼夢」，即「丁夢鬼」的賓語前置句型。此辭言丁夢鬼而卜問其亡禍否。由入夢的行為，自亦可反證丁為活人。同版（16）、（18）、（19）三辭言入牛、入豕於丁，主語省略的納貢者應是子。此言子卜問納貢的牲數若干宜否。

上引 320 版第（7）辭言子納貢「四㸚」於丁。丁可理解為活人。同版（1）辭的「何于丁屰」，即「何屰于丁」的倒文。其中的「屰丁」的丁，亦應作活人來解釋。「屰丁」即逆丁，有迎見於丁的意思。由此辭例復可與 236 版的「家屰丁」相系聯。家和何二人，疑都是子的部屬。

236（14）戊卜：子其往？

（15）戊卜：子弜往？

（16）己卜：家其又魚，其屰丁，永？

（19）己卜：家弜屰丁？

（25）庚卜：丁鄉䴡？

（26）庚卜：丁弗鄉䴡？

（28）壬卜：子弗取骨？

由 236 版的「屰丁」例，又牽引出另一與丁有關的辭例：「丁鄉（饗）」。

以上「丁聞」一用語的系聯，可鋪排如下表：

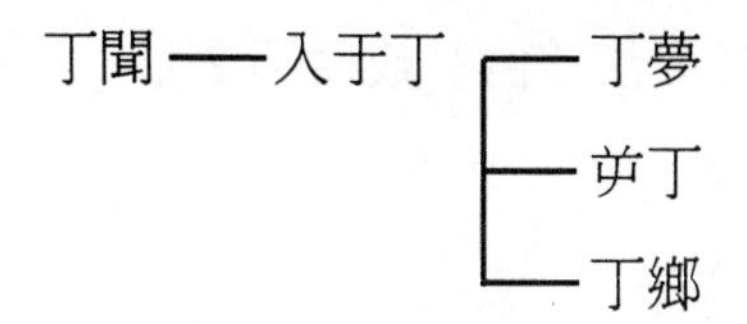

上述語詞以「丁聞」為定點，舉凡與「丁聞」相系聯的其他語詞，都表示它們是同一時空所呈現的語言用法，亦即可作為丁是活人的具體動作之參證。

（二）丁令某伐

275（3）辛未卜：丁隹子令从白或伐卲？

（7）乙亥卜：㞢祖乙三牢、一牝，子亡攸丁？一

（9）乙亥卜：其乎多宁見丁，永？

（10）乎多宁眔辟丁，永？

（11）丙子卜：丁不各？

令，指上位發號施令，動詞。白，一般都作顏色詞，只有 237、275、449 三版用作「白或」。白，讀為伯，爵稱；或，私名。由 275 版第（3）辭的「丁令子从白或伐卲」一句，見丁當日掌握兵權，有驅策下屬的子聯同伯或進行征伐外邦卲族的權力，確證丁為活人無疑。且由於丁能命令子和伯或，足見丁的地位遠在伯爵之上。

互較 275 同版的「子啟丁」、「呼多宁見（獻）丁」、「丁不各」等句例，都只能由丁作為上位者的角度來理解。

相關「丁令」的辭例，有：

237（6）辛未卜：丁隹好令从〔白〕或伐卲？

（14）弜告丁，肉弜入〔丁〕？用。

（15）入肉丁？用。不率。

275（3）辛未卜：丁隹子令从白或伐卲？

449（1）辛未卜：白或爯冊，隹丁自正（征）卲？

（2）辛未卜：丁弗其从白或伐卲？

其中的 237 版第（6）辭與 275 版第（3）辭相對，或為同一個辛未日所卜。237 版第（6）辭的「丁隹好令」的「好」，應是習見的「婦好」之省。好是婦好之名，相對的子的用法，亦應是專名。此卜問丁命令婦好聯同伯或攻伐卲族宜否，明顯見丁為殷王武丁配偶婦好同時的活人，且居然又能命令婦好，丁用為武丁的稱謂的可能性自然是非常高。互較同版（14）辭的「告丁」、「入丁」的句例，亦只能由丁為活人的角度來理解。告，有稟告或告祭意。入，即納，有進貢意。上告於丁而又納肉於丁，丁的身分自然非比尋常。

再看 449 版（1）辭的「丁自征卲」句，此卜問丁「親自」用兵征伐外邦的吉凶，更可見丁在當時是君上的身分無疑。

以上「丁令」辭例的系聯，可鋪排如下：

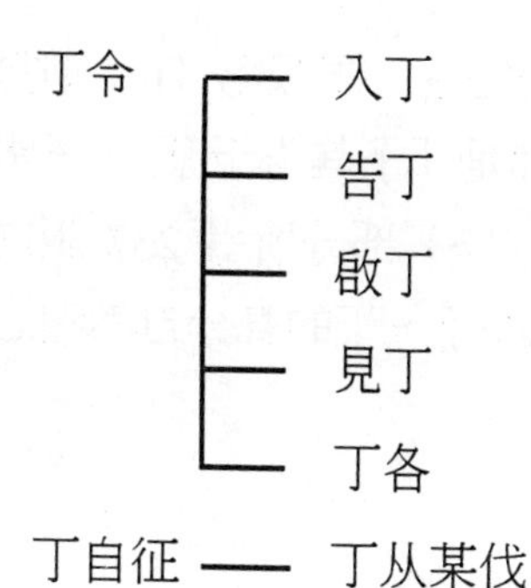

（三）丁涉

28（1）丙卜：隹亞奠乍子齒？

（2）丙卜：隹小臣乍子齒？

（3）丙卜：隹婦好乍子齒？

（4）丙卜：丁𣝏于子，隹亲齒？

（5）丙卜：丁𣝏于子，由从中？

（6）戊卜：六其酓子興妣庚，告于丁？用。

（7）戊卜：𢦏弜酓子興妣庚？

（8）戊卜：子其告于☐？

（10）辛卜：丁不涉？

（11）辛卜：丁涉，从東洀狩？

涉，指渡水的動作，動詞。由 28 版第（10）、（11）二辭正反對貞，卜問丁涉水至某地，進行狩獵活動的吉否，可見丁是活人無疑。「从東洀狩」的主語亦是丁。本版屬子的甲骨，由子代卜問丁出狩的吉凶，顯見子對丁的活動之重視和負責，二人關係密切，而丁可理解為子的上位者。同版第（6）辭見「告于丁」例，第（8）辭殘辭恐怕亦是「子其告于丁」，子需要稟告的對象應該也是丁。此與上文（b）部分所引 237 版內容相當。殷人納貢與祭祀，都需稟告於丁，丁的身分自然呼之欲出了。

相關「告丁」的句例，有：

80（1）癸卜：子告官于丁，其取田？

（3）甲卜：子㝘？

157（1）己巳卜：〔子〕其告□既□丁，若？

80 版第（1）辭的「告官」，或即「告館」。[12]「子告丁」後緊接「取田」，彼此關係如何，仍待考。

28 版由「丁涉」例，見丁為活人，又可連接同版的（4）、（5）辭的另一文例「丁棲于子」。此亦應理解為活人的動作。棲，有降艱、施災意。[13]

以上「丁涉」例，可系聯語詞如下：

丁涉 ┌─告于丁
　　 └─丁棲

[12] 《殷墟花園莊東地甲骨》53 版原釋文引趙誠說。官，一般用作祭祀的場所，釋館可從。

[13] 《殷墟花園莊東地甲骨》3 版原釋文認為「有凶禍，艱咎之義」。棲字與吉對貞（300）、（401），又與「有祟」（249）連用。255 版言「弗棲，永？」，亦指去艱而有順。可證棲字確有不順的用法。

（四）丁往

146（2）己酉卜：今月丁往[illegible]？ 一

（3）今月丁不往[illegible]？ 一

往，去也。146 版第（2）、（3）辭正反對貞，卜問丁往某地宜否。由丁的移動動作，見丁用為活人名無疑。

相關「丁往」的句例，有：

318（2）戊辰卜：丁往田？用。

田，一般有田獵和耕作意。花東甲骨一般言田獵都稱作「狩」，如 28、154 版是。此處宜理解為丁出，進行耕作的活動或儀式。

以上「丁往」的用例，可系聯語詞如下：

丁往某地——丁往田

（五）丁狩

154（1）辛酉卜：丁先狩，迺又伐？ 一

（2）辛酉卜：丁其先又伐，迺出狩？ 一

狩，田獵。伐，砍首的祭儀。154 版第（1）、（2）為選擇性的對貞，卜問丁進行狩獵和伐祭二活動的先後次序，是先狩後伐抑或是先伐後出狩。由語義的理解，丁自為活人無疑。

以上「丁狩」例，可系聯語詞如下：

丁狩——丁伐

丁又伐——丁出狩

（六）丁饗

236（16）己卜：家其又魚，其屰丁，永？

（19）己卜：家弜屰丁？

（25）庚卜：丁鄉鬻？

（26）庚卜：丁弗鄉鬻？

鄉，動詞，即饗字，與祭祀鬼神的享字用法同。本版（25）、（26）二辭正反對貞，卜問丁親自用圓鼎進行饗祭宜否。丁為主祭者，當然理解為活人。同版有「屰丁」例。屰，在花東甲骨的用法有二：一作為人名，如 20 版的「屰入六」是；一讀如逆，迎也。字的用法與上獻意近，如 409 版的「其屰呂琡于帚好」和 492 版的「子其屰ㄓ于帚」是。「屰丁」當然是第二種用法，236 版指家迎見於丁。

「屰丁」例又見 409 版：

409（28）王卜：子其屰匽丁？

（29）王卜：于乙征休丁？

409 版（28）辭的「子其屰匽丁」，即言子要上獻匽人於丁，丁為上位者的角色。同版（29）辭的「休丁」，休，美也，引申有稱頌意。主語亦應是子。由此，更可見丁和子之間君臣的關係。

以上「丁饗」例，可系聯用詞如下：

丁饗——屰丁——休丁

（七）丁呼

401（12）丙卜：丁乎多臣復西，非心于不若？隹吉，乎行。

乎，即呼，有號令意。401 版見「丁呼」例。卜辭習見「某呼某作某事」，第一個某的用法，都是上位者。本版的丁為呼令之人，自為活人無疑。多臣，為殷官職名，管征戰。[14]丁能號令殷武官多臣再次往西邊，顯見丁的崇高權位，與殷王等同。

（八）丁畀

410（1）王卜：在龘：丁畀子𩁹臣？ 一

（2）王卜：在龘：丁曰：余其旼子臣？允。 二

畀，有賜予意。本版第（1）辭卜問丁賜予子𩁹臣宜否，由此可見丁與子的君臣關係。同版第（2）辭見「丁曰」的用法，更可證丁為活人無疑。曰，意即言。在這裡可能已有作為公佈詔令的意思。《尚書》和西周金文多見「王曰」、「王若曰」例，屬策命的固定用語。本版「丁曰」所宣示的內容是「余其旼子臣」。「余」作為丁的第一人稱代詞。旼，即啟，開也，引申有給予的意思。畀與旼的分別：畀用作上位賜予下位者；旼，有作為上賜與下的用法，如本版丁言「余其啟子臣」是，亦有作為下獻與上的用法，如 275 版的第（7）辭卜問的「子亡旼丁」是。

以上「丁畀」例，可系聯用詞如下：

丁畀——丁曰——旼丁

---

[14] 多臣主對外征伐。如〈集 613〉：「乙巳卜，爭貞：呼多臣伐𢀛方，受㞢⍁？」，〈集 6834〉「翌乙丑多臣弗其𢦏缶？」是。

（九）丁曰

475（5）庚戌卜：丁叀彈乎見丁眔大，亦燕昃？用。 一

（6）庚戌卜：丁各，用夕？ 一

（7）庚戌卜：丁各，用夕？ 二三

（8）辛亥卜，丁曰：余不其往，毋䢅？

（9）辛亥卜，丁曰：余〔丙〕䢅；丁令子曰：往眔帚好于㝬麥，子䢅？

475 版承上文（八）部分的 410 版，（8）、（9）辭見「丁曰」和「丁令子曰」例。丁為活人無疑。由第（9）辭見丁命令子和婦好往於㝬，明顯確認丁的身分在子和婦好之上。同辭又見「子曰」例，見子亦有權進行策命，丁和子宜有親屬的關係。同版的第（5）辭見子呼彈獻於丁和大，其中的大是活人名。由 478 版有「乙卯卜：其𢀛大于子癸，𠀠豭一又鬯？用。又疾子㝅。」例，命辭言「其𢀛大于子癸」一句，根據卜辭習用的「禦某活人于某死人」例來理解，此辭的「大」為祭祀求降福的活人。同樣的，475 版中丁與大連用，同屬子進獻的對象。如果丁視為殷王武丁，大的身分應是武丁親密的同輩弟或近親。475 版的（6）、（7）辭另有「丁各」例，亦只能以活人的身分來解釋。

以上「丁曰」例，可系聯語詞如下：

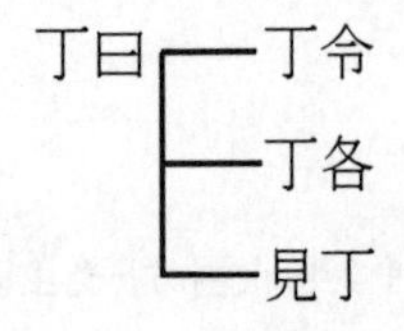

總括上文阿丁的動作用詞：丁聞、丁夢、丁令、丁自征、丁涉、丁往、丁狩、丁饗、丁呼、丁畀、丁曰等例，都可以充份作為丁是活人的絕對證據。復由同版系聯的結果，可以知道：入于丁、屰丁、告丁、𢼄丁、見丁、丁各、丁伐、丁椃、休丁、丁𢼄等相對的或不明確的用詞，也可視作丁是活人的輔助證據。我們再由花東甲骨的語義衡量「丁」一角色，他能同時掌管祭祀（丁饗、丁宜、丁有伐），指揮兵權（丁令子伐卲、丁令婦好伐卲、丁自征卲），呼令臣下（丁呼多臣、丁令子），進行賞賜（丁畀子臣），接受納貢（子獻戎于丁、子入鳫牛于丁），復有帶領田狩、耕作（丁狩、丁涉狩、丁往田）等記錄。丁的身分自然是與王者之尊的武丁等量齊觀了。

三、由相對證據論丁為活人

丁在花東甲骨中的頻密用例，本來很容易直接的指向「丁即武丁」一方向。但由於花東甲骨的原報告和釋文一開始即將「子」放在羌甲一系後人庶出的子孫來考量，[15]復因為「丁」的用詞可以作為死人來理解。因此，在原釋文中錯過了落實「丁即武丁」的想法。我與劉一曼、曹定雲兩位先生在安陽交換意見時，深切的感受到兩位先生有失諸交臂的感覺。

一般將丁解釋為死人的用例，基本上都是屬於一些理解上

---

[15] 詳劉一曼、曹定雲：〈殷墟花園莊東地甲骨卜辭選釋與初步研究〉，《考古學報》1999 年第 3 期。兩位先生認為「卜辭主人與殷王同源於祖乙，可能是沃甲之後。」

有相對意義的材料。換言之，這些用例就字表言可用死人的意義解釋，亦可以站在活人的角度來解釋。我們根據語詞系聯的方法來處理這個問題。如：

（一）宜丁

34（1）辛卯卜：子障宜，叀幽廌？用。

（4）甲辰：宜丁牝一，丁各，仄于我，翌于大甲？用。

（7）乙巳卜：子大爯？不用。

（8）乙巳卜：丁各，子爯小？用。

（9）乙巳卜：丁各，子爯？用。

（10）乙巳卜：丁各，子弜巳，爯？不用。

（11）乙巳卜：丁各：子☐爯？用。

（12）乙巳卜：子于☐爯？不用。

（14）己酉卜：翌日庚，子乎多臣燕，見丁？用。不率。

420（1）甲辰卜：丁各，仄于我？用。

（2）甲辰：宜丁牝一，丁各，仄于我，翌日于大甲？

宜字，我仍隸作俎，切肉以祭，作為祭祀動詞。「俎丁」一辭自然可以理解為俎祭於丁，丁為祭祀對象，應屬死人。但此例亦可理解為「丁俎」的倒文。480 版第（3）辭正有「子乎大子钔，丁俎」的常態句例可證。「丁俎」，即丁主持俎祭。34 版第（14）辭另見「子乎多臣燕，見丁」一句，相對的文例有 37 版第（21）辭的「子乎多宁見于婦好」。後者言獻於婦好，婦好在當時自然是活人，因此，前者的「見丁」的丁亦應是活人無疑。34 版第（14）辭既論定丁是活人，那麼，同版的第（4）辭「宜丁」的丁，當然亦應該以活人來理解。同時，驗諸上文絕對證據中推論「丁各」為活人的用詞，34 和 420 二版同出「丁各」一句例，亦可以作為「宜丁」即「丁宜」，意即丁進行俎祭的佐證。

（二）見丁

37（3）己卯卜：子見䀠以玉丁？用。

（4）以一㯱見丁？用。

（5）癸巳卜：子轉，叀日璧攸丁？用。

（20）壬子卜：子以婦好入于㚤，攸玟三，往䨣？

（21）壬子卜：子以婦好入于㚤，子乎多宁見于婦好，攸紤八？

（22）壬子卜：子以婦好入于㚤，子乎多卬正見于婦好，攸紤十，往䨣？

26（5）甲申卜：子其見婦好☐？

（6）甲申卜：子叀豕殁眔魚見丁？用。

453（2）甲卜：乎多臣見䀠于丁？用。

見，讀為獻。貢獻的對象可以理解為活人或死人，但由 37 版第（21）、（22）辭的前後句對比看，前句言「子攜同婦好入於㚤地」，由句義看「婦好」在這裡自然是活人，因此後句接言「子呼令多宁和多禦正獻於婦好」的「婦好」，亦應承上文理解為活人。復對比同版（21）、（22）二辭的「見于婦好」和（3）、（4）辭的「見丁」，句型句義相同，時間相接，「丁」的用法自與「婦好」無異，同為活人。

又，26 版第（5）辭的「見婦好」與第（6）辭的「見丁」並見，特質與 37 版同，可以作為丁是活人的佐證。

由此看來，「見丁」的丁理解為進獻的上位者，比理解為祭獻的對象來得合理。

（三）丁各

446（8）乙卜：入[illegible]，丁貞又⧄？

（22）庚卜：丁各，永？

446 版的「丁各」例，又見 34、169、180、181、420、475 諸版。此外，60 版第（2）辭的「甲子：丁定，宿？」、371 版第（2）辭的「己亥卜：丁不其定？」，其中的 定 字應亦是各字的異體。各，有格致、達到、降臨意。周金文多「王各」「王各大室」的用法，「王」都是生稱。「丁各」一辭意，可理解為先人的降臨，也可理解作活人的到達。446 版同版的第（8）辭屬殘辭，有「丁貞」二字，可視為「丁日貞」，亦可讀為阿丁此人貞問。如果是後者，丁自是活人無疑。當然，這條殘辭只能作為輔證。此外，475 版的內容可以幫助我們了解「丁各」的性質。

475（5）庚戌卜：子叀彈乎見丁眔大，亦燕昃？用。

（6）庚戌卜：丁各，用夕？

（7）庚戌卜：丁各，用夕？

（8）辛亥卜，丁曰：余不其往，毋𡘕？

由475版第（5）辭的「見丁眔大」，大已論定為活人，大與丁並列，所以子所獻的對象丁亦應理解為活人。同版的「丁曰」例，更可明確的證明丁為活人無疑。因此，同版與（5）辭同日所卜的（6）、（7）辭的「丁各」，自亦應解釋為丁此一活人的到來。由子的立場言，待丁的到臨而卜問在晚上進行用牲宜否，可見丁的重要地位。

（四）攸丁

288（7）甲午卜：子𡘕不其各？子占曰：不其各，乎鄉，用。昚祖甲彡。

（8）甲午卜：丁其各，子叀㣬玉攸丁？不用。昚祖甲彡。

攸，即啟，開也，引申有給予的意思。[16]花東卜辭言「攸丁」，又見37、275版。給予物品的對象，自亦可理解為生人或死者。但288版的「丁各」與「子攸丁」同辭，275版又見「丁令子伐卲」、「見丁」、「丁各」諸語詞與「子亡攸丁」同版，37版的「子見丁」和「攸丁」又同版，都可證明「攸」的對象是活人的可能性較高。

（五）告丁

249（13）己卜：其告季于丁，永？

---

[16] 《殷墟花園莊東地甲骨》37版原釋文認為攸有給予、贈以、奉獻的用法。

（20）甲卜，在䔵：㞢見于丁？

告，即稟告或禱告意。[17]花東卜辭的「告丁」例，又見28、80、391、480諸版。告訴的對象可理解為活人或禱告的死者。但在28版中的第（10）、（11）辭復見「丁涉」、「丁不涉」正反對貞，丁是活人無疑，因此同版第（6）辭的「告于丁」的丁，亦只能以活人來理解。此外，由249版第（20）辭「見于丁」的句義理解，亦可作為「告丁」是針對活人用法的參證。

（六）丁永

490（1）己卯：子見䀠以璧玉于丁？用。

（5）己卯卜：丁永，子用？

永，由水長引申有順的意思。花東的「丁永」一辭，又見150、181、196、336、487諸版。其中的181版第（15）辭見「丁各」和「丁永」同辭，490版又見「子見丁」、「丁永」同版。因此，「丁永」中的丁應視作活人來理解。

總括以上「丁宜」、「見丁」、「丁各」、「啟丁」、「告丁」、「丁永」等相對的語詞，由同版或對應系聯的角度看，無例外的都可以將丁解讀為活人。語詞系聯的方法，大大的增加我們對不確定語詞的認識，也進一步深化我們對史料的了解。

---

[17] 「告丁」一例，如將丁另讀為祊，泛指宗廟之稱，在上下文仍能通讀無礙。「告于丁」，即告祭於宗廟的意思，可能與人名無涉。當然，這樣的理解，大前提是不限定同版同字僅有一種用法的可能。丁在此如讀如祊，仍無礙丁在他辭為活人的理解。

四、餘論——阿丁即武丁的反證說明

我們交錯地評估以上的絕對證據和相對證據，充份證明花東甲骨中的阿丁為活人，而且居於統治階層的高位。可是，花東甲骨另有二條丁與王並出的卜辭，似乎可以作為「丁即武丁」的反證，需要進一步討論。花東目前所見的王字僅三見，寫法不同。[18]其中的 517 版屬殘辭，無法論證。此外的 480 和 420 二版都見王與丁二字同時出現在同版上。首先，將兩版中相關材料的釋文羅列如下（部分標點與原釋文稍有不同）：

480（1）丙寅卜：丁卯子[illegible]丁，爯黹合一、絹九？在[illegible]。來獸（狩）自斝。

（2）癸酉卜，[illegible]在：丁弗賓祖乙彡？子占曰：弗其賓。用。

（3）癸酉，子炅在[illegible]：子乎大子钔，丁俎？用。丁丑王入，來獸（狩）自斝。

（4）甲戌卜，在[illegible]：子又令〔㲃〕，子又丁告于[illegible]？用。

（5）甲戌卜：子乎剢，妨帚好？用。在[illegible]。 一

420（1）甲辰卜：丁各，仄于我？用。

（2）甲辰：俎丁牝一，丁各，仄于我，翌日于大甲？

（4）庚戌卜：隹王令余乎燕，若？

---

[18] 花東甲骨王字三見，作：太（480）、天（420）、王（517）。這些字形的同時同坑出現，對過去甲骨學界以字形斷代的標準構成了嚴重的挑戰。目前只能根據考古的成果，認為武丁前期已有上述三種字形。存疑待考。

（5）王子卜：子丙𡉈用，〔丁〕各，乎〔畲〕？

據考古報告，花東甲骨的上限是武丁前期，除非實質的時間可以再往上調整，「王」界定為武丁的父親小乙。否則，「丁」與「王」同辭便需面臨兩難的問題。「王」如果指向殷王武丁，那麼，「丁」的身分又是誰？480 版見「王」、「丁」、「婦好」、「子」同版，特別是第（3）辭的「王」、「丁」同辭，似乎是「丁即武丁」的反證。細審 480 版諸辭的內容，（1）辭見子獻玉器於丁，（2）辭見丁主祭，祭祀殷先王祖乙，（4）辭見子稟告於丁，都一再反映丁的權位顯赫。（3）辭見子呼令禦祀，而由丁親自主持俎祭。此辭前辭的「子𡧊」，與命辭中的「子」是同一人的異名。[19]相對的，稱「丁」與尊稱為「王」，在這裡亦可以理解為前後句的異名。第（3）辭癸酉日占卜，命辭問「丁俎」宜否，此與其後所接四天後的「丁丑王入」一記事刻辭是兩件事，性質不同。前者是祭祀卜辭，祭祀的角色是以祖先為主為大，主祭者為從為小，故對主祭者可以私名稱之。後者是記錄上位者的活動，活動的角色自然以人君為主為大，故記錄者得以正式的尊名稱呼。此可能是一稱丁、一稱王的原因。

420 版的（1）、（2）辭屬祭祀卜辭，稱「丁各」、「丁俎」，是指丁的來臨和進行主祭，祭祀對象是殷先王大甲。第（4）辭言王令余（應即子的自稱）代辦飲宴之事，占問順利否。（1）、（2）辭與（4）辭性質不同，主從的對象亦異，故刻工對前後辭的主語名稱用法不同。

---

[19] 參拙文：〈殷墟花園莊東地甲骨釋文正補〉對於 248 版的討論。

殷人對於書寫的字形、句法，以至稱謂語等，並沒有絕對的要求，同版互有差異的例子多見。我們站在「丁即武丁」的立場來看這兩條卜辭，認為因材料性質不同而稱丁稱王，前後各異。這固然已有其主觀一偏之見的成份。但由宏觀的態度看數百版花東甲骨中有關丁的記述來衡量，如果他不作為武丁來理解，實在很難解釋他在政治上、祭祀上、征伐上所擔任的角色。因此，這兩版甲骨容或有不同的解讀方式，但透過以上眾多絕對、相對證據的系聯，丁作為遷殷後早期王權的執行者的位置，應該是沒有問題的。盤庚遷殷，「殷民咨胥皆怨」，[20]繼位的小辛、小乙位淺而功小，一再中衰，並沒有「成湯之德」和王者之尊。因此，武丁即位之初，仍無法完全掌握君上的實權。花東甲骨多以私名「丁」稱武丁，一方面可能是因為子與丁的親暱關係，一方面也未嘗不是反映當時的真實權力狀況。《史記・殷本紀》說：「帝武丁即位，思復興殷，而未得其佐，三年不言，政事決定於宰冢」，其後復有祖己「訓王」之語。由此可見武丁早期的戒慎謙退，不敢事事以王者自稱。武丁早期甲骨中「丁」的稱謂和自稱用法，足與文獻相互參證，呈現歷史的真實面貌。

---

20 文引自《史記・殷本紀》，下同。

談古文字考釋的「集體歸納法」

季旭昇[*]

一、前言

傳統對地下出土文物，比較重視其上的文字。因為文物本身不會說話，要解讀文物所代表的意義，在古代並不是很容易的事。但是，如果能夠把文物上面的字讀懂，那麼文物所代表的意義便很清楚了。《漢書・郊祀志第五下》有一個很有名的例子：

> 是時，美陽得鼎，獻之，下有司議，多以為宜薦見宗廟，如元鼎時故事。張敞好古文字，桉鼎銘勒而上議曰：「臣聞周祖始乎后稷，后稷封於斄，公劉發迹於豳，大王建國於㞢梁，文武興於酆鎬。由此言之，則㞢梁豐鎬之間周舊居也，固宜有宗廟壇場祭祀之臧。今鼎出於㞢東，中有刻書曰：『王命尸臣：「官此栒邑，賜爾旂鸞、黼黻、琱戈。」尸臣拜手稽首曰：「敢對揚天子丕顯休命。」』臣愚不足以迹古文，竊以傳記言之，此鼎殆周之所以褒賜大臣，大臣子孫刻銘其先功，臧之於宮廟也。昔寶鼎之出於汾脽也，河東太守以聞，詔曰：『朕巡祭后土，祈為百姓蒙豐年，今穀嗛未報，鼎焉為出哉？』博問耆

* 現任南台科技大學通識教育中心教授。

> 老，意舊臧與？誠欲考得事實也。有司驗脽上非舊臧處，鼎大八尺一寸，高三尺六寸，殊異於眾鼎。今此鼎細小，又有款識，不宜薦見於宗廟。」制曰：「京兆尹議是。」[1]

這段記載很清楚地說明：地下文物出土時，一般大臣並不認識文物上的文字記錄，因而以為這是天降寶鼎，祥瑞之徵，應該放到天子的宗廟，敬告祖先，以昭天祥。但是，懂得古文字的張敞從銅器銘文中認出了這一個鼎只是周天子賜給大臣的賞賜物，屬於臣僚等級的器物，不宜放到天子的宗廟。在重視器物階級的漢代，大臣們險些鬧了一個大笑話。

這個例子讓我們瞭解：在考古學還沒有興起的古代，人們要認識古器物，首先要認識古器物上的文字。這是最直捷的方式，也是古人重視器銘的重要原因之一。而考釋古文字的第一步，就是認識字型。

古文字的考釋方法，看起來似乎很複雜，加上學術界流派紛雜，互不相服，各是其是，各非其非，造成非古文字學者的困惑，客氣一點的敬而遠之，以為這不是我之專業，不置一辭；稍為有點接觸的，則有些不免要持否定的態度，以為古文字學沒有客觀標準，此亦一是非，彼亦一是非，不知孰是非。所以結論是：古文字不是一門科學的學科。

這種看法當然是不公平的，古文字考釋有其非常艱苦的一面，有些字確實因為條件還沒有成熟，所以學者用盡力氣，但

---

[1] 班固：《漢書補注》（臺北：藝文印書館，1955 年），頁 560。

是並不能得到確解。但是，這並不是說所有的古文字都不能得到正確的解釋，在夠水準的學者之中，哪些解釋是正確的，哪些解釋是錯的，其實已經有一定的共識。但是，在台灣，由於種種主客觀的因素，古文字學界的權威沒有建立起來，所以古文字學的科學性不能被承認，這是非常遺憾的。

其實有關古文字考釋的方法，前輩學者已經講得相當詳細而明白了，只是學者的運用，有精有粗，有正有誤，看來用的方法一樣，但是結論各不相同，這不能說是方法有問題，只能說是使用者的高下不同罷了。正如同樣學駕駛，用一樣的方法，有人開得風馳電掣，有人開到車毀人亡，我們只能說是駕駛的高下有別，不能說汽車駕駛不夠科學吧！

有關古文字的考釋方法，以往學者所提出來的，主要是從字形、字音、字義等三方面進行。夠水準的學者考釋古文字，大體也都遵循這些方法，對考釋結論正確的，大部分的學者都會給予肯定；對於考釋結論不夠正確的，大部分學者——尤其是非古文字學者——也許會覺得就沒有什麼價值了。本文想要提出一個新的觀念，對於考釋方法正確、而結論不夠正確的考釋，我們仍要給予相當程度的肯定，因為如果沒有這些「導夫先路」的考釋，就不會有後面最確定的結論出來。「導夫先路」而夠水準的考釋，一定會提出合理的可能，並對之前的論述提出精闢的批評。結合這些「導夫先路」的考釋，我們就可以得到一個比較全面的論述，根據這些論述加以分析，再加上適度的條件，就很有可能得到正確的答案。我們給這種集合眾學者接力考釋古文字的方式一個新的稱呼，叫做「集體歸納法」。以下我們先介紹傳統的考釋方法，然後再介紹「集體歸納法」。再次強調，本文的目的在說明：夠水準的考釋，即使結論錯誤，古文字考釋過程中仍是非常重要的，我們應該給予適度的肯定。

二、傳統古文字考釋的方法及其效度分析

古文字考釋方法可以從字形、字音、字義等三方面來談。字音方面要儘量服膺聲韻學家的意見、遵守聲韻學界的學說；字義方面則要遵守訓詁學的規範，這兩方面的標準一般而言似乎比較明確，所以本文暫不討論。以下只討論考釋古文字字形的方法及其效度。

唐蘭（1901-1979）在《古文字學導論》中提出四種考釋古文字字形的方法：對照法（或比較法）、推勘法、偏旁分析法、歷史考證法（下編 12 葉）。茲簡要說明如下：

（一）對照法（或比較法）

以後代文字與前代文字對比，可以後代已知之字同形字推知前代不識之字，這就是對照法，唐蘭云：

> 因為周代的銅器文字和小篆相近，所以宋人所釋的文字，普通一些的，大致不差，這種最簡易的對照法，就是古文字學的起點。……對照的範圍逐漸擴大，就不僅限於小篆。吳大澂、孫詒讓都曾用各種古文字互相比較，羅振玉常用隸書和古文字比較，不失為新穎的見解（例如用「戎」和「戒」對照之類）。像三體石經（例

如用□和□比較，知道應釋免）、西陲木簡、唐寫本古書等，尤其是近時學者所喜歡利用的。」（《導論．下》，16葉）

劉鶚（1857-1909）在《鐵雲藏龜．序》中說的：「以六書之恉推求鐘鼎、多不合；再以鐘鼎體推求龜板之文，又多不合。蓋去上古愈遠，文字愈難推求耳。」也就是這種對照法。因此甲骨甫出土，劉鶚就能釋讀五十五字，正確無訛的有四十二字。其後孫詒讓（1848-1908）、羅振玉（1866-1940）、王國維（1877-1927）、郭沫若（1892-1978）、唐蘭、于省吾（1896-1984）等，無不運用此法。這是考釋古文字最基本的方法，只要稍加用心，這是最容易、而且最可信的方法。

這種方法的限制是：文字形體隨時改易，有時後代的字形和前代某一完全不同的字形近，在寫字的人而言，他們絕大部分都不會弄錯，但是後代人不夠瞭解，難免就會混淆了。如《鐵雲藏龜．序》誤釋□（巳）為子、釋□（□）為卜、釋□（易）為彤；孫詒讓《契文舉例》誤釋□（王）為立（頁22）、釋□（□）為含（頁34）、釋㞢（又之異體）為之；羅振玉釋□（心）為貝（《增考．中》葉41上）等，都是甲骨文考釋中很有名的例子。到了戰國時代，文字演變劇烈，大量的訛省變異，造成文字同字異形、異字同形的現象非常普徧，例如最近出版的《上海博物館藏戰國楚中書（三）．周易》中把「三」字寫成和「晶」完全同形。如果不是《周易》有今本可以比對，乍看之下，每一個人都要把此字讀為「晶」，誰會想到它原來是「參」字之省呢？清楚了《上博（三）．周易》的「三」字寫得跟「晶」一樣之後，我們再回頭看早期出土的戰國楚簡，《信陽》簡 1.03[2]「教箸晶歲，教言三歲」的「晶」字也應該讀為「三」，書手上作「晶歲」、下作「三歲」，讓人混淆。同樣地，《曾侯乙墓》簡 122「晶真」也應該讀為「三幁」，簡 129「晶[illegible][illegible]甲」應讀「三[illegible][illegible]甲」。

其次，文字由象形指事而到形聲，字形對比往往無法發揮作用。金祥恆先生在〈甲骨文考釋三則〉一文中釋卜辭[illegible]為戚，[3]學者疑之。因為《說文》戚作[illegible]，从戉尗聲，而卜辭[illegible]明明是象形字，二者對照，誰相信這兩者是同一個字？但是馬王堆帛書老子出土，其中的「戚」字正作[illegible]（《老子甲後》191）、漢隸作[illegible]（楊統碑），戚之刃齒與戚柲分離，訛為[illegible]，再變即成小篆之戚，據此，金先生釋甲骨文的象形文為戚，決無可疑！只是這個字由甲骨文的象形變為小篆時的形聲，形體比對的依據幾乎喪失殆盡了，在這樣的情況之下，對照法可以說沒有什麼無用武之地了。不過，金先生所釋的「戚」字，至少從甲骨文到小篆、隸楷，至少都還保留了類似「戈」的偏旁，還可以顯示出它應該是一種兵器。至於變化比這個還大的字，所在多有，字形比對的線索可以說完全斷絕，那就更無從比對了，例如裘錫圭先生在〈從殷墟卜辭的「王占曰」說到上古漢語的宵

---

[2] 據《楚系簡帛文字編》（武漢：湖北教育出版社，1995 年）頁 575 的簡號，《戰國楚竹簡匯編》（濟南：齊魯書社，1995 年），頁 147 簡號 29。

[3] 金祥恆：〈甲骨文考釋三則〉，中研院第二屆國際漢學會議，1986 年。

談對轉〉一文中釋甲骨文「⿴囗卜」為「兆」，「⿴囗卜」和「兆」的形體相去非常遠，用對照法是絕對不可能對得出來的。在這種情況之下，文字考釋當然要靠其他條件來證成。

（二）推勘法

字形難考或不能確定的，根據上下文義推勘其當為某字，這就是推勘法。唐蘭云：

> 有許多文字是不認識的，但由尋繹文義的結果，就可以認識了。雖然由這一種方法認識的文字不一定可信，但至少這種方法可以幫助我們找出認識的途徑。……甲骨文的「㞢」字，舊時誤釋作「之」，郭沫若才讀成「有」字，也是根據文義而推得的重要發明。(《導論・下》，葉 19)

郭沫若讀「㞢」為「又」，完全是由辭例推勘出來的，學者也都接受不疑。但是「㞢」為什麼是「又」字之同義詞，一直沒有人能夠說得明白。直到黃錫全〈甲骨文「㞢」字試探〉[4]才指出此字是「牛」的引申分化字，古人以「牛」表示「有」、「富有」等概念，「牛」字豎筆末端稍微收縮，就分化出「㞢」字了。

用辭例推勘法來考釋文字，有很高的危險性，如王國維以甲骨文的同文例來說明羅振玉釋壱　」字為「它」是對的：

> 壱、羅參事釋為它，卜辭云「戊寅子卜又壱」、又云「戊寅子卜亡它」(《前編・卷八》，頁 11)，二辭同在一條，

[4] 黃錫全：〈甲骨文「㞢」字試探〉，《古文字研究》，第 6 輯，頁 195-206。

而一云有巷、一云亡它，知巷它一字矣！（《戩考》，葉13上）

案：此字裘錫圭釋𧊒，[5]以為災害之害之本字，甲骨文「亡它」與「亡巷」同用，並不能證明「它」即「巷」字。甲骨文表示災害之字頗多，「亡求」、「亡[illegible]」、「亡巛」，不得以這些詞同義，而說它們都是同字。這就是推勘法最重要的限制。因此用推勘法解出的字，一定要有字形、聲韻、文義的說明，才足以服人。

再以戰國文字「𡥈」字為例。此字舊釋「孛」，其後由朱德熙、裘錫圭、李家浩先生考釋的《望山楚簡》頁89註20以為此字可能讀為「駭」。1999年8月李零先生在《出土文獻研究》第5輯發表了〈讀《楚系簡帛文字編》〉，[6]指出《包山》此字在楚簡中多用為「勉」字，疑即「娩」的古體。依照這個解釋，所有戰國文字的「𡥈」字以及從「𡥈」的字，都可以得到通讀。李零先生所以能夠得到這樣的結論，主要是他參加了《上海博物館藏戰國楚竹書》的整理工作，《上海博物館藏戰國楚竹書》的內容有很多是可以和傳世文獻對應的，依照這種對應來識字，這就是推勘法。

戰國文字「𡥈」字為「娩」的古體，已經得到大多數學者的認同了。但是，這個字的源頭還沒有解決，所以它究竟應該是什麼字，有些學者還持著保留的態度。其後趙平安先生在《簡

5 裘錫圭：〈釋𧊒〉，《古文字學論集．初編》（香港：香港中文大學，1983年）。

6 李零：〈讀《楚系簡帛文字編》〉，《出土文獻研究》第5輯（北京：科學出版社，1999年），頁139-162。

帛研究二〇〇一》發表的〈從楚簡娩的釋讀談到甲骨文的娩妫〉一文中指出：楚系文字中的這些「孪」形，其實就是甲骨文的「[illegible]」字，甲骨文此字舊或釋為㝃、或釋為冥，結合楚系文字來看，以釋㝃為是，字象產婆以雙手接生，上象產婦，中有嬰兒，即「娩」之初文。《郭店．六德》的「祖字」應隸為「祖娩」。趙文對「孪」字的源流演變、初義通讀，都作了很好的考釋，其說可信。有關此字的考釋，以及趙文殘餘的一點小問題，我在〈從《新蔡葛陵》簡談戰國楚簡「㝃」字——兼談《周易》「十年貞不字」〉[7]一文中有比較詳盡的說明，可以參看。

（三）偏旁分析法

分析文字偏旁，然後加以歸納，由已知推未知，同一偏旁之同部字可以同時處理，這就是偏旁分析法。唐蘭云：

> 孫詒讓是最能用偏旁分析法的，……他的方法是把已認識的古文字分析做若干單體——就是偏旁，再把每一個單體的各種不同的形式集合起來，看它們的變化。等到遇到大眾所不認識的字，只要把來分析做若干單體，假使各個單體都認識了，再合起來認識那一個字。這種方法雖未必便能認識難字，但由此認識的字，大抵總是顛撲不破的。（《導論．下》，葉 22）

偏旁分析法既由唐氏提出，則唐氏用此法考釋古文字，自然收

---

[7] 季旭昇：〈從《新蔡葛陵》簡談戰國楚簡「㝃」字——兼談《周易》「十年貞不字」〉，東海大學中文系「第一屆文字學學術研討會」會議論文，2004 年 3 月 13 日。

穫豐碩。《導論・下》頁28所舉「冎」、「斤」二偏旁的考釋，就是唐氏運用偏旁分析法最成功的典範。但是運用偏旁分析法，一定要嚴謹，不能主觀臆斷。唐蘭《殷虛文字記》釋（[亡皿]）二形為良（頁54「釋良狼㚟」），而不顧（㚟）、（娘）、（狼）、（悢）諸字所从偏旁「良」絕無作形的。可見偏旁分析法，即使連提倡最力的唐蘭本人也未必能行之無失。

偏旁分析法所以會發生錯誤，字形認定錯誤的主觀偏失之外，文字「異字同形」的客觀現象才是最大的問題。自甲骨文起，「同形字」就是很普遍的現象，女母、月夕同字；山火、七甲同形，這是大家都熟知的。甲骨文有「」字，辭云：「王子卜，王令雀伐畀，十月。」（《合》6960＝《後》2.19.3）學者或釋「聖」，看起來是做了隸定，但是仍然無法解釋「聖」是什麼字。事實上，此字不應隸定為「聖」，它的右旁是像火把一樣的東西，我認為它可以釋為「煌」；左旁並不是「耳」，而是「戉」，此字從「戉」，表示與戰爭有關，右旁從「煌」聲，它其實就是「皇」字，有「征討」的意思。周代以後把左旁的「戉」形改寫在字的下方，讓它產生明顯的表音作用，字形就變成我們今天所寫的「皇」字。[8]這個例子可以說明「偏旁分析法」運用的困難。

到了戰國時代，同形字（偏旁）大量產生，李運富先生《楚國簡帛文字構形系統研究》曾經舉了「胐、易、昜」，「彔、豢、

[8] 參拙作：〈說皇〉，第六屆中國文字學學術研討會論文（臺中：中興大學中文系所，1995年4月30日）。

帶、羕」，「毛、丰、屯、乇、反、尨」，「旻、正」、「号、子」，「朱、殺」，「占、由、甾」，「曰、尹」，「勹、瓜、虫、它」，「几、丙、穴」，「孛、孩」等例子（有些已經要糾正，有些還可以補充）。林清源先生在《楚國文字構形演變研究・第五章構形演變的類化與別嫌現象・第二節類化・三集團形近類化》中舉了不同偏旁集體類化為相同形體的例子，如：「南、兩、備、害、魚」，「彔、賣、寡、光、備、戮、鷹」，「君、陳、量、戰、融、冒」，「者、真、革、冑、死、游、啻」，「目、見、貝、酉、且、童……」等。這些同形字，正是運用「偏旁分析法」考釋古文字的攔路虎，當然，它也是考驗考釋者的重要標尺，一個優秀的考釋者應該有能力分辨這些同形字。

（四）歷史考證法

追求文字演變的歷史，以考釋古文字，這就是歷史考證法，唐蘭云：

> 我們所見的古文字材料，有千餘年的歷史，不獨早期的型式和晚期的型式中間的差異是很大的，就是同一時期的文字也因發生遲早的不同，而有許多的差異。文字是活的，不斷地在演變著，所以我們要研究文字，務必要研究牠的發生和演變。……在這裡，我們須切戒杜撰。（《導論・下》，葉33）

按唐氏此項「歷史考證法」其實與「對照法」相似，不過「對照法」為文字史中某兩點之比較，而「歷史考證法」為文字史之全體之說明。如甲骨文有「三」字，早期學者釋為「三」，于省吾《甲骨文字釋林》改釋為气，歷舉周初銅器天亡𣪘作「三」，東周齊侯壺作「乞」，《說文》作「气」，是气之字形發展史，自甲骨文至《說文》環結完整，演變合理，故于說可信（參《甲骨文字釋林》，頁79）。

相反地，如果字形演變的環結不夠完整，又沒有其他條件佐證，那麼考證的結果可能就不是那麼能夠服人了。因此，歷史考證法是非常重要的一種考釋方法。但是，中國文字演變歷時悠久，字形的每一個環節未必都能保存完好，學者雖努力搜求，但考古資料未出來時，再努力也是徒然，在這種時候，唐氏的訓示是「切戒杜撰」，也就是不得任意杜撰字形。不過，連唐氏本人在書缺有闕之時，似也不免會杜撰歷史。如唐氏釋「衣」為彖，以為即《說文》「鬽」之籀文彖，从彖首、从尾省：「按《說文》所稱『从尾省』之字，如隶字應作隶，而《說文》作隶，是其例。然則彖字本應作彖，……又以彖字古本作彖例之，則彖字古應作彖也。……可以下圖明之：衣——彖——彖——彖。」（《文字記》，頁 41）按衣當釋衰，唐氏釋為鬽之籀文彖，形體相差還不是太大，但是說「彖字本應作彖」、「彖字古應作彖」則絕無證據，與杜撰何異？作法犯法，不足為式。

由以上分析來看，古文字考釋中字形分析固然是一切考釋的基礎，但是這四種方法都有其盲點，只靠這些方法，並不能得到確切無疑的結果，必需同時輔以其他的論證。所謂其他的論證，即字義、字音的考察。楊樹達（1885-1956）先生云：

> 首求字形之無牾，終期文義之大安，初因字以求義、復

> 因義而定字，義有不合，則活用其字形，借助於文法、乞靈於聲韻，以假讀通之。(《積微居金文說·序》)

于省吾先生云：

> 古文字是客觀存在的，有形可識，有音可讀，有義可尋。其形音義之間是相互聯繫的。而且，任何古文字都不是孤立存在的。我們研究古文字，既應注意每一字本身的形音義三方面的相互關係，又應注意每一個字和同時代其他字的橫的關係，以及他們在不同時代的發生、發展和變化的縱的關係。只要深入具體地全面分析這幾種關係，是可以得出符合客觀的認識的。(《釋林·序》)

三、古文字考釋的「集體歸納法」

學術研究，往往強調是非對錯，對者全是，錯者全非。但是，這樣的態度在古文字考釋中是不太妥當的。古文字考釋是一門正在發展、難度極高的學科。大量新出土的文字材料中有大量的不識字。這些字不可能一下子全部被認出來，也不可能所有考釋都是對的。很多早期的考釋，現在看起來是錯的，但是，如果沒有這些早期考釋的基礎，那麼就不可能產生後來正確的考釋。「集體歸納法」是把諸多夠水準、但是結論錯誤的考釋廣為搜羅，然後運用消去法，一個一個把不合理的說法去掉，等到相關條件成熟的時候，正確的考釋結果就出來了。如果沒有前面周密的各種假設，那麼關鍵材料出來的時候，學者仍然無法及時的掌握到這些材料，並且做出正確的考釋。在別的學科也許不需要這麼做，但是在古文字考釋中，這種情形很常見，而且相當有必要。

愛迪生實驗過一萬種材料，才成功地發明電燈。有人問他，在失敗了九千九百九十九次之後，如何能再堅持下去？他回答說：「我不是失敗九千九百九十九次，而是成功地證明九千九百九十九種材料都不能作成燈泡！」

愛迪生是一個人歸納很多可能，然後把不能成立的一個一個去掉。古文字的考釋則是很多學者提出很多可能，最後不能成立的一個一個被去掉，剩下的就是最正確的。在古文字考釋中，這樣的例子非常多。以甲骨文「[illegible]」為例，此字余永梁釋「殺」、[9]孫詒讓釋「[illegible]」、郭沫若釋「求」、[10]林泰輔（1894-1922）釋「犬」。[11]眾說紛紜，莫衷一是。但是，各家說法雖然莫衷一是，但都各自提出很多有力的證據，也都各自指出前人之說的不足之處。後來裘錫圭先生〈釋求〉出，綜合各家之說，剖析其優劣得失，然後提出最為合理的解釋——「求」。[12]如果沒有前人眾多的研究成果，以裘先生一人之力，也不可能把相關問題考慮得這麼周延！這就是我們所強調的集體歸納法。也就是說：古文字考釋不能只看結論正確與否？只要論述有新意，能指出前人所未提到，而確實有價值的，就是一篇好文章。

---

[9] 參李孝定：《甲骨文字集釋》，頁 1029-1030。

[10] 同前註，頁 2733-2738。

[11] 同前註，頁 2998。

[12] 參裘錫圭：〈釋求〉，《古文字研究》第 15 輯，頁 195-205。

再以最新出版的《上海博物館藏戰國楚竹書（三）》為例，此書所收《周易》第2簡有卦名作「⿹勹子」，對應今本《周易》，它應該是「需」卦，但是「需」為什麼可以這麼寫呢？這個字形是否就是「需」字？或者是其他字假借為「需」字？對於這些問題，目前有以下五種說法：

（一）釋為從子、而省，即「孺」字，讀為「需」

《上海博物館藏戰國楚竹書（三）・周易》原考釋濮茅左先生的主張。

（二）釋為從勹、子聲，即「俟」字，與今本《周易》「需」卦名為同義詞

廖名春先生〈楚簡《周易》校釋記（一）〉：

> 此字從「勹」從「子」，但不能釋為「包」字。因為「包」字與「需」在形音義哪個方面都不好解釋。……疑「子」當為聲符，古音為之部精母。而「俟」古音為之部邪母，韻同聲近。

因此廖文把此字讀「俟」。俟，候也、待也。

> 「需」字，嚴可均以為從「而」聲，「而」古音為之部日母。與「俟」韻同。《雜卦傳》：「需，不進也。」《彖傳》：「需，須也。」「須」是等待，也就是「不進」，……其涵義與「俟」同。由此可知，楚簡是用與「需」音義相同的「⿹勹子」，也就是「俟」取代了「需」。
>
> 這是否為無心之失？回答應該是否定的。因為楚簡「既

濟」卦六四就有「需」字，寫作「[glyph]」。《大象傳》:「雲上於天，需；君子以飲食宴樂。」《序卦傳》:「物稚不可不養也，故受之以需。」是以「養」釋「需」，與《彖傳》、《雜卦傳》的「須待」說明顯不同。從爻辭「需於郊」、「需于沙」、「需於泥」、「需於血」、「需於酒食」來看，《彖傳》、《雜卦傳》的「須待」說應該是本義，而「養」當為引申義。楚簡作「[glyph]」，實際上是「俟」字，應該是取本義「須待」；而「需」之「須待」義不如「養」義清楚，故為楚簡本所不取。[13]

（三）釋為從子、夗聲，讀為「耎」，通「需」

徐在國先生〈上博竹書（三）《周易》釋文補正〉云：

> 此字從「子」沒有問題，但是「子」上絕對不是「而」，應該是「夗」。字又見於曾侯乙墓編鐘銘文，舊釋爲「嗣」，現在看來是錯誤的（字當讀爲「亂」，詳另文）。楚系文字中從「夗」聲的字很多，如：《包山楚簡》151簡中從艸、從田、夗聲之字，又見於九店楚簡 56.13、56.15、56.20、56.24。上博竹書（一）《孔子詩論》21、22 中的「宛」等字所從的「夗」均與[glyph]所從同。[glyph]似應讀爲「耎」。「夗」、「耎」上古音均爲元部字。「耎」、「需」二字古通。詳見高亨《古字通假會典》212 頁。因此，[glyph]當讀爲「需」。[14]

---

[13] 廖名春：〈楚簡《周易》校釋記（一）〉，簡帛研究網站 2004.4.23 首發。

[14] 徐在國：〈上博竹書（三）《周易》釋文補正〉，簡帛研究網站 2004.4.24 首發。

（四）奐字之訛

李銳先生〈《讀竹書《周易》〉云：

> 簡文字形原從形從子。從艸從形從田之字，又見於包山簡 151、九店簡 17、20、21、22、23、24 等，上海博物館藏《詩論》簡有從形從田之字。
>
> 李零先生認爲包山簡之字從艸從夗從田，讀為「畹」。九店簡《日書》中之字為建除名，雲夢秦簡對應之字為「濡」（簡 231）、「窓」（簡 909），李零先生認爲「」可能是金文「」字所從的演變（金文「原」字的古體含有這個部分，其形體演變可謂旁證）。劉信芳先生釋為「奐」，李家浩先生指出《金文編》中有與「」形近之字，認爲此字從艸從甸，而秦簡「濡」乃「渙」字之誤。《詩論》簡對應《詩經》中「宛丘」之「宛」，劉信芳先生隸定為「备」。
>
> 除李家浩先生所舉之例外，〈曾姬無卹壺〉「彝」字、包山簡 270、牘 1「緅」字亦從「」，包山簡中有釋為「婁」之字，亦從作，楚簡《周易》簡 14「堋」字亦從，同金文。疑字形相近之「」，有不同來源。而楚《周易》簡 9 有「原（邍）」字省體，可證簡文此字與「原（邍）」無關。本篇簡文對應之字為「需」，似乎說明雲夢秦簡作「濡」是有來歷的。但是，誠如李家浩先生所指出的，「需」與「宛」的讀音相隔懸遠。廖名春先生亦指出：楚簡「既濟」卦六四就有「需」字，

寫作「[illegible]」。他將本簡之字隸定作「[illegible]」，讀為「俟」，指出：《雜卦傳》：「需，不進也。」《彖傳》：「需，須也。」「須」是等待，也就是「不進」。《太玄・耎》相當於需卦。其首辭稱「見難而縮。」其贊辭、測辭也多稱「退」、「縮」、「詘」。《太玄・沖》：「耎，有畏。」《太玄・錯》：「耎也退。」鄭萬耕校釋：「有畏而退，自縮以待，故相當於需卦。」《說文・雨部》：「需，䇓也，遇雨不進止䇓也。」段玉裁注：「䇓者，待也。」其涵義與「俟」同。

案：若「需」、「耎」二字在秦簡的年代便可相訛，疑《周易》卦名本就作「耎」，後來傳寫有訛。[15]

（五）釋為乳

陳爻先生〈竹書《周易》「需」卦卦名之字試解〉云：

我懷疑此字是「乳」字異體。「乳」與「需」古音相近（兩字古音同部，从需得聲之字如「儒」、「濡」、「孺」等皆與「乳」聲母亦同），簡文是借「乳」字為「需」卦卦名。

小篆「乳」字訛變已甚。殷墟甲骨文有一字，其形可描述「一人跪坐伸出雙臂攬『子』於懷以就乳」，學者多釋為「乳」字（《甲骨文字詁林》436-437 頁，0392 號），應可信。結合甲骨文此形，小篆「乳」字由其篆形逆推，

---

15 李銳：〈《讀竹書《周易》〉，孔子研究網站 2004.4.18 首發。

應是由「一人伸出隻手攬『子』於懷（以就乳）」之形所訛變。手形與人身脫離，變為「爫（爪）」位於「子」字上方，剩下的表人身的一筆變為「乙」形，遂成小篆「乳」字。我們設想出的「乳」字的這類原始形體——「一人伸出隻手攬『子』於懷（以就乳）」之形——如果省去手形而保留位於「子」形右上方的「人」形，就成為簡文「右上从『勹』、左下从『子』」之字了。古文字中表示人伸出手做某事或某動作之字，手形或加以省略。典型之例如大家所熟悉的「保」字字形的演變（看《甲骨文字詁林》172-173 頁，「保」字下引唐蘭先生說），可為佳證。[16]

（六）釋為挽，讀為俛

黃錫全先生〈讀上博《戰國楚竹書（三）》札記六則〉云：

> [illegible]，下從子，沒有疑問，與這批簡的「子」形類同；關鍵是上部的[illegible]形。將[illegible]釋從夗，很有見地，有關問題可以得到解釋，我也贊同。但如何認識這個形體，一直疑惑不定。如果認其爲「夗」字的右邊偏旁演變，有上舉「尼」省從[illegible]的證明。將其認作就是「夗」形訛變，倒與甲骨文近似。但難以解釋古文字中所有從[illegible]的字。因此，我曾經有如下的一點想法，不知是否有些道理。

16 陳文：〈竹書《周易》需卦卦名之字試解〉，簡帛研究網站 2004.4.29 首發。

𠬝⺄與見於甲骨、金文的⺄形類似。甲骨、金文從⺄的𠒋、匔等字，于省吾、裘錫圭先生有文考釋。所從的⺄可能就是俯仰的「俯」，同頫或俛，意爲伏。其形演變由⺄作⺄。《九店楚簡》注 33 收錄了數例從⺄形的文字；另外，曾侯乙墓簡、楚簡的繃、堋、倗等字仍從⺄。這種偏旁，可以隸定作「勹」，有的與「亻」相混。如匍、匐、繁、倗、俯、𠒋等。如果認爲均從「夗」則不大好解釋。𠬝字所從的⺄，與金文朋、繁、匍等字所從的⺄相同。如果認⺄爲「俯」字的表意初文，同頫和俛，𠬝有可能就是俛字，或者㝃字。

《玉篇》:「俯，《易》曰:『俯以察於地理』，俯謂下首也。」《說文》:「頫，低頭也。從頁，逃省。太史卜書頫仰字如此。揚雄曰『人面頫』。」或體從人、免作俛。《玉篇》:「俛，俯俛也。《說文》音俯。低頭也。亦作頫。」

免，明母元部。俯、頫、俛，古音學家均列入幫母侯部。俛從免同「俯」音，儘管學術界意見不一，估計與聲音相近有關。俯、俛具屬幫母侯部，與「需」屬心母侯部韻部相同。「付」或與「心」聲字相通。如《說文》「軵讀若胥」。胥，心母魚部，與「需」聲同。所以，從俛或俯聲之字相當於「需」。

俛從免，免與「宛」音近通作。如《楚辭・九章》冤一作宛；《山海經・西山經》郭注涴或作浣；《史記・封禪書》宛朐，《漢書．郊祀志》作「冕侯」等。古音學家將娩、婉一同列入明母元部。上海楚簡《孔子詩論》「小宛」的宛字構形，有學者主張就從「冤」省聲之字。因此，《九店楚簡》建除名𤰞，從㇇聲，或許可釋從俛，讀爲畹，與秦簡《日書》楚除乙種作𥨍無異，甲種釋文作「濡」，與《周易》簡類似。包山楚簡151「城田一素畔𤰞」，一、畔（半）是數詞，素、𤰞是田之單位名稱，𤰞即畹。《說文》畹，田三十畝也。

如此，「𠬛於𣥐」似乎可釋讀爲「俛（俯）於匿」，即「俯伏於可以藏身的隱匿之處（戰壕或者地洞），引誘敵人過來」，與有關解釋「在河邊泥濘地裏駐紮，把寇賊引過來」有別。我們以爲，根據楚簡文字字義解釋此義可能更接近事實。《象》曰：「『需於泥』，災在外也。」正好內、外有別。由此，前後文義似可重新考慮。「𠬛於郊」、「𠬛于沙」，似可理解爲「埋伏於郊間」、「埋伏於沙灘（？）」。「𠬛於血」，即「俛（俯）伏於血」，意爲「倒在血泊中（有危險）」。俛、俯或伏，與其他「需」訓「須」意爲「等待」之義似乎也相近。「雲上於天，需」之需，若作𠬛，也可能指「雲層覆蓋，似人俯伏而下」。

總之，㇇形的來源還值得進一步討論。[17]

---

[17] 黃錫全：〈讀上博《戰國楚竹書（三）》札記六則〉，簡帛研究網站2004.4.26首發。

（七）釋為嗣，讀為需

拙作〈《上博（三）·周易》「需」卦說〉：[18]

我們認為此字應釋為從子、司（去口。與司同音）聲，即「嗣」字，讀成「需」。《上博二·容成氏》簡 23「乃立禹以為司工」的「司」字作「[illegible]」，其上部的「[illegible]」形與本簡此字相同。此一形體的演變應是「司」字內部「口」上的「一」形移到最上方，然後這一短橫筆書寫到右方時向下回鋒，於是就變成「[illegible]」形了。此字從子、司聲，即「嗣」之異體（參何琳儀先生《戰國古文字典》110 頁）。同屬楚系的曾侯乙編鐘「嗣」字多見，第一形從子、司聲；第二形「司」的「口」形與「子」的頭部共筆，部分又有訛變，《說文》所收「嗣」字古文即出此形；第三形完全省略「口」形作「[illegible]」（曾侯乙編鐘下二、一、背面中，取自馬承源先生等編《商周青銅器銘文選》二冊 455 頁），與簡本《周易》此字完全同形。（曾侯乙編鐘此字為律名「[illegible]嗣」，即《國語·周語下》的「贏亂」，裘錫圭、李家浩先生〈曾侯乙墓鐘磬銘文釋文及考釋〉注 14 以為「贏亂」顯然就是鐘銘的「[illegible]嗣」，「亂」為「嗣」的訛字。徐文以為仍應釋「[illegible]亂」，也許有更好的證據。但是，如果我們對《容成氏》簡 23 的字形沒有看錯的話，那麼C形釋為「[illegible]」的可能性仍然不能排除。然則《上博（三）·周易》「需」

[18] 季旭昇：〈《上博（三）·周易》「需」卦說〉，簡帛研究網站 2004.5.3 首發。

卦卦名仍以釋成「嗣」字最好。

何琳儀、程燕先生〈滬簡周易選釋〉云：

> △原篆上從「司」，下從「子」。該字形特別之處在於「司」與「子」共用一個「口」旁。這種形體亦見於曾樂律鍾（《集成》289.4）、坪安君鼎、三體石經〈君奭〉。據三體石經知△爲「嗣」之古文。「司」心紐之部；「秀」心紐幽部。二者同紐，之、幽旁轉。「需」心紐侯部。「秀」、「需」同紐，幽、侯旁轉。總之，「司」、「秀」、「需」同屬心紐，韻部由之而幽，由幽而侯，音變有跡可尋。[19]

歸納以上八家七說，歸納起來其實只有五種說法，即「乛」形有五種可能，一是釋為「而」之省，二是釋為「勹」，三是釋為「夗」，四是釋為「乳」的部件，五是釋為「司」省。

以上五種說法，看起來極為複雜，好像各有各的道理——這就是古文字考釋最真實的現狀，也就是我們在本節所要談的「集體歸納法」的意義。因為學者提出了各種的可能，並且把自己的說法的理由、以及其他說法的不足都儘可能的提出來了，使得後來的人可以根據這些條件，做出進一步的判斷。「集體歸納法」中各個學者所提出的說法，大部分都是很專業的，沒有相當程度的修為是不可能辦得到的，這就是「集體歸納法」的價值，縱使還不知道誰對誰錯，但是他們的說法都是有貢獻的。

但是，我們說「集體歸納法」都有價值，是否指任何隨便

---

[19] 何琳儀、程燕：〈滬簡周易選釋〉，簡帛研究網站 2004.5.16 首發。

亂說的錯誤說法也有價值呢？當然不是！能夠被我們收進「集體歸納法」中的說法，應該具有一定的水準。以上述五說來看，其中陳爻先生的說法是最沒有根據的，「乳」字的字形和《上博（三）》此字，除了「子」旁之外，其餘的部分幾乎完全沒有成立的可能，因此陳說不會被我們列入考慮。除此之外，其他四種說法都有一定的道理，都值得重視。但是，正確的答案仍然應該只有一種是對的，也就是其他四種說法是錯的。以下我們把這四種說法做進一步的分析，以探求各種說法的可信程度。

從形體學來看，楚簡書手常常喜歡把橫畫的末筆向右下帶，例如「而」字，在《上海博物館藏戰國楚竹書（一）．性情論》簡 8 就被寫作「」，只保留上面兩筆，就成了「」，與《上博（三）》「需」卦所從完全相同。所以濮茅左先生釋「需」卦此字為從子、「而」省，看起來似乎是可以成立，但是理論上可以成立，和實際是否存在是兩回事，我們目前還看不到楚系文字「而」被簡寫成「」的。所以濮說只能列入「可能成立」，但機會不大。

剩下的幾種可能中，釋為「勹」是最容易被考慮的。因為稍為有點戰國楚系文字素養的學者都知道戰國楚系中從「朋」的「繃」字作「」（《曾》5），其右旁的「朋」[20]從「勹」持

---

20 一般釋為「倗」，李家浩先生來台灣訪問，在師大演講後閒聊時談到，此形當釋「朋」，他在各種著作中提到此字，都直接隸定作「朋」。筆者看法完全相同，拙說見：《說文新證》（臺北：藝文印書館，2002 年），上冊，頁 296。

兩串貝（或玉），而「勹」正作「[illegible]」。但是，把《上博（三）》「需」卦釋為「從子從勹」，又苦無此字，於是廖名春先生改釋為「從勹、子聲」，讀為「俟」，與「需」為同義詞。廖文把有關「需卦」卦名的相關問題幾乎全部都談到了，所以廖文確實是一篇好文章，但是，他採用「勹」的釋法，並讀為「俟」，恐怕是可以商榷的。

這一說的問題在於：我們統計《上博（三）》出現的三十四個卦，除了「大有」、「既濟」、「未濟」三卦沒有出現卦名外，再扣除「需」卦，其餘三十個卦名不是同字、就是同音、音近字，沒有出現同義詞的。[21]當然，我們也可以說「從勹、子聲」，讀為「俟」，除了與「需」為同義詞之外，二字也有聲音關係。因此，廖文的說法也不能完全排除。

黃錫全先生同樣把「[illegible]」釋為「勹」，同「俯」，然後引《說文》「輔讀若胥」，因而主張「俯」可通讀為「需」。旭昇案：「俯」和「需」的聲母相去較遠，雖有《說文》「輔讀若胥」為孤證，似不得因此認為所有的「幫」母字和「心」母字都可以通讀。

第三說以為從「夗」聲。主要依據是《上博（一）・孔子詩論》簡 21、22「宛丘」的「宛」字作「[illegible]」、「[illegible]」，與之同字而見於《包山楚簡》簡 151 從艸、從田、夗聲之字作「[illegible]」、同形之字又見《九店楚簡》簡 56.13、56.15、56.20、56.24；第

---

21 參季旭昇：〈《上博（三）・周易》「需」卦說〉，簡帛研究網站 2004.5.3 首發。

二個依據是曾侯乙編鐘有律名「嬴[illegible]」，即《國語・周語下》的「嬴亂」，因而主張「[illegible]」應該釋為「夗」。旭昇案：《上博（一）・孔子詩論》簡 21、22 的兩個「宛」字，拙文釋為「备（遼）」形之省，[22]但證據力還不夠。現在《上博（三）・周易》簡 5「原筮」的「原」字作「[illegible]」，可見得此字確為「遼」省，其上應從「夂」，不從「夗」，證據確鑿，已無可疑。

第四說釋為「孠」，字形上的證據只有兩個，一是曾侯乙編鐘的「嬴孠」，一是〈容成氏〉的「司」字作「[illegible]」，與「需」卦卦名此字上部所從完全同形。這一說的疑點是：曾侯乙編鐘的「嬴孠」，《國語》作「嬴亂」，所以釋為「嬴孠」可能是有問題的。其次，〈容成氏〉的「司」字作「[illegible]」，只此一見，而且字跡稍嫌模糊；以往所見楚系文字「司」字全都作「[illegible]」，[23]短橫畫都在第一橫畫的下方，沒有像《上博（三）・周易》「需」字這樣寫在最上方的。所幸，我們在《上博（三）》又發現了新的證據，《上博（三）・仲弓》簡 7「先有（有）司」的「司」字作「[illegible]」、簡 8「夫先又（有）司為之女（如）可（何）」的「司」字作「[illegible]」、簡 9「是古（故）又（有）司不可不先也」的「司」字作「[illegible]」，省掉「口」形後的「[illegible]」形與《上博（三）・周易》「需」卦卦名上部的「[illegible]」完全同形。據此，《上博（三）・

---

[22] 參季旭昇：〈讀郭店、上博簡五題：舜、河滸、紳而易、牆有茨、宛丘〉，《中國文字》新 27 期（臺北：藝文印書館，2001 年 12 月），頁 113-120；何琳儀：〈滬簡詩論選釋〉說同，簡帛研究網站 2002.1.17 首發。

[23] 參滕壬生著：《楚系簡帛文字編》，頁 717-719。張光裕主編、袁國華合編：《郭店楚簡研究・第一卷・文字編》（臺北：藝文印書館，1999 年），頁 110。

周易》「需」卦卦名此字當隸為「孠」，即「嗣」字，讀為「需」，應無可疑。

以上的討論還有很多沒有深入的說明，但是已經可以看出考釋古文字的困難了。由簡略的討論中，也可以看出夠水準的學者提出來的意見，都各有非常重要的思考，無論最後的結論是正確與否，他們所提出來的證據、所思考的內容都是非常有價值的。這樣的考釋，如果得不到應有的肯定，我們認為是不公平的。

《日本一鑑》的歷史意義及其漢日對音詞彙之價值

徐興慶*

一、前言

從中國與日本的特殊地理位置及文化淵源探討中日關係史或中日文化、人物、思想交流史，是兩種文明相互認識的歷史交會。自古以來，中國對自身的文明抱有強烈的優越感，蔑視週遭小國，對當時東夷小國的日本更是漠不關心，甚至無視於它的存在，這種長久積澱而成的大國心態，造成中國人對日本之認識長期處在一知半解的情況下。檢視明朝以前中國對日本的認識，即可了解其一知半解之真實情況。

古代「中華大國」對「東夷小國」認識的基礎，憑藉的是一部記載神話傳說的《山海經》，它是古代中國人認識日本之最早管道。《山海經》雖是最早記述日本情況之文獻，但其可信度仍有不少爭議。[1]若以認識日本的深度而言，當推《三國

---

* 現任國立臺灣大學日本語文學系教授兼系主任。

[1] 中國大陸西北大學考古系王建新即指出:《山海經·海內北經》、《後漢書·鮮卑傳》、《論衡》等古代文獻中，都有關於古代倭或倭人的記載，不少學者的研究都將其與日本列島的古代倭人直接聯繫起來。但從這些文獻中所記載的倭的情況來看，他們並不是生活在日本列島的倭人，而應該是生活在遼東、吉長、長白山周圍地區和朝鮮半島的古代濊人。

志》（陳壽，289）之「倭人在帶方東南大海之中，依山島為國邑。舊百餘國，漢時有朝見者，今使譯所通三十國」之相關記載，它成為考察漢魏時期中國人之日本觀的重要文獻之一。此外，《漢書・地理志・燕地》及《後漢書・東夷傳》（范曄，445）則為中國最初記載日本之文獻。[2]

《隋書・東夷傳・倭國》（636）全文 1293 字，就篇幅來說僅次於《魏志・東夷傳》，就其內容整體而言，明顯沿襲《魏志・倭人傳》。文中述及：「倭國在百濟、新羅東南，水陸三千里，於大海之中，依山島而居」外，又進一步指出：「其國境東西五月行，南北三月行，各至於海」。首次提出日本列島是東西長於南北的說法，說明這個時期中國人對日本整體的地理印象，出現不同於前代的一些認識，較前時代更接近於實際。

日本從西元 632 年至 894 年的二百六十二年期間，共派遣了約五千六百人次的使節赴中國取經，從文字及佛教的東傳管道，締造了日本光輝燦爛的飛鳥文化、白鳳文化以及天平文化。反觀中國至唐朝以前稱日本為「倭」、「倭人」、「倭國」，對日本始終是概略及模糊的認知，漠視日本的存在。

石曉軍曾經舉《舊唐書》中〈東夷傳・倭國〉之內容作比較，指出唐人對於日本列島的地理方位之認知，大致承襲前代《隋書・倭國傳》的描述，當中有「日本國是倭國的別種」之說，亦有「倭國即是日本，因更改國號而致」、「日本原為一小

---

[2] 詳請參閱石原道博編譯：《新訂魏志倭人傳・後漢書倭傳・宋書倭國傳・隋書倭國傳——中國正史日本傳（1）》（東京：岩波文庫，1996 年新訂版），解說。

國，合併倭國之地後成為現在的日本」之述，這些分歧的描述也反映了唐朝對日本認識不清的事實。[3]

入宋之後，基於財政困難，宋朝政府大力獎勵民間海外的貿易，因此，有不少商人開始往來於大陸、日本之間，非僅活絡了雙方的經貿交流，同時也促成少數僧人之間的文化、思想交流。這一時期由於民間貿易的發達，宋人從百聞到一見日本的真相，相較於唐朝，對於瞭解日本的真實性大為提升。因此，宋人對日本的認識，已不再僅僅限於統治者，民間商人實地走訪日本，成為宋朝人認識日本不同於前代的一大特色。

從《宋史・日本傳》的記載來看，這一時期已逐漸將「倭國」與「日本」兩概念統合。《宋史・外國傳・日本》述及：「日本國者，本倭奴國也。自以其國近日所出，故以日本為名。」可見，在宋朝統治者的眼中，日本就是倭國，因為倭國地理接近於東方日出之地，故而改為「日本」。

元帝國創建之後，積極向海外發展，其版圖曾經一時達到世界之最，忽必烈（1215-1294）雖然演出兩次「蒙古襲來」的征日失敗戰役，但二國民間交流卻有增無減，加深了雙方貿易及文化交流，更增進元人對日本的認識。

明朝政府成立之後，對外實行寸板不許下海之海禁政策。而日本室町幕府鑑於日本國內生產力的發展，同時足利幕府為了鞏固政權，對明朝採取稱臣納貢的外交政策，雙方因而開闢

---

[3] 詳請參閱石曉軍：《中日兩國相互認識的變遷》（臺北：臺灣商務印書館，1992 年），頁 61-62。

「勘合朝貢貿易」[4]之官方通商管道。但是當時橫行於中國海域的「倭寇」問題，卻成為中日兩國關係變遷之關鍵因素。[5]為了舒緩日益嚴重的「倭寇」問題，明初朝廷頒佈了一系列的海禁令，其後陸續派遣交涉使節前往日本，因此，明代朝野亦出現空前的日本研究熱潮。嘉靖年間之政府官員、士大夫、文人廣泛蒐集日本的相關資訊及文獻，著書立說，以備禦倭之用。這種情況，又帶給中國人認識日本的另一波高潮，因此出版了許多介紹日本及其語言之「倭寇史料」。本文論述之主題人物鄭舜功與主要文獻《日本一鑑》，即是在這種時代背景下孕育而成的。

中國古文獻中，除了固有名詞之外，內容出現有日語詞彙者，當以南宋《鶴林玉露》[6]為嚆矢。該書分甲、乙、丙三篇，

---

[4] 明朝與外國貿易之際，正式發行證件（割符）給貿易船的制度。明朝與日本為了防範倭寇和走私貿易，明朝政府將蓋有勘合印的證件之「日本」二字分開，發給室町幕府「本字」的通行證（勘合百通），交由入明的貿易船持有；寧波、北京方面則持有「日字」之勘合底本，以對來航貿易船做對照審核之用。

[5] 明代對外貿易，只允許各國進行朝貢貿易，不許外國商賈自由進入中國互市，同時也嚴禁中國人到海外作貿易。明太祖對海外各國人士前往中國亦有所限制，外國人若未與明朝建立主從關係，或不向大明皇帝俯首稱臣，就無法獲准至中國朝貢或通商。因此，當時海外諸國必須以其國王名義向大明皇帝稱臣納貢，始能與明貿易。明成祖永樂年間（1403-1424），日本室町幕府第三任將軍足利義滿（1358-1408），曾先後五次遣貢使至中國。太祖治世之時，日本曾於洪武七年（1374）六月及十三年九月二度遣使入貢，但皆因無〈表文〉或其書內容傲慢無禮，明朝不承認其為日本國書而拒見其使節。

[6] 《鶴林玉露》由羅大經編著，分甲、乙、丙三篇，計18卷。詳見渡邊三男：〈中國古文獻に見える日本語——鶴林玉露と書史會要について〉，《駒澤大學研究紀要》15（1957年）。

計十八卷。丙篇卷四〈日本國僧〉中抄錄了日本僧安覺提供的二十個以漢字書寫的日語詞彙。其次，元末明初浙江出身的陶宗儀編《書史會要》[7]當中，亦記載了漢字音譯的四十七個平假名，其後也以平假名列舉了十個日語詞彙。

明萬曆年間，出現兩冊內容完全相同的日本研究專書。一為侯繼國（一說是侯繼高）的《日本風土記》、[8]另一為李言恭、郝傑著的《日本考》。[9]因為兩書幾乎同時出版，武安隆、熊達雲認為《日本考》是利用《日本風土記》的原刻版，加入李言

---

[7] 陶宗儀編《書史會要》計 10 卷（9 卷、補遺 1 卷）。其卷 8「外城」之部，記載編者從日本僧克全大用處學到的いろは 47 字平假名之漢字音譯，其後附有 10 個以平假名標示的日語詞彙。

[8] 《日本風土記》為《全浙兵制考》第 3 卷之附錄，共有 5 卷，是江蘇人侯繼高編著。第 1 卷引用《籌海圖編》之「寄語島名」。第 3 卷之「歌謠」項目錄有漢字與假名混合之和歌 39 首，並附有漢詩譯文。第 4 卷「語音」項目中錄有天文、時令等 56 類 1157 個音譯日本詞彙。第 5 卷「山歌」中收有 12 首俗謠。京都大學文學部國語學國文學研究室曾於 1961 年發行《全浙兵制考日本風土記》。日本學者長田夏樹曾寫〈《日本風土記》における日本語のアクセント表記について〉，《中國研究》（1965 年），探討《日本風土記》的重音表記問題。赤松祐子發表〈《日本風土記》の基礎音系〉，《國語國文》57-12（1988 年），探討其中「語音」的問題，論證了《日本風土記》所依據的語言並非當時的官話，而是浙江沿海地區的吳語。又赤松（木津）祐子發表〈《日本寄語》所反映的明代吳音聲調〉，《中國境內語言暨語言學》（1994 年），分析《日本寄語》成書時的日語聲調及注音漢字的聲調和注音漢字組中位置之間的相互關係。松本丁俊：〈《日本風土記》中日對音考釋〉，《駒澤大學外國語學部論集》第 47 號（1998 年）。

[9] 《日本風土記》與《日本考》全書各由五卷構成。卷 1 的內容幾乎全文由鄭若曾的《籌海圖編》的《倭國事略》中抄取出。卷 2 的一部分大致採用薛俊的《日本考略》，《設官分職》以下則為作者自己的研究成果。雖然有些內容不太精確的地方，亦不知從何翻譯而來，但對當代中國人的日本認知，具有參考的價值。

恭、郝傑著作，再以《日本考》為書名之再版印刷文獻。亦即二本文獻作者均為侯繼國。[10]

在《日本風土記》與《日本考》「字書」項中，記載了中國人學習日語平假名的寫法和讀法。而《歌謠》之「和歌」項中，收集近四十首之古今和歌，「山歌」項亦收集十二首流行歌謠，其和歌與流行歌謠採用吳音[11]之音讀，內附有中文翻譯。其翻譯忠於傳達和歌之原意，也注重優美的表現方式。倘稱《日本風土記》為日本詩歌中譯本之始祖，也不為過。《日本風土記》與《日本考》收集56類1186個中日對音詞彙，僅次於以下本文要探討的《日本一鑑》收錄之3401個中日對音詞彙。

此外，浙江出身之薛俊於嘉靖二年（1523）編著《日本考略》，亦緣起於當時浙江沿海地區常發生倭寇騷擾事件。《四庫全書總目》卷十六史部地理類存目七「《日本考略》提要」，對薛俊編輯此書之緣由有如下之記載：

> 薛，定海人。嘉靖二年，日本國使宗設來貢，抵寧波。未幾宋素卿等亦至，互爭真偽，自相殘殺，所過州縣大肆焚掠，浙江瀕海之地，人民苦之。俊因編輯是書，大略言防禦之事為多，而國土風俗亦附入焉。

《日本考略》其內容計有沿革、疆域、州郡、屬國、山川、土產、世紀、戶口、制度、風俗、朝貢、貢物、寇邊、文詞、寄

---

[10] 武安隆、熊達雲：《中國人の日本研究史》，《東アジアのなかの日本歷史》（東京：六興出版，1989年），第12冊，頁78。

[11] 吳音為古代中國南方語系之語音，現為日本佛教用語的漢字音之一。

語、評議、防禦等 17 略。其「寄語」略中收錄天文、時令、地理等 15 類別 362 項的漢字音譯之日語詞彙。薛俊有感於防備倭寇，有必要吸收日本的語言及相關之事，因此於嘉靖九年（1530）將《日本考略》增補重刊。此書原藏寧波天一閣，今已佚失，現僅存重刊本藏於日本。但武安隆、熊達雲也指出《日本考略》內容過於陳腐，古今資料混雜。大部分僅將引自《魏志・倭人傳》、《隋書・倭國傳》、《宋史・日本傳》之內容作摘要、分類、整理。其引用舊史資料時，完全未說明歷史的背景，故造成許多難解的話語，無法了解想要表達的內容。[12]不過《日本考略》的出現，成為中國最早的日本研究專書，使得中國人的日本研究從各代正史《日本傳》的受限模式中解放出來，開拓出自主、寫實的發展之道。

如前所述，明代中期以還，由於中日貿易活動的接觸，促成了雙方僧侶之間頻繁的文化交流，卻也帶來複雜的倭寇問題。這個時期《華夷譯語》中之《日本館譯語》[13]（1549 年以前）、《日本考略》（1523）、《日本圖纂》[14]（1561）、《籌海圖編》

---

12 武安隆、熊達雲：《中國人の日本研究史》，頁 72。

13 《日本館譯語》是明朝的會同館為培養翻譯人才而成的教科書。現存諸多版本中，英國倫敦大學藏本有「嘉靖二十八年（1549）十一月望通事序班胡、褚效良、楊宗仲校正」字樣，該書收錄有關天文、地理、時令等十八個門別 566 項的漢字音譯之日語詞彙。

14 《日本圖纂》是江蘇人鄭若曾編著，收錄日本國圖、入寇圖、日本國論、日本紀略、日本部落、風俗、寄語島名、寄語雜類、倭好、倭船、寇術、破寇法、使倭針經圖說、日本貢式、進貢方物及附錄等項目。其中「寄語雜類」收錄 357 項的漢字音譯之日語詞彙，幾乎全引用《日本考略》收錄的詞彙。此外，「日本紀略」有 147 個、「寄語島名」有 81 個漢字音譯的日本地名。又《日本圖纂》的漢字音譯內容是轉載自編者的另一本《籌海

（1562）、《日本一鑑》[15]（1565）、《籌海重編》[16]（1577）、《日本風土記》（1592）、《倭情考略》[17]（1597）等中國文獻都相繼出現了音譯之日本詞彙。有關上述中國文獻記載日語詞彙的考證，濱田敦、[18]安田章、[19]福島邦道、[20]大友信一、[21]渡邊三男、[22]中島敬[23]等日本學者均作過相關研究。

本文主要針對安徽新安郡[24]出身的明朝渡日人士鄭舜功

圖編》（1562）之第二卷。

15 鄭舜功所撰《日本一鑑》係集《窮河話海》（9卷）、《桴島新編》（4卷）、《桴海圖經》（3卷）等三部文獻而成的明朝之日本研究書。

16 《籌海重編》，金子和正：〈《籌海重編》の紹介〉，《ビブリア》第12號（1958年）。

17 《倭情考略》。有關《籌海重編》及《倭情考略》的日語詞彙之考證研究，請參照蔣垂東：〈日本語を記載する《籌海重編》《倭情考略》〉，《文學部紀要》日本文教大學文學部第16-1號（2002年）。

18 參濱田敦：〈國語を記載せる明代支那文獻〉，《國語國文》10-17（1940年）。〈日本寄語解讀試案〉，《日本寄語の研究》所收（1965年）。

19 安田章：〈日本風土記解題〉，《（全浙兵制考）日本風土記》所收（1961年）。

20 福島邦道：〈《日本考略》、《日本圖纂》解題〉，收入《日本寄語の研究》（京都：大學國文學會，1965年）。

21 大友信一：《室町時代の國語音聲の研究》（東京：至文堂，1963年）。大友信一、木村晟：《《日本一鑑》「名彙」文本索引》（東京：笠間書院，1982年）。

22 渡邊三男：《新修譯注日本考》（東京：新典社，1966年）。

23 中島敬：〈《日本一鑑》の評議〉，《前近代の日本と東アジア》（東京：吉川弘文館，1995年）。〈《日本一鑑》の日本認識〉，《東洋大學文學部紀要・史學科編》49（1996年）。〈劉喜海の《日本一鑑》研究〉，《白山史學》32（1996年）。〈《日本一鑑》研究史〉，《東洋大學文學部紀要・史學科編》50（1997年）。

24 另有一說認為鄭舜功進出日本皆以廣東為據點，又《日本一鑑》之〈寄語〉漢字音譯部分亦含閩南之地方音，故認為其出身為廣東新安郡，但其實際

（1522-1566？）[25]撰輯之《日本一鑑》（計十六卷）探討下列三個主題：

（一）探討鄭舜功撰寫《日本一鑑》的歷史背景及其意義。

（二）分析《日本一鑑》的版本及其史料價值。

（三）據三ヶ尻校訂本《日本一鑑》收錄之《窮河話海》卷四 42「文字」，43「稱呼」，44「事說」，45「詞章」，46「風土」以及卷五 47「寄語」的相關內容（請參閱〔表三〕），分析明朝嘉靖年間與日本室町時代足利幕府之間，雙方交流所延伸的漢日對意詞彙、漢日對音[26]問題，從其記載內容的廣度與深度，分析當時明朝人士對日本之認知及研究。

出身為安徽省新安郡。

[25] 據鄭樑生之研究指出，鄭舜功為明嘉靖前後之人物，《明史》無傳，各地方志亦均未見相關記載，故其生平事蹟不詳。惟因本書各卷之篇首俱書寫著「奉使宣諭日本國新安郡人鄭舜功纂敘」十六個字，故知其為新安人，復由於其自稱「布衣」，故可能為一熟悉日本國情之商人，方纔奉命遠渡重陽宣諭日本。詳請參照鄭樑生：《中日關係史研究論集（十一）》（臺北：文史哲出版，2001 年），頁 58。

[26] 「漢日對音」係先從日語每個字母（假名）選定一個對音漢字，原則上利用這些漢字記音。

二、《日本一鑑》之編撰者及其編纂背景

（一）編撰者鄭舜功：

有關《日本一鑑》之編撰者鄭舜功的生平，並無具體文獻可考，但在《明史》之〈日本國傳〉中有如下記載：

> 先是蔣洲宣諭（日本）諸島，至豐後被留，令僧人往山口等島傳諭禁戢。於是山口都督源義長具咨送還被掠人口，而咨乃用國王印。豐後太守源義鎮遣僧德陽等具方物，奉表謝罪，請頒勘合修貢，送洲還。前楊宜所遣鄭舜功出海哨探者，行至豐後島，島主亦遣僧清授附舟來謝罪，言前後侵犯，皆中國奸商潛引諸島夷眾，義鎮等實不知。

如上所述，鄭舜功係為了查禁倭寇乙事，繼明人蔣洲、楊宜之後，奉命被派遣到日本的明朝使者之一，他被日本戰國時代的豐後（今九州大分縣）武將源義鎮（大友義鎮，宗麟，1530-1587）留置後，源氏遣日本僧清授護送返回明朝。

此外，鄭舜功前往日本東渡宣諭的經過，在《窮河話海》卷九「接使」中有更詳細的記載，其內容曰：

> 自歲庚戌（嘉靖二十九年，1550）以來，倭寇猖獗，荼毒生靈。命降調兵，遠近騷動。功原草茅，生逢聖明之世，追念先世忠義，書史旌常，奮輒狂愚，廣詢博採。伏睹我皇祖宗之舊章，感懷淵穎之心智，且以博望未究，定遠餘詐，但欲謹持忠信，布宣文德，用夏變夷，

塞源拔本，以為東南長治久安之計。於歲乙卯（嘉靖三十四年，1555），赴闕陳言，荷蒙聖明不以愚昧罪功，特下兵部，咨送總督軍門，轉咨浙福軍門，文夷浙江司道議：功使日本國，採訪夷情，隨機開諭，歸報施行等因。功募從事沈孟綱等，訂盟歃血，忠義一心，盡忠報國。取道嶺海，治事偵風。丙辰（嘉靖三十五年，1556）汛月，舟至日本豐後國，自以大明國客之名，隨諭西海修理大夫源義鎮，禁戢所部六國地方。其餘列國，止可遺書，由其禁否。功按大體，必先曉諭日本王，乃得遍行通國，協一禁止。我舟因風，不可泛海，又按豐後，且有姦宄顛倒其間。功加深慮，隨為〈批書〉，付與從事沈孟綱、胡福寧，潛濟二海，曉諭日本王，期得真情，歸報朝廷，以為東南長治久安之計，庶不負功捐軀圖報之心也。從事去後，功於豐後國查知姦宄之淵藪，盜賊之盤根，必欲塞源拔本，期無東滅西生之患。既得要領，漸次曉諭修理大夫源義鎮，與國臣鑑續、長生、鑑增、鑑治親守、鑑速、鑑直、國僧清梁等，議欲遣人附舟報使，請奉國典還國，一體遵照施行，以順天朝之意，此其先知向化之心也。功以白手空談，仰伏聖德，用竭愚忠，獲其聽信。自謂一奇，遂不顧非時之險，與報使清授俱來，遴流溯風，延迴大小琉球國，凡四十晝夜，萬死一生，乃克至廣，歸報軍門，奏聞區處，庶使東海之夷早定，邊鄙之民早安，南顧之懷早紓。

據上文，可以更清楚的窺知鄭舜功到日本的一些端倪。第一，其主要目的在「採訪夷情，隨機開諭」。第二，其抵達日本豐後的時間為嘉靖三十五年（弘治二年，1556），當時應為日本室町幕府第十三代將軍足利義輝（1536-1565）之掌政時期。第三，其與源義鎮及國臣鑑續長生、鑑增、鑑治親守、鑑速、鑑直、國僧清梁等人有過交往。第四，其與清授鄰流溯風，延迴大小琉球國，經四十晝夜，度過萬死一生之驚險過程才返回廣東。

比對《明史・日本國傳》及《日本一鑑・窮河話海》卷九「接使」之內容，鄭舜功的渡日情節大致相符。

至於鄭舜功渡航日本的路徑為何？《日本一鑑》中《桴海圖經》之〈萬里長詩〉中有如下的七言長詩，詩曰：

> 欽奉宣諭日本國，驅馳領海乘槎出。五羊歌鼓渡三洲，先取虎頭出□頭。大鵬飛鳴平海札，看看碣石定鐵甲。靖海東頭馬耳還，大家井裡傍牛田。天道南陽王莽天，詔安走馬心旌節。鎮海先須定六鰲，下門平靜金門高。永寧東覓烏邱側，有馬行之是準則。

由此可知，鄭舜功是從珠江口的虎頭——虎門起碇，循廣東、福建的海岸向北航行，經大鵬、平海、碣石、靖海、南陽、詔安、鎮海，及金門、烏邱等島嶼，航向日本九州的有馬地方。鄭舜功雖從廣東赴日，卻也書寫從福建及浙江前往日本的航路，使我們瞭解明代東渡扶桑的途徑非一，也可由此得知倭寇自日本至中國東南沿海寇掠的入侵途徑。[27]

---

27 鄭樑生：《中日關係史研究論集（十一）》，頁104。

鄭舜功原本擬赴京都與足利幕府商談如何處理倭寇日益猖獗的棘手問題，但於嘉靖三十五年仲夏（五月）從廣東出發之航船卻飄流到日本豐後，而並遭大友義鎮留置，停留日本約半年。同年末，鄭舜功由豐後府內出航，大友義鎮遣日本僧清授護送回國，途中飄流至泰國的曼谷，幾番波折後才於嘉靖三十六年（1557）回到廣東。[28]

鄭舜功進入日本之後，自首至尾都未能前往京都完成出使的願望；但日本方面，江戶幕府初期的儒官林峨峰（恕、春勝、春齋，1618-1680）於寬永十八年（1641）撰述的《京都將軍家譜》弘治二年（1556）之項中有「同二年，筑紫邊民，侵大明地，七月，大明上官鄭舜功，來豐後贈書於京都」之記述。

鄭舜功實際居留日本的時間僅有半年，卻能寫出中國人在日本研究史上內容空前豐富的日本綜覽全書，掌握正確性較高的日本地理、[29]渡航及語言情報，確實讓中日學界大吃一驚，

[28] 《桴海圖經》共分「萬里長歌」、「滄海津鏡」、「天使紀程」三卷，係鄭舜功參考其出使日本前所蒐集有關航海的資料，亦即根據航路指南一類的書籍，並融合其實際前往日本的經歷編纂而成。卷一「萬里長歌」由一百二十句的七言詩構成，前三十四句紀錄鄭舜功自廣東出發東度日本的航程；第三十五句至第五十二句，略述以往日本人前往中國之航路；第五十三句以後，則言倭寇肆虐所造成中日兩國關係之變化、回程所受天氣的影響及回國後的遭遇，並表達其心願。此篇附有許多註釋文字，說明地名、里程、航程等。在「萬里長歌」之注釋文字中，最值得一提的是它對詩句所指有關航路的說明文字。不僅詳細記載鄭舜功本人出使日本時的實際航路、記錄唐、宋以來中、日兩國人士往返海洋實際的航路變更之情況，同時輯錄了航海專著裡的針路。

[29] 明代日本研究的各類文獻中以《日本一鑑》所附的地圖最多。除《桴海圖經》附有海圖外，《隧島新編》中也刊載 11 幅的各種地圖，其中日本國圖

亦不得不佩服當時鄭舜功對日本觀察的細微功力。鄭舜功觀察日本的方法，就如同他自己所述：「自廣至倭，山水物色，見無不詢，詢無不志；雖不得乎山海文字之精詳，亦必記其聲音。」當然《日本一鑑》的完成，除了鄭舜功鉅細靡遺逐一備忘記錄之外，日僧清授等人從旁協助亦功不可沒。

鄭舜功出身的安徽省新安郡是明代中期至清代中期相當發達的商業區域，他渡航日本理應從寧波出海，但為何從廣東出發？在《窮河話海》卷七「貢道」中鄭舜功陳述理由說：「功前奉使日本時，浙直福海皆有賊，故取道廣。」據藤井宏的研究指出：《日本一鑑》中出現的新安商人許氏兄弟、王直等人皆為當代走貿易的代表，同時這個區域出現不少擅長與倭寇周旋的航海商人。[30]由此背景出身的鄭舜功，其所撰寫的《日本一鑑》內容多含商業行為、抵禦倭寇，以及「通其說」的語言轉換之思維模式是不難想像的。同時下節擬探討的對音詞彙與鄭舜功出身的安徽口音及閩、粵之地方音亦有關聯。

有 6 幅，4 幅為〈初梓考略圖〉（薛俊《日本考略》初刻本所附之日本地理圖）、〈續梓考略圖〉（薛俊《日本考略》復刻本所附之日本地理圖）、〈廣輿圖附圖〉（嘉靖版《廣輿圖》之日本圖），及〈日本圖纂圖〉（鄭若曾《日本圖纂》所附之日本圖）。鄭舜功是最早將日本地圖介紹給中國的渡日人物，他企圖讓中國人了解正確而詳細的日本，《日本一鑑》之《桴海圖經》堪稱為日本地圖之集大成。

[30] 藤井宏：〈新安商人の研究（一）、（二）〉，《東洋學報》36-1、2（1952-1953年）。

（二）鄭舜功與日僧清授之交友關係

鄭舜功在《日本一鑑》的《窮河話海》卷四之「詞章」中推崇日本的入宋僧曰：

日本自唐宋以來知重文學，國君臣民皆師於僧，故其古今以僧入朝得近文儒，久而師學於其國，致使國人尊崇文教而能向化歸善也。如此信乎文德神靈矣。[31]

入宋僧在中國修習之文教儒學，能推展於日本社會且受到尊崇，是當時中日文化交流的具體成果之一。鄭舜功在無法以日語與日僧人交談的情況下，雙方交流的方式只能藉用漢字及漢文之溝通，這是不難想像的。

有關日僧清授與鄭舜功之間的交往情形，可從《窮河話海》卷四清授贈鄭舜功的〈留別鄭國客〉、〈寄言鄭國客〉之七言絕句及感懷詩之內容略窺一二。

清授的〈留別鄭國客〉詩曰：

長橋楊柳綰離情，每憶君恩淚暗傾，一謫四川何日返，夢魂惟遶武林城。[32]

另一首〈寄言鄭國客〉詩曰：

茂林深隱尚逢春，信是天恩化育均，遠渡求忠何棄我，

---

[31] 鄭舜功：《日本一鑑・窮河話海》卷 4「詞章」（京都武專教授三ケ尻浩於 1937 年據京都大學國史學研究室藏本校訂），頁 121。三ケ尻之校訂本現藏臺灣大學圖書館楊雲萍文庫。

[32] 鄭舜功：《日本一鑑・窮河話海》卷 4「詞章」。

扶桑萬里亦王臣。[33]

此外，清授另贈鄭舜功一首感懷詩，詩曰：

每憶扶桑顏色衰，旅愁三載若何為，杜鵑不奈未歸路，啼落枕頭雙淚垂。

遠來忠信本無私，上有天知人未知，日月掛空輝萬里，天王何不化東夷。[34]

清授的詩意之中，似乎隱喻鄭舜功在東瀛有壯志未酬之嘆，同時也顯示了兩人之間的交情匪淺，過往甚密。[35]鄭舜功被大友氏留置期間，清授受命接待，因清授之漢學造詣頗佳，對鄭舜功完成《日本一鑑》有相當程度之影響。

又上述《窮河話海》卷九「接使」引文中出現的僧人清梁，應該是與「詞章」中出現的松月清梁為同一人物，他亦曾給鄭舜功如下一首詩：

一封書上見仁榮，奉使東行弟後兄，國客名高冰雪冷，䆉花標格鄭先生。[36]

另一位日僧蓮亦有「題贈鄭國客」一首：

---

[33] 同前註，頁 130-131。

[34] 同前註，頁 129。

[35] 本書主編鄭吉雄教授認為清授這幾首贈鄭舜功的詩，前後提及「一謫四川」、「旅愁三載」、「每憶扶桑」、「遠渡求忠何棄我」，頗有怨詞，清授是否隨舜功返中國後，曾因某種原因被迫旅居四川數年，不能返回日本，致寫此數詩？關於這個論點，有待相關史料的佐證，再作進一步的確認。作者謹誌。

[36] 鄭舜功：《日本一鑑．窮河話海》，頁 129。

毒海神舟劈浪來，誕敷文德善心開，明朝報使歸中國，不負公懷助成才。[37]

至於日僧清授為何許人也，在《隆島新編》卷三的院、寺描述中，可以知悉大友義鎮及清授之間的相關內容。

龍源院、瑞峰院俱在山城大德寺，瑞豐檀越豐後刺史源義鎮，本院住持號稱怡雲，豐後僧俗凡入其都，俱寓本院。

大德寺在山城龍寶山，開山崇峰妙超禪大燈高明正燈國師，其嗣僧九花和尚，知文儒學，夷王源知仁常師之，夷使清授受教之，寺有龍源瑞峰二院。[38]

觀上述引文，約略得知清授是在大德寺瑞峰院修行的禪僧，是源（大友）義鎮大德寺的檀越。據渡邊三男的研究指出：當時豐後有華岳院、壽光院、光明院、萬壽寺等多所名寺，而清授是同慈寺華岳院之住持，當時接待外賓的工作多由漢學造詣極佳的僧侶充任，這也是清授得以護送鄭舜功回明的原因。[39]渡邊三男更指出清授是鄭舜功居留日本期間，日本研究的指導者，也是相關資料的提供者。[40]

---

[37] 同前註。

[38] 鄭舜功：《日本一鑑·隆島新編》卷 3。

[39] 渡邊三男：〈明末の日本紹介書《日本一鑑》について〉，《駒澤大學研究紀要》13（1969 年），頁 146。

[40] 同前註。

三、《日本一鑑》的版本

有關《日本一鑑》的研究，最早由日本學者富岡謙藏氏根據上海樂善堂贈書之抄本，以〈日本一鑑解題〉發表於《藝文》（第五卷第九號）雜誌，於大正三年（1914）公諸於日本學界，通稱「富岡本」。但鄭舜功的自筆原本及其全十六卷之抄本，已經散佚。對於《日本一鑑》各種版本的整理，日本學者渡邊三男、大友信一、木村晟、保科富士男、中島敬等人已作過數度調查工作。根據這些調查結果顯示，目前《日本一鑑》含抄本及刊本計有十四種版本傳世。[41]渡邊三男曾經指出：《日本一鑑》舊抄本之藏家除彭元瑞、劉海喜二人之外，其餘是否還有舊藏家，情況未詳。彭元瑞（1731-1803）又名文勤，是乾隆二十二年（1757）進士，為乾隆寵愛的碩學之士，著有《五代史注》（七十四卷）等書。《日本一鑑》之舊抄本是富岡氏於大正二年（1913）冬天到中國考察時，從上海樂善堂攜回日本，並於翌年公諸於日本學界。[42]至於《日本一鑑》完成於何時已無可考，惟據《窮河話海》卷六記述倭寇略史之「流逋」裡有嘉靖甲子（嘉靖四十三年，永祿七年，1564）的記述，該書最早應該在鄭舜功回廣東之後的第七年，亦即 1564 年之後才完成。

---

[41] 渡邊三男：〈明末の日本紹介書《日本一鑑》について〉。大友信一、木村晟：《〈日本一鑑〉「名彙」文本索引》（東京：笠間書院，1982 年）。保科富士男、中島敬：〈《日本一鑑》本文の比較研究〉（一）～（四），《東洋大學大學院紀要（文學研究科）》26-29（1990-1993 年）。中島敬：〈《日本一鑑》の諸傳本〉，《江戶、明治期日中文化交流》（東京：農文協，2000 年），頁 179-191。

[42] 渡邊三男：〈明末の日本紹介書《日本一鑑》について〉，頁 147。

此外，現今京都大學圖書館所藏之抄本亦據「富岡本」於大正十年（1921）抄錄。又京都大學國史學研究室亦藏有一部抄本，此版本為該所教授三浦周行據廣州中山大學藏本抄錄，又稱「三浦本」。另日本京都學者三ヶ尻浩對照「富岡本」、「三浦本」，於昭和十二年（1937）印刷了「三ヶ尻謄寫本」，現在臺灣大學圖書館楊雲萍文庫藏有此本。自 1937 年至 1939 年《日本一鑑》在日本即有二種刊本問世。

目前，臺灣中央研究院歷史語言研究所傅斯年圖書館典藏多種《日本一鑑》善本舊抄本、抄本。大陸方面，除上海樂善堂抄本之外，有「北京人文科學研究所藏本（四冊，內容同「三浦本」）」、「北京國立圖書館藏本（四冊，內容同「北京人文科學研究所藏本」）」、「北京文殿閣影印本（1939 年）」等版本。（請參閱〔表一〕）

此外，有關《窮河話海》卷五 47「寄語」部份，大友信一已於 1963 年將全文翻刻。大友信一、木村晟於 1974 年，京都大學文學部國語學國文學研究室於 1986 年分別依文殿閣本影印刊行，此二書之後均附詳細的漢字索引。

有關《窮河話海》卷四 42「文字」部份，京都大學文學部國語學國文學研究室於 1965 年以文閣殿本影印刊行，卷一至卷四之日本詞彙部份，先由坂井健一寫成《明代日本語資料集成・詞彙篇》（1971），[43]之後木村晟於 1976 年將之翻刻，再由大友信一、木村晟於 1982 年增錄索引後刊行。

---

[43] 坂井健一：《明代日本語資料集成・詞彙篇》（東京：汲古書院，1971 年）。

〔表一〕《日本一鑑》各版本所藏一覽表

	內容及卷冊	所藏者（所藏機構）	備註
一	1.《窮河話海》卷之一～卷之九（計九卷） 2.《桴海圖經》卷之一、卷之三（計二卷）	（1）山田忠雄氏所藏本（富岡本）。全四冊，彭元瑞舊藏。 （2）京都大學所屬圖書館藏。全四冊。	※富岡本記有「知聖道齋鈔校書籍」字樣。 ※京都大學藏本係根據山田忠雄氏藏本於大正十年（1921）抄寫。
二	1.《窮河話海》卷之一～卷之五（計五卷） 2.《絕島新編》卷之一～卷之四（計四卷） 3.《桴海圖經》卷之一～卷之三（計五卷）	（3）京都大學國史學研究室藏本（三浦本），全四冊。 （4）中山大學舊藏本（三浦本之底本）。 （5）中央研究院歷史語言研究所藏本，四冊本（北京人文科學研究所舊藏本），劉海喜等舊藏。 （6）北京圖書館藏本（原藏者不明）。	※三浦本係三浦周行氏於昭和五年（1930）到中山大學講學時之手抄版本。 ※中山大學舊藏本之原藏者不明。 ※中研院藏本記有「東武劉氏味經書屋校鈔書籍」字樣。
三	1.《窮河話海》卷之一～卷之五（計五卷） 2.《桴海圖經》卷之一～卷之三	（7）北京圖書館藏本，全五冊。 （8）中央研究院歷史語言研究所藏本，六冊本（顧君	※記有「北海圖書館鈔藏」字樣。

	（計三卷）	初、翁方綱、趙之謙等舊藏）。 （9）臺灣中央研究院歷史語言研究所藏本，一冊本（原藏者不明）。 （10）中央研究院歷史語言研究所藏本，四冊本（原藏者不明）。	
四	《桴海圖經》卷之一～卷之三（計三卷）	（11）北京大學附屬圖書館藏本，全一冊（李文田等舊藏）。	※卷末有李文田之朱書短文，文末記有「光緒丙子二月李文田書於柳波漁舍」字樣。
五	《䫻島新編》卷之一～卷之四（計四卷）	（12）中央研究院歷史語言研究所藏本，二冊本（劉喜海舊藏）。	
六	刊本。 1.《窮河話海》卷之一～卷之九（計九卷） 2.《䫻島新編》卷之一～卷之四（計四卷） 3.《桴海圖經》卷之一～卷之三（計三卷）	（13）三ヶ尻本（三ヶ尻浩氏謄寫本），全一冊。 （14）文殿閣影印本，全五冊（民國二十八年〔1939〕中央研究院藏）。	

四、《日本一鑑》的先行研究

如前所述，日本的《日本一鑑》之相關研究，最早是富岡謙藏氏以「《日本一鑑》解題」為題於 1914 年發表之論文，至今其研究史已逾九十年。《日本一鑑》之內涵，受學界關注之焦點及範疇相當廣泛。諸如明日貿易史、嘉靖年間的倭寇研究、航海交通史、日本室町時代戰國期的中日關係史、地理地圖學、風水思想等領域都是研究的重點。特別是《窮河話海》卷四 42「文字」，43「稱呼」，45「詞章」以及卷五 47「寄語」中收錄的漢日對音詞彙更是語學界人士經常引為探討的內容。

明朝與日本貿易關係史的研究方面，早期有小葉田淳《中世日支交通貿易史の研究》（1941）、[44]鄭樑生《明史日本傳正補》（1981）、[45]《明日關係史の研究》（1985 年）、[46]湯谷稔《日明勘合貿易史料》（1983）、[47]汪向榮《中日關係史文獻論考》（1985）、[48]《明史日本傳箋正》（1988）、[49]李金明《明代海外貿易史》（1990）[50]等，以上的論述都將《日本一鑑》列為考察明日貿易關係的重要史料，特別是鄭舜功記述的嘉靖年間之倭寇相關史料為同領域的學者所重視。

---

44 小葉田淳：《中世日支交通貿易史の研究》（東京：刀江書院，1941 年）。
45 鄭樑生：《明史日本傳正補》（臺北：文史哲出版社，1981 年）。
46 鄭樑生：《明、日關係史の研究》（東京：雄山閣，1985 年）。
47 湯谷稔：《日明勘合貿易史料》（東京：國書刊行會，1983 年）。
48 汪向榮：《中日關係史文獻論考》（長沙：岳麓書社，1985 年）。
49 汪向榮：《明史日本傳箋正》（成都：巴蜀書社，1988 年）。
50 李金明：《明代海外貿易史》（北京：中國社會科學出版社，1990 年）。

探討《日本一鑑》出現的古辭書之相關研究方面，早期新村出的〈晚學書誌（中）〉（1927）[51]發現《窮河話海》的「書籍」項目中集有《聚分韻類》、《倭名集》、《下學集》、《節用集》等古辭書的日本文獻。濱田敦則針對這些古辭書與《日本一鑑》的關係發表〈國語を記載せる明代支那文獻〉（1940）；[52]爾後，龜井孝在〈解題〉[53]指出《日本一鑑》大量引用了《下學集》的日本文獻；此外，福島邦道的《日本寄語の研究》（1965）[54]及中島敬〈《日本一鑑》の日本認識〉（1996）[55]則分析《日本一鑑》引用中國相關文獻之考證及其與《日本考略》、《日本圖纂》之間的異同問題。木村晟的〈《日本一鑑》「寄語」の詞彙〉（1973）、[56]川口明美的〈《日本一鑑》「寄語」の詞彙〉，[57]針對

---

[51] 新村出：〈晚學書誌（中）〉，《書物禮讚》6（1927 年）。此文之後再錄於《新村出全集》（東京：筑摩書房，1972 年），第 8 卷。

[52] 參註 18。

[53] 龜井孝：〈解題〉，《元和本下學集》（東京：岩波書店，1944 年）。

[54] 參註 20。

[55] 參註 23。

[56] 木村晟：〈《日本一鑑》「寄語」の詞彙〉，《駒澤國文》10（1973 年）。此外，木村晟的相關研究有〈《日本一鑑》「寄語」所引の下學集・節用集〉，《駒澤大學文學部研究紀要》32（1974 年）、〈《日本一鑑》の名彙〉，《駒澤國文》13（1976 年）、〈《日本一鑑》の名彙の「草木」について〉，《渡邊三男博士古稀紀念日中語文交涉史論叢》（東京：櫻楓社，1979 年）、《古辭書研究資料叢刊十三《日本一鑑》方言類釋》（東京：大空社，1995 年）。

[57] 川口明美：〈《日本一鑑》「寄語」の詞彙〉，《「論輯」駒澤大學大學院國文學會》7（1979 年）、〈《日本一鑑》と各種節用集の關係について（一）〉，《「論輯」駒澤大學大學院國文學會》8（1980 年）、〈《日本一鑑》と各種節用集の關係について（二）〉，《「論輯」駒澤大學大學院國文學會》9（1981 年）。

《日本一鑑》收錄的日語詞彙與古辭書之間的關係進行探討。

此外，將《日本一鑑》的內容作為中文音韻考察的實例研究方面，坂井健一〈日本館譯語と日本一鑑に見られる近世方音の研究〉（1970）[58]針對詞彙的內容與近世日本地方方言之間的關係作比較分析。松本丁俊〈《日本一鑑》「寄語」語音考〉（1980年）。九十年代之後，中島敬的〈《日本一鑑》研究史〉（1997）[59]則針對相關領域之研究史作了回顧。

五、《日本一鑑》漢日對音詞彙之歷史意義

《日本一鑑》不但是明朝人士了解日本地理、地方史、風俗習慣、農業、航海、軍事資訊等領域之重要文獻，內容收錄不少以漢字音譯介紹之日語讀音，亦即漢日對音詞彙，被視為解讀室町時代的日本語及方言極為珍貴之史料。目前，《日本一鑑》被用於「國語（日本語）資料」的研究，深受日本學界矚目。舉《窮河話海》卷四為例，在42項「文字」中，即以一字音譯漢字配上一字片假名之「華文（萬葉假名）倭字」形式，介紹片假名及其字源，此為中國文獻中最早出現的片假名。43項「稱呼」中，即列了182種日本詞彙。45項「詞章」中，更舉了24首日本人所作的漢詩。《窮河話海》卷五「寄語」中，在片假名之下注上音譯漢字，以對譯的形式，分天文、地

[58] 坂井健一：〈日本館譯語と日本一鑑に見られる近世方音の研究〉，《漢學研究》7（1970年）。

[59] 參註23。

理、時令、人物、宮室、器用、鳥獸、花木、身體、衣服、珍寶、飲食、文史、聲色、干支、掛名、數目、通用等 18 類，總計出現 3401 字（因版本不同，數字會有出入）之對譯詞彙，其收集的單字數量之多及其細密的分類是前所未見。此類「寄語」[60]雖有重複，也有不少錯誤，但都是鄭舜功向接觸過的僧人、商人、船主、水手等人請教，或參考文獻，或深入日本地方社會訪查，加以編纂而成。因此，仍不失為探討室町時代日本人的中國觀以及分析明朝人士吸收日本知識極具參考價值的史料。

（一）《窮河話海》「稱呼」漢日對意詞彙之歷史意義

鄭舜功在《窮河話海》卷四 43 項「稱呼」中，舉列出 182 種日本詞彙。關於舉列之目的何在？有如下的說明：

> 馭夷在得其情。若得其情馭之易，不得其情徒自擾之。欲得其情先通其說，既通其說漸可以入化導之途也。伏念聖明尊居中國以文致治王道之常。此夷事說不可不記。茲所記者雖不純，宣王之法言切思文告知此事說，庶使同文，一變豺狼之習，以廣聖明之化矣，故為錄。

由上述內容可知鄭舜功汲取日本詞彙之目的在於先「通其說」再「得其情」，以達向日本宣導明朝皇帝的教化之效。而「通

---

60 寄為古代官名，是執掌翻譯東方語言的官職。寄語是將日語翻譯成中文，作為中日對譯之詞彙集。由於作者不會寫日本字，遂用漢字拼出讀音，注於其後。舉例而言：晴（ハルル，haruru）=法路路，廚（クリヤ，kuriya）=固利耀。詳請參閱本文舉出之相關實例。

其說」之語言轉換過程對當時的鄭舜功而言應屬當務之急，因為不能通其說就不能解其意，當然就得不到資訊，更談不到向日本宣揚教化之事。

以下，筆者依京都大學國史學研究室藏本（三ヶ尻浩氏校訂本）《窮河話海》卷四 43 項「稱呼」之漢日對意詞彙分為：1.日本王室及職位之稱呼；2.社會風俗；3.法律、制度；4.宗教、思想；5.文學、詩歌；6.詞彙、語法與假名之關係；7.病稱；8.舞曲、音樂；9.料理食品等九大領域，再論述其歷史意義之所在。

1.日本王室及職位之稱呼

（1）勅使、（2）唐人、（3）仙洞（指夷王宮，俗云其主皆稱王）、（4）姑射山（指日本王）、（5）儲君（春宮青闈東宮、龍樓俱指夷王子）、（6）天枝地葉（指夷親王）、（7）準三后（謂夷王祖妃、夷父王妃、夷王妃也，又謂準三宮）、（8）宮房（指夷王妃，又稱宮房候人）、（9）內親王（指夷王女，姊妹、伯叔母）、（10）女御（指夷王宮女、侍從）、（11）日君（謂夷）、（12）月卿（謂夷臣）、（13）殿（官民通稱）、（14）守（土官通稱）、（15）一役（一云力者，謂人工）、（16）房官（門跡奉公人）、（17）頭人（一云奉行頭人祭主）、（18）家督（一云家德俗謂一家之總領）、（19）大名（國守護，一云錢持）、（20）帶刀（官名帶刀供奉人役，帶刀，大刀也。註云史記帶劍）、（21）巡固（警固人）、（22）吳綾（一名吳織，按唐時夷從南道入朝，經歷於吳織藝歸始織綾故名）、（23）門守（官名）、（24）探題、

（25）朝臣、（26）補任（所領新代官任也）、（27）譜代（譜代相傳）、（28）御幸（猶言天子御出）、（29）及第（進士及第，夷王延喜村上以來設科取人）、（30）闕官（太政大臣無其人即闕其位非官也）。

2.社會風俗

（1）御內（俗指相公之婦）、（2）名主（指姓）、（3）白拍子（歌舞而街賣女色者，一云妓女、一云金口打、一云唱門師、一云風流、一云傾城官）、（4）上戶（俗指飲者）、（5）千駄櫃（商人）、（6）餘慶（左傳積善之家有餘慶）、（7）宗仰（崇古）、（8）追福（追善義）、（9）纏頭（賜妓義）、（10）行幸（御出）、（11）施行（施物於非人，非人指丐人也）、（12）分衛（乞食）、（13）囉齋（乞食）、（14）飛脚（急使）、（15）辟穀（斷五穀）、（16）左右觸行（公私俱行也）、（17）經營（營一切事）、（18）博學尤才（文書音好也）。

3.法律、制度

（1）法務、（2）公弁（年貢之義，猶中國每年運至京也）、（3）憲法（公道義）、（4）校分（年貢、校分、口米收納之義）、（5）二重成（年貢之義猶如夏秋二稅也）、（6）收納（年具收納）、（7）所務（謂年貢）、（8）日課（日作之課）、（9）啟請（誓文）。

4.宗教、思想

（1）佞人（小人、以下夷僧稱呼）、（2）年寄眾、（3）殿波羅、

（4）師資（師弟）、（5）長老、（6）靈氣、（7）律僧、（8）晚出家（入道僧）、（9）尼宗、（10）眾寮、（11）兩班、（12）僧主位、（13）本尊、（14）脇士、（15）御影、（16）新戒、（17）布薩、（18）導師、（19）師正、（20）禪客、（21）沙彌、（22）眾徒、（23）頭佗、（24）法眷、（25）小師、（26）弟子、（27）坊主（坊僧之通稱）、（28）法師、（29）炭頭（行者官名）、（30）住持、（31）知寺、（32）上方（住持）、（33）貼供（一云行堂、一云行者、一云淨人、一云參頭）、（34）供頭（行者名位）、（35）尸位（僧稱）、（36）禪和子（納僧也）、（37）蒙堂（僧位）、（38）兄弟眾（叢林僧眾）、（39）社僧、（40）副參（行堂之僧）、（41）塔子（院居之主）、（42）頂相（禪家呼僧）、（43）座頭（又稱琵琶法師，乃瞽目僧、喝喫僧也）、（44）所師代（侍者）、（45）門跡（道聖）、（46）師檀（僧俗師素同）、（47）檀那（又檀樾（越）僧稱施主）、（48）鹿島立（島在常陸緣起神事）、（49）役夫工米（伊勢大神宮御造營料諸國懸段錢謂役夫工）、（50）流鏑（神會騎射也）、（51）祭禮（神祇）、（52）祇夜（頌也）、（53）物故（位牌之上書亡者名位）、（54）沐浴（浴洗死人云）、（55）勿體（無正體也）、（56）遷化（死土官云）、（57）逝去（平人死去）、（58）勘文（歷〔曆〕家所為）、（59）普諸（請）（普請諸人作事云）、（60）信仰（皈依義）、（61）訃音（告死於外）、（62）火葬水葬野葬土葬（以上四葬皆俗送死也）、（63）合十（僧合掌）、（64）叢林（五山十剎僧侶繁）、（65）威儀（袈裟）、（66）衣（袈裟掛臂）、（67）六波羅蜜（檀波羅蜜）、（68）祝髮（斷髮也）、（69）落（落髮也）、（70）還俗（一云回禮，又云落墮)、(71)下火(禪家葬也,火或作炬)、(72)擯出(退義)、(73)得度(落髮)、(74)度僧(成僧)、(75)抖擻(頭佗)、(76)南無(皈依之語,救我之義)、(77)加護(佛神加護)、(78)詫宣(神)、(79)茶毗(葬)、(80)靈驗(佛事)、(81)布薩(梵語此翻說戒)、(82)掛塔(參暇)、(83)追薦(佛事)、(84)祝言(神祇)、(85)教養(佛事)、(86)掛錫(同宿)、(87)通夜(佛神之前,致誓願而同宿也)、(88)灌頂(夷王出行時用此字,真言家用之)、(89)說草祭文(法事)(90)僧讚(律教兩家作法)、(91)澆拂(拂後祝言)、(92)諷誦(遷說經時,知識舉揚之義)、(93)業障(因果)、(94)護魔(梵語此翻燒,燒滅一切惡魔事)、(95)拒請(辭退義,或作拒障)、(96)彫刻(佛造)、(97)奠茶(奠茶、奠湯,葬時佛事)、(98)急急如律令(急急疾疾,律令法度,此言一切惡魔皆行邪道,故告誡之急皈正道也)、(99)入院(入寺)、(100)陞座(說法)、(101)出院(擯出)、(102)師資相承(決第)、(103)精進(俗云潔洲〔齋〕精進)、(104)神水(啟請時用)、(105)悉曇(梵語)、(106)宗派、(107)重拂(說法)、(108)懺法(觀音懺法者)。

5.文學、詩歌

(1)放題(詩歌所言)、(2)俳諧(連歌戲言)、(3)發句(連歌)、(4)著述(詩歌作意)、(5)和漢(和指倭也,和漢者效漢人之歌也。俗云連歌,一云聯句)、(6)回島(日本連歌所云)、(7)披講(詠和歌)、(8)狂文(《下學集》有之)。

6.詞彙、語法與假名之關係

（1）假名（日本字形又假名）、（2）恰好（好義，恰或作合）、（3）澤山（多義）、（4）退散（謀也）、（5）方便（謀也）、（6）駄賃（荷物出也）、（7）若干（許多）、（8）存分、（9）通法（通例、都合義同）、（10）名乘（或作名字，倭字以志筆文也）、（11）假顏（本書謂倭字也）、（12）勞煩（辛苦）、（13）濫觴（始義）、（14）狼狽（狼籍義）、（15）矛盾（中違之義）、（16）始冠（初任官義）、（17）官度（受領）、（18）如件（件分次也）、（19）口說（述懷之義）、（20）夜討（殺害）、（21）闕如（缺也）、（22）現形（露顯義）、（23）嫌疑（無實知義）、（24）懸隔（雲泥義）、（25）經迴（往）、（26）澆季（末世之義）、（27）不得心（無情之義）、（28）不覺（失錯義）、（29）不敏（鈍貌）、（30）不便（悼意）、（31）不辦（不足義）、（32）不會（不和合也）、（33）不快（心中惡貌）、（34）不調（婬亂義）、（35）不當（貧耽義）、（36）浮沈（迷惑義）、（37）不合（不和合也）、（38）不詳（無心之義）、（39）不祥（凶惡之事，日本紀不祥）、（40）負物（借物也）、（41）不熟（耕作惡義）、（42）豐饒（耕作好義）、（43）粉骨（忠節之義）、（44）不肖（言不似人倫）、（45）風聞（雜說）、（46）無為（無事）、（47）不宣（不悉不備，書札之末云）、（48）恒例（如常義）、（49）滑稽（利口之義）、（50）緣起（最初之因）、（51）捐館（死去）、（52）提綱（法語）、（53）釣語（索語）、（54）指南（教化之義）、（55）唱音（音聲）、（56）入眼（俗呼成就曰入眼）、（57）至誠心（無餘念義）、（58）灑掃（奉公）、（59）生涯（平生三昧）、（60）上表（辭退之義）、（61）菲薄（輕薄之義）、（62）引繕（字書繕補也）、（63）雛遊（小女之所也）、（64）蒙昧（無智之義）、（65）懷托（任寄也）、（66）付囑（讓與義）、（67）相伴（相坐義）、（68）赧面（赤面也）、（69）心肝（肝要義）、（70）草案（中書）、（71）連署（即書連義）、（72）先達（先賢，又引導人者）、（73）頓首（致恭敬也）、（74）偃息（休息也）、（75）遠慮（論語人無遠慮必有近憂）、（76）自慢（自欺也）、（77）周章（謂驚怖也）、（78）聲明（好音）、（79）褒貶（是非）、（80）大犯（罪人）、（81）糾明（勘當）、（82）支度（用意義）、（83）火急（如救所燃）、（84）荒猿（又云有增，日本世話）、（85）六借（日本世話）、（86）究竟（畢竟）、（87）闕屋（無人家）、（88）炳然（分明）、（89）傍輩（同位者）、（90）上手下手（起於圍碁，日本世話）、（91）淵底（窮事義）、（92）恩簡手教（俱書狀也）、（93）割符（兩所通錢）、（94）外人（他人）、（95）落魄（隨意而不拘法度）、（96）年齡（老年也）、（97）他界（死去也）、（98）屈請（強招人也）、（99）拒障（辭退義）、（100）面展（面拜之義）、（101）忠言逆耳（孔子云：良藥苦口利於病，忠言逆耳利於行）、（102）臨深履薄（《詩》云：如臨深淵，如履薄冰）。

7.病稱

（1）療治（病）、（2）冠落（呼病名）、（3）療治（治病）、（4）療養（治病）。

8.舞曲、音樂

（1）久世舞（遊曲，或云口宣舞，又云曲宣舞）、（2）管絃（樂也）、（3）調子（昔曲）、（4）早歌（音曲）。

9.料理食品

（1）調菜（調味者）、（2）駄向（向或作肴，旅中熟食）、（3）朝爨（朝飯也）、（4）料理（調味）。

綜觀上述中日對意（熟語）詞彙的內容，以宗教、思想領域的數量居多，此與鄭舜功多與清授等日僧交流有相對的關係，甚至可約略窺知當時日本僧侶們對漢學、漢字都有相當的造詣。其次鄭舜功較偏好詞彙、語法與假名關係，顯見他已察覺到語言轉換的傳播功能之重要性。至於日本王室及職位、法律、制度等稱呼是了解日本國家體制不可或缺之要素。

（二）《窮河話海》「寄語」項中含片假名之漢日對音詞彙

鄭舜功列舉「寄語」之目的，在《窮河話海》卷五中有如下的記載：

> 寄語有自來矣。考自〈王制〉：「中國夷蠻戎狄，皆有安居、和味、宜服、利用、備器，五方之民，言語不通，嗜欲不同，達其志、通其欲，東方曰寄，南方曰象，西方曰狄鞮，北方曰譯。」此皆寄語之事也。……開元丙辰，日本使僧粟田請從諸儒受經，詔四門助教趙玄默即鴻臚寺，為師獻大幅巾為贄。愚謂亦莫不有寄語矣。……聞自奉宣諭得知倭字四十七數，以志華文，調定寄音，

> 翻譯具備。今此之夷，久崇文教，匪不知乎聖賢文章為貴也，華夏聲音為美也。若夫華夏聲音也，吳、楚有傷於輕浮，燕、冀有失於重濁，而秦、隴去聲為入，梁、益平聲似去，河北、河東取韻尤遠。吳人呼饒為堯，讀武為姥，說如近魚，切珍為丁心之類，及有知之不辯、王楊不分者，華夏之音有如此；況夷舌駃，欲為華夏之音者，夫豈而易言之哉？故採日用文字，類分十八，凡字之下以寄音，庶通其言。……寄音字中「荷（ホ）音＝賀」、「大（ト）音＝舵」，「阿（オ）音＝窩」，「剌（ラ）音＝辣」，其他則讀本字也。假如一字寄音天文，若或本字該載地理，如無二音不復重贅，茲各寄音於後。[61]

換言之，鄭舜功當時採用「對音」之主要目的是加速對日語詞彙語意之記憶。

《日本一鑑》收錄之《窮河話海》卷五「寄語」中，在片假名之下注上音譯漢字，其 18 項分類之內容與 3401 個詞彙之分布如下：1.天文（61 語）、2.地理（246 語）、3.時令（120 語）、4.人物（164 語）、5.宮室（86 語）、6.器用（294 語）、7.鳥獸（247 語）、8.花木（245 語）、9.身體（166 語）、10.衣服（75 語）、11.珍寶（35 語）、12.飲食（96 語）、13.文史（57 語）、14.聲色（122 語）、15.干支（34 語）、16.卦名（8 語）、17.數目（30 語）、18.通用（1315 語）。

---

[61] 《日本一鑑》，《窮河話海》卷 5「寄語」（三ヶ尻浩氏校訂本），頁 139-142。

從語言轉換的角度來看，上述詞彙深具探討十六世紀中日之間思想異同與傳播功能之意義。其每個漢日對音詞彙（音譯日本語）的記述方法為，和訓＝訓讀＋音譯，例如「天文」類之「天」字就以「ソラ」＝「梭刺」、「アマ」＝「押邁」的方式記之。[62]筆者細讀下列詞彙之後，發現鄭舜功在對照每46個片假名之音譯時，都使用固定的中文字來表達。以下先列出漢日對音對照表，再列出各分類的相關詞彙，以方便對照閱覽。

〔表二〕《窮河話海》「寄語」漢日對音對照表

	ア段 (A-column)	イ段 (I-column)	ウ段 (U-column)	エ段 (E-column)	オ段 (O-column)
ア行 (A-row)	ア [a] 押	イ [i] 易	ウ [u] 烏	エ [e] 耶	オ [o] 阿
カ行 (KA-row)	カ [ka] ガ [ga] 佳	キ [ki] ギ [gi] 氣	ク [ku] グ [gu] 固	ケ [ke] ゲ [ge] 杰	コ [ko] ゴ [go] 課
サ行 (SA-row)	サ [sa] ザ [za] 腮	シ [shi] ジ [ji] 世	ス [su] ズ [zu] 自	セ [se] ゼ [ze] 射	ソ [so] ゾ [zo] 梭

[62] 《日本一鑑》，《窮河話海》卷4「文字」項目中，又分「華文倭字」、「倭字倭」、「倭字草書」及「草書字末」四部份，將平假名與片假名作對照，其間亦有不少誤譯詞彙。

タ行 (TA-row)	タ [ta] ダ [da] 太、大	チ [chi] ヂ [di] 致	ツ [tsu] ヅ [dzu] 茲	テ [te] デ [de] 迭	ト [to] ド [do] 大
ナ行 (NA-row)	ナ [na] 奈	ニ [ni]	ヌ [nu] 怒	ネ [ne] 業	ノ [no] 懦
ハ行 (HA-row)	ハ [ha] バ [ba] 法	ヒ [hi] ビ [bi] 沸	フ [fu] ブ [bu] 付	ヘ [he] ベ [be] 穴	ホ [ho] ボ [bo] 荷
マ行 (MA-row)	マ [ma] 邁	ミ [mi] 密	ム [mu] 慕	メ [me] 蔑	モ [mo] 目
ヤ行 (YA-row)	ヤ [ya] 耀		ユ [yu] 右		ヨ [yo] 欲
ラ行 (RA-row)	ラ [ra] 剌	リ [ri] 利	ル [ru] 路	レ [re] 列	ロ [ro] 六
ワ行 (WA-row)	ワ [wa] 歪				ヲ [o] 阿
ン (N)	ン [n] メ				

〔表三〕《日本一鑑》之《窮河話海》日本記述內容一覽表

<table>
<tr><th></th><th colspan="2">卷類</th><th>記述內容</th></tr>
<tr><td rowspan="9">卷一</td><td>1</td><td>本傳</td><td>歷朝正史之日本國傳概要。</td></tr>
<tr><td>2</td><td>天原</td><td rowspan="3">介紹日本地理。</td></tr>
<tr><td>3</td><td>地脈</td></tr>
<tr><td>4</td><td>水源</td></tr>
<tr><td>5</td><td>時令</td><td>日本氣候、年中行事、相關詞彙。</td></tr>
<tr><td>6</td><td>種族</td><td>日本人為天孫之裔、徐福、百濟志高氏、多多良氏、魏太伯、蝦夷、元之敗兵、新附的唐人之末等。</td></tr>
<tr><td>7</td><td>氏族</td><td>源、平、藤、橘及其他姓氏。</td></tr>
<tr><td>8</td><td>國君</td><td>皇統。</td></tr>
<tr><td>9</td><td>職員</td><td>八省百官之官名。</td></tr>
<tr><td rowspan="8">卷二</td><td>10</td><td>疆土</td><td>列舉日本之廣狹、國、郡、鄉、驛、戶等數量。</td></tr>
<tr><td>11</td><td>城池</td><td>日本城池之規模及數量。</td></tr>
<tr><td>12</td><td>開津</td><td>兵庫以下之海港數量。</td></tr>
<tr><td>13</td><td>橋樑</td><td></td></tr>
<tr><td>14</td><td>道路</td><td></td></tr>
<tr><td>15</td><td>室宇</td><td>詳述各階層各式各樣之建築物及其材料，另舉與建築相關之詞彙 164 種。</td></tr>
<tr><td>16</td><td>人物</td><td>前段介紹《漢書》、《隋志》、《異域志》、《日本略考》之相關人物。
後段介紹自聖德太子以下 23 人，如柿本人麿、吉備大臣、小野篁等人。</td></tr>
<tr><td>17</td><td>珍寶</td><td>日本的珍貴產物、史書記載日本向中國朝貢之珍貴產物及金、銀章、勘合、華文、銅錢等。</td></tr>
</table>

	18	草木	松以下之草木 356 種。
	19	鳥獸	雞以下 147 種。
	20	器用	神器以下之器具、衣服、刀類計 530 種。
卷三	21	集議	日本中央、地方大事及相關決議。
	22	國法	「十七條憲法」、「御成敗式目」（51 條，1232 年）。
	23	禮樂	介紹《漢書》、《隋志》、《略考》等相關記載及自身所見所聞。
	24	巡禮	聖武天皇之巡幸活動。
	25	綵色	列舉朱以下 40 種顏色。
	26	服飾	詳述日本官民僧俗之男女服飾。
	27	男女	男女之間的習俗。
	28	身體	染齒、理髮等習俗。
	29	冠笄	男女十五歲時首次之冠笄。
	30	婚姻	婚姻、蓄妾、孺婦之相關習俗。
	31	農桑	
	32	紡績	
	33	樵牧	
	34	漁獵	
	35	飲食	記述飲食習慣及 79 種食品。
	36	藥餌	香蘇丸以下藥餌 19 種、鬱憤以下疾病 21 種。
	37	喪祭	送葬、寺社之法會、例祭日。
	38	鬼神	足利學校之文廟、寺社祭祀之神佛。
	39	佛法	佛教東傳日本的歷史、佛寺菩薩以下 71 僧之名。
卷四	40	文教	儒教東傳日本的歷史及其盛行之狀況、足利學校與儒教教育之關係。

	41	書籍	儒佛典籍之東傳，列舉相關書籍 43 種及日本書籍 30 種。
	42	文字	介紹平假名、片假名（以一字音譯漢字配上一字片假名之「華文〔萬葉假名〕倭字」形式，介紹片假名及其字源。此為中國文獻中最早出現的片假名）。
	43	稱呼	列舉敕使以下稱呼詞彙 182 種。
	44	事說	述說「馭夷在得其情，若得其情馭之則易，不得其情徒自擾之，欲得其情先通其說，既通其說漸可以入導之途也」，列舉即位以下 522 種詞彙。
	45	詞章	記載《日本略考》之文詞略、平安中期東大寺禪僧奝然（938-1016）之表文、日本之詩作 24 首。
	46	風土	記述日本之民情、風俗。
卷五	47	寄語	在片假名之下注上音譯漢字，以對譯之形式，列舉 3401 個詞彙。
卷六	48	流航	記述徐福以下之中日漂流民。
	49	海市	記述中日通商之歷史。
	50	流通	記述倭寇略史。
	51	被虜	列舉倭寇俘虜之史實。
	52	征伐	敘述吳之大帝、晉之慕容廆、元之忽必烈等征日未成功之事例。以「功本賤夫，不學軍旅，謬以文告外夷，來歸皆文德之靈」，說明馭倭不應以武力取之，應以文德服之。
卷七	53	奉貢	前段記述歷代正史記載遣使之史實。後段記述鄭舜功本身渡日及中日使節往來情形。

	54	表章	日本使節之表文。
	55	咨文	列舉日本使節之咨文。
	56	勘合	敘述勘合貿易之制度及其經過。
	57	貢期	唐、宋、明之十年一貢及嘉靖之後不定期入貢之事。
	58	貢人	永樂初年訂定入貢人數之後的沿革。
	59	貢物	歷代使節之禮物。
	60	貢船	記述永樂以後的貢船數量。
	61	貢道	記述中日交通路線。
	62	風汎	日本船舶對季風的利用。
	63	水火	渡海必須之飲水及燃料。
	64	使館	寧波之市舶司及日本使節投宿之使館介紹。
	65	市舶	寧波市舶提舉司的制度及其沿革。
	66	賞賜	列舉日本人接受中國歷朝賞賜之事實。
	67	印章	敘述中國贈送日本之三種國王印。
	68	授章	列舉日本人自古以來接受中國朝廷官位賞賜之事實。
卷八	69	評議	論述鄭舜功所持之馭倭之策。
卷九	70	接使	敘述中日使節交換之歷史。
	71	海神	敘述渡海者對於航海安全必須祈求海神之保護。

資料來源：據三ヶ尻《日本一鑑》校訂本整理。

（三）《窮河話海》「寄語」漢日對音詞彙之分類

（筆者於片假名之後加註羅馬拼音，以方便讀者判讀）

1.天文

（1） 星（ホシ，hoshi）=荷世
（2） 風（カゼ，kaze）=佳射
（3） 霞（カスミ，kasumi）=佳自密
（4） 月（ツキ，tsuki）=茲氣
（5） 露（ツユ，tsuyu）=茲右
（6） 雨（アメ，ame）=押蔑
（7） 霧（キリ，kiri）=氣利
（8） 雪（ユキ，yuki）=右氣
（9） 宙（チウ，chiu）=致烏

2.地理

（1） 山（ヤマ，yama）=耀邁
（2） 池（イケ，ichi）=易致（イチ，ike）=易杰
（3） 林（ハヤシ，hayashi）=法耀世
（4） 橋（ハシ，hashi）=法世
（5） 街（チマタ，chimata）=致邁太
（6） 岡（ヲカ，woka）=阿佳
（7） 谿（タニ，tani）=太乄
（8） 田（タ，ta）=太
（9） 園（ソノ，sono）=梭儒（ソキ，soki）=梭氣

（10） 濱（ハマ，hama）=法邁
（11） 波（ナミ，nami）=奈密
（12） 邦（クニ，kuni）=固乂
（13） 峯（ミネ，mine）=密業
（14） 渠（ミゾ，mizo）=密梭（シリ，shiri）=世利
（15） 湖（ミツウミ，mitsuumi）=密茲烏密
（16） 土（ツチ，tsuchi）=茲致
（17） 穴（アナ，ana）=押奈
（18） 坂（サカ，saka）=腮佳
（19） 岸（キリ，kiri）=氣利（キシ，kishi）=氣世
（20） 嶼（シマ，shima）=世邁
（21） 渡（ワタリ，watari）=歪太利
（22） 角（スミ，sumi）=自密
（23） 港（ウラ，ura）=烏剌
（24） 淡（アワラ，awara）=押歪剌

3.時令

（1） 春（ハル，haru）=法路（トシ，toshi）＝大世（トキ，toki）=大氣
（2） 晴（ハルル，haruru）=法路路
（3） 正（ハジメ，hajime）=法世蔑
（4） 初（ハジメ，hajime）=法世蔑
（5） 時（トキ，toki）=大氣（キヨリ，kiyori）=氣欲利
（6） 候（トキ，toki）=大氣（ウカ〔ガ〕ウ，uka〔ga〕u）

=鳥佳鳥

（7） 刻（トキ，toki）=大氣（キザム，kizamu）=氣肥慕

（8） 節（トキ，toki）=大氣

（9） 歳（トシ，toshi）=大世

（10） 載（トシ，toshi）=大世

（11） 記（トシ，toshi）=大世

（12） 祀（トシ，toshi）=大世（トモ，tomo）=大目

（13） 稔（トシ，toshi）=大世（シニ，shini）=世乄（ニシカ，nishika）=乄世佳（ニタカ，nitaka）=乄太佳

4.人物

（1） 君（キミ，kimi）=氣密

（2） 王（ミカド，mikado）=密佳大

（3） 皇（キミ，kimi）=氣密

（4） 師（シ，shi）=世

（5） 男（ヲトコ，wotoko）=阿大課

（6） 甥（ヲイ，woi）=阿易

（7） 姑（ヲバ，woba）=阿法

（8） 誰（タレカ，tareka）=太列佳

（9） 妹（イモウト，imouto）=易目鳥大

（10） 母（ハハ，haha）=法法

（11） 友（トモ，tomo）=大目

（12） 伴（トモ，tomo）=大目

（13） 父（チチ，chichi）=致致

（14）伯（ヲヂ，wodi）=阿致
（15）弟（ヲトト，wototo）=阿大大
（16）朕（ワレ，ware）=歪列
（17）壻（ムコ，muko）=慕課
（18）婦（メヨメ，meyome）=蔑欲蔑
（19）妾（メ，me）=蔑

5.宮室

（1） 宮（ミヤ，miya）=密耀（ミヤコ，miyako）=密耀課
（2） 簷（ノキ，noki）=懦氣
（3） 廚（クリヤ，kuriya）=固利耀
（4） 甍（イラカ，iraka）=易剌佳
（5） 陛（ハシ，hashi）=法世
（6） 屋（ヤ，ya）=耀（イヘ，ihe）=易穴（イエ，ie）易耶
（7） 宇（ヤ，ya）=耀
（8） 架（マド，mado）=邁大
（9） 牖（マド，mado）=邁大

6.器用

（1） 車（クルマ，kuruma）=固路邁
（2） 旗（ハタ，hata）=法太
（3） 箱（ハコ，hako）=法課
（4） 旌（ハタ，hata）=法太
（5） 帆（ホ，ho）=荷
（6） 筒（ツツ，tsutsu）=玆玆

（7） 鍋（ナベ，nabe）=奈穴

（8） 梯（ハシ，hashi）=法世（カケハシ，kakehashi）=佳杰法世

（9） 繩（ナワ，naha）=奈法

（10） 鍫（クワ，kuwa）=固歪

（11） 舡（フネ，fune）=付業

（12） 碁（ゴ，go）=課

（13） 弓（ユミ，yumi）=石密

（14） 柴（シバ，shiba）=世法

（15） 簑（ミノ，mino）=密懦

（16） 釘（クギ，kugi）=固氣

（17） 槌（ツチ，tsuchi）=茲致

（18） 棺（クワニ，kuwani）=固歪乄

（19） 袋（フクロ，fukuro）=付固六

（20） 炭（スミ，sumi）=自密

（21） 硯（スズリ，suzuri）=自自利

（22） 鉢（ハチ，hachi）=法致

（23） 碗（ワニ〔ン〕，wani〔n〕）=歪乄

（24） 畫（エ，e）=耶

（25） 繪（エ，e）=耶

7.鳥獸

（1） 蜂（ハチ，hachi）=法致

（2） 蠅（ハエ，hae）=法課（ハイ，hai）=法易

（3） 禽（トリ，tori）=大利（カリ，kari）=佳利
（4） 蚊（カ，ka）=佳
（5） 蝸（カタツブリ，katatsuburi）=佳太茲付利
（6） 鳧（カモ，kamo）=佳目
（7） 鼇（カメ，kame）=佳蔑
（8） 鷹（タカ，taka）=太佳
（9） 鯛（タイ，tai）=大（太）易
（10） 鮹（タコ，tako）=太課
（11） 鶯（ウカ〔グ〕イス，uka〔gu〕isu）=烏佳易自
（12） 鶉（ウズラ，uzura）=烏自剌
（13） 猪（イノシシ，inoshishi）=易懦世世
（14） 豚（イノコ，inoko）=易懦課
（15） 熊（クマ，kuma）=固邁
（16） 猴（サル，saru）=腮路
（17） 蟬（セミ，semi）=射密
（18） 鰍（メダカ，medaka）=蔑太佳
（19） 蝦（エビ，ebi）=耶沸
（20） 鮭（サケ，sake）=腮杰
（21） 鱒（マス，masu）=邁自
（22） 鯛（タイ，tai）=大（太）易
（23） 鰒（ハマチ，hamachi）=法邁致
（24） 鮨（スシ，sushi）=自世
（25） 鶚（ワシ，washi）=歪世
（26） 蠣（カキ，kaki）=佳氣

（27）卵（カイコ，kaiko）=佳易課
（28）鯉（コイ，koi）=課易
（29）畜（ケダモノ，kedamono）=杰太目儒
（30）蟻（アリ，ari）=押利
（31）雀（スズメ，suzume）=自自蔑
（32）鸇（タカ，taka）=太佳

8.花木

（1） 桃（モモ，momo）=目目
（2） 花（ハナ，hana）=法奈
（3） 蓮（ハチス，hachisu）=法致自（ハス，hasu）=法自
（4） 茄（ハチス，hachisu）=法致自（ナスヒ，nasuhi）=奈自沸
（5） 茶（チヤ，chiya）=致耀
（6） 柑（カンジ，kanji）=佳乄世（カワツ，kawatsu）=佳歪茲
（7） 苗（ナエ，nae）=奈耶
（8） 梨（ナシ，nashi）=奈世
（9） 枝（エダ，eda）=耶太
（10）松（マツ，matsu）=邁茲
（11）蘆（アシ，ashi）=押世
（12）櫻（サクラ，sakura）=腮固剌
（13）芝（シバ，shiba）=世法（シ，shi）=世
（14）薯（ヤマノイモ，yamanoimo）=耀邁儒易目

（15） 菱（ヒシ，hishi）=沸世

（16） 薄（ススキ，susuki）=自自氣

（17） 李（スモモ，sumomo）=自目目（スシシ，sushishi）=自世世

（18） 葉（ハ，ha）=法

（19） 竹（タケ，take）=太杰

（20） 稲（イヨ〔ネ〕，iyo〔ne〕）=易欲

（21） 栗（クリ，kuri）=固利

（22） 檜（ヒノキ，hinoki）=沸懦氣（スギ，sugi）=自氣

（23） 橘（キン，kin）=氣乂（ト（タ）チバナ，to（ta）chibana）=大致法奈

9.身體

（1） 身（ミ，mi）=密（シニ〔ン〕，shini〔n〕）=世乂

（2） 皮（カワ，kawa）=佳歪

（3） 容（カタチ，katachi）=佳太致

（4） 形（カタチ，katachi）=佳太致（スガタ，sugata）=自佳太

（5） 眉（マコ〔ユ〕，mako〔yu〕）=邁課（マエ〔ユ〕，mae〔yu〕）=邁耶

（6） 毛（ケ，ke）=杰

（7） 腰（コシ，koshi）=課世

（8） 鬚（ヒゲ，hige）=沸杰

（9） 尻（シリ，shiri）=世利

（10） 臀（シリ，shii）=世利
（11） 睛（ヒトミ，hitomi）=沸大密
（12） 脇（ワキ，waki）=歪氣
（13） 髮（カミ，kami）=佳密（ロ，ro）=六
（14） 淚（ナニダ，nanida）=奈㐅太
（15） 意（ココロ，kokoro）=課課六
（16） 趾（アシ，ashi）=押世
（17） 膽（キモ，kimo）=氣目
（18） 股（モモ，momo）=目目
（19） 背（セナカ，senaka）=射奈佳（ソムク，somuku）=梭慕固
（20） 耳（ミミ，mimi）=密密
（21） 鼻（ハナ，hana）=法奈
（22） 指（ユビ，yubi）=右沸
（23） 爪（ツメ，tsume）=茲蔑
（24） 汗（アセ，ase）=押射
（25） 翅（ツバサ，tsubasa）=茲法腮

10.衣服

（1） 冠（カンムリ，kanmuri）=佳㐅慕利（カムリ，kanmuri）=佳慕利
（2） 衣（コロモ，koromo）=課六目
（3） 綾（アヤ，aya）=押耀
（4） 袖（ソデ，sode）=梭迭

（5） 屨（クツ，kutsu）=固茲
（6） 領（クビ，kubi）=固沸
（7） 絹（キヌ，kinu）=氣怒

11.珍寶

（1） 金（コガネ，kogane）=課佳業
（2） 財（タカラ，takara）=太佳利（刺）
（3） 珠（タマ，tama）=太邁
（4） 錢（セニ〔ン〕，seni〔n〕）=射㐅
（5） 銀（シロガネ，shirogane）=世六佳業
（6） 貝（カイ，kai）=佳易
（7） 寶（タカラ，takara）=太佳剌

12.飲食

（1） 糠（ヌカ，nuka）=怒佳
（2） 糜（カユ，kayu）=佳右
（3） 呑（ノム，nomu）=儒慕
（4） 油（アブラ，abura）=押付剌
（5） 餹（アメ，ame）=押蔑
（6） 飴（アメ，ame）=押蔑
（7） 湯（ユ，yu）=右
（8） 鹽（シヲ，shiwo）=世阿
（9） 糊（ノリ，nori）=儒利
（10） 酒（サケ，sake）=腮杰
（11） 飯（イ，i）=易

（12） 米（コメ，kome）=課蔑
（13） 粥（カニ〔ユ〕，kani〔yu〕）=佳㐅
（14） 飼（カウ，kau）=佳烏
（15） 飽（アク，aku）=押固
（16） 麵（メン，men）=蔑㐅
（17） 汁（シル，shiru）=世路
（18） 鮓（スシ，sushi）=自世
（19） 餌（エド，edo）=耶大

13.文史

（1） 文（フミ，fumi）=付密
（2） 書（フミ，fumi）=付密（シリ〔ル〕ス，shiri〔ru〕su）=世利自
（3） 銘（メイ，mei）=蔑易
（4） 律（リウ〔ツ〕，riu〔tsu〕）=利烏
（5） 卷（マク，maku）=邁固
（6） 簡（フダ，fuda）=付太
（7） 札（フダ，fuda）=付太
（8） 檄（フダ，fuda）=付太
（9） 集（アツマル，atsumaru）=押茲邁路
（10） 引（クビ，kubi）=固沸

14.聲色

（1） 誇（ホコル，hokoru）=荷課路
（2） 呼（ヨブ，yobu）=欲付

（3） 啼，呱，啾，鳴（ナク，naku）=奈固
（4） 歌（ウタ，uta）=烏太
（5） 音（コエ，koe）=課耶
（6） 彩（イロ，iro）=易六
（7） 議（ハカル，hakaru）=法佳路
（8） 讀（ヨム，yomu）=欲慕
（9） 話（モノガト〔タ〕リ，monogato〔ta〕ri）=目懦佳大利
（10） 唯（タダ，tada）=太太

15.干支

（1） 寅（トラ，tora）=大剌
（2） 辰（タツ，tatsu）=太茲
（3） 申（サル，saru）=腮路
（4） 子（ネズミ，nezumi）=業自密
（5） 未（ヒツジ，hitsuji）=沸茲世
（6） 酉（トリ，tori）=大利
（7） 亥（イノシシ，inoshishi）=易懦世世

16.卦名

（1） 乾（イヌイカワクヒル，inuikawakuhiru）＝易怒易佳歪固沸路
（2） 坤（ヒツジサル，hitujisaru）＝沸茲世腮路

17.數目

（1） 三（ミ，mi）=密
（2） 五（イツツ，itsutsu）=易茲茲
（3） 十（ト，to）=大
（4） 四（ヨツ，yotsu）=欲茲
（5） 七（ナナツ，nanatsu）=奈奈茲
（6） 八（ヤツ，yatsu）=耀茲
（7） 九（ココノツ，kokonotsu）=課課奈茲

18.通用

（1） 卑（イヤシ，iyatsi）=易耀世
（2） 傷（イタム，itamu）=易太慕
（3） 痊（イエ，ie）=易耶
（4） 量，圖，謀（ハカル，hakaru）=法佳路
（5） 推（ヲス，wosu）=阿自
（6） 游（ヲヨグ，woyogu）=阿欲固
（7） 宜（ヨロシ，yoroshi）=欲六世（クラシ，kurashi）=固剌世（ウツル，utsuru）=烏茲路
（8） 嘉，佳，能（ヨシ，yoshi）=欲世
（9） 良（ヨシ，yoshi）=欲世
（10） 仍，因，由（ヨル，yoru）=欲路
（11） 其，夫（ソレ，sore）=梭列
（12） 衝，撞（ツク，chuku）=茲固
（13） 希（ネガウ，negau）=業佳烏

（14）中（ナカ，naka）=奈佳（ウチ，uchi）=烏致
（15）無（ナシ，nashi）=奈世
（16）何（ナンゾ，nanzo）=奈メ梭
（17）生（ナル，naru）=奈路
（18）高（タカシ，takashi）=太佳世
（19）多（ヲヲシ，wowoshi）=阿阿世
（20）名（ナ，na）=奈
（21）猶（ナヲ，nawo）=奈阿
（22）窺（ウカガウ，ukagau）=烏佳佳烏
（23）騎（ノル，noru）=懦路
（24）儀（ノリ，nori）=懦利
（25）規（ノリ，nori）=懦利
（26）登（ノボル，noboru）=懦何路
（27）燒（ヤク，yaku）=耀固
（28）間（アカ〔イ〕ダ，aka〔i〕da）=押佳太
（29）餘（アマル，amaru）=押邁路
（30）揚（アガル，agaru）=押佳路
（31）皆（ミナ，mina）=密奈
（32）令（セシム，seshimu）=射世慕
（33）求（モトム，motomu）=目大慕
（34）夾（ハサム，hasamu）=法腮慕
（35）可（ベシ，beshi）=穴世
（36）解（トク，toku）=大固
（37）代（カワル，kawaru）=佳歪路

（38） 替（カワル，kawaru）=佳歪路

（39） 算（カゾウ，kazou）=佳梭烏（サン，san）=腮ㄨ

（40） 勝（カツ，kashu）=佳茲

六、結語

《日本一鑑》是一部十六世紀中國人認識日本的龐大資料集成，其領域包羅萬象，真實性非一朝一夕即可解讀完成，更非單篇論文可以研究透徹，語言、文獻分析是思想史上「觀念」研究工作不可或缺的一環，本文探討日本、大陸、臺灣現存《日本一鑑》各版本，在文獻學之價值所在，並針對《日本一鑑》收錄的漢日對意（熟語）詞彙、漢日對音詞彙，解析鄭舜功汲取室町時代日本社會的相資訊之深層關係，同時指出語言轉換與中日交流在東亞思想傳播領域之重要性。

雖說《日本一鑑》記載的內容為明朝之前最具可信度的日本研究文獻，但要了解鄭舜功記載室町幕府的日本社會知識之真實性有多少，卻是一項大工程，必須分門別類再作深入探討。

從鄭舜功的詞彙轉換仍有不少錯誤的角度來看，他對當時日本社會之風俗民情，未知的比例仍然不少，因此，《日本一鑑》的缺點也不少。主要問題在於鄭舜功居留偏處九州地方，對全方位的日本認知，難免以偏蓋全，多以臆測的方式寫下他印象中的日本知識，對收集的日本資料欠缺考證，科學性不足所致。

另一方面，對接受日本的「和音漢語」新文化、新語言之明代朝野人士來說，這是了解同時代日本民族之文明進化內涵的新契機。因此鄭舜功在推動東亞文明的語言傳播上，有其相當的貢獻。

就鄭舜功的立場而言，他將上述的寄（東方）語，以漢字注音的方式，輸入明朝，是一種異文化移植的現象，他扮演了中日語言轉換的功能者角色。筆者細讀上述中日對音詞彙後，歸納如下幾點特徵：

（一）未能清楚將名詞與動詞作區分。例如：眠（ネムル，nemuru）、嬉（タノシム，tanoshimu）、勤（ツトム，tutomu）皆為動詞而非名詞。

（二）語彙有重複錯讀者。例如：「寄語」12 飲食「粥」的讀音應為カユ＝kayu，但先錯讀為カニ＝kani，再錯讀為カン＝kan，顯見鄭舜功對ユ（yu）、ニ（ni）、ン（n）等三種音未能清楚判讀，此種現象散見於其他相關詞彙。

（三）以下漢字音譯部分以閩南音發音較接近片假名的發音。

ア＝押，ケ＝杰，コ＝課，サ＝腮，セ＝射，ト＝大，ネ＝業，ミ＝密

メ＝蔑，ユ＝右，ヨ＝欲，ロ＝六，レ＝列，シ、ジ＝世，ス、ズ＝自

ハ、バ＝法，ヘ、ベ＝穴。

此種閩南音發音＝片假名發音的現象，可從反向思考，亦即鄭舜功曾將安徽及閩南兩地方音傳入日本社會，至於其影響層面為何？即是今後必須深入探討的課題。此外，針對《日本一鑑》輯錄的「漢日對意詞彙」、「漢日對音詞彙」之音系及日語聲調與漢語聲調之間的對應關係，將另文分析探討。

禮、禮制與禮學

——殷周之禮的演變序列

彭　林[*]

毋庸置疑，「禮」是儒家思想中最為核心的概念之一。同樣毋庸置疑的是，「禮」又是當今學者理解最為含混的概念之一。孔子說：「殷因於夏禮，所損益可知也；周因於殷禮，所損益可知也。」[1]迄今為止，學界對這段名言的解讀導致了兩種結果，一是將三代之禮理解為只有量變、沒有質變，其本質一以貫之；二是不恰當地將禮的年代向新石器時代延伸，以至只要見到不同等級的墓葬、宮殿基址，就指為禮制建築。

但是，三代的社會性質迥然有別，無論是夏、殷之與周，或是春秋之與戰國，社會變革之劇烈，有如《詩・小雅・十月之交》所說，乃是「高岸為谷，深谷為陵」。在如此動蕩的背景之下，若是「禮」的內涵一成不變，那真是匪夷所思了。

錢賓四先生（穆，1895-1990）有言：「在西方語言中沒有『禮』的同義詞。它是整個中國人世界裡一切習俗行為的準則，標誌著中國的特殊性。」[2]其說至確。若將禮與等級畫等

---

* 現任清華大學（北京）歷史系教授。

1 《論語・為政》。

2 鄧爾麟：《錢穆與七房橋世界》（北京：社會科學文獻出版社，1995 年），頁 7。

號，則禮就成為全世界共有之現象，恐礙難通達。

本文將殷周兩代綿延千餘年的「禮」劃分成三個階段，並試圖指出每一階段的特質，以此就教於達雅君子。夏代史跡邈遠，除《史記．夏本紀》之外，缺乏詳明的史料，故關於夏禮的討論暫時擱置。

一、殷商——器以藏禮的時期

「禮」的初文作「豊」，已見於卜辭。《說文》：「豊，行禮之器也。從豆，象形。」王靜安先生（國維，1877-1927）認為「其說古矣」，並指出卜辭豊字，「象二玉在器之形，古者行禮以玉」，此字「從玨在凵中，從豆，乃會意字，而非象形字也。」[3]至確。

《禮記．表記》說：「殷人尊神，率民以事神，先鬼而後禮。」殷人的祭祀對象極為廣泛，陳夢家先生按照《周禮．大宗伯》的分類，將殷人之所祭之神分為天神、地示、人鬼三類，每類之下，受祭者頗為繁多，如天神之下即有上帝、日、東母、西母、雲、風、雨、雪等，[4]此不贅舉。

殷人祭祀，祭品以牲、醴為主。牲包括牛羊豕等畜牲，以及身份可能是戰俘的人牲。用牲的數量很大，如祭先公上甲用「五十牛」（《庫》1501），合祭唐、大甲、大丁、祖乙用「百

---

[3] 王國維：〈釋禮〉，《觀堂集林》（石家莊：河北教育出版社，2001 年），卷 6。王靜安先生的解釋，學界有不同意見，筆者以為諸說尚無優於王說者。

[4] 陳夢家：《殷虛卜辭綜述》（北京：中華書局，1988 年），頁 562。

羌百牢」（《佚》873），有一次祭祀用「五百牛」（《庫》181），數量最多的一次竟達「千牛千人」（《合》1027 正）。祭祀用的香酒稱為鬯，盛於卣。通常一次祭祀用三卣、五卣、六卣、十卣。多者，如武乙祭其父康丁用「五十鬯」（《合》32686），武丁卜辭也有用「百鬯百牛」（《合》32044）的記載。

殷人祭祀的名目有數十種之多，儀式也相當繁複。商後期的「周祭」，包含肜、羽、祭、祼、劦等五種祭法，一個祀周需要三十六旬或者三十七旬，平均長度約當於一年。而周祭之外，還有諸多其他的祭祀，如此，商王與貴族日常事務主要沉溺於祭祀之中，如何有足夠的時間處理民生國計？

禮的要素，包括禮法、禮器、禮義等幾項。殷代的禮法已經相當細密，禮器的種類和精美的程度似已無以復加。但是必須看到，殷人崇尚鬼神，其禮儀主要是通過禮器與牲酒來表達對鬼神的敬意，而作為中華禮儀核心的人文精神尚未形成。鄙見，祭祀的名目越是繁多，用牲的數量越是龐大，則表明神明佔據的空間越大；而神明佔據的空間越大，則表明人文精神的空間越小，其原始性越強。因此，殷商尚屬於「器以藏禮」的時代，並未形成嚴格意義上的禮。

二、西周——則以觀德的時期

相傳周公「制禮作樂」，創建了有周一代的典章制度。周公之典，書闕有間，文獻語焉不詳。王靜安先生認為，「周人制度之大異於商」，而「周之所以綱紀天下」者有三條：「一曰立子立嫡之制，由是而生宗法及喪服之制，並由是而有封建子弟之制、君天子臣諸侯之制；二曰廟數之制，三曰同姓不婚之制。」是為周人最重要的制度。

周人的其他制度，可以從時代較晚的《國語》、《左傳》、《禮記・王制》等文獻中尋覓。雖說所記多為侯國之制，但春秋亂世，列國沒有精力另創新制，所行者大多是本於周制，這方面例證很多。晉侯使隨會聘於周，周定王與范武子談及禘郊、宴饗等禮儀，「武子遂不敢對而退，歸乃講聚三代之典禮，於是乎修執秩以為晉法」。[5]韓宣子、叔向護送晉女前往楚國。楚王牽於此前恩怨，擬以韓起為司閽、叔向為司宮，以此羞辱晉國。薳啓彊反對說：「聖王務行禮，不求恥人。朝聘有珪，享眺有璋，小有述職，大有巡功。設機而不倚，爵盈而不飲；宴有好貨，飧有陪鼎，入有郊勞，出有贈賄，禮之至也。國家之敗，失之道也，則禍亂興。」[6]

由《左傳》可知，春秋時期的盟會、享祭、告廟、婚姻、事大等等，都有比較固定的儀式，故《左傳》每每有明言是「先君之禮」、「古之制」：

> 春，公將如棠觀魚者。臧僖伯諫曰：「凡物不足以講大事，其材不足以備器用，則君不舉焉。君，將納民於軌、物者也。故講事以度軌量謂之軌，取材以章物采謂之物。不軌不物，謂之亂政。亂政亟行，所以敗也。故春蒐、夏苗、秋獮、冬狩，皆於農隙以講事也。三年而治

---

5 《國語・周語中》。

6 《左傳・昭公五年》。

兵，入而振旅。歸而飲至，以數軍實。昭文章，明貴賤，辨等列，順少長，習威儀也。鳥獸之肉不登於俎，皮革、齒牙、骨角、毛羽不登於器，則公不射，古之制也。」（《左傳·隱公五年》）

夏，曹伯來朝，禮也。諸侯五年再相朝，以修王命，古之制也。（《左傳·文公十五年》）

先君周公制周禮曰：「則以觀德，德以處事，事以度功，功以食民。」作誓命曰：「毀則為賊，掩賊為藏。竊賄為盜，盜器為姦。主藏之名，賴姦之用，為大凶德，有常無赦。在《九刑》不忘。」（《左傳·文公十八年》）

先君之禮，藉之以樂。（《左傳·襄公四年》）

周禮盡在魯矣，吾乃今知周公之德與周之所以王也。（《左傳·昭公二年》）

君子不犯非禮，小人不犯不祥，古之制也。（《左傳·昭公三年》）

是故明王之制，使諸侯歲聘以志業，間朝以講禮，再朝而會以示威，再會而盟以顯昭明。志業於好，講禮於等，示威於眾，昭明於神。自古以來，未之或失也。存亡之道，恒由是興。（《左傳·昭公十三年》）

昔先王之命曰：「王后無適，則擇立長。年鈞以德，德鈞以卜。」王不立愛，公卿無私，古之制也。（《左傳·昭公二十六年》）

可見，列國之制往往有周禮的影子在。

周因於殷禮，但絕非簡單地移用其禮儀形式，而能於其中巧妙地植入人文精神。例如，周人對殷人祭祀制度的改革，不僅相當之徹底，而且頗具人文內涵：

首先，創建廟數之制。殷人祭祖沒有廟數限制，從先公上甲到時王之父，一概立廟致祭。假若殷室百世不亡，則廟數必然溢出百數，祀周之長度或可增至兩年、三年。如此，則殷王與貴族無日不與祭，所需供品數量鉅大，必然靡費牛馬、糧食等財富，負擔之沉重，殷室何以堪？社會何以堪？

有鑒於此，周人首先嚴格限定廟數：「天子七廟，三昭三穆，與太祖之廟而七。諸侯五廟，二昭二穆，與太祖之廟而五。大夫三廟，一昭一穆，與太祖之廟而三。士一廟。」[7]天子七廟，除始祖廟之外，還包括文世室與武世室，所以受祭者僅僅為高、曾、祖、禰四代，實際與諸侯廟數相同。凡超過此限的廟主必須遷出，只有在宗廟合祭時才受享。由此，既保全了自始祖而下的血親體系，又控制住了受祭者的範圍，使人力、財力的靡費得到有效控制。

其次，減少祭祀種類和次數。祭祀若過於頻繁，勢必令主祭者厭煩：「祭不欲數，數則煩，煩則不敬。」而祭祀次數過於稀疏，也會使主祭者怠惰不敬：「祭不欲疏，疏則怠，怠則忘。」[8]為此，周人首創「禴、祠、烝、嘗」[9]四時常祭之制度，惟有季節轉換之際才致祭，藉此提高祭祀品質。

---

7 《禮記．王制》。

8 《禮記．祭義》。

9 《詩．小雅．天保》。

第三，限制祭品數量。殷人祭祀，以多為勝。周人則巧妙地加以限制，雖不反對「以多為貴」的傳統習慣，但明確表示並非越多越好，如廟數最多不得超過「七」，豆數最多不得超過二十六，介數最多不得超過七，席數最多不得超過五。周人還提出「以少為貴」的理念，如「天子無介；祭天特牲；天子適諸侯，諸侯膳以犢」，天子與諸侯、臣子相見，中間不需介傳話；天子南郊祭天，為最重大的典禮，而供品為「特牲」（一頭小牛）。[10]可謂大膽而精巧，足見人文精神已成為主流意識。

《左傳》記載許多政治家論禮的言論，幾乎都將禮與德、仁、義、忠、信等相聯繫，甚至視為「天經」、「地義」的同義詞，治國的大經大法，不可須臾或離，如：

> 申叔時曰：「德、刑、詳、義、禮、信，戰之器也。德以施惠，刑以正邪，詳以事神，義以建利，禮以順時，信以守物。」（《左傳・成公十六年》）
>
> 申叔時曰：「信以守禮，禮以庇身，信、禮之亡，欲免，得乎？」（《左傳・成公十五年》）
>
> 趙衰曰：「說《禮》、《樂》而敦《詩》、《書》。《詩》、《書》，義之府也；《禮》、《樂》，德之則也；德、義，利之本也。」（《左傳・僖公二十七年》）
>
> 叔向曰：「會朝，禮之經也；禮，政之輿也；政，身之守也。怠禮，失政；失政，不立，是以亂也。」（《左傳・襄公二十一年》）

---

10 參《禮記・禮器》。

> 叔向曰：「忠信，禮之器也；卑讓，禮之宗也。」（《左傳．昭公二年》）
>
> 叔向曰：「慎吾威儀；守之以信，行之以禮；敬始而思終，終無不復。」（《左傳．昭公五年》）
>
> 叔向曰：「禮，王之大經也。」（《左傳．昭公十五年》）
>
> 孟獻子曰：「禮，身之幹也；敬，身之基也。」（《左傳．成公十三年》）
>
> 劉康公曰：「君子勤禮，小人盡力。勤禮莫如致敬，盡力莫如敦篤。敬在養神，篤在守業。國之大事，在祀與戎。祀有執膰，戎有受脤，神之大節也。」（《左傳．成公十三年》）
>
> 孟僖子曰：「禮，人之幹也。無禮，無以立。」（《左傳．昭公七年》）
>
> 子大叔曰：「夫禮，天之經也，地之義也，民之行也。」（《左傳．昭公二十五年》）

周代制度看似繁複，實際其內部有一以貫之的精神，那就是道德理念。所有的禮制，或者說是典則、儀則，都必須反映道德精神，都必須按照道德要求來制定。因此，政治家也都將禮作為道德判據來臧否現行制度，《左傳》一書之中，「禮也」、「非禮也」為鑒定典制是否合理最經典的判詞。王靜安先生在〈殷周制度論〉中說：「殷周之興亡，乃有德與無德之興亡。」周公用以綱紀天下的宗旨，乃是「納上下於道德，而合天子、諸侯、卿大夫、士、庶民以成一道德之團體，周公制作之本意，實在於此」;「周之制度、典禮,實皆為道德而設。」靜安先生此言,堪稱是對西周禮制特點最為精闢的總結。所以,我們將西周與春秋稱之為「則以觀德」的時期。

三、春秋、戰國之際——緣情制禮的時期

春秋之季,王綱解紐,禮崩樂壞,群雄爭霸,陪臣執國命。孔子周遊列國,栖栖惶惶,希冀說服諸侯回到西周的道德禮制上,卻是無功而返。為利欲衝擊和驅使,人們的精神世界已走向渙散、無序的境地,一切都失去規範。嚴峻的現實,使孔門弟子陷入長考:周公創立的禮樂文化如何捍衛?推動社會健康發展的精神力量究竟何在?

七十子論禮的文章萃集於《禮記》一書,但《禮記》的年代歷來受到懷疑,學者多認為《禮記》出於漢儒之手,故不敢據以說七十子思想。1995 年湖北荊門郭店 1 號楚墓出土一批儒家文獻,其中有《禮記・緇衣》篇的完帙,表明〈緇衣〉確實是先秦時代的作品。而「性自命出」文字與〈中庸〉多有契合之處,可見沈約〈中庸〉出於《子思子》之說大致可信。由於西漢發現《禮記》時共有百三十一篇,故其餘各篇的年代也應與〈緇衣〉、〈中庸〉一致。又據學者研究,〈性自命出〉、〈成之聞之〉、〈尊德義〉、〈六德〉、〈語叢〉等篇屬於子思學派的佚文。因而如今完全可以據此研究子思學派的學術思想。

子思學派最大的理論貢獻，乃是提出「禮作於情」[11]的理論，並創立心性學說。大凡一位賢哲或者某一學派在提出其治國理論之時，首先要找出其理論與民眾自身特點的交集。這一交集越是準確，其理論的針對性就越強，就越能廣泛推行。「道不遠人，人之為道而遠人，不可以為道」。[12]為了尋求普世之「道」，他們從總結先代賢聖治世治民的成功經驗出發，提出萬物「莫不有道」的觀點：

> 禹以人道治其民，桀以人道亂其民。桀不易禹民而後亂之，湯不易桀民而後治之。聖人之治民，民之道也。禹之行水，水之道也。造父之御馬，馬之道也。后稷之藝地，地之道也。莫不有道焉，人道為近。[13]

同樣的民眾，禹、湯能治，而桀、紂亂之，其原因是所執之道不同。禹行水、造父御馬、后稷之藝地所遵奉的道，即水之性、馬之性、地之性，是萬物自身的客觀規律，是自然賦予之最本質的特性。人之道就是人之性，是與生俱來、不教而能的自然屬性，〈語叢一〉說：「凡有血氣者，皆有喜有怒，有慎有□。」〈性自命出〉云：「性自命出，命自天降。」有其天然合理性；又說：「四海之內，其性一也。」人性是人類最普遍的特徵，故當推己及人，「己所不欲，勿施於人」，[14]「己欲立而立人，

---

[11] 《郭店楚墓竹簡・性自命出》。

[12] 〈中庸〉。

[13] 《郭店楚墓竹簡・尊德義》。

[14] 《論語・顏淵》。

己欲達而達人」。[15]何謂人性？〈性自命出〉說：「喜怒哀悲之氣，性也。」《大戴禮記・文王官人》說：「民有五性，喜怒欲懼憂也。」人是富於情感的動物，不惜以生命去追求情感，任何動物都無法與之相比。

因此，尊重人性為執政者的第一要務，否則就無法得到成功：「〔不〕由其道，雖堯求之弗得也。」[16]「上不以其道，民之從之也難。」[17]民性猶水性、馬性、地性，不可違逆。〈尊德義〉說「民可導也，而不可強也」，「可導」與「不可強」的都是指人性。

〈中庸〉云：「天命之謂性，率性之謂道。」「率」，鄭玄釋「循」，至確。此說與〈性自命出〉所論正相吻合，遵循常人之性去治民，則庶幾乎近於道。相關的論述在大小戴《禮記》中非常之多，如《禮記・大傳》云：「聖人南面而治天下，必自人道始矣。」《大戴禮記・禮三本》云：「禮有三本，天地者，性之本也。」《禮記・祭義》云：「是故君子合諸天道。」《大戴禮記・子張問入官》云：「故君子蒞民，不可以不知民之性，達諸民之情，既知其以生有習，然後民特從命也。」《禮記・禮運》云：「故禮義也者，……所以達天道、順人情之大寶也。」將郭店簡與大小戴《禮記》參閱就不難發現，七十子對性與天道的討論何等熱烈！

---

15 《論語・雍也》。

16 《郭店楚墓竹簡・六德》。

17 《郭店楚墓竹簡・成之聞之》。

子思學派提出「性」與「情」、「心」與「志」兩組概念，並進行深入探討。人們流露於外的「喜怒哀悲」叫「情」，人輸出「情」的功能稱為「性」。性只有一，而情可以有百，性為情之母，所以說是「情生於性」。[18]性又是情的棲身之齋，平時深藏於內，無法窺見。〈性自命出〉精闢地論述了性與情的關係：

首先，人情有喜怒哀樂的不同，是因為人性有好惡。沒有外物影響，情不會自發地外露，性也不會由一而散而為萬殊。所以說「好惡，性也。所好所惡，物也」，「喜怒哀悲之氣，性也。及其見（現）於外，則物取之也」。

其次，在性與情之間，引入「心」的概念：「金石之有聲，□□□□□雖有性，心弗取不出。」作者將性情與金石發聲相比況，但又加以區別。金石被敲擊後發聲，是一種直接的、單向的反射。人性對外界的反應，則呈現出曲折的、多向反射的樣態。其原因是人有心而金石無心。人是具有高級思維的生命體，有一個名之為「心」的思維器官，「心之官則思」。[19]在人體與外物接觸時，作為主宰者的心，從不缺席，並會指揮性情的轉換。

如同人性有性與情兩種形態，心也有內隱與外顯兩種狀態，可分別稱之為「心」與「志」。〈性自命出〉云：「凡心有志也。」心是人對外物刺激作出判斷的一種功能，志是心判斷

---

18 《郭店楚墓竹簡・語叢一》。

19 《孟子・告子上》。

外物後所呈現的走向。朱熹（1130-1200）解釋說：「志者，心之所之之謂。」其說最為精到。志不能獨立存在，「猶口之不可獨言」，心志關係與性情關係相似。

性情的轉換，之所以會呈現出多向的曲折反射的樣態，是由於人心走向的不確定性，所以〈性自命出〉說：「凡人雖有性，心亡奠志。」明明是惡言惡行，有人會作出積極回應；相反，明明是善言善行，有人卻加以排斥。可見，人對外物的反應未必都正確。

心為萬慮之總，主導著對萬物的評判，「權，然後知輕重；度，然後知長短；物皆然，心為甚。」也就是說，心對外物的感知與認同，主導著情的走向。心之所之，決定情之所出。志的一走錯，則一切皆錯，遑論成為有德君子？君子成德，人性向德性的轉移，都離不開志的作用，所以說「德弗志不成」。

在長期的實踐中，人心反覆體驗、回應外物的各種刺激，再加以評估和歸納，逐步形成為某些心理定式，子思學派將這一過程描述為：「凡人雖有性，心無定志，待物而後作，待悅而後行，待習而後定。」[20]心志要在外物作用之後才會「作」；對外物的刺激感到「悅」，「快於己者之謂悅」，心志才會起而行之。這一從「悅」到「行」的過程，經過多次的「習」（不斷重覆），就會「定」，即形成對該事物的心理定式，並成為今後心志判斷外物的先驗。儒家重教育，正是基於心性論方面的認識：

---

20 《郭店楚墓竹簡．成之聞之》。

> 四海之內，其性一也。其用心各異，教使然也。[21]
>
> 作禮樂，制刑法，教此民爾，使之有向也。[22]
>
> 士有志於君子道，謂之志士。[23]

儒者的責任就是因性明教，使人的心志有正確的「向」。孔子以《詩》為教，深意何在？《史記・孔子世家》:「古者，《詩》三千餘篇，及至孔子，去其重，取可施於禮義。」則孔子刪《詩》，是要體現禮義。那麼，去取的原則又是什麼？《論語・為政》說:「《詩》三百，一言以蔽之，曰『思無邪』。」選《詩》的宗旨，是要防止人情辟邪。《論語・八佾》引孔子云:「〈關雎〉樂而不淫，哀而不傷。」朱熹《集注》:「淫者，樂之過而失其正者也。傷者，哀之過而害於和者也。……有以識其性情之正也。」認為《詩》語言平易，反覆吟詠之，「感人又易入」，能引導人歸於性情、心志之正。至確。

與「《詩》言志」類似的表述也見於郭店簡:「《詩》以會古今之志者也。」認為《詩》之大旨在於「志」。《莊子》也有「《詩》以道志」之說。以志說《詩》教，戰國時代相當流行，當與子思心志論的興起有關。

子思學派重情，但不唯情；尊性，但不率性。人性固然有合理的一面，但不容易把握，或者太過，或者不足。道家主張率性而為，其說看似尊重人性，實則磨滅了人性與獸性的區

---

21 《郭店楚墓竹簡・性自命出》。

22 《郭店楚墓竹簡・六德》。

23 《郭店楚墓竹簡・五行》。

別。人是萬物靈長，萬物之道中，「唯人道為可道」。人有理性，所以可以接受教育。引導人性的最有效手段是用禮（郭店簡屢屢稱之為「節文」）[24]來教育大眾，使之自覺地約束自己的情感。所以說：「善民者必眾，眾未必治，不治不順，不順不平。是以為政者教道之取先。」[25]善待民眾者，民眾必歸附之。但是善待民眾不等於善於治理民眾。〈尊德義〉說：「教非改道也，教之也。」教育並不是要否定人道，〈性自命出〉說：「教，所以生德於中者也。」乃是要在人的內心樹立道德的根基。

禮的作用，在於使人的性情得其正。只有適度把握性情，將它引導到無過、無不及的層次上，使人性合於理性，人道合於天道，方是把握了禮的真諦，「齊之以禮者，使之復於正也」。興發或收斂性情，都是為著回到「禮之正」。

《禮記‧檀弓下》有一段有子與子游的問答之語，論及儒家之禮與戎狄之道的區別，子游將禮的作用歸納為「品節斯，斯之謂禮」七字，鄭《注》：「舞踴皆有節，乃成禮。」孔《疏》：「品，階格也。節，制斷也。」節是對於人性的保護和合理限定。[26]「品節斯，斯之謂禮」，最直接的解釋是：品節（人的性情）就是禮。

---

[24] 如〈性自命出〉云：「致頌廟，所以文節也」；「或序為之節則文也」；「體其義而節文之」等。

[25] 《郭店楚墓竹簡‧尊德義》。

[26] 參閱拙作：《經田遺秉偶拾》，載《學林漫錄》（北京：中華書局，1999 年），14 集。

郭店簡反覆提到禮與情的關係：「禮因人情而為之」，「禮生於情」，[27]「禮作於情」。[28]直接將禮治思想置於人情的基礎之上，〈性自命出〉說：「始者近情，終者近義。」禮始於人情，但最終是要將情引導到「義」[29]的境界。這八字可謂精闢絕倫，乃是子思學派禮學思想的最高概括，與〈中庸〉「天命之謂性，率性之謂道，修道之謂教」，「喜怒哀樂之未發謂之中，發而皆中節謂之和」；「中也者，天下之大本也。和也者，天下之達道也」，所表述的命、性、道、教關係，以及引導性情歸於中正的思想完全一致。

但是，禮只能解決約束人性的問題，而不能使人性自覺地走向道德的境界。為此，子思學派進而提出音樂教化的思想。〈性自命出〉在論述性情、教育等問題之後，話鋒一轉，開始談及音樂與人心的關係：

> 笑，禮之淺澤也。樂，禮之深澤也。凡聲，其出於情也信，然後其入撥人之心也厚。聞笑聲，則鮮如也斯喜。聞歌謠，則舀如也斯奮。聽琴瑟之聲，則□如也斯歎。觀〈賚〉、〈武〉，則齊如也斯作。觀〈韶〉、〈夏〉，則勉如也斯儉。羕思而動心，□如也。其居次也舊，其反善復始也慎，其出入也順，司其德也。

---

27 《郭店楚墓竹簡·語叢一》。

28 《郭店楚墓竹簡·性自命出》。

29 郭店簡及文獻都有「義者，宜也」的解釋。

受外物影響，人性轉為喜怒哀樂之情，而這種情往往與聲音緊密相連。〈性自命出〉作者由此談論聲音之道，提出聲出於情的觀點。聲出於情的觀點也見於〈樂記〉：

> 人生而靜，天之性也；感於物而動，性之欲也。
>
> 凡音之起，由人心生也。人心之動，物使之然也。感於物而動，故形於聲。

相關之說又見於〈詩大序〉：

> 情動於中而形於言，言之不足，故嗟嘆之，嗟嘆之不足，故永歌之，永歌之不足，不知手之舞之、足之蹈之也。

音是感於外物、生於人心的產物。人的言、嗟歎、詠歌、手舞、足蹈，與性情一樣，都是人的本能，都會在外物的刺激下被激發出來。〈樂記〉把樂看作是人在外物作用下由內及外、由微漸著的、不斷走向高潮的情感、聲音和體態，是盡人皆有的情感樣式。〈性自命出〉則進一步，把音樂也看作是外物，對人情、人心有強烈的影響。聞笑聲，聞歌謠，聞琴瑟之聲，觀〈賚〉、〈武〉，觀〈韶〉、〈夏〉等所引發的不同情感表現。尤其強調「凡聲，其出於情也信，然後其入撥人之心也厚。」

樂有音調，有節奏，感染力強，為人民喜聞樂見，聞聲而心從，潤物細無聲。所以〈樂記〉說，樂「可以善民心，其感人深」。〈性自命出〉云：

> 樂之動心也，濬深鬱舀。
>
> 目之好色，耳之樂聲，鬱舀之氣也，人不難為之死。

> 凡學者求其心為難，從其所為，近得之矣，不如樂之速也。

儒家的音樂思想，正是根植於音樂無可替代的教化功能的基礎之上。

郭店楚簡〈語叢三〉提出一個命題：「樂，服德者之所樂也。」〈五行〉也說：「惟有德者然後能金聲玉振之。」在郭店楚簡中，德乃宇宙最高境界：「德，天道也」。[30]將樂與德相提並論，認為樂是有德者之樂。郭店楚簡的這一命題，與〈樂記〉的表述一致。

〈樂記〉將現代意義上的音樂離析為聲、音、樂等三個層次。「聲」是最基礎的層次，是人心感於外物之後發出的喜怒哀樂之聲，是人類的生物本能。「音」則是經過文飾的情感之聲。〈樂記〉說：「凡音者，生人心者也。情動於中，故形於聲。聲成文，謂之音。」聲和音的區別在於，聲是情感的直接宣洩，單調、乏味，沒有審美價值可言。音是通過音階、節奏、音調、清濁等手段來表現的情感，富於審美價值。〈樂記〉說：「知聲而不知音者，禽獸是也。」將是否懂得音，作為人區別於禽獸的重要標誌。

由於作曲者在修養、審美意識以及構音技巧等方面的差異，所作樂曲必然大相逕庭。所表達的情感或者莊重，或者輕鬆、或者張狂；樂曲的風格或者細膩，或者粗獷，或者流暢；給人以不同的感受。

---

30 《郭店楚墓竹簡・五行》。

「音」一旦形成，又可以轉化為誘情外出的「物」，調動和引導聽眾的情感。平和中正、體現君子之道的音，可以涵養人的德性，有益於身心健康和社會穩定；瘋狂或頹靡的音樂，追求感官刺激，過度宣洩人欲，會使人性扭曲，偏離道德規範。〈樂記〉說：「君子樂得其道，小人樂得其欲。以道制欲，則樂而不亂；以欲忘道，則惑而不樂。」為此，對於紛繁複雜的音要嚴加區別，只有提倡合於道的音，民風方能趨向淳樸。

「樂」是在聲與音的基礎上形成的最高層次，〈樂記〉說：「夫樂者，與音相近而不同。」「知音而不知樂者，衆庶是也。唯君子為能知樂。」惟有君子真正懂得樂，「故惟得道之人其可與言樂乎！」[31]〈樂記〉載，魏文侯問子夏：「吾端冕而聽古樂，則唯恐臥；聽鄭衛之音，則不知倦。敢問：古樂之如彼何也？新樂之如此何也？」子夏回答說：「今君之所問者樂也，所好者音也！」連素好音樂的魏文侯都不能分辨音與樂。

在所有的外物之中，樂最為人民所喜聞樂見。樂的音調、節奏富有感染力，對人影響最為強烈，最難抗拒。〈樂記〉說：「可以善民心，其感人深，其移風易俗」，〈性自命出〉說「其入撥人之心也厚」，道理相同。因此，儒家主張用德音雅樂來教化民眾。〈樂記〉云：「親疏貴賤、長幼男女之理，皆形見於樂，故曰：樂觀其深矣。」

音樂的教化功能，〈樂記〉中有許多討論，郭店楚簡也有類似的內容，如〈性自命出〉提出了「古樂龍心」的命題：

---

31 《呂氏春秋・大樂》。

> 鄭、衛之樂，則非其聲而從之也。凡古樂龍心，益樂龍指，皆教其人者也。〈賚〉、〈武〉樂取，〈韶〉、〈夏〉樂情。

所謂「古樂龍心」，當指古樂的功能。「龍」字，《廣雅・釋詁三》訓「和」。《詩・商頌・長發》「何天之龍」、《詩・周頌・酌》「我龍受之」，兩「龍」字毛傳均訓「和」，至確。可知「古樂龍心」即「古樂和心」。

古樂當指後文的〈賚〉、〈武〉、〈韶〉、〈夏〉。相傳周有六代古樂：黃帝樂〈雲門〉、堯樂〈咸池〉、舜樂〈韶〉、禹樂〈夏〉，湯樂〈濩〉、武王樂〈武〉。《詩・周頌・武》毛《傳》云：「〈武〉，奏〈大武〉也。」鄭《箋》：「〈大武〉，周公所樂所為舞也。」孔《疏》：「以武王用武除暴，為天下所樂，故謂其樂為〈武〉樂。〈武〉樂為一代大事，故歷代皆稱大也。」可見，凡是足以成為一代之樂的樂名之前得冠以「大」字，故〈雲門〉以下諸樂或稱〈大咸〉、〈大韶〉、〈大夏〉、〈大濩〉、〈大武〉。

樂曲一終為一成，《書・益稷》云「簫韶九成，鳳凰來儀。」如〈韶〉有九成，其詳不可得聞。〈大武〉有六成，據王靜安先生考證，六成的舊第為〈夙夜〉、〈武〉、〈酌〉、〈桓〉、〈賚〉、〈般〉。[32]簡文提及的〈賚〉、〈武〉，同屬於〈大武〉，是武王的樂舞。〈韶〉、〈夏〉是舜、禹之樂。四者同是古樂的典範。

---

[32] 見〈周大武樂章考〉，《觀堂集林》，卷 2。案：《左傳・宣公十二年》，楚莊王說：「武王克商，作〈頌〉曰：『載戢干戈，載櫜弓矢，我求懿德，肆於時夏，允王保之。』又作〈武〉，其卒章曰：『耆定爾功。』其三曰：『鋪時繹思，我徂惟求定。』其六曰：『綏萬邦，屢豐年。』」楚莊王所引詩句，見於〈周頌〉的〈賚〉、〈桓〉諸篇，故以往學者以為〈賚〉是〈大武〉的第三成，〈桓〉是第六成。

「益樂」所指不詳，〈性自命出〉以「益樂」與「古樂」相對，文獻亦每每以「古樂」與「新樂」相對，故「益樂」當指「鄭衛之聲」之類的新樂。《論語・衛靈公》云：「放鄭聲，遠佞人。鄭聲淫，佞人殆。」鄭聲與佞人為孔子所深惡痛絕，都不可親近。《論語・陽貨》云：「惡紫之奪朱也，惡鄭聲之亂雅樂也，惡利口之覆邦家者。」紫非正色，而足以奪朱，其惑眾如此。

古樂與新樂的形式與內容有明顯區別。古樂乃是廟堂之樂，節奏緩慢莊重，內容多以歷史故事為主題，歌頌先代聖賢的功烈和德教，最易喚起聽眾的崇敬和思慕之心。上古時代，凡是勤勞天下、弔罪伐惡的君王，都有專門樂章。大禹治水，萬民歡欣，於是舜命皋陶作〈夏疊〉九章，以表彰其功。湯商伐桀，黔首安寧，湯命伊尹作〈大護〉之舞、〈晨露〉之歌，以展現其善。又如，〈大武〉表現武王克商的過程，〈夙夜〉為舞之始，〈武〉為「勝殷遏劉」，〈酌〉為告成，〈桓〉為疆南國，〈賚〉為封功臣，〈般〉歌頌周命。聽者可以生動地感受武王伐紂的艱辛與功烈。

新樂不然。子夏批評道：「進俯退俯，姦聲以濫，溺而不止；及優侏儒，糅雜子女，不知父子。樂終不可以語，不可以道古。」「鄭音好濫淫志，宋音燕女溺志，衛音趨數煩志，齊音敖辟喬志；此四者皆淫於色而害於德。」荀子也批評說：「姚冶之容，鄭衛之音，使人之心淫。」[33]如此不堪的新樂，勢必對人的心志造成消極影響，

33 《荀子・樂論》。

盛行於春秋時代的「鄉飲酒禮」，以尊老養賢為宗旨，席間要演奏或歌唱《詩經》中寓意深遠的篇章。〈鹿鳴〉、〈四牡〉、〈皇皇者華〉三篇，說的是君臣之間的平和忠信之道；〈南陔〉、〈白華〉、〈華黍〉三篇，是說孝子奉養父母之道；〈周南〉中的〈關雎〉、〈葛覃〉、〈卷耳〉，〈召南〉中的〈雀巢〉、〈采蘩〉、〈采蘋〉，說的都是人倫之道。一鄉之人在揖讓升降、笙瑟歌詠的愉悅氣氛中，受到禮樂的教化。

古樂就是德音，是致治之極在音樂上的體現，其功能在和民心，化萬物。〈樂記〉云：

> 是故樂在宗廟之中，君臣上下同聽之則莫不和敬；在族長鄉里之中，長幼同聽之則莫不和順；在閨門之內，父子兄弟同聽之則莫不和親。故樂者審一以定和，比物以飾節；節奏合以成文。所以合和父子君臣，附親萬民也，是先王立樂之方也。

〈樂記〉這段文字提到音樂在效用時，在敬、和、親三者之前都加一「和」字，成為和敬、和順、和親，這是很特殊的表達。敬、和、親三者可以用語言教，也可以用德音化，用德音化成者方可稱「和」。所以，惟有德音雅樂，才能奏於廟堂，播於四方，化育萬民。

儒家倡導禮，要求言談舉止都合於規範，為何又要提出「樂教」的理念？回答這一問題，需要從儒家的道德評價說起。《郭店楚簡．五行》有如下一段文字：

> 仁形於內謂之德之行，不形於內謂之行。義形於內謂之德之行，不形於內謂之行。禮形於內謂之德之行，不形

於內謂之〔行〕。〔智形〕於內謂之德之行，不形於內謂之行。聖形於內謂之德之行，不形於內謂之行。

文中指出，人的德行有仁義禮智聖有「形於內」與「不形於內」兩種情況。不形於內者只能稱為「行」，只有形於內者之行方可稱為「德之行」。仁義禮智聖五端的總和就是德性，德行是內心的德性所發出的光輝。沒有內在的德性，但卻在外表顯示出仁義禮智之行，不過是模仿的結果，兩者有質的區別。從道德標準而言，只有前者之「行」方為「德行」，「五行皆形於內而時行之，謂之君〔子〕。」

子思學派禮樂思想的核心，是要從內到外解決人性與道德相一致的難題。楚簡云：「樂，內也。禮，外也。禮樂，共也。」「德者，且莫大乎禮樂。」[34]音樂能夠從根本上左右心志的走向，可以化性。因此，「移風易俗，莫善於樂」，[35]「故先王必托於音樂以論其教」。[36]禮教與樂教，缺一不可。但從功能上來說，樂教優於禮教，所以說「笑，禮之淺澤也；樂，禮之深澤也。」[37]在緣情制禮的理論體系中，最終極的目標，就是要將人性引向道德境地，〈詩序〉說：「發乎情，止乎禮義。發乎情，民之性也。止乎禮義，先王之澤也。」〈性自命出〉說：「始者近情，終者近義。」兩者的主旨完全一致。

34 《郭店楚墓竹簡・尊德義》。

35 《孝經・廣要道章》。

36 《呂氏春秋・適音》。

37 《郭店楚墓竹簡・性自命出》。

四、餘論——東周禮樂思想與孔子

從商代的致敬鬼神之禮，到西周以道德為核心的禮制，再到東周以心性學說為基礎的禮樂思想，是先秦之禮的三個主要發展階段。東周禮樂思想的形成，使禮走入理論之域，成為嚴格意義上的學術，堪稱中國學術史和思想史上的重大事件。那麼，子思學派創立的禮樂思想，與孔子思想的關係如何？

為了回答這一問題，先要提及應該注意的兩個現象。首先，東周禮樂思想以天道、性、命等範疇為核心，這恰恰是孔子所很少談及的問題，眾所周知，「子罕言利與命與仁」，[38]子貢也曾經說：「夫子之文章，可得而聞也；夫子之言性與天道，不可得而聞也。」[39]其次，在孔子的言論中，「禮」雖然時常被提及，但其內涵相當模糊，如：

> 人而不仁，如禮何？人而不仁，如樂何？（〈八佾〉）
>
> 恭而無禮則勞，慎而無禮則葸，勇而無禮則亂，直而無禮則絞。（〈泰伯〉）
>
> 顏淵問仁。子曰：「克己復禮為仁。一日克己復禮，天下歸仁焉。為仁由己，而由人乎哉？」顏淵曰：「請問其目。」子曰：「非禮勿視，非禮勿聽，非禮勿言，非禮勿動。」（〈顏淵〉）
>
> 博學於文，約之以禮，亦可以弗畔矣夫！（〈顏淵〉）

---

38 《論語・子罕》。

39 《論語・公冶長》。

君子義以為質，禮以行之，孫以出之，信以成之。君子哉！（〈衛靈公〉）

孔子關於禮的論述，往往義隨文出，沒有固定的邊界。因此，我們很難得到一個孔子關於禮的明確的概念。孔子喜歡音樂，但留下的論述不多，《論語》記他與大司樂的談話：

子語魯大師樂。曰：「樂其可知也：始作，翕如也；從之，純如也，皦如也，繹如也，以成。」（〈八佾〉）

這僅僅是一種描述，而不是理論性的討論。孔子喜歡禮、樂連言，[40]但我們不清楚孔子對禮樂的定義究竟是什麼。不過有一點是明確的，那就是它與心性之說沒有太多的聯繫。孔子屢言自己嚮往周公之典，因此，他所說的禮就是周代的禮樂制度。

既然孔子所說的禮樂，在概念上和體系上都與子思學派相徑庭，那麼，師弟的學說就沒有學脈關係可尋呢？鄙見，孔子雖然沒有直接提到論及天道、性、命等問題，也沒有開啓心性學說的體系，但他至少在兩個問題上，為子思等弟子指出了理論方向。第一，是孔子非常強調的「中庸」的概念，他認為中庸是最高的道德，也是民眾最為缺乏的道德：「中庸之為德也，其至矣乎！民鮮久矣。」[41]是判分君子與小人的重要標準：「君

---

40 如《論語・季氏》云：「天下有道，則禮樂征伐自天子出；天下無道，則禮樂征伐自諸侯出。」《論語・先進》云：「先進於禮樂，野人也；後進於禮樂，君子也。如用之，則吾從先進。」《論語・子路》云：「名不正，則言不順；言不順，則事不成；事不成，則禮樂不興；禮樂不興，則刑罰不中；刑罰不中，則民無所措手足。」《論語・陽貨》云：「禮云禮云，玉帛云乎哉？樂云樂云，鐘鼓云乎哉？」等。

41 《論語・雍也》。

子中庸，小人反中庸」。[42]而子思作〈中庸〉，正是為了在理論上深入地展開孔子的思想。第二，孔子強調修身，從各個角度談到修身的問題，將它作為治國、平天下的起點，其中最為強調的是「求諸己」。[43]沿著求諸己的方向去尋中庸至德，那麼，發現性情、心志等等範疇就是順理成章之事。因此，我們有理由認為，東周禮樂思想直接發端於孔子的思想。

孔子與子思學派的關係，本文僅僅是順便涉及而已，需要作更深的探討。

[42] 〈中庸〉。

[43] 如《論語．衛靈公》云：「君子求諸己，小人求諸人。」《禮記．射義》云：「射求正諸己，己正然後發，發而不中，則不怨勝己者，反求諸己而已矣。」

〈檀弓〉別解試詮
——禮學詮釋的個案討論

彭美玲*

一、問題之緣起

世傳小戴本《禮記》四十九篇，久列經書之林；入唐尤淩駕《周禮》、《儀禮》之上，躋身《五經正義》。儘管舊儒每囿於尊「經」抑「傳」的觀點，目「記者之文」為戰國以降俗儒之雜纂叢編，卻不足以掩蓋《禮記》最便於闡揚義理的詮釋優勢。只可惜《禮記》先天不良，全書內容欠缺嚴謹的分類和精密的編排，以致後人迭有意刪修改編。[1]就這一點來說，要對《禮記》從事全面通盤、富於條理、系統的研究，可謂戛戛有其難處。因此，本文擬由單篇著手，篩選前人對〈檀弓〉的若干別解為討論個案，藉此呈現不同的學者之間，如何開展各富意趣的禮學詮釋。

《禮記》四十九篇中，就排序言，〈檀弓〉僅次於首篇〈曲

---

* 現任國立臺灣大學中國文學系副教授。

1 依鄭玄《禮記目錄》引述劉向《別錄》，四十九篇分成：制度、通論、明堂陰陽、喪服、喪禮、世子法、子法、祭祀、樂記、吉禮、吉事等十一子類，差可視為《禮記》類編之濫觴。而後儒輒有意刪修，或逕自編改，請詳拙作：〈禮記類編問題探究〉（臺北：臺灣大學 2001 年卓越計畫之一：《中國文化經典的詮釋傳統》研究論文，宣講於 2001 年末，未刊稿）。

禮〉之後，以古書編輯的慣例看來，應有相當的重要性。就篇幅言，〈檀弓〉字數逾萬，[2]在《禮記》全文 97759 字[3]中即佔十分之一強，比例不可謂不高；正由於「簡策繁重」，篇分上下，可釐析 188 章之多。[4]就內容言，〈檀弓〉多記戰國時人故事，且攸關喪祭，[5]不論是研考禮制或探討禮意，本篇無疑提供了繁富多樣的素材。它那別具一格的故事體裁，每每呈現因時、因地、因人而異的各種古禮面貌，適足以成為考校禮說極佳的試金石。

---

[2] 按清．阮元：《禮記注疏．校勘記》（臺北：藝文印書館影《十三經注疏》本，1979 年），卷 8、卷 10 末（頁 162、211）所列統計，〈檀弓上、下〉字數為：宋監本 5422＋5081＝10503（字），嘉靖本 5219＋5704＝10923（字）。

[3] 此據清．張敦仁：《撫本禮記鄭注考異》（臺北：藝文印書館影《清經解》本，1962 年）說。

[4] 此據鄭玄、孔穎達：《禮記注疏》，另參《斷句十三經經文》（臺北：臺灣開明書店，1955 年）。又下文所標章次亦同。

[5] 茲以元．吳澄：《禮記纂言》（臺北：臺灣商務印書館，《四庫珍本》五集，1974 年）為例，卷 14 上、中、下撮舉〈檀弓〉子目為：喪禮尊卑之異 22 節／人有喪之禮 11 節／己有喪之禮 14 節／喪禮沿革 4 節／喪服得失 19 節／考終之事 3 節／初喪之事 15 節／弔事 7／葬事 20 節／孔氏喪葬之事 7 節／聖師卒葬之事 4 節／師弟子相為之事 4 節／朋友相為之事 3 節／知舊相為之事 6 節／天子諸侯為親喪之事 2 節／臣為君喪之事 4 節／為鄰國君大夫喪之事 5 節／君為大夫喪之事 5 節／士庶國殤喪之事 5 節／喪不圖利之事 4 節／喪禮情文之中 22 節／雜事雜辭 23 節，都 209 節。即此可略窺〈檀弓〉內容大要。

二、〈檀弓〉研究簡述

《禮記》編自西漢戴聖之手，乃是傳統公認的一般說法。近人洪業在《禮記引得・序》中力排舊說，主張此書當成於東漢，一時之間頗有影響。而最近楊天宇又重新檢討洪文，以恢復舊說。[6]概言之，近數十年來，《禮記》學史似未出現重大的變化和突破，較值得矚目的自是戰國楚簡的發現——包括 1993 年出土的湖北郭店楚簡及 1994 年購藏的上博楚竹書兩批材料，重新燃起《禮記》研究的新火苗。[7]

《禮記》一書的地位歷朝迭有升沉，其中四十九篇亦各有命運，略如王夢鷗先生所言：

> 《小戴禮記》四十六篇，自漢末流傳及於唐世，除〈月令〉、〈中庸〉二篇久被單行講解外，其餘皆似一視同仁，未有特受注意者。北宋時代，〈儒行〉、〈大學〉、〈樂記〉、〈學記〉等篇，始漸脫穎而出；尤以〈學〉、〈庸〉二篇，自南宋以下，竟脫離《禮記》而獨立為「書」。[8]

檢覈經史書傳，可資補充前說者，尚有北宋太宗以〈坊記〉、〈表

---

6 〈論禮記四十九篇的初本確為戴聖所編纂——兼駁洪業所謂「小戴記非戴聖之書」說〉，《孔子研究》1996 年第 4 期，頁 57。

7 舉例言之，業師葉國良教授曾論證：郭店楚簡儒家著作中，除〈語叢〉零碎可暫置不論外，其餘包含〈緇衣〉在內的十篇作品，大體可認定為曾子、子思一系之學。詳〈郭店儒家著作的學術譜系問題〉（《臺大中文學報》13 期〔2000 年 12 月〕，頁 1-25）。又如虞萬里撰有〈上博簡、郭店簡緇衣與傳本合校補證〉，《史林》2003 年第 3 期；近期並進行「上博館藏楚竹書緇衣綜合研究」（2004 年 11 月 10 日蒞臺大中文系講演）。

8 《禮記校證》（臺北：藝文印書館，1976 年），頁 141。

記〉二篇頒賜廷臣；又明末黃道周疏解《禮記》五篇，含《月令明義》和〈表記〉、〈坊記〉、〈緇衣〉、〈儒行〉等《集傳》四種，中如《表記集傳》「全引《春秋》解之，雖未必盡得經意，特以議論正大，因事納規，甚有關於世教，遂亦不可廢云」，[9]而《緇衣集傳》「本經筵進呈之本意，欲借以諷諫，雖泛引史事，要其旨歸，固亦不乖于古訓矣」，[10]即此可知黃氏學風，亦可明《禮記》此數篇義理價值所在。至於本文意在〈檀弓〉單篇，以下即扼要鉤勒〈檀弓〉過往的研治概況。

（一）有關〈檀弓〉的評價

〈檀弓〉之殊異於《禮記》眾篇者，殆即其評價不一，甚且有兩極化的現象。或從禮學角度，認為〈檀弓〉多記變禮，不可信據；或從文學角度，激賞〈檀弓〉為文高古，神髓高妙。

首先從學術觀點看來，〈檀弓〉一般評價並不甚高。如南朝沈約奏議云：

> 案漢初典章滅絕，諸儒捃拾溝渠牆壁之間，得片簡遺文與禮事相關者，即編次以為禮，皆非聖人之言。〈月令〉取《呂氏春秋》；〈中庸〉、〈表記〉、〈坊記〉、〈緇衣〉，皆取《子思子》；〈樂記〉取《公孫尼子》；〈檀弓〉殘雜，又非方幅典誥之書也。禮既是行己經邦之切，故前儒不得不補綴以備事用。[11]

9 《四庫全書總目》語，見《表記集傳》（臺北：臺灣商務印書館影文淵閣《四庫全書》本，1983年），卷首。

10 《四庫全書總目》語，見《緇衣集傳》，同前註。

11 《隋書．音樂志上》（臺北：鼎文書局點校本，1983年），卷13，頁288。

他不僅貶斥《禮記》「皆非聖人之言」，更批評〈檀弓〉殘雜，「非方幅典誥之書」。南宋朱子則談到：「〈檀弓〉恐是子游門人作，其間多推尊子游。」[12]隱然以為記者有門戶之見；又曾說：「〈檀弓〉出於漢儒之雜記，恐未必得其真也。」[13]對作者誰屬前後看法不一，評價泛泛而已。稍後魏了翁則以較為中性的觀點持平論之：

> 其作記之人多云「蓋」，多云「或曰」，皆無指的，並設疑辭者，以周公制禮，永世作法，時經幽、厲之亂，又遇齊、晉之強，國異家殊，樂崩禮壞，諸侯奢僭，典法訛舛。……作記之人隨後撰錄，善惡兼載，得失備書。[14]

意謂〈檀弓〉記述近乎實錄，乃忠實反映春秋以來禮教陵夷的情況。

有清一代學者品評〈檀弓〉仍互有高下。陸奎勳較持肯定態度：

> 其中多載喪禮，有可為《儀禮》疏者。……雜採列國之語，詳於魯、晉，其文筆能于《左》、《國》外自成一家言；若衛、若宋、若郲、若滕，亦可補《國語》所遺。[15]

---

12 宋・黎靖德編：《朱子語類》（北京：中華書局點校本，1994 年），卷 87，頁 2231。

13 同前註，卷 87，頁 2232。

14 《禮記要義》（上海：上海古籍出版社《續修四庫全書》本，1995 年），卷 3「記禮多有不定之辭」條，頁 10。

15 杭世駿：《續禮記集說》（上海：上海古籍出版社《續修四庫全書》本，1995 年），卷 11，頁 1 引。

姚際恆則認為：

> 此篇疑義特多，偽言百出，觀其文儇便雋利，亦可知是「賢者過之」[16]一流人，故不必言之其皆實與義之皆正爾。[17]

邵泰衢亦云：

> 〈檀弓〉一書，非禮之舊文，乃六國時之紀載。《禮記疏》意云：多記變禮之由，其誣聖之言及自相牴牾甚多。後人謂秦、漢諸儒之雜撰明矣，故其中可疑者多也。[18]

上述三方意見，各具有相當的代表性。

另方面，〈檀弓〉文筆則頗受後世文章家的青睞。南宋王應麟先發云：「〈檀弓〉筆力，《左氏》不逮也，於申生、杜蕢二事見之。」[19]謝枋得著《檀弓批點》，首開以評點方式析論其章法、句法、字法的風氣。[20]明楊慎特將之與《考工記》相提並論，盛讚其文之工。明萬曆閔齊伋〈刻檀弓〉亦云：

> 若夫（〈檀弓〉）語簡而賅，旨徵而達，峻如懸崖峙石，捷於疋電流光，自是古今第一偉觀也。[21]

又如清林雲銘《古文析義》盛稱：

---

16 語見《中庸》孔子曰：「道之不行也，我知之矣。知者過之，愚者不及也。道之不明也，我知之矣。賢者過之，不肖者不及也。」

17 杭世駿：《續禮記集說》，卷 11，頁 1 引。

18 《檀弓疑問》（臺北：臺灣商務印書館《四庫珍本》三集，1972 年），頁 1。

19 《困學紀聞》（京都：中文出版社，1982 年），卷 5，頁 282。

20 《檀弓批點》（臺南：莊嚴文化公司《四庫存目叢書》本，1997 年）。

21 見謝枋得：《檀弓批點》，卷首序語。作者按：「徵」，疑當作「微」。

〈檀弓〉、《公》、《穀》等書，皆文字中最稱神奇者，選家惟以不甚切於制藝，登錄甚鮮。今於每種略採數則，以見天地間應有此種不可磨滅文字。[22]

於是林書初編、二編首二卷周文部分，除選錄《左傳》、《國語》、《公羊》、《穀梁》、《國策》、《考工記》外，特選〈檀弓〉有十六章之多。又士子熟習的家塾讀本《古文觀止》，係二吳（乘權、大職）叔侄所編，與前書同樣成於清康熙年間，〈例言〉自稱：「是編所登者，亦仍諸選之舊。」其選篇或有本於清康熙御纂《古文淵鑑》，[23]周文以《左傳》為主，並及於〈檀弓〉六則。康、雍之間孫濩孫撰《檀弓論文》，[24]「專論〈檀弓〉之文，故圈點旁批，以櫛疏其章法、句法之妙」。[25]凡此，俱可見〈檀弓〉在古文選家心目中的特殊地位。

（二）有關〈檀弓〉的研究

如前所述，儘管聲價不一，宋以降專力研究〈檀弓〉單篇的著作頗不乏見。如北宋周常，字仲修，建州人，中進士第，以所著《禮檀弓義》見王安石、呂惠卿，二人稱之。[26]《明史》著錄有：楊慎《檀弓叢訓》（一名《檀弓附注》）、陳與郊《檀

---

22 《古文析義》（臺北：成偉出版社複印上海大成書局影刊本，1976 年），卷首〈凡例〉。

23 參張滌華：《古代詩文總集選介》（臺北：萬卷樓圖書公司，1993 年），頁 64。

24 《檀弓論文》（臺南：莊嚴文化公司《四庫存目叢書》本，1997 年）。

25 《四庫全書總目》語，見《檀弓論文》，卷末。

26 《宋史》（臺北：鼎文書局點校本，1978 年），卷 356 本傳，頁 11222。

弓輯註》、張習孔《檀弓問》等；[27]《清史稿》則著錄有：毛奇齡《檀弓訂誤》、[28]邵泰衢《檀弓疑問》、[29]夏炘《檀弓辨誣》[30]等。[31]今猶梓行者如：宋謝枋得《檀弓批點》、明陳與郊《檀弓輯註》、林兆珂《檀弓述註》、姚應仁《檀弓原》、徐昭慶《檀弓通》、牛斗星《檀弓評》。[32]

近者，王夢鷗先生嘗撰《禮記校證》，考論詳博，用力甚深。然僅涉及 33 篇，另以〈別輯〉出〈月令〉，餘篇則未見。按該書〈後記〉自稱：

> 〈祭統〉以下，〈經解〉、〈哀公問〉、〈仲尼燕居〉、〈孔子閒居〉等篇，文字淺顯；〈坊記〉、〈表記〉、〈緇衣〉三篇，前賢已有專書，篇帙已多；而〈大學〉、〈中庸〉之篇，自宋代列為四書，為之注釋講解者，其類尤繁，茲編暫從省簡。[33]

話雖如此，卻仍有〈檀弓〉、〈三年問〉、〈儒行〉三篇是未經校證且不置一辭的。其中〈三年問〉或亦篇幅簡短、〈儒行〉或

---

[27]《明史・藝文志一》(臺北：鼎文書局點校本，1975 年)，卷 96，頁 2359-2360。

[28]《檀弓訂誤》(臺北：藝文印書館影《學海類編》本，1967 年)。

[29] 邵泰衢，字鶴亭，錢塘人；清雍正初以薦授欽天監左監副。《四庫全書總目》云：「其書以《禮記》出自漢儒，而〈檀弓〉一篇尤多附會，乃摘其可疑者，條列而論辨之。」見《檀弓疑問》，卷首。

[30]《檀弓辨誣》(上海：上海古籍出版社，《續修四庫全書》本，1995 年)。

[31]《清史稿・藝文志一》(臺北：鼎文書局點校本，1981 年)，卷 145，頁 4236-4237。

[32] 以上各書俱見《四庫存目叢書》(臺南：莊嚴文化公司，1997 年)。

[33]《禮記校證》，頁 448。

亦時有論者，惟獨〈檀弓〉，王氏書中先後提及：「蓋凡《別錄》稱之為『通論』者，如〈檀弓〉、〈禮運〉、〈經解〉、〈哀公問〉以迄〈表記〉、〈緇衣〉等篇，多在發明義理，謂之『通論』則猶可也。」[34]「如〈曲禮〉、〈檀弓〉、〈月令〉等篇，似皆出於先秦之遺文墜獻，而為《禮古記》者也。」[35]然則其既以〈檀弓〉來源較古，又多發明義理，其價值自足以肯定，所撰《校證》何以無故獨闕此篇？惜不得其詳。豈緣於〈檀弓〉多載變禮，研治難度特高？

至於林政華撰有〈禮記檀弓篇之性質與著成時代〉，[36]首論其性質，依高明先生舊說而略修正為「專禮類中言凶禮之論變禮」。復論其著成時代，透過篇中所記人物、引用古書古語、所用語法語辭，乃至《淮南子》之引用，綜合研判〈檀弓〉為秦、漢諸儒雜掇所成。[37]楊天宇另指出：

> 〈檀弓〉篇中所記及的人物，最晚的要數魯穆公（407-375B.C.在位）了。……可見此篇之作，決不會早於戰國中期。……篇中所記有關喪事的大量失禮、疑禮的事例，則可為春秋、戰國時期的「禮崩樂壞」提供許多佐證。[38]

---

[34] 同前註，頁 203。

[35] 同前註，頁 8。

[36] 林政華撰有〈禮記檀弓篇之性質與著成時代〉，《國立編譯館館刊》第 5 卷第 2 期（1976 年 12 月），頁 183-191。

[37] 參葉國良教授：《臺灣近五十年三禮研究及述評》（國科會人文中心研究計畫成果報告，2003 年），〈提要〉，頁 44。

[38] 〈檀弓・題解〉，《禮記譯注》（上海：上海古籍出版社，1997 年），頁 71。

平心而論，〈檀弓〉雖具有「多記時人喪祭故事」的主題取向，乍看卻不過是由零亂瑣碎的各個短章拼湊而成，若能肯定其「可能如實反映當時變禮」的正面價值，自不必苛責其瑣碎紛雜了。

三、〈檀弓〉別解舉隅

〈檀弓〉多涉喪祭，行文叢雜，歷來各家注解粗具共識者，不煩贅述。本文初步由名家要籍著手，自鄭《注》、孔《疏》以下，略擇宋衛湜、[39]元吳澄、[40]陳澔、[41]清孫希旦、[42]朱彬、[43]莊有可、[44]杭世駿、[45]郭嵩燾[46]等《禮記》注解之書，披覽整理，篩選其間較具意義的異說別解，以考察學者說禮之際不同的詮釋觀念、方法及態度。為精簡篇幅起見，各章原文或節錄引用，尚請讀者諒察。

---

[39] 衛湜：《禮記集說》（臺北：臺灣大通書局影《通志堂經解》本），160卷。其書選取自漢至宋禮說148家，除鄭《注》、孔《疏》外，於胡銓《禮記傳》、方慤《禮記解義》特全書備錄，亦間及語錄、文集等材料。（參清周中孚《鄭堂讀書記》〔北京：中華書局影商務排印本，1993年〕，卷5，頁76。）

[40] 吳澄：《禮記纂言》（臺北：臺灣商務印書館《四庫珍本》五集，1974年）。

[41] 陳澔：《禮記集說》（成都：巴蜀書社影明善堂重刊本，1987年）。

[42] 孫希旦：《禮記集解》（北京：中華書局點校本，1989年）。

[43] 朱彬：《禮記訓纂》（北京：中華書局點校本，1996年）。

[44] 莊有可：《禮記集說》（臺北：臺灣力行書局影清嘉慶九年刻本，1970年）。

[45] 杭世駿：《續禮記集說》（上海：上海古籍出版社《續修四庫全書》本，1995年）。

[46] 郭嵩燾：《禮記質疑》（長沙：岳麓書社點校本，1992年）。

〈檀弓上〉第 3 章：

> 季武子成寢，杜氏之葬在西階之下，請合葬焉，許之。入宮而不敢哭。武子曰：「合葬，非古也。自周公以來，未之有改也。吾許其大而不許其細，何居？」命之哭。

本章看似以生者居室與死者墓葬混處，令人感到不能愜心，論者多所疑慮，乃至欲將此章一筆勾銷。如邵泰衢云：「吾以為成寢于人墓，置親于人階，不近人情，必無之事也。記事以訓迪為要，此何訓迪之有？」[47]方苞則擴充情境揣度事理，試圖調解彌縫：

> 古者萬民族葬，墓大夫掌之，兆域必在郊野。卿大夫居國中，即休沐之居，亦宜在私邑，無緣有成寢而墓階下之事。蓋周禮久廢，勢家縱侈，作苑囿於郊野，因成寢室，以恣淫樂也。[48]

按〈檀弓〉記事時或外於情理，論者往往煞費苦心，多所調停。上述方氏之見，大抵可備一說。

〈檀弓上〉第 7 章：

> 孔子哭子路於中庭，有人弔者，而夫子拜之。既哭，進使者而問故，使者曰：「醢之矣。」遂命覆醢。

「覆醢」之「覆」，鄭《注》云：「棄之，不忍食。」自來諸家從之，略無異議。惟方苞另出新義：「若已陳之醢，則宜命徹，

---

47 《檀弓疑問》「季武子成寢杜氏之葬在西階之下」條，頁 2。

48 《禮記析疑》（臺北：臺灣商務印書館影文淵閣《四庫全書》本，1983 年），卷 3，頁 2。

不宜覆之也。」[49]莊有可亦云：

> 覆，冪蓋之，不忍食也。醢為朝夕食必陳之物，又可久留，故命覆藏之，旬日中勿以進也。[50]

此說引人聯想，如漢劉歆之於揚雄《太玄》，晉陸機之於左思〈三都賦〉，皆曾以「覆醬缶」譏之。覆固有翻覆及覆蓋二義，此處無論孔子是倒棄肉醬或覆藏肉醬，都能切合不忍食之情。然而二解如何擇從，顯非名物訓詁之所能辨，似須進入更高層次的心理揣摩與分析了。按〈檀弓上〉第 100 章：「喪不剝奠與？祭肉也與？」鄭《注》云：「有牲肉則巾之，為其久設，塵埃加也。脯、醢之奠不巾。」孔《疏》係以「在堂／室內」區分禮供巾與不巾之故，[51]而孫希旦則以「禮盛／禮略」解之。[52]孔子覆醢既表示不食，若採取久藏，亦當藏諸室內閣中，是否需要多一層冪覆亦未可必。但若由孔子與子路之間的師生之情著想，猝聞子路死於非難，老師心中的驚悚悲痛自可料見。莊氏雖能細推醢物的特點，假想孔子的處置，看似平穩妥貼，卻顯得孔子過於好整以暇、從容不迫了。經過子路罹難遭醢的刺激，孔子是否從此不再食醢？此固無可確考，但當場的驚怖反應可想而知，自仍以鄭《注》覆棄之說為長。

---

49 同前註，卷 3，頁 4。

50 《禮記集說》，卷 3，頁 119。

51 《禮記注疏》，卷 8，頁 19。

52 《禮記集解》，卷 9，頁 232。

〈檀弓上〉第9章：

> 子思曰：「……故君子有終身之憂，而無一朝之患。故忌日不樂。」

鄭《注》云：「言忌日不用舉吉事。」[53]莊有可沿之，云：「忌日，親沒之日，忌舉吉事也。不樂，有戚容也。」[54]斯說宛若合情中理，然猶不乏從詞例著手以立別解者。如王引之曰：

> 忌日之哀，必有實事以徵之，不作樂者，哀之徵也。……古者謂作樂為「樂」。……鄭《注》「不用舉吉事」，正指不作樂言之。自《正義》以「不樂」為「不為樂事」，而宋以後說此者，皆以「洛」為正音而解為「喜樂」，於是「不樂」之為「不作樂」，遂莫有知其義者矣。[55]

朱彬以節錄方式引用王說。[56]同理郭嵩燾亦云：「不樂，謂去琴瑟。」[57]意旨略同，惟據其所引〈檀弓下〉「縣[58]而不樂」之文，明此樂並不限於琴瑟之屬，郭說微傷偏頗耳。

於今細味其文，王引之「忌日之哀，必有實事以徵之」一語頗得其旨。倘讀作「忌日必憂悶不樂」，這般行文立義未免空泛無當，何勞記人多此一筆？這也讓讀者惕然有所省思，常

---

53 《禮記注疏》，卷6，頁8。

54 《禮記集說》，卷3，頁120。

55 《經義述聞》（臺北：世界書局影道光重刊本，1975年），卷14，頁19，「忌日不樂」條。

56 《禮記訓纂》，頁81。

57 《禮記質疑》，頁65。

58 《周禮．春官．小胥職》：「正樂縣之位：王宮縣，諸侯軒縣，卿、大夫判縣，士特縣；辨其聲。凡縣鍾磬，半為堵，全為肆。」

言「禮學徵實」，並非禮家故做姿態，而是攸關禮學本質，在各式禮文的情境活動中，有賴外顯的儀文、名物、制度，建構出種種禮的現象，當行禮、觀禮者身歷其境，則透過實際體驗而得出種種人文象喻，始能展現不同的倫理意義。要之，「不樂」若解為「不快樂」，雖亦無可厚非，卻不如「不演奏音樂」更足以透顯精微的禮意。

〈檀弓上〉第10章：

> 孔子少孤，不知其墓。殯於五父之衢，人之見之者，皆以為葬也。其慎也，蓋殯也。問於郰曼父之母，然後得合葬於防。

鄭《注》謂叔梁紇與顏徵在「野合（不備禮數而成婚）而生孔子」的說法，早已因其「厚誣聖人」成為眾矢之的；又云：「『慎』當為『引』，禮家讀然，聲之誤也。」[59]亦未能說服後世讀者，造成此章歷來說解紛紛，猶如〈檀弓〉他章事涉孔子者，每多疑義，時滋糾擾，致郭嵩燾以為：「〈檀弓〉所記多非事實，於孔氏尤多誣誕。」。[60]

為疏通此章情節，清孫濩孫嘗有異讀，以「不知其墓殯於五父之衢」十字為句，又謂「蓋殯也，問於郰曼父之母」屬倒文修辭，[61]其說大得江永揄揚。宋翔鳳則予以反駁，歷歷指陳疑點：

---

59 《禮記注疏》，卷6，頁9。

60 《禮記質疑》，頁65。

61 《檀弓論文》，下篇，頁10。

> 古人決無以殯為葬之事。且聖人父死，亦無二十年不謀葬之理。……至淺殯不葬，起於後代之薄俗，春秋以前宜無此焉。[62]

下文，他更以低一格的附註方式，暢談近世習俗證成己說。[63]俞樾亦以為：「孫氏之說巧矣，而實於事理未得。……殯與葬自是二事，未聞以深者為葬、淺者為殯也。……若叔梁紇之葬，歲月已久，豈可復謂之殯哉？」由是反對「江氏慎修《鄉黨圖考》盛推孫說，恐疑誤後學」。[64]

今細繹諸說，似仍應以舊解近正，亦即孔子少孤，不知父墓，殆由於叔梁紇葬以殷禮，墓而不墳，年月既久，竟難辨識其方位所在，故不得不訪問郰地長者。因而引發元吳澄喟歎：

> 噫！觀孔子不知父墓，則知周公制禮，墓有封識，且設官掌之，子孫得常展省，夫婦又皆合葬，其視古禮之簡質不同矣。此夫子之所以從周也。[65]

由此可見，禮制確然有古今文質之變，即令孔子為天生木鐸，身在當時，亦須面對三代禮文分異而有所擇從。後學者自宜就事論事，衷考情實，不應動輒輕詆〈檀弓〉為誣聖之書。

---

62 《過庭錄》（臺北：廣文書局，1971 年），卷 3「殯於五父之衢」條，頁 13。

63 宋氏云：「江、浙土薄水淺，慎於葬埋之事，故閒有停厝者，其後薄俗相沿，遂至不葬；若直隸、山東諸省，至今尚無數年不葬之事。而江氏（永）以疑孔子，亦見其識之淺也。今日湖、廣、雲、貴，俱無露棺之事，此余所親歷也。」說見《過庭錄》，卷 3，頁 14。

64 《群經平議》（上海：上海古籍出版社《續修四庫全書》本，1995 年），卷 19，頁 11。

65 《禮記纂言》，卷 14，上、中、下。

〈檀弓上〉第18章：

曾子寢疾，病。……曾元曰：「夫子之病革矣，不可以變。幸而至於旦，請敬易之。」曾子曰：「爾之愛我也不如彼。君子之愛人也以德，細人之愛人也以姑息。吾何求哉？吾得正而斃焉，斯已矣。」

「姑息」一詞，今猶沿用，亦皆取義於鄭《注》：「息，猶安也。言苟容取安也。」[66]依此解讀原文，實乃怡然理順，略無扞格。惟注家之間非無異辭，明楊慎《升庵外集》引《尸子》「紂棄黎老之言，而用姑息之語（按：本作謀）。」[67]《注》云：「姑，婦女也；息，小兒也。」清陸元輔從之。[68]惠棟亦引述《呂覽・觀世》「商王大亂，沉于酒德，辟遠箕子，爰近姑與息。」以匡鄭義。[69]令人想起《論語・陽貨》孔子的名言：「唯女子與小人為難養也，近之則不孫，遠之則怨。」這一類說法，正實際表現出古代對於不同人的族類觀念——世間事物總在人們不同的分類系統下類聚群分；社會中各色人等，也是經常被畫分為不同族群的。簡言之，古語「姑息」即「婦孺」或「婦寺」[70]者流。然則，〈曾子易簀〉章「宗聖」所言，殆謂「君子之所

66 《禮記注疏》，卷6，頁18。

67 清・汪繼培輯校《尸子》（上海：上海古籍出版社《續修四庫全書》本，1995年），卷下，頁15。

68 《禮記陳氏集說補正》，見清抉經心室《五經彙解・禮記》（臺北：鼎文書局影清光緒石印本，1972年），卷6，頁5引。

69 《九經古義》（臺北：藝文印書館《槐廬叢書》本，1971年），卷11，頁3。作者按：「觀世」誤，當為「先識」。

70 參陳奇猷：《呂氏春秋校釋》（臺北：華正書局，1985年），頁949，註13。

以愛一個人，乃基於對方是有德之人；而小人之所以愛一個人，卻只因為對方是個慣於和媚順好的婦女小兒。」清姚際恆嘗體會如下：

> 以執燭之童子，能別服制之宜否，知義理之是非；而子春、曾元輩，乃罔知匡正，且為其隱諱，不即救止。是曾子之門人子弟，尚不及童子之識，為深可恥也。[71]

可知其語乃針對曾元而發，不只強調自己臨終仍一絲不苟，嚴於君子小人之辨；另方面亦不乏用嚴父口吻責子以德的深意，藉此給予曾元最後的機會教育。

〈檀弓上〉第31章：

> 曾子曰：「始死之奠，其餘閣也與？」

按〈內則〉另云：「大夫七十而有閣。」鄭《注》云：「閣，以板為之，庋食物也。」[72]孔《疏》有所申明：「（大夫）於夾室而閣三也。三者，豕、魚、腊也。士卑，不得作閣，但於室中為土坫庋食也。」[73]值此可以了解，依古代禮制，大夫以上的貴族始得使用食閣，鄭、孔解說顯然重在名物訓詁、等級差別。與之不同的是，後儒說禮，每流露更多情性、義理的關懷，如宋陸佃云：

> 閣其餘者，幸其更生，若有待焉爾。如先儒說，以其閣之餘奠，不唯於文不安，亦大夫七十而後有閣，則大夫

---

[71] 杭世駿：《續禮記集說》，卷12，頁6引。

[72] 《禮記注疏》，卷28，頁1。

[73] 同前註，卷28，頁4。

死而有無閣者矣。[74]

味其說，似是以「閣」為一般動詞而不涉及尊者之閣，亦即將記文解讀為：「始死之奠，所餘姑且擱置備用吧！」表示猶抱一絲希望冀其重生。姚際恆以「此說新巧，然近牽強」評之。[75]相對地，舊解說成：「始死之奠，且用閣中所餘供設吧！」當代一般新譯仍多從之，略無異辭。[76]如王夢鷗所譯：「由於孝子不忍死者飢餒，而倉促間又來不及別具新饌，所以用餘閣。」[77]此與〈檀弓上〉第65章「喪具君子恥具」用意略同。

〈檀弓上〉第43章：

孔子與門人立拱而尚右。

邵泰衢云：

吉事尚右，故吉祭用右胖；凶事尚左，故喪祭用左胖。右，尊也、賓也、陽也，故尚右為尊；左，主也、陰也，故東道為卑。即使有喪而有拱立之別，亦當尚左矣。殊與禮異，豈其然乎？[78]

按邵氏言及古代左右習尚之異，概念頗嫌混淆，因而導致錯誤

---

[74] 衛湜：《禮記集說》，卷16，頁18引。

[75] 杭世駿：《續禮記集說》，卷12，頁29引。

[76] 翻檢所及，包括王夢鷗：《禮記今註今譯》（臺北：臺灣商務印書館，1984年）、楊天宇：《禮記譯注》（上海：上海古籍出版社，1997年）、姜義華：《禮記讀本》（臺北：三民書局，1997年）、呂友仁等：《禮記全譯》（貴陽：貴州人民出版社，1998年）、錢玄等：《禮記》（長沙：岳麓書社，2001年）、王文錦：《禮記譯解》（北京：中華書局，2001年）。

[77] 《禮記今註今譯》，頁100。

[78] 《檀弓疑問》「孔子與門人立拱而尚右」條，頁9。

的推論，[79]類似的情況亦見於其後「子游擯由左」條。[80]按王弼注《老子》第 31 章明云：

> 君子居則貴左，用兵則貴右。……吉事尚左，凶事尚右。偏將軍居左，上將軍居右，言以喪禮處之。

續檢郭店楚簡、馬王堆帛書《老子》，各本文字雖微有出入，內容意旨則了無歧異，[81]可以確認知禮如老子者「吉事尚左，凶事尚右」的論點。而邵氏卻說成「吉事尚右，凶事尚左」，是因為他把古代禮俗文化中不同情境的左右混為一談，以致對左右的理解時有差誤，連帶也曲解〈檀弓〉。由此可知，禮學詮釋的重大工程之一就在「掌握禮例」，[82]而禮例的掌握在過去只能靠學者的博聞強記、敏於貫通；時至今日，拜新興數位科技之賜，只要建立強大的資料庫，濟以健全的電腦檢索功能，再加上研究者第一線腳踏實地的判讀篩選（比方鄭《注》往往有「隨文釋義」的傾向，[83]讀者不可不慎思明察），相信應可以做出更具體的成績。

---

79 請參拙作：《古代禮俗左右之辨——以三禮為中心》（臺北：臺灣大學《文史叢刊》103，1997 年）第參章至第伍章。

80 《檀弓疑問》，頁 16。

81 《老子四種》（臺北：大安出版社排印本，1999 年）。

82 請參拙作：《古代禮俗左右之辨——以三禮為中心》，第貳章第四節。

83 論者以為，「據境釋義」（按：相當於前人所言「隨文立訓」）是鄭玄《禮記注》的突出特色。一方面，根據作品語境釋義——包括辭例、修辭手段、詞義和語法關係等；再方面，根據社會文化環境釋義——深諳歷史背景，通曉古習古制，熟識古人思維心性，由此以進行釋義。說參李萍：〈鄭玄禮記注據境釋義新探〉，《陝西師範大學學報》哲社科版 1995 年第 1 期。

〈檀弓上〉第51章：

> 曾子弔於負夏。主人既祖，填池，推柩而反之，降婦人而后行禮。

唐陸德明《釋文》載云：「盧（植）、王（肅）並如字。」[84]鄭《注》則云：「『填池』當為『奠徹』，聲之誤也。奠徹，謂徹遣奠，設祖奠。」[85]後世解人不乏主「填池」如字者。如宋陸佃即云：

> 池，殯坎也，既祖則填之，故曰：「主人既祖填池。」《孔叢子》曰：「埋柩謂之殔，殔坎謂之池。」[86]是也。[87]

陸佃解「填池」為填土殯坎，似非無理，然經無明文，姚際恆、陸奎勳不約而同詆其說為「臆解」、「失之」，而與王夫之俱從胡銓說。[88]胡銓《禮記傳》另以為：

> 池，以竹為之，衣以青布，喪行之飾，所謂「池視重霤」是也。填，謂縣同魚以實之，謂將行也。鄭改「填池」為「奠徹」，未詳。[89]

按〈檀弓上〉第96章「池視重霤」，鄭《注》云：「如堂（按：

---

84 〈禮記音義〉，《經典釋文》（臺北：鼎文書局影《通志堂經解》本），卷1，頁15。

85 《禮記注疏》，卷7，頁19。

86 見《孔叢子．小爾雅．廣名》（臺南：莊嚴文化公司《四庫存目叢書》本，1995年），卷3，頁12。

87 衛湜：《禮記集說》，卷17，頁18引。

88 杭世駿：《續禮記集說》，卷13，頁24引。

89 衛湜：《禮記集說》，卷17，頁19引。

本作屋）之有承霤也。承霤以木為之，用行水，亦宮之飾也。（喪車之）柳，[90]宮象也。以竹為池，衣以青布，縣銅魚焉。今宮中有承霤云，以銅為之。」[91]又注〈喪大記〉云：「君、大夫以銅為魚，縣於池下。……士則去魚。」[92]胡氏援此以釋「填池」，頗合乎「以經解經」的原則要義，惟前提是此章主人宜具有大夫以上的身分。又其以「填池」——懸銅魚於喪車外飾，表示將行的意味，未免太嫌瑣細。按《儀禮・既夕》，葬前一日質明，既設遷祖奠於柩西，接著為下一階段的祖行做準備，於是載柩，「商祝飾柩，一池（按：此為士），……設披屬引」，此即飾柩車的動作，依〈既夕〉行事尚在「徹（遷祖）奠乃祖」之前，顯與〈檀弓上〉本章「既祖填池」次序顛倒，然則胡銓所解似不能切合本章語境。

眾說紛紜之際，此章一時仍陷於弔詭，陸元輔說：「要之，改字者非矣。」朱芹說：「經文本自明白，不知鄭氏何意改『填池』為『奠徹』。」吳幼清說：「未敢必以不改字為是。」[93]值此我們不妨反思鄭《注》的長短，假設「填池」理應如字解讀，鄭君無由不知，何以不惜破字改讀？近人張舜徽精通鄭學，撰有《鄭學叢著》，[94]他以為：「鄭康成惟能博稽六藝，深造有得，

---

90 柳之言聚，此指喪禮中障蔽棺柩喪車諸飾。

91 《禮記注疏》，卷 8，頁 18。

92 同前註，卷 45，頁 21。

93 諸說出於陸元輔：《禮記陳氏集說補正》，見清抉經心室《五經彙解・禮記》，卷 7，頁 2 引。

94 包括《鄭學敘錄》、《鄭氏校讎學發微》、《鄭氏經注釋例》、《鄭學傳述考》、《鄭雅》、《演釋名》等六種。參〈鄭學叢著前言〉，《訒庵學術講論集》（長

故雖不以校讎名，而校讎之業，莫盛於鄭氏。」[95]上文鄭玄以「音近致誤」的觀點改「填池」為「奠徹」，即屬典型的校勘手段之一，似非無據；以其治學之矜慎，亦不至於率意妄改。唐賈公彥即指出：「《儀禮》之內，（鄭玄）或從今，或從古，皆逐義彊者從之。」[96]楊天宇亦以為，鄭玄校訂《儀禮》兼采今古文，採取了「合理、符合規範、存古字」等三種原則。[97]依此類推，其研考《禮記》亦必有當日別本為憑據，加上對文意邏輯的理解，對古禮流程的考量，最後綜合性地做成選擇判斷。

儘管如此，清姜兆相詳審古禮節目，揭舉鄭說「奠徹，謂徹遣奠，設祖奠」的紕漏：

> 玩本節首稱「既祖」，後又釋「祖」為「且」，則具為祖時之祖奠，而非葬時之遣奠審矣。

他續指《儀禮．既夕》喪奠有四：啟殯之奠、遷祖之奠、祖奠及厥明遣奠，遣奠既行於翌日，如《注》、《疏》說，「乃謂曾子之弔正當主人設遣奠之時，主人乃徹遣奠受弔，至明日而後再行遣奠也。不亦亂〈既夕禮〉各奠之節，且背本節釋『祖』為『且』之義哉？」[98]今按姜氏說甚辨而可採，方苞說

沙：岳麓書社，1992年），頁653。

95 〈鄭氏校讎學發微自序〉，《訒庵學術講論集》，頁730。

96 漢．鄭玄、唐．賈公彥：《儀禮注疏》（臺北：藝文印書館影《十三經注疏》本，1979年），卷1，頁7。

97 〈鄭玄校儀禮兼采今古文的三原則〉，《鄭州大學學報》哲社科版2003年第5期。

98 杭世駿：《續禮記集說》，卷13，頁26引。

亦略同。[99]於今思之，本章重點既在於「喪事有進而無退」，[100]「填池」理應是既祖之後足為明顯誌記的重要節目，倘以「奠徹」的動作標示時序與段落，無疑較前說「填池」更為彰明較著。若然，則鄭說改「填池」為「奠徹」，未必全然不可成立，問題或只在「徹遣奠，設祖奠」偶有差失？

按《儀禮・士喪》儀節繁重，於復、始死、赴（即訃）、沐浴飯含、襲、小斂、大斂而殯之後，直至葬前二日既夕，乃請啟期。葬前一日之昕啟殯，繼而遷柩朝於祖廟，「正柩于兩楹間」，設「從奠」；質明設「遷祖奠」於柩西（時柩北首）；日側為翌日即將大行而還柩車向外，設「祖奠」於柩東（時柩南首）。[101]然則本章曾子來弔，當即「還柩鄉外，為行始」、[102]「移柩車去載處，為行始」[103]之時。若讀「填池」為「奠徹」，則鄭君所謂「徹遣奠，設祖奠」，恐或一時失察，應修正為「徹遷祖之奠，設祖奠」，亦即〈既夕〉載柩飾柩車、陳器與葬具二節後，由「徹（遷祖）奠巾席俟於西方」到「布席乃（祖）奠如初」，其間要事有：商祝御柩、堂上婦人降於階間、柩車南旋等。執此以想像「倒帶」，自與記文若合符節。

他者，孔《疏》在此無意破《注》，故云：

---

99 《禮記析疑》，卷 3，頁 12。

100 〈坊記〉「喪禮每加以遠」用意同此。

101 清・淩廷堪：「凡奠，小斂以前皆在尸東，大斂以後皆在室中（奧之處），遷祖以後皆在柩西，既還車則在柩東。」說見《禮經釋例》（臺北：藝文印書館《清經解》本，1962 年），卷 8。

102 鄭注〈既夕〉，《儀禮注疏》，卷 38，頁 15。

103 鄭注〈檀弓上〉本章，同前註，卷 7，頁 19。

> 曾子弔於負夏氏，正當主人祖祭之明旦（按：即大遣葬日），既徹祖奠之後，設遣奠之時，而來弔。主人榮曾子之來，乃徹去遣奠，更設祖奠，又推柩少退而返之嚮北，又遣婦人升堂。至明旦，婦人從堂更降，而後乃行遣車禮。[104]

細究其實，「降婦人而後行禮」句，鄭《注》釋云：

> 禮既祖而婦人降。今反柩，婦人辟之，復升堂矣。柩無反而反之，而又降婦人，蓋欲矜賓於此婦人，皆非。[105]

可見孔《疏》於當時情事、於鄭《注》本意皆有誤解。依鄭君之見，主人既使南旋之柩復返，婦人亦因此而升堂，惟主人不無虛榮之想，特令堂上婦人再度降階，使近觀主人與曾子互行弔禮，非指又一明旦始行遣車之禮，否則，葬日豈不因此牽延？要之，反柩已屬違禮，「降婦人」尤為無謂。而曾子以「祖者且也」為之曲護，確然有失孔門聖賢氣象。

〈檀弓上〉第89章：

> 子夏問諸夫子曰：「居君之母與妻之喪？」「居處、言語、飲食衎爾。」

此章涉及為君母若妻應如何居喪的問題，對於今之讀者來說，似乎較缺乏時代意義。不過，從古籍訓解的立場視之，它卻構成一樁有趣的個案。

---

104 同前註。

105 同前註。

首先，此章或有字句勘訂的必要。孔《疏》以為：「此『居處言語』是夫子荅辭，不云『子曰』者，記人略也。」[106]意謂此文偶有不周，乃記者行文省略所致。另按《孔子家語・曲禮子夏問》，其文於「之喪」下有「如之何孔子曰」，「衎爾」下又有「於喪所則稱其服而已」，[107]呈現另一種文意完足的樣貌，而其間尚存在兩種可能，一則〈檀弓〉原文初始即有缺漏，或流傳之際出現闕文；至於《家語》編撰者，或以意補之，或前有所本。無論如何，在這類狀況下，此章都算是「有問有答」。

其次談到章旨。鄭《注》云：「衎爾，自得貌。為小君，惻隱不能至。」這是說小君的身分特殊，為人臣者並不適宜表達過度的哀情，否則就失了分寸。宋方愨《禮記解義》亦本其意，認為是「以君之所嚴，有所不敢盡其哀故也」。[108]陸佃《禮記解》則別有看法，說：「喪雖輕，惻隱不至則有之，未有居之而樂者也。子夏失問，夫子是以不答。」[109]誠如其言，「衎」字《說文》釋為「行喜貌」，《詩・毛傳》解為「樂也」，陸氏純就人情衡量，故指出居喪喜樂不合情理。鄭玄或亦有鑒於此，遂因文立訓，將「衎爾」解成「自得貌」，近於自如其然的意思，以稍減突兀之感。而陸說復逕自跳脫字面的迷障，另出巧思善做解人，謂此章根本是「有問無答」的異常狀況，顯示夫子「於不言處有言」的智慧。究竟有沒有這種可能呢？

---

106 同前註，卷 8，頁 15。

107 《孔子家語》(臺北：世界書局《四部刊要》本，1955 年)，頁 110。

108 衛湜：《禮記集說》，卷 19，頁 5 引。

109 同前註。

可以注意的是，此章發言者正是〈檀弓〉篇內角色微妙的子夏。記者筆端子夏出現八次，其中四處都以同儕對照的方式，有意無意地表現子夏溫情脈脈的一面。例如〈檀弓上〉第36章：「子夏喪其子而喪其明，曾子弔之……。」乃怒責其過，致使子夏投杖而拜。又如〈檀弓上〉第53章：「子夏既除喪而見，予之琴，和之而不和，彈之而不成聲。」起而自稱：「哀未忘也，先王制禮而弗敢過也。」與下文子張「先王制禮，不敢不至焉」的行徑做一對比。要之，子夏行禮往往失之太過，若然，則孔子或即因材施教，刻意予以適性的教導──「(一般狀況下）居處、言語、飲食衎爾」，而「在喪所，(容止）稱其服而已」。

四、幾種類型的觀察

如前所述，《禮記》原出自諸篇之記，來源眾多，材料叢雜，各篇記者每多為不可確考的對象，自不免要面對後人的諸多詰難。由上文所揭事例，已然見出〈檀弓〉詮解之紛歧，而注家對於記者究竟採取何種觀點、態度，是頗值得玩味的問題。一般而言，解人不只斤斤於各章主角行禮、論禮是否確當，亦無時不對記者的記錄之筆嚴加考察。要之，詮釋者心目中自有一套古禮的理想範型（所謂「正禮」)，經常用以檢覈篇中各種異變情況，以做出合於法度禮意的評斷。可以說，這樣的「正變觀」與《詩經》學的正變說是如出一轍、互通款曲的，有著士大夫一貫的經學思維會通其中。然而就在〈檀弓〉源遠流長的詮釋歷程上，尚可釐析若干解經的類型：

（一）或以個別史實議禮——參校經傳，考訂史實，以明記者之誣妄

〈檀弓上〉第15章：

晉獻公將殺其世子申生。公子重耳謂之曰：「子蓋言子之志於公乎？」世子曰：「不可。君安驪姬，是我傷公之心也。」曰：「然則蓋行乎？」世子曰：「不可。君謂我欲弒君也。天下豈有無父之國哉？吾何行如之使？」使人辭於狐突曰：「申生有罪，不念伯氏之言也，以至于死。申生不敢愛其死，雖然，吾君老矣，子少，國家多難，伯氏不出而圖吾君，伯氏苟出而圖吾君。申生受賜而死。」再拜稽首乃卒，是以為恭世子也。

本章記載晉獻公將殺其世子申生事。申生使人辭於舅犯狐突曰：「國家多難，伯氏不出而圖吾君」云云。宋胡銓《禮記傳》即以考史求實的態度指出：

案《春秋》自閔二年（661B.C.）至僖二十三年（630B.C.），狐突事晉，未嘗去。此云「不出」，記《禮》者誤。[110]

類似的情況尚見於〈檀弓上〉第17章：魯莊公及宋人戰于乘丘，馬驚，敗績。胡銓再度引《春秋．魯莊十年》「公敗宋師于乘丘」而強調：「非自敗也。」繼而明言：「記《禮》者妄，當以《經》為正。」[111]依此類推，清姚際恆指出：

---

[110] 衛湜：《禮記集說》，卷15，頁24引。

[111] 同前註，卷16，頁3引。

> 篇中凡言春秋事，與經傳多錯互，夫明明經傳而且異之，況其無可證據者乎？[112]

由此可見，緣於〈檀弓〉文字之叢脞、〈檀弓〉記人之曖昧，後世學者一概嚴峻地採取「尊經黜記」的差別眼光看待之，〈檀弓〉的這類遭際，似也成了《禮記》一書無可避免的宿命。

眾人之間，最以「考史徵實」態度責求〈檀弓〉者，莫過清毛奇齡《檀弓訂誤》，其書計 12 條目，諸如：「春秋無公儀氏」、「乘邱之敗必是（莊九年）乾時之敗之誤」、「邾婁戰升陘不敗」、「季武子死無曾點倚門事」、「宋襄公不得葬夫人又葬時不得有曾子」、「子思無嫂」等。值此不免引人思索，論者何以如此對禮書記者窮追猛打絕不寬貸？此間適突顯「禮學徵實」的學門特點。禮學，基本上就是經驗之學，注重前行、舊法，藉此提供人事準則、建立社會規範。若然，任何故事都必須要求明確的時、地、人、事、物，既不容張冠李戴，更不能道聽塗說。

此外，清夏炘《檀弓辨誣》論點尤為突出，〈自敘〉云：「〈檀弓〉一書，專為詆訾孔門而作也。如以為記禮之失，不應所失者盡在孔氏一門及其門下之高賢弟子也。」故〈例言〉又云：「是編專為孔門辨誣而作。」[113]三卷都 30 條，如「辨孔子出妻之誣」、「辨孔子不知父墓之誣」、「辨曾子子貢入廄修容之誣」等，莫不如此。進言之，此書不僅志在辨正事實，更涉及維護

---

112 杭世駿：《續禮記集說》，卷 11，頁 1 引。

113 《檀弓辨誣》，卷首。

聖門的立場之爭，故直斥〈檀弓〉為異端末流，造謗誣聖，欺世惑民，展現〈檀弓〉學史上激烈的批判之聲。

（二）或以整體史實議禮——運用時代差異觀念，得出合理詮釋

〈檀弓上〉第33章：

> 曾子曰：「小功不稅，則是遠兄弟，終無服也。而可乎？」

鄭《注》云：「日月已過乃聞喪而服，曰『稅』。大功以上然；小功輕，不服。」[114]宋游桂《經學》則發表意見：

> 古者卿士大夫同國而仕，庶人同鄉而耕，無相離之遠者。其間相離之遠者，為卿士大夫而出使，為庶人而為商，其所適亦不遠，非若後世出使及為商者，遠至於萬里之外，小功容有不稅之理。春秋時，諸侯聘會不以其方，非復先王之制；而商旅務致遠，非若古者。……兄弟始有相去之久，日月已過而後聞其喪者矣。曾子見世變不同，欲損益古禮，以適當世之變，然後世所不能行也。[115]

要之，其說頗能顧慮時代背景、社會環境，乃至不同階級身分的人不同的活動樣態，一方面能認識「時移事異」的客觀歷史現象，另方面也頗富「情境想像力」，儘管論證未必絕對謹嚴，卻能產生一定的說服效果。

---

114 《禮記注疏》，卷7，頁6。

115 衛湜：《禮記集說》，卷16，頁23引。

（三）或由制度層面議禮——嚴守禮儀分際，以明褒貶黜陟

回溯前引晉世子申生章，清莊有可乃從禮制角度議之：

> 按《記》云：「天下無生而貴者。天子之元子，士也。」[116]況諸侯之世子乎？士卒，無謚。然則太子申生之謚「共」，乃是晉惠公改葬而謚之，非禮也。[117]

按《史記．晉世家》記載，晉獻公二十一年（644B.C.），申生自殺於新城曲沃；獻公二十六年，公病卒，公子夷吾立為惠公；元年（650B.C.），「改葬『恭』太子申生」。又《國語．晉語三》亦載：「惠公即位，出『共』世子而改葬之。」[118]二文俱表其謚號，此應在時隔五年、政爭平復之後，申生始得如禮改葬，並謚以「共（恭）」，或乃春秋中葉以降，禮制日趨紊亂的徵象之一？莊氏之所以不厭其煩深究詳考，在無文字處旁敲側擊，轉使曲折的人事情節宛然在目，其用意正在於明辨當日的禮義是非。

（四）或由精神層面議禮——有時寧捨考古實證，改從人心義理出發

〈郊特牲〉云：「禮之所尊，尊其義也。失其義，陳其數，祝史之事也。故其數可陳也，其義難知也。知其義而敬守之，

---

116 按《儀禮．士冠記》、《禮記．郊特牲》俱有此文，惟二句互乙，文字小異。

117 《禮記集說》，頁125。

118 《國語》（臺北：漢京文化公司《四部刊要》重排本），卷9，頁316。

天子之所以治天下也。」這段話彰顯了「禮數／禮義」之別，亦揭示後世禮學不同的研治方向、興趣重點。前者目的在於「求真」，念茲在茲的是如何忠實還原古禮名物制度的形形色色；而後者則傾向「求善」，不欲局限於現象層面，而更寄情於禮文現象背後的用心所在。

〈檀弓上〉第49章：

易墓，非古也。

鄭《注》云：「易，謂芟治草木。不易者，丘陵也。」孔《疏》又闡發《注》意：「不易者，使有草木，如丘陵然。」究其初始，古者墓而不墳，不封不樹，並無修治的必要，所謂「葬也者藏也」、「古不修墓」，正可與此章互為註腳。歷來史家、禮家每謂「古無墓祭」，良有以也，《注》、《疏》之說亦皆能體現古禮之實。

時至後世，古代墓葬制度迭起階段性的變化，不僅既封且樹，[119]王公貴族尤大起墳壟，自然就產生易墓之需，不僅皇家有守陵之制、上陵之禮，常民百姓亦有掃墓之俗。[120]在此背景之下，明郝敬主張順勢隨俗，直言：「三代而下，園陵之禮與

119 墓之所以培土增高，太半基於標識的需求；而植樹不僅有助標識，亦利於水土保持。

120 清・趙翼於古今墓祭源流有所考述，大旨略謂：三代以上本無墓祭→春秋戰國時已開其端→上陵之創為朝制自東漢明帝始，蓋因襲西漢上塚之俗而定→寒食上塚本唐開元二十年制詔令，惟唐時寒食出城拜掃仍用喪服白衫麻鞋，蓋猶沿古時凶祭之意。說見《陔餘叢考》（臺北：新文豐出版公司影清乾隆刊本，1975年），卷32「墓祭」條。

宗廟等，安見古之是而今之非也？」[121]亦即認為墓祭的意義及重要性並不亞於廟祭，基於這般見解，記者「易墓非古」的敘述即已失去著力所在了。

或許正由於「芟治墓地草木，實為後起之制」的說法，對於後人顯得稀鬆平常，乏善可陳。後儒遂為此章別立新解，如明姚舜牧云：

> 此所云「易墓」，或移易其墓之謂乎？古人之立墓也，惟求安親之體魄耳。後世葬埋之禮，雖以漸加隆，而惑於堪輿家之說，有思移易其墓者，故記禮者特嚴為之防。[122]

清邵泰衢云：

> 墓之所在，親之所安也。任其荒穢，子心安乎？故秦繼宗曰：易墓是指改葬。宅兆既定，日月有常，不可更改。改葬者，後世之惑，非古道也。[123]

諸說以「易墓」為「改葬」，實起於後世葬俗不同的問題，如「二次葬」，與南方水土不利葬埋有關。要之，關於「易墓」的不同理解，舊說顯較能符合古代葬制的實情。論者不惜另闢新說，雖不免有「以今律古」之嫌，未盡體現原典本意，對於後世讀者卻似乎更富有「教育意義」。因為其所謂「墓之所在，

---

121 《禮記通解》（上海：上海古籍出版社《續修四庫全書》本，1995 年），卷 3，頁 30。

122 《禮記疑問》（臺南：莊嚴文化公司《四庫存目叢書》本，1997 年），卷 2，頁 15。

123 《檀弓疑問》，「易墓非古也」條，頁 12。

親之所安也。任其荒穢，子心安乎」，正是針對鄭《注》而發，明顯受到後代習俗的影響；而另做「改葬」之解，則又是十足用以針砭時弊。

五、結語

透過上文枚舉的若干個案與類型，得以略窺〈檀弓〉詮釋特具的多樣性。不無弔詭的是，正由於〈檀弓〉出自無名記者之手，反稍能擺脫聖賢懿訓的盛名之累，任由後世學者暢言高論，蔚為異彩紛呈的經解園地。討論之餘，謹提出有關「禮學詮釋」的幾許想法：

（一）解讀古文獻，應力求返本歸真，想像、還原其著作動機和敘述策略

如〈檀弓〉這般獨特的故事體裁饒有興味，當時記者究竟在怎樣的心態、動機之下進行紀錄？詮釋者心中應反覆體察這個問題。當然最大的可能是，孔門後學者處於周禮陵夷之際，猶不忘弦歌諷誦、殷勤學禮，並將師說、見聞逐一書寫。若然，何者當書、何者不書，就必須深入考量了。誠如上文所引邵泰衢云：「記事以訓迪為要。」此一精神幾乎流貫於傳統中國的經學、史學、哲學各範疇，而禮學尤具「指導」、「規範」的法理意義，何獨不然？換言之，在「書寫意識」上，猶如《詩》貴「美刺」，《春秋》重「褒貶」，《禮》之記文固乃經書餘緒，仍將一本「正變」觀念，對於禮之起始、源流、異變等事象，

時相記述、考論、補充、匡正，故每云「某，自某始」、[124]「某，非古也」，[125]往往意在言外，而暗寓「某，禮也」、「某，非禮也」的價值分判。其間尚有若干事例，僅得聖賢夫子許其可而未許其善，[126]尤顯特殊，頗能揭示儒學、禮學精微的義理層次，值得細心咀嚼。

（二）禮記研究亟需實事求是，進行分題、分篇、分類研究，以切合其書多元的內容

個人曾撰文提出淺見：「隨著時移勢異，從《禮記》到禮書的分類重編簡史中，可以看出，類編其實和注解考證等詮釋活動無甚差別，亦是後來者對於經典的匠心經營。」[127]職是之故，對於從《禮記》到禮書的各式類編之作，應賦予更多的注意和肯定，藉由前人的分類體系，掌握古禮的紛繁門類，必要時無妨將原書加以篩選重編，以利傳習、教學與研究。

再者，分類釐訂、歸納統整之餘，禮學所面對的社會人文事象，亦必有可括約的「常例」以及零散歧異的「變例」，不

---

124 宋・王應麟：《困學紀聞》云：「《禮記》於禮之變，皆曰『始』。」清徐乾學云：「〈檀弓〉凡言『始』，皆變禮之失，此亦微文示譏耳。」說見杭世駿《續禮記集說》，卷 11，頁 11 引。

125 如〈檀弓下〉第 14 章：「帷殯，非古也，自敬姜之哭穆伯始也。」此處不單有「禮著其始」的用意，清萬斯大指出：「敬姜賢婦，以遠嫌帷殯，無乖禮意，故不曰『非禮』，而曰『非古』。」見杭世駿《續禮記集說》，卷 15，頁 15 引。

126 如〈檀弓上〉第 16 章：「魯人有朝祥而莫歌者。」孔子既許其「三年之喪，亦已久矣夫」，又微諷之：「踰月則其善也。」

127 請詳拙作：〈禮記類編問題探究〉。

宜強求會通。舉例言之，古禮喪期中的祥禫月數久為公案，姚際恆為此發抒感言：

> 自聖人制三年之喪，其後變禮者又非一人，後人必欲執一說以概而通之，自有所不能也。……變禮者非一時，記禮者非一人，故其言互異也。鄭、王各執一詞，凡于諸禮文及他經事跡，其合可（按：疑二字當乙）者，合之；其不可合者，必逞其辭以強合。所以禮愈雜而多端，而後人究不得一是之從。[128]

所謂「變禮者非一時，記禮者非一人，故其言互異」，〈檀弓〉正是最好的寫照。當前自然科學界尚且有「Fuzzy」理論、「測不準」定理，遑論複雜深遠的人文世界？在追求真理真象的同時，也必須懷著兼容並蓄的精神，給予各方異說更多的尊重與理解。

（三）禮學研究一方面應以鄭學為基點，另方面則應突破鄭學，力求開新

本文所列〈檀弓〉各章，不過是小小採樣，卻不禁讓我們聯想「《詩》無達詁」——《詩》三百（尤以風詩為最）本屬攸關情性的文學作品，《詩》的詮釋往往見仁見智；那麼傳統的《禮》學是否也容許存在若干類似的詮解空間呢？前人每謂：「《禮》是實學。」但，如同《詩》有做詩者之意、有采詩者之意、有引詩用詩者之意，禮學詮釋其實也存在著不同的理

---

[128] 杭世駿：《續禮記集說》，卷 12，頁 14 引。

解層次，這已不只是「應然」而且是「實然」的問題了。若以禮書為古代典章儀俗制度的紀錄，著重以「五（六）經皆史」的觀點疏解之，然則差近於「歷史的真實」，而「歷史的真實」亟賴嚴謹的前提、周密的論證，始能切近特定時空的局部真象。若以禮書所載應有一定的褒貶寓義，遂深入其內探索古人的用心所在，那卻是「精神史」或「觀念史」的再現與重構，亦即不限把經書視為史料，而是賦予其充分自足的經學詮釋空間。也惟有接納這樣生發於中國文化原壤的、獨特的經學體系，像孫詒讓《周禮正義》之類的集成鉅作，始得以巋然屹立，因為其書中交會投射出的古禮情景，或只是一幅幅虛擬合成的典範式圖象！

復仇觀的省察與詮釋
——以《春秋》三傳為重心**

李隆獻*

一、研究緣起、過程與理論基礎

先秦／傳統文化中的某些觀念，如「人文精神」、「不朽」、「德／義／禮」、「經／權」、「爭／讓」、「華夏／戎狄」、「報／報恩／報仇」等，一直是個人關心與思索的命題。但因個性疏懶，雖唯常存心中，卻多未付諸行動。2003 年承蒙本校東亞文明研究中心鄭吉雄先生之邀，參與「經典觀念字形音義詮釋字譜」之研究計畫，吉雄兄號召了十餘位出身不同大學文、史、哲科系的同好，經過半年左右的討論、並各自撰擬文稿，最後限於種種因素，雖尚無具體成果，卻也發現這種構想立意甚佳，但乍看似乎簡單，實則牽涉多方，需要進一步的研究。

經學與傳統學術的研究，數千百年來，前賢已付出無以數

---

* 現任國立臺灣大學中國文學系教授。

** 本文原為臺大「東亞文明研究中心」2004 年「儒家經典的語文解讀與訓釋」〈春秋經詮解與經典詮釋〉計畫之部分成果，蒙魏千鈞、張晴翔、李慰祖三位研究助理協助蒐集資料、撰擬草稿；初稿曾於「東亞語文學與經典詮釋學術研討會」（2004 年 11 月 20 日）宣讀，惠蒙特約討論人莊雅州教授有所指正；二稿復蒙《臺大中文學報》二位審查先生謬賞，且有所賜正，謹此一併致上謝忱。本文刊於《臺大中文學報》22 期（2005 年 6 月），頁 99-150。

計的工夫與心血，身為後輩的我們想要有突破性的創見，若非引進新的觀點／研究方法進行闡釋，或借助出土文物／文獻以資佐證，實非易事。筆者在 1994 年，辱蒙學長葉國良先生邀約，參與國科會中型專題計畫，分別提出有關「成年禮」的兩個子計畫：

（一）葉國良教授主持：《儀禮士冠禮研究（一）——經學與文化人類學的綜合考察》；

（二）筆者主持：《儀禮士冠禮研究（二）——先秦成年禮與後世成年禮的比較研究》。

後來並分別先後撰成成果報告。葉先生在報告的第五章〈論士冠禮中的命字〉中，採用英國人類學家弗雷澤（James Frazer, 1854-1941）《金枝》（*The Golden Bough*）中的理論，[1]成功的詮釋漢族成年禮中「命字成人」儀節的文化意涵，並在日後出版的研究中指出：

> 冠笄之禮中一直實行至近代的取「字」之禮，並非如古人所言出於聖人所定，而是遠古時代巫術思惟下避禍遠害的習俗，取「字」乃為避免己「名」為外人所知而有加害的機會，到了周代以後的禮制社會中，則轉化為稱人「字」為敬，稱人「名」為不敬。[2]

---

[1] 見英・弗雷澤著，汪培基譯：《金枝——巫術與宗教的研究》（臺北：桂冠圖書股份有限公司，1991 年），「禁忌的詞彙」節。

[2] 葉國良等撰：《漢族成年禮及其相關問題研究》（臺北：大安出版社，2004 年）〈導言〉，頁 3。其詳見葉國良：〈冠笄之禮中取字的意義及其與先秦禮制的關係〉，收入上揭書第一篇。

葉國良先生援引人類學／民族考古學理論詮釋傳統文化的觀念與現象，具有相當的信服力。筆者當日在與葉教授反覆討論、辯難的過程中，也深刻體會經學、文化史／文化觀念的研究，似不必侷限於傳統的治學方式，若能在適當的時機加入跨文化、跨領域的研究以為佐助，或許能有突破前人成果的可能。2003 年臺大成立東亞文明研究中心以來，召開過許多次的研討會與講論會，其中有許多場次也採用了跨文化／跨領域的方式，一方面令筆者心有戚戚焉，另方面也鼓舞了筆者。

基於上述的理念，2004 年復蒙吉雄兄錯愛，邀請參與中心「儒家經典的語文解讀與訓釋」計畫。在多方考量下，遂將平素關心的部分議題列為計畫內容，題目則暫定為〈春秋經詮解與經典詮釋〉。因中心提供了相當數目的研究助理費，筆者遂決定採取分工合作的方式，進行一場跨文化／跨領域的小型研究，於是邀請早年在大學時期即以經學研究為標的，目前就讀臺大中文研究所碩士班高年級的老學生魏千鈞同學，託其擔任傳統經學的經典研讀與詮解工作，再邀請就讀臺大外文系，正準備轉考中文研究所的張晴翔同學，託其擔任西洋文學／文化的研讀與詮釋工作，並商請就讀臺大中文系，平日對心理學、人類學、社會學、基因與人類演化等方面稍有涉獵，亦擬報考中文研究所的李慰祖同學，囑其擔任跨領域、跨文化方面的研究。[3]

[3] 張、李二生於計畫進行不久，旋即考入臺灣大學中國文學研究所就讀。期間晴翔賢弟已於 2007 年自中文所畢業，順利進入職場；千鈞賢弟亦於 2006 年順利考入博士班就讀；慰祖則正撰寫碩士論文。2008 年 3 月附識。

在計畫進行的半年多時光裡，師生四人或每週一次，或隔週一次，不間斷的反覆討論：初期設定研究範圍為：《春秋》及三傳中所涉及的文化觀念，在多次商略後，初步擬定以《春秋》三傳中的「爭／讓」、「經／權」、「報／報恩／復仇」等問題為討論焦點，分別蒐集資料，進行基本的解讀。在爬梳基本資料、蒐集相關研究後，發現有些論題前賢已有相當深刻的學術成果，如學長何澤恆先生對「經／權」的研究即其一例；[4]也逐漸清楚某些問題的複雜，如三傳中的「爭／讓」問題即是。在經過多次的商討後，決定集中討論「復仇觀」的源起、演變與《春秋》三傳的復仇觀及其異同。希望透過相關資料的蒐羅、分析、檢討，釐清復仇觀的源起、演變及其對傳統文化的影響，並藉由跨領域、跨文化研究的輔助，探索復仇觀在人類演進過程中的社會、文化意涵，省思傳統文化與異文化復仇觀的異同，並透過西方文學／文化中所呈現的復仇觀念的映照，思索此一人類共同的文化現象。

在研究執行的過程中，筆者除提示閱讀方向、參與資料解讀、省察前人研究成果、判定各家說法優劣／當否、釐訂章節結構外，亦與三位研究生論及運用資料、援引理論的原則與方向。筆者認為：前賢撰作多有其「寫作策略」，即令以解經為依歸的《春秋》三傳，也不免因作者個人的寫作動機而對史料有所抉擇，並採用合乎自身的觀點進行闡釋，未必即為當時歷

[4] 何澤恆：〈《論語》《孟子》中所說的權〉，原載《孔孟月刊》24卷3期（1985年11月），收入氏著：《先秦儒道舊義新知錄》（臺北：大安出版社，2004年）。

史／文化現象的真切呈現，遑論時移事異之後的記載、詮釋；故面對文獻時，可適度採取「後設理論」的立場，對其說法進行檢討與詮釋，如此或可能較有助於釐清各家說法異同的可能情形。

在上述分工合作的原則下，三位同學各自仔細蒐集、比對、分析、整理相關資料，檢視、吸收前賢研究成果，進而撰擬初稿；又經過兩個月左右，六、七次的反覆討論，陸續進行修改，用三易其稿已不足以形容；最後再由筆者加以統一，並一一覆核原文，進行增刪改定。這篇論文，無疑匯注了三位同學無以數計的精力與心血，謹此致上最誠摯的謝意。至於文中的錯誤與侷限，自屬筆者學殖淺陋有以致之，企盼大方之家有以教我。

二、復仇觀的起源及其形成社會／文化意義的推測

討論一個觀念／問題，無可避免的必須追溯其源流。「復仇」，[5]作為一個理所當然的概念，古來討論者固所在多有，卻

[5] 「復仇」，典籍中或作「復讎」，如《孟子》、《公羊傳》、《穀梁傳》，或作「報讎」，如《左傳》、《周禮》、《史記》；或作「報仇」，如《史記》，亦有作「復仇」者，如《越絕書》。《廣雅．釋言》：「報，復也。」（清．王念孫：《廣雅疏證》〔南京：江蘇古籍出版社，2000 年〕，卷 5 上，頁 11 上）可知「復仇」與「報仇」實異詞同義。又，《說文．人部》：「仇，讎也。」（清．段玉裁：《說文解字注》〔臺北：藝文印書館，1974 年〕，卷 8 上，頁 36 上）〈言部〉又云：「讎，應也。」段《注》：「讎者，以言對之。……引申之為讎怨，《詩》『不我能慉，反以我為讎』；《周禮》『父之讎』『兄弟之讎』是也。……仇、讎本皆兼善惡言之，後乃專謂怨為讎矣。」（同上，卷 3 上，頁下）案：仇、讎亦可合為複詞，如《左傳．哀公元年》：「（越）

鮮少論及其起源／成因；[6]近人或以生物本能予以解釋，如張瑞楠在〈復讎與中國固有法〉首節中所言：

> 凡生物均有對其種族存在之侵害性攻擊予以反擊之性，此係出於生物之自保性有以致之；……此幾乎係本能之反應。……復仇乃係依此反擊性而發之種族自保之基本美德。[7]

復仇行為源自於生物性，自屬無庸置疑，但綜觀世界各地千差萬別的「復仇文化」，除以生物／基因演化的角度詮釋外，似乎更應由文化／社會演化的切面省視，[8]畢竟許多「復仇行為」明顯非出自純生物本能的蠢動，實帶有理性思維的運作，乃人類所特有，其中固然應有生物性的殘留，依然可以循社會文化的脈絡加以檢視，如此才更有觸及其作為一種文化思維的種種可能。

「復仇」在早期作為一種「種族自保」的行為，與「家族」的關係是不可分割的，瞿同祖（1910-）在《中國法律與中國

與我同壤而世為仇讎」，《荀子・臣道》：「爪牙之士施，則仇讎不作」，可知「復仇」、「復讎」異字而同義。本文從俗，或用「報仇」，而多用「復仇」，端視行文而定，並無深意，讀者察之。

6 有者則多如明・丘濬：《大學衍義補》所言：「（復仇）生民秉彝之道，天地自然之理。」（京都：中文出版社，1979 年，卷 110，頁 1147）視其為無須言說的「自然」。

7 《法學叢刊》67 期（1972 年 7 月），頁 94。案：此說雖亦近乎「自然」，但已是解釋性的，非不言自明的「道、理」。

8 生物／文化演化的觀點採自 Paul R. Ehrlich 著，李向慈、洪佼宜譯：《人類的演化：基因、文化與人類的未來》（*Human Natures: Genes, Cultures, and The Human Prospect*），臺北：貓頭鷹出版社，2003 年。

社會》〈血屬復仇〉節中指出：

> 在家族為社會單位，個人完全隸屬於家族的時代，……（復仇）常演成家與家間族與族間的大規模的械鬥。[9]

這是在掠奪性的原始社會中極為重要的生存法則；可以想見，先民必然以宗教性的力量強制執行，瞿氏以為：

> 復仇的觀念和習慣，在古代社會及原始社會中極為普遍。……社會上承認他報復的權利。……報仇可說是一種神聖的義務。[10]

周天游（1944-）亦以「復仇——上古人類神聖的權力和義務」[11]作為其《古代復仇面面觀》首章首節的標題。瞿、周二人同時使用「神聖」一詞，[12]足以說明復仇此一源遠流長的傳統，具有高度的宗教[13]意義為其心理基礎。[14]以其作為一種「義務」來看，所謂「復仇」已不只是本能對入侵、迫害者的反擊，而是思維化、理論化的行為，不一定要有即時的迫害，但基於某些（神聖的）原因，必須用異族人的血來完成儀式，達到心靈

---

[9] 瞿同祖：《中國法律與中國社會》（臺北：里仁書局，1982 年），頁 85。又，本文〈五之二〉所舉莎士比亞 *Romeo and Juliet* 亦其一例，說詳下。

[10] 《中國法律與中國社會》，頁 85。

[11] 周天游：《古代復仇面面觀》（西安：陝西人民出版社，1992 年），頁 1。

[12] 周氏在文中言及「復仇也自然而然地具備了某種宗教色彩」，並舉印地安人的例子說明其儀式性、宗教性。同前註，頁 1。

[13] 此指「原始宗教」，與後代崇高信仰的「文明宗教」異義。

[14] 宗教、儀式必然有其現實層面的意義，因此在其神秘外衣漸褪後，仍須其他的力量作為理論基礎，如後來的儒家以「倫理」以至「道德」來規範復仇行為（詳本文之〈三〉），便是一個過渡性的例子，由宗教而倫理，理性思維滲入，但依然訴諸心靈、信仰的力量。

的滿足、快慰與解脫，顯示「復仇」的意義已漸趨複雜。至於族與族的爭鬥導致「滅族」行動，[15]自然由宗教力量所主導，但其隱藏在背後的實際原因恐係擔心被復仇使然，所以非得「斬草除根」不可，這種看似原始、嗜血的「復仇」行動絕不只是單純的復仇而已，而是審慎思索後的行動。

即便如此，這種「人隸屬於家族」[16]的概念還是非常原始的，在人類智力發展，文明演化的過程中，慢慢產生了個體的覺醒，也漸漸發現「無差別殺人」的不妥，遂將焦點集中於復仇的對象，誠如瞿同祖引 E. S. Hartland 之說所言：

> 最初犯罪的宗族部落（Clan）中每一個人都可為復仇的對象，但文化進化以後這種復仇的權利漸漸地被限

---

[15] E. Westermarck: *The Origin and Development of The Moral Ideals* (London: Macmillan, 1912)述及 Australian Kurnai 人的復仇不以仇人的死為滿足，還要將仇人的整個團體加以殺戮；W. H. Sumner：*Science of Society* (New Heaven: Yale University Press, 1928) 述及格靈人（Greens）之報仇，不僅殺仇人的全家，甚至其牲畜也不放過。以上二例轉引自《中國法律與中國社會》，頁 86。中國亦不乏此類行為，如宋・李昉《太平御覽・人事部・仇讎》（臺北：臺灣商務印書館景日本帝室圖書寮京都東福寺東京岩崎氏靜嘉堂文庫藏宋刊本，1975 年）引王隱《晉書》：「汭充敗于吳興。吳興人吳儒，充之將也。充亡失道，誤入儒家，誘內充重壁，因笑充曰：『三千戶侯也！』充曰：『封侯不足貪也，爾大義全我，我宗族必厚報；若必殺我，汝族滅矣！』儒遂殺之。充子勁，字世堅，即潛報仇，族滅吳氏。」（卷 481，頁 7 上）又如南朝・梁・沈約《宋書・自序》（臺北：鼎文書局，1981 年）載其祖先沈林子之父為沈預所害，林子與兄田子籌畫報仇，「預正大集會，子弟盈堂，林子兄弟挺身直入，斬預首，男女無長幼悉屠之，以預首祭父、祖墓。」（卷 100，頁 2453）

[16] 或說「人＝家」，你殺我家的人就是你家的人殺我，所以我與我家的人都可以殺你和你家的人。

制，……只有犯罪者本人和其最近親屬（Kin）負此責任，同時也只有其最近親屬才有復仇的責任。[17]

上文言「神聖的義務」，此處說「責任」，在在顯示復仇已與生物性的本能反應相去甚遠。尤其值得注意的是，這種為親屬復仇的「責任」，往往具有「傳承性」，如許慎所說的「五世復仇」，甚至如《公羊傳》主張的「九世猶可以復讎」、「雖百世可也」（詳本文之〈四〉）。後世子孫彼此間毫無仇恨，甚至可能毫無關係，卻可能因先祖們的仇殺而終身背負自己從未明白的責任，代代相傳，無有了期，[18]這固然也屬「復仇」的範疇，卻早已脫離原始意義，而是人類以價值觀強行建構出來的復仇體系。

「血屬復仇」作為文明進化的產物，實有生物學的基礎，[19]世界各地的復仇觀亦皆以血緣關係為基礎；但中國在文明演化的歷程中，卻發生了跨越性的現象，瞿同祖曾指出：

中國的社會關係是五倫，所以復仇的責任也以五倫為範圍，而朋友亦在其中。[20]

周天游也認為：

---

17 《中國法律與中國社會》，頁 86。

18 文獻多有述及，此不煩引；後世許多武俠小說即以此類思想／處境為基礎展開劇情。

19 此一概念可參 Richard Dawkins 著，趙淑妙譯：《自私的基因——我們都是基因的俘虜？》（*The Selfish Gene*），臺北：天下遠見出版股份有限公司，2000 年。

20 《中國法律與中國社會》，頁 87。

> 作為血緣關係的外延而形成的五倫觀念，擴大了復仇的範圍，使中國古代復仇制度具備了獨有的特色。[21]

五倫中，國君與朋友雖皆不屬血親（老師亦然），但禮書中對其復仇的原則亦詳細規範（說詳下文之〈三〉），如此明文在禮書中規定超越血親的復仇觀似乎未曾見之於其他文化，而為中國文化所特有，這明顯是以後天的倫理觀來規範人類本能，實乃文化凌駕生物的最佳例證。

中國獨特的五倫復仇觀，乃復仇意識與儒家思想交互作用而產生，作為其理論／心理基礎的，則是道德意義：從社會大眾熟悉的「此仇不報非君子」、「君子報仇十年不晚」，到正式一點的「復讎因人之至情，以立臣子之大義也。讎而不復，則人道滅絕，天理淪亡」，[22]這些觀念背後透露的訊息皆是：報仇乃作為一個人應盡的義務。即使國家、法律約束、限制，甚至禁止復仇，復仇行為仍舊持續發生，並屢屢獲得眾人以至士人的稱許；讎而不復，或是私和者往往遭受鄙視、唾棄，[23]種種情形其實和原始部落未完成復仇者的遭遇相去不遠。[24]

歷來對復仇的要求，雖有宗教與道德的差異，但同樣訴諸心靈、信仰的力量，作為一種強制性的規範。儒家作為一重視社會性的思想體系，對復仇的贊成與否顯得曖昧，如荀悅《申

---

21 《古代復仇面面觀》，頁 6。

22 丘濬：《大學衍義補》引胡寅語，頁 1147。

23 唐、明、清諸朝律法皆有記載，此不煩引，可參《中國法律與中國社會》，頁 99-100。

24 其例繁多，可參《中國法律與中國社會》，頁 101-102，此不贅舉。

鑑・時事》對復仇的態度便呈現此一矛盾：

> 或問「復讎」。「古義也。」曰：「縱復讎可乎？」曰：「不可。」曰：「然則如之何？」曰：「有縱有禁，有生有殺。制之以義，斷之以法，是謂義、法並立。」曰：「何謂也？」「依古復讎之科：使父讎，避諸異州千里；兄弟之讎，避諸異郡五百里；從父、從兄弟之讎，避諸異縣百里。弗避而報者，無罪；避而報之，殺。犯王禁者，罪也；復讎者，義也。以義報罪，從王制，順也；犯制，逆也。以逆、順生殺之。凡以公命行止者，不為弗避。」[25]

為穩定社會，實不宜倡導復仇，[26]但強調禮儀規範本於人情的儒家又豈能罔顧被害者親友內心的悲痛？矛盾與衝突交互拉扯糾結，儒家的復仇倫理／規範，即試圖平衡人倫與社會這個天秤。

以下擬對先秦以至西漢的儒家典籍論及「復仇」者進行省察與詮釋，期對此一文化現象／觀念有所釐清。

---

[25] 漢・荀悅：《申鑑》（臺北：臺灣商務印書館《四部叢刊》初編縮印江南圖書館藏明「文始堂」本），卷2，頁7-8。

[26] 丘濬《大學衍義補》引吳澂語：「為親復讎者，人之私情，蔽囚致刑者，君之公法。使天下無公法則已，如有公法，則私情不可得而行矣。」（頁1143）

三、儒家復仇觀的省察與詮釋

（一）孔孟復仇觀的省察與詮釋

儒家的復仇觀念，可由孔子以下，逐一探索其演變與差異。

儒家的開創者孔子對復仇並無直接評論，但《論語・憲問》卻有這樣的一段話：

> 或曰：「以德報怨，何如？」子曰：「何以報德？以直報怨，以德報德。」[27]

孔子並不贊成「以德報怨」，認為「以直報怨，以德報德」才是正確的，否則便無法適當地報答別人的恩德。

「以直報怨」，邢昺以為：「當以直道報讎怨」，[28]朱子則以為：「於其所怨者，愛憎取舍，一以至公而無私，所謂直也。」[29]可見「以直報怨」是以公正無私的態度去面對自己的怨讎，該採取怎樣的方式去應對，就用那樣的方式去回報怨讎。以此推之，孔子雖然並未直接對復仇有所論述，但以正當的方式復仇應是孔子所認可的。

《孟子・盡心下》有一段孟子對於所見復仇風氣的論述：

> 孟子曰：「吾今而後知殺人親之重也。殺人之父，人亦殺其父；殺人之兄，人亦殺其兄。然則非自殺之也，

---

[27] 宋・邢昺：《論語注疏》（臺北：藝文印書館景清嘉慶二十年江西南昌府學刻本，1976 年），卷 14，頁 13 下。

[28] 同前註，卷 14，頁 13 下。

[29] 宋・朱熹：《四書章句集注》（臺北：大安出版社，1994 年），頁 219。

一間耳。」[30]

孟子見到的復仇習俗是只要殺人的父兄，復仇者亦會殺其父兄以為報復，於是乎殺人之親屬者必須承擔沈重而殘忍的後果。面對這樣血腥的復仇風氣，孟子提出「非自殺之也，一間耳」的看法。趙岐《註》說：「一間者，我往彼來，間一人耳。與自殺其親何異哉？」[31]的確如此，若自己殺害別人的親屬，別人也來殺害自己的親屬，那跟自己殺害自己的親屬又有何差異？由這段話來看，孟子除了要世人對自己的行為舉止更為慎重而不可殺害別人外，更對當時的復仇風氣有所感嘆。

孟子對復仇的看法，與孔子並無大不同：孔子講「以直報怨」，主張以正確適當的方式處理仇怨；孟子當時的復仇風氣是復仇不報復殺人者自身，而要殺人者同樣感受到喪失親屬的傷痛，這樣的行為是殘忍而不合理的，不合乎「以直報怨」的原則，所以孟子反對的並不是復仇行為，[32]而是反對當時復仇風氣的兇殘。

孔孟的復仇觀都屬相當社會化以後的觀念，說已詳上文；至於《孟子》所反映的復仇觀牽涉「報」與「報仇」觀念的互涉，說詳本文〈五之一〉。

---

[30] 宋・孫奭：《孟子注疏》（臺北：藝文印書館景清嘉慶二十年江西南昌府學刻本，1976 年），卷 14 上，頁 5 上-下。

[31] 同前註，卷 14 上，頁 5 下。

[32] 《孟子・滕文公下》載葛伯殺童子，商湯伐葛事，有云：「為其殺童子而征之，四海之內皆曰：『非富天下也，為匹夫匹婦復讎也。』」（同前註，卷 6 上，頁 10 上）可證孟子並不反對復仇。

（二）禮書復仇觀的省察與詮釋

孔、孟以下的儒者對復仇皆採取正面肯定的態度，並有較詳細的理論論述。這些論述出現在《禮記》、《大戴禮》、《周禮》諸禮書中。《禮記．表記》說：

> 子言之：「仁者天下之表也，義者天下之制也，報者天下之利也。」子曰：「以德報德，則民有所勸；以怨報怨，則民有所懲。《詩》曰：『無言不讎，無德不報。』〈大甲〉曰：『民非后，無能胥以寧；后非民，無以辟四方。』」子曰：「以德報怨，則寬身之仁也；以怨報德，則刑戮之民也。」[33]

〈表記〉這段話提出在位者有「仁」、「義」、「報」三種道可以遵循，而面對人民有「以德報德」、「以怨報怨」、「以德報怨」、「以怨報德」四種「報」的方式。其中「以怨報德」違反人情，乃天下之亂民，法所當誅，自應反對。「以德報德」有勸勉人民向善的功用，「以怨報怨」則有懲戒的效果，二者都是〈表記〉所贊同「報」的方法。

「以德報怨，寬身之仁」，鄭玄《注》：

> 寬，猶愛也。愛身以息怨，非禮之正也。「仁」亦當言「民」，聲之誤。[34]

孔穎達發揮鄭玄之說云：

---

[33] 唐．孔穎達：《禮記正義》（臺北：藝文印書館景清嘉慶二十年江西南昌府學刻本，1976 年），卷 54，頁 3 下-4 上。

[34] 同前註，卷 54，頁 4 上。

> 「寬身之仁」者，若「以直報怨」，是禮之當也；今「以德報怨」，但是寬愛己身之民，欲苟息禍患，非禮之正也。[35]

鄭、孔皆認為「以德報怨」者乃因害怕怨者報復，故以德惠回報仇怨，屬苟求容身的行為，故皆不予肯定。此說蓋繼承《論語》所載孔子反對「以德報怨」的思想而發揮，但〈表記〉是否反對「以德報怨」似乎還有商榷的餘地。

《禮記》的報施觀念顯有《老子》影響之跡，如〈曲禮上〉主張：「太上貴德，其次務施報」，[36]與《老子・三十八章》「上德不德，是以有德」的精神正相符合；而〈表記〉的「以德報怨」與《老子・六十三章》「為無為，事無事，味無味。大小多少，報怨以德」之思想亦相吻合，[37]並可見《禮記》中的報施觀念確有《老子》思想的痕跡。故〈表記〉是否反對「以德報怨」，如鄭玄、孔穎達所說，實不無可疑。孫希旦《禮記集解》引述宋・呂大臨之說，並加發揮云：

> 呂氏大臨曰：以德報怨，雖過於寬而本於厚，未害其為仁也。……愚謂寬猶容也。以德報怨，則天下無不釋之怨矣。雖非中道，而可以寬容其身，亦仁之一偏也。[38]

---

[35] 同前註，卷 54，頁 5 上。

[36] 同前註，卷 1，頁 12 下-13 上。

[37] 兩段《老子》引文，分見魏・王弼等：《老子四種》（臺北：大安出版社，1999 年），頁 32、頁 55。

[38] 清・孫希旦撰，沈嘯寰、王星賢點校：《禮記集解》（北京：中華書局，1989 年），卷 51，頁 1300-1301。「寬身之仁」，即寬身之民，呂、孫解為「仁愛」之仁，雖有未當，但其解「寬身」則可備一說。

〈表記〉贊成「以怨報怨」，雖針對在上位者施政而言，其肯定復仇的立場應是毫無可疑的。

〈曲禮上〉亦論及復仇的原則：

> 父之讎，弗與共戴天；兄弟之讎，不反兵；交遊之讎，不同國。[39]

這段話對復仇有較完整的敘述：父仇不共戴天，就是要想盡辦法殺掉仇人；兄弟之仇則採取「不反兵」的態度，孔穎達《正義》說：

> 「不反兵」者，謂帶兵自隨也。若行逢讎，身不帶兵，方反家取之，比來則讎已逃辟，終不可得，故恆帶兵，見即殺之也。[40]

可見兄弟之仇乃隨身攜帶兵器，遇之則報仇。至於交遊之仇，只要仇人避不同國，即可不報；若同國則仍應報仇。

〈曲禮上〉另又敘及為朋友復讎的原則：

> 為人子之禮：……父母存，不許友以死。[41]

所說異於前引「不同國」的原則，孔穎達《正義》說：

> 「父母存友以死」者，謂不許為其友報仇讎，親存須供養，則孝子不可死也。若父母存，許友報仇怨而死，是忘親也。親亡，則得許友報仇，故《周禮》有「主友之

---

[39] 《禮記正義》，卷3，頁10下。

[40] 同前註，卷3，頁11上。

[41] 《禮記正義》，卷1，頁18上、23上。

讎，視從父母兄弟」，《白虎通》云「朋友之道，親存不得行者，不得許友以其身，亦不許友以死耳」。[42]

〈曲禮〉對父之仇、兄弟之仇、交遊之仇雖皆有所論述，但其中差異由經文的敘述並不易區分。若參照〈檀弓〉之說則可明確了解〈曲禮〉旨意。〈檀弓上〉載子夏問孔子復仇之義說：

> 子夏問於孔子曰：「居父母之仇，如之何？」夫子曰：「寢苫枕干，不仕，弗與共天下也。遇諸市朝，不反兵而鬥。」曰：「請問居昆弟之仇，如之何？」曰：「仕弗與共國；銜君命而使，雖遇之不鬥。」曰：「請問居從父昆弟之仇，如之何？」曰：「不為魁；主人能，則執兵而陪其後。」[43]

子夏分別問孔子「父母之仇」、「昆弟之仇」、「從父昆弟之仇」該如何行事？孔子以為父母之仇應該睡在草墊上，枕著盾牌，隨時警惕自己，並且不出仕，與仇人不共戴天，一旦相遇即取出隨身的武器報仇。有父母之仇不出仕是因為與仇人不共戴天，想盡一切辦法都要報仇，若出仕則須服從國君之命而不能捨棄自己的生命復仇。至於兄弟之仇，則可以出仕，但不與仇人同國；如身負國君的命令，雖然遇到仇人，也應以完成君命

[42] 同前註，卷 1，頁 23 上。又，「親存須供養」本重「存」字，依阮元《校勘記》刪；所引《白虎通》文，原作「親友之道不得行者，亦不許友以死耳」，依阮元《校勘記》（同上，卷 1，《校勘記》，頁 13 上）與李學勤說（《禮記正義》整理本〔臺北：臺灣古籍出版社，2001 年〕，卷 1，頁 36，註 4）校改。

[43] 同前註，卷 7，頁 17 上-下。

為重而不可復仇；至於從父兄弟之仇，則不必率先復仇，因其自有主人復仇，若其主人要復仇，則拿著兵器跟隨其後相助。

對照〈檀弓〉、〈曲禮〉，二文說法大致相近，且可相互補充，看出《禮記》具體的復仇觀：以父母之仇而言，〈曲禮〉僅言「不共戴天」，據〈檀弓〉可知要隨時警惕自己，不可出仕，並且隨身攜帶武器，遇仇則鬥。兄弟之仇，〈曲禮〉只說隨身攜帶武器，據〈檀弓〉可知可以出仕，但不可同國。據此二篇之說，可知父母與兄弟之仇，皆「不反兵」，而父母之仇必須不共戴天、不可出仕，兄弟之仇則可以出仕，但必須與仇人不同國。兄弟之仇後，〈曲禮〉論述的是「交遊之仇」，〈檀弓〉討論的則是「從父兄弟之仇」，二者可能屬不同層級之仇，也有可能如孔穎達所說仍屬同階層之仇。[44]至於〈曲禮〉所言交遊之仇「不同國」之「國」與〈檀弓〉兄弟之仇「仕弗與共國」之「國」，孔穎達以為兄弟之仇不同國之「國」指千里之國，交遊之仇不同國之「國」則是五等分封之國。[45]孔說似嫌拘泥，「國」蓋泛指當時諸侯國，其所指涉應無不同。

《大戴禮記．曾子制言上》亦論及復仇觀念與原則：

> 父母之讎，不與同生；兄弟之讎，不與聚國；朋友之讎，不與聚鄉；族人之讎，不與聚鄰。[46]

---

[44] 孔穎達之說詳《禮記正義》，卷3，頁11上-下。孔氏據《周禮．調人》「主友之讎視從父兄弟」，認為交遊之仇與從父兄弟之仇同。然而《大戴禮記．曾子制言》主張：「朋友之讎，不與聚鄉；族人之讎，不與聚鄰。」

[45] 《禮記正義》，卷3，頁11上。

[46] 清．王聘珍：《大戴禮記解詁》（北京：中華書局，1983年），頁91。

《大戴禮》的復仇觀與《禮記》甚為相似，而略有不同：「父母之仇」、「兄弟之仇」，與《禮記》之說相合；〈曾子制言〉細分「朋友之仇不同鄉」、「族人之仇不同鄰」，則與《禮記》之說略有不同：「朋友之仇不同鄉」與〈曲禮〉「交遊之仇不同國」，避仇的距離不同；而「族人之仇不同鄰」，較之〈檀弓〉「從父兄弟之仇」，親屬的範圍更為擴大；另，〈曲禮〉、〈檀弓〉皆將復仇區分為三種層級，〈曾子制言〉則分為四種層級。

《周禮》對復仇（的規範）有十分詳細而具體的論述，如〈地官・調人〉說：

> 調人掌司萬民之難而諧和之。凡過而殺傷人者，以民成之；鳥獸亦如之。凡和難：父之讎辟諸海外，兄弟之讎辟諸千里之外，從父兄弟之讎不同國；君之讎視父，師長之讎視兄弟，主友之讎視從父兄弟。弗辟，則與之瑞節而以執之。凡殺人有反殺者，使邦國交讎之。凡殺人而義者，不同國，令勿讎，讎之則死。凡有鬥怒者，成之；不可成者，則書之，先動者誅之。[47]

此條資料歷來爭議頗多，茲略述前人之說，並加疏解。

調人負責協調人民的各種爭難，若有「過失殺傷人」者，調人亦負責居中調解。「鳥獸亦如之」，鄭玄以為指「過失殺傷人之畜產者」，[48]李光坡《周禮述注》引王氏之說則云：「鳥獸

---

[47] 唐・賈公彥：《周禮注疏》（臺北：藝文印書館景清嘉慶二十年江西南昌府學刻本，1976年），卷14，頁10下-13上。

[48] 同前註，卷14，頁11上。

謂畜產猛鷙殺傷人也」。[49]鄭、王二說若單獨觀之，似皆有理，然以上下文觀之，前言過失殺傷人而調人居中調解，下文言若未能和解則令其避仇，則王說似較合乎上下文意脈絡，即：人之畜產殺傷人者視同過失殺傷人處理，若其仇怨不肯和解，則亦須避仇；若依鄭玄說，則與下文避仇之說毫無關係。

調人若無法和解雙方仇怨，則令殺人者避仇。賈公彥認為避仇者乃指遭遇會赦者：

> 「父之讎辟諸海外」已下，皆是殺人之賊，王法所當討，即合殺之。但未殺之間，雖以會赦，猶當使離鄉辟讎也。[50]

江永則不以賈說為然：

> 若是殺人而義者，不當報，報之則死；如殺人而不義者，王法當討，不當教之辟也。此辟讎者皆是過失殺人，於法不當死，調人為之和難而讎家必不肯解者，乃使之辟也。[51]

江永之說允當，此處之避讎者即是過失殺人者，而非遭遇會赦者。

接著，〈調人〉解釋因應各種不同的親屬關係，仇家所須

49 清・李光坡：《周禮述註》，《四庫全書・經部・禮類》（臺北：臺灣商務印書館，1983年），卷9，頁21上引。

50 《周禮注疏》，卷14，頁11下。

51 江永：《周禮疑義舉例》，《清經解》（臺北：復興書局，1972年），第4冊，卷245，頁15上。以「避仇者為過失殺人者」，清儒多有論及者，以江說最為詳審，餘不繁引。

避仇的距離亦有所不同。「父之讎辟諸海外」，「海外」，鄭《注》以為「九夷、八蠻、六戎、五狄謂之四海」，[52]則父之仇須避至中國以外極遠之地。「兄弟之讎辟諸千里之外」，則亦須相避甚遠。「從父兄弟之讎不同國」，則是避居另一諸侯國。

除了父、兄弟、從父兄弟三種親屬關係外，〈調人〉接著論述其他人倫關係的復仇原則，提出君之仇視同父之仇、師長之仇視同兄弟之仇、主友之仇[53]視同從父兄弟之仇三種倫常關係的補充說明。

接著，〈調人〉提出不肯避仇的解決方法：殺人者若不肯避仇，「則與之瑞節而以執之」。鄭《注》：

> 和之而不肯避者，是不從王命也。王以玉圭使調人執之，治其罪。[54]

鄭玄主張瑞節乃王交付調人以治不避仇者之罪。江永則以為瑞節乃報仇者之符信，用以執殺人者至官而治其罪：

> 使之辟而不辟，則有逆命之罪，於是調人與報者以瑞節為信，使其執至官而治之也。……如調人當執，則以官法執之可矣，何必王與瑞節？節必使讎人自執者，欲伸其報仇之情也。執至官而治之，則亦不許其殺也。[55]

---

52 《周禮注疏》，卷 14，頁 11 下。

53 「主友之仇」鄭玄《注》：「主，大夫君也。」(《周禮注疏》卷 14，頁 11 下。)

54 《周禮注疏》，卷 14，頁 12 下。「玉」本作「剡」，據阮元說校改(《周禮注疏》，卷 14，《校勘記》，頁 3 下)。

55 《周禮疑義舉例》，卷 245，頁 15 上。

江說明確指出鄭《注》之疏，瑞節為報仇者所執殆無可疑；但江說也有可疑之處：若殺人者不避仇而有逆命之罪，則調人直接以法治之，或轉交有司治罪即可，何必交付報者瑞節，以之為信物以拘執殺人者至官治罪？如此曲折的「伸其報仇之情」，實難令人信服。個人以為瑞節確為報者所執，但非用以拘執殺人者至官治罪；瑞節乃調人交付報者，報者復仇之後若官府追究其罪責，即以之為信，證明雖經調人調解，殺人者仍不肯避仇，故己身行使復仇，俾官府據之減免報者之刑罰。此文說明殺人者若不肯避仇，調人給予瑞節允許報者復仇，瑞節是其合理復仇而可減免刑責的證物。

接著〈調人〉討論「凡殺人有反殺者，使邦國交讎之」。鄭玄以為：

> 反，復也。復殺之者，此欲除害弱敵也。邦國交讎之，明不和，諸侯得者即誅之。鄭司農云：「有反殺者」，謂重殺也。[56]

二鄭之意蓋皆指殺人者害怕殺人之後遭仇人親屬復仇，遂一併加以殺害。[57]此種行為傷及無辜，罪刑惡大，各諸侯國皆可得而治之。

接著討論「凡殺人而義者，不同國，令勿讎，讎之則死」。「殺人而義者」，歷來說解不同，鄭玄《注》：

---

[56] 《周禮注疏》，卷 14，頁 12 下。

[57] 此蓋古代「血屬復仇」之遺留，說詳本文之〈二〉。

> 義者，宜也。謂父母、兄弟、師長嘗辱焉而殺之者，如是為得其宜。雖所殺者人之父兄，不得讎也，使之不同國而已。[58]

鄭玄將「義」的對象限定在父母、兄弟、師長；孫詒讓則認為「義」的範圍不止於人倫，還包括執法者，並認為「不同國」實不可通：

> 「凡殺人而義者，不同國，令勿讎」者，殺人而義，於法宜殺者也，不宜更令相辟，而不同國。江永謂「不同國」三字衍。案：此疑當作「同國令勿讎」，謂雖同國亦不得讎也。經蓋涉上文而誤衍「不」字。……「謂父母、兄弟、師長嘗辱焉而殺之者，如是為得其宜」者，謂子弟、弟子、僚屬，為父母、兄弟、師長被大辱而殺其人，是情為不容已，即是得其宜也。此鄭略舉一端為義。劉敞謂若〈朝士職〉凡盜賊軍鄉邑及家人，殺之無罪。江永謂戰陣殺人，或為姦盜被殺之類。並得備一義。[59]

各家解釋「殺人而義」的範圍雖有所不同，但主張因正當因素而殺人者，不可對其復仇，則並無大異。

接著，〈調人〉說：「凡有鬥怒者，成之；不可成者，則書之，先動者誅之」，說明法令禁止人民私鬥，若調解不成而先動手者，則依法誅殺。

---

58 《周禮注疏》，卷 14，頁 13 上。

59 清・孫詒讓：《周禮正義》（北京：中華書局，1987 年），頁 1031。

由〈調人〉可知：調人居中協調民間怨仇，若不能和解，而過失殺人者又不肯避仇，始允許私下進行報仇，可說是有條件的復仇觀。

〈秋官・朝士〉對復仇的行為也有所規範：

> 凡報仇讎者，書於士，殺之無罪。[60]

鄭玄以為：「謂同國不相辟者，將報之，必先言之於士。」[61]孫詒讓則不以鄭玄之說為然：

> 竊謂此報仇讎，乃謂殺人而不義者，罪本當殺，或逃匿，官捕之未得，則報者得自殺之。此本不在相辟之科，鄭援〈調人〉以釋此經，實不相當。[62]

鄭玄在〈調人〉注中以瑞節為調人所執，又將此經與〈調人〉內容聯繫，主張調人先治其「不從王命」之罪，再允許私人報仇。如此說解似乎不合情理。孫詒讓主張殺人不義者，王法本當治之，但有拘捕未得之情事，則允許私人復仇，其說平實可信。是則〈朝士〉中之允許私人復仇，乃在官府拘捕未得的情形下，報備朝士之後始能執行復仇，與〈調人〉同為有條件的復仇觀。

根據〈調人〉與〈朝士〉，可以看出《周禮》對於殺人與刑罰／復仇的關係，茲列表以明：

---

60 《周禮注疏》，卷35，頁23下。

61 同前註。

62 《周禮正義》，頁2831。

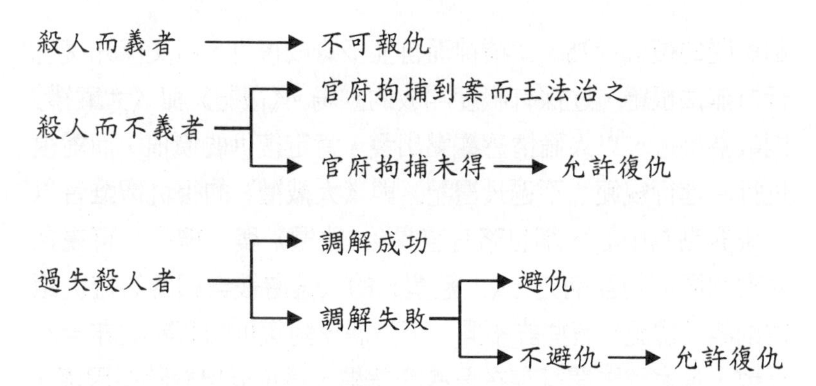

綜上所述，可知《周禮》只允許兩種復仇：（一）殺人而不義者，自有王法治之，僅在拘捕未得的情況下始允許復仇；（二）過失殺人者，調人應盡力調和雙方，若調解不成，殺人者又不願避仇，始允許私自復仇。準此，可以說《周禮》基本上並不贊成復仇，展現出法治為主的精神；但現實中復仇行為卻難以根絕，故《周禮》對私人復仇採取有條件的開放態度。《周禮》以法治為重的態度與《禮記》倫理高於國家制度之上的態度有著迥然不同的差異。

綜觀上述儒家的復仇觀，可以發現兩個特點：

（一）各家主張有所歧異：往昔學者論析先秦儒家復仇觀，大都僅言及儒家對復仇抱持肯定的態度，甚少論及其中的細部差異：由孔子以至《禮記》，大體肯定復仇的意義，但在肯定復仇的觀點中，各家之說又有所不同。以具體論述復仇體系的《禮記》、《大戴禮》、《周禮》三書比較，即可了解其中的差異：《周禮》較重視法治精神，《禮記》、《大戴禮》則都強調倫理復仇的必然性，可以看出《周禮》著重由統治者的立場限制民間的復仇行為，就精神而言並不贊成復仇，但又深知復仇行為無法根絕，遂採有限度開放的立場。《禮記》與《大戴禮》則較為接近，以人倫情感觀點出發，肯定復仇的價值，而對復仇行為進行規範。不過《禮記》與《大戴禮》的復仇觀雖皆以人倫觀點為中心，卻也略有差異：〈曲禮〉與〈檀弓〉可視為觀點相同而相互補充，《大戴禮》的人倫層級與相應的避仇距離則與《禮記》有些許不同。可見儒家對復仇的觀點並非全然一致，各家說法間實存在著些許差異，這可能出於時空因素，也可能出自撰作者個人價值觀的落差。

（二）倫理化的規範：本文之〈二〉提及復仇行為自原始社會即已存在，但此類復仇並無明確界定其行使義務的關係，往往演變成氏族間的相互砍殺，造成大量的傷亡。由儒家復仇觀演變的情形來看，儒家早期似無明確的復仇觀念，而後融入倫理觀念，便以人際關係來定義所須行使的復仇義務。即令《周禮》並不主張復仇，調人在調解仇難時，親疏之別亦影響避仇距離的遠近。這種親疏等差的觀念使得復仇義務並非一視同仁，而是根據不同的關係而有不同的義務，使復仇得以有規範可以遵循，減少不必要的傷亡。儒家以「禮」規範復仇的行為，實有別於原始社會的復仇，可說是「倫理化」的復仇觀。

四、《春秋》三傳復仇觀的省察與詮釋

討論《春秋》三傳復仇觀的異同，自當由其對經文的詮釋進行了解。下文分別由四段經文而三傳述及復仇觀者，分別析論之：

（一）莊公四年：紀侯大去其國

《春秋經》莊公四年記載「紀侯大去其國」，《公羊傳》根據經文闡述其復仇理論云：

> 「大去者何？」「滅也。」「孰滅之？」「齊滅之。」「曷為不言齊滅之？」「為襄公諱也。《春秋》為賢者諱。」「何賢乎襄公？」「復讎也。」「何讎爾？」「遠祖也。哀公亨乎周，紀侯譖之。以襄公之為於此焉者，事祖禰之心盡矣。」「盡者何？」「襄公將復讎乎紀，卜之，曰：『師喪分焉。』『寡人死之，不為不吉也。』」「遠祖者，幾世乎？」「九世矣。」「九世猶可以復讎乎？」「雖百世可也。」「家亦可乎？」「曰：不可。」「國何以可？」「國、君一體也。先君之恥，猶今君之恥也；今君之恥，猶先君之恥也。」「國、君何以為一體？」「國君以國為體，諸侯世，故國、君為一體也。」「今紀無罪，此非怒與？」「曰：非也。古者有明天子，則紀侯必誅，必無紀者。紀侯之不誅，至今有紀者，猶無明天子也。古者諸侯必有會聚之事，相朝聘之道，號辭必稱先君以相接。然則齊、紀無說焉，不可以並立乎天下。故將去紀侯者，不得不去紀也。」「有明天子，則襄公得為若行乎？」「曰：不得也。」「不得，則襄公曷為為之？」「上無天子，下無方伯，緣恩疾者可也。」[63]

---

[63] 唐・徐彥：《春秋公羊傳注疏》（臺北：藝文印書館景清嘉慶二十年江西南昌府學刻本，1976 年），卷 6，頁 10 下-12 下。

《春秋》記載齊襄公伐滅紀國，[64]《公羊傳》於此詳細發揮其復仇理論，認為齊滅紀是一種復仇行為：傳中記載齊哀公因紀侯之譖而受烹，九世之後齊襄公滅了紀國，以報其祖哀公受烹之仇。襄公距離哀公九世，所以文中以問答方式提出距離九世之遙是否可復仇的疑問，並有百世猶可復仇的回答。但百世復仇只適用於國，大夫家以下並不適用此一原則。何以百世猶可復仇只適用於國？傳文依據「先君之恥即今君之恥」，諸侯父子相繼為一體，以及「國君以國為體」兩個觀念，主張國君之仇百世猶可復。接著傳文以回答提問的方式說明滅紀並無不當，古無明天子，故紀侯未受誅，而諸侯之間會聚「號辭必稱先君以相接」，因齊、紀之間有仇，故不可並立於天下。但襄公滅紀畢竟是專擅天子刑罰之權，《公羊傳》遂提出「上無天子，下無方伯」，故齊襄可以行權對紀國進行復仇。

由此可知《公羊傳》對國君之仇極為重視，即使百世猶要復仇，復仇意念十分強烈。但《左傳》、《穀梁傳》解釋「紀侯大去其國」卻皆未提及齊襄公為復仇而滅紀，《左傳》的記載是：

---

[64] 關於「紀侯大去其國」中「大去」之解釋，學界仍然存有爭議，如杜預《集解》以為「大去者，不返之辭。」《穀梁傳》則認為：「大去者，不遺一人之辭也。」姑且不論「大去」一詞的涵義，據《公羊》、《穀梁》與《史記．十二諸侯年表》之說，可知「紀侯大去其國」即齊國滅了紀國。故楊伯峻《春秋左傳注》便說：「紀侯之離國，由齊伐之。」（北京：中華書局，1990年，頁165。）

紀侯不能下齊，以與紀季。夏，紀侯大去其國，違齊難也。[65]

《左傳》提到紀侯不肯屈服降齊，遂將領土全交與其弟紀季；[66]並說紀侯大去其國，乃因逃避齊國討伐之故。《左傳》僅記述事情的經過，並未提及齊襄復仇之事。《穀梁傳》則說：

大去者，不遺一人之辭也。言民之從者四年而後畢也。紀侯賢而齊侯滅之。不言滅，而曰「大去其國」者，不使小人加乎君子。[67]

《穀梁傳》非但無片言隻語提及齊襄為復仇而滅紀，反而站在紀國的立場對齊滅紀予以貶抑，認為紀侯賢能而齊襄滅之，經文稱「紀侯大去其國」，乃不欲小人陵掠君子而為紀侯避諱之辭，與《公羊傳》以齊襄能復仇為賢，有明顯的差異。

個人以為《公羊傳》此處發揮的復仇觀存在諸多問題，茲由三方面論證之：

1.齊哀公受譖被烹說之可疑

《公羊傳》認為齊襄公滅紀，乃報其遠祖哀公受譖被烹之仇。鄭玄〈齊詩譜〉述齊哀公事云：

哀公政衰，荒淫怠慢，紀侯譖之於周懿王，使烹焉。[68]

---

[65] 唐・孔穎達：《春秋左傳正義》（臺北：藝文印書館景清嘉慶二十年江西南昌府學刻本，1976年），卷8，頁18上。

[66] 紀季在魯莊公三年以酅入齊為附庸，此「紀侯以與紀季」，則紀國全為齊國附庸矣。

[67] 唐・楊士勛：《春秋穀梁傳注疏》（臺北：藝文印書館景清嘉慶二十年江西南昌府學刻本，1976年），卷5，頁8上-下。

〈齊風〉〈雞鳴〉、〈還〉之〈詩小序〉亦皆言及哀公之荒淫：

> 〈雞鳴〉，思賢妃也。哀公荒淫怠慢，故陳賢妃貞女夙夜警戒相成之道焉。
>
> 〈還〉，刺荒也。哀公好田獵，從禽獸而無厭，國人化之，遂成風俗。習於田獵，謂之賢；閑於馳逐，謂之好焉。[69]

〈詩序〉雖未必篇篇可信，但結合鄭《注》，齊哀公為昏淫之君，似可無疑。清・毛奇齡據此，在其《春秋毛氏傳》中懷疑「紀侯譖之」之說並不可信；[70]日人日原利國在〈復讎論〉中亦提出相同的懷疑。[71]清・高士奇亦提出齊襄「假報仇之名，以利土地」之說。[72]齊哀公受譖遭烹之事，雖亦見載於《史記・齊世家》，[73]但〈詩序〉、〈齊詩譜〉並記齊哀公荒淫之事，則齊哀公是否有受譖之事，抑咎由自取，仍待商榷。

---

68 唐・孔穎達：《毛詩正義》（臺北：藝文印書館景清嘉慶二十年江西南昌府學刻本，1976年），卷5之1，頁3上。

69 引文分見《毛詩正義》，卷5之1，頁4上、頁7上。

70 清・毛奇齡：《春秋毛氏傳》，《四庫全書》（臺北：臺灣商務印書館，1986年），卷9，頁8上-10上。文長不具引。

71 此文由日原利國自譯為中文，收入《日本學者論中國哲學史》（臺北：駱駝出版社，1987年），頁103-104。臺灣另有余崇生譯本，篇名為〈復讎之論理〉，載《大陸雜誌》67卷6期（1983年）。

72 高士奇《左傳紀事本末》云：「自哀公至襄公凡十九世，而哀公乃其遠伯祖也，於不共載天之義似亦少殺，且襄公鳥獸其行，敗倫傷化，忍心害理，彼又豈知其祖宗之讎者？不過假報仇之名，以利其土地耳。」（臺北：里仁書局，1980年，頁172-173。）

73 《史記・齊世家》記此事，僅寥寥數語：「哀公時，紀侯譖之周，周烹哀公。」（日・瀧川資言：《史記會注考證》，東京：東京文化學院東京研究

2.百世復仇說之不必可信

《公羊傳》強化國君之仇，提出百世猶可復仇的主張。此說許慎《五經異義》即提出懷疑。賈公彥《周禮正義》引許慎《五經異義》云：

> 依《異義》、《古周禮》說復讎可盡五世之內。五世之外，施之於己則無義，施之於彼則無罪。所復者，惟謂殺者之身，及在被殺者子孫，可盡五世得復之。[74]

孔穎達《禮記注疏》亦引《五經異義》之說進行闡釋：

> 《異義》:「《公羊》說復百世之讎，《古周禮》說復讎之義不過五世。許慎謹案：魯桓公為齊襄公所殺，其子莊公與齊桓公會，《春秋》不譏。又定公是魯桓公九世孫，孔子相定公，與齊會於夾谷：是不復百世之讎也。從《周禮》說。」鄭康成不駮，即與許慎同。「凡君非理殺臣，《公羊》說，子可復讎，故子胥伐楚，《春秋》賢之。《左氏》說，君命，天也，是不可復讎。」鄭《駮異義》稱：「子思云：『今之君子，退人若將隊諸淵，無為戎首，不亦善乎？』子胥父兄之誅，隊淵不足喻，伐楚使吳首

所，1932年〔昭和七年〕，卷32，頁11。)《史記》蓋承自《公羊傳》。

[74] 《周禮注疏》，卷14，頁12下。原文作「可盡五世，五世之內……」重「五世」二字，文意難明，此據清・陳壽祺：《五經異義疏證》(《續修四庫全書》，上海：上海古籍出版社景清嘉慶十八年刻本，1995年)，卷下，頁56上引文校改。

> 兵，合於子思之言也。」是鄭善子胥，同《公羊》之義也。[75]

據賈公彥與孔穎達引許慎《五經異義》之說，可知許慎據《古周禮》「五世復仇」之說反駁《公羊傳》「百世復仇」之說。許慎並舉魯莊公會齊桓公、孔子與齊會於夾谷[76]二事，《春秋》皆未譏為例，說明《春秋》並不主張「復百世之讎」。今人呂思勉則不以許慎之說為然：

> 案郜之狩，《春秋》諱齊侯稱「人」。《傳》曰：「前此者有事矣，後此者有事矣，則曷為獨於此有譏焉？於讎者將壹譏而已，故擇其重者而譏焉，莫重乎其與讎守也。於讎者則曷為將壹譏而已？讎者無時焉可與通；通則為大譏；不可勝譏，故將壹譏而已；其餘從同。」（《公羊・莊四年》）安得莊公與桓公會，《春秋》不譏？引夾谷之會，以非復百世之讎也。……桓公之書葬，《傳》曰：賊未討，何以書葬？讎在外也。讎在外則何以書葬？君子辭也。《解詁》曰：時齊強魯弱，不可立得報，故君子量力；且假使書葬，於可復讎而不復乃責之，諱與齊狩是也。（《公羊・桓公十八年》，《穀梁》義同）然則《春秋》雖賢復讎，亦未嘗不量力，安得魯與齊會，一一譏之乎？[77]

---

75 《禮記注疏》，卷 3，頁 11 下。

76 定公十年《春秋》：「夏，公會齊侯于夾谷。」（《公》、《穀》並作「頰谷」，此從《左傳》）《公羊》此條經文無傳；《左傳》、《穀梁》皆載孔子為相，且多次據理力爭，而皆未述及復仇事。

77 呂思勉：《呂思勉讀史札記》（上海：上海古籍出版社，1982 年），頁 385。

陳恩林則認為《公羊傳》百世復仇之說乃指國仇而言，家仇並不如此；並引定公四年《公羊傳》「復仇不除害」何休《注》：「取仇身而已，不得兼仇子」，與《古周禮》：「所復者，惟謂殺者之身，及在被殺者子孫」二說，認為《公羊傳》與《古周禮》二說之主張並無不同，否定許慎之說。[78]

呂、陳二說，似乎都有商榷餘地：呂思勉提出郜之狩，《春秋》諱稱齊侯為「齊人」，但「齊人」可能只是中性詞彙，未必有貶義。呂氏接著指出《公羊傳》有「擇其重者而譏，並非一一譏之」的體例。誠如呂說，《公羊傳》並非一一譏之，但仍難以解釋孔子相定公與齊會夾谷的合理性。《公羊傳》既認為「諸侯必有會聚之事，相朝聘之道，號辭必稱先君以相接。然則齊、紀無說焉，不可以並立乎天下」。若然，則齊、魯應亦不可並立乎天下，知禮、行禮的孔子豈宜相定公會魯之世仇？

陳恩林提出百世復仇與五世復仇乃國仇與家仇的差別，其說可信。然其以為《公羊傳》與《古周禮》皆主張復仇僅可報復仇人本身，故認為二者無太大差別，則忽略二說所指涉的層面並不相同：《公羊傳》「復仇不除害」，乃指復仇不可因害怕其子孫報復而除之，亦即《周禮・調人》「殺人有反殺者」的情況，故《公羊傳》的「復仇不除害」當不止包括仇人子孫，尚包括其朋黨；而《古周禮》說「所復者，惟謂殺者之身，及

78 陳恩林：〈論《公羊傳》復仇思想的特點及經今、古文復仇說問題〉，《社會科學戰線》1998 年 2 期（1998 年），頁 144。

在被殺者子孫，可盡五世得復之」，乃針對時間層面——在五世之內可以復仇——對行使復仇者的身份及其復仇對象予以限定。故《公羊傳》與《古周禮》二者所指涉的層面並不相同，不可相混而論。

至於《公羊傳》強調國君之仇「雖百世亦可復」之說是否可信？據前所述，《公羊傳》百世復仇與《古周禮》五世復仇之說，所指涉者乃國仇及家仇的差別。據《周禮．調人》「君之仇視父」之說，可知《周禮》主張君仇同父母之仇，與《公羊傳》將國君之仇提升至百世猶可復仇的主張，兩者實大相逕庭。[79]此外莊公四年《公羊傳》認為國君之仇百世猶可復，定

---

[79] 《公羊傳》此處闡明國君之仇百世猶可復，而齊哀公與齊襄公既是王位繼承關係，亦有血緣關係，則對襄公而言，既是「君」仇，又是「父」仇。故日原利國〈復讎論〉將之歸類於「作為君主的父親被殺害」一類。因此須進一步釐清《公羊傳》百世復仇的主張究竟是針對「作為君主的父親被殺害」之仇而言，還是可包含君臣關係下臣子為國君的復仇？《公羊傳》此處根據「諸侯世」而有「先君之恥，猶今君之恥也」之說。父子相繼為一體的觀念使得齊襄公為齊哀公復讎有其合理性，然而大夫之位亦是父子相繼，這種觀念並不能形成百世復讎「國可」而「家不可」的條件。將國君之仇提升至百世猶可復仇，乃依據「國君以國為體」的觀念而來。「國君以國為體」，故國君之仇視若國仇，不論繼位的君主或臣子，其為國復仇的責任是相同的。《公羊傳．隱公十一年》：「《春秋》君弒賊不討，不書葬，以為無臣子也。子沈子曰：『君弒，臣不討賊，非臣也；子不復讎，非子也。』」便將國君之仇的責任同歸臣與子身上。據此，《公羊傳》的百世復仇說並非只對繼位之君為其先祖復仇而言，而是將國君之仇提升到國仇的層面，不論繼位的國君或臣子，百世亦應為其復仇。《周禮．調人》中將國君之仇視若父母之仇，而「大夫君」（主）之仇，卻只視同從父兄弟之仇，可見《周禮》亦重視國君之仇，「大夫君」之仇層級則較低。《公羊傳》「國可家不可」之說，亦明顯區分國君之仇與「大夫君」之仇的差異，此種區分與《周禮》的精神有其相似處，但《公羊傳》百世猶可復仇之說將國君之仇的重要性超越父母之仇，與《周禮》的主張則有相當大的差異。

公四年傳文卻說：「事君猶事父也，此其為可以復讎奈何？」[80] 明言事君等同於事父，則國君之仇應如《周禮》等同父母之仇，可見《公羊傳》前後陳述有所矛盾。

由上所述，可知：《公羊傳》強化國君之仇至百世猶可復仇之說，不但與《周禮》有所不同，前後傳文更存在著矛盾，其合理性值得懷疑。

3.「復仇不除害」與「百世猶可復讎」的理論矛盾

關於「紀侯大去其國」，《公羊傳》明確指出乃齊襄公為了復仇而滅紀。傳文提到「然則齊、紀無說焉，不可以並立乎天下。故將去紀侯者，不得不去紀也」，認為若要除去紀侯，則不得不滅掉紀國。但《公羊傳》定公四年卻又有「復仇不除害」之說。所謂「復仇不除害」，指不可因害怕報復而除害弱敵。[81] 依此說，齊襄公若真為復仇，則只要除去紀侯即可，何必消滅紀國？傳文不但未合理解釋「將去紀侯者，不得不去紀也」的理由，且這種除害弱敵的復仇行為與「復仇不除害」說互相矛盾。何休《解詁》說：「言大去者，為襄公明義，但當遷徙去之，不當取有，有明亂義也。」[82]便指出齊襄滅紀的不合理性。

根據上面的論述，《公羊傳》在解釋「紀侯大去其國」時所闡述的百世猶可復仇的理論存在著種種可疑與不可信：齊哀

---

80 《春秋公羊傳注疏》，卷 25，頁 16 上。定四年論復仇之原則，詳下。

81 「復仇不除害」，何休《解詁》說：「取讎身而已，不得兼讎子，復將恐害己而殺之。」（同前註，卷 25，頁 16 下。）

82 《春秋公羊傳注疏》，卷 6，頁 12 下。

公是否真因紀侯之譖而受烹，值得懷疑；即令齊哀公因紀侯而受烹，齊襄公是否真為哀公復仇而滅紀，也難以確知；即使百世復仇之說成立，齊襄公也真是為哀公復仇，但為復仇而滅紀國的行為不免有除害弱敵之嫌，與「復仇不除害」的原則相違背。《公羊傳》雖然藉由詮釋「紀侯大去齊國」建立與《周禮》迥異的復仇理論，但這樣的理論卻存在著種種可疑與前後矛盾不一的現象。姑且不論其不可信的各點，依照《公羊傳》「然則齊、紀無說焉，不可以並立乎天下」之說，則齊襄公既殺害魯桓公，魯應盡力滅齊才是，但衡量當時齊強魯弱的局勢，復仇實不可能。這種復仇行為僅強國始可能行使，豈有公正性？事實上這樣的復仇觀在《公羊傳》中也僅此一見，可能只是《公羊傳》為齊滅紀所找的理由而已。陳立《公羊義疏》便說：

> 齊襄利紀土地，自不言言。《春秋》因其託名復讎，即以復仇予之。[83]

陳說可謂深探襄公私衷，應較合乎春秋以強陵弱、以力相征的時代風尚。

（二）莊公四年：公及齊人狩于郜[84]

莊公四年《春秋》記載「冬，公及齊人狩于郜。」《公羊傳》說：

---

[83] 清・陳立：《公羊義疏》，《清經解續編》（臺北：復興書局，1972 年），第 18 冊，卷 18，頁 14 下。

[84] 《左氏・經》「郜」作「禚」，此從《公》、《穀》。

「公曷為與微者狩？」「齊侯也。」「齊侯則其稱人何？」「諱與讎狩也。」「前此者有事矣，後此者有事矣，則曷為獨於此焉譏？」「於讎者，將壹譏而已，故擇其重者而譏焉，莫重乎其與讎狩也。」「於讎者則曷為將壹譏而已？」「讎者無時，焉可與通？通則為大譏，不可勝譏，故將壹譏而已，其餘從同同。」[85]

《公羊傳》對魯莊公與殺父仇人齊襄公同狩之事，認為莊公不思復仇而予以譏貶。傳中認為可譏貶之處太多了，於是有「壹譏」之說，即選擇最嚴重的「與讎狩」來對莊公進行譏貶。《左傳》於此段經文無傳，故無法確知其立場；《穀梁傳》則說：

「齊人者，齊侯也。其曰『人』，何也？」「卑公之敵，所以卑公也。」「何為卑公也？」「不復讎而怨不釋。刺釋怨也。」[86]

《穀梁》認為將齊襄公稱為齊人是一種貶抑，藉此譏貶魯莊不思復仇而與齊襄會狩。《公》、《穀》二傳都認為莊公應報其父桓公被殺之仇；然而莊公非但未有復仇之心，且與齊襄同狩，故皆對莊公予以貶斥。即使仇人是鄰近的強國，父仇仍須還報，這點《公羊》與《穀梁》採取相同的態度。

（三）莊公九年：及齊師戰于乾時，我師敗績

《春秋》在莊公九年八月記載魯國「及齊師戰于乾時，我師敗績」。乾時之戰，《公羊傳》認為《春秋》有特殊意義在：

85 《春秋公羊傳注疏》，卷 6，頁 13 下-14 上。

86 《春秋穀梁傳注疏》，卷 5，頁 9 上。

「內不言敗，此其言敗何？」「伐敗也。」「曷為伐敗？」「復讎也。」「此復讎乎大國，曷為使微者？」「公也。」「公則曷為不言公？」「不與公復讎也。」「曷為不與公復讎？」「復讎者在下也」。[87]

《公羊傳》詮釋乾時之戰乃魯向齊復仇之戰，提出「曷為伐敗？復讎也」的觀點，認為只要是為了復仇，即使伐敗亦值得特書而讚揚之。[88]不過《公羊傳》又說「不與公復讎」，因為「復讎者在下也」。何休認為：「時實為不能納子糾伐齊，諸大夫以為不如以復讎伐之，於是以復讎伐之。非誠心至意，故不與也。」[89]表示莊公當初接受臣下的建議，打著復讎的旗幟伐齊，實際上乃因納子糾失敗而伐齊，並非衷心復仇，故對此種行為不表贊同。關於乾時之戰，《左傳》如此記載：

秋，師及齊師戰于乾時，我師敗績。公喪戎路，傳乘而歸。[90]

《左傳》雖然只記載此役魯莊敗戰而歸的情形，但是根據傳文前後，可知乾時之戰魯國實因納公子糾失敗而伐齊，與復仇並無關聯。《穀梁傳》則說：

夏，公伐齊，納糾。當可納而不納，齊變而後伐，故乾時之戰不諱敗，惡內也。[91]

---

[87] 《春秋公羊傳注疏》，卷7，頁5上-6上。

[88] 何休《解詁》：「據內不言敗績，曷為自誇大其伐而取敗？復讎以死敗為榮，故錄之。」（同前註，卷7，頁5下。）

[89] 《春秋公羊傳注疏》，卷7，頁6上。

[90] 《春秋左傳正義》，卷8，頁19上。

《穀梁傳》直接點明魯伐齊純出納子糾失敗，《春秋》記載乾時之敗，乃譏貶魯國「當可納而不納，齊變而後伐」。依照何休的解釋，《公羊傳》認為魯國雖因不能納子糾而伐齊，卻打著復讎的旗幟伐之；依《左傳》與《穀梁》之說，卻只能看出魯國納子糾失敗而伐齊，於是有乾時之敗。比照三傳之說，當時魯國是否以復讎為號召而伐齊，似乎值得商榷，《公羊傳》引復讎之說，可能只是用來解釋《春秋》記載乾時之敗的合理性而已。

（四）定公四年：吳入郢——伍子胥伐楚復仇

春秋時代最為人熟知的復仇史實，莫過於伍子胥之復楚仇。定公四年《春秋經》載：

> 冬十有一月庚午，蔡侯以吳子及楚人戰于柏舉，楚師敗績。楚囊瓦出奔鄭。庚辰，吳入郢。[92]

伍子胥復仇事，《公羊》、《穀梁》皆異於常例，以大篇幅詳述其復仇始末，司馬遷《史記》更專立〈伍子胥列傳〉予以讚揚，後世更有〈伍子胥變文〉將其復仇情節搬上表演舞臺。三傳對子胥復仇所顯露的態度，值得注意：在敘述完子胥復仇之後，《公羊傳》說：

---

91 《春秋穀梁傳注疏》，卷 5，頁 13 下-14 上。

92 《春秋左傳正義》，卷 54，頁 11 下-12 上。「柏舉」，《公羊》作「伯莒」、《穀梁》作「伯舉」；「吳入郢」，《公羊》、《穀梁》並作「吳入楚」。此從《左氏經》。

> 曰：「事君猶事父也，此其為可以復讎奈何？」曰：「父不受誅，子復讎可也；父受誅，子復讎，推刃之道也。復讎不除害，朋友相衛，而不相迿，古之道也。」[93]

伍子胥因父兄無罪受誅而投奔吳國，吳王闔廬擬為其伐楚復仇，子胥表示：「事君猶事父也。虧君之義，復父之讎，臣不為也。」[94]其後子胥因楚伐蔡而攻楚，終於復其父兄之仇。《公羊傳》以提問的方式指出：若「事君猶事父」，則伍子胥焉可復仇？傳文表示父親若無罪而為國君所殺害，則子可以復仇；若父因罪受誅而子復仇，則是「推刃之道」。何休《解詁》：「子復仇，非當復討。其子一往一來，曰推刃。」[95]亦即不當復仇而復仇，其後代會不斷的進行復仇，所以父因罪受誅不可復仇。

「復讎不除害」則指復仇只能針對仇人本身，不可累及他人，何休《解詁》說：

> 取讎身而已，不得兼讎子，復將恐害己而殺之。時子胥因吳之眾，墮平王之墓，燒其宗廟而已；昭王雖可得殺，不除去。[96]

「朋友相衛而不相迿」則是朋友助人復仇不爭先之意。《公羊傳》認為伍子胥的父兄並非因罪受誅，故可復仇；其復仇行為

---

93 《春秋公羊傳注疏》，卷 25，頁 16 上-17 上。

94 同前註，卷 25，頁 15 上-下。

95 同前註，卷 25，頁 16 下。「仇」本作「囚」，據阮元《校勘記》改。

96 同前註。

亦符合「復仇不除害，朋友相衛不相迿」之道。[97]可見《公羊傳》對伍子胥的復仇行為給予正面的肯定，並予以讚揚。

《穀梁傳》在論述子胥復仇時，則多事實的描述，前半段伍子胥投靠吳國的經過多同《公羊》，而對伍子胥伐楚的經過，則有更詳細的記載：

> 庚辰，吳入楚。「日入，易無楚也。易無楚者，壞宗廟，徙陳器，撻平王之墓。」「何以不言滅也？」「欲存楚也。」「其欲存楚奈何？」「昭王之軍敗而逃，父老送之，曰：『寡人不肖，亡先君之邑。父老反矣，何憂無君？寡人且用此入海矣。』父老曰：『有君如此其賢也！』以眾不如吳，以必死不如楚。相與擊之，一夜而三敗吳人，復立。」「何以謂之吳也？」「狄之也。」「何謂狄之也？」「君居其君之寢，而妻其君之妻；大夫居其大夫之寢，而妻其大夫之妻。蓋有欲妻楚王之母者，不正。乘敗人之績，而深為利，居人之國，故反其狄道也。」[98]

《穀梁傳》對於伍子胥復仇的動機——救蔡而伐楚無道——予以肯定；但對其復仇的行為卻不表贊同，「壞宗廟，徙陳器，撻平王之墓」，形同滅楚，故傳文以「存楚」的立場闡釋楚國復立，並對吳「君居其君之寢，而妻其君之妻；大夫居其大夫之寢，而妻其大夫之妻」的行逕，譏其為「狄道」。可見《穀

---

[97] 伍子胥的復仇行為是否符合此二原則，可詳參《春秋公羊傳注疏》，卷 25，頁 16 下-17 上。何休以為伍子胥復仇「楚昭王雖可得殺，不除去」，符合「復仇不除害」的原則；徐彥則以為「不使子胥為兵首者，蓋以吳王討楚，兵為蔡故」，亦符合「朋友相衛不相迿」的原則。

[98] 《春秋穀梁傳注疏》，卷 19，頁 9 上-10 上。

梁傳》主張復仇除了要有正當的動機外，行為亦正當，並非一味贊揚復仇。

《左傳》對伍子胥復仇之事，則詳細記載吳聯合蔡、唐攻楚的戰爭經過。因皆為史實記載，較難看出《左傳》對伍子胥復仇的態度。不過其中亦有頗堪玩味之處：如楚國戰敗，楚昭王逃至鄖地，因楚平王曾殺害鄖公辛之父蔓成然，鄖公之弟懷想趁此時復仇，故建議鄖公：「平王殺吾父，我殺其子，不亦可乎？」鄖公辛卻回答：

> 君討臣，誰敢讎之？君命，天也。若死天命，將誰讎？《詩》曰：「柔亦不茹，剛亦不吐。不侮矜寡，不畏彊禦。」唯仁者能之。違彊陵弱，非勇也；乘人之約，非仁也；滅宗廢祀，非孝也；動無令名，非知也。必犯是，余將殺女。[99]

鄖公既提出「君命，天也」的觀點，並以非勇、非仁、非孝、非知之說，反對其弟復仇。許慎《五經異義》即據此表示：「君

---

[99] 《春秋左傳正義》，卷 54，頁 25 上-26 上。《國語・楚語下》亦有類似觀念：「吳人入楚，昭王奔鄖，鄖公之弟懷將弒王，鄖公辛止之。懷曰：『平王殺吾父，在國則君，在外則讎也。見讎弗殺，非人也。』鄖公曰：『事君者，不為外內行，不為豐約舉，苟君之，尊卑一也。且夫自敵以下則有讎，非是不讎。下虐上為弒，上虐下為討，而況君乎！君而討臣，何讎之為？若皆讎君，則何上下之有乎？吾先人以善事君，成名於諸侯，自鬭伯比以來，未之失也。今爾以是殃之，不可。』」（上海師範大學古籍整理研究所點：《國語》，上海：上海古籍出版社，1998 年，頁 577）《吳越春秋・闔閭內傳第四》作：「（懷曰）『昔平王殺我父，吾殺其子，不亦可乎？』辛曰：『君討其臣，敢讎之者？夫乘人之禍，非仁也；滅宗廢祀，非孝也；動無令名，非智也。』」（周生春輯校匯考：《吳越春秋》〔上海：上海古籍出版社，1997 年〕，頁 59）文略簡而意近《左傳》。

非理殺臣，《公羊》說子可復讎，故子胥伐楚，《春秋》賢之；《左氏》說君命天也，是不可復讎。」[100]認為父親非因罪受誅，《公羊傳》主張可以復仇，《左傳》卻主張不可復仇。

陳恩林以為蔓成然乃因罪受誅，屬不可復仇之例，並提出《左傳》既載有不復仇之例，亦記有復仇之例，否定許慎之說，認為「在復仇問題上，《公羊傳》和《左傳》思想一致，並不矛盾。」[101]但昭公十四年《左傳》載蔓成然之被殺，乃因：

> 有德於王，不知度，與養氏比，而求無厭，王患之。九月甲午，楚子殺鬥成然，而滅養氏之族。使鬥辛居鄖，以無忘舊勳。[102]

則蔓成然是否屬「因罪受誅」，似可商榷。而觀鄖公辛之言，除「君命，天也」之說，更提出非勇、非仁、非孝、非知四條件以強化其不可復仇之說。似乎鄖公並不認為其父因罪受誅，否則豈須提出眾多理由來強化不可復仇？

至於這段記載是否能代表《左傳》對復仇的看法，實難論定：從記載史實的角度分析，《左傳》可以是純粹的記述歷史，並無認同／反對的立場；若從後設書寫的角度分析，《左傳》記述這段史實可能將自己的意見融入其中，達到懲惡勸善的目的；尤其值得注意的是：《左傳》描述伍子胥復仇攻楚的經過十分詳細，文末亦載伍子胥友人申包胥赴秦求助復楚事，但對

---

100 見《禮記注疏》，卷 3，頁 11 下〈曲禮〉疏引。

101 陳恩林：〈論《公羊傳》復仇思想的特點及經今、古文復仇說問題〉，頁 143-144。

102 《春秋左傳正義》，卷 47，頁 4 下。

子胥掘平王墓而鞭屍一事，卻隻字不提。《左傳》不加記載，究竟是此一史事未見諸記載？或作者認為此事不可信，故不加記載？還是作者根本不同意此事，故刻意不加記載？[103]伍子胥掘墓鞭屍之事，《穀梁傳》、《吳越春秋》、《越絕書》、《淮南子》、《史記》等書皆詳述之，似為可信而普遍流傳的史實，《左傳》卻不及片言一語，可能便是《左傳》作者並不贊同伍子胥絕決的復仇手段，故缺而不載。不過，這也只是推測。[104]

據上所述，可以發現三傳的復仇觀各具不同特色：以三傳詮釋同一經文來觀察，可發現三傳所著重的層面與重心並不相

---

103 筆者認為：前賢撰作多有其「寫作策略」，即令以解經為依歸的《春秋》三傳，也不免因作者個人的寫作動機而對史料有所抉擇，並採用合乎自身的觀點進行闡釋，未必即為當時歷史／文化現象的真切呈現，遑論時移事異之後的記載、詮釋；故面對文獻時，可適度採取「後設理論」的立場，對其說法進行檢討與詮釋，如此或可能較有助於釐清各家說法異同的可能情形。

104 莊公二十八年《左傳》載楚令尹子元欲蠱其嫂文夫人息嬀事，夫人泣而責之，子元因有「婦人不忘襲讎，我反忘之」(《春秋左傳正義》，卷10，頁14上）之言；僖公十五年《左傳》秦晉韓之戰後，晉陰飴甥對秦穆公「晉國和乎」之問，有「小人恥失其君而悼喪其親，不憚征繕以立圉也，曰：『必報讎，寧事戎狄。』」之答（同上，卷14，頁12下）：似乎《左傳》並不反對報仇；但襄公二十二年《左傳》載：「楚觀起有寵於令尹子南，未益祿而有馬數十乘。楚人患之，王將討焉。子南之子棄疾為王御士，王每見之，必泣。棄疾曰：『君三泣臣矣，敢問誰之罪也？』王曰：『令尹之不能，爾所知也。國將討焉，爾其居乎？』對曰：『父戮子居，君焉用之？洩命重刑，臣亦不為。』王遂殺子南於朝，轘觀起於四竟。子南之臣謂棄疾：『請徙子尸於朝。』曰：『君臣有禮，唯二三子。』三日，棄疾請尸。王許之。既葬，其徒曰：『行乎？』曰：『吾與殺吾父，行將焉入？』曰：『然則臣王乎？』曰：『棄父事讎，吾弗忍也。』遂縊而死。」(同上，卷35，頁5上、下）棄疾之父子南不善，為君所討，棄疾默許而不阻止，雖稱君為「讎」，但並不主張報仇，只說不忍「棄父事讎」，並自殺以全忠孝，則《左傳》似又不主張復私仇。

同：如莊公四年魯莊與齊襄會狩，《公羊》與《穀梁》都認為莊公應復仇而未復仇，故皆對莊公予以譏貶。以此事件來看，《公羊》與《穀梁》的焦點都放在子應為父復仇上。但莊公四年「紀侯大去其國」、莊公九年「魯齊乾時之戰」兩件史事，《公羊》認為與復仇有關，《左傳》、《穀梁》卻並無與復仇相關的記載與闡述，《穀梁》的解說甚至與《公羊》相反。以此觀之，《公羊傳》在詮釋經文時可能刻意套上復仇的框架，以達其詮釋目的。

若仔細省察三傳所呈現的復仇觀，亦可看出不同：《公羊》與《穀梁》基本上肯定復仇，《左傳》則似乎不贊成復仇。若對照儒家的復仇觀，這種現象並非不可理解：不同的經師對復仇的觀點可以贊成，可以反對，故《禮記》、《大戴禮記》、《公羊傳》、《穀梁傳》都贊成復仇，《周禮》、《左傳》則基本上不贊成復仇，顯示儒家或因流派不同，或因時代、地域／文化的差異，而有不同的復仇觀。[105]而《公羊》、《穀梁》雖肯定復仇，但其中仍有所不同：《穀梁》肯定復仇，但主張復仇的動機與手段都必須正當，故對伍子胥過分的復仇行為頗有微詞。相較之下，《公羊》的復仇觀最為激烈：《公羊傳》也講求復仇的動機，故莊公九年「乾時之戰」，傳文便以動機不純而予以貶抑；

105 若就今古文經而言，《禮記》、《公羊》、《穀梁》等今文經贊成復仇，而古文的《周禮》、《左傳》反對復仇，似乎涉及今古文經復仇觀念的差異。但〈曲禮〉、〈檀弓〉究竟是漢人還是先秦作品，尚難確定；《左傳》是否確然反對復仇也並無明確證據，故此處只能指出此一問題可能牽涉今古文經的差異，無法作進一步的論斷。當然也可能出於各書形成的時間與地域／文化的差異，有以致之。

不過對伍子胥復仇的行為，卻認為符合「古道」，可見其與《穀梁》對復仇行為正當與否有相當不同的認知。

《公羊傳》論述「紀侯大去其國」時更顯出其復仇觀的特殊性。《公羊》全書只在此處建立其詳細的復仇體系，而百世復仇之說也僅此一見。如前所述，齊襄公復仇之說值得商榷，《公羊傳》為何只在此處闡述百世復仇之說？可能因《公羊傳》雜揉不同經師的看法，故百世復仇之說僅見於莊公四年傳文。當然「百世復仇」之說也可能是為了強化齊國之仇。《公羊傳》乃齊學，其經師見齊慘遭秦國併滅，頗有可能藉「紀侯大去其國」之事，特意賦予齊襄公復仇這個既不可信又與自身觀點有所違背的解釋，其用意即在強調齊國有優良的復仇傳統，齊國被滅之仇是必須還報的。而《公羊傳》百世復仇之說強調國君之仇視同國仇，給予政治性的復仇詮釋，與儒家倫理化的復仇觀並不相同。這種政治化的詮釋，有助於強化君權，故處大一統局面的漢代，《公羊》復仇之說亦十分盛行。這種政治化詮釋演變到東漢，便如《白虎通・誅伐》所言：

> 父母以義見殺，子不復仇者，為往來不止也。《春秋傳》曰：「父不受誅，子不復仇可也。」[106]

此種主張無論如何皆不可對國君復仇的觀點，應是君權提升之後始有的主張。

---

[106] 清・陳立：《白虎通疏證》（北京：中華書局，1997 年），頁 221。《白虎通》此文，前段據《公羊》立說，後段採《左傳》立說，說參黃彰健：《經今古文學問題新論》（臺北：中央研究院歷史語言研究所專刊之 79，1982 年），頁 195。

五、餘論

（一）「報」與「報仇」關係試探

在蒐集「復仇」相關資料的過程中，發現不少論文大都同時討論報恩、報仇，甚至報應等「報」的觀念，如楊聯陞〈報——中國社會關係的一個基礎〉、[107]文崇一〈報恩與復仇——交換行為的分析〉、[108]劉兆明〈「報」的概念分析及其在組織研究上的意義〉、[109]〈報的觀念與行為〉[110]等莫不如此，這類文章從較為宏觀的角度切入，討論「報」這個普世的價值觀，分析其作為中國社會關係基礎的重要性，甚至將其與西方的概念相互比較，[111]提供不少可資借鏡的觀點，尤其是合併討論的方式，更讓我們重新思考看待「報仇」的態度：是只要掌握「報」的觀念，便可了解復仇的原則？[112]還是報與報仇根本是兩個不同的觀念，只是字彙的表面相合導致錯誤的想像？又或許，兩

---

[107] 段昌國譯，收入《中國思想與制度論集》(臺北：聯經出版事業公司，1977年)。

[108] 收入《社會及行為科學研究的中國化》(臺北：中央研究院民族學研究所，1982年)。

[109] 收入《中國人的心理與行為科際學術研討會 2》(臺北：中央研究院民族學研究所，1992年)。

[110] 本文乃「中國人的心理」系列座談會講稿整理，收入《中國人的世間遊戲——人情與世故》(臺北：張老師出版社，1990年)。

[111] 黃光國：《知識與行動——中華文化傳統的社會心理詮釋》(臺北：心理出版社，1998年) 第五章「符號互動與社會交換——〈人情與面子〉理論模式的建構」中對西方的社會交換論、公平理論、正義理論等相關理論進行系統性的勾勒，簡要詳實，可參看。

[112] 多數論文都集中於交換、互惠，甚至是報恩、報答等正面行為，尠少由「報仇」的角度討論「報」，不知是否即抱持此種想法？

者之間有著微妙的關聯，可以彼此詮釋？此一問題甚難釐清，且非本文重心，故僅於〈餘論〉略述檢索資料的心得，以俟方家指正。

「報」，作為所有人類社會中一種最基礎的思維模式，以一種集體潛意識，甚至是集體意識的型態根植於每個人心中，主宰著人類的思想與行為，顯有其根深柢固的淵源。

關於「報」的起源，人類學家已進行諸多研究，[113]其中Marcel Mauss（1872-1950）的《禮物》[114]堪稱這個議題的經典，書中許多極具啟發性的論點至今仍受到熱烈的討論。Mauss 在《禮物》首章〈概論：禮與回禮〉，開宗明義指出：

> 這個現象（指「報稱[115]饋贈」）表面上看似乎人人自動自發，全不在乎自己的好處，實際上卻是出自身不由己的義務，而且是利己性的。表達這個現象最常見的方式就是慷慨送禮。但在送禮的同時，我們往往也可以發現

---

113 「報」的普遍性似乎意味著此一概念亦源於生物性的基礎，部分演化學研究亦提供了值得玩味的線索（《自私的基因》中論及互惠、利他行為在演化過程中的意義，並描述一項模擬實驗，當中「一報還一報」的行為模式在特定條件下，得以在生存遊戲中佔優勢，可參看），但大體而言，本文還是將其置於社會發展的脈絡下來討論。

114 Marcel Mauss 撰，汪珍宜、何翠萍譯：《禮物：舊社會中交換的形式與功能》（*The Gift：Forms and Functions of Exchange in Archaic Societies*，臺北：遠流出版社，1989 年）。

115 按：《禮物》譯者以「報稱」譯註 presentation 這個全書最重要的字，典出《漢書‧孔光傳》：「誠恐一旦顛仆，無以報稱。」即報人之德以副其意而無少欠缺也。

虛偽與造作。而且這種交換禮物的行為其實是以道德義務和經濟上的利己作基礎。[116]

Mauss 由交換行為探討禮物「可能多出自義務性與永久性」，並「迫使收禮者還禮」的原因，[117]是什麼樣的力量「迫使」收禮者一定要回禮？是什麼力量使報成為一種約定俗成、不待言說卻人人遵行不渝的神聖體制？Mauss 認為是「道德的約束力」、「強制性的義務」，[118]當然，所謂的「道德」、「義務」必植根於原始民族對「魔力」的信仰與畏懼，[119]但「魔力」的產生必定有其現實背景的考量，筆者以為此處值得注意的，乃是人類身為社會性動物的既定事實。[120]社會的基礎在於社會關係，作為一種社會性動物，我們需要社會關係，需要關係中所能給予的物質及心靈上的滿足。社會關係的互動，若從深層剖析，實不脫交換、交流的本質；由物質層面來說，彼此交換多餘與匱乏之物，共享可用的資源，也許即是最原始的經濟概念，Mauss 在書中提到：

116 《禮物》，頁 12。

117 引文見《禮物》，頁 18。雖然 Mauss 討論的是「送禮」、「交換」，似乎與「報」的觀念並不全然吻合，但「回禮」此一想法與過程則確為「報」的觀念所制約。

118 《禮物》，頁 58。

119 Mauss 書中多有提及，如第一章第二節〈禮物的魔力〉等。

120 人類處於演化巨樹的末梢，黑猩猩等先祖除了留給我們直立等生理特徵，也已擁有初步規模的社會型態，演化至人類，則形成完整、穩固的社會組織；「報」作為一種社會產物是不言自明的，因此追蹤其源流亦當由此著眼。

> 我們所知最古老的經濟制度是由「全面性報稱關係」構成的——即氏族之間的饋贈，藉此制度人與人、團體與團體得以互換各種物品。這個現象是後來發生交換禮物習俗的根基。
>
> 一個社會的進步，取決於此社會及其亞群和成員能固守信約，並付出、接受及還報的程度而定。為了進行貿易，人們得先放下武器，然後才能在不同氏族、部落、國家，尤其是個人之間成功地交換財物與人。只有如此，人們才能創造，才能相互滿意彼此利益的追求，也才能不以武力界定利益。[121]

由其分析可以想見「還報」乃為穩定社會而逐步發展出來的概念，[122]起初以神秘力量約束，後來逐漸形成禮法規範，[123]同時亦有情感的基礎。[124]

---

[121] 引文分見《禮物》，頁93、頁107。

[122] 以「經濟上的利己」如此現實的解釋來討論「報」，或許讓許多想像「報」具有高超道德感的人難以接受。其實人之所以為人，正是能夠自現實層面提鍊萃取出超越性，飛昇騰越出人類的「本性」；從原本的競爭掠奪，意識到全體的最大利益，進而放棄個人可能獲得的最大利益（無論出於自願或無奈），想像出互信互助的概念，對人類社會是極具積極意義的。

[123] 作為維持社會秩序的力量，「禮」與「法」共同承擔約束人類並推動社會進步的責任；然而在原始社會，不管是成文的「法」或不成文的「禮」都尚未成形，整個社會的秩序如何維持？也許，「報」在人類尚未深刻意識到其存在之前，是一種先於「法」的社會秩序，是一種近於「禮」的人生規範，是一條引領著人類自蠻荒逐漸邁向文明的道路。

[124] 如《詩經．衛風．木瓜》：「投我以木瓜，報之以瓊琚。匪報也，永以為好也」（《毛詩正義》，卷3之3，頁16上）的可愛話語，讓人在木瓜等實體中感受到情意的流轉。誠如心理學家Michael Argyle所言：「許多有關社會關係，特別是友誼關係的理論都基於強化和酬賞交換的觀點。……

由以上簡述可以得知：「報」與「報仇」此二觀念同具規範性，且起初皆以神秘力量作為心理基礎，但兩者規範性的演變卻背道而馳，一為正向的推動，一則為負向的壓抑：「還報」原先不見得受到人類青睞，但為了整體社會的穩定，其觀念及體制架構都漸趨完備鞏固；復仇這個「普遍出現於社會進化途徑上之現象」，[125]起初是必須強制執行的，但在穩定社會的國家、法律體制中，它卻是被禁止的。此一微妙的弔詭讓人懷疑「報」與「報仇」二者關係是否可以單純的類化比對。

此處大膽假設：「報仇」與「還報」兩者雖同名曰「報」，實非同出一源，然因概念一致，在發展過程中有互涉的情形——主要是「報仇」的觀念受到「報」的觀念影響。茲舉二例以證：

某些社會以「以牙還牙」的策略進行復仇，如本文之〈三之一〉《孟子・盡心下》所述之復仇方式，亦即：

> 你殺死我的父親，我也殺死你的父親；你殺死我的兄弟，我也殺死你的兄弟。對仇人本身，反而不予傷害。

但是，得到別人的酬賞並非人際吸引和聯結的唯一來源。在親密友誼關係中，人們常關心對方的需求。海斯（Hays, 1985）發現最能預測大學生友誼關係是否存續的因素是酬賞與代價的總和；換言之，為別人做事是一個正向因素。克拉克（1986）發現，與『交換』關係相比，『共榮』關係中的人更常關心對方的需求，並不計較自己的酬賞或代價，而且喜歡為別人服務。……他人對於酬賞具有工具性的意義，但包容的體驗、合作性的互動才是更重要的。」（Michael Argyle 著，陸洛譯：《日常生活社會心理學》〔*The Social Psychology of Everyday Life*〕，臺北：巨流圖書公司，1995 年，頁 55-56）可參看。

[125] 張瑞楠語，見《法學叢刊》第 67 期，頁 94。

> 其目的無非是讓仇人也嘗受同樣失去親人的痛苦和折磨，讓他在自責與責人之間的心境中忍受煎熬，以至心力交瘁，生不如死。[126]

這種「以牙還牙」的觀念，明顯有「報」的思想涉入——只是由正面轉為負面——並非報仇的原始面貌。

此外，本文之〈二〉言及早期復仇常演成家族間的大規模械鬥，周天游《古代復仇面面觀》提及這類的械鬥到後來往往「通過和談，並以傷害人一方付出相當價值的贖罪賠償來消除仇恨」，[127]由報仇轉為物件的交換，這類行為背後透露的訊息，與文崇一所言：「復仇是一種報復行為，有倫理上的意義，也有交換上的意義。」[128]正相吻合；此一現象不只是概念上的互涉，甚至成為兩種行為間的交流，兩者的關係緊密微妙，值得玩味。

（二）西方復仇觀管窺

論及西方復仇觀，毫無疑問，必須溯及希臘悲劇。

希臘悲劇 *Oresteia* 三部曲，包括 *Agamemnon*、*Libation Bearer*、*Eumenides*（中譯《亞格曼儂》、《奠酒人》、《和善女神》），可謂西洋文學中復仇的經典。[129]Argos 國王亞格曼儂在希臘大

---

126 《古代復仇面面觀》，頁 2。書中舉貝都印人為例。

127 同前註，頁 3。

128 《社會及行為科學研究的中國化》，頁 328。

129 參考 Sarah Lawall ed.: *The Norton Anthology of World Masterpiece* vol.1 7th edition (New York: W. W. Norton & Company, 1999), pp. 517-595. 中譯本參考呂健忠：《亞格曼儂——上古希臘的殺夫劇》（臺北：書林出版有限

軍出發攻打特洛伊時，殺了自己的女兒獻祭以祈求順風出征，種下了十年後其妻 Clytaemnestra 為女兒報仇的種子。於是當希臘大軍攻破特洛伊，凱旋歸來時，Clytaemnestra 便與其姦夫 Aegisthus 殺害亞格曼儂。而 Aegisthus 與亞格曼儂亦有血親復仇的糾葛，因其父 Thyestes 與亞格曼儂之父 Atreus 有王位繼承之爭，Atreus 殺了 Thyestes 的兩個兒子——即 Aegisthus 的親兄弟——並誘騙 Thyestes 食子之肉。故就 Aegisthus 而言，實身負為父兄報仇之重任。然而不訴諸公權力的私人復仇必無法完結而不斷循環，故亞格曼儂之子 Orestes 遂於二部曲《奠酒人》中，殺死其母 Clytaemnestra 與 Aegisthus，完成其血親復仇的重責大任。另一方面，Clytaemnestra 卻又委請復仇女神 Furies 為她復仇，於是至第三部曲，如此冤冤相報的復仇行為必須有所了結。Orestes 在復仇女神的追逼之下，逃至 Delphi 求助於阿波羅，阿波羅則指示其向雅典娜求援。雅典娜女神遂為此召開審判法庭，有十二人的陪審員。最後阿波羅為 Orestes 聲辯，宣稱子女與母親並非血親，就如同種子播灑在大地一般。而雅典娜本身是由宙斯的頭所長出，並無母親，故在立場上認可 Orestes 的復仇行為。最終在陪審團六比六對決的情勢下，雅典娜投下了 Orestes 無罪的一票，終使此世代相承的仇報畫下了句點。

文本中的每一次復仇，均屬「血親復仇」，因此賦予復仇者極高的合理性。儘管復仇是社會／文化所認同的行為，且為

公司，1997 年)、羅念生:《羅念生全集・第二卷・埃斯庫羅斯悲劇三種・阿伽門農》(上海：上海人民出版社，2004 年)。

血親復仇，在情感／倫理上亦相當合理，但如此一來，血債根本無從了結，人類社會遂對此發展出一套處理模式，亦即將復仇的權力從個人、家族收歸為公權力，由國家法律來進行裁決。若將文本回歸希臘文化的脈絡下檢視，可將 *Oresteia* 三部曲詮釋為復仇模式漸次轉化的文學紀錄：從原始部族社會視血親復仇為義務，逐漸轉變至個人乃至家族間的仇恨須由公權力的司法單位來決斷。[130]對應中國社會，或許即春秋戰國時期私人復仇風氣盛行，演進至漢代，生殺之權一律由國家所掌握的歷史階段。[131]

莎士比亞（William Shakespeare，1562-1635）的劇本，亦有可供參考之處。*Romeo and Juliet* （《羅密歐與朱麗葉》），不論莎士比亞對其來源 Arthur Brooke 所作的增刪改動，[132]僅就莎翁的故事情節而言，可謂兩個家族之間的世仇，因此只要身為家族的一份子，甚至僕人，都仇視著敵對的家族，此間已跳脫個人層次的恩怨，近乎本文〈二〉提及之早期社會中家族間

---

130 *The Norton Anthology of World Masterpiece* vol.1, p. 518。

131 瞿同祖在《中國法律與中國社會》第一章〈家族〉「血屬復仇」節中說：「說先秦是復仇自由的時代大致是可信的。法律機構發達以後，生殺予奪之權被國家收回，私人便不再有擅自殺人的權利，殺人便成為犯罪的行為，須受國法的制裁。在這種情形下，復仇自與國法不相容，而逐漸的被禁止了。……至少在西漢末年已經有禁止復仇的法令。」（頁 88）

132 莎翁此一悲劇故事，直接取材於英國文人 Arthur Brooke 之 *The Tragicall Historye of Romeus and Juliet*。參見 G. Blakemore Evans ed.: *Romeo and Juliet* (Cambridge: Cambridge University Press, 1998), pp. 6-13. 另參方平譯：《羅密歐與朱麗葉》，《新莎士比亞全集》，第 4 卷，《悲劇》（臺北：貓頭鷹出版社，2000 年），〈考證〉，頁 192-196。

的大規模械鬥。當羅密歐怒而為 Mercutio 復仇殺死 Tybalt 時，劇本中一段放逐羅密歐的審判可供我們參考：哀痛失去姪兒的 Lady Capulet，要求 Montague 家族必須血債血償，羅密歐既殺人便應償命；Verona 的統治者 Escalus 卻說，羅密歐殺了 Tybalt，Tybalt 殺了 Mercutio（Escalus 的表親），則又該由誰來償還 Mercutio 的命？此論證似有其理，如此以命償命的復仇是永無止境的。就事件發生的原委來看，畢竟是 Tybalt 先殺了 Mercutio，導致羅密歐在盛怒之下為其復仇，羅密歐大可不必再為 Tybalt 之死負責。故羅密歐之父便以此為辯，聲稱羅密歐僅僅錯在竊奪了公權力，亦即將 Tybalt 治死應是法律的權力，而非個人。此情節再度表明，儘管民間社會容許復仇，但就國家統治的角度而言，審判的權力必須由公權力掌握。故 Verona 的統治者遂以羅密歐的復仇乃侵犯公權力為由，將其放逐。[133]

放逐之法，如上文所述，實與中國傳統避仇之法部分契合。利用避仇的方法讓過失殺人者得以保存性命，且使被害者家屬在復仇倫理上有以自全。否則受害者家屬在社會文化的共識之下，情理上勢必要對其復仇。然而在法理上，過失殺人者往往罪不至死，因此乃有避仇一法，讓人在法理與情理之間有所出路。《羅密歐與朱麗葉》一劇，即使其文化脈絡不同於中國傳統，卻在這點上異曲同工。

進一步考察莎士比亞的寫作背景——亦即伊莉莎白時期

---

[133] G. Blakemore Evans ed.: *Romeo and Juliet*, pp. 126-129；方平譯：《羅密歐與朱麗葉》，頁 101-111。

的英國文化——或可對照中國傳統的復仇觀。伊莉莎白時期的英國，不論基督教傳統或文化體制都不贊成私人復仇。Eleanor Prosser 說：

> 整個十六世紀後半期，教堂、國家和傳統道德都一致譴責私人復仇，無論任何形式或情境之下。……更特別的是，整個體制之所以譴責私人復仇與其對於社會失序的恐懼有關。就如培根所論證，私人復仇會引起爭論，由此引發公眾的擾動，遂導致家族間的不合，以至於國家間的衝突。
>
> 伊莉莎白時期的道德家譴責復仇行為，認為它是不合法、褻瀆上帝、不道德、不理性、反自然和不健康的。遑論不安全。[134]

在英國法律上，即使一個人全家被惡徒殺盡，而腐敗的官僚又讓罪犯逍遙法外，私人復仇依然是不合法的，除非受害時立即還擊。Eleanor Prosser 說：

> 英國法律只容許一種情形，就是受到傷害時當下還擊而致其死亡，屬於過失殺人。此並非預謀，在伊莉莎白時期的英國有可能得到皇室的赦免。[135]

---

134 Eleanor Prosser: *Hamlet and Revenge* (Stanford: Stanford University Press, 1967)，第一章 The Ethical Dilemma，引文分見 p.5, p.10。該書尚無中譯本，由張晴翔學弟翻譯，謹此致謝。

135 *Hamlet and Revenge*, p.18. 中國法律也對一時激憤的復仇予以寬赦，瞿同祖《中國法律與中國社會》說：「明清律根據元律稍加變通，祖父母、父母為人所殺，子孫痛忿激切，登時將兇手殺死是可以免罪的，但事後稍遲再殺，便不能適用此律，須杖六十。」（頁 89）

基督教傳統則認為復仇是褻瀆上帝的行為。《新約聖經・羅馬書》第十二章第十九節說：

> 親愛的弟兄，不要自己伸冤，寧可讓步，聽憑主怒（自注：或作「讓人發怒」），因為經上記著：「主說：伸冤在我；我必報應。」[136]

基督教思想認為人間的不公義，其裁決在於上帝，私人復仇只會讓上帝無法寬宥人的原罪，因為一個人若無法原諒他人，又如何要求上帝寬恕其原罪？

伊利莎白時期英國的庶民傳統是否認同上層的反復仇主流價值，則有待進一步的論證。[137]基於人類的同理心，我們可以合理地推想：多數人即便在理性上清楚認知私人復仇絕非合法，但在心理上依然認同復仇的行為。

---

[136] 新國際版研讀本《聖經》(美國紐約：更新傳道會，1997年)，頁2148-2149。此中譯本《聖經》，譯於1996年，唯譯文與聯合聖經公會「和合本」同。意思相同的句子亦見於《希伯來書》第十章第三十節。所謂和合本的形成（約譯於1904-1919）頗為複雜，要之並非以King James version為藍本，故無直接英漢翻譯上的關係。所謂「伸冤在我；我必報應」一句，對應到King James version的是Vengeance is mine; I will repay. 但vengeance一詞，意即復仇，恐怕沒有「伸冤」的意涵；而repay一詞，可以是正面的報答，也可以是負面的報仇，而「報應」往往只有惡有惡報的意義。再對照日文譯本，則用了「復讎」和「報」，和King James version意義相當。因此，當初中文版譯者似乎巧妙地用「伸冤」、「報應」二語塑造《新約聖經》上帝的公義形象，可謂高明。此亦可視為翻譯作為經典詮釋手段之一例。

[137] *Hamlet and Revenge*, pp. 13-18. 英國文評家對此略有爭議，此不詳論。

六、結語

瞿同祖在《中國法律與中國社會》「血屬復仇」一節中指出：在西元前一世紀，也就是西漢末年，中國法律便有禁止復仇的法令，但民間復仇的風氣始終不斷：

> 我們應注意法律儘管嚴加制裁，私自復仇的風氣仍是很盛，……許多人寧可挺身受刑，決不肯因怕死而忘仇不孝。
>
> 從法律的立場來講，殺人便應擬抵，法律上原無復仇的規定，復仇而得減免，原是法外施仁，為例外，可是一般人，尤其是讀書人，卻以例外為正，頻加贊歎，反以例內為非，大加抨擊，認為防阻教化，不足為訓。這可看出禮與律之衝突，法律與人情的衝突，更可看出復仇主義之深入人心，牢不可破。[138]

由此可知中國傳統社會即使法律上禁止私人復仇，但民間社會／思想傳統仍然予以鼓勵，認為是合於倫理的表現。

相較之下，儒家傳統與基督教傳統對復仇的態度便大不相同：如本文之〈三〉所述，自孔子以來，即便未明言認同復仇，卻也沒有如同基督教傳統強調寬恕與原諒，強烈主張「以德報怨」。而當儒家建立起「五倫」的架構之後，復仇行為也隨之而有等差區分。在如此的復仇原則規範下，諸如國讎，則其復仇「雖百世可也」，父母之仇則「不共戴天」，兄弟之仇須「不

---

[138] 引文分見《中國法律與中國社會》，頁 91、頁 97-98。

反兵」等等，往往是一個在倫理關係上居於從屬地位的人，為其長上復仇，這與希臘悲劇 *Oresteia* 中 Clytaemnestra 為其女兒復仇的情節差異不小。這表現在兩個層面：一方面是倫理地位高的為倫理地位低的復仇；另一方面則是復仇者為女性。

不同於西方長輩為晚輩復仇的現象，《後漢書・劉玄劉盆子列傳》所記一則母親為兒子復仇的故事在中國社會便顯得十分特別，因為在中國傳統中，父母為子女復仇的記載實不多見：

> 天鳳元年，琅邪海曲有呂母者，子為縣吏，犯小罪，宰論殺之。呂母怨宰，密聚客，規以報仇。母家素豐，貲產數百萬，乃益釀醇酒，買刀劍衣服。少年來酤者，皆賒與之，視其乏者，輒假衣裳，不問多少。數年，財用稍盡，少年欲相與償之。呂母垂泣曰：「所以厚諸君者，非欲求利，徒以縣宰不道，枉殺吾子，欲為報怨耳。諸君寧肯哀之乎！」少年壯其意，又素受恩，皆許諾。其中勇士自號猛虎，遂相聚得數十百人，因與呂母入海中，招合亡命，眾至數千。呂母自稱將軍，引兵還攻破海曲，執縣宰。諸吏叩頭為宰請。母曰：「吾子犯小罪，不當死，而為宰所殺。殺人當死，又何請乎？」遂斬之，以其首祭子冢，復還海中。[139]

中國亦有少數女子復仇故事，如《左傳・昭公十九》年載莒國老婦為夫復仇；[140]《三國志・魏書・龐淯傳》裴松之《注》引

139 南朝・宋・范曄：《後漢書》(臺北：鼎文書局，1981 年)，卷 11，頁 477。
140 《春秋左傳正義》，卷 48，頁 22 下-23 下。

皇甫謐《列女傳》記龐娥親為父復仇，情節細膩完整，充滿褒揚之意：娥親雖生為女子，卻不畏鄰人訕笑，終於血刃仇敵，其行為更感動執法官員，既欲赦其罪，復為其立碑表彰、作傳傳述；[141]《後漢書・列女傳・吳許升妻》載三國・許升為盜所害，其妻呂榮為夫復仇，「手斷其頭，以祭升靈」；[142]常璩《華陽國志》載敬楊為父復仇，最後竟得縣令為之「立圖」表揚；[143]《北史・列女傳》載孝女王舜偕二妹一同為父復仇，竟蒙皇帝赦罪。[144]女子復仇而得到赦免／認可，甚至表揚，雖可能因為女子為父復仇尤為難得有以致之，但亦可見中國社會對復仇行為的寬容。

上述女子復仇的案例在中國傳統社會畢竟只是少數的特例，大部分的復仇者仍為男子，但在孝道觀念的籠罩下，即使社會並不要求女子挺身復仇，身為女兒者內心仍有責無旁貸的驅力。[145]在此並無意強調中西復仇觀的差異在於復仇者的性別或倫理關係，而是要說明：人類的復仇行為即使有生物性的來源，然而在復仇觀社會化的過程中，龐大的儒家傳統以其一貫

141 晉・陳壽：《三國志》（臺北：鼎文書局，1981年），卷18，頁548-550。

142 范曄：《後漢書》，卷84，頁2795。

143 晉・常璩撰，任乃強校注：《華陽國志校補圖注》（上海：上海古籍出版社，1987年），頁617，〈梓潼士女〉「敬楊雪讎」條。

144 唐・李延壽：《北史》（臺北：鼎文書局，1981年），卷91，頁3009。

145 據周天游《古代復仇面面觀》統計，漢代為父復仇共二十六例，男子即占二十二例。畢竟在父權社會中，男子享有較高地位，也相對負有較重的責任與義務，但男子若無法行使復仇任務時，女子便宜一肩挑起，如《北史・列女傳》載孝女王舜謂其二妹所云：「我無兄弟，致使父讎不復，吾輩雖女子，何用生為！」（頁3009）

的方式，亦即將原始社會的種種習俗規範化、禮儀化、經典化；因此原本血親復仇的模式——或者以氏族成員為對象；或以造成對方相同的痛苦為目的，如孟子所說的「殺人之父，人亦殺其父；殺人之兄，人亦殺其兄」；或專以施害者為對象——這些模式便逐漸為儒家經典詮釋所收編，先是藉由經學的地位將之學術化，再經由深習儒家思想的循吏法外施恩的實踐，[146]因此在民間社會形成一股堅實的復仇思想與風尚。當然，自戰國以降的任俠之風，也是漢代復仇風氣不可忽視的來源，然而東漢以降的中國復仇傳統，幾幾乎便是儒家典籍所描述的型態，由此亦可見證儒家倫理觀念／思想傳統，對中國社會無所不在的影響力。

[146] 上述龐娥親、救楊、王舜復仇史事皆如此；此外，瞿同祖《中國法律與中國社會》亦提供了數個女子為父復仇、或為友復仇，地方官皆不願以國法嚴辦復仇者的案例，表現出對復仇行為的深切認同，可參看。（頁93-96）

試論《穀梁》「專之去，合乎春秋」所隱含的《春秋》之義[**]

吳智雄[*]

一、前言

魯襄公二十七年（546B.C.），《春秋》記載衛侯之弟專出奔晉，[1]公子專的出奔是一場公室與宗室權力傾軋的結果之一。在這樣的發展結果下，《穀梁傳》認為公子專出奔晉的行為符合《春秋》之義，因此有了「專之去，合乎《春秋》」的評語。其全文如下：

> 經：衛侯之弟專出奔晉。
>
> 傳：專，喜之徒也。專之為喜之徒何也？己雖急納其兄，與人之臣謀弒其君，是亦弒君者也。專其曰弟何也？專有是信者。君賂不入乎喜而殺喜，是君不直乎喜也。故

---

[*] 國立臺灣海洋大學通識教育中心助理教授。

[**] 本文曾發表於2004年11月20日由國立臺灣大學東亞文明研究中心主辦之「東亞語文學與經典詮釋學術研討會」，會中經特約討論人李隆獻教授多所指正，謹申謝忱。

[1] 專，衛定公與敬姒之子，字子鮮，為衛獻公（名衎）同母弟。《穀梁傳》作「專」，《左傳》與《公羊傳》皆作「鱄」。楊伯峻認為：「以其字子鮮，則正字當作『鱄』。專乃借字。」（《春秋左傳注》〔高雄：復文圖書出版社，1991年〕，頁1126。）然本文以討論《穀梁傳》的內容為主，故從《穀梁傳》作「專」。

出奔晉，織絇邯鄲，終身不言衛。專之去，合乎《春秋》。（《穀梁傳·襄公二十七年》）

「這裡所謂的《春秋》，當然是指孔子筆削之義」，[2]但《穀梁傳》並未說明其所謂的《春秋》之義為何？以致後世解釋者的說法不一，而這些說法又未能充分說明《穀梁傳》的真正義涵。此種情形的產生，除傳文未明言《春秋》之義的主因外，其所涉及的複雜史事及糾結的問題與衝突，亦是原因之一。

關於這個課題，大抵而言，可有以下幾點方向以資思考：

第一，此是《穀梁傳》傳文中，惟一以「合乎《春秋》」之語評論傳主的出奔行為者，[3]有其不可忽視的特色，是其值得探討之一。

第二，在《穀梁傳》的解釋中，公子專被歸為與甯喜同類的弒君者。既為弒君者，《穀梁傳》不但未予以貶責，反而還稱《春秋》以譽之，原因為何？是其值得探討之二。

第三，《穀梁傳》使用「合」字，有無特殊的涵義？其與宣公十七年（592B.C.）以「貴」字評叔肸之行，有何關係？其中又有何差別？是其值得探討之三。

第四，《穀梁傳》中凡曰《春秋》者，皆會明言其《春秋》之義所指為何？如柯劭忞《春秋穀梁傳注·隱公元年》所云：

---

2 傅隸樸語，詳見氏著：《春秋三傳比義》（臺北：臺灣商務印書館，1983 年），頁 845。

3 《穀梁傳》中還有一則傳文評語與此則類似，其為〈宣公十七年〉以「君子以是為通恩也，以取貴乎《春秋》」論叔肸之行。筆者認為此兩則傳文間有密切的關係，正文中將有論述。

「凡經之大義，《傳》必曰『春秋之義』以崇之。」但於此卻未明言公子專合乎何種《春秋》之義，為何傳文不明言？有什麼考量？是其值得探討之四。

第五，《穀梁傳》既未明言公子專所合乎的《春秋》之義，則此處所言的《春秋》之義究竟是什麼？而此義是同於他處已言者？或是另發新義者？是其值得探討之五。

第六，《穀梁傳》評「專之去，合乎《春秋》」，透露出了何種解經思想？何種評人論事的觀念？是其值得探討之六。

因此，基於上述六點思考方向，筆者認為此課題實有探討之必要，故不揣鄙陋，敢以此為題，以就正於方家。

二、史事的說明與探討

《春秋》本為魯史，記載史事與保存史料為其基本的要求與功能。但相傳在孔子刪削《春秋》而賦予褒貶大義，產生所謂「一字之褒，寵踰華袞之贈；片言之貶，辱過市朝之撻」(《春秋穀梁傳集解・序》) 的道德評判後，《春秋》此種原本的基本要求與功能，便產生了某種程度的「質變」。

在這種「質變」後，《春秋》一書便從單純的史料記載，轉變成為兼具評判性質的史論專書，藉以發揮孔子所欲傳達的歷史意義。但《春秋》所欲傳達的歷史意義，卻隱藏在幽微的用字遣詞中，而形成所謂的「屬辭比事」，使得後人無法僅從其簡要的記載中得知其義，因此產生了專門解釋經文的「傳書」，如范甯（339-401）說：「凡傳以通經為主，經以必當為理。」(《春秋穀梁傳集解．序》) 其流傳至今者為《左傳》、《公羊傳》、《穀梁傳》三書。

三傳對經文褒貶之義的解釋是否得當？本各有看法，沒有絕對的是與非。但即使如此，在詮釋者各自建構自身的理論體系時，仍然有一個客觀的基準可供遵循，此基準即是所謂的通史事以明史義，亦即史義與史論必須建立在史事的基礎上進行。換句話說，各種是非、優劣、好壞、褒貶的價值判斷，必須依賴當事者的行為與事件的屬性來判定，行為與事件的判定則必須放在歷史事實的互動中才能顯現，孔子藉《春秋》幽微文字以褒貶人物的行為後，所欲達成亂臣賊子懼的用心尤其如此。所以在探討《穀梁傳》對公子專出奔晉一事，為何下以「合乎《春秋》」的價值判斷前，必須對相關史事的來龍去脈進行詳細的了解，才能適當地掌握《穀梁傳》釋經觀點的精義。

《穀梁傳》對魯襄公二十七年「衛侯之弟專出奔晉」的解釋，涉及衛公室與孫氏、甯氏兩宗族間的恩怨情仇，直接影響到衛君的廢立與政權的合法性，此事最早可追溯到魯成公（590-573B.C.）時代。據《左傳》所載，[4]魯成公七年（584B.C.，

[4] 關於公子專出奔晉所涉及的史事始末，《左傳》與《公羊傳》在細節的記載略有出入，但事件的整體發展方向則為一致。如傅隸樸所言：「《公羊》所敘鱄與甯喜為約經過，與《左氏》小有出入，但於甯喜之信任鱄，與獻公之迫鱄往與甯喜為約，語意遠比《左氏》為重，其同情鱄之出奔，與惡衛侯之不講信義，也就比《左氏》更強。」(《春秋三傳比義》，頁844。) 由於本文的重心不在討論史事記載的異同，所以便以《左傳》所載為主，《公羊傳》為輔。

衛定公五年），衛定公惡孫林父，孫林父於是在當年冬季出奔晉。之後定公前往晉國交涉，晉乃將孫氏的食邑戚城歸還給衛國。孫林父在晉國待了七年後，在晉厲公的幫助下，於魯成公十四年（577B.C.，衛定公十二年）回到了衛國，定公接見了孫林父並恢復了他的職位與采邑。同年冬十月，衛定公卒。定公卒前，使孔成子（即孔烝鉏）與甯惠子（即甯殖）立敬姒之子衎為太子。定公卒後，衎即位為獻公，對定公之死，不哀也不內酌飲。定公夫人姜氏深以為憂，而歎曰：「是夫也，將不唯衛國之敗，其必始於未亡人。嗚呼！天禍衛國也。夫吾不獲鱄也使主社稷。」（《左傳・成公十四年》）諸大夫聽聞後無不感到驚恐，而孫林父則從此不敢將他的寶器放在衛國都城，全都改放在他的封地戚邑，並積極與晉國大夫交好，應是為日後的退路預作準備。

魯襄公十四年（559B.C.），衛獻公先是失信並無禮於孫文子、甯惠子，激怒了孫、甯二人，史載：「衛獻公戒孫文子、甯惠子食，皆食而朝，日旰不召，而射鴻於囿。二子從之，不釋皮冠而與之言。二子怒，孫文子如戚，孫蒯入使。」（《左傳・襄公十四年》）後又因樂人師曹的有意挑撥，吟誦了《詩經・小雅・巧言》一詩之卒章，[5]使孫文子有了恐懼的危機感。孫文子說：「君忌我矣，弗先，必死。」決定先下手為強。於是

---

[5] 《春秋左傳注疏・襄公十四年》杜注曰：「〈巧言〉，《詩・小雅》。其卒章曰：『彼何人斯，居河之麋。無拳無勇，職為亂階。』……公欲以喻文子居河上而為亂。」（晉・杜預注、唐・孔穎達疏：《春秋左傳注疏》〔臺北：藝文印書館《十三經注疏》本，1989 年〕，頁 560。）

孫文子先將家僕集中於戚邑，其後又接連殺掉數位獻公派來的使節子蟜、子伯、子皮三人，君臣雙方從此正式決裂。衛獻公因此出奔齊國，孫氏又追之，敗公徒於阿澤。衛獻公出奔齊後，居於齊郲邑，形成一種類似流亡政府的形態。而在衛國內，衛人另立公孫剽為殤公，由孫林父、甯殖相之，以聽盟會之命於諸侯。此時衛國便出現獻公在外、殤公居內的一國二君情形。此種情形一直持續到襄公二十六年（547B.C.）殤公被甯喜所弒，獻公入衛復位後才結束，其間獻公總共在外流亡了十二年（襄公十四年～襄公二十六年，559-547B.C.）。

襄公二十年（553B.C.），衛甯殖對六年前逐出獻公一事感到後悔，遂在死前要求其子甯喜幫助獻公回國復位，《公羊傳》載甯殖謂甯喜之言曰：「黜公者，非吾意也，孫氏為之。我即死，女能固納公乎？」（〈襄公二十七年〉）並以嚴厲的口吻要求甯喜修改「孫林父、甯殖出其君」的原始史文。《左傳》載甯惠子之言曰：「吾得罪於君，悔而無及也。名藏在諸侯之策，曰『孫林父、甯殖出其君』。君入則掩之，則吾子也。若不能，猶有鬼神，吾有餒而已，不來食矣。」（〈襄公二十七年〉）甯喜一一許諾，遂有後來甯喜助獻公回國復位一事。

魯襄公二十五年（548B.C.），因晉平公之請，衛獻公得入居於衛夷儀邑。獻公在夷儀邑時，派人與甯喜約定復位事宜。甯喜許之，但指明要由子鮮（公子鱄）為使。因此公子鱄便於次年（魯襄公二十六年，547B.C.）前往衛國，與甯喜約定：「苟反，政由甯氏，祭則寡人。」於是甯喜便於同年二月，與右宰穀攻伐孫氏於戚邑，於辛卯日殺衛殤公（公子剽）及其太子角，孫林父便以戚如晉。甲午日，獻公入衛，「大夫逆於竟者，執其手而與之言；道逆者，自車揖之；逆於門者，頷之而已」。其後衛侵戚邑東鄙，孫氏愬於晉，晉便出兵屯戍於茅氏邑。衛與孫、晉聯軍兩度交戰後，孫氏家臣雍鉏獲衛將殖綽。其後孫氏復愬於晉，因此晉平公於同年六月，「會晉趙武、宋向戌、鄭良宵、曹人於澶淵，以討衛疆戚田，取衛西鄙懿氏六十以與孫氏」。其後衛獻公如晉，晉遂執而囚之於士弱氏。秋七月，齊、鄭二君為此到了晉國，在經過一番交涉後，晉平公終於答應釋放衛君。但平公卻未立即履行諾言，直到數月後，衛人歸衛姬於晉時，衛獻公方始釋回。

獻公回衛後，朝政由甯喜把持，獻公深患之。大夫公孫免餘請殺之，然獻公曰：「微甯子，不及此，吾與之矣。事未可知，祇成惡名。」公孫免餘請獻公在不參與的情況下，與公孫無地、公孫臣謀攻甯氏。經過兩次攻伐後，於魯襄公二十七年（546B.C.）夏，殺甯喜及右宰穀，尸之於朝。甯喜死後，子鮮說：「逐我者出，納我者死。賞罰無章，何以沮勸？君失其信，而國無刑，不亦難乎？且鱄實使之。」遂出奔晉。獻公兩使使止之，不可，終身不仕。可見其乃因甯喜被殺而奔，如《公羊傳》所云：「衛殺其大夫甯喜，則衛侯之弟鱄曷為出奔晉？為殺甯喜出奔也。」（〈襄公二十七年〉）柯劭忞《春秋穀梁傳注・襄公二十七年》（以下簡稱柯注）亦云：「上文衛殺其大夫甯喜，即接書衛侯之弟出奔晉，比事觀之，知為喜之走。」[6]

[6] 柯劭忞：《春秋穀梁傳注》（臺北：進學書局，1969 年），頁 407。

由上述史事可知，公子專的出奔晉，是衛國公室與宗族間長期權力傾軋的結果之一。對於這樣的結果，《穀梁傳》自有其詮釋觀點，而此觀點則與衛國當時的政治情形息息相關。所以我們必須先探討衛國的政治情形，其可探討的面向有二：一是政權移轉與政權合法性，二是衛國君臣的互動。

在政權合法性與政權轉移的問題方面。衛國曾有一段長達十數年的時間內，出現一國二君的情形。其中出奔至齊的獻公，為前君定公指定的政權繼承人；而居於國內的殤公，根據《左傳・襄公十四年》的記載：「衛人立公孫剽，孫林父、甯殖相之，以聽命於諸侯。」則是由衛人所立。人為眾辭，如《穀梁傳・隱公四年》說：「衛人者，眾辭也。……其稱人以立之，何也？得眾也。」而且又可「聽命於諸侯」，杜注曰：「聽盟會之命。」楊伯峻認為：「蓋諸侯與之盟，則認可矣。」[7]如此看來，似乎殤公的統治地位已得到史書與諸侯國的普遍承認。

不過衡諸其他相關的記載，事實恐怕並非如此。《公羊傳・襄公二十七年》記載：「衛甯殖與孫林父逐衛侯而立公孫剽。」據孫、甯二氏在衛國專政的程度來看，此記載應屬可信，如此則殤公並非得衛人之擁戴而立，而是孫、甯二人以自身的權勢強立之君。此外，《左傳・襄公二十年》曾載甯殖之言曰：「吾得罪於君，悔而無及也。名藏在諸侯之策，曰『孫林父、甯殖出其君。』」甯殖一方面後悔當初逐出獻公之舉，一方面又害怕「孫林父、甯殖出其君」的原始史文流傳後世而留下惡名，

7 楊伯峻：《春秋左傳注》，頁1015。

可見孫、甯出其君之舉為史書所不容，也可見殤公之立，其實並未得到當時衛國人民心理的認可，所以《公羊傳・襄公二十六年》解「衛侯衎復歸于衛」之經文時便說道：「其言復歸何？惡剽也。曷為惡剽？剽之立，於是未有說也。」何注曰：「凡篡立，皆緣親親也。剽以公孫立於是位，尤非其次，故衛人未有說。」這些情形皆應與殤公為非合法的繼承者有關。再者，獻公於魯襄公二十六年（547B.C.）回到衛國，《春秋》書曰：「甲午，衛侯衎復歸于衛。」《左傳》釋之曰：「書曰『復歸』，國納之也。」杜注曰：「亦國逆。」所謂「復歸」，三傳皆認為是《春秋》的書法義例之一，如《左傳・成公十八年》說：「凡去其國，國逆而立之，曰『入』；復其位，曰『復歸』；諸侯納之，曰『歸』；以惡，曰『復入』。」《公羊傳・桓公十五年》說：「復歸者，出惡，歸無惡。」《穀梁傳・僖公二十八年》：「復者，復中國也；歸者，歸其所也。」范注曰：「中國猶國中也。」又《穀梁傳・桓公十五年》經云：「鄭世子忽復歸于鄭。」傳云：「反正也。」《左傳》與《穀梁傳》皆認為「復歸」是去國之君回國恢復其位，《左傳》且認為是國逆而復其位；《公羊傳》則明確指出國君復歸者，是出惡而歸無惡。由此來看，衛獻公的回國復位，不僅得到三傳對《春秋》義例詮釋上的肯定，也得到了當時衛國人民的普遍認可。所以在政權合法性問題上，獻公為正，殤公不正，應是可以確定的。[8]所以《穀梁傳》解

---

[8] 除了從傳文的記載來了解殤公（剽）不正的政權基礎外，還可從繼承系統來了解。如周何先生說：「襄公元年第（八）節，經書『衛侯使公孫剽來聘』，剽是黑背之子，衛穆公之孫，故稱公孫，既稱公孫，則不是嫡系可知。如穆公卒，子定公立，定公卒，子獻公立，是為正統。故剽雖為衛君，

襄公二十六年經文「衛甯喜弒其君剽」時，便直言「此不正」，楊疏云：「知剽不正者，以元年稱公孫見經故也。」同樣的，衛國政權由獻公轉移至殤公，也是不具備合法性基礎的。

孔子曾說：「天下有道，則禮樂征伐自天子出；天下無道，則禮樂征伐自諸侯出。」又說：「天下有道，則政不在大夫。天下有道，則庶人不議。」（《論語・季氏》）由衛國宗室可任意黜立國君，以及獻公回國復位的種種曲折過程來看，衛國的政治基本上便是屬於「無道」的情況。此種「無道」的政治情況，可由當時君臣的行為與互動的情況來觀察。

首先，可由國君——衛獻公的方面來觀察。《左傳・成公十四年》載衛定公卒時，太子衎既不悲哀，也不納酌飲。對於太子衎的行為，夫人姜氏便曾有感歎說：「是夫也，將不唯衛國之敗，其必始於未亡人。嗚呼！天禍衛國也。夫吾不獲鱄也使主社稷。」可見衎是屬於比較無情的人。此外，《左傳・襄公二十六年》載敬姒強命公子專為獻公與甯喜訂約，公子專曾說：「君無信，臣懼不免。」可見衎是屬於容易失信的人。再者，衛獻公也是一位個性暴虐的人，如《左傳・襄公十四年》載孫林父對蘧伯玉之言曰：「君之暴虐，子所知也。」又載：「衛侯在郲，臧紇如齊唁衛侯。衛侯與之言，虐。」如此一個無情、無信、暴虐的人，在繼位為君後並沒有多大的改變，例如襄公十四年，衛獻公與孫文子、甯惠子約食，失信不至，與二人言時又有不釋皮冠的無禮之行；襄公二十七年，默認公孫免餘殺

既不是嫡系，又不是經由國君所命，所以謂之不正。」（《新譯春秋穀梁傳》〔臺北：三民書局，2000年〕，頁891。）

掉助其回國的甯喜等。所以當時他人對衛獻公的評價並不高，例如魯大夫臧紇曾說獻公之言如糞土，《左傳・襄公十四年》載臧紇之言曰：「衛侯不得入矣。其言糞土也。亡而不變，何以復國？」晉師曠認為獻公「實甚」，《左傳・襄公十四年》載：「師曠侍於晉侯。晉侯曰：『衛人出其君，不亦甚乎？』對曰：『或者其君實甚。』」甚至獻公於襄公十四年出奔至齊後，使祝宗回國告亡且告無罪時，夫人定姜僅准獻公告亡而不准告無罪。不僅如此，定姜還一一列舉了獻公的三條罪狀：「舍大臣而與小臣謀，一罪也；先君有冢卿以為師保，而蔑之，二罪也；余以巾櫛事先君，而暴妾使余，三罪也。」（《左傳・襄公十四年》）由此可見，衛獻公並不是一位符合「君道」的國君。

衛君的情況如此，至於臣子的情況似乎也好不到那裡去。據《左傳》與《公羊傳》所載，前後與衛獻公立、奔、復歸關係最密切的臣子為孫林父與甯喜，所以可從此二人來觀察。

早在衛定公時代，孫林父便為定公所惡，孫林父還曾因此出奔至晉。其後定公雖然在晉國的壓力與夫人定姜的規勸下，答應讓孫林父回國復位，但孫林父並沒有因此而放鬆戒心。所以在衛獻公初即位後，便將重器置於戚邑而甚善晉大夫，已在為日後可能的決裂預做準備。襄公十四年，孫林父先是因衛獻公的失信與無禮，怒而回到戚邑；後是因衛獻公使樂師歌誦《詩・小雅・巧言》之卒章，而有了生存的危機感，孫林父說：「君忌我矣，弗先，必死。」（《左傳・襄公十四年》）於是決定先下手為強，先殺衛侯來使，後迫使衛侯出奔齊，再追殺衛侯之徒至阿澤。孫林父逐出衛君的舉動，固然有部份原因是獻公咎由自取，但孫林父身為臣子，其逐君的行為也有可議之處，所以諸侯史策之原文書：「孫林父、甯殖出其君。」其意便在責怪孫、甯二人的行為。而孫林父於日後「以戚如晉」的行為，也受到《春秋》書「入於戚以叛」的貶責。《左傳・襄公二十六年》說：「書曰『入於戚以叛』，罪孫氏也。臣之祿，君實有之。義則進，否則奉身而退。專祿以周旋，戮也。」此外，孫林父目中無君的「不臣」之行，即使到了國外仍然顯露無遺。《左傳・襄公七年》載：「衛孫文子來聘，且拜武之言，而尋孫桓子之盟。公登，亦登。叔孫穆子相，趨進曰：『諸侯之會，寡君未嘗後衛君。今吾子不後寡君，寡君未知所過。吾子其少安！』孫子無辭，亦無悛容。」所以叔孫穆子便預言道：「孫子必亡。為臣而君，過而不悛，亡之本也。《詩》曰：『退食自公，委蛇委蛇。』謂從者也。衡而委蛇，必折。」孫林父為臣而不臣的情形，斑斑可見。

至於甯喜。甯喜為甯殖之子，本未參與逐獻公的行動，但在甯殖死前表示對逐獻公之舉的悔意，並提出更改諸侯史策原書「孫林父、甯殖出其君」內容的要求後，甯喜為完成父親的遺命，因此也走上了弒君之路。襄公二十五年，衛獻公自夷儀派遣使節與甯喜言復國之事，甯喜許之，但堅持要由子鮮出面。子鮮便於次年以公命「苟反，政由甯氏，祭則寡人」，而與甯喜約定復國事宜。其實甯喜下此決定，是讓自己陷入進退不得的地步，因為最後不管是哪一方獲勝，甯喜都將以不忠之臣的姿態面對獲勝的國君。所以當甯喜與獻公共謀回國復位的消息傳出後，便引來了一些負面的評價，如大叔文子說：「烏乎！《詩》所謂：『我躬不說，皇恤我後』者，甯子可謂不恤其後矣，將可乎哉？殆必不可。君子之行，思其終也，思其復也。《書》曰：『慎始而敬終，終以不困。』《詩》曰：『夙夜匪解，以事一人。』今甯子視君不如弈棋，其何以免乎！弈者舉棋不定，不勝其耦，而況置君而弗定乎？必不免矣。九世之卿族，一舉而滅之，可哀也哉！」（《左傳・襄公二十五年》）太叔文子三引經典為證，可見甯喜下此決定所造成的影響之大。所以右宰穀也當面勸甯喜說：「不可。獲罪於兩君，天下誰畜之？」（《左傳・襄公二十六年》）但甯喜仍在「受命於先人，不可以貳」的堅持下攻打孫氏，殺掉了殤公及其太子角。《春秋》對此記載為：「衛甯喜弒其君剽。」《左傳》認為乃「言罪之在甯氏也」，依《穀梁傳・隱公四年》：「大夫弒其君，以國氏者，嫌也，弒而代之也」之例，亦是罪甯喜之義。獻公復歸後，甯喜專政，為獻公所患。最後終於在獻公的默許下，被公孫免餘所殺，而應驗了大叔文子的話。

「君君，臣臣，父父，子子」（《論語・顏淵》），是孔子對理想政治社會形態的要求，但由上述衛國君臣的情況來看，可說完全背道而馳。此種君不君、臣不臣的情形，事實上是由雙方共同造成的，如魯大夫厚成叔所說：「有君不弔，有臣不敏；君不赦宥，臣亦不帥職，增淫發洩，其若之何？」衛大夫大叔儀也說：「群臣不佞，得罪於寡君。寡君不以即刑，而悼棄之，以為君憂。」（《左傳・襄公十四年》）《穀梁傳・宣公十五年》也說：「君不君，臣不臣，此天下所以傾也。」而在春秋時代，此種君臣失序的現象實在由來已久，如子家駒所說：「諸侯僭於天子，大夫僭於諸侯久矣。」(《公羊傳・昭公二十五年》)《論語・八佾》也記載儀封人說：「天下之無道也久矣。」對此種混亂、僭越的情形，司馬遷（135-87B.C.）認為乃「皆失其本」所造成的。《史記・太史公自序》說：「《春秋》之中，弒君三十六，亡國五十二，諸侯奔走，不得保其社稷者，不可勝數。察其所以，皆失其本已。……故曰：『臣弒君，子弒父，非一旦一夕之故也，其漸久矣。』」在一個「皆失其本」的時代裡，所有的價值觀都有可能被解構而重整，價值判斷也會趨向多元化的發展。面對此種情形，如何對經典進行適當的詮釋而建構一套「言之成理」的理論體系，是詮釋者所須面對的挑戰，《春秋》三傳的作者亦是如此。接著我將以上文的史事背景為基礎，論述《穀梁傳》「專之去，合乎《春秋》」所隱含的《春秋》之義。

三、《傳》義的討論與分析

在了解公子專出奔晉的曲折過程後，藉此可進一步來了解《穀梁傳》對此事的評論與解釋。為便於討論，容再援引該文如下：

> 經：衛侯之弟專出奔晉。
>
> 傳：專，喜之徒也。專之為喜之徒何也？己雖急納其兄，與人之臣謀弒其君，是亦弒君者也。專其曰弟何也？專有是信者。君賂不入乎喜而殺喜，是君不直乎喜也。故

出奔晉，織約邯鄲，終身不言衛。專之去，合乎《春秋》。（《穀梁傳・襄公二十七年》）

《穀梁傳》評論的重點有三：一是說明公子專在獻公復歸事件中所扮演的角色，二是解釋《春秋》書「弟」的用意，三是對公子專的去衛奔晉進行價值判斷。

首先，《穀梁傳》認為在獻公復歸的整起事件中，公子專屬於甯喜這一類的人，而甯喜在經、傳文中則被視為弒君者。如襄公二十六年經文書「衛甯喜弒其君剽」，《左傳》認為經文如此記載，乃「言罪之在甯氏也」。同年，《公羊傳》在經文「晉人執衛甯喜」下說：「此執有罪。」上述《穀梁傳》傳文則說：「與人之臣謀弒其君，是亦弒君者也。」此外，《穀梁傳》更明言：「大夫弒其君，以國氏者，嫌也，弒而代之也。」（〈隱公四年〉、〈莊公八年〉）公子專與甯喜既同為弒君者，在《穀梁傳》的思想中，對弒君者會予以貶斥與討伐，如〈隱公四年〉經載：「秋，翬帥師會宋公、陳侯、蔡人、衛人伐鄭。」傳云：「翬者何也？公子翬也。其不稱公子，何也？貶之也。何為貶之也？與于弒公，故貶也。」〈隱公十一年〉傳云：「君弒，賊不討，不書葬，以罪下也。」〈昭公十三年〉傳云：「弒君不葬。」范注云：「謂不討賊，如無臣子。」由此而論，公子專既被視為與甯喜同類的弒君者，則理應受到《穀梁傳》傳文的貶斥而不得稱弟方是，如柯《注》說：「專為喜之黨徒，疑不應稱弟。」（〈襄公二十七年〉），但《穀梁傳》是否確實依此而論公子專之行？以下續有討論。

其次，凡《春秋》書「弟」者，皆指今君之同母弟，如《左傳・宣公十七年》說：「凡稱弟，皆母弟也。」[9]關於《春秋》經文之書「弟」，《穀梁傳》有下列三種基本的看法。

第一，《穀梁傳》認為弟兄屬於親親的範疇，所謂「兄弟，天倫也」（〈隱公元年〉）。在這個前提下，《穀梁傳》有兩個觀念。一方面，在尊尊的政治場合中，公子不得以諸侯弟兄的身份通告於國際，此即「諸侯之尊，弟兄不得以屬通」（〈隱公七年〉、〈桓公十四年〉、〈襄公二十年〉、〈昭公元年〉、〈昭公八年〉）之說，而此說則源於《穀梁傳》尊尊思想中「君子不以親親害尊尊，此《春秋》之義也」（〈文公二年〉）的觀念。因此《穀梁傳》對尊尊與親親便有著不同的要求，例如〈成公元年〉：「為尊者諱敵不諱敗，為親者諱敗不諱敵，尊尊親親之義也。」即是。[10]另一方面，在親親未侵害尊尊的情況下，國君不得有殺弟、逐弟的行為，此即「君無忍親之義。天子、諸侯所親者，唯長子、母弟耳」（〈襄公三十年〉）之說，而此說則源於《穀梁傳》「親親之道」的觀念。[11]因此《春秋》若有殺弟或弟出奔

[9] 關於此則凡例，楊伯峻認為：「考之全經，有雖母弟而不稱弟者，但無非母弟而稱弟者，則此例並無例外。」（《春秋左傳注》，頁775。）此外，周何先生在通檢三傳後說：「足以稱『弟』若『兄』之關鍵條件，不在嫡庶之差，而重在君之『同母』弟兄是也。《左傳》『凡稱弟，皆母弟也』一語足矣。……然則母弟之稱，當系之於今君而言；今君之同母弟始得以『弟』稱者，如《經》書『齊侯使其弟年』、『陳侯之弟光』、『公弟叔肸』皆是也。是《公》、《穀》之說較為實也。」（〈論《春秋》之書「弟」〉，《春秋穀梁傳傳授源流考》〔臺北：國立編譯館，2002年〕，頁408。）

[10] 關於《穀梁傳》的尊尊觀與「不以親親害尊尊」的《春秋》之義，可參見拙著：《穀梁傳思想析論》（臺北：文津出版社，2000年），第五章「政治思想（中）——尊尊觀」，頁189-260。

[11] 關於《穀梁傳》的親親之道，可參見拙著：《穀梁傳思想析論》，頁86-99。

的記載，《穀梁傳》會從惡君的角度解之。例如殺弟者，〈襄公三十年〉經載：「天王殺其弟佞夫。」傳云：「天王殺其弟佞夫，甚之也。」〈昭公八年〉經載：「春，陳侯之弟招殺陳世子偃師。」傳云：「其弟云者，親之也。親而殺之，惡也。」又如弟出奔者，〈襄公二十年〉經載：「陳侯之弟光出奔楚。」傳云：「其弟云者，親之也。親而奔之，惡也。」〈昭公元年〉經載：「夏，秦伯之弟鍼出奔晉。」傳云：「其弟云者，親之也。親而奔之，惡也。」書「弟」既為惡君之意，則弟無罪可知，如宋景公之弟辰於定公十年（500B.C.）出奔陳，次年入於蕭以叛，《穀梁傳》曰：「未失其弟也。」（〈定公十一年〉）范注云：「言辰未有失其為弟之道，故書弟以罪宋公。」即是。

第二，除了上述書「弟」為惡君而弟無罪的情況外，《春秋》中尚有一些不是殺弟與弟奔而書弟的記載。對此，《穀梁傳》也有兩種解釋：一是舉其尊貴的身份，如〈隱公七年〉經載：「齊侯使其弟年來聘。」傳云：「其弟云者，以其來接於我，舉其貴者也。」〈桓公十四年〉經載：「夏五，鄭伯使其弟禦來盟。」傳云：「其弟云者，以其來我，舉其貴者也。」皆是；二是以弟賢而褒之，如〈僖公十六年〉經載：「三月壬申，公子季友卒。」傳云：「稱公弟叔、仲，賢也。」〈定公十七年〉經載：「十有一月壬午，公弟叔肹卒。」傳云：「其曰公弟叔肹，賢之也。」皆是。[12]

---

[12] 由此兩點的敘述可知，《穀梁傳》對《春秋》書「弟」的解釋，共有言「親」、言「貴」、言「賢」三種。關於這三種解釋，周何先生認為其中言「親」與言「賢」者，其下皆有論其親以惡之、賢以褒之之文，可知《穀梁傳》

第三，上述兩點皆是就《春秋》書「弟」而言，但如果當事者具有弟的身份，而經文未予以記載，則該作何解？《穀梁傳》認為事主為弟而未書弟，其意即在彰顯弟的惡行，此說法以「鄭伯克段于鄢」為典型例子。隱公元年（722B.C.），夏，五月，鄭莊公克其弟段於鄢。《穀梁傳》認為：「段，弟也，而弗謂弟；公子也，而弗謂公子。貶之也，段失子弟之道矣。」即是惡弟之行。

由以上三種看法可知，《穀梁傳》認為弟屬於親屬倫理的範疇，所以基本上在政治事件中是不應該寫出弟的親屬身份，但《春秋》中還是有十四則書「弟」的條文。[13]對此，《穀梁傳》乃依事件性質的不同，分別以「親而殺之，惡也」、「親而奔之，惡也」、「未失其弟也」、「舉其貴者也」、「賢之也」等說法解之。在這五種解釋中，《穀梁傳》不但沒有對弟表示貶責之意，甚至還有賢之的褒揚；也就是說，在《穀梁傳》的解經思想中，凡《春秋》書「弟」者，《穀梁傳》皆是以正面的態度來評論弟的行為。由此而論，《春秋》於襄公二十七年書「衛侯之弟專出奔晉」，應亦是以正面的態度來評論公子專的行為，所以范注說：「據稱弟則無罪。」而《穀梁傳》更於「專其曰弟何

「親」、「賢」之論，乃因事而發。也就是說，稱弟以示身份之貴，原是《春秋》之通例；而《穀梁傳》別言其「親」、「賢」者，當是於「貴」之外，後就其行事而生論者，實非此「貴」彼「賢」，各具其義也。（詳見周何：〈論《春秋》之書「弟」〉，《春秋穀梁傳傳授源流考》，頁 410-411。）周文主要在解釋《春秋》書「弟」義例的用意，本文則以《穀梁傳》解釋的類別而論，故仍以三種說法分列之。

[13] 關於《春秋》書「弟」的詳細條目，可見周何：〈論《春秋》之書「弟」〉，《春秋穀梁傳傳授源流考》，頁 415-416。

也」後接著說：「專有是信者。」范注說：「言君本使專與喜為約納君，許以寵賂。今反殺之，獻公使專失信，故稱弟見獻公之惡也。」並以「君賂不入乎喜而殺喜，是君不直乎喜也。故出奔晉，織絢邯鄲，終身不言衛」作為補充說明公子專守信與出奔的理由。

綜合上述傳文解釋的兩項重點，可知公子專一方面具有弒君者的有罪角色，另一方面又有《春秋》書「弟」的無罪肯定。對解經者來說，便產生了解釋上的難題：[14]也就是說，該如何同時處理弒君者的貶責與《春秋》義例的肯定，是《穀梁傳》首先必須面對的難題。

對於這個難題，可從《穀梁傳》對甯喜的評價來了解。《穀梁傳‧襄公二十七年》經載：「衛殺其大夫甯喜。」傳云：

> 稱國以殺，罪累上也。甯喜弒君，其以累上之辭言之，何也？嘗為大夫，與之涉公事矣。甯喜由君弒君，而不以弒君之罪罪之者，惡獻公也。

在嗣君的合法性基礎上，殤公剽被判定為不正。雖然如此，在獻公出奔在外的十二年內，殤公剽與甯喜間仍是以君臣的身份行事，所以甯喜殺殤公剽，仍然被視為弒君者而須予以貶斥。但《春秋》在記載獻公殺甯喜一事時，卻冠以衛國的方式為之。根據《穀梁傳‧僖公七年》：「稱國以殺大夫，殺無罪也。」所

---

14 也許正是因為此種難題，遂使《穀梁傳》招來某些負面的批評，如傅隸樸便認為《穀梁傳》之論「偏頗」、「過刻」、「矛盾」等。（詳見傅著：《春秋三傳比義》，頁 845。）筆者認為若詳細探討《穀梁傳》對事件前後的相關評論後，當可有另一種不同的體會，詳如正文所述。

謂殺無罪，為以他事而不以其罪殺之；但甯喜仍有弒君之罪，其罪在〈襄公二十六年〉:「衛甯喜弒其君剽。」時已言明，所以此處不以殺無罪言之，而以「稱國以殺，罪累上也」之辭言之。所謂「罪累上也」，鍾文烝（1818-1877）《春秋穀梁經傳補注・僖公十年》（以下簡稱《穀梁補注》）說：「累者，延坐及之。上，謂君上，以罪延坐君上，明其有專殺之罪，罪君不罪臣也。……弒逆不可云無罪，故不曰殺無罪，而曰罪累，上論其事，則有小異，要之經書其殺，專以罪君，其意一也。」[15]柯劭忞則結合僖公十年（650B.C.）「晉殺其大夫里克」之經文說：「累者，延及之辭。稱國以殺大夫為殺無罪，獨晉殺里克、衛殺甯喜，別為累上之義，以晉、衛之君畏其害己而除之。克與喜雖有可誅之罪，然晉、衛之君以私意殺之，則其君亦與有罪矣，故謂之累上也。」(〈僖公十年〉) 因此，傳文才說：「甯喜由君弒君，而不以弒君之罪罪之者，惡獻公也。」其意在突顯獻公之惡，如范注引鄭嗣之言曰：「書甯喜弒其君，則喜之罪不嫌不明。今若不言喜之無罪而死，則獻公之惡不彰。」即是。甯喜的情況如此，則被視為甯喜之徒的公子專，情況應該也相距不遠。況且公子專並非直接弒君者，而是間接與弒君扯上關係。所以《穀梁傳》僅以「點到為止」的方式，而以「是亦弒君者也」的緩和之辭言之，其下也未就此大發議論；也就是說，《穀梁傳》對公子專的弒君之罪，並非與其他弒君者等同視之，而以類似一種「情非得已」、「情有可原」或甚至是「視而不見」的態度視之。如此一來，則公子專隨弒君者角色而來

15 清・鍾文烝：《春秋穀梁經傳補注》(北京：中華書局，1996 年)，頁 286。

的弒君之罪所可能帶來的解釋難題，似乎便可以從這裡得到某種程度的疏通。

公子專的弒君之罪既可以得到某種合理的解釋，則因弒君者角色所帶來的解釋上的難題，也就沒有那麼難以解決了。但《穀梁傳》畢竟不能忽視公子專的弒君者角色，為了避免繼續在弒君的話題上打轉，所以把討論的焦點轉移到《春秋》書「弟」的解釋上，而以「專有是信者」來說明《春秋》書「弟」的用意，其後並以「君不直乎喜」來說明公子專出奔的原因。如果純粹以解釋《春秋》的內容來看，傳文至「終身不言衛」為止便已足夠了。前半段解釋公子專亦為弒君者的原因，後半段則說明公子專出奔晉的理由。但《穀梁傳》在前面客觀、中性的解釋後，竟又在最後加上「專之去，合乎《春秋》」的主觀性價值判斷，此舉已足以引人不解，而且《穀梁傳》也未說明所謂「合乎《春秋》」的涵義為何？更是讓人有霧裡看花的感覺。因此要了解《穀梁傳》下此評語的意義，必須先明瞭何謂「合乎《春秋》」？

根據柯注《穀梁傳・隱公元年》所說：「凡經之大義，《傳》必曰『《春秋》之義』以崇之。」可知《穀梁傳》中凡言《春秋》者，皆在發揮經文之大義，此處亦不例外。不過《穀梁傳》中凡言《春秋》之義者，皆有明言其所謂《春秋》之義為何？[16]但此處卻未明言。其間是否有特別之處？實有探討之必要。

---

[16] 除了此處所論「專之去，合乎《春秋》」，以及宣公十七年（592B.C.）以「取貴乎《春秋》」論宣公弟叔肸，亦未明白指出《春秋》大義之外，《穀梁傳》中凡曰《春秋》以明大義者，皆已於傳文中明確指出其義。而未指

不過此時必須先探討的是，所謂的「合乎《春秋》」，究竟合乎的是什麼樣的《春秋》之義？

首先，可從注疏文字來看。傳文「專之去，合乎《春秋》」之下，楊士勛無疏，范甯雖有注，但僅引用他人正反兩種說法，而未下以己意。范甯引何休（129-182）之言曰：

> 甯喜本弒君之家，獻公過而殺之，小負也。專以君之小負自絕，非大義也，何以合乎《春秋》？

另又引鄭玄（127-200）之言曰：

> 甯喜雖弒君之家，本專與約納獻公爾，公由喜得入，已與喜以君臣從事矣。《春秋》撥亂重盟約，今獻公背之而殺忠于己者，是獻公惡而難親也。獻公既惡而難親，專又與喜為黨，懼禍將及，君子見幾而作，不俟終日。微子去紂，孔子以為三仁。[17]專之去衛，其心若此，合于《春秋》，不亦宜乎？

何休認為公子專以獻公殺甯喜之小負而去衛，實非大義，批評《穀梁傳》「合乎《春秋》」之說之不宜。鄭玄則從《春秋》撥亂重盟約入手，認為獻公既背信而殺忠於己者，即是惡而難親者。公子專為免禍之將及，故而去衛。其行合於《易繫辭傳下》「君子見幾而作」與微子去紂之意，故宜於合乎《春秋》。[18]對

明《春秋》之義的這兩條傳文，彼此之間則有著密切關係，正文中將會有所說明。

[17] 「三仁」本作「上仁」，阮元言閩、監、毛本作三是也，據改。

[18] 傅隸樸亦持此義，傅氏說：「紂為無道，微子去之，孔子稱其仁，今專去其無道之兄，有合於微子去紂之義。」（《春秋三傳比義》，頁845。）

於何、鄭二人的說法，筆者認為鄭玄的說法有強為說帖之意。一方面，鄭玄以微子比之，實為不妥，如鍾文烝說：「鄭君比之微子，李廉以為過美，而其說大概近是。」[19]另一方面，鄭玄以公子專個人的生死考量為據，恐怕亦不甚符合《春秋》之大義。以此來看，則《穀梁傳》「合乎《春秋》」之說，是否真如何休所言之「何以合乎《春秋》」？似乎亦未必如此。

其實何、鄭二人的說法雖有不同，但其共同點皆圍繞在因守信而出奔之上。假設公子專確是因守信而奔晉的話，則該如何解釋以下幾個問題：

第一、重視信諾並非特別難得之美德，為何獨獨對公子專的重信諾，而下以「合乎《春秋》」如此褒揚甚高的評價？

第二、如果「合乎《春秋》」的評價確指公子專重信諾一事，如柯注所說：「信者，人之所以立也。」(〈襄公二十七年〉)則傳文前已有明言，何須重發傳而再下以「合乎《春秋》」之語？

第三、春秋雖為亂世，但重信諾者仍不乏其人，如晉荀息，不僅遵守信諾，還因此而喪命。但《穀梁傳》為何僅褒揚公子專重信諾之行，甚而予以「合乎《春秋》」之評，而對荀息卻僅給予「荀息閑也」的評語呢？[20]

---

19 《春秋穀梁經傳補注・襄公二十七年》，頁 584。

20 《穀梁傳・僖公十年》經云：「晉里克弒其君卓，及其大夫荀息。」傳云：「以尊及卑也，荀息閑也。」如《穀梁傳》以「守信」論公子專去衛奔晉為合乎《春秋》之義，則因守信而死的荀息，理當更受到傳文的褒揚，如柯注所說：「荀息之死與專之去，君子皆有取焉。」(〈襄公二十七年〉)但傳文卻非如此，可見「守信」之說無法完整解釋傳文所謂的《春秋》之義。

由以上三點疑問可知，《穀梁傳》對專之去衛下以「合乎《春秋》」之評，應別有一層不同於遵守信諾的深刻意義，或至少不是單指公子專守信一事才是；也就是說，對「專之去，合乎《春秋》」的解釋，似乎不應該再圍繞在守信這一點上打轉，如此才有可能求得其真正意涵。

至此，可再看鍾文烝的說法。《穀梁補注．襄公二十七年》說：

> 言專以守信而奔，故得稱弟，正解經文已畢。此又言其去國之深得事宜，合乎《春秋》之義也。專雖守信，終為喜徒，嫌其雖著弟文，不得以去為善，故明專之去實是善也。……宣十七年疏云：「專之去，使君無殺臣之惡，兄無害弟之愆。」斯言不易矣。[21]

正如鍾文烝所說，公子專因守信而得以稱「弟」，已解畢《春秋》經文之意。其後另發「合乎《春秋》」之評，乃在彰明專之去衛為善，但此善不得以守信之意解之。雖然鍾文烝並未說明傳義為何，但其後所引〈宣公十七年〉楊疏之語，卻也提供了另一種不同的思考方向。楊疏全文為：「鱄以衛侯惡而難親，恐罪及己，故棄之而去。使君無殺臣之惡，兄無害弟之愆，故得合於《春秋》。」(〈宣公十七年〉) 楊士勛認為公子專的去衛，可同時避免君殺臣、兄殺弟之惡愆，此說乃發揮鄭玄的說法而來。而這樣的解釋，似乎成為《穀梁》學注疏系統的通說，如柯劭忞的「不傷恩」之說：「劉逢祿難鄭君說，以微子去紂例

---

21 《春秋穀梁經傳補注．襄公二十七年》，頁584。

專，擬不於倫，莫此為甚。劭忞案：獻惡而難親，擬之商辛，曷為不倫？專之去衛，其避兄若微子而已，非以微子擬專。《傳》之『合乎《春秋》』者，謂經書衛侯之弟，其去不為傷恩。」（〈襄公二十七年〉）如此的解釋通說，乍看之下似乎言之成理，但其實是以事後的結果、逆推傳文之意；也就是說，所謂的《春秋》之義，應是一種通則，任何人皆可因遵守此通則後而成善，而非僅為某單一事件而發。所以楊疏之說，雖然足以解釋公子專去衛之善，但似乎仍未觸及問題的核心。

既然從《穀梁》學的注疏系統中無法得到適切的解答，則我們可改從《穀梁傳》所明言的《春秋》之義來觀察。《穀梁傳》中曰「《春秋》」或「《春秋》之義」者如下所示：

《春秋》成人之美，不成人之惡。（〈隱公元年〉）

《春秋》貴義而不貴惠，信道而不信邪。（〈隱公元年〉）

《春秋》之義，諸侯與正而不與賢也。（〈隱公四年〉）

書尊及卑，《春秋》之義也。（〈桓公二年〉）

《春秋》之義，信以傳信，疑以傳疑。（〈桓公五年〉）

《春秋》著以傳著，疑以傳疑。（〈莊公七年〉）

《春秋》三十有四戰，未有以尊敗乎卑，以師敗乎人者也。（〈僖公二十二年〉）

君子不以親親害尊尊，此《春秋》之義也。（〈文公二年〉）

兩下相殺，不志乎《春秋》。（〈宣公十五年〉）

君子以是為通恩也，以取貴乎《春秋》。（〈宣公十七年〉）

> 《春秋》之義，已伐而盟。復伐者，則以伐致。盟不復伐者，則以會致。(〈襄公十九年〉)
>
> 《春秋》之義，用貴治賤，用賢治不肖，不以亂治亂也。(〈昭公四年〉)
>
> 兩下相殺，不志乎《春秋》。(〈昭公八年〉)
>
> 《春秋》不以嫌代嫌。(〈昭公十三年〉)
>
> 《春秋》有三盜：微殺大夫，謂之盜；非所取而取之，謂之盜；辟中國之正道以襲利，謂之盜。(〈哀公四年〉)
>
> 《春秋》有臨天下之言焉，有臨一國之言焉，有臨一家之言焉。(〈哀公七年〉)

以上《穀梁傳》所言《春秋》者，或言《春秋》的史書筆法原則，或明《春秋》的政治思想，或云《春秋》的道德觀念。各有其重點，不一而足。細究其中的說法，以宣公十七年述叔肸之行與論叔肸之語最為接近，因此以下便討論此則傳文。

《穀梁傳．宣公十七年》經云：「冬，十有一月壬午，公弟叔肸卒。」傳云：

> 其曰「公弟叔肸」，賢之也。其賢之何也？宣弒而非之也。非之，則胡為不去也？曰兄弟也，何去而之？與之財，則曰我足矣。織屨而食，終身不食宣公之食。君子以是為通恩也，以取貴乎《春秋》。

經文書「弟」，可見《春秋》有正面肯定之意，所以《穀梁傳》下以「賢之」之評。鍾文烝《穀梁補注．宣公十七年》云：「凡公子不為大夫者不卒，時重肸賢，隆其恩禮，比之大夫，為之謚，遂立叔氏，故史得記卒也。不言公之弟者，以賢舉，不從緩辭例。」又云：「賢之，故稱弟，又不為緩辭，又加字。」[22]賢叔肸之因由為「宣弒而非之」。據《左傳・文公十八年》與《史記・魯世家》的記載，魯文公（626-609B.C.）有二妃，長妃齊女哀姜，生子惡及視；次妃敬嬴，受文公寵愛，生子俀，即日後的宣公，長而屬諸襄仲。文公卒，太子惡即位，然襄仲欲立俀，叔仲曰不可。襄仲向外取得齊惠公的支持，於文公十八年（609B.C.）十月，殺惡及其弟視而立俀為宣公。[23]由於宣公繼惡而立，而惡又為襄仲所弒，宣公又被屬託於襄仲。據《穀梁傳》的說法，為宣公授意襄仲為之；即使不是，仍難逃脫同謀或知曉的嫌疑。由此來看，宣公政權的合法性為「不正」，所以《穀梁傳》於宣公元年（608B.C.）即位時說道：「繼故而言即位，與聞乎故也。」[24]《公羊傳》亦說：「繼弒君不言即位，

---

22 《春秋穀梁經傳補注・宣公十七年》，頁463。

23 襄仲殺惡及視，乃殺嫡立庶，所以事後哀姜大歸至齊，哭而過市曰：「天乎！仲為不道，殺嫡立庶。」季文子也於宣公十八年（591B.C.）說道：「使我殺適立庶，以失大援者，仲也夫。」而《春秋・文公十八年》記載為：「冬，十月，子卒。」《左傳》說：「書曰『子卒』，諱之也。」杜預《春秋釋例》說：「公子惡，魯之正適。嗣位免喪，則魯君也。襄仲倚齊勢而弒之，國以為諱，故不稱君，若言君之子也。」《公羊傳》說：「子卒者孰謂？謂子赤也。何以不日？隱之也。何隱爾？弒也。弒則何以不日？不忍言也。」《穀梁傳》說：「子卒，不日，故也。」范注說：「故，殺也。不稱殺，諱也。」三傳、注的說法一致，皆以《春秋》諱襄仲殺惡一事，因而不書弒（殺），亦不書日，此是《春秋》通例，如傅隸樸說：「凡魯君之死於非命者，不論其已成君或未成君，均諱而不書，如隱公被弒不書，子般被殺不書殺。」（《春秋三傳比義》，頁532。）

24 對魯公政權的合法性基礎，《穀梁傳》有一套條理脈絡清楚的解釋，分別以三類論述之：一是「繼正即位，正也」，二是「繼弒君不言即位，正也」，

此其言即位何？其意也。」以宣公有弒君之嫌，故《春秋》書「即位」以貶之。

根據《穀梁傳》傳文，宣公弒君自立時，叔肸曾非責之，范注云：「宣公殺子赤，叔肸非責之。」但宣公仍執意為之，所以叔肸從此織屨而食，不食宣公之食，亦不取宣公之財。故《春秋》稱公弟，又稱字以賢之，如《公羊傳．宣公十七年》何注：「稱字者，賢之。」《穀梁傳》又以叔肸之不去魯為通恩，如范注引泰曰：「宣公弒逆，故其祿不可受。兄弟無絕道，故雖非而不去。論情可以明親親，言義足以厲不軌。書曰『公弟』，不亦宜乎！」所以為《春秋》大義所貴。

對於《穀梁傳》的解釋，筆者認為有兩點需要注意。首先，傳文以「胡為不去也」發問，可見《穀梁傳》應有意將其與去衛的公子專對比而論，或至少欲與不去國的情況對比，故而有此發問。如柯注說：「崔子弒齊君，陳文子有馬十乘，去而違之，曰『清矣』。凡食宣之祿而不去者，皆弒之徒，行父蔑、臧孫許皆是也。」（〈宣公十七年〉）其次，同為公弟的專與叔肸，僅因出奔與否，而有「合乎《春秋》」與「貴乎《春秋》」的不同評價，叔肸甚且因不去國而有「君子以是為通恩也」的讚美之詞，可見兩者有程度上的不同。但兩者皆能以《春秋》之稱概括之，可見兩者應有相同的評價標準；也就是說，兩者所適用的《春秋》之義應是一致的。

三是「繼故而言即位，與乎弒也」。其詳細解說，可參見拙著：《穀梁傳思想析論》，頁 144-176。

根據上述兩點的推論，可先看兩則傳文的比較。《穀梁傳·宣公十七年》楊疏說：

> 衛侯之弟鱄去君，傳云合於《春秋》；此不去君，傳亦取貴於《春秋》者。《易》稱「君子之道，或出或處，或默或語。」鱄以衛侯惡而難親，恐罪及己，故棄之而去，使君無殺臣之惡，兄無害弟之愆，故得合於《春秋》。此叔肸以君有大逆，不可受其祿食，又是孔懷之親，不忍奮飛，使君臣之節兩通，兄弟之情俱暢，故亦取貴於《春秋》。叔肸書字，鱄直稱名者，叔肸內可以明親親，外足以厲不軌，比鱄也賢乎遠矣，故貴之稱字；鱄雖合於《春秋》，無大善可應，故直書名而已。

楊士勛對公子專的解釋，乃在鄭玄的基礎上加入了「君無殺臣之惡，兄無害弟之愆」的說法。對於叔肸的解釋，則以其不受祿食，亦不忍奮飛之故，而有「君臣之節兩通，兄弟之情俱暢」的說法。仔細比較之下可以發現，如果將兩種說法互換而獨立來看，皆可也皆不可用以解釋兩人的行為；也就是說，這是同一種解釋的消極與積極兩面，分開來看皆可通，如合而論之，則不能互用；或是合而論之皆能用，但卻無法別其評價之異的情形。比較而言，楊疏之說僅能得其異，而無法合其同，其後如柯劭忞之說亦是。[25]可見《穀梁傳》所云「合乎《春秋》」與

---

[25] 柯注說：「《新序》：『魯宣公者，文公之弟也。文公卒，子赤立為魯侯，宣公殺子赤而奪其國。公子肸者，宣公同母弟也。宣公殺子赤而肸非之，宣公與之祿，則曰我足矣，織屨而食，終食不食宣公之食，其仁恩厚矣，其守節固矣，故《春秋》美而貴之。』按：子政釋《傳》通恩之義最確。通

「貴乎《春秋》」之義，無法以「通恩」之說來解釋，更非「守信」一語能解之，應該還有另一層更深刻的意義才是。

如此，則此深刻的意義為何？筆者認為何休的注語值得注意。《公羊傳．宣公十七年》經載：「冬，十有一月壬午，公弟叔肸卒。」何休注曰：

> 宣公篡立，叔肸不仕其朝，不食其祿，終身於貧賤，故孔子曰：「篤信好學，守死善道。危邦不入，亂邦不居。天下有道則見，無道則隱。」此之謂也。

何休認為叔肸的行為符合孔子的思想，此思想以其精神來講，即是《論語．泰伯》所說的：「天下有道則見，無道則隱。」如以此說來解釋上述兩條傳文，則公子專與叔肸所處為「無道」的時代，當無疑義。在此「無道」時代中，衛獻公失信於公子專，魯宣公不聽叔肸之諫。於是公子專出奔晉，終身不言衛；叔肸不去魯，然不食宣公祿，不仕其朝。奔與不奔、去與不去之間，皆符合「無道則隱」的精神，其間的差異僅在於「隱」的方式不同罷了，因此才有了「合」與「貴」兩種不同程度的褒語。換句話說，公子專與叔肸的行為，都符合「有道則見，無道則隱」的基本要求，因此皆可稱「《春秋》」以褒之；但因兩人的方式不同，因此才有稱名與稱字、用「合」與用「貴」等筆法與用語上的高低差異。

恩者，以仁則可通，而不可通於義，所謂守節之固也。襄二十七年衛侯之弟專出奔齊（智雄按：疑為晉之誤），專之去，合乎《春秋》。肸不去，則曰『取貴於《春秋》』，專未失其為弟而已，非肸比。」（〈宣公十七年〉）

由以上的推論，筆者認為何休的說法，相當能吻合《穀梁傳》所欲傳達的意涵；也就是說，《穀梁傳》所云「合乎《春秋》」與「貴乎《春秋》」中的《春秋》之義，所指的即是「天下有道則見，無道則隱」的思想。如果套用《穀梁傳》的語法句型來講，即是「《春秋》之義，天下有道則見，無道則隱也」。

既是如此，則「天下有道則見，無道則隱」在孔子思想中的重要性，是否重要到足以成為《春秋》大義之一呢？對此，筆者認為是可以的。因為《論語》中關於這方面的記載多有所見：

> 子謂南容，「邦有道，不廢；邦無道，免於刑戮」。以其兄之子妻之。（〈公冶長〉）
>
> 子曰：「甯武子，邦有道，則知；邦無道，則愚。其知可及也，其愚不可及也。」（〈公冶長〉）
>
> 子曰：「篤信好學，守死善道。危邦不入，亂邦不居。天下有道則見，無道則隱。邦有道，貧且賤焉，恥也；邦無道，富且貴焉，恥也。」（〈泰伯〉）
>
> 憲問恥。子曰：「邦有道，穀；邦無道，穀，恥也。」（〈憲問〉）
>
> 子曰：「邦有道，危言危行；邦無道，危行言孫。」（〈憲問〉）
>
> 子曰：「直哉史魚！邦有道，如矢；邦無道，如矢。君子哉蘧伯玉！邦有道，則仕；邦無道，則可卷而懷之。」（〈衛靈公〉）

孔子不僅於〈泰伯〉中提出在有道與無道之邦中，應遵行的處世之道的普遍通則，且還以此評論時人品德之高低，對符合此標準者皆給以甚高的評價，甚至還以此作為其姪女的擇偶標準。可見「有道則見，無道則隱」在孔子的思想中，實佔有相當重要的地位，其對後世也有相當程度的影響，如《孟子·盡心上》所云：「古之人，得志，澤加於民；不得志，脩身見於世。窮則獨善其身，達則兼善天下。」即是孔子此種思想的繼承與發揮。所以，在此重要性得以確定的情況下，筆者認為《穀梁傳·襄公二十七年》：「專之去，合乎《春秋》。」以及〈宣公十七年〉論叔肸之行「貴乎《春秋》」之說，其所合所貴的《春秋》之義，皆指孔子「天下有道則見，無道則隱」的思想，應是可以確定的。

四、結語

「專之去，合乎《春秋》」，此看似單純歷史評價的七個字，其背後所涉及的竟是一團糾結複雜的問題。有政治層面的問題，也有歷史層面的問題；有臣子專政僭越的問題，也有國君失信無道的問題；更有宮廷政變所產生的政權合法性問題，個人節操堅持所產生的道德抉擇問題，以及因君臣兄弟的雙重關係而產生尊尊與親親衝突的問題。這麼糾結的問題，這麼複雜的關係，這麼多難以解決的衝突，在在顯示一個現象，那就是：這是一個「無道」的時代、「無道」的國家。

對於「無道」的時代與國家，孔子有其明確的處世哲學，那就是「隱」、「愚」、「不入」、「不居」、「免於刑戮」、「危行言孫」、「卷而懷之」等，而於《論語》中一再地強調。對公子專而言，其因獻公失信殺甯喜而出奔晉，符合了「不入」、「不居」的處世標準；對叔肸而言，其因宣公一意弒君而不食不祿，符合了「危行言孫」、「卷而懷之」的應世要求。總之，皆達到了「隱」的精神。因此，《穀梁傳》皆曰《春秋》以稱譽之。但兩人「隱」的方式畢竟不一樣，公子專採取出奔的方式，「使君無殺臣之惡，兄無害弟之愆」，屬於消極的一面，僅符合《春秋》之義的基本標準，所以《春秋》書名用「合」以稱之；叔肸則採用了不妥協、不接觸、不出奔的方式，「使君臣之節兩通，兄弟之情俱暢」，屬於積極的一面，發揮了隱而不怨、不傷的精神，所以《春秋》書字用「貴」以譽之。二者符合《春秋》之義的程度不同，用語、筆法自有不同。

由此來看，「有道則見，無道則隱」本應為《穀梁傳》解經觀念中眾多《春秋》大義之一，但卻因傳文的埋沒其詞而隱微不彰。於是後人紛有不同的解釋，其主要的解釋基點大多建立在「守信」之上，以及由此所引申的「不傷恩」之說。但此解釋基點仍無法適當貼切地傳達傳義，同時也無法說明有類似行為的叔肸之評；也就是說，這個問題在穀梁學的注疏系統中，一直無法得到適切妥善的回答，最後反而從公羊學的何休注語中找到了答案。這個答案，即是孔子於《論語》中一再強調的「天下有道則見，無道則隱」的思想。以此思想為解釋基點，既符合傳主所處的「無道」時代背景，也符合了尊尊與親親發生衝突時的最低評量標準；同時也能解釋公子專、叔肸二人行為及其評語的同與異，以及同為守信但卻未得到褒揚者的差別評判。所以，筆者認為此即《穀梁傳》所未明言的《春秋》之義，且是新發而未見於傳文他處的《春秋》之義。

如此，則《穀梁傳》為何不如同他處傳文般，明白書明此《春秋》之義？而是採用一種點到為止，甚至是「迴避」、「閃躲」的態度呢？確實的因素無法得知，不過筆者認為其中或與避諱的考量及尊尊的觀念有關。

因為當《穀梁傳》使用「天下有道則見，無道則隱」的《春秋》之義以稱譽傳主「隱」的行為時，同時也表示了傳主所處之邦為無道之邦，所事之君為無道之君。如此清楚指明國君為無道之君，就注重尊尊觀念，強調「不以親親害尊尊」的《穀梁傳》而言，實有相當程度的扞格，所以也就不便明言。尤其當傳主為魯人、國君為魯君時，便更有著「為內諱」（〈桓公十年〉）、「為公諱」（〈文公二年〉）、「為尊者諱恥」（〈成公九年〉）的考量，而更加難以言明了。

或者又因《穀梁傳》有「諱莫如深，深則隱。苟有所見，莫如深也」（〈莊公三十二年〉）的觀念，傳文既書明了「專之去，合乎《春秋》」、「君子以是為通恩也，以取貴乎《春秋》」，即是已「有所見」，因此傳文便「莫如深也」而無須明言了。

總之，或許因尊尊與避諱的考量，使得《穀梁傳》未明言此項《春秋》之義，因此也間接使得《穀梁傳》的解經有著《春秋》微言大義的史筆風格了。

細讀經典：孔孟人性論及朱子詮釋再認識

顧歆藝*

對人及人性的探討是中國古代思想史一個長久不衰的話題，其中又以儒家學派對人性的關注歷史最為久遠，思考最為深入，可以說正是儒家使人性問題成為中國思想文化的核心問題之一。縱觀儒家人性論史，不同歷史時期呈現出不同的特點，究其源頭，卻都能在先秦儒家人性論中找到依據和線索。雖然針對孔孟人性論的解讀是歷代思想家、哲學家關注的「重中之重」，迄今為止成果斐然，但經典的魅力在於常讀常新，經典的詮釋是一永無止境的追求，故而筆者不揣淺陋，嘗試在較為深入細緻地閱讀理解經典文獻資料的基礎上，對孔孟人性論問題提出一己之見，同時對在思想史上影響巨大的朱子之孔孟人性論詮釋加以分析評論。需要說明的是，本文無意於闡述個人對人性問題的主觀認識，也並非對孔子、孟子、朱子人性論的全面論述，而是將注意力放在孔子之人性論實質、孟子與孔子人性論之承繼關係以及朱子對孔孟人性論詮釋的恰當與否等問題上。希望在釐清一些概念和關係的基礎上，作出對儒家人性論的再認識。

在討論「人性」或「性」觀念字之前，首先一個前提是要確定被討論對象的概念範疇，即何謂人性之「人」，何謂「人

---

* 現任北京大學中國古文獻研究中心副教授。

性」之「性」。如此咬文嚼字並非毫無意義，因為人性論發展的歷史表明，許多情況下人們討論的雖然是同一字詞，卻可能並非同一概念。筆者理解，歷史上儒家人性論之「人」有時是指個別人或某類人，有時則是指全體人或人類。一般來說，所謂人類之「人」是不分國別、種族、社會階層、男女老幼的，同時也不以智力水平或氣質性格等事先劃分好不同層次，即為哲學上的「人」。同時人類之「人」也是與「神」、「物」相對而言的。儘管「抽象人性論」在過去被認為不存在而大遭批判，但思想史的事實卻是，在很多情況下人們討論的正是這種抽象的人之本性。當然，歷史上也不乏著眼於具體的人之性質的討論，如「性三品說」、「性善性不善」說，有時也將具體的人之特性與抽象人性雜糅在一起討論，因而人性論呈現出多姿多彩、眾說紛紜的狀態。在這些無休止的糾纏不清的辯論之中，有些論辯實際上是完全可以省略，全然不必開展的。究其原因是因為論辯雙方有時並未界定清楚他們所論辯對象的範圍，或在說東，或在道西。同時，如果我們討論人性是著眼於一個個具體之人的話，那麼千萬個人就會有千萬種人性，就會易於使人懷疑有無討論這一問題的必要。

同樣，「人性」之「性」也存在如何區分不同概念的問題，其範圍的確定似乎比對「人」的確定更為困難。當人們討論人性時，是考慮人所具備的各種屬性或全部屬性，還是僅考慮人類所特有的、區別於神靈或其他物種的具體屬性？進而言之，所謂人性，是考慮人的一般特性，還是僅考慮人的本質性徵（即最根本、最核心的性質）？著眼點不同，自然會得出不同的結論。但無論如何，人性論中的人性一般來說似乎不應是不確定的、時時處於運動變化之中的，否則就難以把握，也不便論述。

一、孔子人性論及其對人的認識

孔子人性論與孔子對人的認識是兩個相互關聯而又不盡相同的問題。

說起孔子人性論，人們自然會從《論語》中尋找「性」這個觀念字。《論語》中僅出現過兩處「性」的字樣，一處是「子貢曰：『夫子之文章，可得而聞也；夫子之言性與天道，不可得而聞也。』」（〈公冶長〉）。[1]另一處是「子曰：『性相近也，習相遠也。』」（〈陽貨〉）。前者是由孔子弟子子貢描述的孔子對「性」的態度，卻非孔子對人性的具體看法，一般認為此章是說孔子很少言性。那麼整部《論語》記載孔子對人性之「性」的直接論述，就只剩下「性相近」這一條了。

然而一個值得深究的問題是，我們是否可以根據《論語》中「性」字出現頻率不多的情況，進而確鑿無疑地認為作為大思想家的孔子未曾或很少對人性問題做過足夠的思考？恐怕不能。且不論對「夫子之文章」一章的理解完全可以是這樣的，即「子貢既謂『夫子之言性與天道』，是他已經聽到孔子說過；而『不可得而聞』，只就一般門弟子而言。或者是指他雖已經

---

[1] 本文所引《論語》、《孟子》正文及朱熹《集注》，均據《四書章句集注》（北京：中華書局，1983 年）。

聽到孔子說過，但他並不真正瞭解而言」。[2]即便是《論語》記載孔子很少論及的問題，是否就真的很少論及呢？其實也未必然。《論語》有「子罕言利與命與仁」（〈子罕〉）的說法，[3]事實上，《論語》中經孔子之口談到「仁」的地方可謂多矣，談「命」也並不在少數。我們顯然不能因為這句話而認為孔子對「仁」的概念根本沒有思考過或全然不關心。這就啓發我們，孔子或許對人性問題也做過足夠的思考，只不過文獻中不一定以「性」這個字的形式頻繁出現而已。其實孔子自己也說過，他並不有意隱瞞自己的思想，只是有時某種思想不一定非要以語言形式表達出來（也許還沒有特別合適的辭彙來表達特定的觀念），還可以用諸如行動的方式來顯示。「子曰：『二三子以我為隱乎？吾無隱乎爾。吾無行而不與二三子者，是丘也。』」（〈述而〉）朱子對這一章的解釋是：「諸弟子以夫子之道高深不可幾及，故疑其有隱，而不知聖人作、止、語、默無非教也，故夫子以此言曉之。」

在研究孔子思想時，一個必須要警覺的問題是文獻資料的

---

[2] 徐復觀：《中國人性論史・先秦篇》（上海：三聯書店，2001年），頁70。

[3] 「子罕言利與命與仁」有兩種斷句法：一為「子罕言利與命與仁」；一為「子罕言利，與命與仁」。就前者而言，意思是孔子所很少言及利、命、仁三者。朱子、程子（程頤）持此看法，《四書章句集注》朱子引程子語：「計利則害義，命之理微，仁之道大，皆夫子所罕言也。」（頁109）程朱的這種理解並非獨一無二，東漢趙岐也有類似說法，《孟子・告子章句上》之篇題趙氏注曰：「《論語》曰『子罕言命』，謂性命難言也。」（《孟子注疏》〔北京：中華書局《十三經注疏》本，1980年〕，頁2747。）就後者而言，是說孔子很少言及利，贊許命贊許仁。然而，對命和仁的贊許並不涉及到言及它們的頻率問題。如有人認為《論語》中孔子談命的地方很少，也有人認為並不少。這大概不是單純從引文次數多少就能下結論的問題。

運用問題。誠然，《論語》是研究孔子思想較為可靠的資料，[4]但由於它並非出自思想家本人之手，並非縝密論述，而是弟子或再傳弟子所記孔子言行，是語錄，所以自然就與主要出自本人之手的諸如《孟子》、《荀子》之類的文獻有很大區別。《論語》的不精確體現在諸多方面，有些段落重複出現，[5]有些言語同出於孔子之口卻完全矛盾。[6]因此，我們對待《論語》這類文獻，既要深入鑽研下去，又要能夠跳出來遠觀。也許全面系統、前後對照式地理解比專意於一言一詞更能準確把握孔子思想的精髓，更能避免語錄體斷章取義之蔽。況且有時由於閱讀者的粗心，在理解《論語》原文時就已經斷章取義了。如〈先進〉篇談到著名的孔門四科時，前面實際上還有這樣的話：「子曰：『從我於陳、蔡者，皆不及門也。』」卻往往被人們忽視。就是說，所謂孔門四科十哲，並不是孔子經過深思熟慮而在所有弟子範圍內給他們的最後定位和評價，不過是孔子對與他同困於陳、蔡的弟子的評論，未能同困於陳、蔡的弟子則不在評論範圍之內。這就可以解釋何以較之十哲中一些弟子在孔門中地位和影響更為重要的曾參不在此列。程子看到了這一點，並作出合理的解釋。其曰：「四科乃從夫子於陳、蔡者爾，門人

---

[4] 其實過去一直被公認為偽書的《孔子家語》，近來也有越來越多學者認為它並非全部偽造，而在孔子研究中自有其特殊史料價值。

[5] 如「巧言令色，鮮矣仁」分別見於〈學而〉、〈陽貨〉兩篇。〈學而〉：「不患人之不己知，患不知人也。」類似表述也出現多次，〈里仁〉：「不患莫己知，求為可知也。」〈憲問〉：「不患人之不己知，患其不能也。」

[6] 如在〈里仁〉篇裡孔子說「君子去仁，惡乎成名」，而在〈憲問〉篇卻說「君子而不仁者有矣夫」。究竟孔子認為君子是否一定要具備仁之品質，模稜兩可，讓人不知所從。

之賢者固不止此。曾子傳道而不與焉，故知十哲世俗論也。」[7]此類例子不在少數。

基於以上思路，我們是否可以做如此假設：孔子人性論或者說孔子所認為的人性本質，便是他最看重的、最常提及的人的最重要的品質。通觀《論語》全書，似乎只有一個「仁」字具備這樣的特質，足以擔當如此重任。在孔子看來，仁是人類最根本的品質和特性，其重要性對於一個人來說是不言而喻的，「人而不仁，如禮何，人而不仁，如樂何？」（〈八佾〉）作為一個人，一定要「依於仁」（〈述而〉）。而仁的特性並不是外部力量強加於人的，而是人內部本來即存在的一種強大的精神力量，人是可以歸於仁和存仁的，手段或曰途徑就是「克己復禮」。「子曰：『仁遠乎哉？我欲仁，斯仁至矣。』」（〈述而〉）朱子《集注》：「仁者，心之德，非在外也。放而不求，故有以為遠者；反而求之，則即此而在矣，夫豈遠哉？」孔子本人也說：「為仁由己，而由乎人哉？」（〈顏淵〉）因此我們認為，徐復觀先生以下論述是頗有道理的：

> 由孔子所開闢的內在的人格世界，是從血肉、欲望中沈浸下去，發現生命的根源，本是無限深、無限廣的一片道德理性，這在孔子，即是仁。[8]
>
> 孔子既認定仁乃內在於每一個人的生命之內，則孔子雖未明說仁即是人性，但如前所述，他實際是認為性是善

---

7 《四書章句集注》朱子所引，頁123。

8 《中國人性論史·先秦篇》，頁62。

的；在孔子，善的究極便是仁，則亦必實際上認定仁是對於人之所以為人的最根本的規定，亦即認為仁是作為生命根源的人性。[9]

儘管我們可以做此種推測，但畢竟《論語》中孔子直接談及「性」的地方只有一處，我們不得不認真分析和對待孔子「性相近也，習相遠也」這一表述，它是我們理解孔子人性論的關鍵。今試從以下兩方面來理解孔子關於人性的論說。

一方面，如果我們嚴格按語言字面意義來理解並做嚴密推理的話，那麼，既然孔子說「性相近」，就是與「性相同」的意思不一樣。孔子之後的許多人性論，無論是告子性無善惡論、孟子性善論、荀子性惡論，還是程朱人性論等，應該說都基於一個約定俗成或不言而喻的前提，即人類本性相同，而非相近。其實，從邏輯上說，對任何一種事物，一個人也只能給出一種定義，對人之本性的定義也應如此。不能想像，一個人對人性的定義既是這樣的，也是那樣的。也就是說「性相近」不應理解為「人性這一概念範疇是相近的」，而應理解為「人與人的性是相近的」。如此一來，我們就要考慮，這裡的「性」是指抽象的人類本性，還是指這人或那人表現出來的不同的人性，顯然是指後者。基於這樣的理解，宋代理學家對孔子性論的解釋似乎就是合理的了。朱子解釋《論語》「性相近」章是：「此所謂性，兼氣質而言者也。氣質之性，固有美惡之不同矣。然以其初而言，則皆不甚相遠也。但習於善則善，習於惡則惡

9 同前註，頁 87。

於是始相遠耳。」接著朱子《論語集注》又引程子一段話，「程子曰：『此言氣質之性。非言性之本也。若言其本，則性即是理，理無不善，孟子之言性善是也。何相近之有哉？』」比較程朱這兩段話，其實程子的話更為明白，也更接近程朱的人性論思想。朱子在此引用了程子的話，顯然也是同意程子意見的。他本人的解釋，則既囿於原文字面的意思，又要回歸自己的人性論，因此顯得似是而非。「然以其初而言，則皆不甚相遠也」一句，從朱子本意來說，其實他是想說「相同」，而不是「不遠（不甚相遠、相近）」，但孔子說「相近」，他也不能不如此解釋。可是，我們能接受孔子已具備程朱所認為的那種對人性區分天命之性與氣質之性的認識嗎？答案顯然是否定的。

另一方面，如果我們不囿於字面意義且不做嚴格推理的話，或許可以籠統地、大而化之地看待孔子「性相近，習相遠」的表述。即「性相近」之「近」是針對「習相遠」之「遠」而言的，「遠」就是不同，差得很多，那麼「近」就是差不多，沒什麼區別，甚或相同。如果我們這樣理解孔子性近習遠說，那麼就可以認為此處孔子只是在籠統地論人性，而這一人性並非如程朱理學所認為的那麼複雜，是所謂的人性中的氣質之性。事實上，孔子只是繼承了春秋以來關於人性的基本認識和一般看法，[10]大概認為性即天賦與人的質性，「生之為性」。孔

[10] 《晏子春秋・內篇雜上》卷5「曾子將行晏子送之而贈以善言第二十三」：「嬰聞汩常移質，習俗移性，不可不慎也。」（文淵閣《四庫全書》本）。看來習俗可以使人之質性發生變化的說法古已有之，只不過孔子的性近習

子說「性相近，習相遠」，只是在強調後天的薰染和教育對人影響至關重要這樣一個客觀事實。

那麼，孔子的人性論到底是性善論還是性惡論，恐怕不能如此強為之區分。客觀來看，孔子的確沒有明確提及人性是善是惡這樣一種哲學命題，只是到了孟子和荀子，才將人性善惡問題突出提出並加以充分論述，[11]在人性論上形成性善與性惡兩個截然不同的派別。但是這絲毫也不影響我們如此提問：孔子是更傾向於認為人性善還是人性惡？當然這種假設是不可能有明確答案的。也可以換個角度考慮，在人性問題上，是孟子更接近孔子，還是荀子更接近孔子？程朱理學對孔子人性論的解釋自不必說，他們認為孔子主性善，孟子與之同，詳見後述。顧炎武《日知錄》引曲沃衛嵩之言亦曰：

> 孔子所謂相近，即以性善而言。若性有善有不善，其可謂之相近乎？……孔、孟之言一也。[12]

可見人們對孔子的「性相近」寧願理解為是性善相近，而不是性惡相近。徐復觀先生更從《論語》其他記載推斷孔子的人性論只能是善而非惡的：

遠說更為精煉概括了。

[11] 王充《論衡．本性篇》：「周人世碩，以為人性有善有惡，……作《養性書》一篇。宓子賤、漆雕開、公孫尼子之徒，亦論性情，與世子相出入，皆言性有善有惡。」（黃暉：《論衡校釋》〔北京：中華書局，1990 年〕，頁 132）據《漢書．藝文志》可知，世碩、宓子賤、漆雕開、公孫尼子是孔子弟子或再傳弟子，他們雖然也提到人性的善惡問題，但論述並不像孟子、荀子那樣系統而深入。

[12] 顧炎武著，黃汝成集釋，秦克誠點校：《日知錄集釋》（長沙：岳麓書社，1994 年），卷 7「性相近也」條，頁 247。

> 性相近的性，只能是善，而不能是惡的；所以他（孔子）說「人之生也直，罔之生也幸而免」（〈雍也〉）。此處之人，乃指普遍性的人而言。即以「直」為一切人之常態，以「罔」為變態，即可證明孔子實際是在善的方面來說性相近。把性與天命連在一起，性自然是善的。[13]

當今不少學者也持此看法。[14]

至於孔子以下言論，雖然是對人之特點的認識，但與人性論似乎並非同一層次的問題。「子曰：『中人以上，可以語上也；中人以下，不可以語上也。』」（〈雍也〉）劉寶楠《論語正義》：「中人，為中知也。」也就是中等智慧的人。又如「孔子曰：『生而知之者，上也；學而知之者，次也；困而學之，又其次也；困而不學，民斯為下矣。』」（〈季氏〉）「子曰：『惟上知與下愚不移。』」（〈陽貨〉）等。這裡孔子將人分成若干等級，並非就人之本性而言，而是就人之智力水平、學習能力而言。孔子也承認他本人及其弟子在智力水平上有高下之分，「子曰：『吾非生而知之者，好古，敏以求之者也。』」（〈述而〉）「子謂子貢曰：『女與回也孰愈？』對曰：『賜也何敢望回。回也聞一以知十，賜也聞一以知二。』子曰：『弗如也！吾與女弗如也。』」（〈公冶長〉）因此，我們不應將智力水平與人性相混淆，

---

13 《中國人性論史・先秦篇》，頁 79。

14 如姜國柱、朱葵菊：《中國人性論史》（鄭州：河南人民出版社，1997 年）。該書將歷史上的人性論分類列舉，雖然作者認為孔子人性論未講性之善與惡，其「性相近，習相遠」的命題開了後世各種人性論的端緒，但書中依然將孔子人性論列入「人性善論」一章，而未列入「人性無善惡論」章和「人性惡論」章。顯然作者內心是認為孔子的人性論更接近於性善論的。

孔子本人似乎也不認為誰聰明誰就道德高尚，否則也不會有「智者樂水，仁者樂山」（〈雍也〉）的說法。其實這一點早就有人意識到了，蘇東坡曰：

> 夫性與才相近而不同，其別不啻若白黑之異也。聖人之所與小人共之，而皆不能逃焉，是真所謂性也。而其才固將有所不同。
>
> 孔子所謂中人可以上下，而上智與下愚不移者，是論其才也。而至於言性者，則未嘗斷其善惡，曰：「性相近也，習相遠也」而已。[15]

正因為智力水平、理解能力不同，所以才要因材施教。〈雍也〉篇「中人以上」章，朱子《論語集注》引張敬夫語曰：「聖人之道，精粗雖無二致，但其施教，則必因其材而篤焉。」

孔子對人的評價除著眼於智力水平之外，還注意到人的氣質和性格特徵的不同，而這同樣也不是就人之本性而言的。如「柴也愚，參也魯，師也辟，由也喭」（〈先進〉）之類，「狂者」「狷者」之分，[16]還有《論語》中孔子對其不同弟子不同性格的諸多評述等，都是就個別人（或一類人）的特殊氣質和性格而言的，不是對普遍人性的歸納總結。

總之，人之本性與人之智力水平、性格特徵等是不同層次的概念，不應加以混淆。在論及孔子的人性論時似乎尤其要注意這一點。

---

15 蘇軾：〈揚雄論〉，《東坡全集》（文淵閣《四庫全書》本），卷 43。

16 《論語・子路》「子曰不得中行而與之」章。

二、孟子人性論與孔子人性論之承繼關係

從孔子到孟子，是儒學發展的自然過渡，精神和思想觀念的繼承關係十分明顯，這表現在各個方面。自從唐末韓愈《原道》提出儒家道統說以來，孟子便被突出地提升到上接孔子的崇高地位，經由宋代尊孟非孟之爭，《孟子》被列為儒家經典，孟子地位最終確立，人們終於從周孔並稱轉化為孔孟並提。在此過程中，不可否認，程朱理學起到極大的推動作用，特別是朱子《四書章句集注》的成立，將孟子納入儒家道統的牢固圈子之內。然而，孟子與孔子之間實際上的繼承關係卻是孔孟並提的內在原因，只不過經由朱子的揭示而變得更為清晰罷了。

具體到人性論而言，孔孟之間是如何鏈結的？孔孟人性論既有聯繫，也有區別。首先，與孔子所處的春秋時代相比，孟子所處的戰國時期社會狀況及思想挑戰已大不相同，由於社會歷史的發展，人和人性問題成為思想家考慮和論辯的中心議題之一。其實在孟子之前，對人性問題的熱切關注就已顯現出來。傳世文獻中的〈中庸〉篇多次提到「性」，同時從道德倫理規範和哲學高度上討論「性」，其「天命之謂性，率性之謂道，修道之謂教」成為儒家心性論的重要命題。出土文獻中郭店楚簡〈性自命出〉篇，為我們充分展示了當時人們對人性問題思考的深入程度和豐富程度。從孔子到孟子，儒家人性論得到前所未有的大發展，如果說孔子關於人性的認識總得來說還顯得比較混沌和原始的話，那麼到孟子之時，論著的較大篇幅已在討論人之本性，並明確提出性善論主張，或批駁同時代其

他人的人性論。《孟子》一書在人性論上的價值有二：一是保存了他那個時代不同的人性論觀點，[17]有其重要文獻價值；二是孟子本人關於性善的諸多論述前所未有地展示了思想家對人性的深入思考。孟子人性論思想影響巨大，對後世人性辯論具有重要啓示，成為後來討論人性問題的一個基礎，同時也激發了其他不同派別人性論的產生。[18]

孔孟之間儒學發展的面貌由於近年來簡帛文獻的出土而被清晰的展現在世人面前，人們熱烈而欣喜地討論著從孔子到孟子之間往日並不十分清楚的這段中國思想史發展進程。就人性論而言，郭店楚簡〈性自命出〉篇無疑具有非同一般的意義，在孔子與孟子之間明晰了儒家心性論的發展軌迹，這幾乎成為學界共識，其思想史的重大意義不言而喻。但是，歷史發展的現實卻是，如此重大的思想史素材直至上世紀九十年代才大白於天下，整個兩千多年來漫長的中國思想史並無這些史料的蹤跡，人們賴以思考和討論的文獻依據主要還是傳世的文獻資料，也正是它們真正在中國思想史上起過作用。就儒家人性論而言，《論語》、《孟子》以及後來被朱子從《禮記》中徹底剝離出來的〈大學〉、〈中庸〉所構成的「四書」，成為思想史上理解從孔子到孟子早期儒家正統人性論的系列基本文獻依據。

---

17 《孟子・告子章句上》:「公都子曰:『告子曰:「性無善無不善也。」或曰:「性可以為善，可以為不善……。」或曰:「有性善，有性不善……。」』」即展示了幾種不同的人性學說。而對告子性無善惡論的文獻記載，由於是孟子的論辯對象，所以格外詳盡。

18 如《荀子・性惡篇》多次提到孟子性善論，並將之作為辯駁的主要對象，荀子在此基礎上進一步論述了其性惡理論。

人性善的觀點是孟子首先提出的，不僅現存文獻中未見其他文獻更早提及性善理論，而且《孟子》原書就證明了「性善」是孟子首提。〈告子章句上〉「公都子曰告子曰性無善無不善也」章公都子在向孟子提出「性無善無不善」、「性可以為善，可以為不善」、「有性善，有性不善」等幾種人性學說之後，接著問孟子：「今曰『性善』，然則彼皆非與？」可見孟子的性善之說是他首次提出而為前人所未道及。程頤也對孟子此舉大加稱讚，認為：[19]

> 孟子有大功於世，以其言性善也。
>
> 孟子性善、養氣之論，皆前聖所未發。
>
> 孟子有功於聖門，不可勝言。仲尼只說一個仁字，孟子開口便說仁義。仲尼只說一個志，孟子便說許多養氣出來。只此二字，其功甚多。

程朱均就孟子對孔子思想發展之功大加稱讚，他們認為孟子的功勞在於道性善，在於從孔子的「仁」發展到「仁義」，其實都是在稱讚孟子對儒家人性論的發展之功。

的確，儒家人性論從孔子發展到孟子，一個突出現象就是孔子只談「仁」，而孟子則「仁義」並提。就是說孔子強調仁為人性的主要內容，而孟子則發展到強調仁義禮智特別是仁義為人性的主要內容，並進而提出與仁義禮智相對應的「四端」。

---

[19] 以下三段引文為朱子《孟子集注》之前所附《孟子序說》所引程子語，經核查此程子為程頤。說明讚賞孟子性善論的首善之功是程朱共同持有的觀點。

那麼從「仁」到「仁義」又是如何過渡的呢？龐樸先生認為，傳世文獻中這個問題不是特別清楚，而郭店楚簡把這種過渡的溝壑給填平了。他說，孔子之時雖然各種道德範疇都齊備了，但孔子只是一味強調仁而難免忽視了其他範疇的作用，而在郭店楚簡中，包括仁義禮智聖五種德行在內的各種道德範疇普遍得到重視，而這許許多多的德行，都被歸結到仁義，被看成是仁義的某種表現或存在。「所以，後來孟子言必稱仁義，也就很自然了。」[20]

郭店楚簡中仁、義並提的地方大致如下：[21]

> 孝，仁之冕也。禪，義之至也。
>
> 愛親忘賢，仁而未義也；尊賢遺親，義而未仁也。
>
> 忠，仁之實也；信，義之期也。
>
> 何謂六德？聖、智也，仁、義也，忠、信也。聖與智戚矣，仁與義戚矣，忠與信戚矣。
>
> 仁生於人，義生於道。

其實除以上從孔子「仁」到孟子「仁義」的過渡軌跡之外，朱子《集注》也清晰地從思想和學理上描述了此種變化。

孔子並非沒有提到「義」，《論語》裡出現「義」的地方有

---

20 參見龐樸：〈古墓新知——漫談郭店楚簡〉，《郭店楚簡研究》（《中國哲學》第 20 輯〔瀋陽：遼寧教育出版社，2000 年〕），頁 9。

21 分別見荊門市博物館編《郭店楚墓竹簡》（北京：文物出版社，1998 年）之釋文〈唐虞之道〉（前兩段，頁 157）、〈忠信之道〉（頁 163）、〈六德〉（頁 187）、〈語叢一〉（頁 194）。

二十四處之多，但這些「義」字都是單獨出現的，並沒有與「仁」並稱，即《論語》裡沒有「仁義」的說法，這與《孟子》大不相同。統觀《論語》之「義」，多是「事之宜」的意思，[22]或是「事適」、「事合宜」之義，一般並無道德或哲學上的意義。[23]只有一條提到了「君臣之義」，或許可以看出與《孟子》「仁義」之「義」的聯繫。〈微子〉「子路從而後遇丈人以杖荷蓧」章：「不仕無義。長幼之節，不可廢也；君臣之義，如之何其可廢之？欲潔其身，而亂大倫。君子之仕也，行其義也。道之不行，已知之矣。」這裡的「君臣之義」似乎具備了孟子「仁義」之「義」的道德意味，即「未有仁而遺其親者，未有義而後其君者」[24]後半句的意思。但無論如何，《論語》裡始終未出現「仁義」字樣。

至《孟子》情況則大不相同，除單獨出現的「仁」或「義」之外，《孟子》裡「仁」和「義」並提有三十一處之多，而「仁義」字樣出現過二十七次。孟子將「義」提到與「仁」同樣的高度，使之具備了道德及哲學的意味。朱子敏銳地察覺到這一點。當《孟子》首先出現「仁義」一詞時，朱子即作出與《論語》中的「義」不同的解釋，「仁者，心之德，愛之理。義者，心之制，事之宜也」，[25]多出了「心之制」的解釋。與孔子相比，

---

[22] 《論語．學而》「有子曰信近於義」章首先出現「義」字，朱子如此解釋。

[23] 《論語．里仁》：「子曰：『君子喻於義，小人喻於利。』」朱子注：「義者，天理之所宜。」恐非孔子本意。

[24] 《孟子．梁惠王章句上》「孟子見梁惠王」章。

[25] 同前註，「王何必曰利？亦有仁義而已矣」之朱子注。

孟子既繼承了孔子對「仁」的重視，同時又仁義並提，這是因為當時人與人之間的關係，特別是君臣關係變得空前重要，需要有一個特定的具有道德規範意義的字眼來體現這種關係，於是他就選擇了「義」，而「義」又是與人應具備的內在道德規範「仁」不可分割的，故而仁義並提。告子曾對孟子的「仁義」提出質疑，孟子作出解答。〈告子章句上〉：「告子曰：『食色，性也。仁，內也，非外也；義，外也，非內也。』」告子認為，「仁」、「義」有別，仁的出發點為內，因為仁愛之心生於內；義的出發點為外，因為他人是外在的，由外在的他人的身分決定了是否予以尊敬，敬由外而發。孟子認為，告子的這種說法就像把白馬白人的「白」（相同）與長（敬）馬長人的「長」（不同）混淆了一樣，為何人們對老馬不敬重而對老人卻敬重，就是因為人覺得應該對老人敬重（義），敬的行為是出於我之內心，而不是出於外。因此，「義」與「仁」一樣，都是發自人內心的一種道德需求。於是孟子將「義」提到與「仁」相同的高度。

孟子認為人性之中具有仁義禮智四種善的天生德性，但在四者之中，猶重仁義，仁義成了他倫理道德觀念的代名詞。〈離婁章句上〉：

> 孟子曰：「仁之實，事親是也；義之實，從兄是也。智之實，知斯二者弗去是也；禮之實，節文斯二者是也；樂之實，樂斯二者，樂則生矣；生則惡可已也，惡可已，則不知足之蹈之，手之舞之。」

可見除仁義之外，其他都是輔助性的。

孟子將孔子人性論中仁之道德需求發展為仁義的道德需求，但依舊還是以仁為根本，朱子所謂仁包四德即指出這一點。《孟子》中除「仁義」外，單獨談到「仁」的地方也相當多，並由仁的思想生發出其仁政主張。總之，在強調人性之中天生具備道德倫理性這一點上，孟子與孔子是一脈相承的。

孟子性善論還強調保存和養護人本來所具善心的重要性。〈告子章句上〉「孟子曰牛山之木嘗美矣」章孟子引用孔子之言「操則存，舍則亡；出入無時，莫知其鄉」以證明自己的觀點，似乎也表明二人人性觀念的一致性。

就孟子本人而言，他在內心深處是自覺地服膺孔子的，除《孟子》一書多處盛讚孔子外，他還將自己當作孔子的忠實信徒。雖說「予未得為孔子之徒也，予私淑諸人也」(〈離婁章句下〉)，頗為遺憾，但思想與精神的傳承卻並不一定非得親炙，有時私淑弟子反而更能得其精髓，孟子對此深有體會。其曰：「君子之所以教者五：有如時雨化之者，有成德者，有達財者，有答問者，有私淑艾者。」(〈盡心章句上〉) 他本人正是最後一種情況。在《孟子》整部書的最後，孟子有一段意味深長的話，他在歷數自堯以來聖君賢臣的傳承之後說：

> 由孔子而來至於今，百有餘歲，去聖人之世，若此其未遠也；近聖人之居，若此其甚也，然而無有乎爾，則亦無有乎爾。

而與孔子之間同時具有此種時空距離的思想家，除孟子本人之外別無他人，此乃孟子以孔子傳承者自居的極其婉轉、隱蔽而又自負的表述。正如朱子所分析，孟子恰是孔子「百世之下」那位「神會而心得之者」。

總之，包括人性論在內的孔子與孟子之間的承繼關係是客觀存在的，無論從《論語》、《孟子》原文還是朱子《集注》中都可以感受到這一點。其實，大約產生於南宋末期的最為大眾化的蒙學讀物《三字經》，其開篇的「人之初，性本善。性相近，習相遠」，不僅顯示了人們所認可的孔孟人性論的鏈結，也是對孔孟人性論承繼關係普遍為大眾接受的最為明晰的解釋和最顯而易見的證明。

三、朱子對孔孟人性論之詮釋

我們選擇朱子《集注》對孔孟人性論之詮釋作為分析對象，是因為他在孔孟思想詮釋史上無可替代的重要地位及重大影響。通過對朱注的分析，可以更清楚地理解孔孟原始儒家思想，同時也可以更清楚地認知經過朱子詮釋了的全新的孔孟思想面貌。朱子對孔孟以及孔孟之間儒家人性論的解釋，是基於他本人人性論基礎上進行的，這種詮釋自成體系而又彼此關照，絕不是零散的或是就事論事的，而是構成了一個完整的思想體系。可從兩方面加以考察。

（一）對天命之性與氣質之性的區分

程朱理學認為「性即理也」，這是二程最早提出而由朱子繼承光大了的著名人性論觀點。從人性論上說，性理觀念的意義在於強調人之本性與宇宙普遍法則的一致性。朱子發展了二程的思想，提出一種基於理氣觀的人性說，「性」的概念在朱子哲學中有兩種不同含義，一是天命之性，一是氣質之性。[26]朱子認為，天地間有理亦有氣，理是純善無惡的，而氣則有清濁之分。人稟受天地之氣而為形體，稟受天地之理而為本性。稟受天理的人之本性稱作「天命之性」，即〈中庸〉所謂「天命之謂性」的意思，此性（天命之性）是人之本性，由於是稟承純善無惡的天理而來的，因此就是善的。另一方面，朱子也解釋了人之所以有惡的品質的原因。他認為，人之惡品質與氣稟有關，人所稟受的氣之中，有清濁偏正之不同，所稟昏濁偏塞之氣是人之惡品質的根源。人所稟氣而表現出的性的一方面稱作「氣質之性」，它不可避免地會受到氣的污染，此「性」已非彼「性」。現實中的人性是理氣共同作用的結果，但從邏輯上說，理在氣先，所以天命之性是氣質之性的本然狀態，氣質之性是天命之性受氣稟薰染後的狀態。朱子認為，我們一般所說的人性如何如何，應指人之本性而言，所以從根本上說，朱子是贊成性善論的，因為性之本體即是理。他還因此認為歷史

26 宋明理學體系中，與「氣質之性」相對的概念有「義理之性」、「天命之性」、甚或就是「性」（不言而喻的「本性」），比較而言，「氣質之性」在辨析性之本質時出現的頻率較之其對應面更高。二程常用「義理之性」而未用「天命之性」，朱子首次提出「天命之性」。如「或問：子謂民可使之由於是理之當然，而不能使之知其所以然者，何也？曰：理之所當然者，所謂民之秉彝，百姓所日用者也，聖人之為禮樂刑政，皆所以使民由之也。其所以然，則莫不原於天命之性。」（《論語或問》，收入《朱子全書》，第6冊，頁768。）然而，就其思想內涵而言，朱子對二程有很大的承繼性。如程伊川曰：「性無不善，而有不善者，才也。性即是理，理則自堯、舜至於途人，一也。才稟於氣，氣有清濁。稟其清者為賢，稟其濁者為愚。」（《河南程氏遺書》，《二程集》〔北京：中華書局，1981年〕，頁204）朱子的氣稟清濁觀念正是來自二程。

上所謂性惡論、性善惡混論、性三品論等都是講的氣質之性，而不是本性。

正是基於以上關於人之本性以及天命之性與氣質之性相區別的觀念，朱子重新詮釋了孔孟的人性論，也詮釋了〈大學〉、〈中庸〉裡的相關問題。其實程朱的人性論在他們諸多著述中（特別是朱子著作）多有詳盡清晰的論述，而朱子《集注》中則有特別集中而簡明的表述，它們散見於〈大學〉、〈中庸〉、《論語》、《孟子》四書各組成部分的詮釋之中。除以下我們將要詳加分析的朱子對《論語》、《孟子》人性論的解釋外，在〈大學〉、〈中庸〉中，朱子也闡述了他的人性論。

〈大學〉雖非專論性命之學，但朱子也不失時機地在其中闡明其人性論觀點。〈大學章句序〉云：

> 蓋自天降生民，則既莫不與之以仁義禮智之性矣。然其氣質之稟或不能齊，是以不能皆有以知其性之所有而全之也。一有聰明睿智能盡其性者出於期間，則天必命之以為億兆之君師，使之治而教之，以復其性。

而在解釋「大學之道，在明明德，在親民，在止於至善」之「明德」時說：

> 明德者，人之所得乎天，而虛靈不昧，以具眾理而應萬事者也。但為氣稟所拘，人欲所蔽，則有時而昏；然其本體之明，則有未嘗息者。故學者當因其所發而遂明之，以復其初也。

朱子認為，明德即本性。明明德，即使本性昌明，也就是儒家常說的復性之意。朱子在〈中庸章句〉解釋「天命之謂性」時說：

> 命，猶令也。性，即理也。天以陰陽五行化生萬物，氣以成形，而理亦賦焉，猶命令也。於是人物之生，因各得其所賦之理，以為健順五常之德，所謂性也。

也是講的這個意思。

朱子是如何詮釋孔子人性觀的？

《論語》言性之一：「子貢曰：『夫子之文章，可得而聞也；夫子之言性與天道，不可得而聞也。』」（〈公冶長〉）朱子注：

> 文章，德之見乎外者，威儀文辭皆是也。性者，人所受之天理；天道者，天理自然之本體，其實一理也。言夫子之文章，日見乎外，固學者所共聞；至於性與天道，則夫子罕言之，而學者有不得聞者。蓋聖門教不躐等，子貢至是始得聞之，而歎其美也。

又引程子曰：「此子貢聞夫子之至論而歎美之言也。」這條注涉及到朱子對《論語》中「文章」、「性」、「天道」的解釋，以及如何理解孔子對「性與天道」的態度。

關於對「文章」的解釋，朱注其實是在前人注釋基礎上加以歸納和提煉的。何晏《論語注》云：「章，明也。文采形質著見，可以耳目循。」邢昺《論語疏》云：「子貢言夫子之述作，威儀禮法有文采，形質著明，可以耳聽目視，依循學習。」[27]朱子《論語精義》引宋人范祖禹語云：「文章者，德之見乎外

[27] 《論語注疏》，《十三經注疏》本，頁2474。

者也。」[28]朱子這裡「文章」的解釋亦未出前人之說而自創新義。但「性與天道」的釋義則完全是朱子本人思想，事實上，這段朱注的關鍵之處就是對「性與天道」的解釋。在朱子之前，古人注釋有如下一些。《後漢書・桓譚傳》記桓譚反對漢光武帝劉秀迷信讖緯的做法，上疏曰：

> 觀先王之所記述，咸以仁義正道為本，非有奇怪虛誕之事。蓋天道性命，聖人所難言也。自子貢以下，不得而聞，況後世淺儒，能通之乎？[29]

注引鄭玄《論語注》：

> 性謂人受血氣以生，有賢愚吉凶。天道，七政變動之占也。

《史記・孔子世家》引子貢語曰：「夫子言天道與性命，弗可得聞也已。」[30]這裡桓譚、司馬遷引子貢此話時，均以「性」作「性命」。何晏《論語集解》曰：「性者，人之所受以生也。天道者，元亨日新之道。」根據以上司馬遷、桓譚、鄭玄、何晏對《論語》此段話的注釋和引用，我們可以看到，起碼至漢魏之時，人們普遍認為天道是指自然運行過程中所體現的吉凶禍福，性是性命，是由這種天道所決定的、不以人的意志為轉移的神祕稟性和命運，而並非後人所理解的重點在善或惡的本性。有人認為鄭注等受到漢代當時社會思潮的影響，不同意他

---

28 《論孟精義》，見朱傑人、嚴佐之、劉永翔主編：《朱子全書》（上海：上海古籍出版社；合肥：安徽教育出版社，2002 年），第 7 冊，頁 179。

29 《後漢書・桓譚傳》（北京：中華書局，1965 年），頁 959。

30 《史記・孔子世家》（北京：中華書局，1959 年），頁 1941。

們的解釋，而認為「孔子言天道在消息盈虛，在恒久不已，在終則有始，在無為而物成；與七政變占迥然不合。」[31]但不管怎樣，孔子、子貢心目中的「性與天道」不會是宋儒所理解的那樣抽象，孔子不會將天道作「天理自然之本體」理解，也不會認為性是循天理的人之純善無惡的本性。正如清人黃式三《論語後案》所說：

> 自宋以後，言性與天道者分理氣。申其論者，大抵超陰陽以上而求天之理，離心知之實而求性之理，亦不能不推之空眇以神其說。[32]

所以朱子關於「性與天道」的注釋是其理學思想的反映，是自創新義而非《論語》本義。此外，「夫子之言性與天道，不可得而聞也」，單從這句話看可以有兩種解釋：（一）包括子貢在內的孔子弟子未聽說過孔子之言性與天道。（二）子貢聽說過孔子之言性與天道，但孔子說得很少，自子貢以下其他人再也不可得聞了。其實這兩種解釋在缺乏更多文獻資料的情況下後人是難斷孰是孰非的，而朱子卻自覺地選擇了後一種解釋，並引程子（據《論語精義》，為伊川）之言，推斷孔子所言性與天道的內容十分精彩，令人歎服，還猜測了子貢所以能聆聽的原因，這是因為朱子需要證明孔子確實談論過性理。

《論語》言性之二：「子曰：性相近也，習相遠也。」（〈陽貨〉）朱子注：「此所謂性，兼氣質而言者也。氣質之性，固有

---

[31] 程樹德撰，程俊英、蔣見元點校：《論語集釋》（北京：中華書局，1990年）引清人《論語補疏》，頁322。

[32] 《論語集釋》所引，頁319。

美惡之不同矣。然以其初而言，則皆不甚相遠也。但習於善則善，習於惡則惡，於是始相遠耳。」又引程子曰：「此言氣質之性。非言性之本也。若言其本，則性即是理，理無不善，孟子之言性善是也。何相近之有哉？」此處朱子注的猶疑和矛盾之處，前文已提及。需要進一步說明的是，朱子此處釋性為「氣質之性」，而不像以上「夫子之言性與天道」釋性為「人所受之天理」，是天命之性。如此說來，《論語》僅有的兩處「性」的意思就完全不同了，那麼孔子思想豈不矛盾？其實，「性相近」之性朱子只能解釋為氣質之性，別無選擇。因為正如他所引用的程子之言，如果此處不釋性為氣質之性的話，就會面臨程朱所不願看到的一個結果：孔子說「性相近」，如果此性為人之本性（天命之性）的話，他就不認為人之本性得之於天理，均為純善無惡。如果是同一種善性的話，孔子為何不說「相同」而說「相近」？所以，朱子此處不得不釋性為氣質之性。朱子對《論語》兩章中「性」之前後矛盾的解釋反而提醒我們，孔子的確不具備人性皆出於天理因而皆為善的思想。

此外，《論語》中還有一些篇章，沒有直接談到人性，但因為與此略有關係，朱子注釋中也運用其人性論思想加以解釋。如「子曰：『有教無類。』」（〈衛靈公〉）朱子注：「人性皆善，而其類有善惡之殊者，氣習之染也。故君子有教，則人皆可以復於善，而不當復論其類之惡也。」使得本來一句非常簡單而易於理解的話通過朱子的解釋變得複雜化了。旨在說明：（一）人性皆善。（二）所以惡者，因為有氣習之染（隱含了天命之性與氣質之性之區別）。（三）要復善性。又如「子曰：

『唯上知與下愚不移。』」(〈陽貨〉) 朱子注：「人之氣質相近之中，又有美惡一定，而非習之所能移者。」引程子曰：「人性本善，有不可移者何也？語其性則皆善也，語其才則有下愚之不移。」朱子引用並贊成程子的解釋，但又與之區別。程子分性與才，性指本性，才不是本性，非皆善，二程並未提出氣質之性來。朱子本人的解釋是在二程關於人性論說的基礎上更進一步的闡發，分出天命之性和氣質之性，又將上知、下愚解釋為其理論中氣質之性的清氣、濁氣之分。朱子的解說對於《論語》來說都是強為之解。

總之，朱子是以自己關於人性的理解來解釋《論語》之中「性」以及其他與人性相關的問題的，許多地方不符合孔子人性觀及《論語》原意，而是大大地引申發揮。

朱子是如何詮釋孟子人性觀的？

孟子性善論在中國人性論史上意義重大，這是長久以來人們公認的事實。但從歷史發展角度看，孟子人性論被重視有一個逐漸展開的過程，在不同歷史階段孟子被理解和被重視的程度不盡相同。[33]縱觀孟學思想發展史，宋代是孟子地位上升並最後確立其穩固地位的時期，在此過程中，孟子性善論的價值和意義被真正發掘出來並形成重大影響，是宋代理學家的功勞，主要是朱子的功勞。程朱理學對《孟子》最感興趣的是孟

---

[33] 黃俊傑：《孟學思想史論（卷一）》（臺北：東大圖書公司，1991 年），《孟學思想史論（卷二）》（臺北：中央研究院中國文哲研究所籌備處，1997 年）、《中國孟學詮釋史論》（北京：社會科學文獻出版社，2004 年）等著作有詳盡深入的論述。

子的心性論而不是其他，這成為理學核心內容之一，也是孟子地位在宋代上升並穩固的真正原因。[34]因此有必要分析一下朱子在《孟子集注》中對孟子人性論的詮釋。

程朱均大贊孟子性善論，認為僅此一點，孟子便大有功於世。但是在朱子看來，孟子只談性善，雖然將性善的原因歸結為四善端，但終究沒有充分論證性何以善，也未能很好地解釋為何現實生活中人有惡的一面。朱子本人恰恰回答了這兩個問題。朱子的人性論也贊成性善，他對孟子人性論有所發展，其一是說明人之本性由於本之於天理，天理純善無惡，故性也就是善的；其二是承認在善的天命之性之外，人還有稟氣而生的氣質之性，由於氣有清濁，人所稟氣有偏全，所以就會有惡的情況產生，但這絲毫也不能動搖人性本體是善的結論。朱子在《孟子集注》中對孟子性善論思想的解釋，大多就是以上他對性善論的發展，因而朱子的解釋也就不可能完全是孟子本來的思想。

如《孟子・滕文公章句上》「滕文公為世子」章：「孟子道性善，言必稱堯舜。」朱子注：

> 性者，人所稟於天以生之理也，渾然至善，未嘗有惡。人與堯舜初無少異，但眾人汩於私欲而失之，堯舜則無私欲之蔽，而能充其性爾。

---

34 宋代所謂尊孟非孟之爭，其實爭論雙方關注的並非同一問題。非孟派批駁的是孟子的政治觀，而尊孟派則稱讚孟子的心性論。參見拙文：〈從朱熹《讀余隱之尊孟辨》看宋代尊孟非孟之爭〉，《北京大學古文獻研究所集刊》（北京：燕山出版社，1999 年），第 1 輯，頁 234。

又引程子曰：

> 性即理也。天下之理，原其所自，未有不善。喜、怒、哀、樂未發，何嘗不善。發而中節，即無往而不善；發不中節，然後為不善。故凡言善惡，皆先善而後惡；言吉凶，皆先吉而後凶；言是非，皆先是而後非。

朱子對整章所下按語：

> 孟子之言性善，始見於此，而詳具於〈告子〉之篇。然默識而旁通之，則七篇之中，無非此理。其所以擴前聖之未發，而有功於聖人之門，程子之言信矣。

朱子這裡說性是「人所稟於天以生之理」，他與孟子相同之處在於注重人的道德性、社會性超過注重人的自然屬性，朱子不同於孟子之處是他贊成「性即理」。朱子這裡引用程子之言，是與他在〈中庸章句〉裡關於「已發」、「未發」問題的闡述相一致的。程子的「喜、怒、哀、樂未發，何嘗不善」，即是朱子〈中庸章句〉首章注釋裡的「喜、怒、哀、樂，情也。其未發，則性也。」在朱子未發已發說中，清楚地論述了性與情的關係。他認為性為未發，故合於理，故善；情為已發，是否善，要區別兩種情況看待。程子又曰：「發而中節，即無往而不善；發不中節，然後為不善。」朱子〈中庸章句〉首章注釋曰：「發皆中節，情之正也，無所乖戾，故謂之和。」就是說，已發的情之中，如果合適、和諧、「中節」，那麼就是善的；如果是相反，就不善。這裡表明了朱子對性與情關係的看法，以及對性之本質的認識：性總是未發的，總是善的；情有善與不善兩種情況。從另外一方面說，朱子所謂與「天理」相對立的「人欲」

應指情欲之中不善的一類，而非情欲之中善的一類，故用「私欲」一詞表達也許更為合適。朱子在《孟子》注釋中還有更為明確的表述，「性即天理，未有不善者也」。[35]

解釋現實人性中惡的問題，朱子用了「氣質之性」一詞。在朱子哲學中，單說「性」是指本性，天命之性；氣質之性不能簡稱為性。朱子關於氣質之性的思想，是在綜合並發展前輩理學家思想的基礎上形成的，這在《集注》中有所反映。如《孟子・告子章句上》「公都子曰告子曰性無善無不善」章，朱子先引程子語曰：「性即理也，理則堯舜至於途人一也。才稟於氣，氣有清濁，稟其清者為賢，稟其濁者為愚。學而知之，則氣無清濁，皆可至於善而復性之本，湯武身之是也。孔子所言下愚不移者，則自暴自棄之人也。」又曰：「論性不論氣，不備；論氣不論性，不明，二之則不是。」朱子接著又引張載語曰：「形而後有氣質之性，善反之，則天地之性存焉。故氣質之性，君子有弗性者焉。」朱子本人所下按語曰：

> 程子此說才字，與孟子本文小異。蓋孟子專指其發於性者言之，故以為才無不善，程子兼指其稟於氣者言之，則人之才固有昏明強弱之不同矣，張子所謂氣質之性是也。二說雖殊，各有所當，然以事理考之，程子為密。蓋氣質所稟雖有不善，而不害性之本善；性雖本善，而不可以無省察矯揉之功，學者所當深玩也。

可見朱子這裡是儘量吸取以往思想家的思想精華，而又極力彌

35 《孟子・告子章句上》「告子曰性猶湍水」章之朱子注。

合孟子、二程、張載思想的差別。從總體思維框架上看，朱子思想更接近於二程，只不過說明氣稟時，二程用了「才」這個字而未用「氣質之性」一詞，朱子於是借用張載的「氣質之性」一詞換下了「才」字。但張載的「氣質之性」的含義未必等同於朱子的「氣質之性」，因為張載的最高哲學範疇為氣，朱子為理，氣在朱子哲學中邏輯上是後於理的。至於二程所說的「才」與孟子所說的「才」二者之間明顯地矛盾。也是在此章，孟子曰：「乃若其情，則可以為善矣，乃所謂善也。若夫為不善，非才之罪也。」朱子注釋此才曰：「才，猶材質，人之能也。人有是性，則有是才，性既善則才亦善。」顯然是與程子此章關於才的解說含義不同。

在《孟子集注》裡，朱子還運用其天命之性與氣質之性的理論在孟子思想基礎上論述了人之性與物之性的不同。《孟子・告子章句上》「告子曰生之謂性」章，朱子注曰：

> 性者，人之所得於天之理也；生者，人之所得於天之氣也。性，形而上者也；氣，形而下者也。人物之生，莫不有是性，亦莫不有是氣。然以氣言之，則知覺運動，人與物若不異也；以理言之，則仁義禮智之稟，豈物之所得而全哉？此人之性所以無不善，而為萬物之靈也。

朱子先肯定孟子將生和性區別開來，說告子是「徒知知覺運動之蠢然者，人與物同；而不知仁義禮智之粹然者，人與物異也。」進而又說明人和物之生雖然都是有性有氣的，但仁義禮智之性只有人才稟受得全，物是稟受得不全的，所以就不能說人和物的性理是完全相同的，而人與物的區別正在於此。

（二）對仁義禮智之詮釋

朱子認為人之本性是善的，而人性善的內容就是仁義禮智，其中尤以仁為重要，可用以涵蓋其他三者。這樣一來，就可作如下推理判斷：既然仁或仁義禮智是人性善的內容，性又本之於天理，那麼仁義禮智的道德原則就成為天理在人身上的體現，就是天經地義的了。如果一個人其所作所為是不仁的，那就違反了天理，就不能算是一個真正意義上的人。這也是理學思想一個重要內容。本來道德至上是儒家一貫的思想，自孔子、孟子以來均是如此，但朱子這裡卻進一步為道德找到了哲學上的依據，是對傳統儒學思想的發展。

如前所述，程朱稱讚孟子對孔子仁學思想的發展。那麼在《集注》中朱子是如何對孔子所謂仁、孟子所謂仁義禮智加以詮釋的？這些詮釋有多少符合孔孟原意，多少是朱子的發揮？

先來看仁。孔子思想的核心是仁還是禮，歷來有不同看法，但一般認為孔子的核心思想是仁。《論語》裡孔子談仁之處甚多，但其確切含義究竟為何，卻無統一明確答案。孔子比較接近於給仁下定義的話見於〈顏淵〉篇「樊遲問仁」章：「樊遲問仁，子曰：『愛人。』」於是「仁者愛人」就成為人們對孔子仁之思想的一般理解。朱子對此章的解釋：仁是「愛之理，心之德」，他對《論語》關於仁的許多條注語都表達了類似的意思，如〈學而〉篇「有子曰其為人也孝弟」章，最早出現「仁」字：「有子曰：『……君子務本，本立而道生。孝弟也者，其為仁之本與！』」朱子注：「仁者，愛之理，心之德也。」又如〈陽貨〉篇「子張問仁於孔子」章：「子張問仁於孔子。孔子曰：『能行五者於天下，為仁矣。』請問之。曰：『恭、寬、信、敏、惠。……』」朱子注：「行是五者，則心存而理得矣。」〈微子〉篇「微子去之」章：「孔子曰：『殷有三仁焉。』」朱子注：「三人之行不同，而同出於至誠惻怛之意，故不咈乎愛之理，而有以全其心之德也。」此外，在《孟子集注》中，朱子對孟子的「仁」也作了一如既往的解釋。《孟子・梁惠王章句上》「孟子見梁惠王」章：「（孟子曰）王何必言利，亦有仁義而已矣。」朱子注：「仁者，心之德、愛之理。義者，心之制、事之宜也。」

朱子認為仁是「愛之理」，是理或天理在人身上的表現或反映，所以如果與仁相反，違仁、不仁的話，就是私欲橫流。仁，換句話說，就是私欲盡去，天理流行。《論語・述而》：「子曰：『志於道，據於德，依於仁，遊於藝。』」朱子解釋「依於仁」曰：「依者，不違之謂。仁，則私欲盡去而心德之全也。功夫至此而無終食之違，則存養之熟，無適而非天理之流行矣。」由於朱子認為天理在人身上的表現理所當然是仁，所以仁就具有了本體的意味。《朱子語類》中記載朱子解釋「據德」與「依仁」區別曰：「德是逐件上理會底，仁是全體大用，當依靠處。」又曰：「據德，是因事發見底；依仁，是本體不可須臾離底。據德，如著衣吃飯；依仁，如鼻之呼吸。」[36]又如《論語・雍也》篇「博施於民」章，朱子對「夫仁者，己欲立則立人，己欲達則達人」一句的解釋是：「以己及人，仁者之

---

[36] 黎靖德編，王星賢點校：《朱子語類・論語十六・述而篇》（北京：中華書局，1986年），頁865。

心也。於此觀之，可以見天理之周流而無間矣。狀仁之體，莫切於此。」也是說仁即理，對人來說仁具有本體意義。可見，朱子以仁為「愛之理」，已經與孔子的以仁為「愛人」大不相同了，他將仁的意義提升為愛的本體和依據，而不僅僅是愛的情感或行動。

最能集中反映朱子對仁的解釋不切原文和加以發揮的是《論語‧顏淵》篇「顏淵問仁」章，此章朱子本人特別重視，無論在《文集》還是在《語類》裡，都有朱子與其講友或學生的反覆討論。《集注》此章朱子按語曰：

> 此章問答，乃傳授心法切要之言。非至明不能察其幾，非至健不能致其決。故惟顏子得聞之，而凡學者亦不可以不勉也。

對於原文「克己復禮為仁。一日克己復禮，天下歸仁焉。為仁由己，而由人乎哉？」朱子注曰：

> 仁者，本心之全德。克，勝也。己，謂身之私欲也。復，反也。禮者，天理之節文也。為仁者，所以全其心之德也。蓋心之全德，莫非天理，而亦不能不壞於人欲。故為仁者必有以勝私欲而復於禮，則事皆天理，而本心之德復全於我矣。歸，猶與也。又言一日克己復禮，則天下之人皆與其仁，極言其效之甚速而至大也。又言為仁由己而非他人所能預，又見其機之在我而無難也。日日克之，不以為難，則私欲淨盡，天理流行，而仁不可勝用矣。

所謂「私欲淨盡，天理流行」就是存天理、滅人欲的意思。此段朱子說得比較全面，但許多地方都是他自己的發揮。比如，「克己」，《論語集解》引馬融注曰：「約身也。」而朱子卻解釋為戰勝私欲。如此一來，「克己」之「己」與下文「為仁由己」之「己」，同一個字，意思卻不同了。前一「己」「謂身之私欲也」，完全是朱子本人思想的發揮，不是《論語》原文之意。再如，朱子解禮為「天理之節文」，用「理」來說明「禮」，也是新義。又如，解仁為「本心之全德」，而「心之全德，莫非天理」，也是朱子的發明。此章在清代成為漢學與宋學爭論的焦點，許多人對朱子的解釋提出異議。程樹德也批評朱子說：

> 解經與作文不同，作文須有主意，方能以我禦題；解經則否，不可先有成見。《集注》之失，即在先有成見。……今硬將天理人欲四字塞入其內，便失聖人立言之旨。[37]

此外，朱子此章關於「為仁」的解釋也與其理學思想有直接關聯。

關於「為仁」，要先從《論語．學而》篇「有子曰其為人也孝弟」章說起。本來「為」與「仁」這兩個字組合在一起，根據上下文的文義來看，可以有兩種解釋。一種解釋「為」是「是」的意思；一種解釋「為」是「作」、「行」的意思，「為仁」是動賓結構，即「行仁」。〈學而〉篇「有子曰其為人也孝弟」章：「君子務本，本立而道生。孝弟也者，其為仁之本與！」按照一般的理解，後一句應釋為「孝弟是仁之本」。這樣一來，

---

[37] 《論語集釋》，頁819。

就與程朱思想產生了矛盾。因為在他們看來，仁才是一個人道德品質中最根本的，是人性之本質，是天理，怎麼孝弟又是仁之本呢？基於此種想法，程朱就將「其為仁之本與」的「為仁」解釋為在此處並不恰當的「行仁」，並為此作出詳細說明。朱子此章注曰：

> 為仁，猶曰行仁。……若上文所謂孝弟，乃是為仁之本，學者務此，則仁道自此而生也。
>
> 程子曰：「孝弟，順德也，故不好犯上，豈複有逆理亂常之事。德有本，本立則其道充大。孝弟行於家，而後仁愛及於物，所謂親親而仁民也。故為仁以孝弟為本。論性，則以仁為孝弟之本。」或問：「孝弟為仁之本，此是由孝弟可以至仁否？」曰：「非也。謂行仁自孝弟始，孝弟是仁之一事。謂之行仁之本則可，謂是仁之本則不可。蓋仁是性也，孝弟是用也，性中只有個仁、義、禮、智四者而已，曷嘗有孝弟來。然仁主於愛，愛莫大於愛親，故曰孝弟也者，其為仁之本與！

朱子不厭其煩地引用程子之言以及程子與其弟子的問答以解釋「為仁」是「行仁」之義，是因為涉及到人之本性的大問題。[38]此種解釋是程朱理學思想邏輯性發展的必然結果，雖然未必符合原文原意。

與此章相類似，〈顏淵〉篇「顏淵問仁」章：「克己復禮為

---

[38] 據《河南程氏經說》及《河南程氏遺書》（分別見《二程集》，頁 1131、頁 183），可知此「程子」為程伊川。

仁。一日克己復禮，天下歸仁焉。為仁由己，而由人乎哉？」後一個「為仁」，無疑是行仁的意思，但前一個「為仁」則不一定如此解釋，此「為」更應解釋為「是」的意思，但朱子卻將前一個「為仁」作為動賓結構來理解，說：「為仁者，所以全其心之德也。」[39]也許是為了與〈學而〉篇「有子曰其為人也孝弟」章的「為仁」解說相統一才又如此強為之解。但在《朱子語類》中，朱子對「克己復禮為仁」的「為仁」，又有與《集注》此章注釋不同的說法：「『克己復禮為仁』，與『可以為仁矣』之『為』，如『謂之』相似；與『孝弟為仁之本』、『為仁由己』之『為』不同。」[40]顯示了其思想的矛盾之處。但無論如何，朱子是強調「孝弟為仁之本」的「為仁」是行仁，以避免得出「孝弟是仁之本」而非「仁是孝弟之本」的尷尬結論，力圖彌合理學思想與傳統儒學思想的距離。

再來看仁義禮智。朱子《孟子集注》中對仁的解釋與《論語集注》中對仁的解釋完全一致，前已論述。但對孟子之仁義禮智與孔子之仁的關係，以及仁義禮智與「四端」的性質，則又作出自己特別的詮釋。

首先，朱子認為仁義禮智四德之中以仁為主，仁包四德。《孟子・公孫丑章句上》「孟子曰矢人豈不仁於函人哉」章朱

---

39 雖然「克己復禮為仁」之說一般人都是從《論語》得知的，但實際上卻不是孔子的獨創，而是他沿襲了古代成說。《左傳・昭公十二年》：「仲尼曰：『古也有志：克己復禮，仁也。信善哉！』」據此我們更可以斷定，《論語》裡「克己復禮為仁」之「為仁」不是「行仁」而是「是仁」的意思，朱子這裡的解釋是曲解。

40 《朱子語類・論語二十三・顏淵篇上》，頁1043。

子注：

> 仁、義、禮、智，皆天所與之良貴。而仁者天地生物之心，得之最先，而兼統四者，所謂元者善之長也，故曰尊爵。在人則為本心全體之德，有天理自然之安，無人欲陷溺之危。
>
> 不言智、禮、義者，仁該全體。能為仁，則三者在其中矣。

在《論語或問》裡，朱子回答為何說仁是「愛之理」而同時又說是「心之德」的問題時說：

> 仁之道大，不可以一言而盡也。程子論乾四德，而曰「四德之元，猶五常之仁。偏言則一事，專言則包四者」，推此而言，則可見矣。蓋仁也者，五常之首也，而包四者；惻隱之體也，而貫四端。故仁之為義，偏言之則曰愛之理，……專言之則曰心之德，……其實愛之理所以為心之德，是以聖門之學，必以求仁為要。[41]

進一步闡發了仁作為孔子的中心思想同時也應是孟子的中心思想，雖然在孟子那裡仁擴展為仁義禮智四德，但仁是可以概括其他的。

朱子對仁義禮智與四端關係的解釋與孟子有所不同。首先，朱子認為仁不是情，而是性，性即理，所以他不將仁解釋為愛，因為愛是情，而是將仁解釋為理。「愛雖是情，愛之理是仁也。仁者，愛之理；愛者，仁之事。仁者，愛之體；愛者，

---

41 《論語或問》，《朱子全書》，第 6 冊，頁 616。

仁之用。」[42]朱子這種思想在《論語集注》裡已體現得很清楚。相應地，在《孟子集注》裡他認為仁義禮智是性，是理，而仁義禮智之「四端」——惻隱之心、羞惡之心、辭讓之心、是非之心，則是情。在朱子哲學裡，性與情是區分得十分清楚的，性是未發，情是已發。無論是多麼值得稱道的情，依舊是情，而不是性。所以應當說，在仁義禮智和「四端」的解釋上，朱子思想與孟子思想是有所區別的。《孟子・公孫丑章句上》「孟子曰人皆有不忍人之心」章：「孟子曰人皆有不忍人之心，……由是觀之，無惻隱之心，非人也；無羞惡之心，非人也；無辭讓之心，非人也；無是非之心，非人也。惻隱之心，仁之端也；羞惡之心，義之端也；辭讓之心，禮之端也；是非之心，義之端也。……凡有四端於我，知皆擴而充之矣，若火之始然，泉之始達。苟能充之，足以保四海；苟不充之，不足以事父母。」可見孟子並不將仁義禮智與「四端」特意區分開來，可以說在孟子思想裡從四端到仁義禮智是連續不斷、自然的發展結果，四端的擴充結果便是仁義禮智。在孟子思想裡，仁義禮智是性善的內容，而性何以善，孟子並沒有找出本體的原因，只是從現實生活看到的一些現象中加以推理而得出性善的結論。朱子思想則對孟子思想有所發展，朱子注：

> 惻隱、羞惡、辭讓、是非，情也。仁、義、禮、智、性也。心，統性情者也。端，緒也。因其情之發，而性之本然可得而見，猶有物在中而緒見於外也。

---

[42] 《朱子語類・論語二・學而篇上》，頁466。

> 此章所論人之性情，心之體用，本然全真，而各有條理如此。

朱子將仁義禮智與「四端」分別開來。前者是性（或曰「性之本然」），是體；後者是情，是用，是見於外的端緒。這便將仁義禮智之於人的本體性質突出出來。再結合程朱「性即理」的著名觀點，就可以得出仁義禮智的道德是天經地義、至高無上的結論。

四、結語

以上本文在較為細緻閱讀儒家原典基礎上對孔孟人性論以及朱子之詮釋作出分析和評價，大致可以得出如下結論：

春秋時期及之前，人們對人性的認識尚處於原始朦朧的狀態，不像後人那麼普遍熱衷於討論人性，其「性」之內涵也還並未那麼清晰。從現存史料看，孔子似乎也極少直接談到「性」這一觀念字，但不可否認的是，孔子是中國先哲中首先以個人名義明確提及「性」之概念的，並且為後人思考和討論人性問題提供了諸多發展途徑和可能。雖然從中國歷史發展的事實看，對人性論的認識和討論，更多地關注於善與惡的道德層面，而客觀地看，孔子並未明確提及人性是善還是惡的，但似乎也不能說孔子對人性問題未嘗加以思考或沒有道德層面的傾向性意見。事實上，孔子的人性論是更傾向於善而非惡的，仁之概念的提出和充分討論便是孔子對人類內在人格世界最有益的探索和揭示，因而觸及到人性的本質。

孟子對孔子思想的承繼關係是客觀存在的，這種承繼關係孟子本人已有清楚論述，不能簡單歸結為宋代理學家的杜撰。但對孔孟思想內在關聯性、承繼性的深入認識的確是中唐至宋代以來逐漸形成的，這方面朱子起到舉足輕重的作用。孔子孟子人性論的關聯性正是朱子《四書集注》啓發我們的地方，從仁到仁義禮智，展現了原始儒家關於人之本性認識的發展之路。

朱子對孔孟人性論的詮釋，既有其合理的、道前人所未道的一面，同時也有相當多的過度詮釋之處。問題是朱子對孔孟人性論的合理詮釋與過度詮釋都是在一個系統的邏輯嚴密的理學思想體系中呈現出來的，這就需要我們做細細釐清的工作。對於歷史上這一對孔孟思想最深入、最具影響力的朱子之詮釋，我們的態度應當是實事求是，辯證對待。既要充分認識到朱子對孔孟思想的曲解之處，也不能因其過度詮釋而抹殺他對包括人性論在內的孔孟思想所做出的明晰、深入而合理的解釋。我們今天當以客觀而敬重的態度解讀朱子對孔孟思想的詮釋，唯其如此，才有可能對包括人性論在內的孔孟思想擁有進一步的較為深入的理解。

清代學術之一側面
——朱筠、邵晉涵、洪亮吉與章學誠

河田悌一*

一、乾嘉考證學的人物圖象

每個朝代，各有其一代學風，以及最具代表性的形容詞。就清代而言，「實事求是」即是其最佳表徵。

清代尤其是乾隆嘉慶時期，無疑是以「實事求是」為特徵的考證學時代。然而，有一位思想家身處這樣的時代，卻一反當時的學術風潮，致力提倡義理學以及獨特之歷史哲學。他就是章學誠。

清末革命家也是集清代考證學大成、被尊為「國學大師」的章炳麟（1869-1936）曾於杭州詁經精舍求學。其師之一譚獻（原名廷獻，字仲修，號復堂，浙江杭州府仁和縣人，1832-1901）應該就是率先表彰章學誠的學者。從譚獻的讀書日記、同時也是生活札記的《復堂日記》中，即可得知他為閱讀當時仍鮮為人知的章學誠之著作，曾耗費多少苦心。筆者認為，清末章學誠研究的興起，可能源於龔自珍→譚獻→章炳麟的承襲關係，這個課題尚待日後考察。目前值得注意的是，譚獻在《復堂日記》卷一曾特別強調：「一時之見未為論定，錄

---

* 現任日本關西大學學長。

存日記備忘」的清代學者的分類內容，類型大致區分如下，特不厭繁瑣，抄錄全文以茲參考。

師儒表一時之見未為論定錄存日記備忘

絕學一

莊（①存與）方耕先生家學從子（述祖）葆琛先生　孫綬甲卿珊／②葆琛二甥劉（逢祿）申受先生／宋（翔鳳）于庭先生＝③汪（中）容甫先生家學子喜孫孟慈／同學④劉（台拱）端臨氏／李（惇）孝臣氏／賈（田祖）稻孫氏／江（藩）鄭堂氏＝章（學誠）實齋先生／同學邵（晉涵）二雲先生＝龔（自珍）定庵先生／同學魏（源）默深氏＝別出黃（承吉）春谷氏／同學焦（循）里堂氏家學子廷琥虎玉／春谷傳詩王翼鳳句生／梅植之蘊生

名家二

高郵家學王（念孫）懷祖先生　子（引之）伯申先生＝嘉定二君王（鳴盛）西莊氏／錢（大昕）竹汀先生家學從子坫獻之／唐學源／侗同人＝長洲家學惠（周惕）元龍氏　子（士奇）半農先生　孫（棟）定宇先生／定宇弟子江（聲）艮庭先生／余（蕭客）古農氏

大儒三

顏（元）習齋先生弟子李（塨）剛主先生／王（源）崑繩氏／劉（獻廷）繼莊氏＝剛主別師毛（奇齡）河右氏／崑繩兄王（潔）汲公氏／同學馬（驌）宛斯氏

通儒四

胡（承諾）石莊先生嗣音李（兆洛）申耆氏＝黃（宗羲）梨洲先生私淑全祖望紹衣＝顧（炎武）亭林先生嗣音包（世臣）慎伯大令／同學⑤張（爾岐）稷若氏

舊學五

李（光地）文貞公＝方侍郎苞＝朱太史彝尊＝李侍郎紱

經師六專經著撰別見

江（永）慎修先生一傳戴（震）東原氏再傳段（玉裁）懋堂氏／金（榜）檠之氏／三傳陳（奐）碩父氏四傳戴望子高／同學[6]胡（培翬）竹邨氏／胡（承珙）墨莊氏＝別出凌（廷堪）仲子氏／程（瑤田）讓堂氏

文儒七

姚（鼐）惜抱氏弟子管同異之／陳用光碩士／梅曾亮伯言＝惜抱師資劉（大櫆）海峯教諭　惜抱繼起劉（開）孟涂氏／姚（範）薑隖編修　族子瑩石甫／邵（懿辰）位西比部＝張（惠言）皐文先生家學子成孫彥惟／同學詁弟[7]（琦）翰風氏繼起甥董士錫晉卿／洪（亮吉）稚存氏／孫（星衍）伯淵氏＝孔（廣森）撝約先生繼起甥朱（文翰）見庵觀察

校讐名家八

盧（文弨）召弓氏／同學孫伯淵氏／畢（沅）秋帆中丞

輿地名家九

顧（祖禹）景范氏　繼起洪稚存氏／同學[8]亭林先生

小學名家十

▽爾雅之學——邵二雲先生／郝（懿行）蘭皐氏

▽說文之學皆釋證全書之家——鼎足三家段懋堂氏懋堂諍友鈕樹玉匪石　徐（灝）謝山氏＝桂（馥）未谷氏＝王（筠）菉友氏／桂王前導嚴（可均）鐵橋氏＝別出朱（駿聲）豐芑氏

▽聲韻之學——開山顧亭林先生＝大宗江慎修先生一傳戴東原氏再傳段懋堂氏／別出羅（有高）台山氏　段學嚴（杰）鼎臣徐卿＝正宗孔撝約先生＝劉申受先生＝姚（文田）文僖公＝成集龍（啓瑞）翰臣氏

▽金石之學——張弨力臣＝吳玉搢山夫＝翁（方綱）覃谿閣學＝王（昶）蘭泉侍郎＝錢竹汀先生＝孫伯淵氏／同學洪頤煊筠軒＝阮（元）文達公

提倡學者十一

阮文達公＝朱（筠）竹君編修／弟（珪）文正公

①（ ）內之名號為筆者著錄，惟僅限首次出現時。 ②／表示改行。 ③＝表示改行及學派區隔。 ④所謂同學，對象為汪容甫先生，而非喜孫。 ⑤顧亭林先生之同學。 ⑥陳碩父氏之同學。 ⑦張皋文先生之同學。 ⑧顧景範氏之同學。

就譚獻這項分類提出異議，當然是一件輕而易舉的事；但對於「絕學」（是否認定這些學者身懷絕學，各家意見仍分歧）一項出現章學誠和邵二雲（晉涵、與桐，1743-1796）二人，以及「提倡學者」一項列入阮元、朱筠二人，想加以駁斥的人恐怕是少數吧！

將「師儒表」置於腦海中，同時審視《復堂日記》之內容後，不難發現譚獻並不喜歡戴震，反倒較推崇章學誠、邵晉涵、汪中甚至龔自珍。[1]筆者對此一現象頗感興趣。[2]無論如何，從當今角度整體來看，譚獻的見解尚屬妥適。

---

1 「師儒表」中姓名之後冠以「先生」或「氏」，也是譚獻是否尊重該學者的一種意向表徵。

2 關於章學誠如何看待戴震以及戴震之人物介紹，請參閱拙稿：〈同時代人の眼——章學誠の戴震觀〉，《中國哲學史の展望と摸索》（東京：創文社，1976 年）。此外，有關章學誠與戴震之思想史關係，耶魯大學余英時教授之大作《論戴震與章學誠——清代中期學術思想史研究》（香港：龍門書店，1976 年）一書中有許多獨到創見。《史林》60 卷 5 號（1977 年 9 月）中，收有筆者針對該書之書評。

誠如譚獻的定位，章學誠之學確是「絕學」。不過一位獨特的思想家，即使乍看之下思想內容再怎麼與時代風潮隔絕，實質上也不可能真的徹徹底底地孤立於所處的時代之外。

章學誠於清代考證學極盛時期，一方面持續批判、駁斥考證學，同時針對自己的學識，向其子女抒懷如下：

> 子女之生，必肖父母，雖甚不似，而必有至肖者存，此至理也。學問文章，亦有然者。吾於古文辭全不似爾祖父，然祖父生平極重邵思復文，吾實景仰邵氏而媿未能及者也。……其討論修飾得之於朱先生，則後起之功也，而根底則出邵氏，亦庭訓也。[3]

章學誠認為自己學問的根底是建基於父親所推崇的、足以稱為家學的邵廷采（字念魯、允斯，1648-1711）之學；而日後朱筠的指導，對其學問之形成則助益極大。

著有《思復堂文集》二十卷的邵廷采，[4]是浙江省紹興府餘姚縣人，與百餘年前之王守仁（陽明，1472-1528）和一世代前之黃宗羲皆為同鄉。學誠同樣出身於紹興府，不過是相隔五十多公里之會稽縣。邵廷采也是章學誠唯一的友人邵晉涵的族祖（祖父的堂兄）。

---

[3] 章學誠：〈家書三〉，《章氏遺書》（臺北：漢聲出版社，1973 年），上冊，頁 207。

[4] 據朱筠的〈邵念魯先生墓表〉：「先生卒後，門弟子合記序雜文編之為《思復堂文集》二十卷刻焉。」（《笥河文集》，收入《續修四庫全書》〔上海：上海古籍出版社，2002 年〕，第 1440 冊，頁 271。）《思復堂文集》應有二十卷，但目前得見之徐友蘭刻本《紹興先正遺書》中所收的《思復堂文集》為十卷本。

蓋馬班之史、韓歐之文、程朱之理、陸王之學，萃合以成一子之書。自有宋歐曾以還，未有若是之立言者也。而其名不出於鄉黨，祖父獨深愛之。[5]

從上述簡短的引文中可以得知，邵廷采見識淵博、學術體系自成一家，是位名不見經傳的鄉野學者，也就是所謂「鄉先生」。

至於朱筠（竹君、笥河，順天府大興縣〔即北京〕人 1729-1781）則曾校刊《說文解字》，開啟清朝《說文》學興盛之端緒，與戴震、邵晉涵一同致力於《四庫全書》的纂修事業，可稱當代一流學者。乾隆十九年（1754）二十六歲時，進士及第即入翰林。同年登第者，另有錢大昕、王鳴盛、紀昀、王昶等錚錚有名的人物。

然而，朱筠得以馳名一世，絕非只因為身為顯官，結交當時有如閃耀之星的諸位大師為友，並從事各種文化事業，更絕非只因為他的弟弟朱珪（石君，謚文正，1731-1806）身為體仁閣大學士（地位相當於宰相）。[6]而是他身為同考官、亦即科舉考試官，起用人才無數，培養諸多門下弟子，並廣招學者文人為幕客，提供資助加以保護等等。

江藩十六歲（1777）時、也就是朱筠逝世（1781）前五年師事朱筠。江藩指出：當時學界有位江蘇出身、「門人著錄者數百人」[7]的王昶，與北京出身的朱筠並稱「南王北朱」。[8]而這

---

[5] 章學誠：〈家書三〉，《章氏遺書》，上冊，頁 207。

[6] 不過朱珪歷任兩廣總督、戶部尚書、協辦大學士而成為體仁閣大學士時，已是嘉慶十年（1805）正月，朱筠逝世二十四年後的事了。

[7] 江藩：《漢學師承記》（收入《漢學師承記（外二種）》〔香港：三聯書店，

位與朱筠齊名的王昶對朱的評價是：

> 兼綜經史，精求古義，家積書數萬卷，金石碑版亦數千通，尤喜汲引人才。輶軒所至，必拔諸生之雋異，授業門下，家居問字者，滿堂滿室。[9]

此外，姚名達在《朱筠年譜》中述及：

> 章學誠之史學，洪亮吉之地理學，任大椿之禮制學，錢坫之文字學，程晉芳、武億之經學，黃景仁之詩歌，孫星衍之訓詁學，江藩之傳記學，汪中之諸子學，汪輝祖之姓氏學，皆卓卓有名，傳於後世。而其始皆直接朱筠之傳授啟發，方得有成。……朱筠對於當時學風實有莫大的影響：他一面既提議開館校書，造就了校書的環境；又復授徒養士，造就了養士的風氣。所以他的確是乾嘉樸學的開國元勳，亦即樸學家的領袖。[10]

「乾嘉樸學的開國元勳」、「樸學家的領袖」的說法也許稍嫌過譽，不過對於引領乾嘉學風之形成，朱筠貢獻極大則是不爭的事實。廣義地說，朱筠於當時學界正是譚獻所謂的「提倡學者」。

既然如此，朱筠與以章學誠為首的弟子之間的關係究竟如何？以下筆者將以姚名達《朱筠年譜》為基礎，將焦點放在以

1998 年〕)，卷 4，頁 70。

[8] 同前註。

[9] 王昶：《湖海詩傳》（臺北：臺灣商務印書館，1968 年），頁 412。

[10] 姚名達：《朱筠年譜・序》（北京：商務印書館，1933 年），頁 3。

朱筠為首的學者、思想家、文人的交流，從這個側面來探討清代學術史和乾嘉的學術氛圍。這樣做，除了能釐清章學誠的定位，並釐清學誠之思想看似異於時風、但實亦孕育自該時代的知性風土的事實，也有助於說明學誠亦當名列乾嘉時期「時代之子」。關於交流的時期，則擬集中在討論乾隆三十六年至三十八年（1771-1773）朱筠赴安徽省任安徽學政一職期間。當時的太平使院人文薈萃，包括戴震、汪中、王念孫、邵晉涵、洪亮吉、黃景仁、張鳳翔、莊炘、顧九苞、徐瀚、莫與儔，以及章學誠等乾嘉時期的知名人傑皆群聚一堂。

二、朱筠、章學誠、邵晉涵的學術因緣

朱筠四十三歲，即乾隆三十六年辛卯（1771）十月[11]奉命出任提督安徽學政，該月十八日自北京出發，翌月二十八日抵達太平府城正式就職。

朱筠於乾隆十九年、二十六歲進士及第後，旋即進入翰林院。三十六歲那年父歿，居家守喪二年，其後任職翰林院侍讀學士並擔任會試同考官，於北京一路平步青雲、仕途順暢。朱筠奉命任職安徽學政（任期三年）的前一年六月，雖曾為了典試到過福建；但正式擔任地方官職，這算是第一次。年過四十必須長期遠離自九歲起住慣的首都北京，心中可能有些許的不安，但能在地方一展長才的期待感可能更高。

11 以下日期未特別加注說明時，即表示參考自姚名達《朱筠年譜》。

欲徧遊天下名山。[12]

君豐頤睟面，望之溫然，間以諧笑。飲酒至數十斗不亂。[13]

如此豪氣干雲的朱筠，到任一個月後的十二月二十六日，即與張鳳翔、邵晉涵、以及弟子章學誠、高文照、徐瀚、洪亮吉、黃景仁、莫與儔等人，自太平南門泛舟順姑溪而下，同遊傳聞是李太白（即李白）醉狂溺死之地——采石磯，並登太白樓參拜太白之墓。[14]

這是朱筠往後滯留安徽兩年多期間，數度外出遊山玩水中的首次經歷。姚鼐曾謂：「當其使安徽、福建，每攜賓客，飲酒賦詩，遊山水，幽險皆至。」[15]

遊采石磯時，邵晉涵年方二十九。該年（辛卯）會試承蒙朱筠拔擢，[16]剛以第一名成績登進士第。然而邵晉涵「意不自得」，[17]與張鳳翔、徐瀚、莫與儔、以及初識不久的章學誠等人隨朱筠南下，十二台車連綿而行。[18]至於年已三十四歲的重考

[12] 江藩：《漢學師承記》，卷 4，頁 74。

[13] 王昶：〈翰林院編修朱君墓表〉，《清代碑傳全集》（上海：上海古籍出版社，1987 年），卷 49，頁 260。

[14] 可參朱筠：〈遊采石記〉，《笥河文集》，卷 7，頁 218-221。

[15] 姚鼐：〈朱竹君先生別傳〉，《清代碑傳全集》，卷 49，頁 258。

[16] 乾隆三十六年辛卯會試的主考官是劉統勳（字延清，謚文正），朱筠是同考官，而朱氏薦請劉氏錄取邵晉涵為第一名。詳請參照《笥河文集》卷首之李威〈從遊記〉（頁 113-114）。

[17] 章學誠：〈周書昌別傳〉，《章氏遺書》，上冊，頁 405。

[18] 〈邵與桐別傳〉、〈周書昌別傳〉，參《章氏遺書》；胡適《章實齋先生年譜》（臺北：臺灣商務印書館，1962 年）。

生章學誠，在六年前（1765）第三次上京時，已經師事朱筠學作文章；此時雖連鄉試都還沒考上，不過章氏從此耳目一新，終生視朱筠為恩師。

誠如章學誠「辛卯，始識與桐」、[19]「辛卯之冬，余與同客於朱先生安徽使院」[20]之言，邵、章二人的交往自此展開，歷經了二十五年，直到邵晉涵去世為止。同時，不難想像采石之行，是二人密切結合的重要契機。

「性剛鯁」（洪亮吉之語）又鮮少與他人契合相容的章學誠，與穩健而學識人品出眾，同時又是自己所敬重的鄉先輩邵廷采之血親的邵晉涵相遇，二人從此成了莫逆之交。

邵晉涵去世後，章學誠於〈邵與桐別傳〉中，描述二人初識情形如下：

> 當辛卯之冬，余與同客於朱先生安徽使院，時余方學古文辭於朱先生，苦無藉手，君輒據前朝遺事，俾先生與余各試為傳記，以質文心，其有涉史事者，若表志、記注、世繫、年月、地理、職官之屬，凡非文義所關，覆檢皆無爽失。由是與余論史，契合隱微，余著《文史通義》，不無別識獨裁，不知者或相譏議，君每見余書，輒謂如探其胸中所欲言。[21]

---

[19] 同前註。

[20] 〈邵與桐別傳〉，《章氏遺書》，上冊，頁396。

[21] 同前註。據胡適《章實齋先生年譜》，《文史通義》著成於與邵晉涵相識之翌年（即壬辰年，1772），參《章實齋先生年譜》，頁24-25。

〈邵與桐別傳〉文末另有章學誠的長子、同時是邵晉涵入門弟子章貽選所寫的「按語」，描述章學誠將邵廷采的學問精髓視為庭訓，向其族孫邵晉涵彰顯之經過：

> 家君於辛卯冬，與先師同客太平使院。家君言次，盛推先師從祖念魯先生所著《思復堂文集》，謂：「五百年來罕見」。先師甚謙挹，疑家君為先師，故不免過譽之也。
>
> 家君正色曰：「班、馬、韓、歐、程、朱、陸、王，其學其文如五金貢自九牧，各有地產，不相合也。洪罏鼓鑄，自成一家，更無金品州界之分，談何容易。文以集名，而按其旨趣、義理，乃在子、史之閒。五百年來，誰能辨此。」先師雖諾，未深然也。
>
> 癸巳（1773）春正初旬，家君訪先師於姚江里第，盤桓數日。先師謂家君曰：「近憶子言，熟復先念魯文，信哉，如子所言。乃知前人之書，竟不易讀。子乃早辨及此。至今未經第二人道過，即道及亦無人信也。先念魯得此身後桓譚，無憾於九原矣。」因屬家君校定其書，將重刻以行世，以原刻未盡善也。[22]

可能由於章學誠如此極力推崇，邵晉涵才得以重新體會到堂祖父廷采的學問精髓，於太平使院寄宿期間，曾憑藉記憶親自為廷采寫「行狀」，用以請朱筠撰寫「墓表」。

---

[22] 《章氏遺書》，上冊，頁 398。邵晉涵死後，章學誠信守諾言，前往邵家尋找《思復堂文集》原版，遍尋不著。又加上不久章氏眼疾惡化，至死仍心懸此事（〈邵與桐別傳〉按語）。

因此，朱筠於翌年乾隆三十七年壬辰（1772）二月朔寫下〈邵念魯先生墓表〉：

> 廷采，字允斯，又字念魯，學者所稱念魯先生也。鼎革之初，諸老殂喪。先生巋然承絕業於荒江斥海之濱，嘗西北遊走潼關，思有所用。退而老死，以古文詞傳於其家，於今六十年。姓名不出於鄉黨，學者罕能道之，而遺書將墜。筠及門會稽章學誠，篤好其文，數為筠感激言之。乾隆辛卯冬，先生之親同姓諸孫晉涵來謁筠于太平使院，為筠言先生，始末詳具。且曰：「……墓道之石，未有表者，敢狀以請。」筠故無所聞見於先生，然心知晉涵篤論君子也，不敢辭。[23]

誠如上述內容，經由朱筠的媒介，加上與邵廷采的因緣，使得章學誠視邵晉涵為共享「胸中之所欲言」的唯一摯友。章學誠於其當時評價不高的著作《文史通義》中自述曰：

> 學誠從事於文史校讐，蓋將有所發明，然辨論之間，頗乖時人好惡，故不欲多為人知。[24]

他認定邵晉涵為最佳理解者，日後並維繫緊密的友情。

目前本稿雖然無法繼續詳細探討二人往後深刻的交情，但只要翻開章學誠的著作，不難看到許多論及邵晉涵的學識、或題為〈與邵二雲〉等書簡。那些文章處處洋溢著章學誠對邵晉涵濃濃的敬意、期許，以及充滿善意的斥責。

---

23 朱筠：〈邵念魯先生墓表〉，《笥河文集》，卷 11，頁 269。

24 章學誠：〈上辛楣宮詹書〉，《章氏遺書》，中冊，頁 744。

舉例而言，章學誠曰：「足下《爾雅正義》功賅而力勤，識清而裁密，僕謂是亦足不朽矣。」[25]極力讚賞其著作；又云：「邵先生嘗舉黃梨洲言：『好名乃學者之病，又為不學者之藥。』吾當時頗不為然。今知黃氏之言，良有味也。因憶吾生二十許歲，亦頗好名。」[26]將邵晉涵視作「知言」者。這是所謂「敬意」。

另外，章學誠自認「邵長於學，吾善於裁」，[27]一再催促《宋史》學識精湛、有意重修《宋史》的邵晉涵執筆，曰：「廿一史中，《宋史》最為蕪爛。邵欲別作《宋史》。吾謂別作《宋史》，成一家言，必有命意所在。邵言即以維持宋學為志，吾謂維持宋學，最忌鑿空立說，誠以班馬之業，而明程朱之道。君家念魯志也，宜善成之。」[28]這是所謂「期許」。

至於「充滿善意的斥責」，則可從五十三歲的章學誠激勵、斥責四十八歲的邵晉涵的一段話窺知：「足下博綜十倍於僕，用力之勤亦十倍於僕，而聞見之擇，執博綜之要領，尚未見其一言蔽而萬緒該也，足下於斯豈得無意乎？」[29]

因此，嘉慶元年（1796）六月，當醫生用藥失誤，致使邵晉涵五十四歲辭世時，章學誠悲痛萬分。對於擁有豐富學識，卻不及撰寫《宋史》即逝世的邵晉涵，其疼惜之情，於〈邵與

---

[25] 章學誠：〈與邵二雲論學〉，《章氏遺書》，上冊，頁181。

[26] 章學誠：〈家書七〉，《章氏遺書》，上冊，頁209。

[27] 章學誠：〈家書五〉，《章氏遺書》，上冊，頁208。

[28] 同前註。

[29] 章學誠：〈與邵二雲論學〉，《章氏遺書》，上冊，頁181。

桐別傳〉一文歷歷可見。

而從下面這段話，更能看出章學誠對邵晉涵真摯無偽的情感：

> 昨聞邵二雲學士逝世。哀悼累日，非盡為友誼也。浙東史學，自宋、元數百年來，歷有淵源。自斯人不祿，而浙東文獻盡矣。蓋其人天性本敏，家藏宋、元遺書最多。而世有通人，口耳相傳，多非挾策之士所聞見者。鄙嘗勸其授高第學子，彼云未得其人。勸其著書，又云未暇，而今長已矣，哀哉！前在楚中，與鄙有同修《宋史》之約，又有私輯府志之訂，今皆成虛願矣。[30]

「浙東之學，言性命者必究於史，此其所以卓也。」[31]章學誠將邵晉涵與自己都定義為浙東學術的繼承者。如今，繼承浙東綿延不斷的史學傳統的邵晉涵已逝，對章學誠而言，這意味著「浙東文獻盡矣」。正因為如此，更加深了學誠的悲痛。

三、朱筠、洪亮吉等人的唱酬交往

乾隆三十六年辛卯之冬，朱筠到任安徽後月餘，與洪亮吉（字稚存，號北江，江蘇陽湖人，1746-1809）、章學誠、邵晉涵等人有采石（太白樓）之行。當時洪氏才剛過二十六歲生日不久。

---

30 章學誠：〈與胡雒君論校胡稺威集二簡〉，《章氏遺書》，上冊，頁263。

31 章學誠：〈浙東學術〉，《章氏遺書》，上冊，頁33。

那年夏天，洪亮吉於次女誕生後，赴江寧參加鄉試，落榜而歸。十一月，已經無法靠家庭教師的薪水（館穀）來養活母親的他，在得知朱筠南下後，來到太平使院，謀見一面。然而，洪氏抵達太平府時，朱筠一行人尚未到任，不得已只好在蕪湖求職，並且懷抱一線希望，寫信給朱筠。朱筠收到信後，欣賞其文章具有漢魏風格，[32]於是收為門下弟子。洪亮吉遂於當年臘月八日，如願二度進入太平。

洪亮吉擅長詩歌，較他年少三歲的同鄉友人黃景仁（字仲則）當時人也在太平府，兩人以詩歌唱和，被時人並稱為「洪黃」，有「黃似李白，君學杜甫，一時稱洪黃」的稱譽。[33]

亮吉六歲喪父，「以貧故，無常師，能自力學。」[34]對他而言，能加入朱筠弟子之列，是其日後學問與人生莫大的轉機。原以詞章鳴世的他，此後不但蒙受朱筠本人的薰陶，更因廣交知名學者，而得以攻讀經史專門之學。江藩曾說：

> 謁安徽學使笥河先生，受業為弟子。先生延之校文。時幕下士多通儒，戴編修震、邵學士晉涵、王觀察念孫、汪明經中，皆通古義。乃立志窮經。[35]

而洪亮吉個人也在收錄於《卷施閣文乙集》卷二〈傷知己賦〉

---

[32] 乾隆五十一年（1786），袁枚於洪亮吉《卷施閣文乙集》的序文即寫道：「君善於漢魏六朝之文，每一篇出，世爭傳之。」參袁枚：《卷施閣文乙集・序》，收入《洪亮吉集》（北京：中華書局，2001年），第1冊，頁265。

[33] 孫星衍：〈翰林院編修洪君傳〉，《洪亮吉集》，第5冊，頁2357。

[34] 同前註。

[35] 江藩：《漢學師承記・洪亮吉》，頁85。

的自注中，回想昔日情景：

> 歲辛卯，朱先生視學安徽，一時人士會集最盛。如張布衣鳳翔、王水部念孫、邵編修晉涵、章進士學誠、吳孝廉蘭庭、高孝廉文照、莊大令炘、瞿上舍華，與余及黃君景仁，皆在幕府，而戴吉士震兄弟、汪明經中，亦時至。[36]

亮吉廣交當時的一流學者、博紳雅士，對他而言實為良性刺激，「由是識解益進，始從事諸經正義及《說文》、《玉篇》，每夕至三鼓方就寢」，[37]全心致力於學問鑽研。三年後（乾隆三十九年）他返回鄉里，透過黃景仁的介紹，與孫星衍（淵如）結交，「家居，與孫君星衍相觀摩，學益進，時人又目為孫洪」，[38]足見其經史學識進步的程度。

換句話說，洪亮吉跟隨恩師朱筠與邵晉涵、章學誠、張鳳翔、黃景仁、高文照等人首次出遊，飲酒賦詩、開懷暢談的采石之行，此行對章、邵二人之意義，已見前述，而對洪亮吉來說，無疑也是意義深重的人生大事。這只要從洪亮吉將其詩集之一《附鮚軒詩》第二卷（己丑～壬辰之作）命名為〈采石敬亭集〉，即可清楚得到印證。

朱筠遊采石磯、太白樓後，緬懷李白之死，寫下七言律詩〈太白樓懷古次東井韻〉四首。[39]其中第一首大量引用了李白

[36] 洪亮吉：〈傷知己賦〉，《卷施閣文乙集》，《洪亮吉集》，第 1 冊，頁 289-290。

[37] 呂培編：《洪北江先生年譜》，收入《洪亮吉集》，第 5 冊，頁 2330。

[38] 江藩：《漢學師承記．洪亮吉》，頁 85。

[39] 「東井」是高文照的別號。姚名達《朱筠年譜》乾隆三十六年辛卯項下：

〈將進酒〉、〈蜀道難〉、〈古風〉等詩之典故，其內容如下：

> 不聞江水去猶還，浪泊樓前幾歲年。人世高堂懸白髮，公歌險道上青天。悲乎有作吾陳雅，逝者如斯誰學仙。夜月斟杯相送死，一生知己眼花眠。[40]

相對於此，洪亮吉（朱筠此詩可能存在其腦海中）以〈青山謁太白墓〉為題的七言古詩中，有一段同樣吟詠李白之死，曰：

> 笑謂先生安得死，明星在天月在水。直須痛飲齊悲歡，大地何似杯中寬。[41]

兩首詩都是詠歎死亡，但是洪亮吉的詩境與朱筠走過四十三年歲月的心情不同，他似乎將死亡看得很遙遠。洪亮吉含笑吟詠李白的死時，正由於得到朱筠的知遇，興奮自己周邊豁然開朗，感覺只要鑽研學術，未來就是光明的。他心中或許正洋溢著對明日的希望。

「十二月二十六日，與張鳳翔、邵晉涵及弟子章學誠、徐瀚、莫與儔、洪亮吉、黃景仁等遊采石磯，登太白樓，有〈遊采石記〉（見《文集》卷七）、〈太白樓懷古次東井韻〉（見《詩集》卷八）。」〈遊采石記〉載有：「辛卯冬十二月廿六日，余……為采石之遊，……復至太白樓。」因此筆者原亦認為「太白樓」之詩作於十二月二十六日。然參考京都大學人文科學研究所所藏之現行《笥河詩集》二十卷的底本——手稿本《笥河學士詩集》（封面題僉「笥河詩集底本，笥河詩集原編」）二十八卷（二帙二十冊）之作詩日期（《笥河詩集》僅著錄作詩年份），其中〈太白樓懷古次東井韻〉記為「十二月十一日作」，或許十二月十一日也曾造訪過太白樓？（京都大學人文科學研究所惠允閱覽《笥河學士詩集》、《笥河先生文集手稿本》二書，特此致謝。）

[40] 朱筠：〈太白樓懷古次東井韻〉，《笥河詩集》，卷 8，收入《續修四庫全書》，第 1439 冊，頁 572。

[41] 洪亮吉：〈青山謁太白墓〉，《附鮚軒詩集》，《洪亮吉集》，第 5 冊，頁 1933。

同年（辛卯）年底，朱筠次韻洪亮吉的七言古詩〈古檜行〉，而寫成〈古檜行和洪稚存〉（《笥河詩集》卷八）。抵達安徽初始，朱筠就喜獲優秀弟子而心滿意足。在給畏友錢大昕（及弟子程晉芳）的信函中，寫道：

> 甫涖江南，晤洪、黃二君。其才如龍泉太阿，皆萬人敵。[42]

其內心感受表露無遺。

就此名副其實成為朱筠門下弟子的洪亮吉，翌年（乾隆三十七年壬辰）春，與眾弟子數度隨朱筠遊訪名勝古蹟。第一次於三月五、六日遊青山，同行者有張鳳翔、邵晉涵、章學誠、黃景仁等人。旅遊事蹟可見於朱筠〈遊青山記〉（《笥河文集》卷七）、洪亮吉〈青山紀遊〉（《附結軒詩》卷二，及《卷施閣詩》卷十一所收〈五陘聯騎集〉之自注）、黃景仁〈大雨宿青山僧寺〉（《兩當軒集》卷四）。第二次於同月再訪采石、太白樓（這趟旅行汪中似乎也同行）。第三次則於四月遊黃山、齊雲、九華山等名勝。[43]在這幾次旅行中，尤以第三次讓洪亮吉

---

[42] 見於《卷施閣文乙集》，〈傷知己賦〉自注。此外，朱筠《笥河詩集》卷11所收〈贈洪稚存歸以壽其母〉（乾隆三十八年癸巳五月十九日之作）的前四句為：「洪生才如矛，決刺快棘穜。從我我來南，得子色已欣。」（頁610）

[43] 洪亮吉晚年之作，《更生齋文乙集》所收〈平生遊歷圖·黃山雲海圖第五〉中記有：「壬辰年四月，隨安徽學使者朱先生筠，歷遊黃山、齊雲、九華諸勝。」（《洪亮吉集》，第3冊，頁1076。）而收錄壬辰、癸巳（乾隆三十七年、三十八年）年間詩作的〈黃山白嶽集〉（《附結軒詩》卷3）中，〈十九日遊齊山偕同幕諸子〉、〈遊九華止一宿菴〉、〈自一宿菴至中峯〉、〈天臺〉、〈東巖〉、〈九華道中〉等一連串詩作，則出現「五月山氣淳」等語句，據此得知遊九華山的時間點應在五月十九日前後。因而研判訪九華山已是五月的事了。

留下終生難忘的回憶。

嘉慶四年（1799），洪亮吉上奏言詞激烈的〈極言時弊啓〉，觸怒嘉慶皇帝，罪從大辟，後死刑豁免，改判流配伊犁。翌年，嘉慶皇帝怒氣漸消，恩赦准其返鄉。此後洪亮吉便改以「更生居士」自稱，過著失意的退休生活。收錄其晚年著作的《更生齋文乙集》卷二的〈自下洋川取道遊九華山記〉（一名〈遊九華山記〉）一文，描述了三十年後再訪九華山，當年（壬辰）同行十二人中，除了自己其他十一位皆已亡故的事實。款款道盡「萬一千一百七十餘日」[44]後舊地重訪的追憶之情。另外，《蠡河傷逝集》（《更生齋詩》卷六）中的五言古詩，也表達了相似情懷。

其〈夜宿九華山東巖讀壬辰年朱學使筠題名碑共十二人自亮吉外十一人無一存者感而有作〉詩前四句則是：

> 前遊十二人，十一登鬼籙。惟餘一生者，西復窮地軸。[45]

當年同行的師友皆已撒手人寰，唯一苟延殘喘的自己，卻觸怒皇帝被流放西陲伊犁。字裡行間充滿著悲愴之情。

有道是：「五嶽歸來不看山，黃山歸來不看嶽。」對於明朝地理學家徐霞客讚譽有加的黃山，洪亮吉於〈平生遊歷圖・黃山雲海圖第五〉跋文中，追憶如下：

> 壬辰年四月，隨安徽學使者朱先生筠，歷遊黃山、齊雲、

---

[44] 洪亮吉：〈自下洋川取道遊九華山記〉，《更生齋文乙集》，《洪亮吉集》，第3冊，頁1085。

[45] 洪亮吉：《更生齋詩》，《洪亮吉集》，第3冊，頁1338。

> 九華諸勝。黃山視二山尤奇。天都、蓮花二峰，則奇而又奇者也。嘗憶偕諸同人，自慈光寺抵文殊院看雲海畢，即留宿山頂。夜半，知學使者不能更上，遂曳杖獨行，先陟天都之半，道梗塞，不得上，（至戊戌歲四月，又從座主劉先生權之至此。始偕土人陳某直陟峰頂，以補壬辰年之缺。）復回從間道至蓮花絕頂，久憩乃下。學使已不能待，先從文殊院下山矣。主人凡一日半夕不食，方追及于雲谷寺，履已穿決，衣為荊棘所刺盡裂。學使及吾友邵學士晉涵正色規曰：「君遊山亡命至此，獨不為太夫人地耶？」余悚然，自此始不敢冒險獨行，佩師友之規也。[46]

這一類同遊共勉的經驗，加深了洪亮吉對朱筠、邵晉涵的敬愛情懷，甚至對他門下弟子們也常懷誠摯的友情。這種現象，於洪亮吉傳世的詩文，處處可見。就在壬辰年的六月，準備暫時返回故里的洪亮吉，與邵晉涵在懷寧城下惜別，互贈了長達八百字的詩文。[47]

洪亮吉對朱筠、邵晉涵兩師友的人品及學問，就如同章學誠一樣對朱、邵二人一樣，衷心秉持敬意，終生不渝。尤其蒙恩師朱筠琢磨，進而得以揚名於世，其感謝之情更是深切。朱筠死後，洪亮吉藉〈書朱學士遺事〉一文表達了緬懷之情：

---

[46] 洪亮吉：《更生齋文乙集》，《洪亮吉集》，第 3 冊，頁 1076-1077。

[47] 洪亮吉：〈贈邵進士晉涵八十韻〉，邵晉涵：〈次韻〉並參《附鮚軒詩》，《洪亮吉集》，第 5 冊，頁 1959-1962。

> 朱學士，名筠，大興人。以乾隆辛卯視學安徽，延余及亡友黃君景仁襄校文役。先生學不名一家，尤喜以《六經》訓詁督課士子，余與黃君亦從受業焉。……先生去任後，二十年中，安徽八府有能通聲音、訓詁及講求經史實學者，類皆先生視學時所拔擢。夫學政之能舉其職者，不過三年以內士子率教及文風丕變而已，而先生之課士，其效乃見于十年、二十年以後若此。[48]

四、章學誠的剛鯁

以上就朱筠任職安徽學政時期，探討了他與眾弟子邂逅及交流情形，也得知他與洪亮吉、邵晉涵與洪亮吉（以及朱筠與邵晉涵）[49]遊覽名山勝地之際，仍不忘作詩，並且彼此贈詩、次韻唱和，維繫所謂文人、詩友關係。

至於同樣身居朱筠幕下、遊覽名山勝地時皆同行的章學誠，又如何呢？學誠曾表示：「鄙性淺率，生平所得無不見於言談，至筆之於書，亦多新奇可喜。」[50]「鄙人不能詩，而生平有感觸，一寓於文。」[51]當年無論辛卯采石（太白樓）之行，或壬辰九華山之旅，遊山玩水之際，想必亦曾覺新奇、有感觸，可惜學誠並未留下任何記錄其感觸之文章或詩篇。

---

48 洪亮吉：《更生齋文甲集》，《洪亮吉集》，第 3 冊，頁 1034-1035。

49 例如《笥河詩集》卷 8 有辛卯之作〈懷兗樓雪用禁體和邵二雲韻〉。另有洪亮吉贈汪中之〈送江都汪中歸里〉（《附鮚軒詩》卷 2，壬辰三月之作）。

50 章學誠：〈與邵二雲論學〉，《章氏遺書》，上冊，頁 184。

51 章學誠：〈與孫淵如書〉，《章氏遺書》，中冊，頁 750。

為何章學誠自云:「鄙人不能詩」,而如同戴震般不嘗試作詩,[52]或無法作詩[53]呢?關於這一點,謹列舉幾個事例,以資參考。袁枚曾言:「凡攻經學者,詩多晦滯。」[54]孫星衍致力從事考據學後,因而詩作變差,故袁枚勸其放棄考據學。[55]汪中也曾表示:「早歲喜為詩,三十以後,絕不復作。」[56]換句話說,一旦從事理論性著述,可能會變得無法寫詩。

筆者目前無法明確闡述章學誠(乃至戴震)不嘗試作詩(或無法作詩)之理由,僅止於表達推測性想法。亦即:從事構築結構性、體系性理論之思想家,或致力歸納性作業的考證學者,可能會故意抗拒作詩,或可能會變得無法作詩。不過話說回來,也可能只是章學誠(或戴震)生性厭惡作詩,或單純因幼年疏於練習,成年後變成不會作詩。結果,純粹回歸到個人因素也不無可能。

章學誠與朱筠、同門弟子一起居留於太平使院期間,未曾將遊歷山水之事寫成詩,確是事實。可是他廁身於互贈詩作的

---

[52] 有關戴震不作詩之問題,請參考近藤光男:〈錢大昕の文學〉、〈錢大昕の文學(續)〉(《東京支那學報》第7號、第8號)。此外,本田濟:〈讀潛研堂文集〉(《人文研究》第11卷第11號)則指出:「當時參加科舉考試的學子,多半不學作詩。因為考試不考。」上述論文有助於瞭解乾嘉時期的學術氛圍。

[53] 章學誠並非沒有留下任何詩作,《章氏遺書》中即可找出十數篇(前揭拙稿參照),不過都很難視為佳作。

[54] 袁枚:《隨園詩話補遺》,收入《袁枚全集》(南京:江蘇古籍出版社,1993年),第3冊,頁556。

[55] 《問字堂集》,卷4;《平津館文稿》,卷下,皆收錄於《孫淵如詩文集》。

[56] 劉台拱:〈容甫先生遺詩題辭〉,《新編汪中集》(揚州:廣陵書社,2005年),頁489。

師友關係間，從中加深了自己的學識，也是無庸置疑的。譬如，章學誠回想起拜朱筠為師的第二年、乾隆三十二年丁亥（1767）之事，說道：

> 余自乾隆丁亥旅困不能自存，依朱先生居，侘傺無聊甚。然由是得見當世名流，及一時聞人之所習業。[57]

章學誠在飲酒賦詩的交友關係中——把酒話文之際，賦詩雖不成（抑或特意排拒？），卻熱心於飲酒談論，甚至積極在眾人面前發表自己獨創的觀點。朱筠返回北京任職後的入門弟子李威，如此形容章學誠：

> 及門會稽章學誠，議論如湧泉。先生樂與之語，學誠姍然笑，無弟子禮，見者愕然。先生反爲之破顏，不以為異。威侍先生飲，酒酣每進言於先生，力爭不已，繼之以哭，舉座踧踖不安，先生亦談笑自若，絕無忤怒之色。[58]

本段文章描述了考證學全盛時期，異於當時潮流主張、獨自構思義理之學、不見容於時代而鬱鬱寡歡的章學誠，在飲酒論談的宴席上，痛快暢飲、據理力爭以宣洩平日憤懣的情景。學誠如泉湧般議論百出，在諸多弟子面前與恩師朱筠平等對談，抬頭挺胸，侃侃表達自我主張的樣態，歷歷如在眼前。這讓筆者憶起同門洪亮吉於〈續懷人詩〉自注中，對章學誠的短評：「君性剛鯁，居梁文定相公寓邸三年，最為相公所嚴憚。」[59]

---

[57] 章學誠：〈任幼植別傳〉，《章氏遺書》，上冊，頁399。

[58] 李威：〈從遊記〉，《笥河文集》卷首，頁115。

[59] 洪亮吉：〈續懷人詩十二首・章進士學誠〉，《卷施閣詩》，《洪亮吉集》，第2冊，頁810-811。

五、洪亮吉與章學誠的往來

既然如此，太平使院中同為朱筠的弟子、數度旅遊皆同行的洪亮吉及章學誠二人，其邂逅經過與往來關係又如何？本稿結束前，理當略加探討，只可惜章學誠未留下詩作，沒有素材可以呈現二人在太平使院交流的樣貌，因此，時間點與朱筠安徽在職期間有段差距。以下擬針對太平最後一次見面後，洪亮吉、章學誠的關係，進行探究。

乾嘉時期，「尤精地理沿革所在」[60]的洪亮吉，依時下思想史觀點來看，以下兩點備受矚目。其一：比馬爾薩斯（Thomas Robert Malthus，1766-1834）早約十年撰寫〈治平篇〉、〈生計篇〉，提出獨創的經世理論——近似馬爾薩斯的人口論。其二：徹底堅持無神論立場，可說繼承並發展了王充的思想。[61]

然而，現代視域中的洪亮吉的思想特徵，在當時受理解的程度及實際影響力，恐怕很值得商榷。而藉由前述言詞激烈的奏文〈極言時弊啓〉，以及前一年（嘉慶三年）論述白蓮教之亂應對政策的〈征邪教疏〉等文章，洪亮吉博得當代的評價是：「非經生文士所能企逮」、[62]「君性伉直，疾惡如仇，自謂不能容物」，[63]即所謂的「剛直之人」。

---

60 江藩：《漢學師承記．洪亮吉》，頁 87。

61 請參照中國科學院哲學研究所中國哲學史組編：《中國哲學史資料選輯——清代之部》一書中的洪亮吉項下，以及佐藤震二：〈洪亮吉の思想的性格〉，《アカデミア》九。

62 惲敬：〈前翰林院編修洪君遺事述〉，《洪亮吉集》，第 5 冊，頁 2372。

63 江藩：《漢學師承記．洪亮吉》，頁 87。

洪亮吉這種直言不諱的個性，甚至衝著被章學誠認定為「無貶辭」的錢大昕而來。譬如：洪亮吉對錢大昕的評價是：「近時士大夫集之可傳者，無過錢少詹大昕。」但是錢大昕著有一篇〈輪迴說〉，洪亮吉覺得不好，批評曰：「惜哉，不作可也，否則刪之可也。」[64]此外，洪亮吉也曾指摘當時人稱抱經先生、有碩學美譽的盧文弨的〈顏氏家訓凡例〉一文中的訛誤。[65]這些事實亦可印證洪亮吉確實是一位不折不扣的「直言之士」。

在這種情況下，洪亮吉這位直言之士又如何看待章學誠？以下擬介紹洪、章二人書簡所留傳的三項資料。

資料一收錄於《卷施閣詩》卷八之〈有入都者偶占五篇寄友〉。五友分別為「孫比部星衍」、「邵校理晉涵」、「章進士學誠」、「管民部世銘」、「汪學正端光」。其中第三首詩即寫給「章進士學誠」：[66]

> 自君居京華，令我懶作文。我前喜放筆，大致固不淳。
> 君時陳六藝，為我斧與斤。不善輒削除，善者為我存。
> 儀真有汪中，此事亦絕倫。藐視六合間，高論無一人。
> 前者數百言，並致洪與孫。勗其肆才力，無徒嗜梁陳。
> 我時感生言。一一以質君。君託左耳聾，高語亦不聞。

---

64 洪亮吉：《曉讀書齋雜錄．四錄》，收入《續修四庫全書》，第 1155 冊，頁 643。

65 同前註，頁 647-648。

66 《卷施閣詩》卷 8 主要收錄乾隆五十一年（丙午，1786）至乾隆五十四年（己酉，1789）之詩作。

（君與汪論最不合。）君于文體嚴，汪于文體真。筆力或不如，識趣固各臻。別君居三年，作文無百幅。以此厚怨君，君聞當瞪目。[67]

資料二為吟詠紀昀、江聲等十二位學者的詩作〈續懷人十二首〉中的第八首，詩題即為「章進士學誠」：

鼻窒居然耳復聾，頭銜應署老龍鍾。未妨障麓留錢癖，竟欲持刀抵舌鋒。（君與汪明經中議論不合，幾至揮刃。）獨識每欽王仲任，多容頗詈郭林宗。安昌門下三年住，一事何嘗肯曲從。（君性剛鯁，居梁文定相公寓邸三年，最為相公所嚴憚。）[68]

「障麓」的典故出自以節儉聞名的祖約（《晉書・阮孚傳》）。王仲任就是有獨到見解的後漢思想家王充。郭林宗是能言善辯而逃過黨錮劫難的郭泰。至於梁文定相公則是指梁國治（1723-1786）。[69]兩首詩都述及章學誠托故自己左耳聽障，好發豪言壯語卻不聽他人意見，絕不放棄己見而順從他人意向，與汪中意見不合、爭論幾至以刀刃相向等，明確描繪出學誠頑固狷介的人物性格。他還揶揄登進士第後仍無定職，因而經濟拮据的章學誠有錢癖、性吝嗇。此外，在比較章、汪二人時，

[67] 洪亮吉：〈有入都偶占五篇寄友・章進士學誠〉，《卷施閣詩》，《洪亮吉集》，第2冊，頁633。

[68] 洪亮吉：《洪亮吉集》，第2冊，頁810-811。

[69] 國治字階平，諡文定，會稽人，與章學誠同鄉，官至東閣大學士兼戶部尚書。章學誠其後寫了〈梁文定公年譜書後〉（《章氏遺書》，中冊，頁474-476。）。

指出：擅長歷史的章氏，文體嚴謹縝密；擅長駢麗文章的汪中，盡得古人真髓；在見識旨趣方面，章、汪二氏皆自成一家言。這些評價，應可謂適切中肯。

然而，「筆力或不如」，其主語究竟是章氏？還是汪氏？以汪氏為其主語，讓章氏顏面增光的解讀似乎較妥當。不過筆者主張以章氏為主語，解讀成「章氏筆力或不如汪氏……」。原因在於，洪亮吉於師事朱筠二年後，即獲恩師評曰：「洪才如矛，決刺快棘穫」，是位「直言之士」。因此，由亮吉口中，說出章的筆力不如汪，並不足奇。尤其，筆者在讀過《北江詩話》卷一所收錄洪亮吉的詩評後，[70]更加深對如此解讀的信心。這是針對代表乾嘉時期的一百零四位詩人的作品風格，以短短兩句話，一針見血地加以評論的作品集。舉例而言，洪亮吉給為其《卷施閣文乙集》撰寫序文的前輩袁枚的評語是：「袁大令枚詩，如通天神狐，醉即露尾。」[71]給當時文筆評價甚高的汪中、錢大昕的評語是：「汪明經中詩，如病馬振鬣，時鳴不平。」[72]「錢少詹大昕詩，如漢儒傳經，酷守師法。」[73]由此可見一斑。

最後資料三是洪亮吉的〈與章進士學誠書〉，[74]以及章氏對

---

[70] 有關《北江詩話》及洪亮吉詩作，請參照青木正兒：《清代文學評論史》第七章，收錄於《青木正兒全集》（東京：春秋社，1983 年），第 1 卷，頁 508-517。

[71] 洪亮吉：《北江詩話》，《洪亮吉集》，第 5 冊，頁 2245。

[72] 同前註，頁 2246。

[73] 同前註，頁 2245。

[74] 洪亮吉：《卷施閣文甲集》，《洪亮吉集》，第 1 冊，頁 186-187。

該信函之回應。[75]原來洪亮吉於乾隆五十二年（1787）撰寫了《乾隆府廳州縣圖志》，章學誠往訪洪氏時，當面批評《圖志》一書不應該用「布政使司」和「布政使」之名，而應該用「部院」和「總督、巡撫」之稱，但洪亮吉堅持己見，並未接受。未幾，洪氏撰寫了〈與章進士學誠書〉，反駁章氏的駁論，並收錄於《卷施閣文甲集》並加以刊行。[76]不過，根據章學誠所撰寫、後來收入《校讎通義》的〈地志統部〉一文所述，章氏是從《卷施閣文甲集》中讀到此信，顯示洪亮吉此信並沒有寄給章學誠。

看過該信後，章學誠在日期標記為三月十七日、致恩師朱筠之次男錫庚（字少白）之信函[77]中寫道：

> 弟辨〈地理統部〉之事，為古文辭起見，不盡為辨書也。洪、孫諸公，洵一時之奇才，其於古文辭乃冰炭不相入，而二人皆不自知香臭。……故其（作者按：章氏自稱）平日持論，關文史者，不言則已。言出於口，便如天造地設之不可搖動。此種境地，邵（晉涵）先生與先師（朱筠）及君家尚書（朱珪）皆信得及。此外知我者希，弟亦不求人知，足乎己者，不求乎外也。洪君之聰明知識，欲彈駁弟之文史，正如邵先生所云：「此等拳頭，只消

75 章學誠：〈又答朱少白書〉，收入《章氏遺書》，下冊，頁 1365。

76《洪北江先生年譜》乾隆六十年（1795），洪氏五十歲之項下記載：「是年……門下士為先生校刊《附鮚軒》、《卷施閣》二集。」呂培編：《洪北江先生年譜》，《洪亮吉集》，第 5 冊，頁 2343。

77 根據胡適《章實齋先生年譜》，此信寫於嘉慶二年（1797）三月十七日，章氏六十歲時。

> 談笑而受，不必回拳，而彼已跌倒者也。」（原注：彼駁邵之《爾雅》，方長篇大章，刻入《文集》以為得意，而邵之議論已如此。）今彼刻駁弟之書，乃因詘於口辨，而遂出於裝點捏造，殆較駁邵為更甚矣。[78]

如同信函內容所示，章學誠認定洪亮吉把〈與章進士學誠書〉（以及〈又與邵編修辨爾雅斥山書〉）收進《卷施閣文甲集》並出版這項舉動，是洪亮吉對自己的公然挑戰。另一方面，則認為洪亮吉背叛了摯友邵晉涵。章學誠對同門舊友之憤怒激情，躍然紙面。他承認亮吉具備「聰明知識」，是「一時之奇才」，但終究與其評價為「疵病百出」之孫星衍，隸屬同類。[79]這或許反映了學誠面對進士及第後，歷任翰林院編修、同考官等要職，聲望日益高漲的洪亮吉的一種挫折感。畢竟，學誠進士登第後，並未進入官界；知其學識者，也僅限於邵晉涵、朱筠、朱珪數人而已。

隨著洪亮吉反駁書簡的付梓，年已六十並罹患眼疾的章學誠，又撰寫了〈地志統部〉一文，總結性地重申己說：

> 陽湖洪編修亮吉嘗撰輯《乾隆府廳州縣志》，其分部乃用《一統志》例，以布政使司分隸府廳州縣。余於十年前訪洪君於其家，謂此書於今制當稱部院，不當泥布政

---

[78] 章學誠：〈又答朱少白書〉，《章氏遺書》，下冊，頁 1365-1366。

[79] 章學誠〈又與朱少白〉其三：「若淵如則本無所得，全恃聰明立意以掀翻古人為主。而力實未能，故其《文集》疵病百出。鄙所糾正特取與《文史通義》相關涉者而已。其餘非我專門，不欲強不知以為知也。倘他篇又別有專門之人，如鄙之糾駁，則身無完膚矣。」（收入《章氏遺書》，下冊，頁 1369。）

> 使司舊文。因歷言今制分部，與初制異者，以明例義。洪君意未然也。近見其所刻《卷施閣文集》，內有〈與章進士書〉，繁稱博引，痛駁分部之說。余終不敢為然。又其所辨，多余向所已剖，不當復云云者。則余本旨，洪君殆亦不甚憶矣。因疏別其說，存示子弟，明其所見然耳，不敢謂己說之必是也。[80]

這篇文章臚列了十項論據，重申洪亮吉《圖志》應該依照乾隆時期的現行制度，用「部院」和「總督、巡撫」之稱的理由。這當然反映了學誠治學性格堅執的一面，但他於篇首自言「因疏別其說，存示子弟，明其所見然耳，不敢謂己說之必是也」，字裡行間也透露了晚年內心的愴涼，顯然不再準備公開這篇文章，或將之寄給洪亮吉，與他爭辯下去。兩年後的嘉慶四年，洪亮吉即被流放伊犁，章、洪之間的辯論，也注定落幕了。

六、結論

執筆至此，回頭審視本篇篇首所擬探討章學誠定位等課題，姑勿論本文釐清程度如何，相信足以一窺乾嘉時期各家學者的交流情形。當然汪中、洪亮吉、邵晉涵、章學誠彼此之間的關係，乃至與王念孫、孫星衍、戴震等人之交流情形等，尚有待於深入探究。綜合本篇內容，可歸納幾項重點如下：

（一）乾嘉時期，朱筠、朱珪、畢沅、馮廷丞、梁國治、阮元

---

80 《章氏遺書》，上冊，頁271。

共同確立了匯集人才、資助個人學術之風氣。

（二）當時存在不少科舉登第後未能正式出任官職的學士大夫（如章學誠）。他們遊走於地方顯宦或名門望族之間，藉由校訂書籍、編纂地方志等工作謀生。

（三）在這些顯宦幕下，這些士大夫透過詩詞的相互酬答、次韻唱和，潤滑了彼此之間的交流（但也有像章學誠、戴震等不吟詩作對的士大夫）。

（四）章學誠認為邵廷采之學承自「庭訓」，從邵氏著作中學習了如何將歷史、文學、理學、學術鎔為一爐，成就了與當時考證學全盛時期之學風迥異的歷史哲學著作《文史通義》。

（五）章學誠感傷邵晉涵的逝世，曾謂：「浙東文獻盡矣」，但是真正促成章氏與邵氏的結合，或許是潛藏在兩人思想中的「以維持宋學為志」[81]的名教護持意識。

（六）性剛鯁的章學誠，不但與被其視為狂妄的汪中、以及評為大言不慚、心術不正之戴震互不相容，與「正直之士」洪亮吉亦終究未能成為交心摯友。

（七）像這樣各有其獨特性格、為後世留下珍貴著作之章、汪、洪、戴等學者和思想家，在資助者的庇護下往來交流，並展開激烈的學術競爭。乾嘉時期可以說是一個人物群像的趣味性，遠比純學術思想史更引人入勝之時代。

---

81 章學誠：〈家書五〉，《章氏遺書》，上冊，頁208。

十九世紀日本《易》學與西學東漸[**]

吳偉明[*]

一、前言

《易》學在儒學盛世的日本德川時代（1603-1868）呈現突破性發展。特別是前期可謂大師輩出，如山崎闇齋（1618-1682）、熊澤蕃山（1619-1691）、伊藤東涯（1670-1736）及大宰春臺（1680-1747）等在義理、象數或考證等方面都有很大貢獻。《易》學到了德川中期雖然仍被重視，但整體上趨於折衷，缺少早年的創意與深度，德川晚期《易》學正式踏上衰落期。在動盪的十九世紀，日本學者的關注已從義理詞章或文字訓詁轉移至經世實學。[1]十九世紀日本對外門戶重開，西學大規模湧入，引起一股思想文化的革命。《易》學在學問上雖然不振，但其實用性卻大放異彩。人們利用《易經》去尋找解決當時政治、經濟及文化困局的良方。在政治上無論改革派或維新派都引《易經》作為支持。經濟上它也成農業及工商發展的理論基礎。在文化上如何將西學融合於東亞文化傳統上可

---

[*] 現任香港中文大學日文研究系副教授。

[**] 本文引文均由作者從日文中譯而成。

[1] 有關德川《易》學的發展與特色，參 Wai-ming Ng, *The I Ching in Tokugawa Thought and Culture* (Honolulu: University of Hawai'i Press, 2000), chapters 2-3.

謂是德川後期學者的最大共同關注。《易》學對此發揮著積極作用，成為將西學本地化及合理化的重要手段。十九世紀成為日本《易》學與西學交流的歷史舞臺。

長期以來，研究東亞歷史的學者對東亞傳統與西學的關係持不同看法。早期論者多以東亞傳統為西學東漸的絆腳石，但近年研究顯示兩者關係錯綜複雜。[2]東亞各地在吸收西學的過程中，傳統學問其實一直扮演著十分重要的角色。本文旨在透過對十九世紀日本《易》學與西學東漸的思想史考察，重新探討東亞傳統與西學的關係。

在東亞史上，《易》學與傳統科學關係密切。[3]《易》學在發展過程中將儒學、陰陽家及道家等不同成份共冶一爐。融合於《易》學系統的陰陽五行說更成為傳統文人學者解釋自然及人文現象的常用理論。[4]《易》學不但影響東亞各國的天文、

---

[2] 早於 1960 年代已有學者質疑將儒學與西學對立的觀點。參 Albert Craig, "Science and Confucianism in Tokugawa Japan," in Marius Jansen, ed., *Changing Japanese Attitudes toward Modernization* (Princeton: Princeton University Press, 1965), pp.133-160.

[3] 有關《易》學與中國傳統科學的密切關係，參 Peng-yoke Ho, "The System of *The Book of Changes* and Chinese Science," *Japanese Studies in the History of Science* (Tokyo: History of Science Society of Japan, 1972), 11:23-39. 有關陰陽五行說對日本傳統科學的影響，參 Shigeru Nakayama, *A History of Japanese Astronomy* (Cambridge: Harvard University Press, 1969), chapters 2-5. 中山茂認為日本傳統天文學及醫學引用陰陽五行的做法已變得形式化。中山茂：《日本人の科學觀》（大阪：創元社，1977 年），頁 23-24。

[4] 學者對陰陽五行說是否屬於《易》學系統意見不一。例如中國科學史專家 Joseph Needham 便將兩者分開，指出陰陽五行說有助中國發展科學，但《易經》的抽象符號則妨礙科學思維。參 Joseph Needham, *Science and Civilisation in China* (Cambridge: Cambridge University Press, 1956), vol. 2, p.336. 不少有儒學背景的學者不太承認《易》學中的非儒學成份。其實陰

曆、算、醫、地理、建築及軍事等傳統知識，也對近世及近代的西學東漸發揮積極作用。本文從天文、物理、電力、火砲及醫學等自然及應用科學的領域看德川後期學者如何用《易》學去討論傳統與西學的關係。

二、西方物理學及天文學與《易》

西學（早期稱「南蠻流」，後來多稱「蘭學」或「洋學」）在德川時代一直在以儒學為主的傳統學問架構內成長。西學家本身亦多為儒者。歸化日籍的葡萄牙人澤野忠庵（Christovao Ferreira, 1580-1650）在《乾坤辯說》（1650）中以五行相生相剋來解釋亞里士多德（Aristotle, 384-322B.C.）的四元論。西方四元論（亦稱四原性說）以地、水、火、風為宇宙四大元素。中國五行說以金、水、木、火、土的相互關係解釋自然現象。澤野因為四元論並沒有講述四元之間的關係，所以利用五行說補充四元論的不足。長崎儒醫向井元升（1609-1677）用陰陽及《易經》支持托勒密（Ptolemy, c.90-169）的地球中心說。[5]向井引《易經》及其他中國古籍指出地球中心說早見古代中國。此外他又謂地球中心說與陰陽說大同小異。陰陽宇宙論以天陽

陽五行早於秦漢時（221B.C.-A.D.200）已被納入《易》學系統。強行將兩者分開而將《易》學收窄為純儒學的做法並不符合思想史。本文因此對《易》學採較廣義的看法，將陰陽五行說作為《易》學系統一環加以討論。

5 地球中心說（亦稱天動說）以地球為宇宙中心而日月星辰圍繞地球轉動。此學說在西方一直流行至十六世紀。該說傳入日本時在西方科學界已屬過時，但仍引起很大迴響。

地陰為前題。陽屬性為圓而動；陰屬性為方而靜。所以除在地球的形狀這次要課題外，陰陽說與地球中心說不謀而合。向井強調陰陽五行說比四元論全面，因為四元論既不講四元之間的相互關係，也不將四元引申到道德層次。他評道：「通天地陰陽道理之士，雖不知蠻說亦能明天地日月之形體。蠻學士不知理氣陰陽，故不能以理示人。唯偏於形之證據論辯功夫而已。」[6]長崎的天文學者小林謙貞（1601-1684）及多產作家西川如見（1648-1724）進一步用陰陽五行及五運六氣等與《易》學有關的理論去闡明西方四元論。[7]西川認為中國五行說與西方四元論本質相同，但五行說較精密。京都天文及《易》學者馬場信夫用五行說及四元論講述西方天文學，並引進布拉艾（Tycho Brahe, 1546-1601）的太陽地球兩大中心說。[8]可見德川初期介紹西學的作家對傳統相當自信而對西學則有所保留，他們以陰陽五行等傳統理論為標準去評述西學的優劣。凡是與傳統說法矛盾的便被刪減或批評，對一些沒有明顯衝突的部份則用傳統學說加以附會。他們在比較東西理論時處處表示西學不及東亞傳統的完備。[9]

---

6 轉載自佐藤昌介：〈蘭學勃興の諸前題〉，杉本勳：《科學史》（東京：山川出版社，1967 年），頁 232-233。

7 「五運」與「五行」同是宇宙五大元素或力量。「六氣」為寒熱乾濕風火這六種屬性。五運六氣說成為傳統醫學及地理學的常用理論。

8 布拉艾的學說是托勒密的地球中心說與哥白尼的太陽中心說的折衷。此學說被傳入中國及日本，但影響有限。

9 明末清初一些中國學者也比較五行說與四元論。他們傾向用五行說去批評甚至否定四元論。這跟德川前期學者用五行說講述四元論的情況成對比。

隨著西洋書籍的大量和譯、西方列強對日本及亞洲威脅日增及日本被迫開關通商，西學在十九世紀的德川日本漸成為一種思想文化潮流，無論官方及民間都熱衷西學。[10]德川後期西學者可直接使用荷蘭文資料認識較新學說，不像德川初期學者依賴中譯書籍學習一些過時老調（如四元論及地球中心說）。他們在態度上比早期學者開放，不少直接承認西學有優於傳統之處，而且也不再以傳統理論去評價西學。雖然傳統的權威已大不如前，但大部份德川後期的西學者依然尊重傳統，並致力將傳統與西學融合。《易》學與西學的關係亦在這種新的氣氛下出現變化。西學者不再奉陰陽五行等《易》學理論為金科玉律。[11]他們對《易》學的態度可分為否定派及應用派兩大類。[12]

否定派雖然並沒有正面及全面否定陰陽五行等傳統理論，但卻反對用它們解釋西學。這雖屬於少數派，但勢力增長迅速。例如擅長西洋醫學及物理學的前野良澤（1723-1803）便反對使用陰陽五行說去附會西方天文學及醫學，並批評德川初期長崎學者用五行解釋四元論的做法。他以五行說「僅支那

---

[10] 有關十九世紀西學在日本的興起與影響，參 Grant Goodman, *The Dutch Experience* (London: Athlone Press, 1986)及 Donald Keene, *The Japanese Discovery of Europe* (Stanford: Stanford University Press, 1969).

[11] 中山茂指出德川中葉以來日本科學家與西學者不再以陰陽五行說為權威。參〈近代科學と洋學〉，廣瀨秀雄編：《洋學》下，《日本思想大系》（東京：岩波書店，1972 年），第 65 冊，頁 458。

[12] 佐藤昌介將德川蘭學家分長崎派及江戶派兩大系統。他以前者致力融合東西而後者勇於否定傳統。這分類與本文的應用派及否定派之分有相似之處。應用派及否定派之分著眼於蘭學家對傳統知識的態度而非出身地域。參佐藤昌介〈蘭學の普及と發達〉，《科學史》，頁 282-288。

一區之私言」而四元論卻是「渾天渾地之公言」。他甚至敢於指出《易經》的一些說法有不足之處。以下是他對〈乾〉卦經文的質疑:「《易經》(注:〈乾〉卦《文言》)謂『水流濕,火就燥。』然水亦就燥也。乾土於地上久積則水向上逆流而成濕土。」[13]此外,第一個將哥白尼(Nicolaus Copernicus, 1473-1543)太陽中心說介紹到日本的長崎荷蘭文翻譯官本木良永(1735-1794)亦棄用陰陽五行說附會蘭學。[14]他在解說太陽中心說時曾如此比較傳統與西方的天文學:「和漢之學士以陰陽五行說天地。荷蘭人論天地無用陰陽五行說。亦無陰陽之語言。」[15]

應用派在介紹牛頓物理學、哥白尼太陽中心說及其他新進西方理論時常用《易》理及其他傳統思想加以合理化。這屬大多數派,反映十九世紀日本科學家將中西融合的普遍意願。好像將牛頓物理學傳入日本的長崎蘭學家志筑忠雄(1760-1806)便致力將西方科學放進傳統知識體系內。[16]猶如不少十七世紀西方作家用《聖經》去支持哥白尼太陽中心說般,志筑引用《易經》去提出主要西方科學思想均見古代中國的看法,從而解除

---

[13] 前野良澤:〈管蠡秘言〉,沼田次郎及松村明編:《洋學》上,《日本思想大系》,第64冊,頁155。

[14] 以群星圍繞太陽轉動的太陽中心說成為現代天文學的基礎。其提出者荷蘭天文學家哥白尼被尊稱為「近代天文學之父」。此說早於1676年由宣教士傳入中國。

[15] 本木良永:〈星術本原太陽窮理了解新制天地二球用法記〉,《洋學》上,頁343。

[16] 牛頓物理學指由英國科學家牛頓(Isaac Newton, 1642-1727)提出的萬有引力論及力學三大定律,它們成為現代物理學及天文學的基礎。

日本儒者學習西學的心理障礙。[17]他在其解釋太陽系起源的《混沌分判圖說》（1802）中廣泛引用《易經》及其他中國典籍去解說西洋物理學及化學。例如他引《易經》及《淮南子》說明一些物理及化學現象如下：

> 水昇則鹽凝，火昇則灰結。古書（注：《淮南子》）曰：「輕清者薄靡而為天，重濁者凝滯而為地。」又《易》（注：《說卦》）曰：「立天之道曰陰與陽，立地之道曰柔與剛。」然所指雖為氣質，亦可用於天地也。[18]

---

[17] 明末清初及清末流行西學中源說。西學源出本地說在德川日本亦頗為流行。除德川儒者好以中國古典附會外，國學派作家及佛教徒亦分別引日本及佛家典籍去說明西方學說早見古代日本及印度。西學源出本地說也曾在中國及韓國出現，而且同樣出現以《易經》加以附會西學的情況。例如李朝後期實學派儒者李星湖（1681-1763）及丁茶山（1762-1836）等曾引用《易經》解說西方天文學及物理學。參 Wai-ming Ng, "The *I Ching* in Late-Chosŏn Thought," *Korean Studies* (2000), 24: 53-68. 清初康熙皇帝也相信西學中源說。他曾命法國傳教士白晉（Joachim Bouvet, 1656-1730）研究《易經》。白晉學《易》的結論是天主教與儒學性質相近。參韓琦：〈白晉的「易經」研究和康熙時代的「西學中源」說〉，《漢學研究》16卷1期（1998年6年），頁185-201。清初方以智（1611-1671）指出人們可從《易經》的象數明白西學。清末民初時嚴復（1853-1921）用《易》理去提倡進化論及其他西方思想。參 Benjamin Schwartz, *In Search of Wealth and Power: Yen Fu and the West* (New York: Harper Torchbooks, 1964), pp.50-52, 99, 104, 190-209. 杭辛齋（1869-1924）用《易》理來鼓吹西方政治與科學思想。越南阮朝後期黎文敔（1858-？）用《易經》去解說西方科學及政治思想。參 Wai-ming Ng, "*Yijing* Scholarship in Late-Nguyen Vietnam: A Study of Le Van Ngu's *Chu Dich Cuu Nguyen*," *Review of Vietnamese Studies* 3:1(2003) : 10-14.

[18] 三枝博音編：《天文、物理家の自然觀》，《日本哲學全書》（東京：第一書房，1936年），第8冊，頁200。

同書中志筑融合《易》理與牛頓力學提出極具創見的星雲說以解釋宇宙起源。[19]此外志筑在其介紹牛頓力學的巨著《曆象新書》（1798-1802）中亦指出類似牛頓力學的理論早見於《易經》，曰：

> 伸氣中常屈質，屈質中常伸氣。有屈伸故變化無窮。一氣而萬物一體。唯其所以然，我輩不敢妄議。欲悟屈伸虛實之微理則應學《易》。[20]

同書多處引用宋明理學的氣一元論作為自然哲學基礎去講述牛頓力學。[21]例如他如此寫道：

> 天地間惟一物，此氣而已。氣可虛可盈。一為二而二為一。若一則薄厚不可分。天輕薄而地重厚。薄厚豈可不分乎？此兩異說存而萬物生生不息。物一則天地一。此理非吾所能解也。欲窮此妙理唯學《易》而已矣。[22]

他對重力的解釋明顯受陰陽思想及宋明理學的影響，將本來是物理世界的原則應用於政治、社會及道德的範疇。他解說道：

---

[19] 參狩野亨吉：〈志筑忠雄の星氣說〉，《東洋學藝雜誌》12 卷 165 號（1895 年）。

[20] 三枝博音編：《日本哲學思想全書》第 6 號《自然篇》（東京：平凡社，1956 年），頁 145-146。

[21] 中山茂：《日本の天文學》（東京：岩波書店，1972 年），頁 113。

[22] 譯自 *A History of Japanese Astronomy*, p.183. 有關志筑如何用氣去解說粒子及萬有引力論，參 Tadashi Yoshida, *The Rangaku of Shizuki Tadao: The Introduction of Western Science in Tokugawa Japan* (Ph.D. dissertation, Princeton University, 1974), pp.234-243.

> 重力之源受於造化不測之中，重力之用見於世間萬事之內。天得之而清，地得之而寧。水火得之而昇降，山澤得之而氣通。人類萬物得之而安泰。上下之位可分，高卑之品乃別，皆力之故也。[23]

志筑除引進牛頓力學外還致力推廣哥白尼的太陽中心論（他稱之為「地動之說」）。最初他因太陽中心論跟傳統的地球中心說互相衝突而苦惱不已。他回憶道：

> 西域之說以太陽為恆星而太陽不動也。五星與地球皆繞太陽而自轉。地球之周行為右旋。蓋地之迴轉依天體右旋之理也。西人之發明見古今和漢之說相異。天為陽，地為陰。陽屬動，陰屬靜。地動則反陰陽乾坤之性情。然吾久覆丁寧窮西人動靜之數理，難言其非實論也。[24]

究竟如何解決這矛盾而不損東亞傳統的尊嚴？志筑並沒有放棄陰陽二元論，但卻附加以下創意註腳：《易》學的陰陽為相對觀念。若應用於氣則天陽地陰，用之於物質則天陰地陽。因此陰陽論與太陽中心論並無必然的衝突。他甚至引《易經》的〈噬嗑〉卦證明中國自古便知太陽中心論。評曰：

> 竊按《易》為讚天地之妙用而立也。若論天地之氣或論天為氣地為質，則天陽地陰也。若論天地之質，則天為柔虛之陰而地為剛實之陽。誠如《周易》噬嗑之「頤中

[23] 參佐藤昌介：〈蘭學の普及と發達〉，《科學史》，頁 284-285。

[24] 《日本哲學思想全書》第 6 卷《自然篇》，頁 136。

> 有物」也。頤與物屬地。頤中之空虛屬天。陽爻為頤中有物之象。陰爻為頤中空虛之象。觀此言得知天質為陰物而地質動於天中之意。[25]

此外陰陽宇宙論下的天圓地方說並不合西方天文學以地球為球狀的知識。志筑為天圓地方說辯護，指出所謂「地方」是指地之德性而非形狀。他寫道：「所謂天圓動而地方靜者，形乎？德乎？若形，則與後人所謂地如彈丸不合。若德，則與地動之說不相悖也。」[26]又曰：「論形體，則地圓而動。論道德，則地方而靜。」[27]

志筑認為西方科學只講物理的「器」而不談形而上的「理」。其實西方科學也有神學或哲學的形而上基礎，但不為志筑及其他德川學者所接受。他拒絕以基督教或亞里士多德式的「神」作為物理現象背後的原則。其學問最終目的是用宋明理學取代西方神學成為西方科學的原則。[28]志筑以陰陽五行為宋明理學精髓，感嘆「西國不知有陰陽五行」。[29]又謂「五行

---

[25] 同前註，頁 139。此外他還引《爾雅》及《列子》證明「地動說」自古已有。志筑創「地動說」一詞以代替太陽中心說。志筑早於 1798 年在《曆象新書》已論述此說，比中國阮元在《疇人傳》（1799）的介紹還早。志筑以後的德川科學家多接受此說。參中山茂：《日本人の科學觀》，頁 54-55。

[26] 《日本哲學思想全書》第 6 卷《自然篇》，頁 139-140。

[27] 同前註，頁 224。

[28] 廣瀨秀雄：〈洋學としての天文學〉，《洋學》下，《日本思想大系》，第 65 冊，頁 155。

[29] 《日本哲學思想全書》第 6 卷《自然篇》，頁 232。

之精神妙合而物成。」[30]他在《曆象新書》及《求力法論》（1784）中廣泛應用陰陽五行說去演繹一位牛頓派學者奇爾（John Keill, 1671-1721）的天文學及物理學。例如用陰陽講述萬有引力、地心吸力與正反力及用五行解釋粒子。[31]

志筑忠雄是德川後期最有影響力的西學者之一。他的著作對普及西方天文學及物理學貢獻巨大。他的陰陽相對論亦廣為其他西學者接受及加以衍伸。例如致力普及太陽中心論的山片蟠桃（1748-1821）便深受志筑的陰陽相對論影響。山片在其《夢之代》便引述志筑在《曆象新書》的陰陽相對論去合理化太陽中心論。[32]山片對志筑的思想也不是照單全收。例如山片不用五行講西學，他也直接承認西方優於科學而東方長於道德。他以《易經》的天圓地方說為例，說明即使儒學經典在道德上是絕對，但是在科學上卻不一定正確，所以不應盲從。[33]

---

[30] 同前註，頁 234。

[31] 《洋學》下，《日本思想大系》，第 65 冊，頁 24，31-35，38-39，48-49。並參山本成之助：《日本科學史》（東京：肇書房，1944 年），頁 104-106。中山茂認為志筑忠雄之所以用陰陽五行及理氣等傳統觀念去解釋牛頓學說是因為在翻譯上缺乏適當的詞彙。參 Shigeru Nakayama, *Academic and Scientific Traditions in China, Japan and the West* (Tokyo: University of Tokyo Press, 1984), p.194. 這種說法雖言之成理，卻將志筑看得太被動，忽略其融合宋明理學與西學的努力。

[32] 參 "Science and Confucianism in Tokugawa Japan," in Marius Jansen, ed., *Changing Japanese Attitudes toward Modernization*, p.142.

[33] 山片蟠桃：《夢之代》，水田紀久、有坂隆道編：《富永仲基、山片蟠桃》，《日本思想大系》，第 43 冊，頁 429-430。其實《易經》是否含天圓地方說是值得商榷。

荷蘭文翻譯官吉雄南皐（1786-1843）亦受志筑著作的衝擊。他在其《地動或問》（1823）中多次引述志筑的思想。跟山片一樣，吉雄強調東方長於形而上而西方長於形而下及前者長於理論而後者精於方法。《易經》是形而上的巨著，雖它在形而下有不少錯誤，仍不損其價值。他歌頌《易經》曰：

> 設太極兩儀之論，究象數之妙，此《易》之所作也。支那以之能通鬼神。柳圃先生（志筑忠雄）究地谷（Tycho Brahe）、刻白爾（Nicolaus Copernicus）之骨髓，入奈端（Isaac Newton）、啟兒（John Keill）之心而著《曆象新書》。書云：「非《易》學不明造化之妙。」豈淺學之徒輕易臧否乎？[34]

吉雄也接受志筑的陰陽相對論，而且將之加以發揚。根據傳統陰陽宇宙觀，天為動態的陽而地為靜態的陰，所以不合太陽中心論。吉雄補充說動與靜其實也是相對，按不同角度而改變。從地球的角度來說宇宙是動的；從宇宙的角度而言地球是動的。他解釋道：「今觀靜之山澤草木皆陰也。動之日月星辰皆陽也。若從月中說《易》則月靜而陰，地動而陽也。」[35]這種陰陽相對論收捍衛東亞傳統及推廣西方科學一石二鳥之效用。

---

[34] 吉雄南皐：《地動或問》，見《洋學》下，《日本思想大系》，第65冊，頁161-162。Brahe及Copernicus為太陽中心論代表，而Newton及Keill倡牛頓力學。

[35] 同前註，頁162。

三、西方應用物理、醫學及砲術與《易》

除西方天文學及物理學外，德川後期的西學者亦用《易》理講說西洋應用物理、醫學及砲術，反映出將中西學問融合是當時十分普遍的學術傾向。

在介紹西方應用物理時，一些日本作家用《易》理解釋電學，這明顯受傳統儒者用陰陽解釋雷電等自然現象的影響。蘭學家橋本宗吉（1763-1836）為日本介紹電學的先鋒。他透過荷蘭文書籍學習西方電學，並自行做實驗加以驗證。他在《阿蘭陀始制電力究理原》（1811）一書中指出西方電學之原理可從《易經》的圖象中窺見一斑，因為彼此隸屬相同的自然法則。他在該書的序文中寫道：

> 夫電力者，蓋天地之大，罌粟毫末微塵之小，皆盡其理也。風雨、雷電、地震、流星均皆可試驗而見於眼前，而顯於掌中。咫尺間縮為小天地，可羽翼禮樂仁義道學，可明陰陽升降之理，故委著祕訣一卷，以諭《易》之活動，為童蒙開啟困學吐悶之階梯也。觀此書觀象看《易》之活動而究其理，則若朝暉穿戶牖，而億兆之宿眠醒。[36]

由此可見橋本的折衷態度十分明顯。他並沒有將科學與道德分開，而且相信西學與儒學可互相包容，因此他在解釋電學時使用太極、陰陽及《易》卦加以說明。

---

[36] 橋本宗吉：《阿蘭陀始制エレキテル究理原》，三枝博音：《理學》，《日本科學古典全書》（東京：朝日新聞社，1978年），第6冊，頁584。

此外蘭學家笠峰多翀在其《野禮機的爾全書》（1814）亦用《易》理去解說西洋電學及物理。他宣稱自己的想法是受蘭醫桂川甫周（1751-1809）及高森觀好（1750-1830）的影響。笠峰最有創意的是用陰陽兩極來解說電的正負離子。例如他解釋自然界的發電現象如下：「電者兩陽相磨發陽氣而成也。按此理天地之陽氣相磨而成雷電也。故夏雷而冬無雷也。」[37]

《易》理亦被其他科學家加以敷衍。例如成功仿製出溫度計的吉雄南皐便如此將其成就歸功於陰陽：「此物為阿蘭陀人費數十年之思考而漸成。今卻易成。吾只知陰陽之理而已。」[38]天文學者間重富研究地球磁場及對磁針作各種實驗。他在其《針石或問採要》中用陰陽附會磁石力學如下：「此物雖一小石塊，唯含天地陰陽自然變化之生氣。用其實測則精微之妙理顯。神靈實在其中以指示陰陽之變化。比之不可思議之事皆無也。」[39]

西方醫學在德川前期已經傳入，而且亦有小林謙貞及馬場信武等西方天文學者以《易》理加以解說。小林跟澤野忠庵學習「南蠻流」醫術。他相信「醫不用天之六氣地之五運投藥則病不除也。」[40]德川後期蘭醫十分流行。長期以來蘭醫是用作

---

[37] 笠峰多翀：《野禮機的爾全書》，清木國夫編：《江戶科學古典叢書》（東京：恆和出版，1978 年），第 11 冊，頁 14。

[38] 平賀源內：〈日本寒熱升降記〉，轉載自日本學士院編：《明治前日本物理化學史》（東京：日本學術振興會，1964 年），頁 50。

[39] 間重富：《針石或問採要》（1809 年寫本），轉載自日本學士院編：《明治前日本物理化學史》，頁 94-95。

[40] 小林謙貞：《二儀略說》，廣瀨秀雄、大塚敬節編：《近代科學思想》下，《日本思想大系》，第 63 冊，頁 96。

輔助而非取代中醫。日本蘭醫多有中醫背景，對中醫持較包容態度。一般認為蘭醫長於外科及病理學，而中醫則以內科及麻醉為優。一些蘭醫（如永富獨嘯庵〔1731-1766〕及緒方惟勝）甚至相信西醫源出古代中國。他們用《易經》及其他中國經典加以附會。御醫廣川獬學蘭醫於長崎，並註譯蘭醫書為《蘭療方》（1803）。他在書中使用陰陽及五臟六腑等傳統中醫觀念解說蘭醫。[41]廣川大量使用中醫名稱多少是出於翻譯上的方便，但有意無意間將西醫本地化。例如他將 distiller（蒸餾器）譯作「陰陽既濟爐」（意即將陰陽調和的爐）。[42]「陰陽」及「既濟」都是《易》學詞彙。這種譯法雖有助讀者瞭解西洋新事物，卻加進原文沒有的意義。此外，大槻玄澤（1757-1827）、小森桃塢（1782-1843）及池田東藏等蘭醫也用《易》理附會西醫。例如大槻指出陰陽五行及經絡之說與西醫並無衝突。[43]

陰陽思想在德川時代對西洋砲術的推廣有很大作用。西洋砲術早於十六世紀中葉已傳入日本，在德川時代成為六大兵學之一。德川初年已有學者及兵學家企圖將西洋砲術放進宋明理學的架構內。儒者兼兵學者山鹿素行（1622-1685）指出西方火藥鎗砲的原理及製造方法盡隱藏於《易經》象數之內。[44]德

---

41 五臟六腑是人體內臟的總稱。五臟為心、肝、脾、肺及腎。六腑包括小腸、膽、胃、大腸、膀胱及三焦。中醫多用陰陽五行解說五臟六腑。

42 廣川獬：《蘭療方》，宗田一編：《江戸科學古典叢書》，第 27 冊，頁 5。

43 山崎彰：《和魂洋才的思惟構造の形成と國家意識》，有坂隆道編：《日本洋學史の研究》（東京：創元社，1974 年），第 3 冊，頁 141。

44 山鹿素行：《山鹿語類》，廣瀨豐編：《山鹿素行全集》（東京：岩波書店，1941 年），第 10 冊，頁 381。

川時代砲術的主要門派如自覺流、井上流、天山流、森重流及高島派均常用《易》理解說西洋砲術。這也成為德川砲學的一大特色。今以自覺流、天山派及高島派為例子加以說明。

自覺流開創者源種永曾在長崎跟荷蘭人學砲術。他以陰陽五行去解釋大砲的內部結構，以砲管為陰，以火藥為陽而陰陽調和便成砲術。他在嘗試製造並試驗各類型大小不同的火砲後發現火砲的發射距離及軌道是受陰陽互動及五行相生相剋的影響。其孫源種興闡明自覺流的奧義如下：

> 家祖父一日覺悟砲鎗之本來自然面目。妙哉！以此擴充伸引竟與陰陽五行之理相符合。天地之妙用本相同也。砲鎗為陰，火藥為陽。乘陰陽動靜之機，應五行生剋之變。鉛丸之飛行遠近高下踰一里之距之事皆無。發明數術之微意，定砲鎗之大小長短為九等。[45]

天山派是發明「周發臺」（意即四周均可發射的可動性砲臺）的坂本天山（1745-1803）所創。周發臺是江戶時代最大發明之一，原理類似今天的地對空反飛機砲，能作平面 180 度上下及 80 度左右轉動。此改良砲臺在 1860 年代的薩英軍事衝突中曾大派用場。天山派學者多熟《易》學，用《易》說砲也是這派最大特色之一。坂本天山本身是《易》學專家，他寫了《周發圖說》及《火炮周發取易象辯釋》這兩部專書從《易》學象數的觀點去解釋周發臺。

---

45 源種興：〈自覺名義解〉，今村嘉雄編：《砲術、水術、忍術》，《日本武道全集》（東京：新人物往來社，1966 年），第 4 冊，頁 105。

幕末志士佐久間象山（1811-1864）是高島派的代表人物，而高島派是幕末最西化及活躍的砲術門派。佐久間從儒者佐藤一齋（1772-1859）及竹內錫命學《易》，並從江川太郎學砲術。他將兩種學問融合成一家之言。他在《礮卦》（1852）提出的「《易》砲一體論」正為其著名口號「東洋道德，西洋藝術」作了註腳。他回憶一天當他教其學生砲術時，其一學生問：「聖人只知弓而不知砲，然洋人勝於聖人乎？」佐久間回答說：「聖人設《易》象，一切盡在其中。何況弓砲之道而已？」他因此寫作《礮卦》一書，以〈睽〉卦解釋西式火砲的結構、功能及政治影響。他仿《易經》的體裁，親自寫下對卦辭、爻辭及《大象傳》。他認為西式火砲之道盡見〈睽〉卦，所以稱之為「礮卦」。他竟能從卦象中看見一座西式大砲：

> 以全體言之，則後者為尾珠，次者為當。二實相重，堅壯其當之象。中有孔，火門也。對橫焉者，時也。上虛者，口也。更實其上，強因其首之象，是非礮乎？[46]

除將《易》象加以附會外，佐久間還用五行解釋〈睽〉卦䷥。該卦由上「離」下「兌」組成。根據五行學說，「離」屬火而「兌」屬金。因此他指出這卦象明顯是一座火球從金屬管道飛出的大砲。他寫道：「取於其義，則火發於金口也。火有飛之義，口有吐之棄，為放發之象。」[47]

---

[46] 佐久間象山：《礮卦》，信濃教育會編：《象山全集》（長野：信濃教育會出版部，1975 年），第 1 冊，頁 4。

[47] 同前註。

四、結語

透過《易》學將東西學融合是十九世紀德川思想文化史上一個值得關注的現象。大批背景不同的學者都參與其中，而且討論範圍幾乎涉及各門自然科學。[48]透過對十九世紀後期《易》學運用看東亞傳統與西學的關係，本研究顯示德川後期的主要思想文化課題並不是傳統與現代或東方與西方的衝突，而是如何將西洋科學放置於傳統文化體系內。[49]日本史專家傾向過份強調德川蘭學家的現代性，而無視他們受傳統教育，而且透過傳統文化去瞭解西學的事實。雖西學者時有批評部份傳統理論如五行論為迂腐及不合理，他們絕大部份並沒有放棄傳統文化

---

[48] 因篇幅所限，本文只引用較有代表性的人物為例子，討論也較偏重天文學及物理學。其他曾引用《易》學解釋西洋科學，值得日後研究的德川後期學者還有西村遠里（？-1787，天文學及數學）、司馬江漢（1738-1818，天文學）、高橋至時（1764-1804，天文學）、鈴木牧之（1770-1842，物理學）、帆足萬里（1778-1852，物理學及光學）、平田篤胤（1776-1843，曆法）、佐藤雪山（1813-1859，天文學及數學）、竹內錫命（？-1871，天文學及數學）及伊藤圭介（1803-1901，植物學）等十數人。

[49] 從 1960 年代至 1980 年代左右，西方的日本及東亞研究學者多受所謂「現代化論」（modernization theory，亦稱「近代化論」）的學說所影響。該說認為學習西方模式為十九世紀末及二十世紀的日本及亞洲各國邁向現代化的唯一及必經途徑。參 Marion J. Levy, *Modernization: Latecomers and Survivors* (New York: Basic Book Inc. 1972) 及 John Hall, “Changing Conceptions of the Modernization of Japan,” in Marius Jansen, ed., *Changing Japanese Attitude toward Modernization*, pp.7-41. 這學說後來受到美國及各地學者質疑，認為現代化不應等同西化，而且各地按其獨特情況而有不同的發展方式。參 John Dower, “Japan and the Uses of History,” in Dower, ed., *Origins of the Modern Japanese State: Selected Writings of E.H. Norman* (New York: Pantheon Books, 1975), pp.3-101. 本研究也顯示「現代化論」忽略傳統學問在現代化過程中扮演着積極的角色。

的基本信念及價值觀。這解釋為什麼他們用《易》理去附會西學的心理。

十九世紀日本西學者建立出兩大調和東亞傳統與西學的方法。第一是西學源出中國說。因此學習西學其實是尋找失落的傳統。[50]第二是將西方科學的神學形而上基礎除去，然後補上宋明理學的形而上架構。[51]《易經》以其理論上的可塑性及與宋明理學的密切關係，在上述兩大方法上都大派用場。這樣的做法是否成功及是否對日本近代化有幫助是值得商榷的。[52]其實西學與傳統學問難以調和之處不少，而西學本地化的過程並不完整及頗多牽強附會。無論如何，這種在十九世紀使用《易經》將西學合理化及本地化的現象反映東亞學者在接觸及吸納西學過程中一種普遍的態度，在思想史上有其重要的意義。

---

[50] 德川時代甚至有一派國學家提出西學源出日本說。例如平田篤胤引《古事記》（712）來證明上古日本已知太陽中心說及萬有引力論，它們後來才被傳到西方。

[51] 德川學者不明白也不接受西方科學的神學基礎。參 Grant Goodman, *The Dutch Experience*, p.8. 他們在翻譯西方科學著作時刻意刪掉神學的部份。Shigeru Nakayama, "Abhorrence of God in the Introduction of Copernicanism into Japan," *Japanese Studies in the History of Science* (Tokyo, 1963), No. 3: 60-67 及其《日本の天文學》，頁 89-91。

[52] 中山茂的看法較為負面。他認為從志筑忠雄至佐久間象山，德川學者以易道及宋學為基礎解釋西學的努力都是以失敗告終。參《日本の天文學》，頁 167。

考據學的興衰與東亞學術的近代化
——以近代日本和中國史學為中心**

王晴佳*

自民國初年以降，有關考據學的研究，可謂汗牛充棟。到了戰後，更由於西方和其他東亞學者的參與，使其逐漸成為一門國際的學問。但從前人研究的重點來看，主要還是側重其淵源和發生等方面，而對其影響和後續，則仍然注意不多。本文想從比較的角度，以歷史研究為專門，探討考據學在東亞的發展和轉變。有關東亞考據學的研究，現有的論著也已有不少，但似乎稍嫌籠統，沒有細緻分析考據學不但是詮釋經典、承繼傳統的手段，而且其作用和影響，在東亞各國學術中，有明顯的差異。依筆者管見，這些差異，不可忽視，因為它們直接關係到近代學術在東亞的發展和演變。本文著重探討中日史學從傳統到近代的轉型期中，考據學及其興衰所施加的不同影響，並進而討論中日近代學術發展的不同軌跡及其原因。

---

* 現任美國羅文大學（Rowan University）歷史系教授。

** 本文初稿於「東亞語文學與經典詮釋學術研討會」（2004 年 11 月 20 日）宣讀，後刪節部分內容，改題為〈考據學的興衰與中日史學近代化的異同〉，刊於《史學理論研究》2006 年 1 期，頁 53-62。

一、考據學在中日發展的源流

就考據學的淵源來看，可以追溯到宋代。理學在那時的興起，雖然吸收了佛教甚至道教的不少元素，但從本質上來說，是以復興儒家學說為宗旨的。若想復興古代儒家的傳統，就必須從整理、研讀儒家經典著手。而儒家的經典，自漢代開始，已經不斷有人對之加以以注釋、詮釋，以求掌握其真精神。東漢時期，馬融（79-166）、鄭玄（127-200）等人，就在這方面，多有鑽研。唐代的顏師古（581-645）、孔穎達（574-648）等人，直接繼承了他們的學風。但這些經學的研究，只是儒家傳統的一個方面。而另一個方面，則表現在歷代儒家如何以儒家經典為基礎，對他們所處時代的各種問題，提出解釋和解救的方案。換言之，儒家雖然從漢代開始，已經逐漸演變為一種專門的學問，但這一學問，還是必須與社會現實，產生密切的聯繫。譬如孔穎達和顏師古，就應唐太宗之命，綜合各家學問，修成《五經正義》，以統一對儒家基本經典的認識，並以其來規範當時的學問道德。北宋的王安石（1021-1086），也基於類似的目的，撰述了《三經新義》。因此，以詮釋儒家原典為出發點，使儒家精神能融入、指導各個時代的社會文化，是儒家的自然發展及其生命力所在。唐代韓愈（768-824）〈原道〉一文，正表現了後代儒家發展的主要特質：各代儒家必須從時代的需要出發，不斷重新解釋儒家的「道」，以延續儒家的傳統。

宋代的政治文化，如余英時先生的近作《朱熹的歷史世界》顯示，給予士大夫前所未有的參與空間。[1]為了在政治舞台上施展身手，士大夫們不斷根據自己的需要，引經據典，因此在詮釋儒家原典上，也享有較大的空間。他們對佛教、道教學問的吸收，也顯然比前人，更為大膽。理學家程顥（1032-1085）、程頤（1033-1107）等人，都曾出入佛教經典，而他們的老師周敦頤（1017-1073），則對道教的教義，十分熟稔。程顥曾言：「天理二字，卻是自家體貼出來」，此話雖然不差，但其中包含的外來因素，也無法否認。到了朱熹（1130-1200）的時代，這一「自由」詮釋的傳統，更得以發揚光大。朱熹對以前奉為圭臬的五經，頗有微言，認為《周易》不過是一部「卜筮之書」，《詩經》中有不少「男女淫奔相誘之語」，甚至《春秋》也未必「字字有義也」。於是他獨鍾《論語》、《孟子》以及《禮記》中的〈大學〉、〈中庸〉兩篇，並加以分章斷句，細心詮釋，集為「四書」。朱熹以四書取代五經，可謂儒家發展史上一場「革命」。這一大膽的作為，在其他文化宗教傳統上，十分少見，但卻可以與佛教在中國歷史上的階段性發展，互相比擬。朱熹自謂：「溫故能知新，如所引學記則是溫故，而不知新，只是記得個硬本子，更不去裡面搜尋得道理。」[2]他又稱：「溫故而知新是活底，故可以為人師，記問之學只是死

[1] 余英時：《朱熹的歷史世界》（臺北：允晨文化實業股份有限公司，2003年）。

[2] 黎靖德編：《朱子語類》（北京：中華書局，1994年），卷83。

底，故不足為人師。」[3]可見他十分注重將學問與時代精神相連，並以後者作為治學的出發點。這顯然是他能在儒家詮釋上如此大膽作為的主要原因。

但是，理學如此改造古典儒家，雖然得到明清朝廷的支持而成為正統，但它卻無法取消原典，亦不能取代原典。在明代，即使如主張「心學」的王守仁（1472-1528）及其弟子，在他們的講學中，也沒有完全脫離儒家經典。當時更有不少儒學家突破了理學的藩籬，「返樸歸真」，借助漢代學者的著作，開始全面、仔細的研究、詮釋儒家的原典。從林慶彰先生的研究中可以看出，明代考據學不但頗有規模，而且在許多地方為清代考據學的發展，提供了重要的方法論上的準備。[4]如陳第（1541-1617）的古音學研究，就為清初顧炎武（1613-1682）所繼承、發揚，成為清代考據學詮釋經典的重要手段之一。因此，考據學在清代的興起，並不是無源之水、無本之木，而是有一種思想史上的繼承關係。如果用余英時先生的話來說，那就是因思想史的「內在理路」發展使然。[5]從更新的研究來看，考據學在清代的興盛，也與乾隆、嘉慶兩朝的經濟發達、政治穩定，頗有關係。[6]有名的考據家如王鳴盛（1722-1798）、錢大昕（1728-1804）等人，雖然考取功名，但卻無心仕途，而

[3] 同前註，卷 24。

[4] 參林慶彰：《明代的考據學》（臺北：學生書局，1986 年）。

[5] 參余英時：《歷史與思想》（臺北：聯經出版事業公司，1976 年）的有關章節。

[6] 見王俊義：〈乾嘉學派與康乾盛世〉，收入王俊義：《清代學術探研錄》（北京：中國社會科學出版社，2002 年），頁 216-224。

是回歸鄉里，專研學術，這與江南一帶的富庶，亦有關聯。[7]考據學的興起與清代政治當然也有關係。前人如梁啟超（1873-1929）曾提出清初「文字獄」的盛行，是使得學者埋首窮經的主要原因。這一說法，已受到質疑。但清代學者對滿族的統治，是否完全接受，仍然值得考慮。像王鳴盛、錢大昕那樣，不願在朝廷長期任職，而情願回歸故里，專心從事考據，是否有不滿滿人統治的一面，也值得思考。當然考據家中，也有不少人願意效力朝廷，如戴震（1724-1777）多次應考，屢敗不捨，就是一例。但戴也許只是為了追求功名而已，並不一定表示他對清朝統治的好惡。

如此種種對清代考據學興盛的解釋，足以表明，考據學的發達，受到當時政治、經濟和文化多種因素組合的影響，而這些因素及其組合的變化，也自然會造成考據學的衰落。不管考據家的研究是否帶有政治傾向，至少在治學上，考據學是對程朱理學的一種「反動」，體現一種「復元主義」[8]的傾向，因為考據家的工作，大都集中在詮釋儒家原典及其漢代學者的著作上，而對理學家的著作，著力甚少，興趣闕如。從學術史的發展來看，這一復元主義的形成，的確有一種「內在理路」，屬於一種知識追求上的必然。戴震年輕的時候，就質疑道，人

---

7 參 Benjamin Elman, *From Philosophy to Philology: Intellectual and Social Aspects of Change in Late Imperial China* (Los Angeles: UCLA Asian Pacific Monograph Series, 2001, 2nd ed.), pp.167-176.

8 「復元主義」(restorationism) 由 Wm. Theodore de Bary 提出，見氏著"Some Common Tendencies in Neo-Confucianism," in *Confucianism in Action,* David Nivison & Arthur Wright eds., (Stanford: Stanford University Press, 1959), pp.25-49，特別是 pp.34-35。

們為什麼要相信朱熹這位生活在宋代的人物對儒家的解釋？其實在他之前，顧棟高（1679-1759）就已經說過：「夫信漢儒不若信三《傳》，信三《傳》不若信聖人之經，所謂漢儒之說者，則戴《記》之〈大傳〉、〈喪服小記〉、〈明堂位〉及〈祭法〉是也；所謂聖人之經，則《詩》所傳之三頌，與孔子所書《春秋》之經文也」。[9]惠棟（1697-1758）也主張「揚漢抑宋」，認為儒學的真諦，漢代人尚有所知曉，因為時代接近之故。

這一復元主義的意圖，也是考據學得以流傳東亞其他國家的主要原因。明代的學術，對朝鮮和日本，都有不小的影響。而明代學術的多樣性，也激發了朝鮮、日本學者對儒學的興趣，讓他們感受到儒學傳統的深遠和深厚。就理學而言，朱子學與陽明學在日本，幾乎並駕齊驅，影響不分軒輊。明代學者羅欽順（1465-1547）等人用「氣」來補充、修正程朱對「理」的強調，便很快為日本的伊藤仁齋（1627-1705）和朝鮮的李珥（1536-1584）所吸收，而明代李攀龍（1514-1570）、王世貞（1526-1590）的「古文運動」，也啟發了日本的荻生徂徠（1666-1728）。更重要的是，明代的滅亡，對朝鮮、日本的復元主義運動，顯然有很大的影響。它們目睹滿人在明亡之後建立「異族」統治，傾向認為儒家文化之正統已經在中原本土消亡，因此在朝鮮一時有「小中華」之謂，認為儒家文化的正統，只有在朝鮮才得以延續、流傳。同樣的思想情緒，在日本

---

[9] 參徐世昌編：《清儒學案・震滄學案》（北京：中國書店，1990年）。

的儒學家中，也同樣存在。日本以伊藤仁齋、荻生徂徠所倡導的「古學派」，在十七世紀後期開始興盛。明清交替所帶來的思想衝擊，顯然也是一個考慮的方面。

同樣處在明清交替之際的顧炎武，曾指出聖人之道，即在「博學於文」、「行己有恥」。這兩句話，都可視為他對明代「心性之學」流行、學者「束書不觀」風氣的批評，前一句強調讀書的重要，而後一句則強調在聖人面前，必須保持謙恭的道理，其實也就是不滿理學家「六經注我」的那種傲慢。作為考據學之理論基礎的復元主義，就是想以這種謙恭的態度出發，從回到儒家的原典開始，重新建立對儒學的認識。但饒有趣味的是，謙恭和傲慢，只是一物的兩面而已。清代的考據家和日本的古學家在儒家原典面前，確實保持比理學家更多一層的謙恭態度，但在這背後，其實也有一種傲慢。他們想「佔據」原典，「會當凌絕頂，一覽眾山小」，鄙視、斥責後人對儒家的解讀。伊藤仁齋就指責宋儒：「不奉文禮王教而以心性為學，是名為仲尼之徒而實畔之也。」這裡表現出，正是一種知識上的傲慢，也包括日本儒學家在明亡之後，對清初政治和學術的某種蔑視。

伊藤仁齋在注釋《論語》「子欲居九夷」這句話時，不無自豪地說：

> 吾太祖開國元年，實丁周惠王十七年。到今君臣相傳，綿綿不絕。尊之如天，敬之如神，實中國之所不及。夫子之於去華而居夷，亦有由也。今去聖人既有二千餘

載，吾日東國人，不問有學無學，皆能尊吾夫子之號，而宗夫子之道。則豈可不謂聖人之道包乎四海而不棄？又能先知千歲之後乎哉？[10]

這一評論，不知是否與明清交替有關，但至少是對中國本土政治動蕩的一種感嘆之言。其實，伊藤所言，並不如實。日本在鐮倉時代以後，戰亂頻仍，日本王室，幾經變動，並不延續有秩。不過伊藤對中國政治更迭頻繁的看法，也是事實。明亡之後，朱舜水（1600-1682）之東渡日本，正是「子欲居九夷」之實證。總之，從伊藤仁齋和荻生徂徠的「古學派」那裡，我們可以看出日本儒學家尋求日本儒學主體性的明顯趨向。

這一趨向的形成，也可謂理所當然。因為日本認真接受儒學、特別是理學，大約已有一個世紀之久了。而明代學術，紛紜複雜，各種流派之間，互有穿插，因此也自然會讓外人有無所適從之感。伊藤仁齋和荻生徂徠，希求回歸原典，情有可原。他們的努力，雖然有人將之與清代考據學相提並論，但在日本儒學的發展史上，其實與王陽明及其弟子對宋代理學的修正相仿。上面已經提到，王陽明雖然宣揚「心性之學」，但其實他對文獻考證，也十分重視。對於日本德川時代的儒學演變，廣瀨淡窗（1817-1897）曾有這樣的評論。他說自藤原惺窩（1561-1619）、林羅山（1583-1657）在日本建立儒學傳統以來，主要以程朱理學為宗。以後山崎闇齋（1618-1682）、中

---

10 伊藤仁齋：《論語古義》。引自黃俊傑：〈二十世紀初期日本漢學家眼中的文化中國與現實中國〉，收入張寶三、楊儒賓編：《日本漢學研究初探》（臺北：喜馬拉雅基金會，2001 年），頁 304。

江藤樹（1608-1648）等人，斥佛學、明聖道，形成一變。伊藤仁齋、荻生徂徠強調復興古義、精密訓詁，以詩文為主，躬行為次，又成一變。「古學派」的興盛，導致程朱理學的衰落，「儒者浮華放蕩」，引起世人之厭惡，於是又有人提倡回歸宋學。而因為宋學仍然有其弊，所以形成折衷派，在宋學派和古學派之間取捨，以至到了十八世紀後半葉，十分之七八的儒者，都信奉折衷派。[11]由此可見，如果說在清代，考據學的興起，是對明末陸王心學的批評和「反動」，那麼在日本，折衷派的興起，則是對古學派的一種「反動」。

不過，折衷派雖然是日本儒學傳統的產物，但其生存發展，並無法侷限在日本的範圍之內。折衷派不僅想在宋學和古學之間折衷，更想漢魏傳注、宋明疏釋併用，也將馬鄭的訓詁和程朱的義理的旗幟併舉。事實上，折衷派也並不想侷限在日本而已。折衷派的主要人物片山兼山（1730-1782）嘗言：「朱子學所闡釋的道，已在我大和得以昭明，而在『舊華胡清』的中國，先王的詩書禮樂，已不再存在，既然在異國他鄉，還存在這些詩書禮樂，何不設法取之？豈不美哉、盛哉？倘真能如此，余死亦可也。」[12]片山兼山在此處將中國稱為「舊華胡清」，正顯示明清交替，已使得日本儒者，對於中國的儒學，失去了不少的尊重。這正造就了日本儒學自主發展的可能。

---

[11] 見佐藤文四郎：〈折衷學概括〉，《近世日本の儒學》（東京：岩波書店，1939 年），頁 674。

[12] 同前註，頁 675。

但是，根據中山久四郎的觀察，明清交替時，朱舜水等之赴日，也使得日本儒學與中國儒學之間的交流，更為直接。當然，在考據學輸入日本以前，日本儒者已經著有不少以「考」命名的書籍，因此日本也像中國一樣，考據學自有其長久的淵源。如日本儒學發展第二期的代表人物山崎闇齋，就曾有《經名考》、《四書序考》等作品。到了第三期，也即折衷派盛行的時期，考據的風氣，更為濃厚，於是對清代的考據，表示出濃厚的興趣。與片山兼山同為折衷派主要代表的井上金峨（1732-1784），就受到清代儒學的影響，他的門人如吉田篁墩（？-1798）、大田錦城（1765-1825），更成為考據學在日本流行的主要推動者。井上金峨的墓碑銘，有這樣的蓋棺定論，說他「大抵取捨訓詁於漢注唐疏，折衷大義於朱王伊物之間，而其所持論，闡發孔周之道，匡前修之不逮者。」[13]到了吉田篁墩，對於清代學問的興趣，就直接以考據學為主了。所以有人將吉田篁墩，視為考據學的首倡者。吉田篁墩對於清代的考據家中，特別尊重盧文弨（1718-1796）、余蕭客（1729-1777）等，認為盧之《汲冢周書》，「考據該備，援證探討，不遺餘力」，而余蕭客的《古經解鉤沈》，「述而不作，信而好古，純乎漢唐之舊學。」[14]

---

[13] 中山久四郎：〈考證學概說〉，《近世日本の儒學》，頁710。

[14] 同前註，頁713。對於考據學對日本的影響，又可參見 Benjamin Elman, "The Search for Evidence from China: Qing Learning and Kōshōgaku in Tokugawa Japan," in *Sagacious Monks and Bloodthirsty Warriors: Chinese Views of Japan in the Ming-Qing Period*, Joshua A. Fogel ed., (Norwalk: EastBridge, 2002), pp.158-182；連清吉：〈日本考證學家的考證方法〉，蔣秋華編：

其實，所謂折衷派，只是就他們的思想傾向而言，也即指他們不再拘泥於漢學、宋學之區隔，而考據學，則指的是他們的方法。既然不再拘泥於門派，他們的治學，也就更為開放，只是求「道」而已。這一情形，通常也用來形容戴震的考據學。如果說惠棟的「吳派」，只是想推崇漢學，那麼戴震的「皖派」，就直以求「真」為主了。就此而言，折衷派可以與清代的「皖派」相比擬。

雖然有此相似之處，但畢竟日本的考據學，是受到清代考據學的影響之後產生的，因此就有一明顯的「時間差」。中山久四郎指出，中國流行的學術風氣，往往在一百年乃至二百年之後，才在日本流行。他舉伊藤東涯的說法為例，指出荻生徂徠的「古文辭學」，首倡者為明末的李攀龍、王世貞，比荻生徂徠早了大約一百五十年。而考據學在日本寬政時代（1789-1801）前後的廣泛流行，其淵源就是清代考據學，由顧炎武、毛奇齡（1623-1713）等人開其端，逐漸在乾嘉兩朝形成風氣，傳及日本，經歷了百餘年。[15]換言之，雖然日本自有其考據的傳統，但日本的考據學，則是清代考據學影響之下的產物。日本考據學的主要人物大田錦城，對清代學者十分尊敬。他雖然在思想上也屬於折衷派，但已經不像片山兼山那樣，對清代儒學顯出輕薄的態度了。大田錦城在清代學者中，最崇拜的有三人：紀昀（1724-1805）、趙翼（1727-1814）和

《乾嘉學者的治經方法》（臺北：中央研究院中國文哲研究所籌備處，2000年），下冊。

[15] 中山久四郎：〈考證學概說〉，《近世日本の儒學》，頁729。

袁枚（1716-1797）。他在其著作《九經談》中，大量採用了清人的研究成果。因此中山久四郎寫道，大田錦城的學問，能在當時日本儒者中，首屈一指，是因為他能接觸和利用當時從中國傳來的著作，然後加以吸收加工，寫成自己的著作。實際上，據中山久四郎的考察，大田錦城的學問，主要源自顧炎武的《日知錄》、毛奇齡的《西河合集》、趙翼的《二十二史劄記》和《甌北全集》等清代名儒的著作。[16]

在大田錦城之後，對清代考據學同樣熱心的是狩谷望之（1775-1835）。據說狩谷望之「專奉漢唐注疏，不屑宋明理氣，性最嗜古，古刻本、古寫本、古器古物、乃至碑版法書之類，可備採錄者，與夫珍書異典、金匱之秘、名山之藏，博物君子未經見者，廣搜而多聚之，精擇而詳言之，其考尺度、注和名鈔，考證精覈、發明極多」。[17]這種博學的態度，直可與戴震相比擬。更值得一提的是，狩谷望之將自己的書房，題為「實事求是書屋」，表現出他的治學，與清代考據學一脈相承。因此在狩谷所處的文化時代（1804-1818），由於他對考據學的提倡，「一變元明人的無根空茫之學」。而文化年代，已經是十九世紀初年。日本考據學，正從那時開始，走向其盛期，即使前面有所謂「寬政異學禁」，也沒有能改變。[18]而在中國本土，考據學已經開始為人所批評，如方東樹（1772-1851）

---

[16] 同前註，頁718-719。

[17] 同前註，頁722。

[18] Robert Backus, "The Kansei Prohibition of Heterodoxy and Its Effects on Education," *Harvard Journal of Asiatic Studies*, 39:1 (June 1979), pp.55-106。

之《漢學商兌》，便是一例。而提倡今文經的常州學派，自莊存與（1719-1788）開始，經劉逢祿（1776-1829）、宋翔鳳（1779-1860），慢慢在十九世紀初年形成勢力。中日兩國儒學發展的「時間差」，表現十分明顯。

二、考據史學與近代史學

中山久四郎在論述十九世紀考據學時，引用了重野安繹（1827-1910）的評論：「本邦考據之學，寬政已降寖盛。」以狩谷望之為其領袖，其門人有岡本保孝（1797-1878），而岡本保孝的弟子是木村正辭（1827-1913），可謂代有傳人。[19] 其實，重野安繹本人，也是一位考據家，還是一位歷史家。日本明治維新之後，被政府任命為修史館的副編修。以後修史館併入東京大學，重野安繹任東京大學歷史教授。1889 年日本歷史學會成立，他出任第一任會長，為日本史學走向近代化之重要人物。重野安繹對考據學的興趣及其訓練，自然為他推動日本史學之近代化，產生了重要的影響。可以說，日本史學的近代化，在一定程度上，也即是考據史學的近代轉型（reincarnation）。

一般認為，日本史學的近代化，循兩條相接但又不同的軌跡行進。一是「文明史學」、「民間史學」的產生與發達，二

---

[19] 中山久四郎：〈考證學概說〉，《近世日本の儒學》，頁 723。

是從考據史學到「學院史學」的轉化。[20]這兩條軌跡，代表了明治日本的兩種思想傾向，一是吸收西學，二是革新傳統。它們的目的，其實相同，因此雙方有所互動。但就其取徑來看，則又有明顯的區別。「文明史學」的代表人物，是明治時期著名的思想家福澤諭吉（1835-1901）。福澤諭吉在年輕的時候，既受過漢學的薰陶，更有「蘭學」的訓練，學習過荷蘭語和英語 。明治維新前後，他曾任幕府考察西方的翻譯官，所著《西洋事情》一書，於 1866 年出版，為日本人「開眼看世界」的重要著作，在明治維新前後，十分暢銷。

1868 年，福澤諭吉拒絕任職於剛成立的明治政府，而是一心投入教育，創立了慶應義塾大學。他的基本思想，在 1875 年出版的《文明論之概略》中，表達得十分明確，那就是希望開啟「民智」，以求社會的進步。福澤諭吉對於「文明」（civilization）這一詞，特別偏好，認為是區分東、西文化的重要標誌。在福澤看來，東方的儒家文化，注重的是精英人物的培養，但西方的社會，則注意到整個社會的進步。為了求得社會的進步，興辦教育就是一個手段。在為慶應義塾選擇教材的時候，福澤注意到兩本最近出版的西方歷史著作，一是基佐（François Guizot, 1787-1874）的《歐洲文明史》，二是巴克爾（Henry Buckle, 1821-1862）的《英國文明史》。基佐的著作是法文版，但英譯本在十九世紀中期出版，據小澤榮一的研究，福澤諭吉所看到的是 1870 年出版的英譯本。而巴克爾的

---

[20] 家永三郎：〈日本近代史學の成立〉，《日本の近代史學》（東京：日本評論新社，1957 年），頁 67 以降。

《英國文明史》，於 1860 年代出版，在當時的西方，引起激烈反響，因此版本亦多。福澤諭吉所用的，是 1870 年代初的版本。這兩本書，都在日本有多種譯本，對於"civilization"一詞的翻譯，也有兩種，即「文明」和「開化」，以致當時人便將「文明開化」併用，成為提倡西化的主要口號。[21]

福澤諭吉的《文明論之概略》，不但有他對明治以後日本社會發展的構想，而且還體現了一種新的歷史觀念，那就是要用文明進化、發展的角度來研究歷史，擺脫原來治亂興亡的朝代史，走出道德訓戒的治史模式。簡略說來，福澤所提倡的史學模式，就是要用「人民的歷史」取代「政府的歷史」；用「被治者的歷史」取代「治者的歷史」，改變原來日本歷史上的「權力偏重」的現象。他認為只有如此，方能改變日本文明「半開」的狀況，向西方文明看齊。[22]因此，他的《文明論之概略》，既是「文明史學」實踐的指導思想，更指出了明治日本歷史發展的方向。

就「文明史學」的實踐而言，田口卯吉（1855-1905）是主要代表。他自 1877 年開始，發表《日本開化小史》，將福澤諭吉的思想，付諸實施，雖然田口用了「開化」，而不是「文明」。《日本開化小史》的寫作手法，一改原來朝代興亡史、王室沿革史的面貌，而是用類似傳統史家寫作「藝文志」的寫法，突出日本文化發展的歷史，但又包括日本歷史的其他方

---

21 小澤榮一：《近代日本史學史の研究：明治編》（東京：吉川弘文館，1968 年），頁 104-122。

22 家永三郎：〈日本近代史學の成立〉，《日本の近代史學》，頁 68-70。

面，揉合一起而成。田口卯吉採用了「社會」這一新名詞，並且希圖從歷史研究中，展現社會發展進化的「一定之理」，即「社會所存之大理」。在田口看來，這一社會演化之「理」，與「貨財」（經濟）之進步，更有關係。但儘管他有如此想法，真要通過分析經濟發展，探究社會演化之理，卻不是那麼容易。田口卯吉的《日本開化小史》，還帶有政治史的痕跡。以後他又寫作《支那開化小史》，更被人譏為「政綱小史」。[23]

不過，雖然「文明史學」的推廣者，都是所謂「新聞史家」，並非專業學者，但「文明史學」的興起，是日本史家批判道德史學，也即審查、檢討日本傳統文化的開始。這一傾向的出現，指出了日本史學近代化的主向，也是「文明史學」與「考據史學」、「學院史學」的相交點。[24]

明治政府成立的第二年，就下令為修史作準備。那時所設的修史機構，在原來塙保己一（1746-1821）的和學講談所內，建立史料編輯國史校正局。同年，明治政府設大學校，合併了昌平校、開成所和醫學所。國史校正局便屬大學校，改名國史編輯局。但以後又產生一些變動。1875年明治政府設修史局，兩年以後又改名修史館。修史館所做的工作，主要在四個方面：（一）由川田剛負責收集自南北朝以後的史料和皇室的系譜；（二）由重野安繹負責收集、編修德川時代的史料；（三）

---

[23] 田口卯吉：《支那開化小史》（明治二十年版，藏日本國會圖書館），四卷。對田口的批評和田口的反駁見卷4。

[24] 大久保利謙：《日本近代史學の成立》（東京：吉川弘文館，1986年），頁95以降。

編修《復古記》和《明治史要》；（四）編修地方志。川田剛和重野安繹之間，就整理史料還是編修正史產生分歧。以後川田剛離開修史館，於是重野安繹開始著手編修《大日本編年史》，其所用體裁循《左傳》和《資治通鑑》，其目的是「正君臣名分之誼，明華夷內外之辨，以扶植天下綱常」。那時參加編修工作的還有久米邦武（1839-1931）、星野恒（1839-1917）等。[25]

以上這些工作，以史料考訂為主，足見考據學的影響。的確，十九世紀的日本儒學家中，考據家居多。在上面提到的狩谷望之以外，還有伴信友（1773-1846）和塙保己一，而後者的和學講談所，更以培養考據人才聞名，重野安繹所推崇的木村正辭，就曾在和學講談所工作。修史機構設在和學講談所內，顯然有意繼承考據學的傳統。因此修史館注重整理史料，並不奇怪。家永三郎指出，明治時代的史家，忠實繼承了伴信友、狩谷望之和塙保己一的「實證主義精神」。正是這一實證主義的作風，是連接德川時代考據史學和明治時代學院史學的橋樑。[26]

可是，重野安繹在整理史料的同時，又有編輯《大日本編年史》的企圖，可見他不想將修史館的工作，完全侷限在考訂史料的範圍以內。從其「正君臣名分之誼，明華夷內外之辨，

[25] 沼田次郎：〈明治初期における西洋史學の輸入：重野安繹と G. G. Zerffi, The Science of History〉，收入伊東多三郎編：《國民生活史研究 3：生活と學問教育》（東京：吉川弘文館，1963 年），頁 402-403。

[26] 家永三郎：〈日本近代史學の成立〉，《日本の近代史學》，頁 81 以降。

以扶植天下綱常」的目的來看，《大日本編年史》與傳統朝代史並無二致。但在方法上，重野安繹很快就感覺到，必須有所改革。因為他已經接觸到西方史學，包括受到西方史學影響而寫成的著作。舉例來說，1879 年明治政府的太政官發行 Jean Crasset 的 *Histoire de l'eglise du Japan* (Paris, 1689)日譯本——《日本西教史》。同年王韜（1828-1897）的《普法戰記》也在日本刊行。在重野安繹看來，西方史學的敘述體裁，與記事本末體有所類似，但似乎更為簡明扼要，因為它可以摻雜作者的論斷，再輔以圖表和數字，讓讀者更清楚地了解史實。[27]換言之，重野安繹作為一個官方史家，已經看到「文明史學」的功用，對西方史學產生了興趣，雖然他尚無意採用同樣的敘述手法，寫作日本的歷史。

重野安繹對西方史學的興趣，表現在他與當時的內務卿大久保利通（1830-1878）商量，透過赴英的年輕外交家末松謙澄（1855-1920），在英國物色一位史家，為修史館介紹歐洲、特別是英法的史學方法。末松找到是流亡倫敦的匈牙利外交家策而菲（George Zerffi, 1821-1892），此時策而菲已經自學歷史成材，出版了不少史學著作，也是英國皇家歷史學會的會員。末松謙澄自己也在倫敦旁聽了不少歷史課程，對歷史研究有了不少了解。因此他給策而菲的約請信裡，提出了十二條詳細的要求。策而菲的著作以《歷史科學》（The Science of History）

---

[27] 沼田次郎：〈明治初期における西洋史學の輸入：重野安繹と G. G. Zerffi, The Science of History〉，《國民生活史研究 3：生活と學問教育》，頁 404-406。

命名，共有 773 頁，可謂規模宏大。雖然有末松謙澄詳細的指示意見，但策而菲的著作並沒有完全符合重野安繹的要求，也即著重介紹英法兩國的史學方法。策而菲寫作的一部西方史學史，共分七章，第一章為導論，然後從古代東方、古希臘講起，一直到近代。但近代部分，只佔一章，也即第七章。策而菲寫成之後，在倫敦印了三百部，其中一百部直接送到日本修史館。重野安繹請當時的著名學者中村正直（1832-1891）翻譯，但中村譯完第一章後，就因事忙而不再繼續。以後由嵯峨正作（1853-1890）譯完，出版時以《史學》為題。[28]

雖然策而菲的著作，沒有產生預期的巨大影響，[29]但至少在兩個方面，對修史館的重野安繹等人，有所啟發。首先是該書的導論，討論的是史學的性質和史家的任務。策而菲視史學為科學，因此認為史家的任務，不但要澄清歷史事實、描述歷史現象，而且要追究、解釋歷史現象產生之原因。其次，策而菲雖然流亡英國，但他在書中，對德國的史學，推崇有加。今井登志喜指出，策而菲之匈牙利人背景，使得他能不帶偏見，公平地評論歐洲各國的史學，因此他是為日本介紹歐洲史學的

[28] 有關策而菲《歷史科學》的寫作和在日本的流傳情形，參見沼田次郎：〈明治初期における西洋史學の輸入：重野安繹と G. G. Zerffi, The Science of History〉，《國民生活史研究 3：生活と學問教育》；今井登志喜：〈西洋史學の本邦史學に與へたる影響〉，《本邦史學史論叢》（東京：富山房，1939 年），上卷，頁 1439-1469；小澤榮一：《近代日本史學史の研究：明治編》，頁 380-390；大久保利謙：《日本近代史學の成立》，頁 322-345。

[29] Margaret Mehl, *History and the State in Nineteenth-century Japan* (New York: St. Martin's Press, 1998), pp.79-80。

合適人選。[30]這以上兩個方面，對修史館的工作，產生了影響。重野安繹、久米邦武等人，開始認真檢討道德訓戒史學的不足，提出史家治史，應該公正無私，不偏不倚。由於策而菲對德國史學的推崇，使得日本希望輸入德國史學。1886 年東京大學改組成為東京帝國大學的翌年，聘請了德國史學大師蘭克（Leopold von Ranke, 1795-1886）的年輕助手利斯（Ludwig Riess, 1861-1928），讓他擔任史學科的第一任教授。1888 年，修史館併入東京帝國大學，重野安繹、久米邦武、星野恒，都成了該校的史學教授。他們與利斯一起，在次年創建了日本歷史學會，出版《史學雜誌》，推動了日本史學的專業化。

由此可見，日本史學的近代化，與歐美各國幾乎同時發生。如用歷史專業刊物的發行而言，德國的《歷史雜誌》（Historische Zeitschrift）發行最早，於 1859 年出版。法國的《歷史評論》（Revue Historique）發行於 1876 年，《英國歷史評論》（English Historical Review）發行於 1886 年，而《美國歷史評論》（American Historical Review）則遲至 1895 年才正式發行。日本的《歷史雜誌》在 1889 年出版，還早於美國的同類刊物。[31]但是就專業化的特點而言，日本史學的近代化，則與考據學的傳統，關係甚大。利斯來到日本以後，雖然以教授西方史為主，但也教授「史學方法論」，並對日本同行的工

---

30 今井登志喜：〈西洋史學の本邦史學に與へたる影響〉，《本邦史學史論叢》，上卷，頁 1444。

31 三上参次：《本邦史學史論叢・序》，《本邦史學史論叢》，上卷，頁 1-4。

作，提出了不少意見，為重野安繹等人所採納。更有趣味的是，利斯對重野安繹從事的史料考訂的工作，非但沒有批評，而且多加支持，並在方法論上，加以支援。利斯的「史學方法論」，系統討論了歷史學的輔助學科，便是一個例子。因此，重野安繹等人的考據癖，更為濃厚。那時的《史學雜誌》上，刊載都是他們批評、審讀前代史家、史書的論文。這一類工作的開展，使得他們最終放棄了《大日本編年史》的編修。因此日本的近代學院史學，便以史料批判為主的考證史學為代表。

這一考據學和學院史學之間的密切聯繫，有其思想史上的內在原因。如前所述，重野安繹等人所繼承的，是自德川時代中期以降，日漸發達的儒家考據學，其思想傾向雖然以折衷著稱，但其實質則是想超越漢學、宋學之分，亦即突破朱子學的藩籬。由是，日本的考據學是對朱子學的一種「反動」。在史學的領域，朱子學的主要成就，體現在德川時代開始編寫的《大日本史》一書，其指導思想是勸善懲惡，由德川光圀（1628-1700）主持，其編輯者大都是朱舜水的弟子。雖然朱舜水的理學思想，已經對程朱理學有所改變，但他在日本的影響，還主要屬於朱子學一系。《大日本史》因此是道德史學的主要代表。從「寬政異學禁」的角度來看，考據學是朱子學的對立面，因為當時所禁的，也包括了考據學。[32]

到了明治時代，考據學非但沒有衰落，而且借助德國的蘭克學派，其聲勢更為壯大。重野安繹、久米邦武等人，對傳統

---

[32] 參 Robert Backus, "The Kansei Prohibition of Heterodoxy and Its Effects on Education," pp.55-106.

的道德史學，開始發動更為猛烈的攻擊。重野安繹指出，勸善懲惡的史學，就必然會歪曲歷史事實，而歷史研究的主要目的，只是為了重建過去的事實而已。久米邦武也寫道，歷史研究必須「一洗勸（善）懲（惡）的舊習」。[33]他們對道德史學、或「勸懲史學」的批判，既可視為近代實證主義史學的一種實踐，亦是對封建時代意識形態的一種摒棄。但同時，這種批評也是德川時代朱子學與考據學相互對立的延續。[34]重野安繹、久米邦武、星野恒等人採用考據學的手段，以道德史學為主要批評對象，對日本以往的史料和史實，做了詳細、無情的考訂、批判。他們嚴厲審查史書、史實，揭露了過去記載中的一些不實之處，使一些保守人士感到不滿，如重野安繹就被譏為「抹煞博士」。譬如重野安繹和星野恒分別撰文，對膾炙人口的歷史人物兒島高德，提出疑問，認為以前人們過於相信《太平記》這樣的文學類作品，證據顯得不足。而星野恒甚至推測說，《太平記》的作者小島法師，其名字的訓讀與兒島相似，或許兩人是同一人而已。[35]而久米邦武則以〈神道乃祭天的古俗〉知名。他在文中探究神道教的歷史淵源，使人感到他在否定神道教的宗教性和神聖性，因此遭到許多攻擊，最後久米邦武只能離開東京帝大。[36]

---

[33] 家永三郎：〈日本近代史學の成立〉，《日本の近代史學》，頁83-85。

[34] 大久保利謙：《日本近代史學の成立》，頁74-86。

[35] 同前註，頁78。

[36] John S. Brownlee, *Japanese Historians and the National Myths, 1600-1945* (Vancouver: University of British Columbia Press, 1998), p.92 以降。

總之，日本儒學中的考據學傳統，為日本學者接受西方的實證主義，提供了良好的準備，促成了日本學術的近代轉型。日本史學的近代化，能與西方國家並駕齊驅，主要就是因為考據學這一傳統，在十九世紀中期、日本向西方開放的時候，仍然方興未艾，源遠流長，為日本學者選擇、吸收西方思想文化，提供了一個基本的立場。換言之，西方文化並不是劃一的整體，而是多重多元。就歷史思想而言，蘭克所代表的批判史學，只是其中一種。日本雖然首先吸取的是巴克爾、基佐的「文明史學」，但很快又熱衷蘭克史學，並使其移花接木，讓它與本土的考據學傳統「併合」，正是其史學近代化較早成功的關鍵。[37]這裡，傳統與近代，形成一種貌似偶然、卻又自然的歷史結合。這一結合的成功，即使如山路愛山（1864-1917）那樣的「文明」、「民間」史家，也深表佩服。山路愛山寫道，與西方史學相比，幕府時代的史家有所不及。「以至於在維新以來，西方文化如決堤之潮，彌漫日本思想界。但日本史學並沒有被掃在一邊，而是善於維持其命脈，咀嚼消化輸入的新史學，以致獲得建立今日規模宏大的東洋史學之盛運。」[38]顯然，這一「盛運」的基礎，來自考據學的傳統。

---

[37] 佐藤正幸：《歷史認識の時空》（東京：知泉書館，2004 年），頁 343。

[38] 今井登志喜：〈西洋史學の本邦史學に與へたる影響〉，《本邦史學史論叢》，上卷，頁 1453。

三、「整理國故」與民族主義史學

與日本相比，中國與西方的接觸更早，但卻命運多舛，幾經曲折。其中原因，自有多樣，不應簡化。但從史學近代化的角度觀察，則可發現，中國近代史學與清代考據學，形成有一種比在日本更為複雜、曲折的關係。這一複雜的關係，直接影響了民族主義觀念在中國的形成和普及，因為歷史寫作通常是推動民族主義思潮的主要武器。而民族主義觀念的興盛與否，又與民族—國家的建設，息息相關，因此中國近代史學的發生及其與傳統的關係，又與中國近代歷史的發展，多有關聯。

如前所述，考據學在中國，源遠流長。但作為一學術潮流，則在明清轉型之際，慢慢形成氣候。而在乾隆、嘉慶年間，蔚為一時風氣。那時的儒學家，大都以考據見長，即使像戴震這樣有意闡發「義理」的學者，還主要以其考據學的 工夫知名。生活在十八世紀後半葉的章學誠（1738-1801），曾對考據學的風氣，表示某種不滿，但卻孤掌難鳴，無人響應，而他本人著述雖多，一生則窮苦潦倒。[39]不過，進入十九世紀之後，對考據學的批評，則漸成聲勢。常州學派力倡今文經，得到朝廷的輔助，而桐城派則雖以博採漢宋為標榜，卻以程朱為宗。這些變化，都促使和標誌了考據學的衰落。[40]十九世紀上半葉的龔自珍（1792-1841），為考據家段玉裁（1735-1815）之外甥，

[39] 參余英時：《論戴震與章學誠》（香港：龍門書店，1976 年）。

[40] 參 Benjamin Elman, *Classicism, Politics, and Kinship : the Ch'ang-chou School of New Text Confucianism in Late Imperial China* (Berkeley: University of California Press, 1990).

自幼受到考據學的薰陶，但以後卻以今文經知名。與他同時的魏源（1794-1857），也同樣是今文經家。桐城派的主要傳人，則是晚清赫赫有名的曾國藩（1811-1872）。總之，與日本相比，考據學在十九世紀的中國，已經日薄西山，其代表人物，惟有俞樾（1821-1901）及其弟子。

十九世紀的中國，已經明顯感到西方列強的存在和威脅。龔自珍、魏源等今文經家，對此十分注意，因此提倡變法。他們的治學，由此帶上了濃厚的時代氣息。曾國藩以拯救孔孟之道為志，起兵抗擊太平軍，進而促成「同治中興」。與之相比，俞樾的治學，則似乎與世無關。像乾嘉時代的錢大昕、王鳴盛一樣，俞樾雖有功名，但卻志在學問，棄官為學，主持蘇州、杭州等地書院幾十年。由此可見，在當時東西方交流、衝突的過程中，扮演主要角色的人物，主要都來自考據學的對立面。從歷史觀念的角度看，龔自珍、魏源等人，已經接觸到西方的進步史觀。他們用今文經的「三世說」加以附會，以此來強調變法之必要。而康有為（1858-1927）更為大膽，其著作《新學偽經考》、《孔子改制考》，不但攻擊古文經的立場，而且改造孔子的形象，為維新變法張目。因此，十九世紀下半葉的中國，其學術氛圍，與日本正好相反。俞樾的弟子章太炎（1869-1936），曾對古文經充滿興趣，但受當時風氣的影響，一度採取了今文經的立場。

晚清學術氛圍的特點，直接影響了中國歷史的進程，更影響了中國史學、學術的近代化。像日本的福澤諭吉、田口卯吉一樣，晚清學者對西方的進步、變化的歷史觀念，充滿了興趣，從龔自珍、魏源到康有為、梁啟超，都不例外。他們對歷史進步觀念，也即進化論的引進，手段有所不同，但目標一致，不遺餘力。在甲午戰爭之後，民族危機加劇，嚴復（1853-1921）適時地翻譯出了《天演論》，使得進化論的思想，成為中國思想界的主流。梁啟超在百日維新失敗之後，東渡日本，很快為日本的「文明史學」所吸引，在中國提倡「史界革命」，號召寫作「新史學」。他的目的，與福澤諭吉相同，就是要擴大史家的視野，從寫「君史」到「民史」，從朝廷轉到國家，倡導民族主義史學，為建立民族—國家服務。[41]

但是，當時的梁啟超，像日本的福澤諭吉、田口卯吉一樣，只是一名非官方的「新聞史家」，而官方的史家如王闓運（1832-1916）、柯劭忞（1850-1933），則並沒有如重野安繹、久米邦武那樣，對史學革新那麼充滿興趣。因此梁啟超的「史界革命」，仍然流於口號。在這以前，王韜也曾在史學改革上，做過一些嘗試，其《普法戰記》等參考西方史學體裁寫成的著作，還為重野安繹、岡千仞（1833-1914）等日本學者所激賞。但王韜像梁啟超一樣，也還是一位「新聞史家」，後人譽為中國近代新聞業的先驅。他對史學的興趣，仍然以業餘為主。[42]

---

[41] 詳見拙作：〈中國近代「新史學」的日本背景：清末的「史界革命」與日本的「文明史學」〉，《臺大歷史學報》32期（2003年12月），頁191-236。

[42] 參 Paul Cohen, *Between Tradition and Modernity: Wang T'ao and Reform in Late Ch'ing China* (Cambridge: Harvard University Press, 1974); Q. Edward Wang, *Inventing China through History: the May Fourth Approach to Historiography* (Albany: SUNY Press, 2001).

由於中國的「史界革命」，主要由史學界以外的人士發動，其弊有二。首先是聲勢不大，影響有限。梁啟超的《新史學》，連載於《新民叢報》。與他想法相似的鄧實（1877-1951）、黃節（1873-1935）等人的文章，見於他們所辦的《國粹學報》。他們的觀念和想法，頗為先進，但因為不是專業史家，因此無法系統實施。如黃節的《黃史》，自可說是中國第一部民族史，但在《國粹學報》連載數期之後，便沒有繼續。梁啟超對中國學術大勢的敘述，曾讓當時年輕的胡適（1891-1962），頗為折服，但也同樣半途夭折。其次，由於缺乏實踐，因此「新史學」的想法，就無法真正貫徹。具體說來，要想實施「新」史學，就必須摒棄「舊」史學。日本的重野安繹、久米邦武等人，其工作被人稱為「抹煞論」，正因為他們用考據學的手段，對以往的道德史學，做了無情的清算。但中國在整個十九世紀，都沒有對以往的思想文化，做徹底的整理、清算工作。今文經家的作法，大體上是要推陳出新。但如果不劃分「新」與「舊」，歷史進步的觀念，就無法真正確立，因為這一觀念的前提，就是要有「時代差別」（anachronism）這一認知。[43]

由此可見，中國近代史學的專業化，沒有像日本那樣，在十九世紀後半葉便出現，也就情有可原了。在中國，歷史專業學會的建立和歷史專業刊物的發行，都要到 1920 年代才冒頭，

---

[43] 英國當代史家彼得・伯克（Peter Burke）曾總結西方歷史思想的十大特點。以他的意見，歷史進步的觀念，以「時代差別」為基礎。見彼得・伯克著，王晴佳譯：〈西方歷史思想的十大特點〉，《史學理論研究》1997年1期，頁 70-78。

比日本要晚三十年以上。[44]不過，自1910年代末開始，也即在胡適回國之後，中國史學界也開始產生了重要的變化，其標誌就是「疑古」思潮的興起。顯然，這一「疑古」思潮，其所扮演的角色，正與明治日本的「抹煞論」相同，即要清算傳統文化。用胡適的話來說，就是要「整理國故、再造文明」。胡適雖然主修哲學，但他的治學方法，卻以史學為宗。這與他留學美國時，美國的學術氛圍有關。那時的美國，人文學科均受德國歷史學派，也即蘭克學派的影響，注重文獻的考訂、事實的確證。這一風氣，雖然受到提倡「新人文主義」的白璧德（Irving Babbitt, 1865-1933）批評，但仍盛行不衰。[45]胡適對考據學，早有興趣，不過他有意識地溝通考據學與西方學術，則在他留學美國之後，以他的博士論文為標誌。他在論文的序言中指出，像西方學術一樣，在中國的儒家傳統中，對方法論的探求，也經久不衰，從朱熹的「格物致知」開始，到乾嘉的考據學，源遠流長。胡適回國之後，更致力於會通中西學術。他一方面宣傳西方的科學主義，包括邀請他美國的老師杜威（John Dewey, 1859-1952）來華作學術演講，另一方面則極力重振乾嘉考據學，強調乾嘉諸老的治學，具有科學的精神。胡適對考據學性質的認識和改造，正如日本的重野安繹、久米邦武等人。順便一提的是，在重野安繹之後，日本更有內藤湖南

[44] 參張越、葉健：〈近代學術期刊的出現與史學的變化〉，《史學史研究》2002年3期，頁57-64。

[45] 詳見拙作：〈白璧德與「學衡派」：一個學術文化史的比較研究〉，《中央研究院近代史研究所集刊》37期（2002年6月），頁41-91。

（1866-1934）、狩野直喜（1868-1947），延續了清代考據學的傳統，使其在近代學術的背景下，更加理直氣壯的發展。[46]

因此胡適在中國史學、學術近代化的過程中，扮演了十分重要、不可或缺的角色。他的成就，既與他的學術興趣有關，更於他的求學背景相連。正如余英時先生所指出的那樣，胡適能在民國初年「暴得大名」，並非偶然，而是由於他不但獨具慧眼，能明察國際學術演進的潮流，而且又有一定的知識準備，讓他能在中國推廣這一潮流。在胡適回國的時候，嚴復、梁啟超，甚至康有為都還在世，但他們都不能像胡適那樣「獨領風騷」，正是因為他們不具備胡適所有的條件。[47]梁啟超在後來，還協助胡適，一變自己在寫作《新史學》時的立場，寫作《中國歷史研究法》，將中國傳統史學的考證傳統發揚光大。胡適的著作《中國哲學史大綱》出版的時候，蔡元培（1868-1940）為之作序推薦，指出胡適上承清代考據學的傳統，並有西方學術的訓練，實為不刊之論，雖然胡適與清代學術，並不如蔡所言，有如此直接的聯繫。

---

[46] 根據日本漢學家吉川幸次郎（1904-1980）的回憶，內藤湖南、狩野直喜等人熱衷清代考據學，或「清學」，「他們一方面接觸了西洋的學問，認為清代學問的實證性與西洋學問相近，這更加促進了他們對清朝學問的看重」。見吉川幸次郎著，錢婉約譯：《我的留學記》（北京：光明日報社，1999 年），頁 18。對日本明治時期的漢學研究狀況，參見町田三郎：《明治の漢学者たち》（東京：研文出版，1998 年）。

[47] 余英時：《中國近代思想史上的胡適》（臺北：聯經出版事業公司，1984 年）。

胡適能在1920年代，著手改造、革新中國的學術和史學，更有其時代的機遇和條件，其中之一就是中國近代的學術機構，在那時漸具雛形。與日本不同的是，中國自隋唐以來，實行科舉考試制度。因此中國的教育、學術，都圍繞科舉制度，士人求學的主要目的，也即為了中舉、當官。如果這一目的不變，學術思想的更新，也就比較困難。甲午戰爭之後，朝野痛定思痛，開始推行維新改革，其中一項就是教育改革，建立了京師大學堂。那時力主改革的康有為、梁啟超和他們的對立面張之洞（1837-1909），都借鑒了日本的經驗。百日維新雖然失敗，但中國向日本學習的趨勢，並沒有因此停止。張之洞在戊戌變法之後寫的《勸學篇》，逕以日本的經驗為模式，公開號召向日本學習，成為這一時代趨勢的重要例證。因此，中國的教育制度，以日本為榜樣進行全面改革，也就指日可待。的確，隨著大量中國學生湧入日本的學校，大量日文書籍的翻譯出版，日本對中國近代的教育和學術，施加了顯著的影響。[48]在1905年清廷廢除科舉之後，京師大學堂也進行了改革，譬如在歷史學方面，建立了「中國史學門」和「萬國史學門」。而在中等和初等學校，變化更是顯著，各類「新學校」蓬勃興起，而它們所用的教材，大都從日本教材翻譯、編譯而成。這些變

[48] 參見阿部洋：《中國の近代教育と明治日本》（東京：福村出版株式會社，1990年）。

化，造成了中國人歷史觀的劇烈變化。朝代興亡史的模式、勸善懲惡的宗旨，都為人所質疑和挑戰。[49]

胡適回國的時候，中國的高等教育，也正經歷重要的改革。民國成立以後，京師大學堂改名北京大學。1917年蔡元培出掌北京大學，以學術中立、兼容並包為追求目標，其實就是提倡學術研究的自主性，推廣新的治學理念。這些都為胡適的出場，做好了準備。由於胡適並非史學出身，治學並不專門，因此中國史學的專業化，尚需待更多的時日。但胡適提倡「國學研究」，以「整理國故」為口號，以「再造文明」為目的，不但提醒了新舊時代之差別，而且還主張從新的、現在的立場出發，審視、研究、批判過去的傳統。[50]在他的激勵下，顧頡剛（1893-1980）大膽疑古，對中國的歷史文化，大刀闊斧地展開批判。這一「疑古運動」，已有多人研究，此不贅言。它的效用，正如上面所言，可與明治日本學院派史學家開展的「抹煞論」相比擬。

雖然經過「整理國故」運動，中國學術開始全面近代化，[51]但與日本不同的是，與考據學相連的實證主義治學風格，在

---

[49] 有關日本歷史教科書在清末民初的流行情形，可見胡逢祥、張文建：《中國近代史學思潮與流派》（上海：華東師範大學出版社，1991年），頁256-271。

[50] Q. Edward Wang, *Inventing China Through History: The May Fourth Approach to Historiography*, pp.1-26.

[51] 陳平原：《中國現代學術之建立：以章太炎、胡適之為中心》（北京：北京大學出版社，1998年）和陳以愛：《中國現代學術研究機構的興起：以北京大學研究所國學門為中心的探討（1922-1927）》（臺北：政治大學歷史學系，1999年）。

中國學術界流行並不很久。1920 年代是其盛期，先有顧頡剛開展的「古史辨」討論，後由傅斯年（1896-1950）領導的殷墟考古發掘。前者懷疑中國的遠古時代，後者用科學手段論證其存在與成就。兩者雖然不同，但卻異曲同工，為近代中國人重建了一個「科學的過去」，滿足了中國人的民族想像。於是，民族主義的史學，便在近代中國植根了。[52]但而民族主義的思潮，則由於中日關係的緊張和惡化，在 1930 年代更為蓬勃的發展。胡適等人的實證主義的治學風格，也即「史料學派」，便慢慢顯得與時代風雲不和。取而代之的是馬克思主義，即「史觀學派」。在 1930、1940 年代，「史觀學派」慢慢佔據優勢，最後以「史料學派」退居臺灣為結果。[53]不過，以方法論、客觀主義為標榜的日本近代學術，其發展也非坦途，而是不斷受到政治的干擾。[54]但無論如何，中日兩國學術的近代化，還是呈現出明顯不同的軌跡。這一不同，從其淵源上看，正與考據學在兩國的興衰，有不可忽視的關係。

---

[52] 參 Q. Edward Wang, *Inventing China through History: the May Fourth Approach to Historiography* 。

[53] 詳見拙作：〈論二十世紀中國史學的方向性轉折〉，《中華文史論叢》第 62 輯（上海：上海古籍出版社，2000 年），頁 1-83；《臺灣史學 50 年：傳承、方法、趨向，1950-2000》（臺北：麥田出版社，2002 年）。

[54] 參 John S. Brownlee, *Japanese Historians and the National Myths, 1600-1945*.

國家圖書館出版品預行編目資料

語文、經典與東亞儒學

鄭吉雄主編. – 初版. – 臺北市：臺灣學生，2008.10
面；公分

ISBN 978-957-15-1428-4(精裝)
ISBN 978-957-15-1427-7(平裝)

1. 語文 2. 經學 3. 儒學 4. 文集 5. 東亞

800.7 97019786

語文、經典與東亞儒學（全一冊）

主編：鄭吉雄
出版者：臺灣學生書局有限公司
發行人：盧保宏
發行所：臺灣學生書局有限公司
臺北市和平東路一段一九八號
郵政劃撥帳號：00024668
電話：(02)23634156
傳真：(02)23636334
E-mail：student.book@msa.hinet.net
http：//www.studentbooks.com.tw
本書局登記證字號：行政院新聞局局版北市業字第玖捌壹號
印刷所：長欣印刷企業社
中和市永和路三六三巷四二號
電話：(02)22268853

定價：精裝新臺幣六六〇元
平裝新臺幣五六〇元

西元二〇〇八年十月初版

80070

ISBN 978-957-15-1428-4(精裝)
ISBN 978-957-15-1427-7(平裝)

臺灣 學生書局 出版

文獻與詮釋研究論叢

❶ 東亞文獻研究資源論集　潘美月、鄭吉雄主編
❷ 語文、經典與東亞儒學　鄭吉雄主編
❸ 觀念字解讀與思想史探索　鄭吉雄主編
❹ 經學的多元脈絡：文獻、動機、義理、社群　勞悅強、梁秉賦主編